KB202170

한국 소장
중국고서의
기초 연구

대동문화연구총서 37

한국 소장
중국고서의
기초 연구

김호 지음

성균관대학교
출판부

    '한국 소장 중국고서'는 필자가 다년간 관심을 갖고 연구를 진행해 온 분야이다. 이 주제와의 인연은 필자의 박사반 시절로 거슬러 올라간다. 2003년 7월부터 2004년 8월까지 필자는 臺灣大學 東亞文明센터에서 연구조교로 근무하면서 당시 연구책임자였던 臺灣大學 中文系의 潘美月 교수와 함께 한국에 소장되어 있는 중국고서에 관한 기초 조사를 진행하였다. 그 조사의 결과물은 후에 「韓國存藏中國古籍調査初稿」(『東亞文獻研究資源論集』, 臺北, 學生書局, 2007, 275-398면)로 출판되었다. 이 조사를 통해 필자는 한국에 소장되어 있는 중국고서에 관해 기초적인 이해를 하게 되었다. 주지하다시피 전통 시기 한국은 자국 문화 발전의 필요로 장기간에 걸쳐 중국으로부터 서적을 수입하였고, 동시에 필요에 따라 다양한 중국서적을 인쇄, 출판하였다. 심지어는 원래의 내용에 새로운 내용을 덧붙이고 다시 출판하여 해당 서적의 성격을 자국의 풍토에 맞게 변화시키기도 했다. 이 관점에서 볼 때 근대 이전 한국과 중국과의 서적교류를 통해 한국에 유입된 중국서적은 한국학의 형성과 발전에 지대한 영향을 미친 외래문화의 집합체라고 할 수 있다. 바꾸어 말하면 근대 이전 한국에 유입된 중국서적에 대한 연구는 우리 민족이 어떻게 중국서적을 수용하고 이해하였는지를 연구하는 의미 있는 작업이다. 더 중요한 것은 이러한 연구가 단순히 중국문화라는 외래문화의 전래와 수용이라는 차원을 넘어선다는 것이다. 즉, 한국 소장 중국고서에 관한 연구는 우리 선조들이 서적으로 대표되는 중국문화를 한국의 학문적 토양 위에서 어떤 방식으로 독자적으로 발전시키고 동시에 조선에서 간행된 서적들이 중국에 전해져 중국문화에 어떤 영향을 끼쳤는지를 설명할 수 있는 중요한 연구 시야를 제공한다고 생각한다.

상술한 관점에서 볼 때 한국에 소장되어 있는 중국고서에 관한 연구의 중요성은 매우 크다고 할 수 있다. 이런 까닭으로 필자는 2005년 8월 박사반 졸업 후 적지 않은 시간을 '한국 소장 중국고서' 연구에 할애하였다. 본서에 수록된 14편의 문장은 바로 2007년부터 한국 소장 중국고서에 대한 필자의 관심이 만들어 낸 결과물 가운데 일부분이다. 이 14편의 문장은 원래 아래의 학술지에 게재되었던 것이다. 그 구체적인 내용은 아래와 같다.

1. 韓國所藏 中國古書의 整理現況과 課題 — 동아시아 文獻硏究의 한 斷面—/ 中語中文學(第41輯)/ 2007.12

2. 한국 소장 중국고서 정리와 연구에 관한 序說 — 고서 해제를 중심으로/ 중국어문학논집71집/ 2011.12

3. 奎章閣 所藏 中國本 古書 整理 및 硏究에 관한 窺見/ 중국학보 83집/ 2018.02

4. 奎章閣 소장 중국본 明代 詩文集의 문헌가치 —《魯郡伯明吾先生詩稿》,《少鵠詩稿》,《會稽懷古詩》을 중심으로/ 중국문학연구86집/ 2022.02

5. 규장각 소장 明嘉靖刻本『文章百段錦』解題/ 규장각61집/ 2022.12

6. 韓國學中央研究院 藏書閣 所藏 中國本 古書에 관한 一考/ 중국문학연구54집/ 2014.02

7. 한국학 중앙연구원 藏書閣 所藏 ≪新刊補訂簡明河洛理數≫의 文獻價値/ 중국문학연구39집/ 2009.12

8. 藏書閣 所藏本《楚辭句解評林》)/ 中語中文學43집/ 2008.12

9. 成均館大學校 尊經閣 所藏 中國古籍의 文獻價値 硏究− 集部古籍을 中心으로 −/ 중국학보56집/ 2007.12

10. 성균관대학교 존경각 소장 귀중본 조선간본 집부 중국고서 해제에 관한 시론/ 중국학보91집/ 2020.02

11. 尊經閣所藏中國古書解題(5)− 朝鮮明宗16年(1561)刊本《醫閭先生集》−/ 중국어문논역총간28집/ 2011.01

12. 朝鮮刊本《北京八景詩集》硏究 −한국소장 중국고적의 문헌가치를 겸하여 논함−/ 한문교육연구25집/ 2005.12

13. 조선후기 중국문집의 조선유입과 수용양상에 관한 일고− 葉向高의《蒼霞草》를 중심으로 −/中國語文學誌34집/ 2010.12

14. 朝鮮刊本『樊川文集夾註』의 夾註者 國籍에 관한 一考−고려시대 중국서적 장서 환경의 관점에서−/中國語文學誌43집/ 2013.06

『한국 소장 중국고서의 기초 연구』는 위에서 언급한 14편 논문의 내용을 일정 부분 수정·보충하여 수록한 것이다. 그리고 책의 마지막에 1편의 부록을 첨부하였다. 14편의 문장은 크게 세 부류로 나눌 수 있다. 이런 까닭으로 본서는 모두 3부로 구성되어 있다. 제1부에는 한국 소장 중국고서의 정리 현황과 향후 과제 및 연구 방법에 관한 문장을 수록하였다. 「韓國 所藏 中國古書의 整理現況과 課題」와 「한국 소장 중국고서 정리와 연구에 관한 序說— 고서 해제를 중심으로—」가 이 부분에 속한다. 제2부에 수록된 문장들은 앞에서 언급한 두 편의 논문에서 필자가 제시한 연구 방법으로 국내의 대표적인 고서 소장 기구인 규장각 한국학연구원, 한국학 중앙연구원 장서각, 성균관대학교 존경각에 소장되어 있는 중국고서를 대상으로 작성한 글들이다. 필자는 위에서 언급한 세 곳의 소장 기구에 대해 각각 3편의 글을 작성하였다. 그 내용은 각 기관에서 출판한 장서목록에서 중국고서의 수록 상황을 검토하는 동시에 소장 중국고서 가운데 가치 있다고 판단되는 고서를 선택하여 심화 해제를 작성하거나 특정 주제를 선택하여 연구를 진행한 것이다. 마지막으로 제3부에서는 「조선 후기 중국문집의 조선 유입과 수용 양상에 관한 一考 —葉向高의 《蒼霞草》를 중심으로—」, 「朝鮮刊本 『北京八景詩集』研究 —한국 소장 중국고서의 문헌가치를 겸하여 논함—」, 「朝鮮刊本 『樊川文集夾註』의 夾註者 國籍에 관한 一考—고려시대 중국서적 장서 환경의 관점에서—」 등 근대 이전 조선에 전파된 중국고서와 전파된 후 다시 출판된 서적을 출판문화사의 관점에서 검토한 글을 수록하였다. 마지막으로 부록에 실린 한 편의 글은 필자가 한국학 중앙연구원에서 진행한 한국학 주제별 연구 매뉴얼(2010년도 한국문화심층연구) 사업에 선정되어 작성한 것이다. 현재의 관점에서 볼 때는 보충할 내용이 적지 않으나, 당시 필자가 한 · 중 서적교류사라는 주제에 대해 갖고 있던 연구 시야와 관점을 설명하고 있어서 큰 수정 없이 그대로 부록으로 실었다.

'한국 소장 중국고서'라는 연구 영역은 풍부한 연구 주제와 가치를 담보하고 있다고 생각한다. 그런 이유로 이전에 비해 연구자와 연구 성과 모두 증가하였고 질적 수준도 매우 높아졌다고 생각한다. 다만 여전히

관련 학계의 관심은 부족한 실정이다. 보다 많은 연구자들이 이 연구
영역에 관심을 가져주기를 희망해 본다.

명륜동 퇴계인문관 31421호에서

저자 배상

제1부

韓國 所藏 中國古書의 整理 現況과 課題

I. 들어가는 말

　중국과 한국은 오래전부터 활발한 서적 교류가 있어 왔으며 이를 통해 끊임없는 문화교류가 이루어져 왔음은 주지의 사실이다. 이러한 사실을 뒷받침하듯 한국과 중국의 史料 가운데 한·중 양국의 서적 교류에 관한 자료가 적지 않으며 현재에도 한·중 양국의 각 도서관에는 적지 않은 상대방의 고서가 소장되어 있다. 우리 입장에서 특히 주목해야할 것은 한국 소장 중국고서가 단순한 골동품의 성격을 띤 소장품이 아니라 우리 선조들의 구체적인 문화 활동의 산물이며 동시에 우리 선조들의 높은 문화적 수준을 나타내는 귀중한 문화유산이라는 점이다. 즉한국에 소장되어 있는 중국고서를 통하여 우리는 중국고서 자체에 대한 연구뿐만 아니라 우리 선조들의 학문 세계를 연구하는 데도 적지 않은 도움을 얻을 수 있다. 동시에 한국 소장 중국고서는 동아시아학이라는 학문 담론의 가장 핵심적인 자료의 하나로서 향후에 더욱 많은 이용이 기대되어진다고 할 수 있다.

아쉬운 것은 지금까지 한국에 소장된 중국고서에 대한 체계적인 정리와 연구가 그다지 활발하지 않았다는 점이다.[1] 한국의 각 고서 소장기구가 편찬한 고서 목록을 살펴보더라도 중국고서만을 대상으로 한 목록은 아주 소수이다. 즉 대부분의 소장 기구가 한국고서와 중국고서를 하나의 目錄에 함께 수록하고 있다. 서울대학교 奎章閣이나 한국학중앙연구원 藏書閣 등만이 소장 중국고서를 한국고서와 분리하여 목록으로 출판하고 있을 뿐이다.[2] 중국고서에 대한 독립적인 목록의 출판이 이렇게 미미한 상태에서 소장하고 있는 중국고서에 대한 해제 작업이나 출판 작업은 더 말할 필요도 없을 것이다. 문제는 이런 상황이 관련 연구자들이 한국 소장 중국고서를 연구함에 있어 많은 어려움을 겪

---

1) 중국소설 분야의 경우는 예외라고 할 수 있다. 중국소설 분야는 관련 연구자들의 노력으로 인해 지금까지 한국 소장 중국본 소설에 대한 정리와 연구에 있어 상당한 성과를 이루었고, 中國學界에서도 이미 이 분야의 성과에 注意를 기울이고 있다. 예를 들어 『韓國藏中國稀見珍本小說』(王汝梅, 朴在淵主編, 『韓國藏中國稀見珍本小說』(北京 : 中國大百科全書出版社, 1997年)에는 『啖蔗』, 『英雄淚』, 『剪燈新話句解』, 『刪補文苑楂橘』, 『燕山外史』, 『新增才子九云記』, 『紅風傳』, 『包閻羅演義』, 『包公演義』, 『型世言』등의 작품이 수록되어 있다. 이외에 崔容澈과 朴在淵이 合編한 「韓國所見中國通俗小說書目」(『中國小說繪模本』(韓國春川 : 江原大學校出版部, 1993年)), 朴在淵이 編한 「韓國所見中國彈詞鼓詞書目」(『中國小說繪模本』(韓國春川 : 江原大學校出版部, 1993年)), 金泰範이 編한 「韓國各圖書館所藏『中國古典小說』古本書目」(『書目季刊』第二十三卷第二期, 1989年9月, 54 - 79면), 閔寬東의 『中國古典小說在韓國之流傳』((上海 : 學林出版社, 1998年)), 閔寬東의 「中國古典小說의 國內 流入時期와 過程 및 版本에 대한 考察」(『中國小說論叢』제3집, 1994년10월), 王國良의 「韓國流傳保存中國古典小說之現況 - 以江原大學版『中國小說繪模本』爲主的考察」(『文獻學研究的回顧與展望 - 第二屆中國文獻學學術研討會論文集』(臺北 : 學生書局, 2002年), 27 - 44면) 등은 모두 韓國에 소장되어 있는 中國古典小說의 現況과 價値를 반영하고 있다. 그러나 이상의 연구 성과는 소설에만 국한되어 있으므로 韓國에 所藏되어 있는 其他 中國古書의 소장 현황을 설명하기에는 부족하다. 본 문은 한국 소장 중국고서와 관련된 전체적인 목록과 해제를 논의의 범위로 하는 까닭으로 소설 분야에 대한 개별적인 논의는 생략한다.

2) 규장각의 『奎章閣圖書中國本綜合目錄』과 장서각의 『藏書閣圖書中國版總目錄』이 그 예이다.

는 가장 근본적인 원인으로 작용하고 있다는 점이다. 혹자는 한국에 소장되어 있는 중국고서가 무슨 가치가 있냐고 반문할 수도 있다. 전혀 근거가 없는 말은 아니다. 중국이나 대만은 말할 필요도 없이 이웃 일본과 비교해 볼 때 한국에 소장되어 있는 중국고서는 양적으로나 질적으로도 현격한 차이가 있는 것이 사실이다. 그렇다고 하더라도 이 점이 한국 소장 중국고서를 연구할 필요가 없다는 의미는 될 수 없으며 더욱이 깊이 있고 체계적인 연구를 해보지 않은 상태에서 어떻게 가치가 없다고 단언할 수 있단 말인가? 물론 이 문제 대한 결론은 많은 시간과 노력이 필요한 부분으로 현시점에서 결론을 내리기는 쉽지 않다. 본 문은 이 문제를 해결하기 위한 첫 번째 단계로 현재까지 국내의 한국 소장 중국고서에 관한 정리 현황을 살펴보고 앞으로 과제는 어떤 것이 있는가에 대한 필자 나름의 견해를 제시하고자 한다.

본 문은 먼저 한국 소장 중국고서에 대한 정리의 필요성을 설명하고 이어서 현재까지 국내외에서 편찬, 출판된 중국고서 관련 目錄과 解題의 문제점은 무엇인지를 설명하고자 한다. 마지막으로 현재의 상황에서 앞으로 어떤 방향으로 소장 중국고서를 정리, 연구할지의 방법을 제시하는 순서로 논지를 전개하고자 한다. 필자는 본 문의 연구를 통하여 동아시아 문헌의 한 축을 이루고 있는 한국 소장 중국고서에 대한 연구 필요성과 함께 기초적인 정리와 연구의 방향성을 제시하기를 희망한다.

Ⅱ. 한국 소장 중국고서 정리의 필요성

2005년에 출판된 『韓國所藏中國漢籍總目 · 序言』에서 한국 소장 中國漢籍의 정리와 연구의 필요성에 대해서 과거 중국문화가 해외로 전파되고 발전된 상황을 이해하는 데 도움을 줄 뿐만 아니라 중국 내 문헌에 대한 정리와 연구에도 대단히 큰 의의를 지닌다. 明末 錢塘의 科擧 낙방생 陸人龍이 지은 소설『型世言』의 경우처럼 중국에서 이미 없어진 많은 珍本이 한국에는 여전히 보존되어 있기 때문이다.[3]

라고 설명하고 있다. 이 짧은 인용문은 한국소장 중국 漢籍의 문헌가치에 대해 핵심적인 내용을 지적하고 있으며 동시에 한국 소장 중국고서를 정리하고 연구할 필요성을 설명하고 있다. 여기에서는 먼저 이 인용문의 관점을 상세히 설명하고 보충함으로써 한국 소장 중국고서 정리의 필요성을 설명하고자 한다. 위의 인용문은 두 가지 측면에서 중국고서의 가치를 제기하고 있다.

첫째, 한국소장 중국고서가 "과거 중국문화가 해외로 전파되고 발전된 상황을 이해하는 데" 도움을 준다는 관점은 문화교류의 관점에서 중국고서의 역할을 정확하게 지적하고 있다. 고대 동아시아 지역의 문화교류를 예로 든다면 중국문화가 한국이나 일본으로 전파되고 각 지역에서 중국문화의 영향을 받은 문화가 형성, 발전하였다는 점은 재론의 여지가 없다고 할 수 있다. 주의할 것은 중국문화의 국외로의 전파는 주로 사람과 서적이라는 매개체를 통해 이루어졌다는 사실이다. 이가운데 사람이 능동적인 역할을 담당하였다면 서적은 피동적인 역할을 담당하였다고 볼 수 있다. 그러나 영향의 범위와 깊이를 생각하면 서적의 역할이 사람을 훨씬 능가한다. 이 방면의 예를 들면 수없이 많겠

---

3) 全寅初主編,『韓國所藏中國漢籍總目』(延世國學叢書52), 學古房, 2005년 5월,「序言」, 5면.

만『論語』의 예를 들어보면『韓國經學資料集成』에는『論語』와 관련된 우리 선조들의 저작이 적지 않게 수록되어 있는데 만일『論語』가 중국으로부터 유입되지 않았다면 어떻게 관련 저작이 이처럼 많이 나타날 수 있었겠는가?

보다 흥미로운 문제는 서적으로 대표되는 하나의 중국문화가 해외로 전파된 뒤에 중국에서는 서적의 亡佚과 더불어 종종 세상에서 자취를 감추었다가 해외에서 다시 그 서적이 중국으로 回流되면서 다시금 해당 서적으로 대표되는 문화가 세상에 모습을 드러내게 된다는 점이다. 예를 들면『算學啓蒙』은 (元)朱世傑이 지은 數學 관련 서적으로 중국에서는 오백여 년 동안 失傳되었다가 清道光年間에 羅士琳에 의해 다시 간행되어 세상에 알려지게 된다. 그러나 이 서적은 한국에 일찍이 전파되어 조선시대에는 여러 번 간행되어 조선 수학의 발전에 직접적인 영향을 끼쳤다. 심지어 세종대왕은 학자들로부터 이 서적의 내용을 직접 배우기도 하였다.[4] 상술한 清의 학자 羅士琳이『算學啓蒙』을 간행할 때 底本으로 삼았던 것이 바로 조선간본『新編算學啓蒙』이다. 그러므로 상술한 관점은 "한국 소장 중국고서는 과거 중국문화가 해외로 전파되고 발전된 상황을 이해하는 데 도움을 줄 뿐만 아니라 단절됐던 중국문화 자체의 계승과 발전의 이해에도 적지 않은 도움을 준다."라고 말하는 것이 더욱 정확한 표현일 것이다.

둘째,『韓國所藏中國漢籍總目·序言』은 한국 소장 중국고서의 정리와 이용이 중국 내 문헌에 대한 정리와 연구에도 대단히 큰 의의를 지닌다고 설명하고 있다. 그 하나의 예가 바로『型世言』이다. 주지하다시

---

4) 관련 내용은 南權熙,「庚午字本『新編算學啓蒙』과 諸版本 硏究」(『書誌學硏究』第16輯, 1998년, 335-360면)과 馮立昇,「『算學啓蒙』在朝鮮的流入與影響」(『文獻』2005년 4月第2期, 57-64면)을 참조할 것.

피『型世言』은 明末의 文言小說로써 奎章閣에 줄곧 소장되어 오다 발견되어 학계에 알려진 것이다.『型世言』은 현재 전 세계에서 단 한 부만 존재하는 유일본으로 明代 通俗小說 연구에 중요한 자료로써 많은 학자들에 의해 이용되고 있다. 이 점에서 한국에만 존재하거나 혹은 중국이나 대만 등에도 존재하지만 한국에 소장되어 있는 중국고서가 더욱 큰 문헌가치를 가지고 있는 경우를 발견하는 일은 중국 내 문헌에 대한 정리와 연구라는 부분에 있어서도 매우 가치 있고 의미 있는 일임을 알 수 있다.

그렇다면 한국 소장 중국고서의 정리와 이용이 상술한 두 가지 측면에서만 유용한가?『韓國所藏中國漢籍總目·序言』의 견해는 중국고서를 중국문화라는 한정된 배경에서 바라본 시각이다. 중국문화가 해외로 전파되고 발전되었다고 할 때「발전」이라는 개념은 적어도 두 가지 범주로 해석될 수 있다고 생각한다. 첫째는 중국고서가 한국이나 일본으로 전파되어 해당 국가에서 일정한 영향력을 발휘하였다는 관점에서 본다면 이때의「발전」은 중국문화 자체의 발전이라고 할 수 있다. 그러나 객관적으로 고찰해 보면 중국고서가 중국 이외의 지역으로 전파되어지면 해당 지역의 학자들은 중국고서의 내용을 자신들의 학문 토양에 맞추어 재해석하여 자신들만의 독자적인 학문 세계를 이루는 데 이용하기도 한다. 이런 까닭으로 때로는 모종의 필요성에 의해 전래된 중국고서를 자국에서 다시 간행하기도 한다. 중요한 것은 중국고서를 간행할 경우 중국고서 원래의 내용으로 간행하기도 하지만 종종 전래된 중국고서에 대해 수용자의 비판적인 수용과 개조를 거치기 때문에 원래의 내용과는 차이가 있는 형태로 출판되기도 한다. 그렇다면 중국고서의 해외전파는 전파되는 국가의 입장에서는 외래문화를 수용하고 자국의 독특한 문화로 흡수하는 과정이다. 이런 관점에서 볼 때 해외에 전파되었거나 소장되어 있는 중국고서는 해당 국가의 학문 연구에 매우 중요한 문화유산으로 보아도 문제가 되지 않을 것이다. 적지 않은 한국학 연구자들이 상술한 관점에서 한국에 전래되어 출판된 중국고서를 연구하였다.[5]

상술한 내용으로 볼 때 한국 소장 중국고서를 정리하고 연구할 필요성은 충분하다고 할 수 있다. 다시 말하면 한국 소장 중국고서에 대한 정리와 연구는 비단 중국학 연구에 직접적인 도움을 제공할 뿐만 아니라 한국학 연구에도 보다 넓은 연구 시야를 제공할 것으로 생각된다.

III. 한국에서 출판된 중국고서 관련 目錄의 현황과 문제점

상술한 바와 같이 한국 소장 중국고서의 정리는 여러 방면에서 매우 절실한 필요성을 지니고 있다. 그렇다면 현재 한국에서 소장하고 있는 중국고서에 대한 정리는 어떤 단계에 이르렀는지를 살펴볼 필요가 있다. 여기서는 먼저 중국고서 정리와 이용의 가장 기본적인 단계인 관련 목록의 정리와 출판에 대해 살펴보고자 한다.

현재 한국의 적지 않은 공사립 도서관들은 소장하고 있는 중국고서를 대상으로 한 고서목록을 출판하여 연구자들에게 편의를 제공하고 있다. 그러므로 이 같은 고서목록을 살펴보면 한국 소장 중국고서의 내용을 기본적으로 파악할 수 있다. 이 점은 한국 소장 중국고서의 정리와 이용이라는 문제가 선행연구자의 관심 가운데 상당 부분 진척되었

---

5) 예를 들어 송정숙의 「한국에서의 「논어」의 수용과 전개」(『書誌學硏究』第20輯 2000년, 359-387면), 문정두의 「논어역서(論語譯書)의 서지적 연구」(『書誌學硏究』第17輯, 1999년, 263-290면), 송정숙의 「대학연의(大學衍義)가 조선조 통치이념서 편찬에 미친 영향-「중용구경연의(中庸九經衍義)」와 「홍범연의(洪範衍義)」를 중심으로」(『書誌學硏究』第12輯 1996년, 171-200면) 등은 이 방면의 좋은 예가 된다.

음을 증명하는 것이다. 문제는 이런 고서목록을 이용함에 있어 몇 가지 주의할 점이 있다는 것이다.

첫째, 대부분의 목록이 韓國古書와 中國古書를 같이 수록하고 있다. 자세히 살펴보면 이 경우는 다시 다음과 같은 몇 가지 경우로 나누어 살펴볼 수 있다.

1) 한국고서와 중국고서를 따로 수록하는 경우이다. 이 경우 수록 방법은 각 도서관이 사용하고 있는 고서분류기준에 의해 한국고서를 수록한 다음에 중국고서를 수록하고 있다. 예를 들면 성균관대학교 출판 『고서목록』을 살펴보면 한 類의 앞에는 韓國人撰述을 그 다음에 中國人撰述을 수록하고 있다.

2) 일부 소장기구의 고서목록은 한국고서와 중국고서를 특정한 기준에 따라 구별하지 않고 수록하고 있다. 이런 예는 상당히 많은데 고려대학교의 『貴重本古書目錄』이 대표적인 경우이다. 1)과 2)의 경우에 있어 많은 고서목록이 한국고서와 중국고서를 분리하여 수록하지 않음으로써 중국고서에 대한 구체적인 소장 현황이나 정리 현황을 파악하는데 적지 않은 어려움을 야기한다.

둘째, 소수의 소장기구가 중국고서를 따로 정리하고 분류하여 고서목록을 출판하고 있다. 奎章閣에서 편찬한 『奎章閣圖書中國本綜合目錄』과 한국학중앙연구원 藏書閣이 편찬한 『藏書閣圖書中國版總目錄』 경우가 여기에 해당한다. 사실상 중국고서 목록의 출판은 관련 연구를 진작시키는 데 적지 않은 영향을 미치리라 생각된다. 필자는 2006년에 『奎章閣圖書中國本綜合目錄』의 내용에 근거하여 奎章閣소장 중국고서의 현황과 문헌가치에 대해서 기본적인 조사를 한 적이 있다.[6] 만일

---

6)　金鎬, 「奎章閣存藏中國古籍與其文獻價値」, 『人文科學』, 성균관대학교 인문과학연

독립된 중국고서 목록이 없었다면 필자는 더욱 많은 시간과 노력이 필요했을 것이다. 그러므로 중국고서 만을 정리 대상으로 하여 목록으로 편찬, 출판하는 일은 중국고서의 정리와 연구에 있어서 매우 필요한 작업이라고 생각된다.

셋째, 한국에서 출판된 고서목록에서 고서의 범위는 각 소장기구마다 다르다. 가장 큰 문제점은 적지 않은 소장기구가 東裝本의 형식을 갖춘 것을 모두 고서로 보는 까닭으로 1910년 이후에 출판된 서적들도 고서목록에 수록하고 있다는 사실이다. 예를 들면 성균관대학교에서 출판한 『고서목록(1) · 集部 · 詞曲類』에 수록되어 있는 『綠野翁琴趣』는 1958년에 간행된 新活字版 서적으로 고서라고 할 수 없는 서적이다.[7]

넷째, 일부 고서목록에서는 한국본과 중국본의 구별에 있어 명확한 기준을 제시하지 않고 있는 까닭으로 저자가 중국인일 경우에도 간행지가 한국인 경우에는 해당 고서를 한국본으로 간주하여 한국본 목록에 수록하고 있다. 이런 까닭으로 『奎章閣圖書韓國本綜合目錄』에는 적지 않은 중국인 저술이 수록되어 있다. 물론 이런 기준은 나름대로의 합리성을 가지고 있다. 그러므로 앞으로 한국소장 중국고서를 정리함에 있어서 이런 경우의 고서를 어떤 기준에 따라 처리할지에 대한 논의가 필요하다고 생각된다.

상술한 몇 가지 사항은 한국소장 중국고서의 정리와 이용에 있어 주의할 점이지만 사실상 두 번째 사항을 제외하고는 상당 부분 부정적인

구소, 2006년 8월. 이 논문은 필자의 규장각소장 중국고서에 대한 기초 연구로 향후 이를 바탕으로 더욱 체계적이고 깊이 있는 연구를 진행하고자 한다.

7)　成均館大學校中央圖書館, 『古書目錄(1) · 集部 · 詞曲類』, 成均館大學校出版部, 1979년, 609면.

영향을 끼치는 요소이다. 그러나 무엇보다도 중요한 문제는 현재 출판된 상당수 고서목록의 내용에 적지 않은 오류가 존재한다는 점이다. 예를 들면 한국학 중앙연구원『藏書閣圖書中國版總目錄』의「目錄類」부분 가운데 몇 종류의 고서의 저자 항목은 분명한 오류가 발견된다. 몇 가지 예를 들면 아래와 같다.

書名	현재 著者 표기	原著者
『宋元本行格表』	元和江(淸)輯	(淸)江標
『鐵琴銅劍樓藏宋元本書目』	元和江(淸)輯	(淸)瞿鏞
『海源閣藏書目』	元和江(淸)輯	(淸)楊紹和

(자료출처 : 藏書閣 編,『藏書閣圖書中國版總目錄』(서울, 장서각, 1974년), 85-86면)

또한『藏書閣圖書中國版總目錄』에는「書卷(1-83), 蔡沈(宋), 鄒季友 (元)音譯. 木版. 元, 至正23(1336)」이라는 고서가 수록되어 있다.[8] 문제는 이 고서의 서명을『書卷』으로 표기하고 있지만, 이 고서는 사실상 朱熹의 명을 받아 제자인 蔡沈이 編撰한『書集傳』에 (元)鄒季友가 音釋을 가한 서적이다. 그러므로 이 고서의 일반적인 서명은『書集傳』혹은『書集傳音釋』으로 표기하는 것이 타당하다.

이외에 성균관대학교『고서목록』의 경우에도 종종 오류가 발견된다. 예를 들어『고서목록(第1輯)ㆍ集部』에서『恩誦堂續集』을 李尙迪(淸)의 著作이라고 기재하고 있다. 이 고서는 비록 咸豊3년(1853) 가을 7월에 중국의「海鄰書屋」에서 간행되었지만, 이상적은 19세기 著名한 조

---

8) 『藏書閣圖書中國版總目錄』,「經部ㆍ書類」, 12면.

선 譯官이다. 그러므로 이상적을 淸人으로 기록하는 것은 명백한 誤記이다. 이외에도 宋時烈이 編한 『朱子大全箚疑』와 金邁淳이 編한 『朱子大全箚疑問目標補』는 중국인의 저작이 아닌데도 불구하고 中國人撰述 부분에 수록되어 있다. 이러한 점은 앞으로 성균관대학교 『고서목록』에 대해 增補 혹은 修訂 작업을 할 경우 반드시 주의하여야 할 부분이다.

그렇다면 중국고서만을 수록한 목록을 출판해야 할 필요성이 있는가? 혹은 반드시 출판해야 하는가? 물론 이 문제에 대해서는 서로 다른 의견이 제기될 수 있다고 생각한다. 그러나 필자의 개인적인 생각으로는 중국고서만을 수록한 고서목록의 출판은 매우 필요하다고 판단된다. 동시에 현재 각 중국고서 소장기구에서 출판한 고서목록 가운데 중국고서와 관련된 적지 않은 오류는 수정과 보완이 필요하다.

한 가지 주의할 점은 중국이나 대만에서는 오래전부터 해외에 소장되어 있는 중국고서를 총체적으로 조사 정리할 필요성을 제기하고 상관연구를 지속하고 있다는 점이다.[9] 물론 아직까지 이 방면에 대한 구체적인 목록이나 성과물이 충분하다고는 할 수 없으나 적지 않은 연구 성과물이 있음은 주지의 사실이다. 그러므로 우리 한국학계에서도 이러한 중국학계의 동향에 주의를 기울일 필요가 있다. 이런 점에서 볼때 2005년 국내에서 출판된 『韓國所藏中國漢籍總目』은 일정한 학술적 의미가 있다고 할 수 있다. 이 목록은 한국의 중국고서 소장기구의 소장목록을 수집하여 일정한 체례를 정한 후에 그것에 맞추어 수집한 목

---

9) 그 대표적인 예로 2003년부터 臺灣의 國立臺灣大學校 東亞文明硏究센터의 「東亞文獻硏究室」이 진행한 『韓國存藏中國古籍調査』를 들 수 있다. 이외에도 중국의 南京大學의 「域外漢籍硏究所」에서도 중국 이외 지역에 소장되어 있는 중국고서에 대한 연구에 상당한 노력을 기울이고 있으며, 또한 가시적인 연구 성과도 학계에 내놓고 있다.

록의 내용을 정리한 것이다. 동시에 목록의 편찬 과정에서 국외의 전문가를 초청하여 목록편찬에 참여시킴으로 목록의 전문성을 확보하려고 했다는 점에서 향후 유사한 목록편찬의 기획과 진행에도 시사하는 바가 자못 크다고 할 수 있다. 먼저 이 목록이 갖는 의의와 장점을 설명하자면 대략 다음과 같다.

첫째, 한국의 주요 고서 소장 기관과 대학 도서관에는 상당량의 중국고서가 소장되어 있지만, 지금까지 완전하고 체계적인 조사보고서가 나오지 않고 있었다. 이런 상황에서 『韓國所藏中國漢籍總目』은 처음으로 시도된 종합목록이라는 점에서 일정한 의의를 갖는다고 할 수 있다.

둘째, 『韓國所藏中國漢籍總目』에서는 한 고서의 여러 판본을 같이 배열함으로써 이용자로 하여금 국내에 동일한 책의 판본이 몇 가지나 있는지를 쉽게 파악할 수 있도록 하였다. 이 같은 편찬 체례는 한국에 소장되어 있는 각 중국고서에 대한 비교 연구를 진행하는 데 일정한 도움을 주리라 생각된다.

그러나 이 목록을 자세히 살펴보면 적지 않은 오류와 개선할 점이 보인다. 가장 먼저 눈에 띄는 점은 이 목록 자체가 소장 중국고서에 대한 실제적인 조사를 통해 작성된 것이 아니고 기존에 출판된 한국의 각 소장기구들의 장서목록의 내용을 일정한 편찬 기준에 따라 재편집한 관계로, 간혹 體例의 불일치와 함께 誤字와 관련 내용의 脫落등 오류가 발견된다는 것이다. 예를 들면 『韓國所藏中國漢籍總目』은 「범례」 부분에서 體例를 설명하면서 "본 목록은 각각 다른 體例의 旣存 目錄들에서 書目을 추출하여 합친 것이기에 原來의 書目 體例가 서로 다르다. 大體로 大同小異하긴 하지만 보다 一目瞭然한 閱覽을 위해, 最小限

이나마 새로이 書目 體例를 정해서, 既存의 각기 다른 書目들을 본 목록 體例에 맞게 編輯하여 收錄했다. 그 체례는 다음과 같다. ①書名 ② 撰者/編者/註釋者 等 ③板本 類型/刊行地/刊行年度/冊數와 卷數/ 書式과 板式 等 ④刊記, 序跋, 備考 等 餘地 事項 ⑤所藏處"[10]라고 설명하고 있다.

　문제는 실제 수록 내용이 위에서 언급한 체례와 일치하지 않는다는 점이다. 예를 들어『集部·總集類』에서 [雅丹文庫], [忠南大]와 [藏書閣]에 소장되어 있는『全唐詩』를 수록하면서 ②撰者/編者/註釋者 항목이 생략되어 있다. 또한 기타 소장기구의『全唐詩』撰者/編者/註釋者를 기재하는 데 있어서도 曹寅等 受命編([梨花女大] 소장본), 彭定求 (淸) 奉勅撰([國立中央圖書館] 소장본), 太宗(唐)等 著([忠南大] 소장본), 聖祖 (淸) 勅命編, 曹寅(淸)等 校([藏書閣] 소장본) 等 다양하게 표시하고 있다. 이 같은 撰者/編者에 관한 기록이 완전히 틀렸다고 할 수는 없다. 다만 한 권의 書目에서 이처럼 동일한 서적의 撰者/編者가 일치하지 않게 기록하는 것은 바람직하지 않다. 더욱 문제가 되는 것은『韓國所藏中 國漢籍總目·經部·易類』에서『周易折中』의 著者를 표시하면서 동일 한 [梨花女大] 소장본을 한 종류는 康熙(淸) 勅撰이라고 표시하면서 또 다른 하나는 李光地 勅撰이라고 표시하고 있는 것이다. 이 고서는 康 熙帝의 勅命으로 李光地 等이 奉勅 撰한 서적으로 표기해야 한다. 문제는 현재『韓國所藏中國漢籍總目·經部·易類』의 수록 내용으로만 보면 자칫 書名이 같은 서로 다른 사람의 저작으로 오해할 수도 있는 여지가 있다. 동시에 한 古書에 대한 여러 판본의 수록 상황 역시 완전하지 않다. 예를 들면『韓國所藏中國漢籍總目·集部·總集類』에 국

---

10)　『韓國所藏中國漢籍總目』,「범례」, 17면.

립중앙도서관 소장본『北京八京圖詩』를 수록하고 있는데 이 고서의 서명은 원래『北京八景詩集』이다. 또한『總目·集部·總集類』에는 국립중앙도서관 소장본만을 수록하고 있지만 이 고서는 국립중앙도서관 이외에도 서울대학교 奎章閣과 성균관대학교 동아시아학술원 尊經閣에도 각각 한부가 소장되어 있다. 이로 볼 때『總目』은 내용상 誤記와 부족한 면이 적지 않게 존재함을 알 수 있는데 앞으로 수정과 보완 작업이 지속적으로 이루어져야 한다고 생각한다.

IV. 한국에서 출판된 중국고서 解題의 현황과 문제점

여기에서는 한국에서 출판된 중국고서 해제집의 종류와 그 문제점에 대해 간략히 설명하고자 한다. 결론부터 말하자면 현재까지 한국에서는 중국고서와 관련된 解題集은 거의 출판되지 않고 있다. 그러나 일부 중국고서의 해제가 한국고서 解題集에 수록되어 있다. 예를 들어『奎章閣韓國本圖書解題』와『奎章閣韓國本圖書解題·續集』가운데 일부 중국고서에 대한 해제가 수록되어 있다. 이 같은 현상이 일어나는 원인은 해제 작업자가 한국본의 범위안에 일부 한국에서 간행된 중국고서를 포함시키고 있기 때문이다.

이외에 가장 눈에 띄는 점은 비록 서적의 형태는 아니지만 중국고서 소장기구의 홈페이지에 중국고서의 해제를 정리해 놓은 사례가 있다는 것이다. 서울대학교 奎章閣이 바로 그 대표적인 예이며 현재로써는 국내에서 유일한 경우라고 판단된다. 연구자들은 서울대학교 규장각 한국학연구원의 홈페이지(http://e-kyujanggak.snu.ac.kr)의「원문자료열람」부분에서「중국본해제」를 열람할 수 있다.「중국본해제」는 총 3,842건의 자료를 수록하고 있는데 규장각 소장 중국본 서적에 대한 기본적인 이해를 도모하는 데 적지 않은 도움을 받을 수 있다. 그러나 이 해제들은 어떤 경우에는 엄격한 의미에서 다소 부족한 부분이 발견된다. 예를 들어『四庫全書總目』에 대한 해제를 살펴보도록 하자. 현재 규장각에는 모두 2종류의『欽定四庫全書總目』이 소장되어 있다. 이에 대해 규장각 한국학연구원 홈페이지에서 보이는 중국본 해제의 내용을 살펴보면 다음과 같다.

〈1〉奎中 2684 〈2〉奎中 3464〈1〉〈2〉永瑢(淸) 等 受命 編 〈1〉〈2〉 1781년(乾隆 46)〈1〉卷數, 200권, 합 120책, 木版本, 29×16.8cm 〈2〉 143책(零本), 木版本, 29×16.8cm

淸代 高宗의 명령으로 편찬된 叢書인『四庫全書』에 수록된 서적들의 해제를 모아 놓은 책이다. 흔히 "四庫全書總目提要" 혹은 "總目"이라 한다. 高宗은 1741년(乾隆 6) 전국의 서적을 수집할 것을 명령하는 詔書를 내리고 1772년(乾隆 37) 四庫全書館을 설치하고 편찬사업을 시작하였다. 이후 약 10년 간에 걸쳐 인력과 비용을 투입하여 1781년(乾隆 46) 3,458 種 79,582권의 서적을 著錄한『四庫全書』를 완성했다. 그리고『四庫全書』를 편찬하는 동안『四庫全書』에 著錄된 서적들의 해제를 옮겨 적고, 해제들을 다시 분류하여 1782년 200권으로 간행하였는데 이것이『四庫全書總目提要』200권이다.『四庫全書』의 편찬을 위해 北京에 설립된 四庫全書館에서는 한 부의 서적을 교정하여 완성하면 四庫全書館의 관리는 이 서적의 해제를 작성하였다. 해제의 내용은 각 서적의 要旨와 原流를 밝힌 것 이외에 작자에 대한 설명과 서적의 得失을 논하는 한편, 文字의 增删과 編帙의 分合 등등을 판정하였다. 그리고 각 서적의 해제의『四庫全書』에 수록되는 서적의 첫 장에 수록하였고, 마지막으로 總纂官 紀昀과 陸錫熊 등이 이를 종합하여 교정하였다.『四庫全書總目提要』는 전

통적인 중국의 서적 분류방식에 따라 經·史·子·集部로 분류하고 다시 經部는 10類, 史部는 16類, 子部는 14類, 集部는 5類로 구분한 후, 다소 복잡한 類는 다시 子目으로 세분하였다. 小類의 앞에는 小序를, 子目의 뒤에는 案語(作者·編者의 註解·說明·考證 따위의 말)를 두고 간단하게 서적의 原流와 분류의 이유를 설명하고 있다. 그리고 각 부의 뒤에는 『四庫全書』에 수록할 가치가 없거나 부적당한 서적들에 대해서는 따로 '存目'을 두어 그 書名을 著錄했다. 『四庫全書總目提要』의 草稿는 1782년 7월에 완성되었으나, 이후 7, 8년 동안 『四庫全書』의 내용이 계속해서 修訂·補完됨에 따라 『四庫全書總目提要』의 내용에도 변화가 있었다. 규장각 소장 『欽定四庫全書總目』은 完帙本과 零本 두 종류가 있다. 〈1〉의 표지는 "欽定四庫全書總目提要"으로 <卷首>에는 高宗의 聖諭, 四庫全書관 신하들의 表文, 職名, 凡例 등이 있다. 본문은 권1부터 권4까지는 <經部>로 권1은 易類, 권2는 書·時·禮類, 권3은 春秋·孝經·五經·總義類, 권 4는 四書·樂小·學類권5부터 권8까지는 <史部>로 권5는 正史·編年·紀事本末體·別史·雜史類, 권6은 詔令奏議·傳記·史鈔·載記類, 권7은 時令·地理類, 권8은 職官·政書·日錄·史評類, 권9부터 권14까지는 <子部>로 권9는 儒家·兵家類, 권10은 法家·農家·醫家類, 권11은 天文算法·術數類, 권12는 藝術·譜錄類, 권13은 雜家類, 권14는 類書·小說家·釋家·道家類, 권15부터 권20까지는 <集部>로 권15는 楚詞·別集類, 권16부터 권18까지는 別集類, 권19는 總集類, 권20은 詩文評·詞曲類되어 있다. 〈2〉는 전체 200권 가운데 卷首가 누락된 零本이다. 『四庫全書總目提要』의 가치는 우선 목록서로 가장 큰 가치를 가진다 하겠다. 前漢 劉向의 『七略』 20권 이후 다양한 목록서가 저술되었으나, 각 正史의 藝文志와 經籍志를 제외하면 현존하는 것이 거의 없는 상황에서 『四庫全書總目提要』의 사료적 가치는 크다 할 수 있다. 또한『四庫全書總目提要』는 乾隆年間(1736-1795) 이전 10,000여 종의 서적들을 소개하고 이를 체계적으로 정리하여 고대의 각종 저술들을 이해하는 데 많은 도움이 된다. 마지막으로『四庫全書』의 편찬에 참가고 해제를 작성한 戴震 · 邵晉涵 · 周永年 · 姚鼐 등은 당시 각 분야에서 大家들로 이전의 결함을 보완하는 한편, 당시 학술적 성과가 집대성했다. 따라서『四庫全書總目提要』은 체계적인 目錄學 서적으로 현재에도 참고할 만한 가치가 있다. 반면 乾隆年間 당시 성행했던 考證學의 영향으로 해제가 지나치게 考證에 치우쳤고, 朱子學에 관련된 서적들만을 수록하면서 朱子學을 공격하거나 그 내용이 朱子學에 부합하지 않은 서적들은 수록하지 않았다. 또한 중국의 소수민족이나 주변 국가와 관련된 서적에 대해 폄하하는 태도를 보이고 있고, 해제 가운데 일부 오류도 있다.『四庫全書總目提要』의 주요 刊本으로는 1789년(乾隆 54) 武英殿, 1796년(乾隆 60) 浙江省杭州 文淵閣 소장 飜刻本, 1868년(同治 7) 廣東省 등이 있다. 현재 유행하는 것은 1796년(乾隆 60) 浙江省杭州 文淵閣本을 重刊한 刊本들이다.『四庫全書總目提要』(東方圖書館, 1926) · (上海商務印書館, 1933)로 간행되었고,『國學基本叢書』(王雲五 主編, 臺灣商務印書館, 1968)에 수록되었다.[11]

이상의 내용을 살펴보면 그 내용이 상당히 자세하고 충실한 것을 알 수 있다. 그러나 적어도 두 부분은 수정이 필요하며 그 내용은 매우 중요한 부분이다.

첫째, "『四庫全書』의 편찬에 참가하고 해제를 작성한 戴震 · 邵晉

---

11) http://e-kyujanggak.snu.ac.kr/MOK/CONVIEW.jsp?type=MOK&ptype=list&subtype=sm&lclass=&mclass=&sclass=&ntype=hj&cn=GC03464_00

涵・周永年・姚鼐 등은 당시 각 분야에서 大家들로 이전의 결함을 보
완하는 한편, 당시 학술적 성과가(를) 집대성했다."라는 부분은 오해의
여지가 충분한 내용이다. 왜냐하면 邵晉涵・姚鼐는 비록 『사고전서총
목』의 편찬 작업에 참가하기는 했지만, 그들이 쓴 제요는 우리가 현재
보는 『四庫全書總目』에 수록되지 않았거나 내용상 많은 차이가 있다.[12]
이러한 사실은 姚鼐와 邵晉涵이 쓴 『四庫提要分纂稿』의 내용을 참고
하면 알 수 있다.[13] 게다가 姚鼐의 경우는 四庫全書館에서 提要를 쓰
는 과정에서 당시 다른 학자들과 학문상의 의견충돌로 인해 관직을 버
리고 고향으로 돌아갔다는 의견이 제기되기도 한다는 점에서[14] 위에 인
용한 해제의 내용이 사실과 일정한 차이가 있음을 알 수 있다.

　둘째, "朱子學에 관련된 서적들만을 수록하면서 朱子學을 공격하거
나 그 내용이 朱子學에 부합하지 않은 서적들은 수록하지 않았다."라는
설명은 『四庫全書總目』의 "崇漢抑宋(한학을 존숭하고 송학(정주학)을 억누
르다)."라는 기본적 학문 경향[15]과는 반대되는 개념이다.

---

12) 黃愛平은 이 문제에 대해서 翁方綱의 『四庫提要稿』, 邵晉涵의 『四庫提要分纂稿』,
　　姚鼐의 『姚惜抱書錄』 등과 현재 통용되고 있는 『四庫全書總目』를 비교한 후에 "『四
　　庫全書總目』과 현존하는 各人의 提要稿는 내용상 같은 것은 거의 하나도 없는데,
　　제요의 관점, 견해나 편목 내용에서부터 풍격, 체례나 언어문자 등에서 모두 많든 적
　　든 고쳐 썼다. 어떤 제요는 고쳐서 쓴 부분이 비교적 적으나 여전히 고치고 윤색한
　　흔적을 알아볼 수 있고 어떤 제요는 거의 새로이 쓴 것으로 전편을 고쳐 쓴 것이다."
　　『四庫全書纂修硏究』(北京, 中國人民大學出版社, 1989年 1月, 328면)라고 말하고
　　있다. 더 자세한 내용은 『四庫全書纂修硏究』, 第十二章 「四庫全書總目」(上)의 第
　　二節 「四庫全書總目」與纂修官原撰提要的比較 부분(327-336면)을 참고할 것.
13) 翁方綱等 撰, 吳格, 樂怡 標校整理, 『四庫提要分纂稿』, 上海書店出版社, 2006년
　　10월.
14) 孟醒仁著, 『桐城派三祖年譜』, 合肥市, 安徽大學出版社, 2002년 12월, 166-167면.
15) 이 방면의 논의는 周績明著, 『文化視野下的四庫全書總目』(南寧市, 廣西人民出版
　　社, 1991年 4月), 第四章 「時代肺腑的呼吸」의 第二節 「理學的式微」(267-290면)부
　　분과 黃愛平著, 『四庫全書纂修硏究』, 第十三章 「四庫全書總目」(下)의 第二節 「四

상술한 내용은 규장각 한국학연구원의 중국본 고서 해제의 부족한 점을 설명한 것이다. 다만 우리가 규장각 이외의 중국고서 소장기구에서 중국고서에 관한 해제집이 출판되지 않고 있는 상황을 고려한다면 규장각의 중국본 고서 해제 작업은 매우 의미 있는 것이다. 동시에 향후 내용 면에 있어 지속적인 수정과 보완이 이루어진다면 관련 연구자들에게 적지 않은 유의미한 자료를 제공할 수 있을 것으로 생각된다.

V. 한국 소장 중국고서 정리에 관한 몇 가지 의견

이상에서 필자는 한국 소장 중국고서의 정리 현황과 문제점에 대해 간략히 관련 내용을 살펴보았다. 아래에서는 한국 소장 중국고서의 정리에 관한 몇 가지 개인적인 의견을 제시하고자 한다.

1. 기존 目錄의 修訂과 補完

상술한 바와 같이 국내에서 출판된 여러 중국고서 관련 목록 가운데는 수정과 보완이 필요한 부분이 적지 않다. 이런 까닭으로 필자는 각 소장 기구마다 이미 출판한 고서목록에 대한 수정, 보완 작업이 이루어지기를 희망한다. 이런 작업을 할 경우 목록 편찬자는 직접 고서를 보고 목록 작업에 참가하는 것이 가장 이상적이다. 그러므로 각 소장기구는 고서 정리 작업이 오랜 시간이 걸린다는 점을 먼저 인식하고 동시에 학문적인 특수성이 있다는 점을 고려하여야 한다. 즉, 전문연구인력에게 최대한의 편의를 제공하면서 지속적이고 장기적인 연구계획을 수립해야 할 것이다. 특히 『韓國所藏中國漢籍總目』의 출판 이후 한 가지

庫全書總目』的思想內容」(393-396면)을 참고할 것.

시급하게 희망하는 것은 한시바삐『韓國所藏中國漢籍總目』의 부족한 점을 수정, 보완하는 작업이 이루어져야 한다는 것이다. 어떤 한 분야의 중요한 공구서는 출판과 함께 많은 연구자들이 이용한다는 점을 고려해야 한다. 그렇다면『韓國所藏中國漢籍總目』의 후속 작업이 지속적으로 이루어져야 한다고 생각한다. 그렇지 않다면 관련 연구자들이 이 목록을 사용함으로써 오히려 적지 않은 혼란에 빠질 수도 있다고 생각한다. 가장 우려되는 점은 소장 고서에 대한 직접적인 조사가 이루어지지 않는 상황에서 기존 목록서의 내용을 토대로 목록을 만드는 것은 근본적인 해결책이라고는 볼 수 없다는 것이다.

2. 善本 目錄의 編纂과 出版

상술한 원인 때문에 필자는 기존 목록서의 내용을 바탕으로 한국에 소장되어 있는 중국고서 가운데 비교적 가치가 있는 것들을 선별하고 이것에 대한 실제적인 조사를 통하여 善本書目을 만드는 것도 하나의 좋은 방법이 된다고 생각한다. 물론 善本書目을 편찬하는 데 선본이 가리키는 범위가 어디까지인가에 대한 논의가 먼저 이루어져야 한다. 왜냐하면 중국과 대만조차도 선본의 범위에 대한 견해가 일치하고 있지 않기 때문이다. 대만의 경우는 善本이란 일반적으로 明末이전에 간행된 고서와 淸初의 일부 고서를 그 범위로 정하고 있다. 이에 비해 中國의 선본 기준은 좀 더 넓어서 淸代 사람들의 著作들도 광범위하게 선본으로 인정하고 있다. 특히 중요한 것은 중국의『中國古籍善本書目』은 중국 이외의 지역에서 간행된 고서는 수록 대상에서 제외하고 있다는 점이다. 만약 이러한 기준을 따른다면 한국 소장 중국고서 가운데 선본으로 분류할 수 있는 고서는 그다지 많지 않을 것으로 생각된다. 즉 대다수의 조선간본 중국고서는 선본의 범위에서 제외된다는 의미이다.

결론적으로 말하자면 善本書目의 편찬에 있어서 가장 중요한 문제의 하나는 선본의 범위를 어디까지로 볼 것인가의 문제이다. 왜냐하면 어떤 기준에서 선본서목을 편찬하느냐에 따라 수록 대상의 양과 범위가 결정되기 때문이다.

상술한 선본 범위에 대한 논의가 마무리되면, 그 기준에 따라 한국 소장 중국고서 가운데 선본으로 분류할 수 있는 것을 모아 하나의 목록으로 편찬하면 될 것이다. 현재 국내의 중국고서 연구자의 수와 연구 토대를 감안할 때 비교적 이상적인 모델은 통일된 편찬 체례를 먼저 마련하고 각 소장기구마다 각자의 선본목록을 만들고 이를 하나로 합치는 형태라고 생각된다.

3. 善本 解題의 編纂과 出版

善本書目의 편찬과 더불어 소장 중국고서에 대한 解題 작업 역시 병행되어야 할 것이다. 상술한 바와 같이 규장각에서는 소장 중국고서에 대한 해제 작업을 일정 부분 진행하였지만, 미진한 부분도 없지 않다. 이 방면에 있어서 대만의 국가도서관이 출판한『國家圖書館善本書初稿』[16]와 미국의 하버드대학 燕京圖書館의『美國哈佛大學哈佛燕京圖書館中文善本書志』[17]는 하나의 좋은 모델을 제공한다고 할 수 있다. 前者는 대학원생들이 提要를 쓰고 각 분야의 전문가가 그 문장을 감수하는 방식으로 만들어진 것이다. 이에 비해 후자는 하버드대학 燕京圖書館 善本室 主任인 沈津이 몇 년의 시간을 들여 독자적으로 이루어낸

---

16) 國家圖書館特藏組編,《國家圖書館善本書初稿(經部·史部·子部·集部·叢書部)》, 臺北市, 國家圖書館, 1996-2000년.

17) 沈津著,『美國哈佛大學哈佛燕京圖書館中文善本書志』, 上海辭書出版社, 1999년 2월.

작업이다. 『美國哈佛大學哈佛燕京圖書館中文善本書志』의 體例를 살펴보면 각 解題는 著者의 生平, 책의 내용, 기타 도서관의 所藏 現況 등이 망라되어 있다. 특히 주목할 점은 이 해제 내용 가운데 기타 도서관의 所藏 現況 부분이다. 독자는 이 해제를 통해 한 고서의 저자와 내용 등을 이해할 수 있을 뿐만 아니라 해당 고서가 세계의 어느 도서관에 소장되어 있는지를 이해할 수 있다. 필자의 개인적인 생각으로는 해제 작업 시에 이런 부분에 중점을 둔다면 관련 연구자들에게 많은 편리를 제공할 수 있을 뿐만 아니라 소장 고서의 문헌가치를 판단하는 데도 매우 유리한 조건을 마련할 수 있다고 생각된다. 이 부분의 작업은 적지 않은 관련 목록서가 이미 출판되어 있는 까닭으로 그다지 어렵지 않게 작업을 진행할 수 있다고 생각한다. 그러므로 앞으로 한국 소장 중국고서에 대한 해제 작업을 하면서 이 방면의 작업을 병행할지를 고려해도 좋을 것 같다.

4. 善本 叢書의 編纂과 出版

연구자들은 『美國哈佛大學哈佛燕京圖書館中文善本書志』를 통해 哈佛燕京圖書館에 소장되어 있는 중국고서의 내용과 문헌가치를 비교적 구체적으로 알 수 있다. 哈佛燕京社는 이 선본 제요의 成果 위에서 哈佛燕京圖書館이 소장하고 있지만 세계 각국의 기타 도서관이 소장하고 있지 못한 중국고서를 발견, 수집, 정리하고 그 가운데 가장 가치 있는 것을 叢書의 형태로 출판하였다. 이 총서가 바로 『美國哈佛大學哈佛燕京圖書館中文善本彙刊』인데 모두 37冊으로 (明)黃道周의 『孝經集傳』四卷 등 67種의 선본 고서를 수록하고 있다.[18] 이 총서의 출판

---

18)   美國哈佛大學哈佛燕京圖書館編, 『美國哈佛大學哈佛燕京圖書館中文善本彙刊』,

은 관련 학술 분야의 연구에 적지 않은 공헌을 할 것은 물론이려니와 哈佛燕京圖書館의 국제적 지위 향상에도 일조를 하고 있다.

이 관점에서 볼 때 한국 소장 중국고서 가운데 善本을 선별하여 제요를 쓰는 작업은 매우 중요한 일이라고 할 수 있다. 우리 역시 이를 바탕으로 하여 우리가 소장하고 있는 중국고서 가운데 어떤 것이 다른 나라에 없는지를 밝혀내고, 이를 이용하여 상관 자료를 출판하여 낸다면 한국 소장 중국고서의 문헌가치를 전 세계에 알릴 수 있는 좋은 기회가될 것이다. 동시에 각 소장기구의 전 세계 중국학계에서의 인지도 역시크게 향상되리라고 생각된다.

흥미로운 것은 과연 현재 우리나라 각 중국고서 소장기구에 소장되어 있는 중국고서 가운데 문헌가치가 높은 것이 도대체 얼마만큼 존재하는가의 문제이다. 즉 우리나라 각 소장기구가 소장하고 있는 중국고서 가운데 다른 나라에 없거나 혹은 있더라도 문헌학적 관점에서 볼 때더욱 가치가 있는 고서는 있는 것인가? 만약에 있다면 그 양은 어느 정도인가? 등의 문제이다. 물론 이 문제는 필자 자신도 아직 부족한 역량 탓으로 구체적인 데이터를 제시할 수는 없다. 그러나 국립중앙도서관, 서울대학교 奎章閣, 한국학 중앙연구원 藏書閣, 고려대학교 중앙학술정보원, 성균관대학교 동아시아학술원 尊經閣, 연세대학교 중앙학술정보원, 영남대학교 중앙학술정보관에 소장되어 있는 중국고서를예로 들어본다면 적지 않은 귀중한 중국고서가 있음을 확인할 수 있다.필자는 2003년 6월부터 2004년 8월까지 臺灣大學 東亞文明研究센터東亞文獻研究室의 연구프로젝트「韓國存藏中國古籍調査」에 참여하면서 대만대학교 潘美月교수와 함께「韓國存藏中國古籍調査草稿」를

北京, 商務印書館 ; 桂林, 廣西師範大學出版社, 2003년 2월.

집필하였다. 이 논문을 집필하는 과정에서 필자는 한국에 소장되어 있는 중국고서 가운데 비록 宋本이나 元本은 매우 제한적으로 존재하지만 적지 않은 고서가 매우 가치 있는 것임을 확인하였다. 예를 들면 성균관대학교 존경각 소장『五臣注文選』, 국립중앙도서관 소장『聖訓演』, 고려대학교 소장『龍龕手鏡』등이 이 방면의 좋은 예가 될 것이다.[19]

가장 중요한 점은 동일 고서가 중국, 대만, 일본, 미국 등에 소장되어 있는지에 대한 비교고찰이 이루어지지 않는다면, 소장 고서의 문헌가치를 파악하는 일은 결코 쉽지 않다는 것이다. 이 방면의 좋은 예가 한국학 중앙연구원 장서각에 소장되어 있는 明刊本『新刊補訂簡明河洛理數』의 경우이다. 필자가『藏書閣圖書中國版目錄』에서 이 고서를 처음 접했을 때 필자 자신도 이 고서가 明刊本인 까닭으로 善本이라고 판단했지만, 구체적인 문헌가치를 파악할 수는 없었다. 그러나 최근에 우연한 기회에 이 고서에 대해 비교적 상세한 조사를 하는 과정에서 이 고서가 상당한 문헌가치를 지니고 있음을 발견하였다. 먼저 이 고서에 대한 간략한 서지사항을 살펴보면 아래와 같다.

서명/저자사항 新刊補訂簡明河烙理數/ 陳 搏(宋) 著; 邵 雍(宋) 述

발행사항 明: [ ], 萬曆24(1596) 後刷

형태사항 線裝 8卷8冊: 圖, 四周單邊, 半郭 19.6×12.4 cm, , 烏絲欄, 半葉 14行28字, 註雙行, 上黑魚尾; 22.3×13.1 cm

청구기호 C3-99

개인저자 진 박 (송)

---

19) 이 문제에 관한 논의는 金鎬, 潘美月의「韓國所藏中國古籍調査初稿」(『東亞文獻研究資源論集』, 臺北, 2007년 12월, 學生書局)을 참고할 것.

판사항 木版

　일반주기 跋 : 萬曆丙申(1596)春月之吉書林陳氏積善堂梓 紙質 : 綿
紙

　刊記 : 萬曆丙申(1596)春月繡梓

　내용주기 - 冊1. 圖例式 .-- 冊2. 論說 .-- 冊3. 自乾至離 .-- 冊
4. 自咸至未濟 .-- 冊5. 詩訣 .-- 冊6. 流年 .-- 冊7. 參評 .-- 冊8.
起八字法

　소장본주기 印 : 李王家圖書之章

　상술한 바와 같이 이 고서의 작자는 (宋)陳搏이다. 『四庫全書總目』에
는 陳搏의 두 종류 저작이 수록되어 있지만[20] 『新刊補訂簡明河洛理數』
는 언급되지 않고 있다. 다시 말하면 이 고서는 비록 명대에 간행되었
으나 청대에는 그다지 널리 유통되지는 않았던 것으로 생각된다. 그리
고 현재 대만지역의 『臺灣地區善本古籍聯合目錄』[21]에는 「民國上海錦
章圖書局石印本」만이 수록되어 있고 중국국가도서관에는 12종의 『河
洛理數』가 소장되어 있지만 대부분이 淸刊本 혹은 청대 이후의 판본이
다. 또한 『美國哈佛大學哈佛燕京圖書館中文善本書志』 등에서도 이

---

20)　『子部 · 術數類存目』에 수록되어 있는 『河洛眞數』二卷과 『子部 · 道家類存目』에 수
　　록되어 있는 『案節坐功法』一卷이다.

21)　『臺灣國家圖書館全球資迅網(www.ncl.edu.tw)』은 대만에 소장되어 있는 고서를 검
　　색할 수 있는 데이터베이스이다. 대만에서는 『臺灣公藏善本(書名 · 人名)書目』이란
　　목록서가 있지만 그 출판 시기가 비교적 이른 관계로 현재 대만지역에 소장되어 있
　　는 중국고서를 모두 수록하고 있지는 않다. 이에 비해 『臺灣地區善本古籍聯合目錄』
　　은 『臺灣公藏善本書目』의 기초위에 관련 자료를 증보한 까닭으로 『臺灣公藏善本書
　　目』에 비해 수록하고 있는 선본 고서의 양이 많다. 뿐만 아니라 고서에 관한 내용을
　　기록함에 있어 서명과 저자 그리고 소장지 등의 기본적인 사항 이외에도 版式, 序跋
　　文, 藏書印 등의 내용까지도 기술하고 있으며 일부 자료에 대해서는 이미지 뷰어를
　　통해 첫 페이지를 On-Line상에서 관람할 수 있도록 설계되어 있다.

고서는 찾아볼 수 없다. 더욱 중요한 것은 陳搏의 저작이 『四庫全書總目』에 2종류가 수록되어 있지만 모두 『存目』에 수록되어 있는 까닭으로 현재 陳搏의 저작은 쉽게 찾아볼 수 없는 상황이라는 것이다. 이로 볼때 장서각 소장 『新刊補訂簡明河洛理數』의 문헌가치는 상당히 높다고 할 수 있다.[22] 이와 같이 한 고서에 대한 구체적인 비교 작업 없이 해당 고서의 문헌가치를 밝혀내는 것은 쉽지 않다.

상술한 관점과 관련지어 한 가지 설명이 필요한 것은 한국에서 간행된 중국고서에 관한 연구이다. 우리나라에 소장되어 있는 중국고서 가운데 중국이나 대만 혹은 일본지역에 소장되어 있지 않은 것은 양적으로 얼마나 될까? 의 문제는 매우 중요한 문제임에 틀림없다. 이 점으로 한국 소장 중국고서의 가치를 판단하는 것은 하나의 합리적인 판단 기준이라고 생각한다. 그러나 간과해서는 안 될 것은 이 기준이 한국에 소장되어 있는 중국고서의 문헌가치를 설명하는 유일한 기준은 될 수 없다는 것이다. 필자가 생각하기에 더욱 중요한 사항은 고려본 혹은 조선간본 중국고서에 대한 연구이다. 왜냐하면 이 부분은 중국고서에 대한 문헌학적 연구라는 범위를 넘어서 한중 서적교류사와 문화교류사의 가장 핵심적인 연구 분야이기 때문이다. 상술한 바와 같이 한국과 중국은 매우 오래전부터 긴밀한 교류를 해왔다. 그 가운데에 많은 서적이 교류되었으며 이 서적은 문화교류의 가장 핵심적인 역할을 담당해 왔다. 이런 관점에서 볼 때 高麗나 朝鮮 시기에 한국에서 간행된 중국고서는 우리의 선조들이 중국에서 전래된 문화를 어떻게 바라보았는지를

---

22) 물론 이 고서의 문헌가치에 대해 더욱 정확한 평가를 내리기 위해서는 좀 더 신중한 작업이 필요하다. 필자도 직접 눈으로 확인한 것이 아닌 관련 목록으로만 비교하여 기초적인 문헌가치를 도출한 것이므로 필자의 판단이 틀릴 가능성은 얼마든지 있다. 향후에 여러 판본을 실제적으로 대조하여 보아야만 실제적인 문헌가치에 대해 보다 정확하고 객관적인 판단을 내릴 수 있다고 여겨진다.

설명하는 자료이다. 동시에 전래된 중국고서를 다시 간행함에 있어 당시의 어떤 정치, 경제, 문화, 사상적 필요에 의해 간행하였는지를 설명할 수 있는 귀중한 자료이다.

Ⅵ. 나오는 말

이상에서 필자는 한국 소장 중국고서의 정리 현황, 문제점 그리고 향후의 정리 방법에 대해 몇 가지 개인적인 견해를 피력하였다. 상술한 정리 작업들이 이루어지는 과정 속에서 한국 소장 중국고서에 대한 연구역시 활발해질 것으로 기대된다. 무엇보다도 관련 소장기구와 지원기관의 적극적인 지원과 협조가 필요하다고 생각된다. 고문헌을 연구하는 학자에게 있어 가장 중요한 것은 고문헌을 직접 보는 것이다. 만약 고서를 보는 데 시간적으로나 물리적으로 제한이 있다면 좋은 연구 성과를 도출할 수 없음은 자명한 일이다. 그러므로 특정 소장기구의 중국고서를 정리할 때 해당 기구는 전문연구인력들이 자유롭게 소장 고서를 열람하고 필요할 경우에는 열람 이외의 시간에도 열람할 수 있는 편의를 제공해야 한다고 생각한다. 동시에 한국 소장 중국고서를 정리, 연구함에 있어 재정적인 지원 역시 없어서는 안 될 사항이다. 고서의 정리와 연구는 장시간이 요구되는 연구 영역이다. 그러므로 적극적이고 지속적인 지원 없이 可視적인 연구 성과를 내는 것은 불가능하다고 생각된다.

또한 고서 정리와 관련된 연구 성과 역시 현재 한국의 연구업적 평가 기준으로 볼 때 인정되지 못하는 부분도 있다고 여겨진다. 가장 대표적인 경우가 고서 해제의 경우이다. 과연 한 연구자가 장기적인 계획을 가지고 많은 시간을 들여 한 소장기구의 중국고서에 대해 해제를 쓰면서 일정 분량을 지속적으로 학술지에 발표하고자 할 때 이 부분을 연구업적으로 인정해 줄 것인가의 문제는 관련 연구자들(특히 비전임)에게 있어 중요한 문제가 아닐 수 없는 것이다.[23] 많은 시간을 기울여 써낸 해제가 학술 가치는 인정되나 연구업적으로 인정되지 못한다면 이것만큼 불합리한 것도 없을 것이기 때문이다.

마지막으로 더욱 많은 연구자들과 後學들이 한국 소장 중국고서의 수집과 정리 및 연구에 관심을 갖고 노력을 경주하기를 기대해 본다. 이 분야의 연구를 통해 중국학뿐만 아니라 한국학 분야에 있어서도 가치 있는 연구 성과를 만들어 내기를 기대한다.

---

23) 필자가 아는 바로는 규장각에서 출판하는 등재학술지 『奎章閣』과 한국학 중앙연구원에서 발간하는 등재학술지인 『藏書閣』 정도만이 古書 解題를 정식논문으로 게재하고 있다. 국내 중국학계에서도 고서정리 분야의 연구진흥을 위해 고서 해제에 관한 논문이 일정한 형식과 분량을 갖추었을 경우 그것을 학술지에 정식논문으로 게재시키는 정책적인 고려가 필요하다고 생각된다.

한국 소장 중국고서 정리와 연구에 관한 序說
- 고서 해제를 중심으로-

Ⅰ. 들어가는 말

　근대 이전 동아시아 지역의 한국, 중국, 일본 등은 대부분 漢文을 표기 수단으로 삼아 서적을 간행하여 지식을 보급 · 유통시켜왔다. 이런 까닭으로 한문으로 기록된 서적인 漢籍은 동아시아 지역에서 한 나라의 지식 영토를 초월하여 동아시아 전체의 지식보급과 축적에 있어 가장 중요한 역할을 수행하여 왔다고 할 수 있다. 최근 한국, 중국, 대만, 일본학계에서 漢籍 정리와 수집의 중요성을 인지하고 다양한 각도로 이 문화 담론을 연구하여 온 것은 한적으로 대표되는 동아시아 지식체계에 대한 학계의 관심 표출이라고 할 수 있다. 혹자는 서적으로 대표되는 문화현상을, 혹자는 동아시아 지역의 서적 교류를, 혹자는 중국 이외 지역에 유통되어 현지에 소장되어 있는 한적의 수집 · 정리 등 다양한 각도로 연구를 진행하였다. 더욱 중요한 점은 상술한 漢籍에 대한 학계의 중시가 기초자료 정리에 대한 중시일 뿐만 아니라 하나의 연구방법론 혹은 硏究 趨勢로 인식되고 있다는 사실이다. 즉 국내외 상관 연구자들은 동아시아에 있어서의 漢籍연구를 넓은 의미에서는 동아시아 지역에 산재되어 있는 고서들의 형태와 내용을 비교 연구하고, 고서의 전파와 유통의 경로를 파악하는 동시에 각국에서의 영향 문제를 살펴봄으로써 동아시아 지역에서 지식이 유통되고 축적되는 지형도를 그려낼 수 있다고 생각한다. 이러한 연구 방법은 기존에 고서를 연구함에 있어서 한 특정 國家의 범위에 국한시켜 연구함으로써 직면했던 문헌의 輸入과 傳播라는 단면적 연구방향을 발전적으로 극복하는 데 있어서 중요한 연구 방법론을 제공한다고 할 수 있다.

다만 국내의 한적 수집과 정리 관련 연구 성과는 대부분 한국인이 저술한 한적에 초점이 맞추어져 있는 상황이다. 이에 비해 국내에 소장되어 있는 중국인 혹은 일본인 저술의 수집과 정리에 관한 연구는 미미한 실정이다. 특히 근대 이전 한국학의 형성과 발전에 지대한 영향을 미친 중국고서의 정리와 연구는 아직도 많은 연구자의 손길을 기다리고 있는 것이 현실이다.[1]

본문은 상술한 현재 국내외의 한적 관련 연구 현황과 필요성에 초점을 맞추어 근대 이전 동아시아 문화 담론의 보고이자 한·중 서적교류 (혹은 문화교류사)의 실체적인 모습을 다양하게 보여주는 한국 소장 중국

---

1) 현재까지 국내에 소장되어 있는 중국고서의 정리와 관련하여 약간의 선행연구가 존재한다. 특히 국내에 소장된 중국고전소설에 대한 정리와 연구는 관련 연구자들의 노력으로 상당한 성과를 이루었다. 이 부분에 대한 간략한 설명은 김호, 「韓國 所藏 中國古書의 整理現況과 課題 -동아시아 文獻硏究의 한 斷面-」(『중어중문학』41집, 2007.12, 384면)을 참고할 것. 이외에도 金學主·吳金成 編, 『(韓國重要圖書館所藏)明淸人文集目錄』(서울, 학고방, 1991); 金學主, 『조선시대 간행 중국문학 관계서 연구』(서울, 서울대학교출판부, 2000); 全寅初 主編, 『韓國所藏中國漢籍總目』(총6책)(서울, 학고방, 2005) 등이 국내 소장 중국고서의 정리와 연구 방면의 대표적인 선행 연구들이다.

고서의 정리 및 연구방법을 고서 해제라는 매개체를 중심으로 살펴보고자 한다. 이를 통해 한국 소장 중국고서가 동아시아학의 다양한 연구분야와 연결되며, 동시에 관련 연구의 토대자료를 마련하는 데 매우 중요한 자료라는 인식을 공유하는 데 일조하기를 기대한다. 동시에 머지않은 장래에 한국 소장 중국고서에 대한 전반적인 해제 작업도 이루어지기를 희망한다.

II. 한국 소장 중국고서 정리 연구와 해제

1. 한국 소장 중국고서 정리와 연구의 필요성

한국 소장 중국고서의 정리와 연구의 필요성은 대략 아래와 같은 몇 가지 측면에서 살펴볼 수 있다.[2]

첫째, 한국 소장 중국고서에 대한 연구는 한·중 문화교류의 실상을 연구하는 데 폭넓은 연구 시야와 기초자료를 마련할 수 있다. 이 점은 크게 두 가지 측면에서 살펴볼 수 있다. 먼저 국내외에서 근대 이전 한국에 유입된 중국 서적에 대한 연구는 주로 중국의 『二十五史』, 한국의 『高麗史』나 『朝鮮王朝實錄』 등 正史의 史料를 중심으로 이루어져왔다.[3] 물론 正史의 기록을 통한 중국 서적의 한국 유입 연구는 나름대로

---

2) 한국 소장 중국고서의 정리와 연구의 필요성에 대해서 필자는 「韓國 所藏 中國古書의 整理現況과 課題 —동아시아 文獻硏究의 한 斷面—」(『중어중문학』41집, 2007.12, 383—405면)에서 기초적인 의견을 제시한 바 있다. 본 절의 내용은 상술한 논문에서 필자가 제시한 의견을 기초로 하여 다시 수정, 보완한 것임을 밝혀둔다.

3) 예를 들면 黃建國, 「古代中韓典籍交流槪說」, 『中國所藏高麗古籍綜錄』, 上海市, 漢語大詞典出版社, 1998, 218—238면; 박문열, 「高麗時代의 書籍輸入에 관한 硏究」, 『인문과학논집』11집, 1992, 145—163면; 이소연, 『조선 전기 중국 서적의 유입과 영향에 대한 고찰 : 『조선왕조실록』에 기록된 내용을 중심으로』, 한양대학교 중어중문학과 대학원 석사학위논문, 2011.2 등이 이 방면의 선행 연구들이다.

의 필요성과 의의를 가지고 있다. 다만 그 주된 내용은 중국의 한국에 대한 서적의 하사와 한국의 중국에 대한 하사 요청 그리고 연행 사신들에 의한 서적 구입에 관한 것이 주를 이룬다. 그러므로 이 내용만으로 한국에 유입된 중국 서적에 대한 전체적인 연구를 진행하기에는 부족하다. 이런 의미에서 현재 국내에 소장되어 있으면서 역사서에 기록되지 않은 중국 서적을 연구 대상에 편입시킴으로서 과거 중국문화가 한국으로 전파되고 발전된 상황을 이해하는 데 도움을 줄 수 있다.

동시에 한국 소장 중국고서에 대한 연구는 단절됐던 중국문화 자체의 계승과 발전의 이해에도 적지 않은 도움을 준다. 바꾸어 말하면 서적으로 대표되는 하나의 중국문화가 먼저 한국 등 국외로 전파된 뒤에 해당 지역의 학술발전에는 일정 부분 영향을 미쳤으나 중국에서는 서적의 亡佚과 더불어 해당 문화가 종종 세상에서 자취를 감추게 된다. 그 후 국외에서 다시 그 서적이 중국으로 回流되면서 해당 서적으로 대표되는 문화가 중국에 다시금 등장하게 된다는 의미이다. 예를 들면 『算學啓蒙』은 (元)朱世傑(1249~1314)이 지은 數學 관련 서적으로 중국에서는 500餘年 동안 失傳되었다가 淸道光年間에 羅士琳(?~1853)에 의해 다시 간행되어 세상에 알려지게 된다. 그러나 이 서적은 한국에 일찍이 전파되어 조선시대에 여러 번 간행되었고, 동시에 조선 수학의 발전에 직접적인 영향을 미쳤다.[4] 특히 淸 中期에 이르러 朝鮮의 金正喜(1786~1856)와 淸朝 학인들과의 교류를 계기로 이 서적은 淸朝로 유입되었다. 그리고 羅士琳이 『算學啓蒙』을 간행하면서 朝鮮刊本『新

---

4) 상관내용은 南權熙, 「庚午字本『新編算學啓蒙』과 諸版本 研究」(『書誌學研究』第16 輯, 1998년, 335-360면)과 馮立昇, 「『算學啓蒙』在朝鮮的流入與影響」(『文獻』2005년 4月第2期, 57-64면)을 참조할 것.

編算學啓蒙』을 底本으로 삼아 간행하게 된다.[5] 우리는『算學啓蒙』이라는 서적의 유통을 통하여 19세기 한·중 양국의 수학 문화교류의 실질을 파악할 수 있다. 이런 관점에서 볼 때 한국 소장 중국고서의 정리 작업은 한·중 서적교류사, 나아가서는 한·중 문화교류사 연구의 토대 작업의 일환이 되는 것이다.

둘째, 한국 소장 중국고서의 정리와 이용은 국내에 소장된 중국 문헌의 정리와 연구에 큰 의미를 지닐 뿐만 아니라, 중국 내 소장 문헌에 대한 정리와 연구에도 적지 않은 의의를 지닌다. 그 이유는 현재 서울대학교 규장각에 소장되어 있는 明末 錢塘의 陸人龍이 지은 소설『峥霄館評定通俗演義型世言』의 경우처럼 중국에서 이미 없어진 서적이 한국에는 여전히 보존되어 있기 때문이다. 이 방면의 또 다른 예를 들면 규장각 소장본『崇禎曆書』역시 현존하는 판본 가운데 가장 완정한 판본이다.[6] 또한 성균관대학교 존경각과 계명대학교 동산도서관에 소장되어 있는 朝鮮正德四年刻本『(五臣註)文選』역시 높은 문헌 가치를 갖고 있는 고서이다. 이 고서는 朝鮮中宗년간에 간행된 것이지만 중국에서도 흔치않게 발견되는 五臣註 판본 계통에 속하는 것으로『文選』판본 연구에 있어 매우 중요한 고서이다.[7] 이 점에서 한국에만 존재하거나 혹은 중국, 대만, 일본 등지에도 존재하지만 한국에 소장되어 있는 중국고서가 더욱 큰 문헌 가치를 가지고 있는 경우를 발견하는 일은 중국 내 문헌에 대한 정리와 연구라는 부분에 있어서 매우 가치 있고 의

---

5) 이 문제에 대해서는 藤塚鄰著, 藤塚明直編, 『清朝文化東傳の研究－嘉慶·道光學壇と李朝の金阮堂－』, 東京, 國書刊行會, 昭和50(1975), 400~401면 을 참조할 것.

6) 주핑이著, 이혜정譯, 「서울대학교 규장각 소장『崇禎曆書』와 관련 사료 연구」, 『奎章閣』34집, 2009, 231~249면.

7) 傅剛, 「關於現存幾種五臣注『文選』」, 『文選版本研究』, 北京大學出版社, 2000, 257~258면 을 참조할 것.

미 있는 일임을 알 수 있다.

셋째, 중국 서적이 중국 이외의 지역으로 전파되면 해당 지역의 학자들은 중국고서의 내용을 자신들의 학문 토양에 맞추어 재해석하여 자신들만의 독자적인 학문 세계를 수립하는 데 이용하기도 한다. 즉 중국 이외의 지역에서 중국고서를 이용하거나 간행할 경우 종종 전래된 중국고서에 대해 수용자의 비판적인 수용과 개조를 거치게 된다는 의미이다. 그렇다면 중국고서의 해외전파는 전파되는 국가의 입장에서 볼 때는 외래문화를 수용하고 자국의 독특한 문화로 흡수하는 과정이다. 이런 관점에서 볼 때 근대 이전 한국에 전파되었거나 소장되어 있는 중국 서적은 한국학을 연구하는 데 있어 매우 중요한 문화유산으로 보아도 문제가 되지 않을 것이다. 이 방면의 예로는 (明)葉向高(1559-1627) 저작의 조선 유입과 영향 문제를 들 수 있다. 현재 한국학 중앙연구원 장서각, 고려대학교 중앙도서관, 서울대학교 규장각 등에는 明末의 저명한 宰相 葉向高의 저작인『綸扉疏草』,『蒼霞草』등이 소장되어 있다. 흥미로운 것은 섭향고의 저작들이 조선 후기에 당시의 문인, 학인들에게 비교적 널리 수용되어져서 독서의 대상이 되었다는 점이다. 특히 英祖 시대에는 당시 탕평책의 시행과 더불어 그 정당성을 판단하는 하나의 이론적 근거로서 섭향고와 그의 저술이 이용되었다. 즉 섭향고와 그의 저술들이 조선후기에는 정치적인 맥락에서 주로 이해되고 수용되었다는 것이다.[8]

넷째, 국내 소장 중국고서에 대한 정리와 연구는 국제적 漢學 硏究의 보편성을 추구하는 것이다. 중국이나 대만에서는 오래전부터 해외

---

8) 김호,「조선후기 중국문집의 조선유입과 수용에 관한 일고 - 葉向高의『蒼霞草』를 중심으로 -」,『중국어문학지』34집, 2010. 12. 153-188면.

에 소장되어 있는 중국고서를 총체적으로 조사 정리할 필요성을 제기하고 1990년대 이후부터 적극적으로 상관연구를 지속하고 있다. 예를 들어보면 대만의 경우 2003년부터 國立臺灣大學校 東亞文明硏究센터의 「東亞文獻硏究室」이 진행한 「韓國存藏中國古籍調查」가 대표적이다. 중국에서는 南京大學의 「域外漢籍硏究所」에서 중국 이외 지역에 소장되어 있는 중국고서에 대한 연구에 상당한 노력을 기울이고 있으며, 가시적인 연구 성과를 지속적으로 학계에 내놓고 있다.[9] 이외에도 중국에서는 정부의 지원과 전문가들의 협력으로 중국고서의 수집과 정리 및 출판 사업에 힘을 기울여『四庫全書存目叢書』,『續修四庫全書』,『四庫禁毁書叢刊』,『四庫未收書輯刊』 등의 대형 총서가 계속해서 출판되었다.

그러나 상술한 대형 총서들은 중국 국내 소장 고서만을 이용하여 출판한 것이어서 최근 몇 년간 관련 연구자들은 중국 국내에서는 실전되었지만 해외에 소장되어있는 중국고서에 더욱 관심을 갖고 수집, 정리 작업에 주력하고 있다. 예를 들어 Havard University 燕京圖書館은 세계 각국의 기타 도서관에 소장되어 있지 않거나 혹은 소장되어 있더라도 燕京圖書館에 소장되어 있는 것의 가치가 더욱 큰 고서를 수집, 정리하고 그중에서 가장 가치 있는 것을 叢書의 형태로 출판하였다. 이 총서가 바로『美國哈佛大學哈佛燕京圖書館中文善本彙刊』인데 모두 37冊으로 (明)黃道周의『孝經集傳』四卷 등 67種의 선본 고서를 수록하

---

9) 南京大學의「域外漢籍硏究所」는 「域外漢籍硏究集刊」이라는 학술논문집을 정기적으로 발행하여 중국이외 지역에 소장되어 있는 중국고서에 대한 연구 성과를 관련 연구자들에게 제공하고 있다. 그 가운데는 한국 소장 중국고서 혹은 한국본 중국고서에 대한 연구도 포함되어 있다.

고 있다.[10]

현재 우리 학계에서도 상술한 국외 漢學연구의 현황을 참작하여 국제적 연구 보편성에 주의를 기울일 필요가 있다. 이같은 연구 현황을 고려한다면 한국 소장 중국고서에 대한 해제작업은 한국 소장 중국고서를 국제적인 학문 조류와 연결시키는 학문의 국제화라는 측면에서도 매우 의미 있는 작업이라고 생각된다. 물론 이 연구를 통해 단지 국외의 중국학계를 맹목적으로 추종하는 것이 아니라, 한국 소장 중국고서를 주체적 입장에서 수집·정리하여 객관적인 입장에서 국외의 연구동향에 접근해야 할 것이다.

다섯째, 한국의 주요 중국고서 소장기구의 국제적 認知度를 提高시킬 수 있다. 위에서 언급한 하버드 대학의 燕京圖書館의 경우처럼 소장 고서 가운데 가치 있는 것을 『美國哈佛大學哈佛燕京圖書館中文善本彙刊』으로 출판한 것은 중국학 연구에 큰 공헌을 하였음은 물론이려니와 燕京圖書館의 국제적 지위 향상에도 일조를 하고 있다. 이런 관점에서 볼 때 한국 소장 중국고서의 해제작업을 통하여 소장 중국고서의 문헌 가치를 밝혀내거나 더 나아가 다른 나라에 소장되어 있지 않은 고서를 찾아내고 이를 이용하여 『韓國所藏中國古書善本叢書』 등의 형태로 출판하여 낸다면 한국 소장 중국고서의 문헌 가치를 세계에 알릴 수 있는 좋은 기회가 될 것이다. 동시에 전 세계 漢學연구계에서 한국의 인지도 역시 크게 향상되리라고 생각된다.

이상의 내용으로 볼 때 한국 소장 중국고서를 정리하고 연구할 필요성은 충분하다고 할 수 있다. 다시 말하면 한국 소장 중국고서에 대한

---

10) 美國哈佛大學哈佛燕京圖書館編, 『美國哈佛大學哈佛燕京圖書館中文善本彙刊』, 北京, 商務印書館 ; 桂林, 廣西師範大學出版社, 2003년 2월.

정리와 연구는 비단 중국학 연구에 도움을 줄 뿐만 아니라 한국학을 연구하는 데도 적지 않은 도움을 줄 수 있다. 뿐만 아니라 한국 소장 중국고서는 동아시아학이라는 학문 담론의 가장 핵심적인 자료의 하나로서 향후에 더욱 많은 활용이 기대된다고 할 수 있다. 그러나 아쉽게도 국내의 고서 연구는 대부분 한국고서 연구에 집중되어 있다. 즉 국립중앙도서관, 서울대학교 규장각, 한국학 중앙연구원 장서각, 고려대학교 학술정보관, 연세대학교 학술정보관, 영남대학교 학술정보관, 계명대학교 동산도서관 등 주요 고서 소장 기구에 소장되어 있는 중국고서에 대한 정리와 연구는 매우 미흡한 실정이다.[11] 한국의 각 소장기구가 편찬한 고서목록을 살펴보더라도 중국고서만을 대상으로 한 목록은 아주 소수이다. 즉 대부분의 고서 소장기구가 한국고서와 중국고서를 하나의 目錄에 함께 수록하고 있다. 서울대학교 奎章閣이나 한국학 중앙연구원 藏書閣 등만이 소장 중국고서와 한국고서를 분리, 정리하여 목록으로 출판하고 있을 뿐이다.[12] 중국고서에 대한 독립적인 목록의 출판이 이렇게 미미한 상태에서 所藏 중국고서에 대한 해제작업은 더 말할 필요도 없다. 비록 약간의 중국고서에 대한 해제가 한국고서 해제집에 수록되어 있지만 양적으로나 질적으로나 더욱 적극적인 노력이 필요한

---

11) 물론 이 부분에 대한 약간의 선행연구가 존재한다. 예를 들면 李廷燮, 「國立中央圖書館 所藏 中國古書의 整理現況」, 『民族文化論叢』第16輯, 1996, 161-167면; 李樹健, 「嶺南大中央圖書館所藏中國古書的現況及其性質」, 『民族文化論叢』第16輯, 1996, 189-221면; 박철상, 「계명대학교 동산도서관 소장 中國本 古書의 가치」, 『한국학논집』37, 2008, 221-234면 등이다. 다만 각 도서관에 소장되어 있는 중국고서의 양과 질을 고려할 때 위에서 언급한 세 편의 논문은 가장 기초적인 작업의 일환으로 향후 소장 중국고서의 정리와 연구에 더욱 심도 있는 논의가 필요하다.

12) 서울大學校圖書館 編輯, 『奎章閣圖書中國本綜合目錄』(서울, 서울대학교도서관, 1982)과 文化財管理局藏書閣, 『藏書閣圖書中國版總目錄』(『藏書閣貴重本叢書(第7輯)』, 서울, 文化財管理局藏書閣, 1974)이 그 예이다.

단계이다.

2. 古書 解題의 필요성과 의의

그렇다면 현재 한국 소장 중국고서의 정리와 연구에 있어서 왜 고서 해제가 필요한가? 그 이유는 두 가지 측면에서 설명할 수 있다.

먼저 고서 해제가 갖는 학술적 가치 때문이다. 고서 해제란 고서라는 1차 텍스트를 이해하고 적극적으로 이용하기 위한 가장 중요한 학문영역으로 工具書적인 성격을 지니고 있다. 연구자들은 고서 해제를 통해 많은 양의 고서를 일일이 보지 않고도 고서의 기본적인 내용과 문헌 가치를 파악할 수 있으며, 이를 통해 연구자 개개인의 연구에 이용할 수 있다. 즉 고서 해제는 고서라는 1차 텍스트가 얼마나 유용하게 연구자들의 연구에 이용되는지를 결정짓는 주체적인 자료발굴과 정리의 산물인 것이다.

둘째, 상술한 해제의 학문적 중요성에도 불구하고 한국에서 중국고서를 소장하고 있는 대부분의 도서관들이 비록 중국고서를 수록하고 있는 목록은 이미 간행, 출판하고 있지만 해제 성과는 거의 전무한 실정이다. 즉 국내에서 현재까지 진행된 고서 해제 작업은 거의 한국고서를 중심으로 이루어져 왔다. 다만 국내에서 발행된 한국고서 解題集, 예를 들어 『奎章閣韓國本圖書解題』, 『奎章閣韓國本圖書解題 · 續集』, 『善本解題』 등에 약간의 한국본 중국고서 해제가 수록되어 있다.[13] 이같은 현상이 일어나는 원인은 해제 작업자가 한국본의 범위 안에 일부

---

13) 서울대학교 奎章閣編, 『奎章閣韓國本圖書解題集』, 서울, 서울대학교 규장각, 1978－1987; 서울대학교 奎章閣編, 『奎章閣韓國本圖書解題 · 續集』, 서울, 서울대학교 규장각, 1999－ 2003; 韓國圖書館學硏究會, 『善本解題』, 서울, 景仁文化社, 1975, 137－138면.

한국에서 간행된 중국고서를 포함시키고 있기 때문이다. 다만 실제 한국에 소장되어 있는 중국고서의 양에 비해 이미 해제 작업이 이루어진 양은 매우 미미한 실정이다.

이외에 가장 눈에 띄는 점은 비록 서적의 형태는 아니지만 중국고서 소장기구의 홈페이지에 중국고서의 해제를 정리해놓은 사례가 있다는 것이다. 서울대학교 奎章閣이 바로 그 대표적인 예이며 현재로써는 국내에서 유일한 경우라고 판단된다. 연구자들은 서울대학교 규장각 한국학연구원의 홈페이지(http://e-kyujanggak.snu.ac.kr)의 「원문자료열람」부분에서 「중국본해제」를 열람할 수 있다. 「중국본해제」는 총 3842건의 자료를 수록하고 있는데 규장각 소장 중국본 자료에 대한 기본적인 이해를 도모하는 데 적지 않은 도움을 받을 수 있다. 다만 주의할 점은 이미 출판된 고서 해제나 온라인상의 중국고서 관련 해제가 그 내용이나 체례에 있어 상당 부분 수정과 보완이 필요하다는 것이다.[14]

문제는 상술한 상황이 한국 소장 중국고서를 이용하고 연구하는 데 많은 어려움과 한계를 가져다주는 근본적인 원인의 하나로 작용하고 있다는 점이다. 아래에서는 몇 종류의 고서를 예로 들어 해제 작업의 필요성과 의의를 좀 더 상세히 설명하고자 한다.

먼저 현재 국립중앙도서관에는 高麗禑王5년(1379)에 忠淸道 靑龍寺에서 간행한 (宋)張商英(1043-1122)의 『護法論』(일산貴1750-1) 한 부가 소장되어 있다.[15] 저자 張商英은 宋徽宗年間(1082—1135)에 韓愈,

---

14) 이 문제에 관해서는 김호, 「韓國 所藏 中國古書의 整理現況과 課題 −동아시아 文獻研究의 한 斷面−」, 『중어중문학』41집, 2007.12, 393-397면 을 참조할 것.

15) 1冊(51張) : 四周單邊 半郭 16.9 x 12.3 cm, 有界, 9行18字, 黑口, 上下向黑魚尾 ; 21.7 x 15.8 cm. 序: 乾道辛卯(明宗1, 1171)六月望日...鄭瓚序; 跋: 紹定四年(高宗18, 1231)四月八日 知幻道人書; 跋: 己未(禑王5, 1379)中秋初吉...韓山君李穡跋; 跋: 前知樞密院事徐俯跋; 跋: 紫芝丘雨跋; 卷末: 板留昊城西幻住菴.

歐陽脩, 程明道 等이 창도한 排佛思潮가 성행하는 가운데 排佛사조가 만연함을 막기 위해서 불교의 입장에서 護佛論을 주창한다. 張商英은『護法論』에서 심지어 儒家와 老子의 학설을 이용하여 排佛思想의 문제점을 설명한다. 특히『護法論』의 가장 주요한 비평 대상은 歐陽脩인데 그 이유는 歐陽脩가 「本論」에서 禮本의 관점에서 佛教를 비판했기 때문이다.[16] 이 서적은 고려에 전래된 이후 왕실의 숭불정책의 영향으로 다시 간행된 것으로 보이는데 "불교를 즐기지 않는다(不樂釋氏)"라고 한 李穡(1328-1396)이 跋文에서 "오탁의 어지러운 세상에서는 선을 행하여도 꼭 복을 받지는 않고 악을 행한다 해도 꼭 화를 당하지는 않으니 부처가 아니면 돌아갈 곳이 어디 있겠는가? 오호라! 호법론이 세상에 성행하는 것이 마땅하겠구나(五濁惡世, 爲善未必福, 爲惡未必禍, 非佛何所歸哉? 嗚呼! 護法論宜其盛行於世也)."라고 간행 취지를 설명하고 있다. 더욱 중요한 점은 高麗禑王5년(1379)靑龍寺刊本은 국내에 소장된『護法論』(한국본과 중국본 포함) 가운데 간행 시기가 가장 빠른 것이라는 점이다. 또한 외국의 소장본과 비교해 볼 때도 매우 높은 문헌 가치를 가지고 있다. 대만지역에는 淸順治辛丑(18년)杭州周海慧刊本, 藍格舊鈔本(이상 2종은 國家圖書館 所藏), 淸光緖2年(1876)常熟刻經刻本(臺灣國家圖書館臺灣分館 所藏) 등 鈔本과 淸刊本만이 소장되어 있다. 중국에도 明洪武(1368-1398)刊本과 明正統二年(1437)釋黙菴募刊本이 현재 중국국가도서관에 소장되어 있다.[17] 이로 볼 때 高麗禑王5년(1379)靑龍寺

---

16) 이 문제에 대해서는 蔣義斌, 「張商英『護法論』中的歷史思維」, 『佛學研究中心學報』第三期(1998年), 國立臺灣大學文學院佛學研究中心, 129-150면을 참조할 것.

17) 中國古籍善本書目編輯委員會編, 『中國古籍善本書目 · 子部 · 釋家類』에는 두 종류의 중국간본이 수록되어 있는데 하나는 「『護法論』一卷 宋張商英撰 明洪武刊本」이고 다른 하나는 「『護法論』一卷 宋張商英撰 明正統二年釋黙菴募刊本」이다. 1996, 上海古籍出版社, 989면.

刊本은 明洪武(1368-1398)刊本과 더불어 간행 시기가 가장 이른 판본으로 볼 수 있다. 그러나 아쉽게도 현재 국립중앙도서관에서 간행한 고서목록과 「국립중앙도서관 지식정보 통합검색」에서 검색되는 서지사항과 초록에서는 소장본 高麗禑王5년(1379)靑龍寺刊本을 귀중본으로 분류하면서도 국외 판본과의 비교를 통한 문헌 가치에 대한 언급이 전혀 없다.

또 하나의 예를 들어보자. 현재 한국학 중앙연구원 장서각에는 明刊本『簡明補訂河洛理數』가 한 질 소장되어 있다. 필자의 조사에 의하면 이 고서도 중국, 대만, 일본 등지의 여러 도서관에 소장되어 있지 않다. 비록 서명에서는 차이가 존재하지만 이 고서는 내용적으로는 현재 통용되고 있는 『河洛理數』와 동일한 서적이다. 가장 주목할 점은 현재까지 『河洛理數』의 판본 가운데 간행 시기가 가장 빠르다는 중국 고궁박물원 소장 崇禎本과 비교할 때 장서각 소장본이 간행시기가 더욱 빠르며, 내용적으로도 더욱 완정하다는 점이다.[18] 그러나 현재 『藏書閣所藏韓國版目錄』은 목록이 갖는 체례의 한계로 인해 상술한 문헌 가치를 상세히 설명하지 못하고 있다.

마지막으로 하나의 예를 더 들어보자. 현재 국내에는 甲辰字本 (明)郭登의 『春秋左傳直解』가 서울대학교 규장각한국학연구원 (181.1165-G994c), 고려대학교 중앙도서관(화산貴-150, 卷十下), 건국대학교 상허도서관(181.11 춘817) 등에 소장되어 있다. 郭登의 『春秋左傳直解』는 『明史·藝文志』와 『千頃堂書目』에는 수록되어 있지만 『四庫全書』에는 수록되어 있지 않다. 또한 현재 중국이나 대만에서 간행된 고

---

18) 장서각 소장본 『簡明補訂河洛理數』에 관한 상세한 내용은 김호, 「한국학 중앙연구원 藏書閣 所藏 『新刊補訂簡明河洛理數』의 文獻價値」, 『중국문학연구』39집, 2009.12, 41-66면 을 참조할 것.

서목록에서도 중국본 혹은 한국본 (明)郭登의『春秋左傳直解』를 찾아볼 수 없다. 이 점에서 갑진자본『春秋左傳直解』는 매우 중요한 문헌 가치를 지니고 있다고 할 수 있다. 다만 현재『奎章閣韓國本圖書解題』와『貴重圖書目錄』등 고서목록의 내용으로는 이 고서의 문헌 가치를 상세히 설명할 수 없다.

그러나 아쉽게도 관련 연구자들에게 한국에 소장되어 있는 중국고서가 직접적으로 연구에 이용되는 경우는 그다지 많지 않다.[19] 바꾸어 말하면 대다수의 연구자들이 한국에 소장되어 있는 중국고서의 내용과 가치를 제대로 이해하지 못하고 있다는 의미이다. 이런 까닭으로 한국에 소장되어 있는 적지 않은 중국고서가 국내외 연구자들과 연결점을 찾지 못하고 골동품과 같이 서고 속에 보존되어 있는 것이 현실이다. 주지하다시피 고서는 문물로서의 가치뿐만 아니라 연구자들의 연구에 활용됨으로써 더욱 적극적인 학술 가치를 지닐 수 있다고 생각된다. 한국에 소장되어 있는 중국고서가 앞에서 언급한 적극적 의미의 문헌 가치를 갖기 위해서 필요한 것이 바로 해제 작업이다.

결론적으로 만일 소장 고서에 대한 상세한 해제 작업을 진행하지 않는다면 상술한 것과 같은 고서의 구체적인 문헌 가치를 설명하기는 불가능하다. 특히 한국 소장 중국고서의 범위가 정치, 사회, 경제, 역사, 문화, 언어 등 어느 한 분야에 국한되지 않고 다양한 분야에 걸쳐 있는 것을 고려할 때 중국고서에 대한 해제 작업은 근대이전 한국의 거의 전 학문분야에 걸친 기초자료로 활용되어 관련 연구를 더욱 활성화시킬 수 있을 것이다.

---

19) 근래에 일부 연구자들이 한국 소장 중국고서를 대상으로 해제 혹은 해제의 성격을 띠고 있는 연구를 진행하고 있다. 다만 한국 소장 중국고서의 양을 고려할 때 그 연구 성과는 아직도 매우 제한적이다.

Ⅲ. 한국 소장 중국고서 해제의 체례와 내용

앞에서는 한국 소장 중국고서 정리의 필요성과 해제 작업의 필요성에 대해 살펴보았다. 여기서는 어떤 기준으로 해제 대상 고서를 선정하고 어떤 방식으로 해제를 작성할지에 대해 살펴보고자 한다.

현재까지 국내에서 출판된 한국 고서에 대한 해제의 체례와 내용은 이 문제에 있어 적지 않은 참고가 될 것이다. 그러나 국내에서 진행된 한국 고서에 대한 해제의 내용을 살펴보면 한국이라는 단일 지역만을 배경으로 하는 까닭으로 중국 지역에서 진행된 중국고서의 해제와는 일정한 차이가 있다고 생각된다. 예를 들어 판본의 비교 문제에 있어서도 국내 소장 중국고서는 한국고서에 비해 해외에 소장되어 있는 기타 판본과 비교 고찰의 필요성이 더욱 크다. 또한 국내에서 출판된 중국고서에 대한 기존 목록의 내용을 살펴볼 때 간행시기, 刻工, 藏書印 등에 있어 적지 않은 문제점이 발견된다. 이런 점에서 향후 어떤 방식으로 국내 소장 중국고서에 대한 해제를 작성할 것인지를 설명할 필요가 있다.

1. 해제 대상 고서의 선정

국내 중국고서 소장기구에서 간행한 고서목록에는 일반적으로 東裝本[20]만을 수록 대상으로 하고 있다. 이런 까닭으로 향후 해제 작업을 진행함에 있어서는 고서목록에 수록된 서적을 대상으로 한다면 큰 문제는 없으리라 생각된다. 그러나 여러 고서 소장기구에서 간행한 고서목

---

[20] 東裝本이란 韓國人, 中國人, 日本人이 撰述한 刊本과 寫本을 포함한다. 이 개념은 중국의 線裝本의 개념으로 이해해도 무방할 것으로 보인다.

록을 자세히 살펴보면 일부 고서는 해제 대상이 되기에는 부적합한 고서도 존재한다.

가장 대표적인 경우가 일부 목록이 비록 동장본의 형태를 취하고 있지만 그 간행년도가 1950년 이후의 서적도 수록하고 있다는 점이다. 예를 들면 성균관대학교에서 출판한 『古書目錄·第1輯·集部·詞曲類』에 수록되어 있는 『綠野翁琴趣』는 1958년에 간행된 新活字版 서적으로 고서라고 할 수 없는 서적이다. 다만 이런 경우는 소수에 불과하므로 기존에 출판된 고서목록을 기준으로 해제 작성 대상을 선정하면 될 것이다.

둘째, 가장 중요한 문제는 국내에 소장되어 있는 중국고서 가운데 이른바 한국본 중국고서를 해제 대상에 포함시키느냐의 문제이다. 현재 국내 고서 정리의 경향을 볼 때 한국본 중국고서는 한국고서와 같이 정리되는 것이 현실이다. 그 이유는 비록 중국인의 저술이지만 간행지가 한국이라는 이유 때문이다. 이런 경향은 일정한 타당성을 담보하고 있다. 다만 필자의 개인적인 생각으로는 한국본 중국고서는 중국 서적이 한국으로 유입된 이후 간행의 필요성이 생김에 따라 간행된 것으로 내용적으로 봤을 때는 중국고서가 분명함으로 향후 고서 해제 작업을 진행할 때 중국고서의 범위에 포함시켜 다시 해제 작업을 진행하는 것이 바람직하다고 생각된다. 물론 특정 한국본 중국고서에 대한 해제가 기존에 존재한다면 그 내용에 대한 수정, 보완을 통하여 시간적 절약은 물론이려니와 내용적으로도 더욱 충실한 해제를 작성할 수 있을 것으로 생각된다.

해제 대상 중국고서를 정하기 위한 좀 더 구체적인 기준을 제시하면

아래와 같다.[21]

첫째, 먼저 저자를 기준으로 중국고서란 中國刊本이든 韓國刊本이든 저자가 중국인인 고서를 의미한다. 그러므로 소장 고서 가운데 한국에서 간행된 중국고서라도 역시 해제 대상에 포함시킨다.

둘째, 간행 시기를 기준으로 할 때 일반적으로 중국이나 대만에서 고서라고 함은 주로 中華民國 성립이전(1911년) 印出된 것을 가리킨다. 그러므로 淸이 망하고 중화민국이 성립된 1912년 이후에 간행된 고서는 비록 그 著者가 古人이며 책의 형태가 東裝本이라 할지라도 고서로 분류하지 않는다. 그러므로 한국 소장 중국고서 가운데 若干의 책들은 해제 대상에서 제외된다. 이러한 결론에 도달한 이유는 1912년 이후에 간행된 책들은 비록 동장본의 형태를 취하고 있다 할지라도 일반적으로 상당히 보편적인 서적인 관계로 고서로서의 가치는 그다지 크지 않기 때문이다.

셋째, 내용적으로 한국 소장 중국고서 가운데 본래는 중국인의 저작이었으나 후에 조선인의 손에 의해 일정한 목적아래 편찬되어, 원래의 내용이나 형식에서 많은 변화가 있었던 고서라도 해제 대상에 포함시킨다. 예를 들면 正祖(1776~1800)가 御定한 『唐宋八子百選』과 『雅誦』은 비록 唐宋八大家와 朱熹의 시문을 뽑아 편찬한 것이지만, 이런 종류의 서적은 내용 자체는 중국인의 저술이며 또한 韓中文化의 融合이라는 특수한 문헌 가치를 가지는 까닭으로 심화된 해제 작업이 진행되는 것이 옳다고 생각된다. 물론 이 방면의 고서들은 이미 해제 작업이

---

21) 해제 대상 고서의 선정범위에 대해서는 연구자들마다 견해를 달리 할 수 있는 여지가 충분하다. 여기에서 제시하는 기준 역시 현재까지 필자가 갖고 있는 초보적인 생각일 뿐이다. 향후 필자 자신의 더욱 깊은 고민과 다른 연구자들과의 논의를 거쳐서 선정범위에 대한 보다 구체적이고 객관적인 관점을 정리하고 수립할 필요가 있다.

진행된 것이 상당수 포함되어 있을 것이므로 기존의 해제에 필요한 내용을 덧붙이는 방식으로 해제 작업을 진행하면 더욱 수준 높은 해제가 완성될 것이다.[22]

2. 해제의 형식과 내용

상술한 바와 같이 현재까지 국내에서는 중국고서에 대한 해제 작업이 거의 이루어지지 않은 상태이다. 이런 까닭으로 향후 진행될 중국고서의 해제 작업에 있어서는 무엇보다 해당 고서에 대한 실사와 분석을 통해 가장 정확한 정보를 전달해야 할 것이다. 주지하다시피 고서 해제 작업은 고서의 서지사항, 저자, 내용, 판본, 문헌 가치 등을 살펴보는 것을 주요 내용으로 한다. 다만 현재까지 국내에서 시도된 중국고서 해제는 대상에 있어서 매우 제한적일 뿐만 아니라 내용에 있어서도 한 고서의 저자와 내용 등을 간략하게 소개하는 정도에 그치고 있다.

이런 점에 착안하여 향후에 진행할 해제 작업에서는 한 고서에 대한 실제적인 고찰을 통하여 서지사항, 저자의 생애와 주요 학술 활동, 편찬 경위와 동기, 체례와 내용, 판본과 국내외 소장 현황, 문헌 가치 등의 내용을 구체적으로 기술하여야 할 것이다. 이상의 내용을 좀 더 구체적으로 표시하면 고서 해제의 체례와 내용은 비록 다양할 수 있지만 적어도 아래와 같은 내용은 필수적으로 포함하고 있어야 할 것

---

22) 현재 가장 기준이 모호한 것이 중국인 저술과 관련이 있지만 그 編著者가 명확히 한국인인 경우이다. 宋時烈(1607~1689)이 編한『朱子大全箚疑』, 金邁淳(1776~1840)이 編한『朱子大全箚疑問目標補』등이 이 방면의 예이다. 또한 韓元震의『朱子言論同異考』도 마찬가지의 경우이다. 즉 기본적으로 중국 문헌에 대해 전반적이든 부분적이든 주석의 형식, 즉 인용한 원문에 대해 설명하는 형식을 가진 저술들까지도 모두 포함시켜야 하는 가의 문제이다. 이 문제에 대해서는 향후 보다 세밀한 논의가 필요할 것으로 생각된다. 다만 이 서적들의 핵심은 조선 학자들의 학문관을 설명하는 것이므로 중국고서라고 분류하는 것은 다소 무리가 있다고 판단된다.

이다.

	항목	주요 내용
1	서지사항	版式, 刻工, 藏書印, 牌記
2	저자소개	저자의 생애와 주요 학술활동
3	체례와 내용	해당 고서의 체례와 핵심 내용
4	판본소개	현존 제 판본과의 비교
5	문헌가치	판본 가치, 내용 가치, 한중 서적교류사적 가치
6	국내외 소장 현황	세계 여러 소장기구의 소장 현황

위에서 언급한 내용에서 고서의 저자와 내용 및 체례와 관련된 2, 3 항목은 해당 고서의 저자와 체례 및 내용에 대한 소개와 분석이라는 점에서 특별한 부연 설명이 필요 없으리라 생각된다. 그러므로 아래에서는 이 두 항목을 제외하고 나머지 항목에 대해 상세히 설명함으로써 향후 국내에서 중국고서 해제 작업이 지향해야 할 내용을 구체적으로 설명하고자 한다.

첫째, 한 고서의 형태서지 사항은 版式, 刻工, 藏書印, 牌記 등의 내용을 포함해야 한다. 특히 국내에 소장되어 있는 중국고서에 대한 판본 감별이 정확하지 않다는 점을 감안할 때, 서지사항에 대한 정확한 분석은 매우 중요한 것이다. 위에서 언급한 내용들 가운데 版式, 藏書印, 牌記에 대한 기록은 각 소장기구에서 출판한 고서목록에 비교적 자세히 기록되어 있으므로 이를 수정, 보완하면 될 것이다. 다만 刻工에 대한 기록은 국내에서 출판된 거의 대부분의 고서목록에서 찾아볼 수가 없다. 그리고 이 점은 한국 소장 중국고서의 판본 감별에 직접적인 영향을 미친다는 점에서 더욱 주의를 요한다. 예를 들어 성균관대학교 존경각에는 (明)茅坤(1512~1601)의 문집인 『茅鹿門先生文集』이 두 종류

(D3C-56, D3C-56a) 소장되어 있다. 성균관대학교에서 출판한『古書目錄』에서는 이 두 종류 판본의 간행 시기에 대해「木版. 明 萬曆16(1588)序」라고만 기술하고 있다. 그러나 이 고서를 자세히 살펴보면 책 안에「畢應豪刊」,「崔河刊」,「金陵戴應試刻」,「王化」,「王世承」,「鄭愛」등의 명대 후기에 활동했던 刻工들의 이름을 발견할 수 있는데, 우리는 이를 바탕으로 이 두 고서가「明萬曆刻本」임을 증명할 수 있다.[23] 특히 국내에서 출판된 고서목록들이 해외에서 중국고서의 각공에 대한 연구가 활발히 진행되기 이전에 출판된 것이 대부분이므로 각공에 관한 기록은 더욱 세심한 주의가 필요하다. 바꾸어 말하면 만일 한국 소장 중국 고서에 각공에 관한 기록이 존재한다면 해당 각공에 대한 분석을 통해 간행년도를 밝혀낼 가능성이 충분히 있다는 의미이다.

　이외에 고서 안의 藏書印의 존재도 주의를 기울일 필요가 있다. 그 이유는 장서인을 통해 중국고서의 유통 경로와 상황을 설명할 수 있기 때문이다. 존경각에 소장되어 있는『尺牘新語廣編』(D4C-20)은 추사 김정희의 애제자였으며 29세의 나이에 요절한 조선 후기의 천재화가 田琦가 소장하고 있었던 중국고서인데 田琦가 직접 책에 쓴 것으로 보이는「千金勿傳」이란 기록을 통해 조선 후기에 패관소품류의 雜文을 선호하는 경향이 남아 있었음을 실증적으로 보여준다.[24] 장서각에 소장되어 있는『四銅鼓齋論畵集刻』(3-147)에는「漢陽葉名注閏臣甫印」이라는 장서인이 보이는데 이로 볼 때 이 고서는 청 후기의 문인 葉潤臣의 소장품이 조선으로 유입된 것이다. 또한 장서각에는 金正喜가 직접 소장

---

23) 이 문제에 대해서는 김호,「尊經閣 所藏 中國刊本『茅鹿門先生文集』」,『동북아연구』 2輯, 안양, 성결대학교 동북아연구소, 2008.12 59-66면을 참조할 것.

24) 金信周,「尊經閣所藏中國古書解題(2)」,『중국어문논역총간』24輯, 2009.1, 715-716면 을 참조 할 것.

하고 있던 중국본 고서가 다수 소장되어 있다. 예를 들어 『八家四六文抄』(4-51), 『欽定四庫全書簡明目錄』(2-353) 등이 그것이다. 이 외에 장서각 소장본 『說畧』(3-247), 『說淵』(3-248), 『說纂』(3-249) 등에는 김정희의 부친 金魯敬(1766~1840)의 장서인이 발견된다.

다만 종종 가짜 장서인이 존재한다는 점은 간과할 수 없다. 예를 들어 존경각에 소장되어 있는 『毛詩』(A4-1)에는 「天子古希」, 「乾隆御覽之寶」, 「葦滄」, 「季振宜印」, 「乾學之印」, 「天祿繼鑑」, 「天祿琳琅」 등의 장서인이 발견된다. 이 중 「天子古希」와 「乾隆御覽之寶」는 청 건륭황제(1711-1799)의 장서인이고, 「葦滄」와 「季振宜印」은 청초의 대장서가인 季振宜(1630-?)의 장서인이며, 「天祿繼鑑」과 「天祿琳琅」은 청대 황실도서에 찍던 장서인이다. 이들 장서인만으로 볼 때 이 고서는 매우 귀중한 고서라고 할 수 있다. 그러나 이 고서의 간기를 자세히 살펴보면 이 고서의 간행연대는 중화민국 초기인 1918년이다. 그렇다면 1918년에 간행된 고서에 17~18세기를 살았던 장서가와 황제의 장서인이 찍혀 있다는 것은 있을 수 없는 일임을 알 수 있다.

또한 장서각에 소장되어 있는 淸宣統3年(1911)刊本 『西淸續鑑』(3-174) 역시 비슷한 예이다. 이 고서에는 「古希天子之印」, 「乾隆御覽之印」 등 청 건륭황제의 장서인이 찍혀져 있다. 그러나 이 고서는 卷首의 「宣統庚戌(2, 1910) 涵芬樓依寗壽宮寫本敬謹影印」과 卷末의 「宣統三年(1911) 二月出版. 發行所上海棋盤街中市商務印書館」이라는 刊記로 볼 때 宣統3년(1911)에 간행된 것을 알 수 있다. 즉 이 고서는 건륭황제 사후(1799년) 근 백여 년이 더 흐른 뒤에 간행된 것으로, 건륭황제가 이 책을 소장했을 가능성은 없는 것이다.

그렇다면 상술한 장서인은 모두 후대의 호사가들이 만든 가짜 장서인이라고 할 수 있다. 이 점에서 장서인을 통해 국내에 소장되어 있는 중국고서의 간행시기를 감별하는 방법은 각별한 주의가 요구됨을 알수 있다.

다음으로 한국 소장 중국고서에 찍힌 장서인을 통해 우리는 조선 장서가들의 존재를 발견할 수도 있다. 존경각 소장 중국고서에 찍혀 있는 장서인 중에 주목을 끄는 것의 하나는 洪淳馨(1857~?)의 장서인인 「唐城后人」과 「洪淳馨字汝聞之章」이다. 우리는 이 장서인들을 통해 구한말의 장서가 홍순형의 존재를 파악할 수 있다. 필자는 홍순형의 장서인에 주목하면서 관련 자료를 찾던 중 고려대학교 도서관에 홍순형의 장서목록인 『萬卷樓藏書目錄』(화산B15-A12)이 소장되어 있음을 발견하였다.[25]

둘째, 4 판본소개와 6 국내외 소장 현황에 대해 알아보도록 하자. 먼저 중국의 역대 장서목록 및 기타 工具書를 이용하여 해당 고서의 대략적인 역대 유통과정과 현재 소장 현황을 조사한 후, 해당 고서와 기타 소장기관의 제판본과 상세한 비교 고찰을 진행한다. 예를 들어 존경각 소장 『北京八景詩集』(貴D2C-206))은 明代에 刊行된 이후에 그다지 광범위하게 유통되지는 않았다. 明代의 公, 私의 장서목록을 살펴보아도 『北京八景圖詩』가 수록되어 있는 경우는 매우 드물다는 것을 알 수 있다. 예를 들면 (明)焦竑『國史經籍志』, (淸)黃稷虞『千頃堂書目』, (淸)倪燦『明史・藝文志』등 대표적인 명대 관련 目錄에 이 책은 기록되어 있지 않다. 물론 『北京八景圖詩』가 완전히 失傳되었던 것은 아니다. 청대에 들어와서 『北京八景圖詩』는 若干의 目錄書에 相關記錄이 보인다. 예를 들면 『四庫全書總目・集部・總集類存目一』에는 『燕山八景

---

25) 筆寫本, [刊寫地未詳], [刊寫者未詳]. 1冊, 朱欄, 四周雙邊, 有界, 10行字數不定, 無魚尾. 萬卷樓記: 「五百二十三年甲寅(1854)夏友香觀石雲洪淳馨記」.

圖詩』一卷이 수록되어 있다. 「明永樂十二年左春坊左中允吉水鄒緝等
唱和之作也」[26]라는 저자에 관한 기록을 볼 때 비록 書名에는 다소의 차
이가 있지만 수록된 것이 바로 『北京八景圖詩』임을 알 수 있다. 그 후
에 『欽定續文獻通考・經籍考』에도 「鄒緝等, 『燕山八景圖詩 一卷』[27]이
수록되어 있다. 이들 기록으로 볼 때 이 책이 청대에는 어느 정도 세상
에 알려졌을 것이라 추측된다. 그러나 중국의 문헌학자 黃裳에 의하면
이 『北京八景圖詩』는 일찍이 浙江省 寧波의 天一閣에 소장되어 있다
가 戰亂 중에 소실되었다고 한다.[28] 이와 함께 국내외 소장 현황까지도
동시에 조사할 필요가 있다. 위에서 언급한 바와 같이 『北京八景詩集』
의 경우에는 중국지역, 대만지역, 일본지역 그리고 미국지역의 대표적
인 도서관 藏書目錄을 조사한 결과 중국의 남경도서관에 편자가 다른
같은 이름의 고서 한 부가 소장되어 있는 것 이외에 다른 소장기구에는
소장되어 있지 않다.[29]

이상의 내용을 통해 소장 중국고서의 판본을 정확히 소개하고 기타
지역의 소장 현황을 파악한다면 향후 한국에만 소장되어 있는 유일본
혹은 희귀 판본 중국고서를 출판하는 데 핵심적인 자료를 확보할 수 있
을 것이다. 즉 상술한 작업은 향후 한국 소장 중국고서 가운데 가치 있
는 것을 선별할 때 가장 중요한 기준을 마련하는 작업이다.

---

26) (清)紀昀等奉勅撰, 『四庫全書總目・集部・總集類存目一』, 臺北, 臺灣商務印書
  館, 1983, 卷191, 28b면.

27) (清)乾隆間官修, 『欽定續文獻通考・經籍考』, 楊家駱編『明史藝文志廣編』本, 臺
  北, 世界書局, 1963, 765면.

28) 黃裳, 「天一閣被劫書目」, 『文獻』(叢刊)1979年第二輯.

29) 中國古籍善本書目編輯委員會編, 『中國古籍善本書目』, 『集部・總集類』, 上海古籍出
  版社, 1998, 1772면. 중국지역을 제외하고 『北京八景詩集』의 소장 여부에 대한 설
  명은 김호, 「朝鮮刊本 『北京八景詩集』硏究 – 한국본 중국고적의 문헌가치를 겸하
  여 논함 –」, 『漢文敎育硏究』25집, 2005.12, 710–711면 을 참조할 것.

사실상 중국 외 지역, 즉 대만, 일본, 미국 등지에 소장되어 있는 중국고서의 소장 현황이 여러 경로로 널리 활용되고 있는 것과는 달리, 한국 소장 중국고서의 소장 현황은 국내외적으로 덜 주목을 받아왔다. 대표적인 예를 들면 규장각에 소장되어 있는 『古今圖書集成』을 들 수 있다. 이 고서는 淸雍正銅活字本初刊本으로 현재 전 세계적으로 몇 부밖에 존재하지 않는 完帙本이다. 그러나 국내 연구자들은 규장각 소장본 『古今圖書集成』의 조선 유입과 영향 문제에는 관심을 갖고 있지만, 이 고서가 갖는 판본학적 가치에 대해서는 언급을 하고 있지 않다. 또한 해외의 학자들도 종종 淸雍正銅活字初刊本의 소장 현황을 전체적으로 소개하면서도 규장각 소장본은 언급하지 않고 있다.[30] 그러므로 한국에 소장되어 있는 중국고서의 판본 상황을 정리한 해제는 향후 이 분야를 연구하는 국내외 학자들에게 한국의 중국고서 소장 현황을 알려주는 귀중한 정보를 제공한다는 점에서도 매우 의미가 깊다고 생각된다.

셋째, 문헌 가치를 설명하는 데 있어 기존의 고서목록에서는 대부분 간행 시기가 빠른가의 여부에 따라 고서의 문헌 가치를 판단하고 있다.

---

30) 현재 전 세계적으로 완질본 雍正初刊 銅活字本이 몇 부 전해지는지에 대해 연구자들 간의 견해가 일치하지 않는다. 예를 들어 裴芹은 완질본과 낙질본을 합쳐 전 세계적으로 모두 24部의 『古今圖書集成』이 존재한다고 주장한다(『古今圖書集成』研究』, 北京, 北京圖書館出版社, 2001, 154면). 이에 비해 沈津은 전 세계에 대략 13부가 전해진다고 주장한다(『今『集成』全帙不多, 國內僅北京圖書館, 中國科學院圖書館, 甘肅省圖書館, 徐州市圖書館四部。上海圖書館(缺十二冊), 遼寧省圖書館, 故宮博物院, 寧波天一閣所藏均為殘帙。臺灣"中央圖書館"一部, 臺灣"故宮博物院"三帙。此外哈佛, 普大以及英國大英博物館圖書館各一部。聞諸法國巴黎國家圖書館及西德柏林圖書館各一部。如此大約共存全本十三部』(『中國珍稀古籍善本書錄』, 桂林, 廣西師範大學出版社, 2006, 305면). 주목해야 할 것은 裴芹과 沈津 모두 현재 서울대학교 奎章閣에 소장되어 있는 완질본 雍正銅活字本 『古今圖書集成』의 존재를 언급하지 않는다.

예를 들어 고려대학교 중앙도서관에서 출판한『貴重圖書目錄』에서는 귀중본 도서의 기준을 "(1)壬辰亂 以前의 銅活字 및 木版本 (2)名人의 自筆草稿, 未刊本 및 簡札 (3)寫本中 唯一本 (4)明代 中期 以前의 中國本과 그 밖의 資料的, 藝術的 保存價値가 있는 것이며 東洋書의 경우는 1910년 이전에 간행된 것 그리고 西洋書의 경우는 1800年代 以前의 것과 그 後의 것이라도 資料的, 藝術的 價値가 있거나 韓國에 관계되는 圖書이다."[31]라고 설명하고 있다. 또한 성균관대학교에서 출판한『고서목록』에서도 "韓國典籍은 壬亂以前, 中國本은 隆慶末期以前, 日本本은 慶長以前의 것을 각각 貴重本으로 處理한다."[32]라고 규정하고 있다. 비록 두 도서관의 귀중본 판단 기준이 완전히 일치하지는 않지만 간행시기의 빠름이 가장 중요한 기준임은 부인할 수 없다. 그리고 기타 도서관의 고서목록에서 귀중본을 판단하는 기준 역시 대동소이하다.

그러나 간행 시기에 따른 고서의 문헌 가치 판단이 비록 가장 보편적인 것이며 또한 합리성과 타당성을 지니고 있다 할지라도 학술연구에 있어 한 고서의 문헌가치는 간행 시기의 빠름으로만 결정될 수는 없다. 그러므로 향후 국내에서 진행되는 중국고서 해제 작업에서는 한 고서의 문헌 가치를 판단할 때는 적어도 아래와 같은 세 가지 측면의 요소를 고려해야 할 것이다.

---

31) 高麗大學校 中央圖書館編輯,「刊行辭」,『貴重圖書目錄』, 高麗大學校 中央圖書館, 1980.

32) 成均館大學校 中央圖書館編輯,「凡例」,『古書目錄(第1輯)』, 成均館大學校出版部, 1979.

번호	항목	내용
1	판본가치	간행시기, 희귀판본 여부
2	내용가치	내용 자체로 본 가치
3	한중 서적 교류사적 가치	근대 이전 한중 서적 교류사와 관련된 가치

먼저 한 고서의 판본 가치를 간행 시기의 빠름과 판본의 희귀 여부에 따라 판단한다. 각 소장기구에서 출판한 고서목록에서 귀중본이나 희귀본으로 분류되는 고서들이 대부분 이 경우에 해당한다.

다음으로는 내용 가치에 따라 문헌 가치를 판단한다. 즉 다른 판본과의 비교를 통하여 내용상으로 더 완벽하여 상관 연구자에게 가장 믿을 수 있는 原始資料를 제공 할 수 있다면, 그 고서는 간행 시기의 빠름과 늦음을 떠나 높은 문헌가치를 가지게 된다는 의미이다. 예를 들어 조선간본『夾註樊川文集』은 (唐)杜牧의 시집인데 현재 서울대학교 규장각, 성균관대학교 존경각, 고려대학교 도서관 등에 소장되어 있다. 『夾註樊川文集』은 사실상 현존하는 杜牧의 詩集 중 그 刊行年度가 가장 이른 註本으로 두목 시집의 校勘에 있어 특수한 가치를 가지고 있다. 조선간본『夾註樊川文集』은 두목 시 연구에 있어 많은 연구자들에게 이용되어지는 (淸)馮集梧註本과 비교하여 볼 때 여러 곳의 註釋의 내용이 馮集梧註本보다 더욱 상세하고 타당한 면이 적지 않다. 특히 그 註 속에는 현재 중국에서도 이미 찾아 볼 수 없는 귀중한 고서의 내용이 수록되어 있는데 예를 들어서 『十道志』, 『春秋後語』, 『盾甲開山圖』, 『五經通義』, 『三輔決錄』, 『魏略』, 『晉陽秋』 등이 그것이다. 이 고서는 현재 대만에는 소장되어 있지 않으며 중국에서도 北京圖書館과 遼寧省圖書館에만 소장되어 있을 뿐이다. 이와 같이 간행연도가 비록 송원시기가 아닌 조선시대라도 중국의 어떤 판본보다 가치가 있을 수 있는 가능성은 항상 존재한다. 그러므로 동일 서적의 서로 다른 판본에 대한 정밀한 비교, 분석 작업이 선행되어야 한다.

셋째, 일부 중국고서가 중국학자와 한국학자 사이의 인적 교류를 실제적으로 증명하거나, 중국에서 한국으로의 유입과정을 구체적으로 설명할 수 있다면, 이런 고서는 간행 시기 혹은 판본의 우열을 떠나 또 다른 문헌 가치를 갖는다고 할 수 있다. 예를 들어, 존경각에 소장되어 있는 『漢隷字源』(A10B-38)에는 「湛軒」,「洪大容印」,「德保」 3개의 장서인이 있는데, 「湛軒」은 조선 후기의 대표적 실학자인 洪大容(1731-1783)의 堂號이며, 「德保」는 홍대용의 字이다. 홍대용은 1765년(영조 41) 書狀官인 작은 아버지 洪檍의 수행관으로 청나라를 방문, 중국학자들 및 독일계 선교사들을 만나 서양 문물에 대한 견문을 넓히게 된다. 당시 홍대용은 청의 학자인 潘庭均과 교류하게 되었는데, 존경각에 소장되어 있는 『漢隷字源』은 홍씨가 청나라를 방문했을 당시 반정균에게 선물로 받은 것이다.[33] 또 존경각 소장본 『師竹齋集』(D3C-73)은 (淸)李鼎元(1749-1812)의 시집으로 표지에 1815년 가을에 김정희가 쓴 題가 있으며, 이외에 「星原當觀」,「星秋霞碧之齋」,「貞碧賞觀」 등 조선과 청조 문인들의 장서인이 발견된다. 즉, 이 고서는 19세기 조선과 청조의 문인교류와 서적교류를 설명하는 하나의 좋은 예라고 할 수 있다.[34]

---

33) 김신주, 「尊經閣所藏中國古書解題(3)」, 『中國語文論譯叢刊』25輯, 2009.7, 543-
    551면 을 참조할 것.
34) 김호, 「尊經閣所藏中國古書解題(3)」, 『中國語文論譯叢刊』25輯, 2009.7, 558-568
    면 을 참조할 것.

Ⅳ. 나오는 말

본문은 한국에 소장되어 있는 중국고서를 어떤 방식으로 정리, 연구할지의 문제를 해제라는 방법을 통해 해결점을 찾아보고자 한 시도이다. 본문의 논의를 통해 아래와 같은 몇 가지 결론을 얻었다.

먼저 한국 소장 중국고서에 대한 정리의 필요성은 다음과 같다. (1) 한국 소장 중국고서에 대한 정리와 연구는 한·중 서적 교류 및 문화교류의 실상을 연구하는 데 폭넓은 연구 시야와 기초자료를 마련할 수 있다. (2) 한국 소장 중국고서의 정리와 이용은 국내에 소장된 중국 문헌의 정리와 연구에 큰 의미를 지닐 뿐만 아니라, 중국 내 문헌에 대한 정리와 연구에도 적지 않은 의의를 지닌다. (3) 중국고서의 해외전파는 전파되는 국가의 입장에서 볼 때는 외래문화를 수용하고 자국의 독특한 문화로 흡수하는 과정이다. 이런 관점에서 볼 때 근대이전 한국에 전파되었거나 소장되어 있는 중국 서적은 한국학을 연구하는 데 있어 매우 중요한 문화유산이 된다. (4) 국내 소장 중국고서에 대한 정리와 연구는 국제적 漢學研究의 보편성을 추구하는 것이다. (5) 국내 소장 중국고서의 정리와 연구를 통해 한국의 주요 중국고서 소장기구의 국제적 인지도를 제고시킬 수 있다.

둘째, 고서 해제란 고서라는 1차 텍스트를 이해하고 적극적으로 이용하기 위한 가장 중요한 학문영역으로 공구서의 성격을 지니고 있다. 연구자들은 고서 해제를 통해 많은 양의 고서를 일일이 보지 않고도 고서의 기본적인 내용과 문헌 가치를 파악할 수 있으며, 이를 통해 연구자 개개인의 연구에 이용할 수 있다. 즉 고서 해제는 고서라는 1차 텍스트가 얼마나 유용하게 연구자들의 연구에 이용되는지를 결정짓는 주체적인 자료발굴과 정리의 산물이다. 그러나 현재 국내에서 중국고서를 소장하고 있는 대부분의 도서관들이 중국고서를 수록하고 있는 목록은 간행, 출판하고 있지만 해제 성과는 거의 전무한 실정이다. 이런 까닭으로 연구자들은 현재 국내에 소장되어 있는 중국고서의 문헌 가치를 자세히 이해할 수 없고, 소장 중국고서 역시 연구자들에게 적극적으로 이용되지 못하고 있는 실정이다.

셋째, 향후 진행되는 고서 해제 작업에서 체례와 내용은 비록 다양할 수 있지만 적어도 (1)서지사항(版式, 刻工, 藏書印, 牌記), (2)저자소개(저자의 생애와 주요 학술활동), (3)체례와 내용(해당 고서의 체례와 핵심 내용), (4)판본소개(현존 제 판본과의 비교), (5)문헌가치(판본 가치, 내용 가치, 한중 서적 교류사적 가치), (5)국내외 소장 현황(세계 여러 소장기구의 소장 현황) 등은 필수적으로 포함하고 있어야 할 것이다.

결론적으로 국내에 소장되어 있는 중국고서에 대한 정리와 연구는 중국고서 자체가 갖고 있는 중국학 분야의 학문적 가치 이외에 한·중 서적교류사의 산물로서 근대이전 한국과 중국 간의 문화교류의 실상을 설명하고 중국문화에 대한 한국 학자들의 수용 태도를 고찰할 수 있다는 점에서 더욱 많은 연구자들의 관심과 연구가 필요하다고 생각된다.

제2부

奎章閣 所藏 中國本 古書 整理 및 研究에 관한 窺見

I. 들어가는 말

규장각은 장서각, 국립중앙도서관과 함께 한국을 대표하는 고서 소
장 기구의 하나이다. 현재까지 규장각 소장 고문서에 대한 정리와 연구
는 상당히 축적된 상태이다. 다만 소장 고서에 대한 대부분의 정리와
연구 성과가 한국본 고서에 집중되어 있는 것이 현실이다. 상대적으로
소장 고서 가운데 적지 않은 양을 차지하고 있는 중국본 고서에 대한
정리와 연구는 상대적으로 부족하다. 소장 중국본 고서를 수록하고 있
는『奎章閣圖書中國本綜合目錄』의 기록에 근거하면 현재 규장각에는
총 6,686종 73,101冊의 중국본 고서가 소장되어 있다.[1] 결코 적지 않
은 수량임이 분명하다. 동시에 그 문헌가치 역시 매우 높다고 할 수 있
다. 중국고서를 소장하고 있는 도서관의 질적 수준을 일차적으로 판단

---

1) 『奎章閣圖書中國本綜合目錄·凡例』, 서울: 서울대학교도서관, 1982.

하는 宋元本도 규장각에 일부 소장되어 있다.[2] 이런 까닭으로 최근에는 소장하고 있는 중국고서에 대한 연구도 이전에 비해 활발하게 진행되고 있다. 이 방면의 대표적인 연구로는 규장각 한국학연구원의 홈페이지 (http://e-kyujanggak.snu.ac.kr)의「원문자료열람·해제」부분에서 발견되는「중국본조사사업해제」이다.[3] 이 해제의 내용을 통해 규장각 소장 중국본 고서에 대한 연구가 이전에 비해 한 단계 더 나아갔음을 알수 있다. 예를 들어 옥영정의「규장각 소장 중국본 귀중 도서 선본 해제」는『書經演』(奎中 5206) 등 25종의 고서에 대해 비교적 상세한 해제 작업을 진행하고 있다.

그러나 6,686종 73,101冊의 소장 중국본 고서에 비해 현재까지 진행된 정리와 연구는 매우 부족한 것이 사실이다. 그러나 더욱 근본적인 문제가 존재한다. 이 문제는 두 가지로 요약할 수 있다. 첫째, 규장각 소장 중국본 고서를 본격적으로 정리·연구할 수 있는 제반 조건이 여

---

2) (宋)蘇轍의『古史』(奎中5540)과 (宋)趙汝愚의『國朝諸臣奏議』(想白古貴 952.02-J569g)는 宋元明遞修本이다. 2종의『大學衍義』(想白古貴181.1181-J562d)는 元刊本이며 (宋)歐陽脩의『五代史記』(奎25002)는 元明遞修本으로 추측되고, 2종의 (南宋)鄭樵『通志略』은 元刊本이다. 또한 (南宋)王應麟의『玉海』(想白古貴 039.51-W1842o)은 元明遞修本이고『大方等大集經』(古貴 294.3358-B872d-v.20) 은 元刊本이다. 이에 대한 상세한 내용은 옥영정,「국내 현존 宋·元本의 조사와 書誌的 분석」,『서지학연구』52, 서지학회, 2012, pp.249-293면을 참조할 것.

3)「중국본조사사업해제」에 관한 보다 구체적인 내용은 http://e-kyujanggak.snu.ac.kr/home/index.do?idx=06&siteCd=KYU&topMenuId=206&targetId=379을 참고할 수 있다. 2009년 사업은 연갑수「규장각 중국본도서 형성사 연구」; 옥영정「규장각 소장 宋, 元, 明初 刊本 조사보고서」; 이종묵「규장각 소장 귀중본 유서 및 총서 해제 연구」; 이창숙「규장각 소장 중국본 문집류」; 박권수「규장각 소장 明末淸初 曆算書」등 총 5개이다. 2010년 사업은 옥영정「규장각 소장 중국본 귀중 도서 선본 해제」; 이종욱「규장각 소장 중국본 총서류 선본 해제」; 노경희「규장각 소장 중국본 총집류 선본 해제(1)」; 장유승「규장각 소장 중국본 총집류 선본 해제(2)」; 이창숙「규장각 소장 중국본 詞曲類 선본 해제」; 박권수「규장각 소장 중국본 과학기술서 선본 해제」등 총 6개이다.

전히 미비하다는 점이다. 이 미비함의 근간에는 규장각 소장 중국본 고
서를 어떤 관점에서 바라보아야 할지의 인식 전환의 문제가 존재한다.
둘째, 관련 연구자들이 규장각 소장 중국본 고서의 현황과 가치를 파악
할 수 있는 가장 기본적인 목록인『규장각도서중국본종합목록』의 내용
가운데 적지 않은 오류가 발견된다는 점이다.

본문은 상술한 규장각 소장 중국본 고서에 관한 기존의 정리 성과와
연구의 기초위에서 먼저 중국본이라는 개념에 대한 새로운 인식전환이
필요하다는 의견을 제시하고자 한다. 그리고『규장각도서중국본종합목
록』에 나타나는 제 문제점에 대해 설명하고 마지막으로 향후 소장 중국
고서 정리방안에 대해서 필자의 개인적인 의견을 제기하고자 한다.

Ⅱ. 중국본 고서에 관한 인식 전환의 필요성

필자가 가장 먼저 제안하고 싶은 것은 이른바 중국본이라는 개념에
대한 인식전환 문제이다. 이 문제는 두 가지 측면에서 설명이 필요할
것 같다. 먼저 필자는 국내에서 중국본 고서를 언급할 때 중국본이라는
정의가 보다 확대될 필요가 있다고 생각한다.『규장각도서중국본종합
목록』에서는 이른바 중국본에 대해

奎章閣圖書管理室에 所藏되어 있는 古圖書 가운데 中國에서 發刊된
圖書를 지칭한다.

라고 정의를 내리고 있다. 이로 볼 때『규장각도서중국본종합목록』에서
말하는 중국본은 중국에서 간행된 고서를 가리킴을 알 수 있다. 그리
고 이것이 국내에서 중국본을 정의하는 일반적인 개념이라고 할 수 있

다.[4] 현재 국내에서 출판된 고서목록은 대개 두 가지 체례를 갖고 있다. 하나는 한국본과 중국본을 분리하여 각각의 목록을 편찬하는 것이다. 규장각과 장서각이 이 방법을 채택하고 있다. 또 다른 하나는 목록 안에서 저자의 국적에 따라 서적을 분류·편찬하는 방식으로 성균관대학교의 『고서목록』이 대표적인 경우이다. 이 두 가지 체례의 우열은 말하기 어렵다. 목록이 지향하는 바에 따라 취사선택이 가능하다는 의미이다. [5]

문제는 『규장각도서중국본종합목록』에서는 저자의 국적을 불문하고 서적의 간행 지역을 기준으로 한국본과 중국본을 분류하기 때문에 중국인의 저작 가운데 한국에서 간행된 것은 한국본으로 취급되어진다는 점이다. 이런 까닭으로 중국인의 저작이 분명함에도 『규장각도서중국본종합목록』에 수록되지 않는 경우가 종종 발생한다. 이 같은 현상은 연구자에게 착시 현상을 일으킬 가능성이 크다. 즉, 『규장각도서중국본종합목록』에 수록된 서적은 중국학과, 『규장각도서한국본종합목록』에 수록된 서적은 한국학과 관련이 있다고 생각할 가능성이 크다는 의미이다. 그러나 한국에서 간행된 한국본 중국고서는 한국학과 중국학 모두와 관련되는 이중적 성격을 갖고 있다.[6] 하나의 예를 들어보자. 현재

---

4) 文化財管理局編輯, 『藏書閣圖書中國版總目錄·凡例』에서도 그 수록 범위를 "이 중국판은 중국인의 撰·編·註·譯書로서 중국에서 刊·寫된 것이 위주임은 물론, 그 외에도 한국인 일본인 및 기타 외국인의 撰·編·註·譯書로서 중국에서 刊·寫된 것을 包含하였다." 藏書閣, 1974, 3면.

5) 대표적인 예로는 중국과 대만에서 출판된 고서목록을 들 수 있다. 대만에서 출판된 『臺灣公藏善本書目書名索引』, 『國立中央圖書館善本書目增訂本』 등은 한 서적의 간행 지역을 불문하고 저자가 중국인인 경우 하나의 목록에 수록함으로써 하나의 저작에 대한 판본이 중국이외의 지역에서도 간행되었는지의 여부를 파악할 수 있도록 하고 있다. 이에 비해 중국에서 출판된 『中國古籍善本書目』에는 저자가 중국인일지라도 중국이외 지역에서 간행된 기타 판본은 수록하지 않고 있다.

6) 千惠鳳도 『藏書閣圖書中國版總目錄·藏書中國版目錄編纂委員會報告』(1974.12)에서 "中國版圖書는 周知하고 있는 바와 같이 韓國學을 연구함에 있어서 必要不可缺

규장각에는 甲辰字本 (明)郭登의『春秋左傳直解』(181.1165-G994c)가 소장되어 있다.[7] 甲辰字本『春秋左傳直解』는 조선간본이므로『규장각도서한국본종합목록』에 수록되어 있다. 이 서적이 조선시대 학자들의『春秋左傳』이해를 위해 간행된 것임은 의심의 여지가 없다. 동시에 이 조선간본은 중국학 연구에 있어서 더욱 중요한 의미를 갖는다. 이 고서는 (明)郭登이 直解하고 (明)岳正이 교정을 보고 (明)孫勖이 간행한 것으로, 四周單邊, 半葉匡郭: 20.7×14.4cm, 12行19字, 板心: 上下內向細花紋魚尾: 31.5×19.3cm의 판식 형태를 가지고 있다.

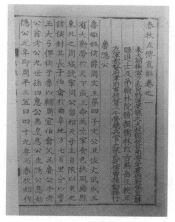

甲辰字本『春秋左傳直解』권수 1a면

甲辰字本『春秋左傳直解』권수 1b면

의 資料가 되는 것이다. 그것은 두말할 나위도 없이 韓國學의 태반이 본시 中國學을 흡수한 토대위에서 民族의 固有한 傳統과 地域的인 特徵을 구현하는 方向으로 獨特하게 創造·蓄積·發展되었기 때문이다. 따라서 우리 祖上들의 傳統的인 얼·思想·學術·文化가 과연 무엇이며, 그 性格과 特徵이 도시 어떠한가를 천착하기 위해서는 마땅히 中國文獻을 섭렵하여 우리의 것과 比較究明하여야만 그것이 비로소 闡明되고 浮刻되는 것이다."라고 한국학 연구에 있어서 중국문헌의 중요성을 설명하고 있다. 千惠鳳,『藏書閣圖書中國版總目錄·藏書中國版目錄編纂委員會報告』, 33면.

7) 이 조선간본은 고려대학교 중앙도서관(화산貴-150, 卷十下)와 건국대학교 상허도서관(181.11 춘817) 등에도 소장되어 있다. 다만 두 곳에 소장되어 있는 판본은 모두 낙질본이다.

흥미로운 점은『春秋左傳直解』가 중국에서는 成書된 후에 유통된 기록을 거의 찾아볼 수 없다는 것이다. 즉 黃虞稷의『千頃堂書目』과『明史·藝文志』에 수록되어 있는 것을 제외하고는[8] 명대 이후의 목록에서『春秋左傳直解』의 존재는 찾아볼 수가 없다. 예를 들어 (淸)高宗勅撰『續文獻通考經籍考』, (淸)高宗勅撰『淸朝文獻通考·經籍考』, (淸)劉錦藻撰『淸朝續文獻通考·經籍考』, (淸)紀昀奉勅撰『四庫全書總目提要』,『續修四庫全書提要』, 胡玉縉撰『四庫全書總目提要補正』, 余嘉錫撰『四庫提要辨正』, (淸)阮元『四庫未收書目提要』등 10종의 經籍志와 사고전서 관련 목록에서도『春秋左傳直解』는 수록되어 있지 않다.[9] 또한 (淸)于敏中等『天祿琳琅書目』, (淸)張金吾『愛日精廬藏書志』, (淸)陸心源『儀顧堂題跋』, (淸)傅增湘『藏園群書題記』등 백여 종에 달하는 장서목록에도「朝鮮明宗宣祖年間甲辰字刊本」1종만이 수록되어 있을 뿐이다.[10] 그렇다면『春秋左傳直解』는 成書 이후로 간행과 유통이 매우 제한적이었다고 판단할 수 있을 것이다. 이를 증명하듯 현재 대만과 중국대륙의 고서 소장 현황을 설명하는 목록에서도『春秋左傳直解』의 존재는 발견되지 않는다.[11] 현재 중국간본이 존재하지 않는 중국고서의 조선간본이 국내에 소장되어 있다는 사실은 흥미로운 사실이 아닐 수

---

8) (淸)黃虞稷撰, 瞿鳳起, 潘景鄭整理,『千頃堂書目』, 上海古籍出版社, 2001, p.62: (淸)張廷玉等修,『明史·藝文志』, 王雲五主編,『叢書集成初編』本, 上海: 商務印書館, 1930, 12면.

9) 이 부분은 대만 國立中央圖書館에서 編한『四庫經籍提要索引』(臺北, 中央圖書館, 1994)을 검색한 결과이다.

10) 羅偉國, 胡平編,『古籍版本題記索引』, 上海, 上海書店, 1991, 516면. 해당 색인집에 의하면「朝鮮明宗宣祖年間甲辰字刊本」은 日本群書堂書店에서 출판한『朝鮮古活字版拾葉不分卷』에 圖版23으로 수록되어 있다.

11) 이 고서는 중국의 대표적인 선본 고서 목록인『中國古籍善本書目·經部』에도 수록되어 있지 않다.

없다. 특히 국내에 소장된 『春秋左傳直解』가 대부분 낙질본이고 규장각 소장본 한 부만이 완질본이라는 사실에서 규장각 소장본의 문헌가치는 더 이상의 설명이 필요치 않다고 생각된다. 甲辰字本 『春秋左傳直解』의 경우에서 알 수 있듯이 한국에서 간행된 중국고서는 한국본으로 분류되지만 사실상 중국학 연구에도 상당한 유용성을 담보하고 있다. 그러므로 규장각에 소장되어 있는 중국고서를 정리하고 연구함에 있어 가장 먼저 선행되어야 할 것은 이른바 한국본과 중국본이라는 분류 개념을 뛰어넘어 저자를 기준으로 중국본과 한국본을 같이 정리하고 연구해야 한다는 점이다.[12]

둘째, 규장각에 소장되어 있는 중국본 고서는 목록학, 판본학 및 교감학적 가치가 있음은 물론이려니와 학술사상을 연구하는 관점에서도 충분한 가치가 있음을 확실히 인식해야 한다. 예를 들어 조선의 사상계는 초기부터 불교와 도교에 대해서는 비판적인 태도를 견지했다. 그런데 『규장각도서중국본종합목록』을 살펴보면 『莊子』 등 도교 서적이 적

---

12) 본 논문의 한 심사자는 이 문제에 대해서 "연구자의 핵심적인 주장인 "저자가 중국인인 경우 간행지가 중국 혹은 한국인지를 막론하고 중국고서로 간주할 필요가 있다." 는 것은 통합해서 얻을 수 있는 학술적 긍정성이 그렇지 않을 때보다 많다고 보기 어려우므로 동의하기 힘들다. 원저자가 중국인인 책을 모두 중국본으로 보았을 때 생길 수 있는 편의성 보다는 연구대상의 지정과 관리 통계 등이 더욱 혼란스러울(현재의 규장각중국본종합목록이 담고 있는 내용의 문제점이 중국본 목록에 한국본이 함께 있다는 것이다) 가능성도 있기 때문이다. 다시 말해서 간행 국가별로 구분한 방식이 한국본 중국본을 구분하는 1차적 기준이 되어야 한다는 것이다. 이는 분류체제만 동일하게 유지하면 동일한 분류항목에 한국본과 중국본이 놓이게 되므로 큰 문제가 되지 않는다. 전산처리를 통해서 얼마든지 가능한 방식이 될 것이다."라고 반대의 견해를 제시하고 있다. 필자도 이러한 의견에 반대하지 않는다. 필자는 한 고서의 저자가 중국인인 경우 한국본과 중국본을 분리하여 수록할지 혹은 같이 수록할지는 옳고 그름의 문제가 아니고 다만 고서목록을 편찬할 경우의 편찬 취지와 원칙의 문제라고 생각한다. 즉, 심사자의 지적대로 「학술적 긍정성」의 입장에서 어떤 편찬 방법이 학술적으로 더욱 긍정적인 효과를 얻을 수 있는지를 따져보아 편찬 방법을 정하면 될 것이다.

지 않게 수록되어 있다. 『莊子』를 예로 들면『南華經解』(奎중3483), 『南華宜註』(奎중2249), 『南華眞經』(奎중5336), 『南華眞經』(奎중1537), 『南華眞經旁注』(奎중4432), 『莊子』(奎중3482), 『莊子雪』(奎중3484) 등이 대표적인 경우이다. 동시에 조선에서는 (宋)林希逸의『莊子』주석서인『莊子鬳齋口義』가「庚子字」,「甲寅字」,「戊申字」 등의 금속활자로 인출되었고「庚子字翻刻本」,「甲寅字覆刻版」,「成宗5年(1474)刊本」 등 목판으로도 간행되었다.[13] 그렇다면 조선에서는 도교를 비판하면서도 왜『莊子』와 같은 도교 관련 서적을 왕실도서관에 소장하거나 간행했을까? 필자는 그 이유의 한 단서를『莊子鬳齋口義』에 주석을 단 (宋)林希逸(1193~?)에게서 찾을 수 있다고 생각한다. 林希逸은 南宋의 저명한 학자이고 그의 『莊子鬳齋口義』는 송대『莊子』學의 대표작이라고 할 수 있다. 시대환경과 학술사상의 변화로 인해 林希逸((晉)郭象, 생졸년미상)은, (唐)成玄英(608-669)과는 매우 다른 시각과 방법으로『莊子』에 주석을 다는 작업을 진행했다. 즉 그는 "유학의 관점으로『莊子』를 해석하다(以儒解莊)"라는 특수한 해석학적 전통을 수립하게 된다. 남송의 특수한 역사 환경과 학술배경 그리고 理學家의 신분이 그로 하여금 儒家적 시각에서『莊子』를 해석하게 만든 것이다. 이 점에서 볼 때 주자학이 존숭되었던 조선에서 (宋)林希逸이 주석을 단『莊子』를 다시 간행한 의도는「以儒解莊」라는 林希逸의 해석방법과 밀접한 관련을 맺고 있다고 할 수 있다.

또 다른 하나의 예를 들어보자. 『규장각도서중국본종합목록 · 子部 · 儒家類』에 수록되어 있는『朱子晩年全論』은 (淸)李紱(1673-1750)의 저

---

13) 『莊子鬳齋口義』의 조선에서의 간행과 그 문화적 함의에 대해서는 김호, 「林希逸《莊子口義》在朝鮮的傳播, 刊行與其文化內涵」(『中國語文學會國際學術研討會－ 在中國語文學當中的時間與空間』논문집, 2016年8月26日－27日, 49－68면)을 참조할 것.

작이다. 이 서적은 朱熹가 晩年에 門人, 友人들과 학문에 대해 토론한 내용을 비교적 상세하게 輯錄한 것으로, (明)王守仁(1472-1529)의 『朱子晩年定論』의 논지를 이어받아 주희와 陸九淵의 학문 경향이 晩年에 이르러서는 「배운 것이 서로 부합하였다(所學者符節相合)」라는 사실을 증명하고자 한 것이다. 연구자들이 『규장각도서중국본종합목록』에서 이 서적을 발견하였다고 해도 아마도 크게 주의를 기울이지는 않았을 것이다. 그 이유는 이 서적이 청이나 조선에서 학술적으로 큰 주의를 끌지 못했기 때문이다. 그러나 주의가 필요한 것은 이 서적이 『奎章總目』에 수록되어 있었다는 점이다. 즉, 이 고서는 조선 후기 청으로부터 수입되어 규장각에 소장되었다. 특히 『규장총목 · 주자만년전론』은 「臣謹按」이라는 안어 내용을 통해 먼저 학술사의 각도에서 주희와 육구연의 학문 논쟁의 역사적 변천 과정을 서술한다.[14] 동시에 『주자만년전론』에 대해서는 「자신을 속이고 남을 속이는 것(自欺欺人)」[15]이라고 그 학술 가치에 대해 부정적인 판단을 내리고 있다. 흥미로운 것은 『주자만년전론』에 대해 18세기 중국 학술계를 대표하는 『사고전서총목』의 입장도 『규장총목』과 별반 다르지 않다는 점이다. 『사고전서총목』은 『주자만년전론』을 「子部 · 儒家類存目」에 귀속시키면서 주희와 육구연의 학문

14 · · · ·

14) 『奎章總目 · 朱子晩年全論』: "朱陸早異晩合之說, 始起於程敏政之『道一編』, 中行於王守仁之『晩年定論』, 終成於李紱之『晩年全論』, 而江西一派, 至於今餘波漫漫矣. 顧炎武所以夷甫之淸談, 介甫之新說, 伯安之良知, 並當一亂而深有望於後賢之撥亂反正者, 豈爲過語哉! 然守仁之倡爲此說也, 前有秦和之往復論辨, 後有東莞之『學部通辨』, 明二家早晩之實, 著群儒顚倒之非." 張伯偉編, 《朝鮮時代書目叢刊》, 北京: 中華書局, 2004, 196~197면.

15) 『奎章總目 · 朱子晩年全論』: "今之與李紱辨者, 寂未聞其人, 則朱子所謂不知此禍何時而已者, 似若逆睹後日宗陸氏之弊矣. 夫以朱子此言發於象山已沒之後, 而強拈其因人之敎, 因病之藥, 專言涵養之一二句語, 謂朱陸之卒爛漫者, 又何其自欺欺人也." 197면.

이 "초기에는 서로 달랐으나 만년에는 서로 부합한다는 견해(早異晚合之說)"가 성립할 수 없음을 지적하고 있다.[16] 그렇다면 우리는 현재 규장각에 소장되어 있는『주자만년전론』이라는 서적을 통해 18세기 후반 조선과 청의 학술사상이 일정부분 일맥상통함을 알 수 있다.

　결론적으로 규장각 소장 중국고서는 18세기 후반 이후 중국으로부터 유입된 중국 문화의 한 실체이며 동시에 이를 통해 우리 선조들이 중국 문화를 어떻게 수용, 발전시켰는지를 가늠할 수 있는 중요한 자료이다. 그러므로 현재 규장각에 소장되어 있는 중국고서를 단순한 고문서로 보는 것이 아니라 18세기 이후 조선의 학술사 및 중국 학술 사상과의 異同을 설명하는 자료로 바라보는 시야가 필요하다고 생각된다.

Ⅲ.『奎章閣圖書中國本綜合目錄』의 諸問題

　目錄은 본래 모든 학문의 기본이자 초학자들을 학문의 길로 인도하는 입문서적인 성격을 지닌다. 이런 까닭으로 한 고서 소장기구가 편찬한 목록은 소장 고서의 가치를 파악할 수 있는 가장 기본적인 공구서라고 할 수 있다. 그러나 서울대학교도서관에서 1982년에 출판한『규장각도서중국본종합목록』에서는 적지 않은 미비점 및 오류가 발견된다. 이는 규장각에 소장된 중국본 고서의 이용에 직접적으로 부정적인 영향을 미친다. 아래에서는『규장각도서중국본종합목록』에서 발견되는 미비점과 오류를 수록 기준 오류, 분류 오류, 기타 오류 등으로 나누고 그 내용을 개략적으로 살펴보고자 한다.

---

16)　"後之儒者, 各明一義, 理亦如斯. ……蓋各有所得, 卽各足自立, 亦何必强而同之, 使之各失故步乎?"『四庫全書總目提要 · 朱子晚年全論』卷98,「子部 · 儒家類存目四」, 石家莊: 河北人民出版社, 2000, 2516면.

1. 수록 기준 오류

먼저 『규장각도서중국본종합목록』의 수록 기준과 범위에서 오류가 발견된다. 위에서 언급한 바와 같이 『규장각도서중국본종합목록』에 수록되어 있는 고도서는 "중국에서 발간된 도서를 지칭한다." 그러나 적지 않은 경우에 수록되어 있는 서적은 이 수록 기준을 벗어나고 있다. 「經部」를 범위로 범례에서 제시된 수록기준을 벗어나는 몇 가지 예를 들어보면 아래와 같다.

	서명	원인	간행지
1	三經四書正文(奎中561, 566, 569)	1775년에 正祖가 친히 편찬한 『經書正文』을 가리킨다.	조선
2	誠齋先生易傳(奎中1553, 1554)	壬辰字活字本	조선
3	春秋集傳大全(奎中438)	戊申字活字本	조선
4	詩傳大全(奎中279, 1561, 2386)	戊申字活字本	조선
5	撰圖互註周禮(奎中2259)	訓鍊都監字活字本	조선
6	禮記集說大全(奎中309)	壬辰字活字本	조선
7	孝經大義(奎中1050)	倣庚午字活字本	조선

이상의 예를 통해 우리는 『규장각도서중국본종합목록』의 범례에서 제시되고 있는 수록기준이 실제 고서 수록에서는 정확히 지켜지지 않음을 발견할 수 있다. 즉, 조선에서 발간된 서적도 수록되고 있다. 더욱이 위에서 제시한 7개의 예는 단지 경부에서 찾은 일부의 오류일 뿐이다. 전체 목록에서 발견되는 이 방면의 오류는 훨씬 많다. 필자는 조선에서 간행된 중국인의 저서를 『규장각도서중국본종합목록』에 수록하는 것이 문제가 없다고 생각한다. 다만 이 같은 방법을 취하고자 한다면 범례에서 수록 범위를 수정할 필요가 있다.

다음으로 『규장각도서중국본종합목록』은 범례에서 수록범위를 설명하면서 간행년도에 대한 기준은 설명하지 않고 있다. 그런 까닭인지 이 목록에 수록된 서적 가운데 고도서라고 보기 어려운 서적도 종종 발견된다. 예를 들어 「經部·詩類」의 『詩演義』(古181.113-Y17s)는 商務印書館이 1935년에 출판한 『四庫全書珍本初集』에 수록된 영인본으로 고도서라고 말하기 어렵다. 「經部·四書類·孟子」의 『孟子注疏』(古181.1184-So57m)도 『四部備要』라는 총서에 수록된 영인본 도서이며 「子部·道家類」의 王叔岷이 校釋한 『莊子校釋』(古181.1223-W1847j) 역시 臺灣 國立中央硏究院歷史語言硏究所에서 1947년에 발간한 것으로 고도서라 볼 수 없다. 또한 「集部·總集類」에 수록되어 있는 『皇元風雅』(古895.115-B85h)도 『四部叢刊』이라는 총서에 수록된 영인본 도서로 고서라고 보기에는 무리가 따른다. 그러므로 향후 『규장각도서중국본종합목록』을 수정한다면 수록할 고도서에 대한 명확한 간행시기를 설정할 필요가 있다.

2. 분류 오류

『규장각도서중국본종합목록』의 주요한 고서 분류 기준은 아래와 같다.

1) 分類基準은 傳統的 四部分類法을 原則으로 하되 該當圖書의 多寡와 그 時宜性을 考慮하여 類目의 部分的인 改修, 削除 및 新設이 있었다.
2) 各部의 叢書는 모두 叢書部로 聚合되었으며, 이에 叢書部가 獨立的으로 設定되었다.
3) 中國本圖書로서 西洋人著述과 譯書는 一切 西學書로 分類되었다.

4) 附錄의 日本本은 四部로만 分類하였으며, 英字本은 所藏圖書가 많지 않아 分類하지 않았다.[17]

이상의 기준에서 1)과 4)는 별다른 문제가 없다고 생각한다. 다만 2)와 3)은 분류 기준 자체는 문제가 없으나『규장각도서중국본종합목록』을 살펴본 결과 해당 분류기준이 정확하게 지켜지지 않는 부분이 종종 발견된다.

먼저 2)의 기준을 따를 경우『규장각도서중국본종합목록』에서「各部의 叢書는 모두 叢書部로 聚合」되어야 하지만 현실은 그렇지 않다. 예를 들면「子部·天文算法類─算書」의『梅氏叢書』(奎중4669)는 梅文鼎의 역산 저술을 모아둔 것으로 분류상 叢書類로 분류되어야 한다.「集部·總集類」의『亭林先生補遺十種』(奎중3514) 역시 고염무의 저작 10종을 함께 모아둔 것으로 별집류의 성격을 많이 벗어나 있다. 즉, 수록되어 있는 서적을 살펴보면『五經同異』,『山東攷古錄』,『亭林襍錄』,『聖安記事』등 경부와 자부에 귀속되는 저작들이 이『補遺』에 수록되어 있다. 그러므로 이 서적은 별집류에 수록될 수 없으며 당연히 叢書類로 분류되어야 한다.「集部·總集類」의『顧亭林先生遺書十種』(奎중3515) 역시 같은 경우이다. 즉,『左傳杜解補正』(경부),『九經誤字』(경부),『金石文字記』(자부),『顧氏譜系考』(자부),『亭林文集』(집부) 등이 뒤섞여 있다. 그러므로『顧亭林先生遺書十種』도 叢書部로 귀속시키는 것이 타당하다. 이 같은 현상은 우리가 목록을 편찬함에 있어 叢書部를 설정하는 것은 바람직한 일이지만 이와 동시에 叢書라는 저작에 대한 보다 깊은 이해가 동반되어야 함을 역설적으로 설명하는 것이다.

---

17) 「凡例」,『규장각도서중국본종합목록』, Ⅶ면.

둘째, 3)의 경우 역시 분류 기준과 실제 수록 상황이 완전히 일치하지 않는다. 예를 들어「子部‧天文算法類—天文」에는 羅雅谷(Giacomo Rho)과 南懷仁(Ferdinand Verbiest)의 저작이 수록되어 있다. 문제는 이 두 사람이 모두 서양인이라는 사실이다. 3)의 기준에 따르면 이 두 서적은 당연히 서학서로 분류되어야 한다. 그러나 목록 편찬자들이 그들을 중국인으로 오해하여 그들의 저작을 西學書로 분류하지 않은 것이다. 그러므로 이 두 사람의 저작인『五緯曆指』(奎중2100~2103),『五緯表』(奎중2098, 2099, 2105, 2106),『月離表』(奎중1931),『儀象志』(奎중2147),『割圓八線表』(奎중2063, 2064~2066) 등은 모두 서학서로 분류되어야 마땅하다.

셋째, 상술한 두 가지 경우 이외에도 수록 서적의 분류에 오류가 있는 경우가 종종 발견된다. 먼저「經部‧春秋類‧通義」에 수록된『草木春秋演義』(想白古895.13-C457u)는 경학저작이 아닌 문학저작으로「集部‧小說類」로 귀속시키는 것이 타당하다고 생각된다. 또한 (明)陳第『屈宋古音義』(奎중3278)는『楚辭』의 用韻 자료를 가지고 자신의 음운학 견해를 증명하고자 한 저작으로 청대 古音 연구에 지대한 영향을 미쳤다. 문제는『규장각도서중국본종합목록』은 이 고서를「集部‧總集類——般」에 수록하고 있는데 마땅히「經部‧小學類‧韻書」에 수록해야 한다.

결론적으로『규장각도서중국본종합목록』은 분류 방면에 적지 않은 오류가 존재한다. 분류 기준은 상당히 명확하지만 어떤 서적이 어떤 類目에 귀속되어야 하는가의 문제에 있어 보다 치밀한 검토가 필요하다고 생각된다.

3. 기타 오류

수록 기준의 오류와 분류 방면의 오류이외에 기타 오류 사항도 종종 발견된다. 그 가운데 가장 많이 발견되는 오류는 저자 표기 부분의 오류이다. 그 내용을 정리하면 아래와 같다.

분류	서명	저자표기	
		현재표기	오류수정
史部 · 雜史類	孤樹裒談(奎中3218)	編者未詳	楊循吉(明)輯錄
子部 · 天文算法類 · 算書	新編算學啓蒙(奎中3313)	朱世傑(淸)	朱世傑(元)
子部 · 術數類	類集陰陽諸家地理必用選擇大成(奎中2229)	胡舜申(?)	胡舜申(宋)
子部 · 類書類	新刊唐荊川先生稗編(奎中3637)	唐順六(明)編	唐順之(明)編
子部 · 類書類	枕中秘(奎中2374)	編者未詳	衛泳(明)輯
集部 · 總集類——一般	唐人三家集(奎中5038)	編者未詳	秦恩復(淸)輯
集部 · 總集類——一般	圖開勝蹟(奎中4124)	編者未詳	劉厚基(淸)
集部 · 總集類——一般	文章百段錦(奎中3468)	方頤孫(宋)編	方順孫(宋)編
集部 · 總集類	三蘇全集(奎中4023)	編者未詳	邵希雍(淸)輯
集部 · 總集類——一般	西冷五布衣遺著(奎中4748)	編者未詳	丁丙(淸)
集部 · 總集類——一般	隨園三十種(奎中5690)	編者未詳	袁枚(淸)

이 같은 현상이 나타나는 이유는 고도서 자체에 저자에 관한 기록이 등장하지 않을 수 있기 때문이다. 다만 현재에는 관련 자료가 매우 풍부하므로『규장각도서중국본종합목록』의 저자표기 오류 부분은 어렵지 않게 수정을 할 수 있을 것으로 생각된다.

다음으로『규장각도서중국본종합목록』은 간행 연대 표기에 있어 수정할 부분이 종종 발견된다.『규장각도서중국본종합목록』은 한 고서의 출판사항 기술에 있어「刊行地, 刊行處, 刊行年代」의 순서로 표시하고 있다. 다만 간행 연대를 표기함에 있어 책에 명확한 干記가 표시되지 않은 경우 판본 표기 항목에 있어 정확한 사항을 표시하지 못하는 경우가 나타난다. 예를 들어「集部·總集類-一般」에 수록되어 있는『百美新詠圖傳』(奎중4561)에 대해『규장각도서중국본종합목록』은 그 간행 연대를 集腋軒藏板[嘉靖10년(1805)]이라고 기록하고 있다.『百美新詠圖傳』은 중국 역사와 민간 설화 가운데 백여 명의 여성에 관한 기록을 모아둔 것으로 가장 이른 판본은 乾隆57年(1792)에 간행된 것이다.[18] 또한 이 고서의 卷首에「嘉慶十年(1805)…王子音」라는 기록이 존재함을 고려할 때『규장각도서중국본종합목록』의「嘉靖10년(1805)」이라는 간행 연대 표기는「嘉慶10년(1805)」의 오타임을 알 수 있다. 다른 예를 하나 더 들어보자.「集部·總集類-一般」에 수록되어 있는『皇明文教錄』(奎중2643)은 간행 연대를 序文의 작성 연대를 기준으로 하여「隆慶2年(1568)」이라고 기록하고 있다. 문제는 이 고서에 또 하나의 跋文이 존재하는데『규장각도서중국본종합목록』은 이 발문을「嘉慶戊辰(1568)…謝守淳」이라고 기록하고 있다. 문제는「嘉慶戊辰」년은 1568년이 아니고 嘉慶13년(1808)년이다. 그러나 謝守淳이 明代 文人인 점을 감안할 때「嘉慶戊辰(1568)」이라는 기록은 오류로 판단된다.『규장각도서중국본종합목록』의 간행 연대 부분에서 다소 문제가 발생하는 이유는 많은 경우 간행 연대를 종종 序文 혹은 跋文에 표시된 연대에 따라 판본 감별을 하였기 때문이다. 다만 이런 경우 정확한 간행 연도를 고찰하는 데 한계가 있으므로 향후 국내외에 출판된 解題와 국외에 소장되어 있는 동일 판본의 간행 연대를 비교하면서 규장각 소장 중국본 고서에 대한 실사작업이 진행되어야 할 것이다.

마지막으로『규장각도서중국본종합목록』은 수록 체례가 일치하지 않

---

18) 趙厚均,「『百美新詠圖傳』考論-兼與劉精民, 王英志先生商榷」,『學術界』總第145期 2016.6, 102-109면, 285면.

는다. 즉, 어떤 고서에는 판식 내용을 기록하고 있지만 상당수 고서는 판식에 대한 내용을 상세히 기록하지 않고 있다. 이 점은 장서목록으로서의 기능을 제대로 발휘하지 못하게 하는 결정적인 오류라고 판단된다. 예를 들어『규장각도서중국본종합목록·집부·별집류』에 文翔鳳(明)『南極篇』(奎중2955)이 수록되어 있다. 이 고서는 明萬曆刻本『文太靑先生全集』53권의 일부분으로 생각된다.『稿本中國古籍善本書目書名索引』에 따르면『文太靑先生全集』은 9행20자, 四周單邊이며 내용은『皇極篇』27권,『南極篇』22권,『東極篇』4권으로 구성되어 있다.[19] 그러나『규장각도서중국본종합목록』은「6冊, 木/ 25.5×16.4㎝」이외의 기타 판식 내용을 기록하지 않아 판본을 비교 고찰할 수 있는 가장 기초적인 자료를 제공하지 않고 있다. 이 점은 향후 규장각 소장 중국고서의 재실사를 통해 반드시 수정해야 할 부분이다.

결론적으로 현재『규장각도서중국본종합목록』의 내용은 적지 않은 곳에서 오류 및 미비점이 발견된다. 이 점은 규장각 소장 중국본 고서를 이용하려는 연구자들에게 정확한 사실을 제공하지 못한다는 점에서 심각한 문제가 아니라고 할 수 없다.

Ⅳ. 향후 규장각 소장 중국본 고서 정리방안

1. 목록 편찬

상술한 바와 같이 1982년 출판된『규장각도서중국본종합목록』에는 적지 않은 오류가 존재한다. 그러므로 가능한 빠른 시일 안에 수정판

---

19)   天津圖書館編,『稿本中國古籍善本書目書名索引(下)』, 濟南: 齊魯書社, 2003, 1463면.

목록이 편찬되어야 한다. 이 작업을 위해서는 우선적으로 소장 중국고서에 대한 정밀한 재실사 작업이 이루어져야 한다. 물론 이를 위해서는 규장각 자체의 실사 계획이 마련되어야 할 것이다. 특히 새롭게 편찬될 목록의 완정성을 도모하기 위해 필자는 기본적으로 아래와 같은 세 가지 편찬 방향을 제시하고자 한다.

첫째, 수록대상 고서의 범위를 새롭게 설정할 필요가 있다. 즉, 필자는 『규장각도서중국본종합목록』의 내용을 수정하여 다시 편찬할 경우 규장각에 소장되어 있는 한국본 중국고서도 새로 편찬할 목록에 포함시킬 필요가 있다고 생각한다. 현재 국내에서 편집, 출판되는 고서목록의 체례에 따르면 고려나 조선에서 인출된 중국고서는 한국본 목록에 수록하는 것이 일반적이다. 반대로 조선인의 저작이라도 중국에서 간행되었다면 중국본에 수록하고 있다. 『규장각도서중국본종합목록』에도 중국본 조선 문인의 문집이 몇 종류 수록되어 있다. 바로 중국에서 간행된 李尙迪(1804-1865)의 시문집인 『恩誦堂集』(想白古895.116-Y63e)과 『恩誦堂續集』(想白古895.116-Y63eS) 그리고 李彦眞의 『松穆館集』(一簑古895.18-B224s) 등이 대표적인 예이다. 이런 분류방식은 기존의 국내 고서목록이 갖는 하나의 常例로서 충분한 타당성이 있다. 그렇다면 한국본 중국고서는 한국본 고서목록에 수록하는 것이 옳은가? 아니면 중국본 고서목록에 수록하는 것이 옳은가? 판본의 지역성을 중시하는 입장에서는 한국본 중국고서는 한국본 고서목록에 수록하는 것이 옳다고 할 수 있다. 그러나 이 경우 하나의 중국고서가 한국에 전파된 후의 간행 여부는 알 수 있지만 해당 중국고서의 중국판본이 존재하는지? 그리고 한국에 소장되어 있는 중국판본은 무엇인지? 등은 목록의 내용을 통해 알 수가 없다. 이 점에서 필자는 『규장각도서중국본종합목록』이라는 기존의 서명을 『규장각소장중국고서종합목록』으로 수정하고 규장각에 소장된 중국본과 한국본 중국고서(저자가 중국인인 저술)를 모두 수록하는 것이 더 효율적인 방법이라고 생각한다. 이를 통해 연구자들은 현재 규장각에 소장되어 있는 중국고서는 무엇이며 그 가운데 한국에서 간행된 서적은 무엇인지를 목록을 통해 일목요연하게 파악할 수 있을 것이다. 이는 향후 한중 비교 연구라는 중요한 과제를 연구하는 데 큰 도움이 되리라 생각한다.

둘째, 『규장각도서중국본종합목록』은 기본적으로 사부분류법을 채택하고 있다. 그 분류법을 구체적으로 살펴보면 기타 소장 기구가 편찬한 목록에 비해 상당히 합리적이라고 생각한다. 이점은 적어도 두 가지 측면에서 설명할 수 있다. 하나는 『규장각도서중국본종합목록』 편찬자들이 經部·史部·子部·集部외에 叢部를 두어 총서류 서적을 따로 수록하고 있다는 점이다. 또 하나는 「西洋人著述과 譯書는 一切 西學書로 分類」하여 관련 고서를 수록하고 있다는 점이다. 다만 위에서 언급한 바와 같이 분류 기준은 정확하지만 실제적인 분류 상황에서는 적지 않은 오류가 발견되는 것이 현실이다. 향후 목록 편찬에 있어서는 소장 중국본 고서에 대한 실사를 통해 정해진 분류 기준에 맞추어 해당 고서들을 재배치하는 작업이 필요하다고 생각된다.

셋째, 『규장각도서중국본종합목록』에 수록된 고서의 배열순서 문제이다. 『규장각도서중국본종합목록』은 서적을 수록할 때 書名의 한글자모(가나다) 순으로 배열을 하고 있다. 이런 까닭으로 동일한 서적이 서명 한글자모의 다름으로 인해 종종 분리되어 수록되어 있다. 예를 들어 「子部·儒家類」에 수록되어 있는 『新刊音點性理郡書句解』(奎中1829의2)와 『新編音點性理郡書句解』(奎中1829의1)는 동일한 서적이지만 신간(新刊)과 신편(新編)의 한글 자모가 다른 까닭으로 선후로 나란히 배열되지 못하고 있다. 또한 「集部·總集類」에 수록되어 있는 『文選李善注』

는 기타『文選』과 같이 배열되는 것이 마땅하지만 이선주(李善注)라는 서명이 추가되어『文選旁證』(奎中3563) 뒤에 위치하고 있다. 또한『重刻昭明文選』(奎中3271, 3270, 3273)등은「重刻」이라는 자모의 영향으로『文選』과 완전히 동떨어져 수록되고 있다. 이 모두가 수록 서적을 한글 자모의 순서에 따라 배열한다는 원칙 때문에 나타나는 현상이다. 다만 같은 서적이라면 서명에서 다소의 차이가 나더라도 이어서 배열하는 것이 타당하다고 판단된다. 이 점은 향후 새로운 목록을 편찬할 경우 반드시 수정해야 할 부분이다.

2. 고서 해제

고서 해제는 한 고서의 저자, 편찬경위, 내용과 체례, 판본과 문헌가치 등을 총괄하는 매우 중요한 글쓰기 방식이다. 특히 고서 해제의 유무는 소장 고서와 관련된 연구의 진행과 밀접한 관련을 맺고 있다. 필자는 이미 국내에 소장된 중국고서의 정리와 연구를 위한 해제작업의 중요성을 강조한 바 있다.[20] 물론 국내 다른 중국고서 소장기구에 비해 규장각은 소장 중국고서에 대한 해제 작업이 상당히 진행된 상태이다. 즉,『奎章閣韓國本圖書解題』,『奎章閣韓國本圖書解題·續集』등에 약간의 한국본 중국고서의 해제가 수록되어 있다.[21] 이 같은 현상이 일어나는 원인은 소위 한국본의 범위 안에 한국에서 간행된 일부 중국고서가 포함되어 있기 때문이다. 그 이외에 서적의 형태는 아니지만 규장

---

20) 김호,「한국 소장 중국고서 정리와 연구에 관한 序說 — 고서 해제를 중심으로」,『중국어문학논집』71호, 2011.12, 485-506면 을 참조할 것.

21) 서울대학교 奎章閣編,『奎章閣韓國本圖書解題集』, 서울: 서울대학교 규장각, 1978-1987; 서울대학교 奎章閣編,『奎章閣韓國本圖書解題·續集』, 서울: 서울대학교 규장각, 1999-2003.

각한국학연구원의 홈페이지 (http://e-kyujanggak.snu.ac.kr)의 「원문자료열람」 부분에 3,846건의 「중국본해제」가 존재한다. 이 해제자료는 규장각 소장 중국본 자료에 대한 이해를 도모하는 데 적지 않은 도움을 준다.

다만 주의할 점은 각각의 해제 체례가 서로 일치하지 않고 이에 따라 해제의 내용에 일관성이 떨어진다는 것이다. 그리고 이미 출판된 고서해제나 온라인상의 중국고서 관련 해제를 살펴보면 그 내용이나 체례에 있어 상당부분 수정과 보완이 필요하다.[22]

그러므로 규장각에서 재실사를 통해 『규장각도서중국본종합목록』에 대한 수정 작업을 진행함과 동시에 규장각 소장 중국고서에 대한 해제 작업이 동시에 진행되어야 한다. 가장 중요한 것은 해제 내용의 多寡를 불문하고 핵심적인 내용이 포함되어야 한다는 점이다. 소위 해제의 형식과 내용은 아래와 같은 항목이 포함돼야 할 것이다.[23]

	항목	주요 내용
1	서지사항	版式, 刻工, 藏書印, 牌記
2	저자소개	저자의 생애와 주요 학술활동
3	체례와 내용	해당 고서의 체례와 핵심 내용
4	판본소개	현존 제 판본과의 비교
5	문헌가치	판본 가치, 내용 가치, 한중 서적교류사적 가치
6	국내외 소장 현황	세계 여러 소장기구의 해당서적 소장 현황

---

22) 이 문제에 관해서는 김호, 「韓國 所藏 中國古書의 整理現況과 課題 −동아시아 文獻研究의 한 斷面−」, 『중어중문학』41집, 2007.12, 393−397면 을 참조할 것.

23) 이 부분에 대한 비교적 상세한 내용은 김호, 「한국 소장 중국고서 정리와 연구에 관한 序說 ― 고서 해제를 중심으로」, 497−503면 을 참조할 것.

물론 위 표의 6가지 항목이 모두 포함된 해제 작업은 상당히 지난한 것이다. 이 작업은 적지 않은 전문 인력이 투입되어야 가능한 작업이다. 그러나 앞에서 지적한 바와 같이 규장각 홈페이지에는 이미 3,846건의 「중국본해제」가 존재한다. 이를 기초로 각 중국고서에 대한 재실사를 통해 해제를 작성한다면 학계에서 인정받는 성과를 얻을 수 있을 것이다. 다만 필자는 개인적으로 이 해제 작업에서 가능하다면 「한중 서적교류사적 가치」를 반드시 밝힐 수 있기를 희망한다. 그 이유는 이 가치가 구체적으로 밝혀질 경우 규장각 소장 중국고서는 한중 양국의 서적 교류사 및 학술 교류사를 설명하는 가장 중요한 자료가 될 수 있기 때문이다. 예를 들어 규장각 소장본 『西涯擬古樂府』(奎中1864)는 明代 前後七子 이전에 명대 복고파의 선구자였던 茶陵派 文人 李東陽(1447-1516)이 지은 連作詠物詩이다. 17세기 중엽 이후로 조선에서는 우리 역사를 소재로 한 詠史樂府가 상당수 출현하여 「海東樂府體」 양식이 형성되었는데 이 과정에서 『西涯擬古樂府』는 「海東樂府」류 작품들의 출현에 일정한 영향을 미쳤다.[24] 아쉽게도 현재 규장각 홈페이지에서 보이는 『西涯擬古樂府』의 해제에는 이 같은 내용이 보이지 않는다. 향후 규장각 소장 중국고서에 대한 해제를 작성함에 있어 위에서 언급한 『西涯擬古樂府』의 내용과 같은 사실을 밝혀낼 수 있다면 한국학은 물론이려니와 중국학의 연구에도 적지 않은 공헌을 할 수 있을 것으로 기대된다.

---

24) 심경호, 「한국한문학의 독자성과 중국고전문학의 접점에 관한 규견(窺見)」, 《중국문학》제52집, 2007.8, 12면.

3. 선본 서적의 출판

현재까지 규장각 소장 자료 가운데 일반연구자를 위해 영인본의 형태로 출판된 경우는 상당하지만 절대 다수가 한국 고서이다. 이 점을 고려할 때 향후 규장각 소장 고서의 학술적 이용을 제고하기 위해서 중국고서의 출판은 매우 시의 적절한 사업이라고 생각한다. 그러므로 규장각 소장 중국고서에 대한 실사를 거쳐 국내외에서 稀貴하거나 학술적 가치가 높다고 판단되는 것들을 출판할 필요가 있다. 앞에서 예로 든 宋元本이 출판대상이 될 수 있다. 다만 규장각 소장본 宋元本 중국고서는 대다수가 희귀본이 아닌 까닭으로 출판의 가치가 생각보다 크지 않을 수 있다.

이런 까닭으로 필자는 규장각에 소장된 중국고서에 대한 면밀한 실사를 통해 출판대상을 선정하는 것이 보다 합리적인 방법이라고 생각한다. 먼저 중국본의 실례를 들어보자.『규장각도서중국본종합목록』의「集部・小說類・小說」에 수록되어 있는 明代版本『崢霄舘評定通俗演義型世言』(奎중4256)은 明末 錢塘의 科擧 낙방생 陸人龍이 지은 소설로 국내외 유일본이다. 그런 까닭으로 이미 중국 학계에 널리 알려져 표점본의 형태로 출판되었었다.『魯郡伯明吾先生詩稿』(奎중4426) 역시 좋은 예이다. 이 고서는 (明)魯近智가 撰하고 魯美中이 輯한 시집으로 明萬曆23年(1544)刊本이다.『四庫全書總目』에 수록되어 있지 않으며 앞에서 언급했던 100여 종의 장서목록을 대상으로 한『古籍版本題記索引』에도 이 고서는 수록되어 있지 않다. 이 점에서 볼 때 이 시집의 문헌가치는 상당히 높다고 판단된다. 특히 저자인 魯近智에 대해서도 孝感(지금의 湖北孝感)人이라는 것 이외에 알려진 것이 없는 상황에서『魯郡伯明吾先生詩稿』는 魯近智라는 명대 문인들 파악할 수 있는 거의 유일한 자료라고 할 수 있다. 이런 이유 때문인지 규장각 소장본『魯

郡伯明吾先生詩稿』는 이미 중국에서 출간된 『域外漢籍珍本文庫(第二輯) · 集部』(伍)에 수록되어 있다.[25]

다음으로 한국본의 경우를 살펴보자. 규장각에 소장되어 있는 世宗刊本 『北京八景圖詩』(一簣古貴 895.11 J225b)는 규장각 이외에 국내에는 국립중앙도서관과 존경각에 소장되어 있지만 현재 중국, 대만, 일본, 미국의 주요 중국고서 소장도서관에 소장되어 있지 않다. 또한 위에서 언급한 甲辰字本 (明)郭登 『春秋左傳直解』 역시 출판을 고려할 수 있는 가치 있는 고서라고 판단된다. 이 고서도 『北京八景圖詩』와 마찬가지로 해외의 주요 도서관에 소장되어 있지 않다. 한 가지 주의할 점은 『春秋左傳直解』와 『北京八景圖詩』가 모두 한국본이라는 점이다. 이 점에서 향후 규장각에 소장되어 있는 중국 선본고서를 간행할 때 『규장각도서한국본종합목록』에 수록되어 있는 한국본 중국고서에 대해서도 정밀한 실사작업이 이루어져야 한다. 특히 한국본 중국고서는 간행시 底本을 언급하지 않는 경우가 대부분이어서 중국판본과의 대조 작업이 필수적이라고 할 수 있다.

필자는 규장각에 소장되어 있는 중국고서에 대한 재실사 과정을 통해 위에서 언급한 네 종류의 고서와 같은 서적을 선별하여 『奎章閣所藏中國古書善本叢書』라는 명칭으로 출간되기를 희망한다. 만일 이 같은 총서가 출판된다면 규장각이 소장하고 있는 중국고서의 가치가 국

---

25) 域外漢籍珍本文庫編纂出版委員會, 『域外漢籍珍本文庫(第二輯) · 集部』, 重慶: 西南師範大學出版社 · 北京: 人民出版社, 2011, pp.525-542. 한 가지 의문은 규장각의 관련 인사들이 규장각에 소장되었던 중국고서가 중국에서 간행되고 있는 사실을 어떻게 이해하고 있느냐는 점이다. 『魯郡伯明吾先生詩稿』와 같은 예를 많이 찾을 수 있다면 규장각 스스로도 총서의 형태로 출판이 가능하지만 지금과 같은 현상이 반복된다면 규장각이 소장하고 있는 중국고서의 가치는 평가 절하될 가능성이 매우 높다.

내외 학술계의 인정을 받을 수 있을 뿐만 아니라 규장각 자체의 국내외 인지도 역시 더욱 제고될 것이다.

V. 나오는 말

이상의 논의를 통해서 본문은 아래와 같은 몇 가지 결론을 얻었다.

첫째, 규장각에는 약간의 宋元刊本을 비롯한 문헌가치가 높은 중국본 고서가 다수 소장되어 있다. 그러나 향후 규장각 소장 중국본 고서를 정리하고 연구함에 있어서는 먼저 인식의 전환이 필요하다. 현재까지『규장각도서중국본종합목록』에서의 중국본은 중국에서 간행된 도서를 가리킨다. 그러나 향후에는 저자가 중국인인 경우 간행지가 중국 혹은 한국인지를 막론하고 중국고서로 간주할 필요가 있다. 동시에 규장각 소장 중국고서가 목록학, 판본학, 교감학적 가치가 있는 것 이외에 학술사적 가치도 있음을 인식하고 이 시야에서 관련 연구를 진행하여야 할 것이다.

둘째, 현재 규장각에 소장되어 있는 중국본 고서의 정리현황은 적지 않은 문제점을 안고 있다. 특히 규장각 소장 중국본 고서의 내용을 기본적으로 파악할 수 있는『규장각도서중국본종합목록』의 내용에 적지 않은 오류가 있다는 점은 문제가 아니라 할 수 없다.

셋째, 이런 까닭으로 향후 규장각 소장 중국본 고서를 정리, 연구하기 위해서는 먼저 정밀한 실사를 통해『규장각도서중국본종합목록』의 내용을 수정, 보완한 새로운 목록을 편찬, 간행해야 한다. 그 후에 소장 중국본 고서에 대해 일정한 체례를 갖춘 解題를 쓰는 작업이 뒤를 이어야 할 것이다. 그리고 이를 통해 규장각 소장 중국고서 가운데 가치 있는 고서를 선별하여 출판하는 작업이 이루어져야 한다.

奎章閣 소장 중국본 明代 詩集의 문헌가치
―『魯郡伯明吾先生詩稿』, 『少鵠詩稿』, 『會稽懷古詩』를 중심으로

I. 序論

주지하다시피 奎章閣에는 상당한 양의 중국고서가 소장되어 있다. 동시에 문헌가치가 높은 고서도 상당수 존재한다. 필자도 규장각에 소장되어 있는 중국본 중국고서의 가치에 주목하여 규장각 소장 중국본 중국고서의 정리와 연구 필요성을 제기한 바 있다.[1] 본 문은 규장각 소장 중국본 중국고서에 대한 필자의 후속 연구의 일환이다.

본문에서는 규장각에 소장되어 있는 중국본 중국고서 가운데 명대 시집 3종을 연구 대상으로 한다. 3종의 고서는『魯郡伯明吾先生詩稿』(奎中4426),『少鵠詩稿』(奎中3835),『會稽懷古詩』(奎中3830)이다. 이 고서들을 연구 대상으로 삼은 이유는 크게 두 가지이다. 첫째, 위에서 언급한 3종류의 고서는 국내외 중문학계에서 선행연구가 전혀 이루어지지

---

[1] 이 문제에 대해서는 김호, 〈奎章閣 所藏 中國本 古書 整理 및 硏究에 관한 窺見〉, 『中國學報』83輯, 韓國中國學會, 2018.02, 3–21면을 참조할 것.

않은 서적들이기 때문이다.[2] 그렇다면 왜 선행연구가 이루어지지 않았을까? 여러 원인이 있을 수 있지만 위의 3종의 서적과 저자가 대부분의 중국문학사에서 언급되지 않는 것이 가장 큰 이유일 것이다.[3] 둘째, 규장각에 소장되어 있는 중국본 중국고서의 문헌가치를 검토하기 위해서는 다각도의 연구시야가 필요하다. 본문에서 검토하고자 하는 3종의 고서가 바로 하나의 연구 시야를 제공한다고 생각한다. 그것은 바로 비록 3종 모두 明本으로 宋本, 元本은 아닐지라도 국내외 소장 현황을 조사하여 보면, 규장각에만 소장되어 있거나, 혹은 국외에 소장되어 있는 같은 계열의 판본과 비교할 때 내용적으로 더욱 완정함을 발견할 수 있다는 점이다. 요컨대 연구 대상인 3종의 고서는 연구자들이 규장각 소장 중국본 중국고서의 가치를 검토할 때 단순히 간행시기만을 문헌가치 판단의 기준으로 삼는 것은 너무 단순한 기준임을 설명하는 예들이다. 동시에 규장각 소장본과 기타 판본과의 실제적인 비교가 이루어져야만 실질적인 문헌가치를 도출할 수 있는 부분의 예시가 되기도 한다.

본문은 먼저 3종의 고서에 대해 개별적으로 서지사항, 저자, 체례와 내용, 판본과 문헌가치 등을 검토하고자 한다. 그리고 마지막으로 餘論에서 이 3종의 서적에서 도출할 수 있는 문헌가치를 종합적으로 살펴보고자 한다.

---

2) 다만 2011년에 출판된 『域外漢籍珍本文庫(第二輯)・集部』는 규장각 소장본 『魯郡伯明吾先生詩稿』와 『少鶴詩稿』를 영인하여 수록하고 있다. 다만 출판된 이후에도 이를 근거로 관련 연구가 진행되지는 않았던 것으로 조사된다.

3) 물론 특정 서적이나 文人에 대해서 대부분의 중국문학사에서 언급하지 않는다는 것은 연구할 만한 가치가 상대적으로 부족하다고 말할 수 있다. 그러나 연구 가치에 대한 판단은 연구자에 따라 그리고 시기에 따라 변동성이 있는 것이므로, 필자는 3종의 서적 모두 일정한 연구 가치가 있다고 생각한다. 다만 연구의 시의성과 필요성이 상대적으로 크고 적을 뿐이라고 생각한다.

II. 『魯郡伯明吾先生詩稿』

『魯郡伯明吾先生詩稿』(奎中4426)
는 (明)魯近智가 撰하고 魯美中이 輯
한 시집으로 明刊本이다.

2卷1冊(29張), 四周雙邊, 半郭
28.3x17.6 cm, 有界, 9行18字, 白
口, 版心상단에 上黑魚尾가 있고 魚
尾 바로 아래에 「詩稿」라고 題하고
있고 판심 아래쪽에 페이지 수가 기
록되어 있다.

卷中에 「帝室圖書之章」, 「擒文院」

등의 藏書印이 있다. 동시에 시의 제
목과 본문에서 避諱해야 할 단어의 앞에서 한 칸을 띄는 현상이 종종
발견된다(예: 〈采芳亭後十二首〉; 「何事芳亭結, 偏依ㅁ帝子州. 功名銓敍重, 文藻
樂籠收.……」, 「家食」, 22쪽/ 〈奉贈大司馬崐峽張公〉; 「……廊廟自今紓ㅁ聖慮, 論
功誰並太常銘」, 「宦遊」, 2쪽/ ㅁ는 공백을 표시한다). 「帝」나 「聖」 모두 황제와
관련된 어휘들이므로 避諱를 위해 한 칸을 띄우고 있다.

1. 저자, 체례와 내용

『魯郡伯明吾先生詩稿』의 저자 魯近智(생졸년미상)의 生平과 관련된
자료는 거의 없다. 다만 『魯郡伯明吾先生詩稿』에 評을 했다는 鄒觀
光[4]이 萬曆8년(1580)에 進士에 급제했다는 사실을 근거로 魯近智도 대

---

4) 字는 孚如이고 德安府 雲梦(지금의 湖北雲梦县) 사람이다.

략 明 神宗 萬曆 시기를 살았던 文人으로 추정할 수 있다.

다음으로『魯郡伯明吾先生詩稿』의 체례를 살펴보면 卷首에 江夏 郭正域이 撰한「題魯郡伯明吾先生詩稿」가 있고, 그 뒤에「宗伯學士」등의 장서인이 발견된다. 뒤이어 바로 卷一이 시작되는데 첫째 行에「魯郡伯明吾先生詩稿/宦遊」, 둘째 行과 셋째 行에「孝感魯近智撰/次男美中輯」/「雲夢鄒觀光評/文人馬雯校」라고 저자와 수집자 및 교감자 등을 표시하고 있다. 卷尾에「萬曆甲辰季冬後學王經世書」라고 題하고 있다.

『魯郡伯明吾先生詩稿』에는 모두 詩 80수가 수록되어 있다. 구체적인 내용을 살펴보면 아래와 같다.

	卷數	主題	수록작품 수	비고
1	卷一	宦遊	①早朝/②八陳圖/③燕集凌海樓中丞宅酒間賦答二首/ 金山寺/ 등 33首	
2	卷二	家食	①春與用年丈高養純比部韻/②清明/③贈三槐和尙 등 47首	〈采芳亭詩〉는 실제로는 12首임.
			80首	

먼저 설명이 필요한 것은 수록된 시 가운데 일부는 小序가 존재한다는 점이다. 예를 들어 권1의 〈懷陶伯子蕪勉次兒幷序〉, 권2의 〈靑松篇奉贈司理梁公祖醇宇幷引〉, 〈采芳亭詩〉, 〈采芳亭後十二首〉 등이 그것이다. 이 小序는 그 내용을 통해 시의 창작 배경을 보다 상세히 이해할 수 있다는 점에서 중요한 자료라고 생각된다. 예를 들어 〈采芳亭後十二首〉의 小序에서 "나는 재능이 부족하니 어찌 감히 詩를 논할 수 있겠는가, 뜻하지 아니하게, 孚如 先生께서 〈采芳亭〉 12首로 가르침을 주시니 기뻐하며 和韻하였는데 이에 다시 〈采芳亭後〉 12首로 가르

침을 주셨다(余不佞何敢談詩, 偶孚如先生以〈采芳亭〉十二首見教, 喜而和韻, 酒再教以後十二首…….)"[5]라고 창작 배경을 설명하고 있다. 이 小序에 등장하는 〈采芳亭〉 12首는 바로 권2에 수록되어 있는 〈采芳亭詩〉이고, 그 小序에도 "天部 鄒孚如 선생이 太常의 張澤民과 劉醇甫에게 화답한 시 각 6首를 보여주셨다(天部鄒孚如以和太常張澤民, 劉醇甫各六首見示…….)"[6]라고 창작 배경을 설명하고 있다. 이를 통해 小序가 갖고 있는 가치를 확인할 수 있다.

다음으로 『魯郡伯明吾先生詩稿』에는 책의 書眉에 批注가 존재하는데 그 양이 상당할 뿐만 아니라 내용도 다양하다. 예를 들면 〈壽竹溪袁方岳八十〉의 批注는 "詩題는 속되지만 시구는 오히려 고아하다(題俗句却雅)"[7]라고 평하고 있다. 즉, 袁方岳의 팔십 생일을 맞이하여 시를 짓는다는 것은 세속적인 일임에 틀림없지만 그 시의 내용이 고아하다고 평하고 있는 것이다. 〈歸州道中〉의 批注에서는 "시 안에 그림이 있다(詩中有畵)"[8]라고 평하고 있는데, "물 굽이치는 곳의 물 색깔에 푸른빛이 더하고, 百丈이나 되는 산봉우리에 아름다운 노을이 씌워져 있네(……一灣水色添新綠, 百丈山峰冠彩霞…….)"라는 시구로 볼 때 적절한 평어라고 생각된다. 또한 〈采芳亭後十二首〉의 10首와 11首에 대해서 "두 수의 시는 體格이 곧고 크며, 詞語는 老鍊하다(二首體格正大, 詞語老鍊)"라고 평하고 있는데 수사와 문장 풍격에 대한 평어임을 알 수 있다.

---

5) 『魯郡伯明吾先生詩稿』, 域外漢籍珍本文庫編纂出版委員會, 『域外漢籍珍本文庫(第二輯)·集部』(伍)本, 西南師範大學出版社·人民出版社, 2011, 권2, 541면.

6) 『魯郡伯明吾先生詩稿』 권2, 540면.

7) 『魯郡伯明吾先生詩稿』 권2, 533면.

8) 『魯郡伯明吾先生詩稿』 권2, 533면.

2. 판본과 문헌가치

『域外漢籍珍本文庫(第二輯)·集部·魯郡伯明吾先生詩稿』의 提要에서는 규장각 소장본을 「明萬曆二十三年(1544)刊本」이라고 소개하고 있다. 이 주장은 두 가지 점에서 문제가 있다. 먼저 明 萬曆23年은 1544년이 아니다. 明 萬曆23年은 1595년 乙未年이다. 둘째, 규장각 소장본 『魯郡伯明吾先生詩稿』를 살펴보면 간행년도를 판단할 수 있는 근거가 거의 없다. 유일한 단서가 卷末에 있는 「萬曆甲辰季冬後學王經世書」라는 기록이다. 萬曆은 명 神宗의 연호이다. 神宗의 재위기간은 총 46년(1573-1620)인데 이 기간 중의 天干地干 가운데 甲辰은 단 하나 萬曆32년(1604)뿐이다. 그러므로 왕경세의 기록에 의하더라도 규장각 소장본 『魯郡伯明吾先生詩稿』는 「萬曆三十二年(1604)刊本」이라 해야 한다. 다만 기타 판각에 대한 근거자료가 없는 상태에서 단지 「萬曆甲辰季冬後學王經世書」라는 기록만을 근거로 하여 규장각 소장본 『魯郡伯明吾先生詩稿』를 「萬曆三十二年(1604)刊本」이라고 판별하는 것은 다소 무리가 있다고 판단된다. 보수적인 관점에서 판단한다면 「明刊本」이라 할 수 있을 것이고, 저자와 편찬 작업에 참가한 문인들이 萬曆年間을 살았던 사람들임을 감안한다면 「萬曆刊本」이라고 판단할 수도 있을 것이다. 본문에서는 보다 보수적인 관점에서 규장각 소장본을 「明刊本」으로 보고자 한다.

『魯郡伯明吾先生詩稿』는 成書 혹은 간행 이후에 유통이 상당히 제한적이었던 것으로 판단된다. 명대 저작을 가장 많이 수록하고 있는 목록인 (淸)黃虞稷(1629-1691)의 『千頃堂書目』에도 『魯郡伯明吾先生詩稿』는 수록되어 있지 않다. 또한 이 고서는 100여 종의 중국 장서목록의 수록 내용을 검색할 수 있는 『古籍版本題記索引』에도 수록되어 있지 않다. 이 점에서 볼 때 규장각 소장본 『魯郡伯明吾先生詩稿』의 문헌가치는 상당히 높다고 판단된다. 동시에 간행 이후의 流傳 상황도 매우 제한적인 것으로 조사된다. 예를 들어『文獻通考・經籍考』, 『續文獻通考・經籍考』, 『淸朝文獻通考・經籍考』, 『淸朝續文獻通考・經籍考』, 『四庫全書總目提要』, 『續修四庫全書提要』, 『四庫全書總目提要補正』, 『四庫提要辨證』, 『四庫未收書目提要』 등의 목록에는『魯郡伯明吾先生詩稿』가 수록되어 있지 않다. 이 사실은『魯郡伯明吾先生詩稿』가 간행된 이후로 유통이 광범위하게 이루어지지 않았음을 분명하게 설명하는 것이다. 이뿐만 아니라 최근까지 중국과 대만 지역에서 출판되었던 叢書, 예를 들어『景印文淵閣四庫全書』, 『景印摛藻堂四庫全書薈要』, 『續修四庫全書』, 『四庫全書存目叢書』, 『四庫全書存目叢書補編』, 『四庫未收書輯刊』 등에도『魯郡伯明吾先生詩稿』는 수록되어 있지 않다. 이를 통해『魯郡伯明吾先生詩稿』는 명, 청 이후로 지금까지 유통이 매우 제한적이었음을 알 수 있다.

明刊本『魯郡伯明吾先生詩稿』는 현재 국내에서는 규장각에만 소장되어 있는 것으로 조사된다. 동시에 국외 관련 소장기구에도『魯郡伯明吾先生詩稿』는 소장되어 있지 않은 것으로 조사된다. 먼저 이 고서는『中國古籍善本書目』에 수록되어 있지 않다. 이로 볼 때 중국 주요 도서관에는『魯郡伯明吾先生詩稿』가 소장되어 있지 않음을 확인할 수 있다. 그리고 臺灣 공공 도서관에도『魯郡伯明吾先生詩稿』는 소장되어 있지 않은 것으로 확인된다. 또한『美國哈佛大學哈佛燕京圖書館中文善本書志』, 『普林斯敦大學葛思德東方圖書館中文舊籍書目』에도 이 고서는 수록되어 있지 않다.[9] 이로 볼 때『魯郡伯明吾先生詩稿』는

---

9)　　沈津著, 『美國哈佛大學哈佛燕京圖書館中文善本書志』, 上海辭書出版社, 1999; 葛思德東方圖書館編, 『普林斯敦大學葛思德東方圖書館中文舊籍書目』, 商務印書館, 1990.

하버드대학 燕京도서관, 프린스턴대학교 Gest Orientai 도서관 등 미국 주요 도서관에도 소장되어 있지 않은 것을 확인할 수 있다. 동시에 宮內廳書陵部, 尊經閣文庫, 東京大學東洋文化硏究所, 慶應義塾大學附屬硏究所斯道文庫 등 일본의 대표적인 95개 古書 소장기구의 漢籍善本을 수록하고 있는『日藏漢籍善本書錄』[10]에도『魯郡伯明吾先生詩稿』는 수록되어 있지 않다. 이를 통해『魯郡伯明吾先生詩稿』는 일본에도 소장되어 있지 않을 가능성이 매우 높다고 볼 수 있다.

그렇다면 현재 규장각에 소장되어 있는『魯郡伯明吾先生詩稿』는 전 세계 유일본일 가능성이 매우 크다. 이 같은 문헌 가치를 인정받은 까닭인지 규장각본『魯郡伯明吾先生詩稿』는 그 원문의 복사본이 중국에서 출간된『域外漢籍珍本文庫(第二輯)·集部』(伍)에 수록되어 있다.[11]

앞에서 언급했듯이 현재『魯郡伯明吾先生詩稿』의 저자인 魯近智은 저명한 문인이 아니다. 그런 까닭으로 그의 생평 사적에 대한 관련 자료가 거의 없다. 다만 이 고서에서 그를 孝感(지금의 湖北孝感) 사람이라고 기술하고 있는 것 이외에 알려진 것이 없다. 이 같은 상황에서『魯郡伯明吾先生詩稿』는 魯近智라는 명대 문인을 이해하고 그의 시 세계를 파악할 수 있는 유일한 자료라고 할 수 있다.

Ⅲ.『少鵠詩稿』

『少鵠詩稿』(奎中3835)는 (明)朱顯槐(?-1590)의 시집으로「明嘉靖年間(1522- 1566)武岡王府刊本」이다.

---

10)   嚴紹璗編著,『日藏漢籍善本書錄』, 中華書局, 2007.

11)   域外漢籍珍本文庫編纂出版委員會,『域外漢籍珍本文庫(第二輯)·集部』, 525-542면.

8卷4冊. 四周雙邊, 半郭27.6× 16.6cm, 有界, 8行17字, 小字雙行, 版心 白口, 上黑魚尾. 版心 상단에 「少鶴詩稿」라고 題하고 있고, 판심 중간에 권수와 쪽수(예: 卷一/ 一)가 기재되어 있다. 그리고 판심 하단에 종종 「吳」, 「鄭」, 「蔣」, 「陳」, 「高」, 「艾」, 「吳仕」 등 刻工 기록이 보인다.

卷中에 「帝室圖書之章」, 「朝鮮總督府圖書之印」 등의 藏書印이 있다. 동시에 시의 제목과 본문에서 避諱해야 할 단어의 앞에서 한 칸을 띄는 현상이 종종 발견된다(예: 〈十五夜 ▯ 御書樓望月〉, 卷五, 16쪽; 「命駕東行祀 ▯ 寢陵……」(〈次韻謝蘭皐司丞遊洪山〉, 卷六, 7쪽/ ▯는 공백을 표시한다). 「御書樓」나 「寢陵」 등은 모두 황제와 관련된 어휘들이므로 避諱를 위해 한 칸을 띄우고 있다.

1. 저자

저자 朱顯槐(?-1590)는 武岡(지금의 湖南省 武岡縣)사람으로 호가 少鶴 혹은 少鶴이라고 한다. (明)端王 榮㴝[12]의 셋째 아들이다. 朱顯槐는 嘉靖17年(1538)에 武岡王에 봉해졌으며 萬曆18年(1590)에 세상을 떠났

---

12) 『明史 · 表第二 · 諸王世表二』: "端王榮㴝, 靖嫡一子, 正德七年襲封. 嘉靖十三年薨." 권101, (淸)張廷玉 等撰, 『新校本明史幷附編六種』本, 鼎文書局, 1991, 2607-2608면.

다.[13] 諡號는 保康이다. 朱顯槐의 부친인 端王은 仁孝로서 명성을 얻었으며[14] 항상 스스로를 "黃鵠道人"이라 일컬었다. 그런 까닭으로 朱顯槐는 스스로의 호를 少鵠라고 칭하면서 부친의 유지를 잊지 않고자 했다. 朱顯槐는 평소에 글쓰기를 좋아했으며 시에 능했다고 한다. 동시에 藩政에 있어서도 상당한 식견이 있었던 것으로 파악된다. 예를 들어 藩地에서 군왕 이하의 子弟 교육을 진행함에 있어 朱顯槐가 제시한 교육방법이 조정에서 상당부분 채택되었다는 기록이 『明史』에 기록되어 있다.[15] 저작으로는 『少鵠文集』若干卷, 『續集』 8권, 『詩集』 8권이 있다고 하는데 『詩集』 8권이 바로 『少鵠詩稿』이다. 생평에 관한 기록은 『明史 · 列傳第四 · 諸王一』에 보인다.

2. 체례와 내용

다음으로 『少鵠詩稿』의 체례와 내용을 살펴보면 아래와 같다. 먼저 체례를 살펴보면 卷首에 信陽 岳東升이 撰한 「少鵠詩集序」가 있고 뒤에 바로 卷一 目錄이 위치하는데 첫째 行에 「少鵠詩稿卷一」, 둘째 行에 위로부터 한 칸을 띄우고 「五言古詩目錄」이라고 題하고 있다. 每卷에는 각각의 목차가 있고 卷目 다음 行에 「楚國武岡王著」라는 저자명이 기록되어 있다. 그 뒤에 詩體(예 卷一: 「五言古詩」)를 표시하고 다음 行에 작품명이 위치한다. 卷末에 卷終(예: 「少鵠詩稿卷一終」)이 표시되어 있다.

---

13) 『明史 · 表第二 · 諸王世表二』: "武岡王顯槐, 端庶三子, 嘉靖十七年封. 萬曆十八年薨." 2619면.

14) 『明史 · 列傳第四 · 諸王一』: "子端王榮瀳嗣. 以仁孝著稱, 武宗表曰「彰孝之坊」. 嘉靖十三年薨." 3571면.

15) 『明史 · 列傳第四 · 諸王一』: "武岡王顯槐, 端王第三子也. 嘉靖四十三年上書條藩政, 請「設宗學, 擇立宗正, 宗表, 督課親郡王以下子弟. 十歲入學, 月廩米一石, 三載督學使者考績, 陟其中程式者全祿之, 五試不中課則黜之, 給以本祿三之二. 其庶人曁妻女, 月廩六石, 庶女勿加恩.」其後廷臣集議, 多采其意." 3573면.

『少鵠詩稿』의 구체적인 내용과 수록작품을 살펴보면 아래와 같다.

	卷數	内容	수록작품 수	비고
1	卷一	五言古詩	〈拜表〉, 〈題畵壽姜侑溪都憲先生〉 등 9首	
2	卷二	七言古詩	〈次韻李柿齋初春紅綠梅盛開〉〈送山泉伊侍御〉 등 10首	
3	卷三	五言絶句	〈月〉, 〈菊〉 등 18首	
4	卷四	七言絶句	〈春日〉 등 81首	
5	卷五	五言律詩	〈壬寅長至〉 등 125首	
6	卷六	七言律詩	〈次韻李柿齋先生牧丹〉 등 83首	
7	卷七	七言律詩	〈庚戌試筆〉 등 82首	
8	卷八	長短句	〈對月小酌二首〉 등 6首	
			414首	

『少鵠詩稿』에 수록된 시는 형식적으로는 고시, 절구, 율시 및 장단구이며 수록된 시는 총 414수이다. 적지 않은 작품 수임에 분명하다. 시의 내용은 작자의 개인적인 述懷와 우인들과 唱和한 시들이 대부분이다.

3. 판본과 문헌가치

규장각 소장본 『少鵠詩稿』는 「明嘉靖年間(1522-1566)明武岡王府刊本」이다. 주의할 것은 「明嘉靖年間(1522-1566)明武岡王府刊本」이 현존하는 『少鵠詩稿』의 유일한 판본이라는 점이다. 이 사실을 증명하듯 『少鵠詩稿』의 간행 및 판본에 관련된 기록 역시 매우 제한적이다. 대부분의 歷代 中國 藏書目錄에 이 고서는 수록되어 있지 않다. 예를 들어 명대 서적을 가장 많이 수록하고 있는 목록서인 (淸)黃虞稷의 『千頃堂書目』에도 『少鵠詩稿』는 수록되어 있지 않다. 다만 王遠孫의 『振綺堂書

錄·集·歷代帝王別』에 明刊本이 수록되어 있을 뿐이다.[16]

동시에 간행 이후의 유통 상황도 상당히 제한적인 것으로 조사된다. 예를 들어『文獻通考經籍考』,『續文獻通考經籍考』,『淸朝文獻通考經籍考』,『淸朝續文獻通考經籍考』,『四庫全書總目提要』,『續修四庫全書提要』,『四庫全書總目提要補正』,『四庫提要辨證』,『四庫未收書目提要』등의 목록에는『少鵠詩稿』가 수록되어 있지 않다. 이 사실은『少鵠詩稿』가 간행된 이후로 유통이 광범위하게 이루어지지 않았음을 설명하는 것이다. 이뿐만 아니라 최근까지 중국과 대만에서 출판되었던 대형 叢書들, 예를 들어『景印文淵閣四庫全書』,『景印擒藻堂四庫全書薈要』,『續修四庫全書』,『四庫全書存目叢書』,『四庫全書存目叢書補編』,『四庫未收書輯刊』등에도『少鵠詩稿』는 수록되어 있지 않다. 이상의 내용을 통해『少鵠詩稿』는 명, 청 이후로 지금까지 유통이 매우 제한적이었음을 알 수 있다.

규장각 소장본 明嘉靖年間(1522-1566)明武岡王府刊本『少鵠詩稿』는 국내에서는 규장각에만 소장되어 있는 것으로 파악된다. 동시에 국외의 소장 현황도 매우 제한적이다. 臺灣 國家圖書館에 규장각 소장본과 동일한「明嘉靖年間(1522-1566)武岡王府刊本」이 한 부 소장되어 있을 뿐이다.[17] 그 외『中國古籍善本書目』에는『少鵠詩稿』가 수록되어 있지 않다. 이로 볼 때 중국 주요 도서관에는『少鵠詩稿』가 소장되어 있지 않다. 그 외『美國哈佛大學哈佛燕京圖書館中文善本書志』,『普林斯敦大學葛思德東方圖書館中文舊籍書目』에도 이 고서는 수록되어 있지 않다. 이로 볼 때 미국의 주요 고서 소장 도서관에도『少鵠詩

---

16) 羅偉國, 胡平編,『古籍版本題記索引』, 上海書店出版, 1991, 686면.

17) 明嘉靖間(1522-1566)武岡王府刊本(索書號: 402.6 11973).

稿』는 소장되어 있지 않은 것으로 조사된다. 다만 현재 중국에서 출간된 『域外漢籍珍本文庫(第二輯)・集部』(伍)에 明武岡王府刊本 『少鵠詩稿』가 수록되어 있는데 그 저본이 바로 규장각 소장본이다.[18] 또한 일본의 대표적인 95개 古書 소장기구의 漢籍 善本을 수록하고 있는 『日藏漢籍善本書錄』에도 『少鵠詩稿』는 수록되어 있지 않다. 이를 통해 『少鵠詩稿』는 일본에도 소장되어 있지 않을 가능성이 매우 높다고 볼 수 있다.

다음으로 규장각 소장본 『少鵠詩稿』의 문헌가치를 구체적으로 살펴보고자 한다. 먼저 앞서 지적했듯이 규장각 소장본 「明嘉靖年間(1522-1566)明武岡王府刊本」은 『少鵠詩稿』의 현존하는 유일 판본으로 그 문헌가치가 매우 높다고 할 수 있다. 기타 판본이 존재하지 않고 동일 판본 한 부만이 대만 국가도서관에 소장되어 있는 상황에서 규장각 소장본 『少鵠詩稿』의 판본 가치는 매우 높다고 할 수 있다.

둘째, 내용적으로 볼 때 가장 주목할 점은 『少鵠詩稿』가 朱顯槐라는 개인의 문학 세계를 살펴볼 수 있는 유일한 시집이라는 점이다. 朱顯槐는 藩王으로 본디 글쓰기를 좋아하였고 어려서부터 시를 좋아하였다. 특히 朱顯槐는 隆慶5년(1571)부터 萬曆2년(1574) 동안 楚藩의 宗室에서 가장 핵심적인 역할을 하면서 1574년에 王府의 재물을 사사로이 착복한 혐의로 탄핵을 받을 때까지 활발한 활동을 했었다. 우리는 『少鵠詩稿』를 통해 朱顯槐의 개인사와 그와 교유 관계에 있던 다양한 인물들을 이해할 수 있다는 점에서 『少鵠詩稿』의 내용적인 가치를 찾을 수 있다.

---

18) 域外漢籍珍本文庫編纂出版委員會, 『域外漢籍珍本文庫(第二輯)・集部』, 525-542면.

마지막으로 규장각 소장본『少鵠詩稿』가 정확히 언제 조선으로 유입되었는지는 관련 자료의 부족으로 정확한 시기는 알 수 없다. 다만 조선으로의 유입 시기를 추론할 수 있는 약간의 단서가 존재한다. 그 단서의 하나가『奎章總目』이다. 현존하는『奎章總目・集部・別集類』에『少鵠詩稿』四本」이 수록되어 있기 때문이다.[19] 현재 규장각 소장본이 국내 유일본임을 고려할 때『奎章總目・集部・別集類』에 수록되어 있는『少鵠詩稿』가 바로 규장각 소장본으로 추정할 근거는 충분하다. 현존하는『奎章總目』의 成書 시기는 대략 正祖5년부터 시작하여 純祖5년 初까지로 볼 수 있다.[20] 그렇다면 규장각 소장본『少鵠詩稿』은 아무리 늦어도 순조5년 이전에 규장각에 유입되었다고 추정할 수 있다.

Ⅳ.『會稽懷古詩』

규장각 소장본『會稽懷古詩』(奎中3830)는 (明)唐之淳(1350~1401)의 詩集이다. 보다 정확히 말하면 唐之淳의 시와 (明)戴冠의 次韻詩를 수록하고 있는 시집으로 明刊本이다. 먼저 서지사항을 살펴보면 아래와 같다. 이 고서는 1卷1冊(51張), 四周雙邊, 半郭 26x15.8cm, 有界, 9行 20字, 版心에는 上下黑魚尾가 있고 중간에「會稽懷古詩 一(二, 三……)」처럼 서명과 권수가 표시되어 있다. 동시에 본문에서 避諱해야 할 단어의 앞에서 한 칸을 띄는 현상이 발견된다. 예를 들면 책의 처음

---

19) 『奎章總目』, 張伯偉編,『朝鮮時代書目叢刊』本 中華書局, 2004, 408면.

20) 『朝鮮王朝實錄・正祖實錄』五年6月庚子條: "命閣臣徐浩修撰著書目……閱古觀書目六卷,『西序書目』二卷, 總名之曰『奎章總目』."『承政院日記・純祖五年4月28日(辛巳)』:「瀅修曰……『奎章總目』編入後, 亦必多新購書籍, 使待教詳加訂定, 陸續編入, 似好矣."

에 있는 戴冠 〈會稽懷古詩序〉에서 「會稽懷古詩者, 山陰唐之澤所作也. 之澤父肅在□國初爲應擧翰林文字, 預修『元史』…….(□는 공백을 표시한다)」라는 부분이 있다. 그 외 책 가운데 「弘文館」, 「帝室圖書之章」 등의 藏書印이 발견된다.

奎章閣 소장본 明刊本

美國國會圖書館 所藏 抄寫本

1. 저자와 刊行 과정

(明)唐之淳(1350-1401)은 山陰(지금의 浙江省 紹興縣) 사람으로, 字는 愚士이다. 유명한 강남 才子로 불렸으며 약관의 나이에 이미 명성을 얻었다. 그의 부친인 唐肅(1331-1374, 字는 處敬) 역시 經史에 정통하고 陰陽과 醫卜에도 능통하였다. 唐之淳은 1401년(建文 3년)에 方孝儒(1357-1402)의 추천으로 翰林院 侍讀에 임명되어 書局을 이끌었으나, 곧 병으로 세상을 떠났다. 주요 저작으로『唐愚士詩』2권과『萍居稿』, 『文斷』등이 있다.

다음으로 『會稽懷古詩』의 成書와 간행 과정에 대해 알아보자. 먼저 張傅는 天順5년(1461)에 쓴 〈題會稽懷古詩後〉에서 『會稽懷古詩』의 成書 과정에 대해 비교적 상세한 설명을 하고 있다. 張傅는 『會稽懷古詩』라는 서적의 존재를 알고는 그 전편을 얻어 보려고 친구들 사이에서 찾고자 했으나 얻을 수가 없었다. 그러다 후에 張傅는 友人인 凌玉璣의 집에 『會稽懷古詩』 한 권이 소장되어 있음을 알고는 그 책을 얻어 필사하였지만, 그 내용 가운데 여전히 잘못된 부분이 있음을 알게 되었다. 그런 까닭으로 그는 "항상 唐之淳의 친필 원고를 얻어 자신이 가지고 있었던 필사본의 잘못을 바로잡고자 했다(常欲得先生親稿, 以正其失)."[21] 후에 마침내 지인을 통해 唐之淳의 사위인 葉坦의 집에서 唐之淳의 친필 원고를 얻을 수 있었다. 그리고 天順5년 봄 張傅는 마침내 그 친필 원고를 이용하여 자신이 갖고 있던 필사본과 비교를 통해 "내용의 같음과 다름을 교감하기를 여러 번 진행하였다. 이로부터 글자 가운데 잘못된 것은 바로잡혔고 빠진 것은 완정하게 되어 말의 의미에 결점이 없게 되었다(校其同異, 至再至三. 由是字之舛者正, 缺者完, 語意渾然.)"[22]라고 말하고 있다. 이 내용을 통해 우리는 張傅의 손에서 만들어진 『會稽懷古詩』는 교감을 거쳐 내용적으로 비교적 완정한 필사본임을 알 수 있다.

張傅가 만든 교감본은 후에 戴冠에게 전해진다. 戴冠은 山陰에 부임하여 "張傅에게서 『會稽懷古詩』을 얻고는(得此詩於儒者張傅)",[23] 그 책을 杜宏에게 건네주었다.[24] 그리고 戴冠은 杜宏이 『會稽懷古詩』를 간행함

21) (明)張傅, 〈題會稽懷古詩後〉, 『後稽懷古詩』, 46면.
22) (明)張傅, 〈題會稽懷古詩後〉, 『後稽懷古詩』, 47면.
23) (明)戴冠, 〈會稽懷古詩序〉, 『會稽懷古詩』, 4면.
24) (明)杜宏, 〈新刊會稽懷古詩〉: "(戴)先生出示所次 『會稽懷古詩』寫本一帙, 乃國初唐之淳愚士之所作也." 『會稽懷古詩』, 51~52면.

에 이르러 序文을 써서 이 책의 주요 내용을 설명하면서『會稽懷古詩』
가 成書된 지 백여 년의 시간 동안 세간의 주목을 받지 못한 이유에 대
해 설명한다.

> 之淳이 좋은 시절을 만나지 못했을 때 자신이 배운 학문으로 郡內의
> 山水, 人物, 陵廟, 祠廟 등에 題하고 시로 읊은 것이 모두 30수인데『會
> 稽懷古』라 이름하였다. 이 시집은 之淳이 쌓아온 학문이 밖으로 드러난
> 것으로 世敎에 도움이 되는 것이다. 다만 國初부터 현재까지 백여 년의
> 시간 동안 山陰에 벼슬아치로 온 사람들이 얼마나 되는지 모르지만 모두
> 읍의 문헌을 살펴볼 겨를이 없어서 이 시집은 높은 서가에 두어져 다른
> 사람들이 시집의 존재를 알 수 없었다(之淳未遇時, 乃以所學題詠郡中山
> 水, 人物, 陵廟, 祠廟, 凡三十首, 名曰『會稽懷古』. 蓋洩所積之學, 以裨世敎
> 也. 自國初至今百有餘年, 來作邑者不知幾人, 皆未遑考邑中文獻, 所以此作
> 束諸高閣, 而人不及知也.)[25]

杜宏은 戴冠을 통해 얻은 張傳의 교감본을 "장인에게 명하여 판각을
하게 하였다(命工翻刻)."[26] 그리하여 마침내『會稽懷古詩』가 세상에 나
오게 되었다. 이것이 현재 규장각에 소장되어 있는 명간본『會稽懷古
詩』이다.

2. 체례와 내용

먼저 규장각 소장본『會稽懷古詩』의 체례를 살펴보면 다음과 같다.

---

25) (明)戴冠, 〈會稽懷古詩序〉,『會稽懷古詩』, 4면.

26) (明)張煥, 〈會稽懷古詩序〉,『會稽懷古詩』, 3면.

	순서	작자	작성 시기
1	會稽懷古詩序	正德六年辛未季冬之吉江西泰和張煥主奎序	正德6年(1511)
2	會稽懷古詩序	弘治庚申春正月穀旦寓紹興長洲戴冠書	弘治庚申(13년, 1500)
3	會稽懷古詩序	紫霞子/ 未詳	
4	自序	洪武辛酉冬十月朔書於臥游軒	洪武辛酉(14년, 1381년)
5	會稽懷古詩目錄		
6	本文	唐之淳 詩 30首/次韻詩 30首	
7	會稽懷古詩序	同郡翁好古撰	未詳
8	會稽懷古詩序	天台王俊華序	未詳
9	題會稽懷古詩後	天順五年辛巳春三月十九日山陰張傅士習謹識	天順5年(1461)
10	故翰林侍讀唐君墓誌銘	奉訓大夫翰林院文學博士天台方孝孺撰/ 未詳	
11	新刊會稽懷古詩	弘治庚申歲戊寅月河南臨潁杜宏識	弘治庚申(13년, 1500)

위 표의 내용을 통해『會稽懷古詩』의 기본적인 체례를 이해할 수 있다. 한 가지 설명이 필요한 것은 張傅의 〈題會稽懷古詩後〉 뒤에 본문에 쓰인 古字에 대해 설명하는 부분이 있다. 이 설명 부분의 내용은 이 시집에는 古字가 16개가 사용되는데 이 古字들의 字形을 고치면 원래의 의미를 잃어버리게 되고, 고치지 않으면 사람들의 오해를 불러일으킬 수 있다는 것이다. 이런 까닭으로 글자를 수정하지 않고 특정 古字가 어떤 글자와 같은 의미인지를 구체적으로 설명하고 있다. 예를 들면 "共은 供과 같다(共, 與供同)", "尉는 慰와 같다(尉, 與慰同)", "縣은 懸과 같다(縣, 與懸同)"[27] 등이다.

---

27) 『會稽懷古詩』:「集中多作古字, 易之則失其原本之意, 不易又恐人有誤改金根之失

보다 구체적인 체례를 살펴보면 다음과 같다. 本文의 卷首 첫째 줄에 「會稽懷古詩」라고 題하고 있으며 둘째 行과 셋째 行에 「山陰唐之澤 著」/「長洲戴 冠次韻」이라고 저자를 표시하고 있다. 『會稽懷古詩』에는 모두 詩 60수가 수록되어 있다. 구체적인 작품을 살펴보면 아래와 같다.

	수록작품
唐之淳 原詩	①帝舜廟/②帝禹廟/③越句踐廟/④范蠡祠/⑤苧羅山/⑥鑄浦/⑦泰望山/⑧項羽廟/⑨嚴子陵墓/⑩曹孝女祠/⑪劉寵祠/⑫梅山/⑬柯亭/⑭東山/⑮蘭亭/⑯賀知章宅/⑰吳越王墓/⑱宋欑陵/⑲杜衍墓/⑳兵將軍祠/㉑曹孝子祠/㉒朱孝女祠/㉓南鎭廟/㉔鏡湖/㉕四明山/㉖沃洲山/㉗剡溪/㉘雲門山/㉙若耶溪/㉚湘湖
戴冠 次韻詩	위 30首에 대한 次韻詩

시의 수록 체례는 먼저 會稽 지역의 특정 건축물(예: 帝舜廟, 帝禹廟……) 혹은 특정 지역(예: 苧羅山, 鑄浦……) 등을 나타내는 詩題를 제시하고 그 뒤에 그 장소에 대한 설명이 있는 「小序」가 이어진다. 뒤이어 唐之淳의 原詩를 제시하고 다음에 戴冠의 次韻詩를 기록하고 있다. 〈項羽廟〉를 예로 들어 보다 구체적으로 시의 수록 체례를 살펴보면 아래와 같다.

	〈項羽廟〉
小序	在山陰縣南十五里, 曰項里山, 以亞父范增配食, 不知其所始華氏考古云. 項梁與籍居此, 故名里云.
唐之淳 原詩	春日欲西墜, 群雄競趨奔. 龍準興沛郡, 重瞳起吳門…….
戴冠 次韻詩	城頭項里山, 群峰勢如奔. 下有古祠廟, 長松暎朱門…….

冠, 故別爲音釋如右.」47면.

흥미로운 것은『會稽懷古詩』의 체례가 독특한 것은 아니라는 점이다.『四庫全書總目提要』는『會稽懷古詩』의 체례 문제에 대해 아래와 같이 분석하고 있다.

> 『會稽懷古詩』一卷은 唐之澤의 젊었을 때 작품이다. 모두 오언고시 30수이고 제목 아래에 각각 小序가 있는데 이것은 阮閱, 曾極, 張堯同의 예를 모방한 것이다.(『會稽懷古詩』一卷, 乃其少作. 凡五言古詩三十首, 題下各有小序, 仿阮閱, 曾極, 張堯同之列.)[28]

『四庫全書總目提要』는『會稽懷古詩』의 체례가 이전 유사한 시집을 모방한 것이라고 지적하고 있다. 위 인용문에서 언급하고 있는 阮閱, 曾極, 張堯同의 예는 특정 지역의 산수, 경물을 빌어 해당 지역의 '土風(자신이 사는 지역의 풍속이나 습관)'을 시로 읊는 기풍을 의미하는 것이다. 阮閱(生卒年未詳)은 自號가 散翁 혹은 松菊道人이다. 송대의 저명한 문인이다. 그의 저작 가운데『郴江百咏』은 阮閱이 荊楚 지방의 郴郡에서 3년간 벼슬을 하면서 그곳의 山川과 寺廟의 명승고적들 그리고 城廓의 장관 등을 시로 읊은 것이다. 曾極(生卒年未詳)은 字가 景建이고 戴復古, 劉克莊 등과 唱和했던 남송 江湖派 시인이다. 曾極은 일찍이 金陵을 유람하고는『金陵百咏』을 지었는데 이 시집에서 증극은 금릉의 고적을 빌어 자신의 감회를 시로 읊었는데 대체로 南宋 당시 사회에 대한 감개를 나타내었다. 張堯同(生卒年未詳)도『嘉禾百咏』이라는 저작이 있는데 이 시집은 嘉興 지역의 여러 지역과 건축물을 대상으로 시를 지

---

28) 『四庫全書總目提要·會稽懷古詩』, 臺灣常務印書館, 2001, 495면. 인용문에 보이는 '澤'이라는 글자는 '淳'자의 오타로 보인다.

은 것이다. 이와 관련된 내용은 『四庫全書總目提要』에 기재되어 있다. 그 내용은 아래와 같다.

송나라 때의 문인과 학사 중에 자신이 사는 곳의 풍토의 아름다움을 시로 읊은 사람들은 종종 길이가 길고 아름답게 수식하는 것을 훌륭하다고 여겼다. 예를 들어 완열(阮閱)의 『침강백영(郴江百詠)』, 허상(許尙)의 『화정백영(華亭百詠)』, 증극(曾極)의 『금릉백영(金陵百詠)』과 같은 것은 모두 100수를 기준으로 하였다. 그런 까닭으로 장요동도 100편의 시를 읊어 가흥(嘉興) 지역의 산천과 고적을 개괄하였다. 서석(徐碩)의 『지원가화지(至元嘉禾志)』에서는 이미 장요동의 「가화백영(嘉禾百詠)」이 육몽로(陸蒙老)가 지은 「가화팔영(嘉禾八詠)」과 함께 '제영문(題詠門)' 부분에 채록되어 있다. 후대에 만들어진 군현지에도 「가화백영(嘉禾百詠)」의 내용이 여기저기 흩어져 보이는데, 수집했어도 아직 모든 내용을 갖추지는 못하였다.(宋世文人學士, 歌詠其土風之勝者, 往往以誇多鬪靡爲工. 如阮閱『郴江百詠』, 許尙『華亭百詠』, 曾極『金陵百詠』, 皆以百首爲率. 故堯同所詠嘉興山川古跡, 亦以百篇槪之. 徐碩『至元嘉禾志』, 已與陸蒙老所賦「嘉禾八詠」同採入 '題詠門'內. 後來作郡志者, 亦頗散見其間, 而掇拾均未全備.)[29]

위 인용문에서 장요동의 『가화백영』과 육몽로의 『가화팔영』이 徐碩의 『至元嘉禾志』의 「題詠門」 부분에 채록되어 있다는 것은 사실이다. 현재 『지원가화지』를 살펴보면 권31 「題詠·嘉興縣」 부분에 『가화백영』과 『가화팔영』이 함께 수록되어 있다.[30] 이상의 내용을 통해 『會稽懷古詩』

---

29) (淸)紀昀等撰, 『(武英殿本)四庫全書總目提要·嘉禾百詠』, 330면.

30) (元)單慶修, 徐碩撰, 嘉興市地方志辦公室 編校, 『至元嘉禾志』, 上海古籍出版社, 2010, 348-359면을 참고할 것.

는 송대 문인학자들이 종종 "자신이 사는 곳의 풍토의 아름다움을 시로 읊는 것(歌詠其土風之勝者)"이라는 체제를 사용했음을 확인할 수 있다. 洪武14년(1381)에 쓰여진 序文에서 『會稽懷古詩』의 창작 배경과 내용에 대해 아래와 같이 설명하고 있다.

> 『會稽懷古詩』는 山陰 唐之淳의 작품이다.……(唐)之淳의 본성이 유람을 좋아하는 까닭으로 우리 고을에 있는 山川과 祠宇 가운데 멀고 깊은 곳까지도 가지 않은 곳이 없었다. 스스로가 황량하고 기이한 경물을 경험하면서 風雲과 月露의 정을 얻고, 한가로운 때에 유람했던 여러 장소를 모아 장소마다 시 한 수를 지었다. 시는 모두 30수이다(『會稽懷古詩』者, 郡人唐之淳之所作也.……之淳之性好遊, 故凡山川祠宇之在吾郡者, 靡不極其幽遐, 以自放於荒忽偉奇之竟, 而槪得其風雲月露之情, 間於暇日萃諸嘗遊之所, 所爲一詩, 詩凡三十首).[31]

인용문의 내용처럼 『會稽懷古詩』는 작자인 唐之淳이 유람을 좋아하여 들렀던 곳 가운데 특정 장소와 건축물을 소재로 읊은 시 30首를 모아놓은 것이다.

3. 판본 및 문헌가치

중국 역대 藏書目錄에서 발견되는 『會稽懷古詩』의 주요 판본은 두 계통이다. 하나는 刊本 계통이고 또 다른 하나는 抄本 계통이다. 刊本은 明刊本을 가리킨다. 이 판본에 관한 내용은 (淸)沈初의 『浙江採集遺

---

31) 『會稽懷古詩序』, 9면.

書總錄·癸集上』[32]과 (淸)繆筌孫의『藝風藏書再續記』권3에 수록되어
있다.[33] 抄本은 (淸)丁丙의『善本書室藏書志』에 「舊寫本」으로 수록되어
있다.[34]

규장각 소장본은 明刊本으로 국내에서는 규장각에만 소장되어 있다.
국외의 소장 현황을 살펴보면 먼저 臺灣 故宮博物院에 원래 北平圖書
館에 소장되어 있던 明刊黑口本이 한 부 소장되어 있다. 故宮博物院
에 소장되어 있는 明刊黑口本에 대해 王重民은『中國善本書提要』에
서 "이 책은 원각으로 보인다. 책 가운데 '景德盦主'라는 장서인이 있다
(此本似爲原刻, 卷內有: '景德盦主'印記)"라고 설명하고 있다.[35] 현재 臺灣
國家圖書館에는 明刊黑口本의 마이크로필름이 소장되어 있다. 이 마
이크로필름을 규장각 소장본과 비교하여 보면 판식이 동일하고 내용적
으로도 대동소이하다. 이를 통해 대만에 소장되어 있는 明刊黑口本과
규장각 소장본은 동일 계통의 판본으로 추정된다. 다만 보다 상세히 규
장각 소장본과 대만 고궁박물원 소장본을 비교해 보면 규장각 소장본
에 있는 張煥 〈會稽懷古詩序〉/ 戴冠 〈會稽懷古詩序〉/ 〈自序〉/ 張傳
〈題會稽懷古詩後〉/ 方孝孺 〈故翰林侍讀唐君墓誌銘方孝孺〉/ 杜宏
〈新刊會稽懷古詩〉 등의 문장이 고궁박물원 소장본에는 발견되지 않는

---

32) (淸)沈初,『浙江採集遺書總錄·癸集上』: "會稽懷古詩一卷刊本. 右明侍讀山陰唐
     之淳撰之. 淳別有萍居稿, 今未見."『『四庫全書』提要稿輯存』本, 北京圖書館出版
     社, 2006, 178면.

33) 羅偉國, 胡平編,『古籍版本題記索引』, 上海書店出版, 1991, 664면.

34) (淸)丁丙,『善本書室藏書志』: "會稽懷古詩一卷舊寫本. 嗚野山房藏書. 山陰唐之淳
     著, 長洲戴冠次韻. ……後有題云, 嘉慶庚午山陰沈復燦搜輯明以前鄕賢詩, 得是
     集於同邑杜孝廉煕家, 因假歸影摹一本, 以廣其傳, 有嗚野山房一印." 권35,『續修
     四庫全書』編纂委員會編,『續修四庫全書』本, 927冊, 上海古籍出版社, 1999, 596
     면.

35) 王重民,『中國善本書提要』, 明文書局, 1985, 557면.

다. 대만 고궁박물원에 소장된 明刊黑口本에 보이지 않는 張煥 〈會稽懷古詩序〉(1511년), 戴冠 〈會稽懷古詩序〉(1500년), 張傅 〈題會稽懷古詩後〉(1461년), 杜宏 〈新刊會稽懷古詩〉(1500년)의 기록이 규장각 소장본에 보이는 것으로 볼 때 규장각 소장본은 후에 판각된 것으로 추정된다. 동시에 이 기록들을 통해『會稽懷古詩』의 流傳 및 간행 상황을 비교적 상세히 파악할 수 있다는 점에서 규장각 소장본은 판본의 관점에서 볼 때 매우 중요한 문헌가치를 지니고 있다고 말할 수 있다.

다음으로 중국에서는 南京圖書館에 抄本 한 부만이 소장되어 있다.[36] 이 초본은 위에서 언급한 (淸)丁丙의『善本書室藏書志』에 수록된 것으로, 「淸嘉慶十五年沈復燦抄本(淸沈復燦, 丁丙跋)」이다. 미국 국회도서관에도 抄寫本 한 부가 소장되어 있다. 내용적인 면에서 본문은 거의 대동소이하나 규장각 소장본에 있는 序文이나 跋文의 다수가 발견되지 않는다.[37] 또한『美國哈佛大學哈佛燕京圖書館中文善本書志』과『普林斯敦大學葛思德東方圖書館中文舊籍書目』에도 이 고서는 수록되어 있지 않다. 또한 일본의 대표적인 95개 古書 소장기구의 漢籍 善本을 수록하고 있는『日藏漢籍善本書錄』에도『會稽懷古詩』는 수록되어 있지 않다. 이를 통해『會稽懷古詩』는 미국이나 일본에도 소장되어 있지 않을 가능성이 매우 높다고 볼 수 있다. 이상의 내용으로 볼 때 규장각 소장 명간본『會稽懷古詩』는 국외 주요 고서 소장기구에는 소장되어 있지 않음을 알 수 있다. 다만 같은 판본 계열의 명간본이 대만 고

---

36) 『中國古籍善本書目 · 集部 · 總集類』, 上海古籍出版社, 1992, 1,709면.

37) 구체적으로 살펴보면 미국국회도서관 소장 抄寫本에는 규장각 소장본에 있는 張煥 〈會稽懷古詩序〉/ 戴冠 〈會稽懷古詩序〉/ 〈會稽懷古詩目錄〉/ 翁好古 〈會稽懷古詩序〉/ 張傅 〈題會稽懷古詩後〉/ 方孝孺 〈故翰林侍讀唐君墓誌銘方孝孺〉/ 杜宏 〈新刊會稽懷古詩〉 등이 보이지 않는다.

궁박물원에 소장되어 있을 뿐이다.

내용적으로 볼 때 『會稽懷古詩』의 문헌가치는 크게 세 가지로 설명할 수 있다. 첫째, 唐之淳의 저작 가운데 『唐愚士詩』가 전해지지만 『會稽懷古詩』라는 작품을 통해서도 唐之淳의 젊었을 당시의 시 세계를 살펴볼 수 있다. 둘째, 『會稽懷古詩』는 會稽 지역(현재의 紹興)의 특정 건축물이나 경관을 시로 읊으면서 작자의 감회를 표출했다는 점에서 가치가 있다. 즉, 詠物詩의 한 유형으로 특정 지역을 주제로 삼았다는 점에서 주목할 만한 작품이라고 할 수 있다. 동시에 「會稽懷古」라는 주제는 단지 唐之淳만의 독창적인 것은 아니다. 송대 이후로 「會稽懷古」라는 주제로 편찬된 시집들이 종종 등장한다. 그렇다면 「會稽懷古」라는 주제는 중국문학사에 있어 시대를 초월하여 동일 소재를 시 창작에 활용하였다는 점에서 일정한 가치를 가지고 있다고 생각된다. 셋째, 唐之淳의 시에 차운시를 지은 戴冠(1442-1512)의 저작으로 『濯纓子文集』과 『和會稽懷古詩』 등이 있다.[38] 흥미로운 것은 戴冠의 저작은 현재 전해지지 않는 것으로 조사된다. 규장각 소장본 『會稽懷古詩』의 또 다른 문헌가치는 바로 이 시집에 실린 戴冠이 쓴 次韻詩 30首 『和會稽懷古詩』라는 저작이 현재는 전해지지 않는다는 점에서 찾을 수 있다. 이 같은 상황에서 『會稽懷古詩』에 수록되어 있는 戴冠의 차운시는 戴冠의 시 세계를 이해할 수 있는 유일한 자료를 제공한다는 점에서 매우 중요한 문헌가치를 갖고 있다.

---

38) (淸)黃虞稷撰, 瞿鳳起, 潘景鄭 整理, 『千頃堂書目』, 上海古籍出版社, 2001, 543면.

V. 餘論

이상에서 필자는 현재 규장각에 소장되어 있는 중국본 명대 시집 3
종(『魯郡伯明吾先生詩稿』,『少鵠詩稿』,『會稽懷古詩』)에 대해 서지사항, 저자,
체례와 내용, 판본 및 문헌가치 등을 살펴보았다. 상술한 내용에서 개
별 고서에 대한 문헌가치는 이미 설명을 하였다. 아래에서는 3종의 명
대 시집이 갖고 있는 공통적인 문헌가치를 서술함으로써 결론에 대신
하고자 한다.

첫째, 본문의 연구대상인 규장각 소장 명대 시집 3종은 판본 가치가
매우 높다. 明刊本『魯郡伯明吾先生詩稿』는 국내외를 통틀어 유일본
으로 조사된다. 그리고 明嘉靖年間(1522~1566)明武岡王府刊本『少鵠
詩稿』는 동일한 판본 한 부가 대만 국가도서관에만 소장되어 있을 뿐이
다. 마지막으로 明刊本『會稽懷古詩』는 동일 계통의 판본 한 부가 대만
故宮博物院에만 소장되어 있고, 그 외 抄寫本 한 부가 미국 국회도서
관과 南京圖書館에 소장되어 있을 뿐이다. 더욱이 고궁박물원 소장본
이나 미국 국회도서관 소장본에는 규장각 소장본에서 볼 수 있는 序文
혹은 跋文이 다수 보이지 않는다. 이 점에서『會稽懷古詩』의 판본을 말
할 때 규장각본이 가장 완정한 足本이라고 말할 수 있을 것이다. 가장
중요한 점은 상술한 내용이『奎章閣圖書中國本綜合目錄』및 규장각
홈페이지의 해당 고서의 해제에서는 명확하게 드러나지 않는다는 것이
다. 이 점에서 규장각 소장 중국본 중국고서에 대한 실사 작업의 필요
성은 더 이상의 설명이 필요 없다고 생각된다.

둘째, 본문의 연구대상인 규장각 소장 명대 시집 3종은 한중 서적교
류의 명확한 증거들이다. 3종의 고서가 언제 조선에 유입되었는지 관련
자료의 부족으로 정확한 시기를 밝혀낼 수는 없다. 다만『少鵠詩稿』만

이 늦어도 대략 正祖5년부터 시작하여 純祖5년 初 사이에 조선에 유입된 것을 증명할 수 있을 뿐이다. 그러나 구체적 유입시기를 밝힐 수 없더라도 3종의 명대 시집이 조선에 유입된 것은 분명한 사실이다. 개별 서적이라는 작은 점들이 이어서 선을 이루고 그 선들이 덩어리를 이룰 때 한중간 서적교류의 실제에 더 근접할 수 있을 것이다. 현재까지 한중간의 서적교류는 대부분 역사서에 근거하여 논지가 전개된 것이 사실이고, 상대적으로 현재 한국에 소장되어 있거나 혹은 근대 이전 한국에서 간행되었던 자료들은 논의 대상에 포함되지 않고 있는 것이 현실이다. 이 점에서 『魯郡伯明吾先生詩稿』, 『少鵠詩稿』, 『會稽懷古詩』는 향후 한중 서적교류를 설명할 때 명대 시집의 조선 유입을 설명하는 데 유용한 자료로 활용될 수 있을 것이다.

셋째, 『魯郡伯明吾先生詩稿』, 『少鵠詩稿』, 『會稽懷古詩』는 각각 魯近智, 朱顯槐, 唐之淳 등 명대 문인들의 작품 세계를 살펴볼 수 있는 텍스트라는 점에서 중요한 가치를 가진다. 기존 중국문학사에서의 언급 여부 혹은 가치 판단을 떠나 명대 문인들의 다양한 시 세계를 살펴볼 수 있다는 것만으로도 충분한 학술적 가치가 있다고 생각한다. 특히 『會稽懷古詩』는 會稽라는 특정 지역을 주제로 懷古詩라는 특정 형식을 취하고 있다는 점에서 향후 관련 연구의 진행을 기대해 볼 수 있을 것이다. 특히 『會稽懷古詩』가 唐之淳만의 독특한 창작이 아니라 시대를 초월하여 다른 문인들도 같은 주제로 창작을 했다는 점에서 더욱 연구의 필요성이 대두된다고 하겠다.

마지막으로 규장각 소장 중국본 중국고서에 대한 연구는 종종 국외 중국학계에서 제기한 오류를 일정 부분 수정할 수 있다. 즉, 본문에서 언급한 바와 같이 규장각 소장본 『魯郡伯明吾先生詩稿』의 판본을 판단하면서 『域外漢籍珍本文庫(第二輯) · 集部 · 魯郡伯明吾先生詩稿』

는 提要에서 규장각 소장본을 「明萬曆二十三年(1544)刊本」이라고 소개하고 있다. 그러나 규장각 소장본에 대한 실제적인 조사와 관련 자료의 이용을 통해 규장각 소장본은 明萬曆三十二年(1604) 이후에 간행된 것임을 밝혀낼 수 있었다.

奎章閣 소장 明嘉靖刻本『文章百段錦』解題

Ⅰ. 들어가는 말

현재 규장각에는 (宋)方頤孫編『文章百段錦』(청구기호: 奎中 3468-v.1-2) 한 부가 소장되어 있다.[1] 『文章百段錦』은 『四庫全書總目 · 集部 · 詩文評類存目』에도 수록되어 있다. 기본적으로 시문평류에 수록되어 있으므로 문학비평 서적의 성격을 갖고 있지만 과거 시험 준비에도 활용될 수 있는 서적이다.[2] 동시에 규장각 소장본은 明嘉靖刻本으로 善本에 속하기 때문에 상당한 문헌 가치를 갖고 있다고 판단된다.[3]

---

1) 서울대학교도서관 편집, 1982 『奎章閣圖書中國本綜合目錄 · 集部 · 總集類』, 330면.

2) (淸)紀昀等奉勅撰, 1983 『四庫全書總目 · 集部 · 詩文評類存目』卷197: "是書作於淳祐己酉, 取唐, 宋名人之文, 標其作法, 分十七格。每格綴文數段, 每段綴評於其下, 蓋當時科擧之學. 王惲『玉堂佳話』載辛棄疾謂'三百銅買一部, 卽可擧進士'者, 殆此類矣." 臺北, 商務印書館, 260-261면.

3) 규장각 소장본 明嘉靖刻本을 善本으로 규정하는 것은 『中國古籍善本書目』의 기준에 따른 것이다. 『中國古籍善本書目』는 '歷史文物性', '學術資料性', '藝術代表性'을

이런 까닭으로『文章百段錦』에 대해서 이미 규장각 차원에서 해제 작업이 진행되었다. 즉, 장유승「규장각 소장 중국본 총집류 선본 해제 ⑵」에서『文章百段錦』에 대한 간략한 해제 내용을 살펴볼 수 있다.[4] 연구자들은 이 해제를 통해『文章百段錦』의 기본적인 체례와 내용 등을 이해할 수 있다. 다만 해제의 분량이 소략하여『文章百段錦』의 구체적인 내용과 문헌가치 등에 대해서는 충분히 설명되지 않았다고 생각된다.

본문은 위에서 언급한『文章百段錦』에 대한 선행연구 결과를 참조하면서 심화 해제의 형식으로『文章百段錦』의 편찬과 간행, 체례와 내용, 문헌가치, 국내외 소장 현황 등을 비교적 상세하게 설명함을 목적으로 한다.

Ⅱ. 서지 사항

이 고서의 판식을 살펴보면 四周單邊, 匡郭20.6×13.5㎝, 有界, 10行20字, 上白魚尾의 형태를 가지고 있다. 卷首 앞에 ㈜方頤孫의「黼藻文章百段錦序」와 ㈜嘉靖42年(1563)癸亥春에 楊栢이 쓴「重刻文章百段錦序」가 순서대로 위치한다. 다음으로「文章百段錦目錄」이 있고, 뒤이어 권수 1행에「文章百段錦卷之上」이라고 題하고 그 뒤에 본문이 위치한다. 본문 첫 페이지 2행과 3행을 합하여 위로부터 한 칸을 띄우

고려하고 동시에 후대에 드물게 유통된 古籍들을 수록하고 있다. 이 기준에 근거하여 『中國古籍善本書目』은 모두 3종류의 明刻本『文章百段錦』을 수록하고 있다. 규장각 소장본 역시 明刻本이며 동시에 국내외 소장 기구에 소장되어 있지 않은 점을 고려할 때 '善本'이라고 규정하는 것은 문제가 없다고 판단된다.

4) 『文章百段錦』의 간략 서지 내용은 규장각 한국학연구원 홈페이지에서 확인할 수 있다 (https://kyudb.snu.ac.kr/book/view.do#GCB10_04_12_00).

고 「遣引格」이라는 문장 작법 명칭을 표시하고 2행의 하단에 수록 작품 수(예: 十二篇)를 표시하고 있다. 卷下의 마지막에 嘉靖42年(1563)癸亥春에 張廷槐가 쓴 「重刻文章百段錦跋」이 있다. 그리고 方頤孫 「文章百段錦序」 부분에 '樂吾堂', '德水世家', '李椊仲木', '帝室圖書之章', '朝鮮總督府圖書之印' 등의 장서인이 보인다.

〈그림1〉
奎章閣 所藏本 方頤孫「文章百段錦序」

〈그림2〉
奎章閣 所藏本『文章百段錦』卷首

Ⅲ. 編纂, 刊行과 流傳 상황

『文章百段錦』은 (宋)方頤孫(?)이 편찬한 것이다. 方頤孫은 福州人으로 宋 理宗(1205-1264) 때 太學篤信齋長을 역임하였다. 다만 그의 생평에 관한 기록은 매우 제한적이어서 상세한 생평 사적을 파악할 수는 없

다.[5]

먼저 『文章百段錦』이라는 서명에 대해 陳崧卿은 「繡戡文章百段錦序」에서 "이전 현인들의 웅대하고 넓은 의론을 수집하고 그 가운데 쓰기에 적합한 문장 백여 편을 취하여 백단금이라고 이름하였다(裒集前哲之雄議博論, 取其切於用者, 百有餘篇, 以百段錦名之)"라고 설명하고 있다. 즉, "百段錦"은 백여 편의 훌륭한 문장이라는 의미로 사용되었음을 알 수 있다.

『文章百段錦』의 편찬 목적에 대해 방이손은 「繡漢文章百段錦序」에서 어린아이들이 걸음을 익힐 때는 반드시 먼저 천천히 걸어야 하고, 말을 배울 때는 반드시 먼저 옹알이를 하는 것처럼 아이들이 글을 배움에 있어서는 반드시 정확한 방법(蹊徑)을 얻어야 한다고 주장한다. 그리고 뒤이어 아래와 같이 『文章百段錦』의 편찬 목적을 구체적으로 제시한다.

천천히 걸을 수 없는데 갑자기 慶忌가 달리는 것을 배우고자 하면 몇 걸음 못 가서 넘어지게 된다. 네네 라고 말하는 것도 배우지 못하였는데 갑자기 蘇秦의 논변함을 가르치고자 하면 장차 입만 벌리고 있게 될 것이다. 글쓰기에 있어 정확한 방법을 얻지 못하였는데 갑자기 한유, 유종원, 구양수, 소식의 경지에 들어가고자 하면 장차 그 경지에 들어갈 방법을 얻지 못하게 되는 것이다. 지금 내가 제시하는 글쓰기의 정확한 방법은 반드시 먼저 천천히 걷고 네네 하는 것을 배우는 것이고, 걷는 것으로 말미암아 달리고 네네 하고 말하는 것에서 시작하여 논변함으로 발전하

---

[5] 몇몇 地方志에 방이손의 기록이 발견된다. 예를 들면 『淳熙三山志』卷32: "兩優釋褐方頤孫太學"와 『福建通志』卷35: "兩優釋褐方頤孫侯官人" 등이다.

고 지름길로부터 시작하여 집안으로 들어가는 것이다(未能徐徐其步, 而遽
欲效慶忌之奔, 則不數步而蹶且僵. 未能學唯而遽欲敎之以蘇秦之辯, 則將期
之而口呿. 未能爲文之蹊徑, 而遽欲造韓, 柳, 歐, 蘇之堂奧, 且將不得其門而
入. 今吾之爲文章蹊徑也, 是必先徐行學唯也, 由行而奔, 由唯而辯, 由蹊徑
而堂奧).

방이손은 걷기, 말하기, 그리고 글쓰기라는 행위에서 기초적인 과정
을 뛰어넘어서는 원하는 목표에 도달할 수 없음을 역설하고 있다. 그리
고 목표 도달 과정에서 각 행위의 전범이 될 수 있는 대상을 언급하고
있다. 즉, 방이손은 뛰기의 달인(慶忌)/ 논변의 달인(蘇秦)/ 글쓰기의 달
인(韓愈, 柳宗元, 歐陽脩, 蘇軾)을 예로 들어 각 행위가 이 달인들의 수준
에 도달해야 하는 당위성을 설명하고 있다. 그렇다면 『文章百段錦』의
편찬 목적은 다름 아닌 韓愈, 柳宗元, 歐陽脩, 蘇軾의 문장이라는 이
상적인 목표에 도달할 수 있도록 정확한 글쓰기 방법(蹊徑)을 제시하는
데 있는 것이다. 이 방법이 바로 『文章百段錦』에서 제시하고 있는 17개
의 "○○格"이다.

상술한 편찬 목적은 후인들이 『文章百段錦』을 重刊함에 있어서도 공
감을 표시하는 부분이었다. 규장각 소장본 明嘉靖刻本을 重刻하면서
楊栢(1517~?)은 『文章百段錦』의 重刻 목적을 "고문의 중요한 글쓰기
책략을 선택하여 후인들을 위해 글쓰기 법칙을 수립하는 것이다(蓋摘古
文要略, 爲後人樹法程也). "[6]라고 설명하고 있다. 동시에 양백은 자신이 젊
은 시절에 이미 『文章百段錦』을 얻어 오래도록 공부하면서 비록 이 책
의 훌륭함을 다 체득할 수는 없었지만 자신의 비루한 재능에도 불구하

---

6) 「重刻文章百段錦序」, 奎章閣 소장본 明嘉靖刻本.

고 (글쓰기에) 깨닫는 바가 있었던 까닭으로 重刻하여 다른 문사들과 공유하고자 한다고 말한다.[7] 같은 해 張廷槐 역시 「重刻文章百段錦跋」에서 양백이 『文章百段錦』을 중간한 것은 후학들을 위한 것(惠後學)임을 강조하면서, 특히 이 서적의 간행은 "학교 교육에 특별한 뜻을 두고 있는(篤意于學校)" 양백의 기본 입장과 밀접한 관련이 있음을 설명한다.

다음으로 『文章百段錦』의 역대 간행과 流傳 상황에 대해 살펴보고자 한다.

明弘治刻本에 존재하는 陳卿의 「太學新編黼藻文章百段錦序」는 南宋 淳祐己酉(1249) 년에 작성된 것이다. 이 기록에 근거하면 『文章百段錦』이 남송 시기에 편찬되었다는 사실은 의심의 여지가 없다고 생각된다. 다만 현재 『文章百段錦』이 宋代에 간행되었다는 기록은 찾기 어렵다. 동시에 宋本 『文章百段錦』 역시 후대에 전해지지 않는다. 현존하는 『文章百段錦』의 판본을 조사하여 보면 적어도 네 종류의 판본이 현존한다. 「明弘治刻本」(二卷), 「明嘉靖元年方鎰刻本」(三卷), 「明嘉靖刻本」(三卷), 「明隆慶二年河間府刻本」(二卷) 등으로 모두 明刊本이다.[8] 이를 통해 명대에 들어와서 『文章百段錦』은 비교적 활발히 간행되었다는 것을 알 수 있다. 이런 까닭으로 『千頃堂書目』[9]과 같은 개인 장서 목록 및

---

7) 「重刻文章百段錦序」: "予得自蚤歲時, 加潛玩久, 而雖未窺其膏馥, 然于予之固陋, 若有啓悟焉者, 遂不靳平生珍慕之私, 重宰以與文士共之."

8) 이 네 종류의 판본 이외에 두 종류의 판본이 더 존재한다. 하나는 明金陵書林唐廷瑞刻本 5권본 『新刻古今名儒黼藏三場百段文錦』으로 현재 중국 吉林大學圖書館에 소장되어 있다. 半葉10行22字, 四周雙邊, 白口의 판식 형태를 갖고 있다. 다른 하나의 판본은 明萬曆金陵書林唐文鑑刻本 6권본 『新刻古今名儒黼藏三場百段文錦』으로 현재 中國科學院圖書館에 소장되어 있다. 다만 이 두 판본은 書名이 다소 다르고 권수 역시 위에서 언급한 네 종류이 판본과 차이가 있다. 무엇보다 상세한 내용을 살펴볼 수 없는 까닭으로 본문에서는 논의 대상에 포함시키지 않는다.

9) 『千頃堂書目』卷31: "方順孫『黼藻文章百段錦』三卷三山太學生."

『欽定續文獻通考』[10], 『浙江採集遺書總錄』[11], 『四庫全書總目』[12]등의 官撰 목록에서 관련 기록이 발견된다.

IV. 體例와 內容

먼저 『文章百段錦』의 체례를 살펴보자. 『四庫全書總目』은 『文章百段錦』의 체례에 대해 아래와 같이 설명하고 있다.

당송시기 명인들의 문장을 취사선택하고 글을 쓰는 방법을 표시하였는데, 모두 17개의 격식(格)으로 나누고 매 격식마다 몇 단락(段)의 글을 기재하고 매 단락(段)마다 그 아래에 평어를 두고 있는데 대개 당시 과거 시험 준비에 필요한 것이다(取唐宋名人之文, 標其作法, 分十七格. 每格綴文數段, 每段綴評於其下, 蓋當時科擧之學).[13]

이해를 돕기 위해 17개 격식의 명칭, 작법의 종류 및 인용 작품을 구체적으로 표시하면 아래와 같다.

---

10) 『欽定續文獻通考』卷198: "方頤孫大學黼藻文章百段錦」一卷/頤孫福州人, 理宗時爲太學篤信齋長."

11) 『浙江採集遺書總錄 · 辛集 · 總集』: "『百段錦』二尺/右宋上舍三山方頤孫撰. 太學黼藻文章百段錦. 蓋頤孫時爲太學篤信齋長也. 有正德辛未黎堯卿題云. 此帙于名賢博議中, 剪其繁蕪而撮其絢要, 以爲獵文者之大較."『《四庫全書》提要稿輯存』冊2, 張升編, 北京圖書館出版社, 2006, 577면.

12) 『四庫全書總目 · 集部 · 詩文評類存目』권197: "太學黼藻文章百段錦一卷浙江范懋柱家天一閣藏本. 宋方頤孫撰. 孫福州人, 理宗時爲太學篤信齋長. 其始末則未詳. 是書作於淳祐己酉, 取唐宋名人之文, 標其作法, 分十七格. 每格綴文數段, 每段綴評於其下, 蓋當時科擧之學. 王惲『玉堂佳話』載辛棄疾謂'三百銅買一部, 卽可學進士'者, 殆此類矣."『四庫全書總目 · 集部 · 詩文評類存目』권197.

13) 『四庫全書總目 · 集部 · 詩文評類存目』권197, 260-261면.

	격식	작법	인용작품	비고
1	遣文格	四節交辯	蘇軾『災異議』	총 작법 수: 11개 총 인용 작품: 12篇
		五節問難	唐庚『禍福論』	
		一篇三換拍	呂祖謙『嬖寵』	
		……	……	
2	造句格	造句宏大	曾鞏『心論』	총 작법 수: 21개 총 인용 작품: 26篇
		下句豪放	歐陽脩『弔石曼卿文』	
		下句有輕重	蘇洵『心術論』	
		……	……	
3	議論格	舍變論常	呂祖謙『据理論』	총 작법 수: 20개 총 인용 작품: 26篇
		破同立異	唐庚『議賞論』	
		轉謗爲譽	張耒『遠慮論』	
		……	……	
4	狀情格	形容自得處	呂祖謙『論心爲氣帥』	총 작법 수: 10개 총 인용 작품: 8편
		形容交感處	呂祖謙『論楚滅六蓼』	
		形容愛慕處	唐庚『存舊論』	
		……	……	
5	用事格	用事如不用事	呂祖謙『范山請圖北方』	총 작법 수: 2개 총 인용 작품: 2편
		淮陰盗辦	何去非『霍去病論』	
6	比方格	比並得體	辛幼安『祭陳亮文』	총 작법 수: 1개 총 인용 작품: 1편
7	援引格	援引省文	蘇軾『范文正公集序』	총 작법 수: 5개 총 인용 작품: 6편
		先罵破法	蘇軾『題二李傳後』	
		誤引姓名	蘇軾『賈誼論』	
		……	……	
8	辯折格	隨機立論	蘇軾『魯作丘甲』	총 작법 수: 1개 총 인용 작품: 2편
9	說理格	解牛悟養生	楊萬里『管仲言宴安』	총 작법 수: 2개 총 인용 작품: 2편
		頃刻開花	唐庚『卓錫泉記』	
10	粧點格	想像形容	呂祖謙『管仲言宴安』	총 작법 수: 2개 총 인용 작품: 4편
		形狀風景	司馬光『魏公祠堂記』	

	격식	작법	인용작품	비고
11	推演格	由徵之著	呂祖謙『論禮』	총 작법 수: 1개 총 인용 작품: 1편
12	忖度格	以理揆事	張耒『莊公盟母』	총 작법 수: 3개 총 인용 작품: 5편
		狀虛爲實	蘇軾『刑賞忠厚之至論』	
		推想時事	蘇軾『張釋之論』	
		……		
13	布置格	自寬入緊	唐庚『辨同論』	총 작법 수: 1개 총 인용 작품: 1편
14	過度格	承上引下	蘇軾『論斯高殺扶蘇』	총 작법 수: 1개 총 인용 작품: 1편
15	譬喩格	遣迹論理	呂祖謙『管仲言宴安』	총 작법 수: 7개 총 인용 작품: 10편
		以一字設數譬	呂祖謙『嬴氏謀夫』	
		譬同意異	蘇軾『靜觀』	
		……	……	
16	下字格	用字要停當	蘇洵『上韓樞密書』	총 작법 수: 5개 총 인용 작품: 6편
		粒丹點鐵	呂祖謙『奉晉遷陸渾』	
		隻字點化	張耒『論車不可無輔』	
		……	……	
17	結尾格	因事入論	蘇軾『辭受予奪』	총 작법 수: 8개 총 인용 작품: 8편
		曲終奏雅	張耒『審戰論』	
		竿頭進步	呂祖謙『威公所期之小』	
		……	……	

　　이상의 내용을 종합하면『文章百段錦』에서 제시되고 있는 문장의 격식은 총 17개이며 이와 관련된 작법은 총 101개이다. 그리고 101개 작법의 실제 내용을 구체적으로 설명하기 위해 인용된 문장은 총 120편임을 알 수 있다.

　　작법의 실제 내용을 보다 구체적으로 파악하기 위해『文章百段錦』에서 제시하고 있는 문장 작법의 실례를 몇 가지 살펴보고자 한다. 방이손이 『文章百段錦』에서 문장 작법을 제시하는 방법은 크게 두 가지이다. 하나는 특정 작법이 쓰인 문장 일부분만을 제시하고 평어는 제시하지 않는 방법이다. 이 경우는 다시 두 가지로 구분되어진다. 첫째는 제시되는 문장을 통해 구체적인 작법이 드러나는 경우이고, 둘째는 구체적인 작법이 드러나지 않는 경우이다. 그리고 다른 하나는 특정 작법에 해당하는 문장 일부분을 제시하고 평어를 부가하는 방법이다.

먼저 특정 문장 작법에 해당하는 문장 일부분만을 제시하고 평어를 제시하지 않는 경우를 살펴보도록 하자. 먼저 제시되는 문장을 통해 구체적인 작법이 드러나는 경우를 살펴보자. 방이손은 「造句格・疊用能不能者」에서 蘇軾의 「韓愈廟碑」의 일부분을 수록하고 있다. 그 내용은 아래와 같다.

> 能開衡山之雲而不能回憲宗之惑; 能驅鱷魚之暴而不能弭皇甫鎛, 李
> 逢吉之謗; 能信於南海之民廟食百世而不能使其身一日安於朝廷之上.
> 蓋公之所能者, 天也; 其所不能者, 人也.[14]

이 문장에서 소식은 「能+V+A[而]不能+V+B」의 형식을 3번 연속으로 사용하고 있다. 그리고 인용문의 마지막에서는 한유가 「할 수 있었던(能)」 것은 「하늘(天)」의 범주에 속한 것이고 「할 수 없었던(不能)」 것은 「인간 세상(人)」의 범주에 속한 것임을 분명하게 설명하고 있다. 그렇다면 「造句格・疊用能不能者」라는 문장 작법은 결국 「天」의 범주에 속

---

14) 문장 작법을 설명하기 위해 『文章百段錦』에서 인용한 원문에 대해서는 설명의 의도가 보다 정확히 드러나도록 한국어 번역은 생략하고자 한다. 이하에서 같은 경우에 해당하는 경우 마찬가지로 한국어 번역은 생략하고자 한다. 다만 평어에 대한 구체적인 설명을 필요로 하는 경우에는 한국어로 번역하는 것을 원칙으로 한다.

하는 「衡山之雲」, 「鱷魚之暴」, 「信於南海之民廟食」과 「人」의 범주에 속하는 「憲宗之惑」, 「皇甫鎛, 李逢吉之謗」, 「其身一日安於朝廷之上」을 「能」과 「不能」을 반복적으로 사용하여 구별하고 이를 통해 한유 일생에 있어 가장 중요한 의미가 있는 것이 무엇인지를 설명하고 있다. 상술한 「造句格·疊用能不能者」의 경우에는 별도의 평어가 없어도 독자들은 편찬자 방이손의 의도를 충분히 이해할 수 있을 것이다. 결론적으로 방이손은 한유의 일생을 기록한 소식의 문장에서 「疊用能不能者」라는 작법의 중요성을 발견하고 모범적인 글쓰기 방식으로써 문장 학습자들에게 제시한 것이다.

다음으로 제시되는 인용문에 구체적이고 형식적인 작법이 드러나지 않는 경우를 살펴보자. 방이손은 「문장의 결론 격식(結尾格)」에서 柳宗元의 「桐葉封弟辯」의 마지막 부분을 인용하면서 이 작법을 「함축적이며 뜻을 모두 드러내지 않는 것(含蓄不盡意)」이라고 설명한다. 그 제시된 내용은 아래와 같다.

唐叔을 봉한 것은 史官인 尹佚이 이루어낸 것이다(封唐叔史佚成之也).

방이손은 「桐葉封弟辯」의 마지막 부분인 "封唐叔史佚成之也"를 문장을 결론짓는 모범적인 예시의 하나로 제시한다. 다만 이 부분은 앞서 언급했던 蘇軾 「韓愈廟碑」에 사용된 「疊用能不能者」라는 구체적이고 형식화된 작법과는 달리 문장 자체로 작법을 발견할 수는 없고, 이 문장이 내포한 역사 기록을 통해 함축적으로 작자의 의도를 표현하고 있다. 유종원은 「桐葉封弟辯」의 처음에서 《呂氏春秋·重言》과 《說苑·君道》에 기재되어 있는 하나의 기록을 언급한다. 그 기록은 바로 周나라 成王이 오동나무 잎(桐葉)을 가지고 장난으로 어리고 나약한 동생인

叔虞를 제후로 봉하자 周公이 이를 慶賀하면서 천자는 어떤 일이든 가볍게 장난을 할 수 없음을 강조하니 이에 성왕이 唐 지방을 어린 동생 叔虞에게 봉토로 주었다는 내용이다.[15] 유종원은 이 같은 내용에 대해 반대 의견을 제시하면서(吾意不然), 만약 周 成王이 오동나무 잎(桐葉)을 가지고 장난으로 부녀자나 내시에게 봉토를 준다고 한다면 周公은 왕의 잘못된 판단을 따라야 하느냐고 반문한다.[16] 그리고 문장을 "唐叔을 봉한 것은 史官인 尹佚이 이루어낸 것이다(封唐叔史佚成之也)"라는 문구로 마무리한다. 유종원이 인용한 "封唐叔史佚成之也"는 周 武王 때의 史官인 尹佚이 桐葉封弟가 실현되는 데 실질적인 역할을 했다는 『史記 · 晉世家』의 기록이다.[17] 그렇다면 유종원은 문장의 마지막을 왜 "封唐叔史佚成之也"라는 문구로 끝마쳤을까? 앞에서 언급한 바와 같이 方頤孫은 이 작법에 대해 더 이상의 평어를 제시하지 않았다. 다만 필자의 생각으로는 "封唐叔"이라는 동일 사건에 대해 문장의 끝에 문장의 처음에 제시했던 것과 다른 역사 기록이 있음을 제시함으로써 유종원은 "桐葉封弟"라는 사서의 기록이 옳지 않을 수 있다는 점을 강조하고 있다고 생각한다. 즉, 문장 끝에 인용한 『史記 · 晉世家』의 기록을 통해 문장 처음에 인용한 《呂氏春秋 · 重言》과 《說苑 · 君道》의 기록

---

15) 「桐葉封弟辯」: "古之傳者有言, 成王以桐葉與小弱弟, 戲曰'以封汝.'周公入賀, 王曰:'戲也.'周公曰'天子不可戲.'乃封小弱弟於唐.", 2006 『(新譯)柳宗元文選』, 三民書局, 116면.

16) 「桐葉封弟辯」: "王之弟當封耶, 周公宜以時言於王, 不待其戲而賀以成之也; 不當封耶, 周公乃成其不中之戲, 以地以人與小弱者爲之主, 其得爲聖乎? 且周公以王之言, 不可苟焉而已, 必從而成之耶? 設有不幸, 王以桐葉戲婦寺, 亦將擧而從之乎?.", 2006 『(新譯)柳宗元文選』, 三民書局, 116면.

17) 韓兆琦注譯, 『史記 · 晉世家』: "武王崩, 成王立, 唐有亂, 周公誅滅唐. 成王與叔虞戲, 削桐葉爲珪以與叔虞, 曰:'以此封若.'史佚因請擇日立叔虞. 成王曰:'吾與之戲耳.'史佚曰:'天子無戲言. 言則史書之, 禮成之, 樂歌之.'於是遂封叔虞於唐.", 2008 『(新譯)史記』, 三民書局, 1889-1890면.

이 갖는 논리적 설득력에 근본적인 의문을 제시하는 방법을 사용한 것이다. 이는 「桐葉封弟辯」의 중간 부분에서 《呂氏春秋·重言》과 《說苑·君道》의 기록을 반박하는 유종원의 주장에 설득력을 더하여 주는 장치를 만들어낸다. 이 점에서 "唐叔을 봉한 것은 史官인 尹佚이 이루어낸 것이다(封唐叔史佚成之也)"라는 문구로 문장을 마무리하는 작법은 선명하게 자신의 의견을 개진하는 것에 비해 함축적으로 의미를 표시하면서도 자신의 주장을 은연중에 드러내는 문장 마무리 작법임에 틀림없다.

다음으로 특정 문장 작법에 해당하는 문장 일부분을 제시하고 그에 대한 평어를 제시하는 경우이다. 아래에서는 두 개의 예를 들어보고자 한다.

첫째, 「역사에서 배우는 구법(學史句法)」이다. 방이손은 「造句格·學史句法」에서 韓愈 「獲麟解」의 일부분을 수록하고 있다. 그 내용은 아래와 같다.

> 所謂角者吾知其爲牛, 鬣者吾知其爲馬, 犬, 豕, 豺, 狼, 麋, 鹿, 吾知其爲犬, 豕, 豺, 狼, 麋, 鹿.

사실 이 부분에 특별한 문장 작법이 있다고 생각하기는 쉽지 않다. 그저 「A者＋吾知其爲B」라는 구문의 연속일 뿐이기 때문이다. 방이손 역시 처음에는 위에서 인용한 「獲麟解」의 내용을 보고, 이 작법은 한유가 스스로 만들어낸 방법(初讀此, 意是韓公自爲一家語言)이라고 생각하였다. 동시에 蘇洵 역시 이 작법을 배워 「樂論」에서 이용하였다고 생각했다(又有謂蘇老泉「樂論」, 學此下句). 그러다가 방이손은 『史記·老子韓非列傳』을 읽고 나서야 위 인용문의 글쓰기 방식이 한유가 만들어낸 작법이 아니고 『史記·老子韓非列傳』에서 배워온 것임을 알게 되었다. 방이손은 評語를 통해 그 상황을 아래와 같이 설명하고 있다.

> 既而讀『史記·老子傳』, 夫子稱老聃曰: ⓐ"鳥, 吾知其能飛; 魚, 吾知
> 其能游; 獸, 吾知其能走. 走者可以爲網, 游者可以爲綸, 飛者可以爲
> 矰. 至於龍, 吾不知其乘風雲而上天, 吾今見老子, 其猶龍邪!" 始知韓,
> 蘇皆本於此. 然蘇之「樂論」尤爲學得精神.

위에 인용한 평어 내용에서 ⓐ부분은 『史記·老子韓非列傳』의 내용
을 그대로 인용한 것이다. 방이손은 한유 「獲麟解」와 소순 「樂論」의 작법
은 결국 『史記·老子韓非列傳』에서 배워 온 것임을 설명하면서 역사서
에서 문장 작법을 배워야 함을 역설하는 것이라고 할 수 있다. 동시에 세
인의 칭송을 받는 문인이라 할지라도 문장 작법에 있어서는 이전 명문장
의 영향을 받지 않을 수 없다는 사실도 간접적으로 내비치고 있다.

둘째, 「인용함에 있어 인용문의 내용을 줄인다(援引省文)」라는 문장 작
법이다. 방이손은 「인용 격식(援引格)」부분에서 蘇軾의 「范文正公集序」
의 일부분을 제시한다. 이 글은 소식이 (北宋)范仲淹(989~1052)의 시문
집인 『范文正公文集』에 대해 쓴 序文이다. 소식은 「范文正公集序」에서
范仲淹이 仁宗 天聖年間(1023-1032)에 모친상을 치를 때 "이미 천하를
걱정하고 태평성세를 이루려는 뜻이 있어서 萬言書를 재상에게 바쳤
고, 천하 사람들이 그것을 입에서 입으로 전하였다(已有憂天下致太平之
意, 故爲萬言書以遺宰相, 天下傳誦)"라고 기술한다. 동시에 후에 범중엄이
높은 직위에 올라 행했던 치적들을 살펴보면 바로 이 '萬言書'의 내용을
벗어나지 않았다고 지적하고 있다.[18] 즉, 소식은 범중엄이 평생 동안 적

---

18) 蘇軾 「范文正公集序」: "至用爲將, 擢爲執政, 考其平生所爲, 無出此書者." 滕志賢

지 않은 치적을 이룰 수 있었던 것을 범중엄의 뛰어난 책략에 기인한다고 평가한다. 흥미로운 것은 범중엄의 뛰어난 책략이 그가 모친상을 치르는 동안 당시 재상에게 바쳤던 '萬言書'에서 이미 완전히 형성되었다는 점이다. 그리고 이 주장에 설득력을 더하기 위해 소식은 옛 군자들인 伊尹, 呂尙, 管仲, 樂毅 부류들이 주장한 왕도 혹은 패도의 책략 역시 그들이 평민이었을 때 이미 완성된 것이지 결코 출사한 후에 배운 것이 아님을 강조한다.[19] 이어서 소식은 논지의 명확성을 더하기 위해 아래의 내용을 추가로 제시한다.

淮陰侯 韓信은 漢中에서 한 고조 劉邦을 알현하고 유방과 項羽의 장단점을 논의하고 三秦을 취할 계책을 도모하였는데 손가락으로 손바닥을 가리키는 것처럼 익숙했다. 후에 고조를 도와 천하를 평정함에 이르러 한신이 한중에서 했던 말이 하나도 실현되지 않은 것이 없었다. 제갈공명은 초옥에 누워 先主 劉備와 曹操, 孫權에 대해 논의하고 益州의 劉璋을 쟁취할 방도를 강구하면서 촉 지방의 물자로 천하를 쟁패하고자 하였는데 평생토록 그의 언사를 바꾸지 않았다. 이런 것이 설마 다른 사람이 말한 것을 들은 연후에 스스로 시험해 보아 혹여 요행히도 성공한 것이겠는가(淮陰侯見高帝於漢中, 論劉, 項短長, 畫取三秦, 如指諸掌, 及佐帝定天下, 漢中之言, 無一不酬者. 諸葛孔明臥草廬中, 與先主論曹操, 孫權, 規取劉璋, 因蜀之資, 以爭天下, 終身不易其言. 此豈口傳耳受嘗試爲之而僥倖其或成者哉)?

注譯, 2011 『(新譯)蘇軾文選』, 三民書局, 339면.

19)   蘇軾「范文正公集序」:"古之君子, 如伊尹, 太公, 管仲, 樂毅之類, 其王霸之略, 皆素定於畎畝之中, 非仕而後學者也."339면.

이 인용문은 먼저 韓信과 諸葛亮의 책략이 뛰어났으며 그 책략과 관련된 언사가 시종일관 변하지 않았음을 강조한다. 그리고 이를 통해 범중엄의 인격 특징역시 韓信, 諸葛亮과 다르지 않음을 설명하고 있다. 즉, 옛 위인들의 성취를 통해 그들의 언사는 일찍이 정해진 것이고 누구에게서 듣고 요행을 기대하여 이루어진 것이 아닌데 이 점에서 범중엄도 동질성을 갖고 있다는 수사 책략이다. 방이손이 인용한 부분이 바로 위 인용문이다. 뒤이어 방이손은 위 인용문의 작법에 대해서 아래와 같은 평어를 제시한다.

본래 韓信과 漢高帝가 주고받은 말은 거의 500자에 이르지만 지금은 다만 "유방과 항우의 장단점을 논하고 三秦을 취할 계책을 도모하다(論劉, 項短長, 畵取三秦)"라는 9글자로 그 내용을 포함하고, 제갈량과 유비가 주고받은 말은 300자에 달하는데 지금은 단지 "조조를 논하면서부터 천하를 다투는 데까지(論曹操至爭天下)"의 17글자가 모든 것을 포함하니 문장을 생략하는 능함이 이와 같은 것은 무릇 동파의 필력이 웅장하고 식견이 높아서 그러한 것이다(韓信與高帝語幾五百字, 今但以"論劉, 項短長, 畵取三秦"九個字包含, 孔明與先主語有三百字, 今只用"論曹操至爭天下"十七字包盡, 其善於省文如此, 蓋東坡筆雄識高而然).

방이손의 입장은 명확하다. 중국 전통 문인들은 자신의 글에 논리를 세우고 설득력을 더하기 위해 종종 공자를 포함한 聖人이나 君子로 칭해지는 사람들과 관련된 사건이나 언행을 인용한다. 소식도 이같은 작법을 사용한 것이다. 특히 방이손은 소식이 글의 논지에 설득력을 더하기 위해 짧은 글자 수를 이용해 필요한 원문을 인용하는 필력을 높이 평가하고 이를 모범적인 글쓰기 방법으로 제시하고 있

다.[20]

V. 문헌가치

규장각 소장본 明嘉靖刻本『文章百段錦』은 크게 판본학적 관점과 내용적 관점에서 문헌가치를 설명할 수 있다. 먼저 판본학적으로 볼 때 규장각 소장본은 明嘉靖四十二年에 重刻된 것으로 국내 유일본으로 조사된다.[21] 국외 주요 도서관에도 明嘉靖四十二年重刻本『文章百段錦』은 소장되어 있지 않다. 다만『文章百段錦』의 기타 판본은 몇몇 국외도서관에 소장되어 있다. 그 내용을 표로 표시하면 아래와 같다. 규장각 소장본의 판본 특징을 좀 더 명확히 설명하기 위해 기타 판본과 함께 제시하고자 한다.

	書名/卷數	版本	서지 사항	소장 기구
1	『文章百段錦』三卷	明嘉靖四十二年重刻本	半葉10行20字, 四周單邊, 上白魚尾	奎章閣 韓國學研究院
2	『黼藻文章百段錦』三卷	明初三山方氏刊本	半葉10行17字, 左右雙欄, 黑口, 單魚尾	臺灣 國家圖書館
3	『大學新編黼藻文章百段錦』二卷	明弘治十六年蘇葵, 王傑刻本	半葉10行20字, 四周雙邊, 黑口	北京圖書館, 北京大學圖書館, 上海圖書館[22]
4	『文章百段錦』二卷	明隆慶二年河間府刻本	半葉10行20字, 四周單邊, 白口	遼寧省圖書館
5	『黼藻文章百段錦』三卷	明嘉靖元年方鎰刻本	半葉10行17字, 左右雙邊, 黑口, 黑魚尾	北京圖書館

---

20) 彭國忠은 蘇軾「范文正公集序」에 대한 방이손의 평어에 대해 "저자는 원서를 조사했을 뿐만 아니라 구체적인 글자 수를 가지고 대비를 하였는데 그 연구의 깊이와 세밀함에 탄복하지 않을 수 없다(著者不僅查了原書, 而且以其體字數作對比, 不得不服其研究的深入細致)"라고 평가한다. 2013「宋代文格與『黼藻文章百段錦』」,『安徽大學學報(哲學社會科學版)』2013年 第6期, 38면.

21) 한국고전적종합목록(www.nl.go.kr/korcis)

22) 北京圖書館編, 1987『北京圖書館古籍善本書目·集部』, 書目文獻出版社, 2894면.

위 표의 내용을 통해 두 가지 사실을 발견할 수 있다. 먼저 (2)와 (5)는 동일 판본으로 판단된다. 그 이유는 (2)와 (5)의 서명과 권수 및 판식이 일치하며 (2)의 권수 第3行에도 「裔孫 鎰 校刊」이라는 교감자 기록이 확인되기 때문이다(그림3 참조). 다만 중국 북경도서관과 대만 국가도서관의 고서 정리 전문가들이 서로 다른 관점(예를 들면 (5)는 교감자인 方鎰이 교감한 것을 판본 감별에 있어 중요한 사안으로 간주한 것이다)에서 이 두 판본을 감별했기 때문에 판본의 명칭이 서로 다를 뿐이라고 판단된다. 규장각 소장본은 판식은 (4)와 유사하지만 권수가 서로 다르다. 또한 책의 처음과 마지막에 嘉靖四十二年(1563)巡按山東監察御史歸德楊栢이 쓴 「重刻文章百段錦序」와 嘉靖四十二年(1563)山東布政使司分守遼海東寧道右參議張廷槐가 쓴 「重刻文章百段錦跋」이 있는 嘉靖四十二年重刻本이다. 그런 까닭으로 규장각 소장본은 위 표의 (2)~(5)와는 다른 계통의 판본임을 알 수 있다. 다음으로 권차 구성으로 볼 때 (1)~(5)의 판본은 2권본과 3권본 계통으로 나누어진다. 즉, 현존하는 『文章百段錦』은 판본 계통으로 볼 때 2권본 계통과 3권본 계통으로 나누어진다는 의미이다. 두 판본 계통의 권차 구성상의 차이점을 살펴보면 아래와 같다.

		권차 구성
2권본	卷上	遣文格, 造句格, 議論格
	卷下	狀情格, 辯折格, 說理格, 粧點格, 推演格, 忖度格, 用事格, 比方格, 援引格, 布置格, 過度格, 譬喻格, 下字格, 結尾格
3권본	卷上	遣文格, 造句格
	卷中	議論格, 狀情格, 辯折格
	卷下	說理格, 粧點格, 推演格, 忖度格, 用事格, 比方格, 援引格, 布置格, 過度格, 譬喻格, 下字格, 結尾格

이상의 내용을 통해 우리는 규장각 소장본 嘉靖四十二年重刻本『文章百段錦』은 국내 유일본이며 중국과 대만의 주요 도서관에도 소장되어 있지 않다는 것을 확인할 수 있다. 동시에 규장각 소장본은 권차 구성으로 볼 때 3권본 계통의 판본이라고 말할 수 있다.

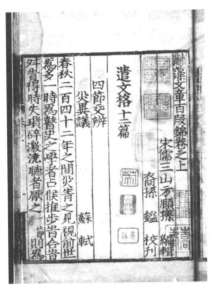

〈그림 3〉
臺灣 國家圖書館 所藏 明初三山方氏刊本

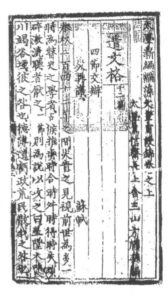

〈그림 4〉
中國 北京圖書館 所藏
明弘治十六年蘇葵, 艾傑刻本

다음으로 내용적으로 볼 때 앞에서 언급했듯이『文章百段錦』은 전근대 시기의 과거제도와 밀접한 관련을 맺고 있는 서적이다. 그 이유는 『文章百段錦』에 수록되어 있는 문장들이 모두 과거 시험용 글쓰기의 모범으로 간주되었기 때문이다. 이런 까닭으로『四庫全書總目』도 "王惲의『玉堂佳話』에 辛棄疾이 銅 삼백으로 책 한 부를 사면 바로 진사에 급제할 수 있다고 말한 것을 기록하고 있는데 이 책과 같은 부류이다(王

憚『玉堂佳話』載辛棄疾謂三百銅買一部, 卽可擧進士者, 殆此類矣).”[23]라고『文章百段錦』의 성격을 규정짓고 있다. 王惲[24]는『玉堂佳話』에서 “글쓰기는 역시 마땅히 과거 공부 가운데서 배워야 한다(作文字亦當從科擧中來).”라고 과거와 문장 학습의 관계를 직접적으로 설명하고 있는데,『文章百段錦』도 같은 성격의 과거 시험용 글쓰기 서적으로 당시 지식인들에게 수용되었다고 볼 수 있다.

『文章百段錦』에 수록된 문장들이 唐宋 시기 저명한 문인들의 작품이라면, 이는 결국 과거 시험에 필요한 글쓰기의 전범을 당송 시기 문인들의 문장에서 찾고자 했다는 의미가 된다. 그러므로『文章百段錦』에 인용되고 있는 문장들의 저자를 살펴보는 것은 송대 과거 시험에 필요한 글쓰기의 전범이 어떤 성격의 것인지를 파악할 수 있다는 점에서 매우 중요하다. 즉, 방이손은 문장 작법의 모범으로서 개별 작자의 문장을 인용한 것이고 인용되는 문장이 많은 작가는 문장 작법 측면에서 보다 긍정적인 평가를 받았다고 볼 수 있다. 저자별로 인용된 작품을 살펴보면 아래와 같다.

	저자	시대	인용 작품	비고
1	劉向 (BC77-BC6)	漢	封事	1편
2	韓愈 (768-824)	唐	獲麟解	1편
3	柳宗元 (773-819)	唐	種樹郭橐駝傳, 守原論, 桐葉封弟辯	3편
4	余靖 (1000-1064)	北宋	五常論	1편

---

23) 『四庫全書總目・集部・詩文評類存目』권197, 商務印書館, 260-261쪽.

24) 王惲(1227-1304), 자는 仲謨, 호는 秋澗이다. 衛州路 汲縣(지금의 河南省 衛輝市)

	저자	시대	인용 작품	비고
5	石介 (1005-1045)	北宋	聖德詩	1편
6	歐陽脩 (1007-1072)	北宋	弔石曼卿文, 祭蘇子美文, 祭蘇子美文, 晝錦堂記, 眞州東園記	5편
7	蘇洵 (1009-1066)	北宋	心術論, 兵戰, 樂論, 將兵, 上韓樞密書, 史論	6편
8	周敦頤 (1017-1073)	北宋	通書	1편
9	曾鞏 (1019-1083)	北宋	心論	1편
10	司馬光 (1019-1086)	北宋	魏公祠堂記	1편
11	沈存中(括, 1031-1095)	北宋	捫蝨新話	1편
12	蘇軾 (1037-1101)	北宋	①災異議, 形勢, 春秋論, 祭韓魏公文, 張良論, 制科策, 子思論, 韓愈廟碑, 刑賞論, 秋陽賦, 伊尹論, 勢論, 九成臺銘, 潮州韓愈廟碑, 論商鞅, 孔融論, 美二疏知幾, 上薛尚書, 魯作呂甲, 刑賞忠厚之至論, 張釋之論, 齊論, 范文正公集序, 題二李傳後, 王仲儀眞贊, 賈誼論, 上神廟書, 省試策, 斯高殺扶蘇, 靜觀, 上夏人書, 送張邃明序, 贊王元之畫像, ②辭受予奪, 范增論	35(33)편
13	張耒 (1054-1114)	北宋	進齋記, 論韓愈, 論高帝械繫蕭何, 遠慮論, 莊公盟母, 秦少章調臨安簿序, 樂戒, 論車不可無輔, 用大論, 審戰論	10편
14	唐庚 (1071-1121)	北宋	禍福論, 存舊論, 議論, 顔魯公祠堂記, 議賞論, 卓錫泉記, 辨同論	7편
15	何去非(?)	北宋	霍去病論	1편
16	張子韶(九成) (1092-1159)	南宋	廷對策	1편

사람으로, 元代 학자이며 시인이자 정치가이다. 王惲은 金, 元 시기 저명한 詩文대
가로 원 世祖의 중요한 문신으로 金末元初 문단에서 독자적으로 한 유파를 형성하
였고 그의 시문은 전체 원대 문단에 영향을 미쳤다. 원 世祖, 裕宗과 成宗 삼대의
諫臣으로 그의 詞는 淸麗하고 雅正하였고, 그 풍격은 蘇軾과 辛棄疾에 가까웠다.

	저자	시대	인용 작품	비고
17	楊萬里 (1127-1206)	南宋	秦晋論, 外戚論, 帶經軒記, 公私論	4편
18	呂祖謙 (1137-1181)	南宋	嬖寵, 進諫, 論禮, 論楚滅弦黃, 論君臣感動, 論卜筮, 論舜, 據理論, 威公救邢封衛, 宋襄公, 晋文公, 梁亡, 魯秉周禮, 董仲舒論, 論宋萬弑閔公, 論心爲氣帥, 論楚滅六蓼, 漢輿地圖序, 晋懷公殺狐突, 魯畢郤不設備, 范山請圖北方, 論葵丘之會, 論禮, 嬴氏謀夫, 知危, 秦晋遷陸渾, 管仲言宴安, 晋重耳, 威公所期之小	29(31)편
19	陳傅良 (1137-1203)	南宋	堯舜論, 范增論	2편
20	辛幼安(棄疾) 1140-1207)	南宋	祭陳亮文	1편
21	陳亮 (1143-1194)	南宋	上孝廟書, 上鑒戒箴	2편
22	鄧禹(?)[25]	南宋	原直	1편
23	葉賢良(適)(?)	南宋	崔寔論	1편
24	黃補(?)	南宋	論心性	1편
25	林執善(?)	南宋	國勢	1편
26	鄭溥之(湜)(?)	南宋	相體論, 范增論	2편

※ ①과 ②는 본문에는 소식 문장으로 기재되어 있으나 사실상 呂祖謙 『左氏博議』에서 발췌하여 수록한 것이다.[26]

    먼저 위 표의 내용을 통해 『文章百段錦』에는 총 26명의 저자, 120篇 문장의 일정 부분(段)이 수록되어 있음을 알 수 있다. 다음으로 우리는

---

25)   鄧禹라는 기록은 오류일 가능성이 있으며 사실상 (南宋)鄧肅(1091-1132)을 가리킨다는 주장도 있다. 관련 내용은 孔瑞, 『太學新編黼黻文章百段錦』研究(華東師範大學古籍研究所 碩士學位論文, 2015, 4면)을 참조할 것.

26)   이 문제에 관해서는 孔瑞, 『太學新編黼黻文章百段錦』研究』, 4면을 참조할 것.

위 표의 내용에서 두 가지 점에서 주의를 기울일 필요가 있다. 첫째, 저자별로 수록 문장의 수를 살펴보면 일반적인 당송 선집과는 다소 다른 양상을 나타내고 있다. 즉,『文章百段錦』에 수록된 문장의 저자를 시기별로 나누어 살펴보면 총 26명의 저자 가운데 3명(劉向, 韓愈, 柳宗元)을 제외한 23명의 저자가 모두 송대 문인이다. 즉, 전체 수록 문장의 89%에 이르는 문장이 송대 문인들의 것이다. 이 가운데 북송 문인이 12명이고 남송 문인은 11명이다. 이를 통해 방이손은『文章百段錦』의 편찬에 있어 宋文에 보다 중점을 두었음을 알 수 있다. 또한 수록된 문장의 수를 기준으로 분류하여 보면 蘇軾(33편)〉呂祖謙(31편)〉張耒(10편)〉唐庚(7편)〉蘇洵(6편)〉歐陽脩(5편)〉楊萬里(4편)〉柳宗元(3편)의 분포를 나타낸다. 蘇軾과 呂祖謙의 문장이 압도적으로 많이 수록되어 있고 그에 비해 한유의 문장은 단 1편만 수록되어 있다.[27] 앞에서 언급한 바와 같이 방이손은「서문」에서 편찬 목적을 설명하면서 문장의 전범으로써 韓愈, 柳宗元, 歐陽脩, 蘇軾 등 4인을 언급하는데 이 기준은 상술한 選文 경향과는 다소 거리가 있는 것이다. 둘째, 唐宋 시기의 문장을 같이 수록하고 있지만, 전체 수록 문장을 검토하여 보면 漢文 1편과 唐文 4편만을 수록하고 있는 반면 宋文은 115편을 수록하고 있다. 즉, 총 120편의 수록 문장 가운데 96%에 가까운 분량이 宋文이다. 이를 통해『文章百段錦』은 글쓰기의 전범이 되는 문장 선택에 있어 唐文이 아니라 宋文에 주안점을 두었음을 어렵지 않게 유추할 수 있다.

---

27) 『文章百段錦』에 소식의 문장이 가장 많이 수록된 현상은 남송 시기 소식의 문장이 당시 문단에서 큰 영향을 미친 사실과 밀접한 관련이 있다. 다음의 내용에서 그 같은 사실을 확인할 수 있다. 陸游 "建炎以來, 尙蘇軾文章, 學者翕然從之, 而蜀士尤盛, 亦有語曰: '蘇文熟, 喫羊肉, 蘇文生, 喫菜羹'"(『老學庵筆記』卷八). 王文祿 "歐陽肉多而骨少, 孫石肉少而骨多, 曾子固木篤而欠玲瓏, 王介甫骨骼而無豊采, 皆不及蘇子瞻之俊逸也"(『文脈』卷二).

Ⅵ. 나오는 말

본문은 현재 규장각에 소장되어 있는 明 嘉靖四十二年刻本『文章百段錦』에 대해 심화 해제의 형식으로 편찬과 간행, 체례와 내용, 문헌가치, 국내외 소장 현황 등을 비교적 상세하게 설명하고자 했다.

『文章百段錦』은 南宋 淳祐己酉(1249)에 쓰여진 陳卿의 「太學新編黼藻文章百段錦序」로 볼 때 南宋 때 이미 편찬되어 간행된 것으로 추정된다. 다만 현재 宋本은 세상에 전해지지 않는다. 그러나 『文章百段錦』은 전통 시기 과거 시험 및 문장 학습과 밀접한 관련이 있는 점이 인정된 까닭으로 명대에 이르러 적어도 4차례나 간행되었다. 그 가운데 嘉靖四十二年刻本 한 부가 현재 규장각에 소장되어 있다. 본문의 내용을 통해 우리는 규장각 소장본 嘉靖四十二年刻本『文章百段錦』이 국내에서는 규장각에만 소장되어 있고, 국외에서도 소장 기구를 찾아볼 수 없음을 확인하였다. 동시에 내용적으로도『文章百段錦』은 唐宋 시기 저명한 문인들의 문장을 예시로 하여 다양한 문장 작법을 소개하고 있다는 점에서 중국고전산문 및 중국문학비평 연구에 유의미한 자료를 제공한다. 향후 국내 문장학 관련 한국학 연구자들도『文章百段錦』과 이와 관련된 문장 선집 연구에 보다 깊은 관심을 갖기를 희망해 본다.

韓國學 中央研究院 藏書閣 所藏
中國本 古書에 관한 一考

I. 들어가는 말

한국학 중앙연구원 장서각은 규장각, 국립중앙도서관과 함께 한국을 대표하는 고서 소장기구의 하나이다. 통계자료에 의하면 현재 장서각에는 총 429,511冊의 고서가 소장되어 있다. 그 가운데 중국본 고서는 27,313冊이 소장되어 있는데 결코 적지 않은 수량임이 분명하다.[1] 동시에 학계에서도 장서각 소장 중국본 고서의 문헌 가치를 매우 높게 평가하고 있다.[2]

현재까지 장서각 소장 고문서에 대한 정리와 연구는 상당히 축적된 상태이다. 다만 소장 고서에 대한 대부분의 정리와 연구 성과가 한국본 고서에 집중되어 있는 것이 현실이다. 한국학 중앙연구원이 국학 연구

---

[1] 「藏書閣 자료의 현황과 특징」, 『古典籍』第2輯, 2006.2, 102~103면.

[2] 千惠鳳, 「藏書中國版目錄編纂委員會報告」, 文化財管理局編輯, 『藏書閣圖書中國版總目錄』, 文化財管理局藏書閣貴重本叢書第7輯, 서울시, 藏書閣, 1974.12, 33~36면.

기관이라는 점을 고려할 때 상술한 장서각 고서에 대한 정리·연구 방향은 일견 타당하다고 생각된다. 아쉬운 것은 소장 고서 가운데 적지 않은 양을 차지하고 있는 중국본 고서에 대한 정리와 연구는 매우 부족한 실정이다. 예를 들어보자면 관련 연구자들은 1974년 문화재관리국 장서각귀중본총서 제7집으로 출판된 『藏書閣圖書中國版總目錄』[3]을 통해 장서각 소장 중국본 고서에 대한 기본적인 소장 현황을 파악할 수 있을 뿐이다. 이외에 소장 중국본 고서에 대한 진일보된 정리와 연구는 거의 진행되지 않고 있다. 더욱 문제가 되는 것은 관련 연구자들이 장서각 소장 중국본 고서의 현황과 가치를 파악할 수 있는 가장 기본적인 목록집인 『藏書閣圖書中國版總目錄』의 내용 가운데 적지 않은 오류가 발견된다는 점이다.

본문은 상술한 장서각 소장 중국본 고서에 관한 정리와 연구 현황에 기초하여 먼저 장서각에 소장되어 있는 중국본 고서의 문헌 가치를 설명하고 동시에 현재까지 진행된 중국본 고서 정리의 문제점과 부족한 점을 제시해 보고자 한다.[4] 동시에 향후 중국본 고서의 정리 방안에 대해서도 개인적인 의견을 제기하고자 한다. 본문의 내용이 장서각 소장 중국본 고서의 정리와 연구에 대한 관련 연구자들의 관심을 이끌 수 있기를 기대해 본다.

---

3) 文化財管理局編輯, 『藏書閣圖書中國版總目錄』, 文化財管理局藏書閣貴重本叢書 第7輯, 서울시, 藏書閣, 1974.12.

4) 현재 장서각 소장 고서는 고서가 장서각에 유입된 시기에 따라 「장서각소장 본도서」와 「장서각 수집본」으로 나누어져 있다. 본 논문의 연구대상은 「장서각소장 본도서」에 속하는 중국본 고서를 대상으로 한다.

II. 藏書閣 소장 중국본 고서의 문헌 가치

먼저 가장 중요하고 근본적인 물음은 장서각에 소장되어 있는 중국
본 고서가 정리를 진행할 만한 혹은 연구할 만한 가치가 있는가의 문제
이다. 본문에서는 세 가지 측면에서 장서각 소장 중국본 고서의 문헌
가치를 고찰해 보고자 한다.

1. 善本의 관점에서 본 문헌 가치

가장 먼저 살펴볼 것은 장서각 소장 중국본 고서 가운데 善本으로 분
류될 수 있는 고서의 분량이 어느 정도이며 그 문헌 가치는 구체적으로
어떠한가의 문제이다. 천혜봉은 일찍이 장서각 소장 중국본 고서에 대
해서 "그 중에는 元板本과 明朝의 前期板本이 적지 않게 들어 있고,
日韓末 당시의 皇室 및 高官들이 珍藏으로 愛之重之해 왔던 여러 종
의 稀購本을 비롯하여, 四部 各類屬에 걸쳐 善本이 고루 갖추어지고
있다."[5]라고 지적하고 있다. 아쉬운 것은 현재까지도 이 문제에 대한 구
체적인 설명이나 연구가 이루어지지 않고 있다는 점이다.

아래에서는 장서각 소장 중국본 고서 가운데 선본으로 분류할 수 있
으면서 비교적 높은 문헌 가치를 지니고 있는 고서 몇 종류를 소개함으
로써 선본 고서의 관점에서 본 장서각 소장 중국본 고서의 문헌 가치를
설명하고자 한다.

먼저 장서각 중국본 고서의 장서 구성을 살펴보면 淸刊本이 다수를
차지한다. 그 외에 元, 明刊本 역시 적지 않다. 특히 천혜봉이 지적하

---

5) 천혜봉, 「藏書閣中國版目錄編纂委員會報告」, 文化財管理局編, 『藏書閣圖書中國版
總目錄』, 서울, 장서각, 1974, 36면.

고 있는 바와 같이 장서각에는 약간의 元板本이 소장되어 있는데『書卷』(1-83)과『廣韻』(1-261; 1-262)이 그것이다.『書卷』은 (宋)蔡沈의『書集傳』에 (宋)鄒季友의「音釋」을 첨부하여 간행한 것이다. 至正23년(1336)에 宗文精舍에서 간행한 판본으로 중국, 대만 등지의 도서관에 소장되어 있지 않은 것으로 조사된다.[6] 장서각에 소장되어 있는 두 질의『廣韻』은 "원대 건안지방에서 간행된 13행본으로 주석이 생략되어 있는 略本이다. 이 간본은「廣韻版本」에 수록되어 있지 않은 간본으로서 판본학으로 매우 중요한 의미를 지닌다고 할 수 있다."[7] 특히 장서각에 소장되어 있는『書卷』과『廣韻』은 모두 완질본이라는 측면에서 더욱 큰 가치를 부여할 수 있다. 향후 국외의 기타 판본과의 비교 고찰을 통해 내용적인 異同을 밝혀낸다면 더욱 엄정한 의미에서의 문헌 가치를 도출할 수 있을 것이다.

둘째, 비록 원대 혹은 명대 전기 판본은 아니지만 善本으로 분류될 수 있는 고서들이 經部, 史部, 子部, 集部에서 다수 발견된다. 몇 가지 예를 들어보면 아래와 같다. 먼저 經部·春秋類에 수록되어 있는 明萬曆18年金陵書坊周竹潭刊本 王錫爵(1534-1614)의『春秋左傳釋義評苑』(1-149)은 국내에서는 유일본으로 조사되며, 국외에서도 미국의 프린스턴대학 東亞圖書館과 중국의 故宮博物院圖書館, 陝西省圖書館,

---

6) 이 고서의 서지사항은 "圖, 四周雙邊, 半郭 20.3×11.8 cm, 有界, 半葉 11行21字, 註雙行, 下向黑魚尾 ; 25.0×15.5 cm"로 되어 있다. 表題는 '書集傳' 혹은 '書卷'이며, 版心題는 '書'이다. 刊記에 '本堂今將書傳附入鄱陽鄒氏音釋 … 收書君子幸鑒 至正癸卯(1363)孟夏, 宗文精謹識'라고 기록되어 있다. 藏書印으로는 '江風山月莊, 稻田福圖書, 伊藤氏藏書記, 李王家圖書之章'이 보인다. 이를 통해 이 고서는 한 때 일본인에게 소장되어 있다가 장서각으로 유입된 고서임을 짐작할 수 있다.

7) 옥영정,「국내 현존 宋·元本의 조사와 書誌的 분석」,『書誌學研究』第52輯, 2012.9, 266-269면.

湖北省圖書館, 四川省圖書館 등에만 소장되어 있다.[8] 이 고서는 淸 乾隆年間에 編纂된 『四庫全書』에 수록되지 않았고, 근래에 편찬된 『四 庫全書存目叢書』와 『四庫禁燬書叢刊』에도 수록되어 있지 않다. 이외 에도 小學類에 수록되어 있는 明嘉靖間刻本 『爾雅』(1-208), 明崇禎間 刻本 『爾雅註疏』(1-214; 1-215), 明天啓間刻本 『爾雅翼』(1-208), 明刻 本 『全雅』(1-221) 등 역시 가치 있는 선본 고서이다.[9] 다음으로 史部 · 別史類에 수록되어 있는 明天啓刻本 李贄의 『續藏書』(2-105; 2-106) 는 明初부터 萬曆以前의 開國功臣, 內閣輔臣, 郡縣名臣, 文學名臣 등 4백여 명의 전기를 수록하고 있는 서적이다. 그 내용이 당시 인물들 이 직접 기록한 傳記와 문집의 내용에 근거하여 사실을 객관적으로 기 술하고 있는 까닭으로 明史 연구에 있어서 매우 중요한 자료라고 할 수 있다. 또한 史部 · 雜史類에 수록되어 있는 『弇州史料』(2-111)는 王世 貞이 撰하고 董復表가 輯編한 서적으로 明太祖年間부터 明神宗萬曆 年間까지 君臣들의 事迹, 朝廷大事, 社會經濟, 朝野掌故, 民族關係, 對外關係 등의 내용이 수록되어 있어 明史 연구에 의미 있는 자료로 활용될 수 있는 서적이다. 子部 · 農家에 수록되어 있는 明崇禎平露堂 刻本 徐光啓의 『農政全書』 역시 주목할 만한 것이다. 이 고서는 서광 계 사후에 그의 아들인 徐驥이 숭정황제에게 진헌하여 숭정12년(1639) 에 간행된 것으로 農本, 田制, 農事, 水利, 農器, 樹藝, 蠶桑, 蠶桑廣 類, 種植, 牧養, 制造, 荒政 등 12부분으로 나누어져 있다. 비록 그 내 용이 여러 농업 및 관련 문헌에서 자료를 발췌하였지만, 일반적인 농서

---

8) 中國古籍善本書目編輯委員會, 『中國古籍善本書目(經部)』, 上海, 上海古籍出版社, 1989, 248면.

9) 이상 네 종류의 고서에 대한 설명은 汪壽明, 「韓國部分圖書館所見中國古代"小學"善 本書」, 『華東師範大學(哲學社會科學版)』 1994年第4期, 88면을 참조할 것.

가 특정 문제만은 논하고 있는 것에 비해 상당히 완비된 서적이라는 평가를 받는다.[10] 특히 중국의 농업 관련 서적 가운데 가장 빨리 고구마의 종식법을 설명하는 등 중국 농서 가운데서도 가치를 인정받는 서적이다. 이 고서의 藏板 기록에서 보이는「平露堂」은 (明)陳子龍(1608-1647)의 堂名을 가리킨다. 또한 子部·類書類에 수록되어 있는 (元)陰時夫 輯, (元)陰中夫註, (明)王元貞이 校勘한『新增說文韻府群玉』(3-297)은 明萬曆王元貞刻本을 重刻한 것이다.『新增說文韻府群玉』은『四庫全書總目』에서 "원대의 압운 관련 서적은 오늘날 모두 전하지 않는데 전하는 서적 가운데 이 책이 가장 오래된 것이다(元代押韻之書, 今皆不傳, 傳者以此書爲最高)."[11]라는 평가를 받는 귀중한 서적이다. 특히 조선 선조22년(1589)에 權文海(1534-1591)가『韻府群玉』의 체례를 따라『大東韻府群玉』을 편찬하였다는 점에서 더욱 의미가 있는 서적이라고 할 수 있다.

셋째, 국내외에 소장되어 있는 기타 판본과 비교할 때 장서각에 소장되어 있는 중국본 고서가 더 큰 문헌 가치를 갖고 있는 경우도 있다. 예를 들면 明萬曆積善堂刊本『新刊補訂簡明河洛理數』(3-99)이 대표적인 경우이다. 이 고서는 송대 象數易學의 始祖라고 여겨지는 陳摶(906-989)이 짓고 역시 송대 상수 역학의 발전에 있어 가장 주목할 만한 족적을 남긴 邵雍(1011-1077)이 전수받아 述한 것을 후인의 정리를 거쳐 간행된 것이다. 이 고서는 명대 후기에 이르러 인생의 앞날을 예측하는 서적에 대한 수요가 증가했던 시대 배경하에서 萬曆丙申(1596)에

---

10) 『四庫全書總目』: "其書本末咸該, 常變有備, 蓋合時令, 農圃, 水利, 荒政數大端, 條而貫之, 彙歸於一. 雖採自諸書, 而較諸書各擧一偏者, 特爲完備." 卷一百二, 「子部·農家類」, 石家莊, 河北人民出版社, 2000, 2585면.

11) 『四庫全書總目·韻府群玉』, 卷一百三十五,「子部·農家類」, 3465면.

당시 저명한 민간 출판사인 積善堂에서 출판된 것이다. 장서각 소장본 積善堂刊本『新刊補訂簡明河洛理數』와 중국 고궁박물원에 소장되어 있는 崇禎刊本『河洛理數』를 서로 비교하여 보면 체례나 내용 측면에서 적지 않은 차이점이 발견된다. 다만 장서각 소장본 積善堂刊本『新刊補訂簡明河洛理數』는 간행된 이후로 그 유통이 상당히 제한적인 것으로 조사된다. 장서각 소장본 積善堂刊本은 102개에 이르는 중국의 역대 藏書目錄과『千頃堂書目』,『明史·藝文志』,『四庫全書總目』등에도 수록되어 있지 않다. 또한 현재 국내외에서 쉽게 찾아보기 어려운 판본이다. 국내에는 장서각에만 소장되어 있으며 국외에서도 이 고서를 소장하고 있는 소장기구를 거의 찾아볼 수 없다. 장서각 소장본 積善堂刊本은 현존하는『河洛理數』의 판본 가운데 간행 시기가 가장 이른 판본이다. 동시에 내용적으로도 숭정간본에 비해 더욱 완정한 까닭으로 향후『河洛理數』의 定本化 작업시에 底本으로 이용되기에 충분하다. 특히 장서각 이외에 국내외의 기타 도서관에 소장되어 있지 않은 것으로 조사되는 점은 매우 의미 있는 사실이다.[12)]

이외에 장서각에는 明末에서 淸初까지 많은 고서를 소장하고 출판한 것으로 유명한 汲古閣에서 출판한 고서도 적지 않게 소장되어 있다.『毛詩註疏』(1-90),『周禮註疏』(1-112),『孟子註疏解經』(1-202; 1-204),『爾雅註疏』(1-214; 1-215),『避暑綠話』(3-213),『劍南詩彙』(4-61) 등이 汲古閣에서 간행된 서적들로 모두 선본으로 분류될 수 있는 서적들이다.

---

12) 장서각 소장본 積善堂刊本『新刊補訂簡明河洛理數』에 대해서는 김호,「한국학 중앙연구원 藏書閣 所藏『新刊補訂簡明河洛理數』의 文獻價値」(『중국문학연구』39집, 2009.12, 41~66면)을 참조할 것.

2. 한·중 서적교류사의 관점에서 본 문헌가치

현재 장서각에 소장되어 있는 중국본 고서 하나하나는 조선시대 한 중 서적 교류사를 설명하는 구체적인 증거들이다. 향후 이 분야의 진일 보된 연구에 매우 의미 있는 자료를 제공할 것으로 생각된다. 아래에서 는 두 가지의 예를 들어 한·중서적교류사의 관점에서 장서각 소장 중 국본 고서의 가치를 설명하고자 한다.

먼저 장서각 소장 중국본 고서가운데 일부 고서는 한중 문인 교류의 직접적인 결과물이라는 점에서 의미가 깊다. 김정희의 경우가 대표적 인 경우이다. 주지하다시피 김정희는 연행을 통해 많은 중국의 문인, 학자들과 교유하였으며 그 과정에서 적지 않은 중국 서적을 입수하여 독서하고 이를 통해 자신의 학문관을 형성해 나갔다. 이를 증명하듯 현 재 장서각에는 김정희가 소장하고 있었던 약간의 중국본 고서가 소장 되어 있다. (淸)吳鼒(1755—1821)輯『八家四六文抄』(4-51), (淸)紀昀等奉 勅撰『欽定四庫全書總目』(2-353), (淸)魯仕驥『山木居士外集』(4-114) 등 에서「金正喜印」,「阮堂」,「秋史珍藏」 등의 장서인이 발견된다. 물론 김 정희가 소장하고 있던 개개의 중국 서적과 김정희 학문 형성의 관계를 등가적으로 고찰할 수는 없다. 그러나 소장 서적과 김정희 학문 형성과 의 연관성에 대한 흔적은 찾아볼 수 있다. 예를 들면『八家四六文抄』는 淸 中期의 騈文大家인 袁枚, 邵齊燾, 劉星煒, 吳錫麒, 曾燠, 洪亮吉, 孫星衍, 孔廣森 등의 騈文 작품을 모아 편집한 總集이다. 김정희의 문 장론을 살펴보면 阮元이「文言說」에서 제기하는 騈文에 대한 견해를 일정 부분 수용하면서 騈文의 가치를 긍정한다.[13] 이 점에서 볼 때 김

---

13) 騈文에 대한 김정희의 견해와 완원과의 관계에 대해서는 유준필, 「19세기 문 관념의 한 국면 - 김정희 문론의 역사적 의의 탐색 시론-」(『大東文化硏究』 제41집, 2002, 67-79면)을 참조할 것.

정희가 청 중기 대표적인 騈文 대가들의 문장을 뽑아 놓은『八家四六文抄』을 소장하고 있었다는 것은 김정희 문론의 기본 성향과 일정한 관련성을 갖고 있음을 어렵지 않게 짐작할 수 있다. 더욱이『秋史舊藏書目錄』에 騈文에 대한 완원의 견해를 담고 있는「文筆考」가 포함되어 있다는 사실[14]은 김정희가 소장하고 있던 중국 서적과 그의 학문 경향의 연관성을 증명하는 것이 유효하다는 것을 방증한다.『欽定四庫全書總目』역시 마찬가지의 맥락에서 이해될 수 있다. 김정희의 학문은 청대 고증학의 영향을 깊이 받았음은 주지의 사실이다.『欽定四庫全書總目』은 청대 고증학을 대표하는 목록서로서 18-19세기의 조선학자들에게 청조의 고증학을 이해하는 중요한 서적으로 이용되었던 서적이다. 그러므로 김정희가 이 서적을 소장했었다는 사실을 통해 그가 청의 友人인 翁方綱, 阮元 등으로부터 고증학의 영향을 직접적으로 받은 것과 서적을 통해서도 고증학을 접하고 이해했음을 알 수 있다.

둘째, 장서각 중국본 고서 가운데는 적지 않은 西學 관련 서적이 존재한다. 먼저 소장 西學書를 그 내용에 따라 분류하여 보면 다음과 같다.[15]

---

14) 이 문제에 대해서는 윤동원,「秋史 金正喜의 舊藏書目錄 考察」,『디지털도서관』2012년 봄호(통권65호), 94-108면을 참조할 것.

15) 다만『史部·外交·通商』에 수록되어 있는 외교문서들은 논외로 한다. 여기서는 장서각 소장 서학서 가운데 개인 저술 혹은 번역서를 중심으로 그 저술들이 조선에 전해지고 수용되는 학술적 배경에 주목하고자 한다.

	著者	書名
史部·政書類·法令	丁韙良(美國)編譯	公法新編(2-198)
史部·政書類·法令	丁韙良(美國)編譯	公法便覽(2-198)
史部·政書類·法令	丁韙良(美國)編譯	萬國公法 (2-202; 2-203; 2-204)
史部·地理類·方志	麥家圈慕維廉(英)著	地理全志(2-301)
史部·地理類·方志	雪俠兒(英)撰	地學淺譯(2-302)
史部·地理類·方志	李提摩太 著	天下五州各大國志要(2-303)
子部·兵家類	希理哈(布國)撰, 傅蘭雅(英國) 口譯	防海新論(3-62; 3-63)
子部·兵家類	金楷理(美國人)口譯, 朱恩錫筆述, 李鳳苞刪潤	兵船礮法(3-64)
子部·兵家類	德國政府 撰	兵船海岸砲位砲架圖說(3-65)
子部·兵家類	水師部(英國)撰, 林樂知(美國)國譯	水師章程(3-67)
子部·兵家類	戰船部(英國)撰, 傅蘭雅(英國)國譯	水師操練(3-68)
子部·譜錄類	鄧玉函(明)口授, 王徵(淸)譯繪	遠西奇器圖說錄最(3-178)
子部·譯學類	商務印書館 編輯	華英進階(3-190; 3-191)
子部·雜家類	丁韙良(美國)著	西學考略(3-211)

　　위에서 언급한 장서각 소장 漢譯西學書들을 살펴보면 하나의 경향
성을 갖고 있다. 그것은 소장 서적이 모두 실용적인 측면에 집중되어
있다는 점이다. 예를 들어 위의 도표에서 가장 많이 등장하는 丁韙良
의 본명은 威廉·亞歷山大·彼得森·馬丁(William Alexander Parsons
Martin, 1827-1916)으로 그는 원래 미국 북장로회가 중국에 파견한 선
교사였다. 후에 선교보다는 서양 문물을 중국에 소개하고 이를 통해 중
국을 변화시키는데 더 많은 열정을 바쳤다. 즉 서양의 많은 서적을 중
국어로 번역하여 중국의 근대화에 적지 않은 영향을 미친 인물이다. 丁
韙良에 의해 중국어로 번역된 萬國公法(2-202; 2-203; 2-204)은 구한말

에 조선에도 소개되어 조선 사회에 커다란 영향을 미쳤다.[16] 李提摩太 (Timothy Richard, 1845-1919)는 영국 침례교 선교사로 1891년부터 1916년 사이에 당시 중국에서 가장 규모가 크고 중요했던 신식 출판사의 하나인 廣學會의 책임자로 있으면서 십여 종의 신문잡지와 이 천여 종의 서적을 출판하여 서방의 선진적 사상을 중국 지식인에게 소개하였다. 장서각에 소장되어 있는 『天下五州各大國志要』는 『三十一國志要』라고도 불리는데 영국, 프랑스, 러시아, 미국 등 31개국의 영토, 역사, 인구, 종교 등의 내용을 개략적으로 소개하여 중국인들이 중국과 세계의 기타 국가를 대비적으로 관찰하는데 중요한 자료를 제공한 서적이다.

조선 후기 淸으로부터 서학서가 조선으로 유입되고 이에 따라 조선의 지식인들은 지금껏 접해보지 않은 외래문화를 수용하면서 부정과 긍정의 상반된 태도를 표명한다. 서학에 대한 긍정적 태도는 한역서학서의 종교적 측면을 수용하여 조선에 천주교의 뿌리를 내리게 한다. 이에 비해 부정적 태도를 취한 경우는 서학의 종교적 측면은 부정하면서, 과학, 기술적인 면은 긍정하는 양상으로 나타난다.[17] 다만 정조15년 辛亥迫害 사건과 더불어 관부에서 소장하고 있던 서학서는 물론 민간의 서학서도 소각되었고, 이후 천주교에 대한 박해가 심해짐에 따라 북경에서의 서학서 구입도 금지되어 서양 과학 문명을 수용할 통로가 막혀버리게 되었다. 그러나 현재 장서각에 적지 않은 한역서학서가 소장되어 있는 것을 볼 때 시간의 경과에 따라 조선 지식인들은 다시금 중국으로부터 漢

---

16) 이 문제에 대해서는 문준섭, 『韓末 萬國公法의 수용과 인식에 관한 연구』, 서울대학교 사회학과대학원 석사논문, 2002를 참조할 것.

17) 漢譯西學書가 조선 후기 사상사에서 갖는 의미에 대해서는 이원순, 「明·淸來 西學書의 韓國思想史的 意義」, 『朝鮮西學史研究』(서울, 一志社, 1996, 80-98면)을 참조할 것.

譯西學書를 받아들였음을 알 수 있다. 다만 위에서 열거한 한역서학서의 내용을 볼 때 여전히 종교적인 내용과는 관계없는 실용성(법, 지리, 군사, 언어)을 강조하는 서적이 대부분임을 알 수 있다. 특히 장서각이 20세기 초 왕실도서관의 기능을 갖고 있다는 점을 고려할 때 조선시대 후기로 갈수록 서학에 대한 조선 왕실의 태도는 이전의 천주교 박해라는 배타적인 태도와는 일정 부분 거리가 있었음을 짐작할 수 있다.

그리고 장서각 소장 중국본 서학서에 대한 검토가 갖는 또 다른 중요한 의의가 있다. 그것은 현재까지 국내에서 아직 활발히 연구가 진행되고 있지 않은 동아시아 西學史의 한 축을 담당하는 朝鮮西學史를 좀더 깊이 있게 연구하는 데 기초 자료를 제공한다는 점이다. 현재까지 국내에서 진행된 조선서학사 연구는 대부분 천주교 선교사들이 번역한 한역서학사의 조선 전래와 그 영향 문제를 집중적으로 다루고 있다. 향후에는 조선 말 기독교 선교사들이 번역한 한역서학서의 국내 유입과 그 영향 문제도 비중 있게 다루어져야 할 것이다. 향후 이 분야의 연구가 진행될 경우 장서각 소장 한역서학서는 의미 있는 자료로 활용될 수 있을 것이다.

3. 한국학 연구의 관점에서 본 문헌가치

중국본 고서는 근대이전 우리의 선조가 외래문화를 접촉할 수 있었던 가장 중요한 수단이었다. 그러므로 장서각 소장 중국본 고서는 조선시대 중국으로부터 유입된 중국문화의 한 단면이며 이를 통해 우리 선조들이 중국문화를 어떻게 수용, 발전시켰는지를 가늠할 수 있는 중요한 자료이다. 그러므로 이 자료들 가운데 상당수는 한국학의 연구에도 중요한 의미를 가진다고 할 수 있다.

대표적인 예를 들면 『浙江採集遺書總錄』(2-341)을 들 수 있다. 이 고서는 정조 연간에 편찬된『內閣訪書錄』의 주요 근거가 되었다는 점에서 매우 중요한 의미를 갖는다.『內閣訪書錄』과 관련된 기존의 연구에서는 편찬 과정과 관련하여『內閣訪書錄』의 내용이 대부분 (淸)鐘音 등이 編한『浙江採集遺書總錄』에서 발췌되었고, 일부분만 기타 자료를 참고하였다는 관점을 제시하고 있다.[18] 그러나 자세히 살펴보면『內閣訪書錄』에 수록된 서적이『浙江採集遺書總錄』에 수록되지 않은 것도 있으며, 같은 서적을 수록하고 있다고 할지라도 해제 내용에서 차이가 나는 것도 발견된다. 이런 현상은『內閣訪書錄』의 편찬 과정이 그리 단순하지 않았음을 반증하는 것이다.『內閣訪書錄』에 수록되어 있는 서적들은 정조 연간 조선 왕실이 중국으로부터 구입하고자 했던 서적들이다. 즉『內閣訪書錄』에 수록되어 있는 서적들은 통치 이념의 확립 혹은 문물제도의 정비 등에 대한 조선 왕실의 입장을 설명하는 것이라고 할 수 있다. 이런 까닭으로『內閣訪書錄』에 수록되어 있는 서적들을 통해 우리는 당시 조선 왕실의 사상적, 문화적 지향점을 엿볼 수 있다.

하나의 예를 들어보자. 아래는『內閣訪書錄』과『浙江採集遺書總錄』의 易類에 수록된 서적의 종류와 양을 비교한 것이다.

	『浙江採集遺書總錄』	『內閣訪書錄』
唐代 以前	周易注(陸績撰) 등 3종	周易擧正三卷(唐郭京撰) 1종
宋代	周易口義十卷(宋胡瑗撰) 등 25종	周易口義十卷(宋胡瑗撰) 등 11종
元代	周易折衷二十三卷(趙采撰) 등 8종	無
明代	周易旁註十卷前圖一卷(朱升撰) 등 107종	易(經)蒙引二十四卷(明蔡淸撰) 등 10종
淸代	易學象數論六卷(黃宗羲撰) 등 55종	周易集解增釋八十卷(淸張仁浹輯) 1종
합계	195종	23종

---

18) 정인식,「『內閣訪書錄』解題」,『奎章閣』第13輯, 1990, 59−60면.

먼저『內閣訪書錄』의 易類에 수록된 23종 가운데『浙江採集遺書總錄』에 수록되어 있지 않은 서적도『古周易十二卷』(宋晁說之撰),『大易粹言十卷』(宋曾穜撰),『周易集義六十四卷』(宋魏了翁纂),『周易義海撮要十二卷』(宋李衡撰),『易蒙引二十四卷』(明蔡淸撰),『易存疑十二卷』(明林希元撰) 등 6종에 달한다. 이 점은『內閣訪書錄』을 편찬할 때 대부분의 서적을『浙江採集遺書總錄』에서 발췌했다는 견해는 비록 일정한 근거가 있으나, 더욱 정밀한 비교 작업이 필요함을 설명하는 것이다. 더욱 흥미로운 것은『浙江採集遺書總錄』에는 元代의 역학 저작 8종이 수록되어 있지만『內閣訪書錄』에는 단 하나도 수록되어 있지 않고, 청대 저작도 단 1종류만 수록되어 있다는 것이다.『浙江採集遺書總錄』에 수록되어 있는 元代의 역학 저작 8종 가운데『周易集傳』(龍仁夫撰)과『周易衍義』(胡震撰) 2종은『四庫全書』에 수록되어 있고,『大易法象通贊』(鄭滁孫撰)은『四庫全書』의 存目에 수록되어 있다. 이로 볼 때 그 학술적 가치는 충분하다고 여겨진다. 그렇다면 무슨 이유로『內閣訪書錄』은『浙江採集遺書總錄』에서 대부분의 서적을 발췌하면서도 易類에는 단 한 종류의 원대 저작도 수록하지 않았을까? 필자의 생각으로는 조선 후기에 대두된 소중화사상으로 인해 元이 이민족이 세운 중국의 정통왕조가 아닌 까닭으로 당연히 그 시대의 학술도 상대적으로 낮게 평가를 하고 이런 경향이 직접적으로 조선 왕실의 서적 수집 방향에 영향을 미쳤을 것으로 생각된다.

兵家類의 경우는 易類와는 약간 다른 경우이다.『浙江採集遺書總錄』에는 총23종의 서적이 수록되어 있는데,『內閣訪書錄』은 13종의 서적을 수록하고 있다. 그리고 그 수록 서적은 모두『浙江採集遺書總錄』에 수록되어 있다. 비율적으로 볼 때 易類에 비해 훨씬 높은 비율이다. 이런 현상은 임진왜란과 병자호란을 거치면서 조선 왕실이 사회적, 경제적으로 막대한 타격을 입은 후에 군사적으로 정비가 절실했던 당시 입장을 대변하는 서적 구입 경향이라고 할 수 있다.

결론적으로『內閣訪書錄』의 각 類門에 수록된 서적을『浙江採集遺書總錄』의 수록 상황과 비교함으로써 당시 조선 왕실의 서적 수입 경향을 총체적으로 규명할 수 있을 것이다. 이로 볼 때『浙江採集遺書總錄』이라는 중국고서에 대한 연구는 19세기 조선 왕실의 학문적 경향을 살펴보는 하나의 창구가 된다는 점을 알 수 있다. 이 점이 바로 장서각에 소장된 중국고서가 한국학 연구에 있어 적지 않은 가치를 갖고 있음을 설명하는 것이다.

Ⅲ. 藏書閣 소장 중국본 고서 정리와 연구의 문제점

1. 인식 전환의 문제

상술한 바와 같이 적지 않은 장서각 소장 중국본 고서가 높은 문헌 가치를 가지고 있다. 문제는 현재까지 장서각 소장 중국본 고서에 대한 체계적인 정리와 연구가 진행되지 않고 있다는 점이다. 바꾸어 말하면 현재까지 장서각 소장 고서에 대한 정리와 연구는 대부분 한국본에 집중되어 왔다. 그 이유는 여러 측면에서 설명이 필요할 것이다. 다만 필자가 생각하기에 가장 중요한 원인은 대다수 연구자가 한국학(혹은 국학) 연구라는 개념과 장서각에 소장되어 있는 중국본 고서를 직접적으로 연결시키지 않고 있다는 점이다. 먼저『표준국어대사전』에서 국학의 사전적 의미를 살펴보자.

자기 나라의 고유한 역사, 언어, 풍속, 신앙, 제도, 예술 따위를 연구하는 학문. 국어학, 국문학, 민속학, 국사학 따위이다.

위에서 언급한 내용에서 가장 핵심은 '고유한'에 있을 것이다. 즉 국학 연구의 중심이 '고유한 것'이라는 사실에 방점이 찍힐 경우, 중국고서는 중국으로부터 유입된 외래문화로 한국학 연구의 토대 혹은 기초자료로 활용되기 어려울 것이다. 바로 이 점이 현재까지도 국내 소장 중국고서를 한국학 연구에 적극적으로 활용하지 않고 있는 근본 원인일 것이다. 그러나 근대 이전 동아시아 지역의 지식 유통에 이어서 중국 서적은 특수한 의미를 갖는다. 한국은 필요에 따라 장기적으로 중국으로부터 서적을 수입하여 그 내용을 자국의 문화에 적용, 발전시키면서 중국문화와 비교할 때 동질성과 이질성을 동시에 갖춘 문화를 형성, 발전시켜 왔다. 예를 들어 조선후기, 특히 18세기는 동아시아 차원의 세계질서에 거대한 변화가 일어난 시기였다. 이 기간 조선은 淸 및 일본과 활발한 문화 교류를 하였는데, 일본과의 교류에서 주로 우리가 우리의 선진 문화를 일본에 전파했다면, 청과의 교류는 乾隆帝 이후 전성기를 맞이한 청의 사상과 문물을 수용·흡수하여 우리 것으로 재창조하는 것이 중심을 이루었다. 요컨대 18세기 이후 조선 왕실은 중국과의 활발한 서적 교류와 소통을 매개로 낡은 것과 새로운 것이 충돌하면서 새로운 학문과 문화의 창달을 모색했다고 할 수 있다. 이러한 역사적 사실로 볼 때 한국에 유입된 중국고서는 국학 연구의 가장 근본이 되는 자료임을 부정할 수 없다.

千惠鳳은 일찍이 『藏書閣圖書中國版總目錄·藏書中國版目錄編纂委員會報告』(1974.12)에서 "中國版圖書는 周知하고 있는 바와 같이 韓國學을 연구함에 있어서 必要不可缺의 資料가 되는 것이다. 그것은 두말할 나위도 없이 韓國學의 태반이 본시 中國學을 흡수한 토대위에서 民族의 固有한 傳統과 地域的인 特徵을 구현하는 方向으로 獨特하게 創造·蓄積·發展되었기 때문이다. 따라서 우리 祖上들의 傳統

的인 얼 · 思想 · 學術 · 文化가 과연 무엇이며, 그 性格과 特徵이 도시
어떠한가를 천착하기 위해서는 마땅히 中國文獻을 섭렵하여 우리의 것
과 比較究明하여야만 그것이 비로소 闡明되고 浮刻되는 것이다."[19]라
고 한국학 연구에 있어 중국 문헌의 중요성을 강조하였다. 그러나 이미
몇십 년이 흐른 지금도 한국학 연구에 있어서 중국 문헌의 중요성은 인
지되고 있을지 모르지만, 장서각에 소장되어 있는 중국 문헌, 심지어는
국내에 소장되어 있는 중국 문헌에 대한 정리와 연구는 한국학 자료에
비해 매우 미흡한 현실이다.

그러므로 현재까지 장서각 소장 중국본 고서의 정리와 연구가 상당
히 부진한 근본적인 원인은 국학이라는 개념에 대한 연구자들의 인식
이 전환되지 않았기 때문이라고 생각된다.

2. 『藏書閣圖書中國版總目錄』의 諸問題

目錄은 본래 모든 학문의 기본이자 초학자들을 올바른 학문의 길로
인도하는 입문서의 성격을 지닌 것이다. 이런 까닭으로 한 고서 소장기
구가 편찬한 목록은 소장 고서의 가치를 파악할 수 있는 가장 기본적인
공구서이다.

그러나 장서각에서 1974년에 출판된 『藏書閣圖書中國版總目錄』에
서는 적지 않은 미비점 및 오류가 발견된다. 이는 직접적으로 장서각에
소장된 중국본 고서의 이용에 부정적인 영향을 미친다. 『藏書閣圖書中
國版總目錄』에서 발견되는 미비점과 오류의 형태를 저자표기 오류, 서
명표기 오류, 판본표기 未備, 기타표기 오류 등으로 나누어 그 내용을
개략적으로 살펴보면 아래와 같다.

---

19) 千惠鳳, 『藏書閣圖書中國版總目錄 · 藏書中國版目錄編纂委員會報告』, 33면.

1) 著者(生存時期)標記 誤謬

분류	서명	저자 표기	
		현재 표기	오류 수정
經部·禮類·通禮	黃太史參補古今大方詩經大全(1-103)	葉向高(淸)	葉向高(明)
史部·目錄類	書目答問(2-336)	淞隱閣編	張之洞(淸)編
史部·目錄類	豊順丁氏持靜齋書目(2-345)	元和江(淸)編	丁日昌(淸)編
史部·目錄類	海源閣藏書目(2-346)	元和江(淸)編	楊以增(淸)編
史部·紀事本末類	南疆繹史(2-90)	李瑤(淸)撰	溫睿臨(淸)撰, 李瑤(淸)勘定並撰拾遺
子部·醫家類	重修政和經史證類備用本草(3-82)	曹孝忠(宋)等奉勅校勘	唐愼微(宋)撰, 寇宗奭(宋)衍義
子部·藝術類·書藝	寶賢堂集古法帖(3-129)	奇源(明)	朱奇源(明)
子部·雜家類·雜考	弇州山人讀書後(3-194)	朴世貞(明)撰	王世貞(明)撰
子部·雜家類·雜編	戴氏叢書(3-243)	段氏栽(淸)著	段玉栽(淸)著
子部·雜家類·雜編	隨園三十種(3-255)	錢唐袁(淸)編輯	袁枚(淸)編輯
子部·類書類	圖書編 (3-282)	章漢(明)甫編	章潢(明)編
集部·別集類	東坡先生詩集註(4-82)	蘇瞻(宋)著	蘇軾(宋)著
集部·別集類	復初齋文集(4-110)	復初齋(淸)撰	錢兼益(淸)撰
集部·別集類	李氏焚餘(4-166)	撰者未詳	李贄(明)撰
集部·詩文評類	帶經堂詩話(4-205)	張宗柟(淸)編	王士禎(淸)撰, 張宗柟(淸)編

2) 書名標記 誤謬

분류	저자	서명 표기	
		현재 표기	오류 수정
經部·書類	蔡沈(宋)編, 鄒季友(宋)音釋	書卷(1-83)	書集傳(1-83)
經部·禮類·通禮	葉向高(明)	黃太史參補古今大方詩經大全(1-103)	葉太史參補古今大方詩經大全(1-103)
子部·雜家類·雜編	金簡(淸)	欽定武英殿聚珍版程式(3-276)	欽定武英殿聚珍版叢書(3-276)
子部·類書類	陰時夫(元)編輯, 陰中夫(元)編註	韻存群玉(3-310)	韻府群玉(3-310)
集部·別集類	錢謙益(淸), 錢曾(淸)箋註	收齋有學集詩註(4-99)	牧齋有學集詩註(4-99)

3) 版本標記 未備

『藏書閣圖書中國版總目錄』은 한 고서의 판본 감별의 기준을 '책에 표시된 干支紀年에 의해 정한 것', '刊行年을 序·跋年에 의하여 정한 것', '刊行年을 推定한 경우', '刊行年이 未詳인 경우는 可能한 限 그 年代를 넓게 推定한 경우' 등으로 세분하고 있다.[20] 최초 목록 편찬자들의 세심한 고려와 목록 편찬에 대한 전문지식이 돋보이는 부분이다. 다만 판본 표기를 함에 있어 '책에 표시된 干支紀年에 의해 정한 것'은 소수이고 대다수가 나머지 근거에 따라 표시함으로써 판본 표기에 있어 정확한 사항을 표시하지 못하는 경우가 종종 나타난다. 예를 들어 經部·小學類·韻書에 수록되어 있는 顧炎武의 『音學五書』(1-259; 1-265)의 간행 사항에 대해 편찬자들은 책 안의 序文「崇禎癸未(1643)易月之朔石倉居士曹學佺書」에 근거해「明, 崇禎 6(1633)序」로 표기하

---

20) 『藏書閣圖書中國版總目錄』, 4-5면.

고 있다. 그러나『音學五書』의 간행은 (淸)康熙六年(1667) 이후로 진행되었다. 즉『音學五書』는 明末에 撰하였으나 그 후에 여러 번의 수정작업을 거치면서 실제적으로는 康熙六年(1667) 이후에야 간행이 시작되었다는 의미이다.[21]『藏書閣圖書中國版總目錄』의 내용 가운데 판본표기 부분에서 수정할 부분이 발견되는 고서의 예를 몇 가지 들어보면아래와 같다.

분류	서명	판본 표기	
		현재 표기	수정 내용
經部·易類	易經蒙引 (1-26)	明, 嘉靖8(1529)序	明末敦古齋刻本
經部·小學 類·字書	六書精蘊 (1-243)	明, 嘉靖19(1540)跋	明嘉靖庚子(十九年)魏希明刊本
史部·別史類	重訂路史 (2-110)	明末(1600-1630)	明仁和吳弘基重訂本
史部·雜史類	弇州史料 (2-111)	明朝年間	明萬曆間刊本
子部·術數類	陰陽五要奇書 (3-101)	淸, 乾隆55(1790)	淸乾隆庚戌(1790)重刊本

『藏書閣圖書中國版總目錄』의 판본 기술 부분에서 다소 문제가 발생하는 이유는 많은 경우 '刊行年을 序·跋年에 의하여 정한 것'이라는 기준에 따라 판본 감별을 하였기 때문이다. 즉 이런 경우 정확한 간행년도를 고찰하는데 한계가 있으므로 향후 국내외에 출판된 解題와 국외에 소장되어 있는 동일 판본의 간행년도를 비교하면서 장서각 소장중국본 고서에 대한 실사작업이 진행되어야 한다.

---

21) 『音學五書』의 版本問題에 대해서는 張民權,「符山堂刻本『音學五書』版本問題考釋」,『文獻』, 2004年10月第4期, 161-168면을 참조할 것.

4) 기타 표기 誤謬

분류	서명	현재	오류수정	비고
經部 · 小學類 · 字書	六書精蘊 (1-243)	5行1字	5行 10字	版式 표기 오류
史部 · 傳記類	宋元學案 (3-144)	宋元學案 (3-144)	宋元學案 (2-144)	一連番號 표기 오기
史部 · 雜史類	弇州史料 (3-111)	弇州史料 (3-111)	弇州史料 (2-111)	一連番號 표기 오기
子部 · 雜纂	昨菲菴日纂 (3-230)	崇德8(1643)序	崇禎8(1643)序	간행년도 오기
集部 · 總集類	『文選』(1-20)	『文選』(1-20)	『文選』(4-20)	一連番號 표기 오기

결론적으로 현재 『藏書閣圖書中國版總目錄』의 내용은 적지 않은 곳에서 오류 및 미비점이 발견된다. 이 점은 장서각 소장 중국본 고서를 이용하려는 연구자들에게 정확한 내용을 제공하지 못한다는 점에서 심각한 문제가 아니라고 할 수 없다.

IV. 향후 장서각 소장 중국본 고서 정리방안

1. 目錄 編纂

상술한 바와 같이 1974년 출판된 『藏書閣圖書中國版總目錄』에는 적지 않은 오류가 존재한다. 그러므로 가능한 빠른 시일 안에 수정판 목록을 편찬할 필요가 있다. 이 작업을 위해 우선적으로 소장 중국본 고서에 대한 재실사 작업이 이루어져야 할 것이다. 물론 이를 위해서는 한국학 중앙연구원 차원에서의 실사 계획이 마련되는 것이 가장 바람직할 것이다.

목록의 편찬에 있어 가장 중요한 것은 실사를 통해 상술한 오류를 수정하고 정확한 내용을 수록하는 것이다. 이외에 목록의 완정성을 도모하기 위해 필자는 기본적으로 두 가지를 제언하고자 한다.

첫째, 필자는『藏書閣圖書中國版總目錄』을 수정, 편찬할 경우 장서각에 소장되어 있는 한국본 중국고서도 새로 편찬할 목록에 포함시킬 필요가 있다고 생각한다. 현재 국내에서 편집, 출판되는 고서목록의 체례에 따르면 고려나 조선에서 인출된 중국고서는 한국본 목록에 수록하는 것이 일반적이다. 반대로 조선인의 저작이라도 중국에서 간행되면 중국본 목록에 수록하고 있다.『藏書閣圖書中國版總目錄』에도 중국본 조선 문인의 문집이 수록되어 있다. 바로 新鉛活字版으로 중국에서 간행된 申緯의 시집인『申紫霞詩集』(4-137)이다. 이런 분류 방식은 기존의 국내 고서목록이 갖는 하나의 常例로서 충분한 타당성이 있다. 그러나 중국이나 대만의 고서 소장목록에서는 필요한 경우 한 서적의 간행 지역을 불문하고 저자가 중국인인 경우 하나의 목록에 수록함으로써 해당 저작에 대한 판본이 중국 이외의 지역에서도 간행되었는지의 여부를 파악할 수 있도록 하고 있다. 대표적인 예가 대만에서 출판된『臺灣公藏善本書目書名索引』,『國立中央圖書館善本書目增訂本』등이다.

그렇다면 한국본 중국고서는 한국본 고서목록에 수록하는 것이 옳은가? 아니면 중국본 고서목록에 수록하는 것이 옳은가? 판본의 지역성을 중시하는 입장에서는 볼 때 한국본 중국고서는 한국본 고서목록에 수록하는 것이 옳다고 할 수 있다. 그러나 이 경우 하나의 중국고서가 한국에 전파된 후의 간행 여부는 알 수 있지만 해당 중국고서의 중국 판본 가운데 한국에 소장되어 있는 것은 무엇인지는 목록을 통해 알 수가 없다. 이 점에서 필자는『藏書閣圖書中國版總目錄』이라는 기존의 서명을『藏書閣所藏中國古書總目錄』으로 수정하고 장서각에 소장된 중국본과 한국본 중국고서(저자가 중국인인 저술)를 모두 수록하는 것이 더 효율적인 방법이라고 생각한다. 이를 통해 연구자들은 현재 장서각에 소장되어 있는 중국고서는 무엇이며 그 가운데 한국에서 간행된 서적은 무엇인지를 목록을 통해 일목요연하게 파악할 수 있을 것이다. 이는 향후 한중 서적교류사라는 중요한 과제를 연구하는 데 큰 도움이 되리라 생각한다.

둘째, 『藏書閣圖書中國版總目錄』에서 사용하고 있는 분류법의 문제이다. 『藏書閣圖書中國版總目錄』에서 사용하고 있는 분류법에 대해 「凡例」에서는 四部分類法을 기준으로 하면서 중국의 대표적인 목록서인 『四庫全書總目』의 분류법을 참고하고 동시에 장서의 量에 따라 적절한 수정이 있었음을 설명하고 있다.[22] 이런 까닭으로 그 분류법을 살펴보면 중국의 사부분류법과는 다소 차이가 있음을 발견할 수 있다. 예를 들어 經部의 처음에 등장하는 「總經類」는 『四庫全書總目』의 「五經總義類」에 해당하며 「孝經」과 「四書」의 사이에 위치한다. 또한 集部의 「尺牘類」는 『四庫全書總目』에는 나타나지 않는 類目이며 특히 집부에 위치하지 않고 있다. 또한 「小說類」도 『四庫全書總目』에서는 子部에 위치하고 있다. 『藏書閣圖書中國版總目錄』에서 「尺牘類」나 「小說類」를 집부에 위치시킨 것은 현대적인 분류 개념으로 볼 때는 타당하다고 생각된다. 다만 『藏書閣圖書中國版總目錄』의 분류 방법을 자세히 살펴보면 약간의 모순점이 발견된다. 그 대표적인 예가 叢書를 어떤 類目에 배치하는가의 문제이다.

『藏書閣圖書中國版總目錄』의 經部・總經類에는 叢書인 『通志堂經解』(1-12) 1802卷 480冊이 수록되어 있다. 내용적으로 볼 때 『通志堂

---

22) 『藏書閣圖書中國版總目錄』, 「凡例」, 3면.

『經解』에 수록되어 있는 서적들은 모두 經部에 속하는 것이므로『通志堂經解』가 총경류에 수록된 것은 타당하다고 볼 수 있다. 문제는『藏書閣圖書中國版總目錄』은『通志堂經解』에 수록되어 있는 개별 경부 저작들에 대해서는 類門을 달리하여 별도로 수록하고 있다는 점이다. 예를 들어 經部·易類에 수록되어 있는『大易緝說』(1-16),『童溪王先生易傳』(1-17),『東谷鄭先生易翼傳』(1-18),『丙子學易編』(1-20),『復齋易說』(1-21),『三易備遺』(1-22),『水村易鏡』(1-23),『易裨傳』(1-29),『易小傳』(1-30),『易數鉤隱圖』(1-31),『易雅』(1-32),『易學啓蒙通釋』(1-34),『紫巖居士易傳』(1-36),『周易玩辭』(1-48),『周易義海撮要』(1-52),『周易輯聞』(1-57),『漢上易傳』(1-66),『晦庵先生朱文公易說』(1-68),『橫渠先生易說』(1-69) 등은 모두『通志堂經解』라는 叢書에 수록되어 있는 역학 저술이다. 그렇다면『藏書閣圖書中國版總目錄』은『通志堂經解』라는 서적을 필요에 따라 총경류 또는 經部·易類로 이중 분류하고 있는 것이다.『藏書閣圖書中國版總目錄』은 비록「凡例」에서 "二個處에 分類할 수 있는 主題는 그 中 한 곳에 모으고, 다른 곳에서는 必要에 따라 分類參照를 내주었다."[23]라고 한 서적이 이중으로 분류될 수 있다는 여지를 두고 있지만,『通志堂經解』의 경우에는 분류 참조에 대한 설명도 없다. 한 가지 더 문제가 되는 것은『通志堂經解』를 제외한 기타 총서는 子部·雜家類·雜編으로 분류하고 있다는 점이다. 이 점은 내용적인 면에서『通志堂經解』에 수록된 저서가 모두 경부에 속하고 기타 총서에 수록된 저서들은 經·史·子·集의 내용이 혼재되어 있기 때문일 것이다. 그렇다면『通志堂經解』에 수록된 개별 저작을 經部·易類로 분류하였듯이 기타 총서에 수록된 개별 저작들도 성격에 맞추어 분리하

---

23) 『藏書閣圖書中國版總目錄』,「凡例」, 3면.

여 처리해야 체례에서 일관성을 갖게 되는 것이다. 그러나 사실상 『藏書閣圖書中國版總目錄』은 子部·雜家類·雜編에 수록하고 있는 총서에 대해서는 총서 자체의 성격에만 초점을 맞추고 있으며 수록하고 있는 개별 서적에 대해서는 『通志堂經解』와 같은 처리를 하지 않고 있다.

상술한 상황이 발생하는 근본 원인은 『藏書閣圖書中國版總目錄』에 「叢書部(類)」가 없기 때문이다. 결론적으로 향후 『藏書閣圖書中國版總目錄』을 수정할 때 분류법에 「叢書類」 혹은 「叢書部」를 배치하여 『通志堂經解』와 子部·雜家類·雜編에 수록된 총서를 모두 수록하고 각 총서의 子目을 나열하여 기술한다면 상술한 모순점을 해결할 수 있을 것이다. 즉 목록에 수록하는 서적의 내용과 목록의 체례를 동시에 고려할 수 있을 것이므로 목록으로서의 기능을 좀 더 명확히 할 수 있을 것이다. 특히 소장목록에 「叢書部」를 배치하는 것이 현재 고서 소장목록의 일반적인 체례라는 점에서 더욱 고려할 만하다.

셋째, 『藏書閣圖書中國版總目錄』 수록 고서의 배열순서 문제이다. 『藏書閣圖書中國版總目錄』은 고서를 수록할 때 書名의 한글자모(가나다) 순으로 배열을 하고 있다. 이런 까닭으로 같은 책이 서명의 다름으로 인해 분리되어 수록되어 있다. 예를 들어 經部·小學類·韻書에 수록되어 있는 『顧氏音學五書』(1-259)와 『音學五書』(1-265)는 같은 책이지만 서명이 다른 까닭으로 선후로 나란히 배열되지 못하고 있다. 또한 集部·總集類에 수록되어 있는 『文選』(4-20), 『昭明文選』(4-26)과 『梁昭明文選』(4-32) 등 세 부는 동일한 서적이지만 한글 자모의 순서에 따라 배열함으로써 연이어 수록되지 못하고 있다. 『諸葛忠武全書』(4-171)와 『忠武侯諸葛孔明先生全集』(4-185) 역시 同治元年(1862)刊本으로 동일 판본이지만 서명이 달라 분리되어 수록되고 있다. 이 점은 향후 새로운 목록을 편찬할 경우 수정해야 할 부분으로 여겨진다.

2. 古書 解題

일반적으로 고서 정리에 있어 목록 작업에 뒤이어 진행되는 것은 고서 해제 작업이다. 사실상 고서 해제는 한 고서의 저자, 편찬경위, 내용과 체례, 판본과 문헌가치 등을 총괄하는 매우 중요한 글쓰기 방식이다. 특히 중요한 점은 고서 해제의 유무가 소장 고서와 관련된 연구의 진행과 적지 않은 연관성을 갖고 있다는 것이다.[24) 그러나 아쉽게도 현재까지 장서각 소장 중국본 중국고서에 대한 해제 작업은 거의 이루어지지 않고 있다. 그러므로 실사를 통해 『藏書閣圖書中國版總目錄』의 수정 작업이 완료된 후에는 장서각 소장 중국본 고서의 해제 작업이 진행되어야 한다. 가장 중요한 것은 해제 내용의 多寡를 불문하고 핵심적인 내용이 포함된 해제 작업이 진행되어야 한다는 점이다. 소위 해제의 핵심 사항은 적어도 아래와 같은 내용이 필수적으로 포함되어 있어야 한다.

	항목	주요 내용
1	서지사항	版式, 刻工, 藏書印, 牌記
2	저자소개	저자의 생애와 주요 학술활동
3	체례와 내용	해당 고서의 체례와 핵심 내용
4	판본소개	현존 제 판본과의 비교
5	문헌가치	판본 가치, 내용 가치, 한중 서적교류사적 가치
6	국내외 소장 현황	세계 여러 소장기구의 소장 현황

---

24) 국내 중국고서 정리와 해제작업의 관계 및 필요성에 관한 논의는 김호, 「한국 소장 중국고서 정리와 연구에 관한 序說 — 고서 해제를 중심으로」, 『중국어문학논집』 71호, 2011.12, 485-506면을 참조할 것.

상술한 기준에 따라 장서각에 소장되어 있는 『易經蒙引』(1-26)의 해제를 간략히 작성하여 보면 아래와 같다.[25]

1) 서지사항

서명/저자사항: 易經蒙引/ 蔡 淸(明) 著; 宋喜公 重訂

간행사항: 明末敦古齋刻本

형태사항: 線裝 24卷13冊: 四周雙邊, 半郭 20.6×11.3 cm, 有界, 半葉 9行25字, 註雙行, 上黑魚尾; 24×13.1 cm

裡題: 蔡虛齋先生易經蒙引

序: 嘉靖八年(1529)九月二十九日本部尙書李等具題十月初一奉

紙質: 唐紙

藏書印: 淺見藏書, 舊宮, 李王家圖書之章 外1種

2) 저자소개

蔡淸(1453-1508)은 字가 介夫, 號는 虛齋이며 晉江人이다. 明成化二十年(1484) 그의 나이 31살에 進士가 되었다. 벼슬은 禮部祠祭員外郎, 江西提學副使, 南京國子監祭酒에 이르렀다. 평생 六經, 諸子書와 史書 등을 힘써 배웠고 특히 程顥, 程頤, 朱熹 등 宋代理學家의 저작에 대해 깊이 있는 연구를 하였다. 어려서는 朱玭를 따라 배웠고 특히 『易』에 뛰어났다. 그는 일찍이 晉江의 泉州 開元寺에서 結社하여 『易』을 연구하였는데 李廷機, 張岳, 林希元, 陳琛 등 28명의 당시 저명 학자들이 모두 그 구성원이었다. 이런 까닭으로 당시 『易』을 연구하는

---

25) 『易經蒙引』에 대한 해제는 김호, 「尊經閣所藏中國古書解題(4) -『重訂蔡虛齋先生易經蒙引』-」(『중국어문논역총간』 제26집, 646-654면)의 내용을 수정, 정리한 것이다.

학자들이 모두 이들을 존숭하였고 특히 채청의 학설은 깊은 경지에 이르렀다는 평가를 받기에 이른다. 이런 까닭으로 그의 학문적 영향력은 점차 전국적인 범위로 확대되어 명대 理學의 대표 인물로 자리매김한다. 특히 채청의 학문은 주로 주희의 학설을 계승하였다. 예를 들어 그의『四書蒙引』은 주희『四書集注』의 학설을 옹호하면서 이를 더욱 발전시켰는데, 이는 明, 淸시기 주희의『四書集注』가 과거시험의 표준답안으로 자리 잡는 데 적지 않은 영향을 미쳤다.

주목할 것은 채청이 비록 주희의 理學을 계승하였으나 그 학설이 주희 학설에 대한 무조건적 수용에서 벗어나 자신의 독자적인 세계를 형성하였다는 것이다. 예를 들어 주희는 理와 氣의 관계에 있어서 理先氣後의 관점을 견지했다. 이에 비해 채청은「천하가 모두 기(六合皆氣)」라는 관점을 제기하면서 氣先理後의 관점을 제시했다.

채청의 대부분의 저작은 六經의 본뜻을 밝히는 것으로『四書蒙引』,『易經蒙引』,『河洛私見』,『虛齋文集』등이 있다. 그의 생평 사적은『明史·儒林傳』에 보인다.

3) 편찬 목적과 체례 및 내용

『역경몽인』의 편찬과 간행은 채청의 아들인 蔡存遠이 부친의 필생의 정력이『역경몽인』에 있음을 밝히고, 다만 불행히도 부친이 황제에게 책을 獻呈하지 못하고 세상을 떠났음을 아쉬워하며[26]『역경몽인』을 조정에 進獻함으로써 이루어졌다. 蔡存遠은『역경몽인』의 成書 過程에 대해서 "끊임없이 자료를 수집하고 여러 학설을 수록하여 그 결과가 쌓여 책을 만들고『蒙引』이라 이름 짓고 상자에 넣어 보관하면서 좋은 때

---

26)　「奏刊易經蒙引勘合」:「臣痛念父淸平生精力盡於此書, 不幸謝世, 未及獻呈.」

를 기다렸다(手不停披, 迄裁衆說, 積有成編, 僭名『蒙引』. 向惟藏之篋笥, 若有待於明時)."라고 술회한다. 뒤 이어 "신은 이에 홀로 遺書를 품에 안고 사람들에게 알려지지 않고 사라짐을 견딜 수 없어 외람되게도 진헌하여 장차 후대에 믿음을 구하고자 합니다(臣廼獨抱遺書, 不忍湮沒於無聞, 冒昧來獻, 將使徵信於後代)."라고 간행의 목적을 역설한다. 사실상 蔡存遠은 채청의 『역경몽인』을 가정제에게 進呈한 것 이외에도 이 책이 內閣에 소장되어 당시 『易』이라는 경전해석의 모범으로써 비치되고, 더 나아가서는 예부에 『역경몽인』을 보내어 이 책으로 천하 학자들이 학문의 길을 시작할 수 있기를 희망했다.[27] 이에 가정제는 채존원이 進呈한 『역경몽인』 正本26책과 副本26책 가운데 정본은 스스로가 남겨두고 부본을 예부로 보내 『역경몽인』의 간행을 특별히 명한다. 『易經蒙引』의 각권의 內容과 編次를 살펴보면 아래와 같다.

卷數	내용	
	十二卷本	二十四卷本
	重刻易經蒙引敘(同安次崖林希元敍)	
	凡例三則(武林讀易人鄭士翔以寧氏吿)	
	奏刊易經蒙引勘合	
卷一	周易上經	
卷二	周易上經	卷1-9
卷三	周易上經	
卷四	周易上經	

---

27) 「奏刊易經蒙引勘合」: "伏望陛下渙發德音, 俯賜收納貯之內閣, 以備昭代專經之說. 頒之禮部, 以開天下諸生之學."

卷數	내용	
卷五	周易下經	
卷六	周易下經	卷10-18
卷七	周易下經	
卷八	周易下經	
卷九	繫辭上傳(第一章-第五章)	卷19-20
卷十	繫辭上傳(第六章-第十二章)	
卷十一	繫辭下傳	卷21-22
卷十二	說卦傳(第一章-第十一章)	卷23
	序卦傳 雜卦傳	卷24

　　十二卷本과 二十四卷本과의 비교를 통해 두 판본의 編次의 차이를 개략적으로 파악할 수 있다. 『易經蒙引』은 본래 주희의 『周易本義』의 뜻을 상세히 밝히기 위한 서적이다. 다만 채청의 견해가 항상 주희의 학설과 일치하지는 않는다는 것은 주의할 점이다. 『易經蒙引』이 갖는 내용상의 특징은 당시 많은 『易』學 관련 저작들이 나름대로 독특한 견해를 자랑했지만 결과적으로 근본을 잃어버렸다고 평가되는 반면에 유독 『易經蒙引』은 세밀한 분석과 여러 학설을 광범위하게 인용하여 논지의 증거를 삼았다.[28]

4) 판본 사항 및 국내외 소장 현황

　　현존하는 『易經蒙引』의 판본은 크게 十二卷 계통과 二十四卷 계통으로 구분된다. 그 가운데 十二卷 계통은 「明萬曆三十八年刻本」, 「明林希元重刻本」, 「宋兆璘重訂明末刻本」 등이 현존하고, 二十四卷 계통

---

28) 「凡例三則」: "細加剖析, 雜以引證, 不負先賢苦心, 註疏家所僅耳, 識者辯之."

으로「明末敦古齋刻本」,「明末刻本(葛寅亮評)」등이 전해진다.

장서각에 소장되어 있는『易經蒙引』은 二十四卷 계통인「明末敦古齋刻本」이다. 국내 기타 고서 소장기구에는 장서각 소장본과 동일한 판본은 소장되어 있지 않다. 다만 전남대학교 도서관에 日本寬文九年己酉(1669)刊本『易經蒙引』二十四卷이 소장되어 있다.[29] 이외에 성균관대학교 존경각에 十二卷 계통인「宋兆綸重訂明末刻本」이 소장되어 있다.[30]

다음으로 국외의 소장 현황을 살펴보면 臺灣에는 장서각 소장본과 같은 판본은 소장되어 있지 않다. 중국에는 華東師範大學圖書館에 장서각 소장본과 동일한 明末敦古齋刻本『易經蒙引』二十四卷이 소장되어 있다.[31] 이외에 일본지역에는 內閣文庫, 尊經閣文庫, 廣島市立淺野圖書館에 그리고 미국의 하버드대학 燕京圖書館에도 동일 판본이 소장되어 있다.[32]

5) 문헌 가치

첫째, 명대 사상사는 명대 후기 陽明學의 흥성 전에는 程朱理學의 독존시대라고 해도 과언은 아니다. 이런 까닭으로 역학에 있어서도 명

---

29) 청구기호: 1B2-역14ㅊj. 서지사항을 살펴보면 24卷12冊, 四周單邊, 半郭20.6cm×14.2cm, 無界, 半葉10行25字, 註雙行, 花口, 上下向黑魚尾이다. 책 가운데「寬文九己酉歲九月吉辰野田庄右衛門開板」이라는 刊記가 있으며, 口訣略號懸吐本이다.

30) 청구기호: 貴 A02-0008. 서지사항을 살펴보면 12卷12冊, 四周單邊, 半郭21.2cm×11.6cm, 有界. 半葉9行26字. 大黑口, 下向黑魚尾. 竹紙 이다.

31) 中國古籍善本書目編輯委員會編,『中國古籍善本書目·經部』, 上海古籍出版社, 1989, 易類, 65~66면.

32) 沈津,『美國哈佛大學哈佛燕京圖書館中文善本書志』, 上海辭書出版社, 1992. 13면.

초에서부터 명 중기까지 송대 의리 역학의 영향을 받은 저작들이 많이 나타난다. 채청의『易經蒙引』도 그런 의리 역학 저작 가운데 하나이다. 그러나 기타 의리 역학 저작들이 내용적으로 空疏하고 새로운 학설을 제기하지 못한데 비해『易經蒙引』은 비교적 가치가 있다고 인정되는 저서로, 명대 중기이후의 역학 발전에 상당한 영향을 끼쳤다. 崔銑의『讀易餘言』, 熊過의『周易象旨決錄』, 林希元의『易經存疑』, 陳琛의『易經淺說』등은『易經蒙引』의 학설을 인용, 계승하거나 그 영향을 받은 저작들이다. 예를 들어『四庫全書總目』은 林希元의『易經存疑』을 가리켜 "그 경전해석 방법은 주희의『(周易)本義』를 위주로 하지만 많은 부분 채청의『(易經)蒙引』을 인용하였다. 그런 까닭으로 楊時喬의『周易古今文』에서『易經存疑』가『易經蒙引』을 계승한 것으로 약간이 異同이 있을 뿐이다(其解經一以朱子『本義』爲主, 多引用蔡淸『蒙引』. 故楊時喬『周易古今文』謂其繼『蒙引』而作, 微有異同)."[33]라고 지적하고 있다.

내용적으로 채청의『易經蒙引』은 卦名, 卦辭, 爻辭의 해석에 있어 주자가『易』의「本義」를 중시한 방법을 계승하여 주희의『周易本義』의 해석에 대해 긍정적인 입장을 견지하였다. 다만 주자의 견해가 정밀하나 간단한 까닭으로 채청의 재해석을 통하여 관련 내용의 의미나 내용이 더욱 풍부하게 되었다. 이런 까닭으로『四庫全書總目』은 "주자는 程頤『易傳』을 완전히 따르지 않았으나, 정이『易傳』의 뜻을 능히 밝힐 수 있는 학자는 주자만한 사람이 없다. (채)청은『周易本義』를 완전히 따르지 않았으나,『周易本義』의 뜻을 능히 밝힐 수 있는 학자는 (채)청만한 이가 없다(朱子不全從程『傳』, 而能發明程『傳』者莫若朱子; 淸不全從『本義』, 而能

---

33) 『四庫全書總目』,「經部·易類五」, 132면.

發明『本義』者莫若淸)."[34]라고 높은 평가를 내리고 있다.

둘째, 채청은 저명한 명대의 理學家로서 조선 후기 문인, 학자들의 저작에 종종 언급되어진다. 예를 들어 李裕元은『林下筆記』제7권「近悅編」(『明儒學案』에서 관련 내용을 간추려 뽑은 것)에서 채청의 학문을 소개하고 있다. 또한 李圭景의『五洲衍文長箋散稿·經史編』에서는『大學』古本說과 관련된 채청의 학설을 소개하고 있으며, 張顯光의『旅軒集·續集』第5卷「雜著·錄疑竢質」에서도『大學』원문의 順次에 관한 채청의 견해를 수록하고 있다. 특히 正祖는『弘齋全書』여러 곳에서 채청의 학문을 소개하고 있는데, 그 가운데「經史講義」에서는「繫辭傳上第十章」,「繫辭傳下第五章」,「蒙卦」등『易』과 관련된 채청의 견해로 신하들과 문답한다. 이로 볼 때 채청의『易經蒙引』은 조선 중기 이후 조선 학계와 일정한 연결점을 찾을 수 있다는 점에서 학술적 의미를 찾을 수 있다고 생각한다.

3. 其他

먼저, 장서각 소장 중국본 고서에 대한 실사를 거쳐 국내외에서 稀貴하거나 학술적 가치가 높은 것들을 선별하여 출판할 필요가 있다. 앞에서 예로 든 元板本『書卷』(1-83)과『廣韻』(1-261) 그리고 明萬曆積善堂刊本『新刊補訂簡明河洛理數』(3-99) 등은 출판한다면 관련 연구자들의 연구에 적지 않은 도움을 줄 수 있을 것이다. 현재까지 장서각 소장 자료 가운데 일반연구자를 위해 출판된 경우는 적지 않다. 다만 절대 다수가 한국 고서인 점을 고려할 때 향후 장서각 소장 고서의 학술적 이용을 더욱 제고하기 위해서 중국본 고서의 출판은 매우 필요하면

---

34) 『四庫全書總目』,「經部·易類五」, 130면.

서도 시의적절한 사업이라고 생각한다.

마지막으로 말하고 싶은 것은 장서각 고서 이용의 효용성에 대한 제언이다. 고서의 온전한 보존을 위해 적절한 이용 제한은 당연한 것이며 또한 필수불가결한 것이다. 그러나 적어도 전문적으로 장서각 고서를 연구하고자 하는 연구자들에게 고서원본의 이용을 제한하는 것은 적절치 않다고 본다. 물론 장서각 소장 고서는 마이크로필름으로 제작되어 연구자에게 제공되고 있다. 그러나 고서를 연구하는 연구자들은 마이크로필름뿐만 아니라 원본을 열람할 필요성이 있다. 이런 의미에서 일정한 심사 혹은 신청을 거쳐 일반 연구자들이 원본을 열람할 수 있는 제도적인 장치가 마련되었으면 한다. 이런 과정을 통해 장서각 소장 중국고서를 골동품 취급하여 서고에만 보관하는 것이 아니라 일반 연구자들과 소통하는 길을 만드는 것은 어떨지 생각해 본다.

V. 나오는 말

이상의 논의를 통해서 본문은 아래와 같은 몇 가지 결론을 얻었다.

첫째, 장서각 소장 중국본 고서 가운데는 元刊本을 비롯한 문헌가치가 높은 고서가 다수 소장되어 있다. 그러므로 향후 장서각 소장 중국본 고서는 정리·연구할 충분한 가치가 있다고 생각한다.

둘째, 그러나 현재 장서각에 소장되어 있는 중국본 고서의 정리 현황은 적지 않은 문제점을 안고 있다. 특히 장서각 소장 중국본 고서의 내용을 기본적으로 파악할 수 있는 『藏書閣圖書中國版總目錄』의 내용이 많은 부분 오류를 범하고 있다는 점은 심각한 문제가 아니라 할 수 없다.

셋째, 이런 까닭으로 향후 장서각 소장 중국본 고서를 정리, 연구하기 위해서는 먼저 정밀한 실사를 통해 『藏書閣圖書中國版總目錄』의 내용을 수정, 보완한 새로운 목록을 편찬, 간행해야 한다. 그 후에 소장 중국본 고서에 대해 일정한 체례를 갖춘 解題集을 쓰는 작업이 뒤를 이어야 할 것이다. 그리고 이를 통해 장서각 소장 중국본 가운데 가치 있는 것을 선별하여 출판하는 작업이 이루어져야 할 것이다.

한국학 중앙연구원 藏書閣 所藏
『新刊補訂簡明河洛理數』의 文獻價値

I. 들어가는 말

현재 한국학 중앙연구원 藏書閣에는 『新刊補訂簡明河洛理數』한 부가 소장되어 있다(청구기호: C3-99). 이 고서는 (宋)陳搏이 짓고 후인인 (宋)邵雍이 述한 것으로 明萬曆24年(1596)에 木版으로 刻한 版本이다. 표제는 「河洛理數」이고 7卷8冊으로 책의 일부분에 揷圖가 수록되어 있다. 四周單邊, 半郭 19.6×12.4 cm, 烏絲欄, 半葉 14行28字, 註雙行, 上黑魚尾의 서지 형태를 갖추고 있다. 「萬曆丙申(1596)春月之吉書林陳氏積善堂梓」, 「萬曆丙申(1596)春月繡梓」 등의 刊記가 있어 출판년도를 정확히 알 수 있다. 紙質는 綿紙이며 「李王家圖書之章」이라는 藏書印이 보인다. 이 고서를 실사한 결과 상술한 서지사항에는 오류가 없다.[1]

국내에는 『周易』연구의 일환으로 '河洛理數'라는 중요 개념에 대해

---

[1] 다만 한국한중앙연구원 인터넷 홈페이지를 검색한 결과 서명 부분에 약간의 오류가 발견된다. 즉 『新刊補訂簡明河洛理數』를 『新刊補訂簡明河烙理數』로 잘못 표기하고 있다.

조선시대 학자들이 관심을 갖은 이래로[2] 현재까지 약간의 연구가 진행된 상태이다.[3] 하지만 아쉽게도 현재까지 장서각 소장본 萬曆丙申陳氏積善堂刊本에 대한 관련 연구나 해제 작업은 전혀 이루어지지 않은 상태이다.

본 문은 상술한 연구 현황을 고려하여 문헌학적 관점에서 藏書閣 소장본 萬曆丙申陳氏積善堂刊本『新刊補訂簡明河洛理數』의 저자, 체례와 내용, 판본문제 등을 살펴보고 중국 역대장서목록과 현재 국내외 도서관에 이 고서가 소장되어 있는지에 대한 조사를 바탕으로 하여 이 고서에 대한 문헌가치를 구체적으로 고찰하고자 한다.

Ⅱ. 저자와 편찬 경위

1. 著者

장서각 소장본 萬曆丙申陳氏積善堂刊本(아래에서는 積善堂刊本으로 약칭한다)『新刊補訂簡明河洛理數』는 『周易』연구사에 있어 宋代 圖書象數學派의 祖宗이자, 宋代 역학사의 始原으로 여겨지는 陳摶이 짓고, 역시 송대 역학사에 있어 가장 주목할 만한 족적을 남긴 邵雍이 전수받아 述한 것이다. 그리고 明代 黃一杰이 補輯하고 陳孫安이 간행한 것이다. 먼저 진단과 소옹의 간략한 생평과 中國易學史에 있어서 그들의

---

2) 이 방면의 예로는 (朝鮮)鄭赫臣『河洛理數變化出入說』,『韓國易學大系》27, 서울, 韓美文化社, 1998을 들 수 있다.

3) 예를 들면『河洛理數 : 주역의 활용』,『大有學堂學術叢書』9, 서울, 大有學堂, 1997 ; 邵康節지음, 李千敎譯『(周易占大家 邵康節先生의) 河洛理數說』, 서울, 가림출판사, 1997: 임병학『易學과 河圖洛書』, 서울, 한국학술정보, 2008 등이 있다. 이 외에 김병조『河洛理數 數論에 관한 고찰』, 공주대학교 역리학과 석사학위논문, 2007: 林炳學『易學의 河圖洛書原理에 關한 연구』, 忠南大學校 대학원 哲學科 東洋哲學專攻 박사학위논문, 2005 등 2편의 학위논문이 있다.

학술사적 위치를 간단히 살펴보고자 한다.

진단(906-989)은 字가 圖南이고 號는 扶搖子이다. 華山道士라고
도 불리우는 五代, 宋初의 저명한 도사이다. 毫州眞源(현재의 河南 鹿邑
縣) 사람으로 어려서부터 총명하였고 장성하여 經史百家의 서적을 두
루 읽었다. 또한 詩로도 명성을 날리었고 특히 『易』을 좋아하였다. 宋
太宗때 太宗이 '玄默修養之道'에 대해 가르침을 청하였으나 사양하면
서 태종을 "治亂을 깊이 고구한 진정한 도가 있는 황제(深究治亂, 眞有道
之主也)"[4]라고 말하였다. 이런 까닭으로 송태종은 진단에게 希夷선생이
라는 號를 下賜한다. 진단의 저작으로는 『指玄篇』八十一章, 『赤松子
八誡錄』一卷, 『九室指玄篇』一卷, 『人倫風鑒』一卷, 『易龍圖』一卷, 『無
極圖』, 『太極圖』, 『先天圖』 등이 있었으나, 대부분이 亡逸되었고 지금
은 일부만이 전한다.[5] 진단의 저작은 대부분 현존하지 않고, 동시에 현
존하는 것이라도 학자에 따라 그 眞僞 여부에 대한 의견이 다르다. 李
遠國의 考證에 따르면 진단의 저작이라고 확정할 수 있는 것으로는
『易龍圖序』, 『正易心法注』, 『觀空篇』, 『廣慈禪院修瑞像記』, 『河圖』,
『洛書』, 『先天圖』, 『無極圖』 및 『道藏』, 『道藏輯要』에 수록되어 있는 語
錄, 註解와 詩文 등이다.[6] 다만 (淸)胡渭의 『易圖明辨』卷三에 수록된
「天地自然圖」가 진단의 『太極圖』라는 주장이 있는 반면 이에 異見을
표시하는 경우도 있다.[7] 주의할 것은 현재 상술한 진단의 대부분의 저

---

4) 『宋史』卷四百五十七「隱逸傳‧陳搏」.

5) 『中國叢書綜錄』(上海圖書館編, 上海古籍出版社, 1986년)에는 『陳希夷左功圖』, 『麻
衣道者正易心法(受幷消息)』, 『正易心法(受幷消息)』, 『玉尺經, 原經圖式』, 『心相編』,
『陳希夷心相編』, 『陰眞君還丹歌注』 등의 7가지 저작이 수록되어 있다.

6) 진단 저작에 대한 고증은 李遠國「陳搏易學思想探微」『道敎文化硏究』第11輯, 上海
古籍出版社, 1998, 159-163면을 참고할 것.

7) 이에 대해서는 賴錫三「陳搏的內丹學與象數學-「後天象數」與「先天超象數」的統合」,

술은 거의 전해지지 않아서, 진단의 학술에 대한 연구는 종종 宋元이래 학자들의 진단에 대한 인용과 연구에 의존하고 있다. 진단의 생평에 관한 기록은『宋史』卷四百五十七「隱逸傳」에 수록되어 있다.

중국역학사에 있어 진단과 그의 易學은 두 가지 면에서 그 가치와 의의를 찾을 수 있다. 첫째, 宋代에 이르러『周易』이라는 서적은 이전 시기에 비해 더욱 활발히 연구되어 진다. 왜냐하면 북송과 남송을 아울러 당시 많은 사상가들이『周易』이라는 경전을 통해 자신의 사상체계를 확립하고자 했기 때문이다.

이런 사상적 흐름 속에서 진단은 본래 道家의 道士로 先天, 河圖, 洛書등 여러 가지 圖를 이용하여『周易』을 설명하였다.[8] 즉 진단은 唐·五代이후 圖式의 형식으로『周易』의 원리를 해석한『周易參同契』, 『明鏡圖』,『水火匡郭圖』,『三五至精圖』등의 전통을 계승하여 더욱 심화, 발전시키고 陰陽奇偶의 數와 乾坤坎離등 卦爻象을 이용하여 송대에 圖說로 象數學을 설명하는 창시자가 되었다. 특히「先天」,「河圖」, 「洛書」등을 포함하는 각종 도설로『周易』을 해석하는 방법은 비록 漢代의 상수역학과 일맥상통하는 면이 있으나 사실상 매우 독특한 형식과 내용을 갖춘 것으로 중국역학사의 새로운 지평을 열었다고 해도 과언은 아니다.[9]

『中國文哲研究集刊』, 第21期, 2002년 9월, 227면 註24를 참고할 것.

8) 皮錫瑞『經學歷史』:「陳摶又雜以道家之圖書, 乃有伏羲之易, 文王之易加於孔子之上, 而易義大亂矣.」臺灣臺北縣. 藝文印書館, 1987,10면.

9) 張善文『象數與義理』, 沈陽市, 遼寧教育出版社, 1993,5. 240면. 혹자는 진단의 역학을 道家易이라는 관점에서 설명하기도 한다. 즉 도가역은 노자에서 그 출발점을 찾을 수 있으며 특히 송대에 와서 크게 성행하였는데 그 중심에 진단이 있었다고 주장한다. 이에 관해서는 高懷民著, 崇實大東洋哲學研究所譯,『中國古代易學史』, 서울, 숭실대학교출판부, 1990, 335-369면을 참고할 것

둘째로 상술한 진단의 象數易學은 개인적 학문성취 혹은 일시적인 학문경향에서 그치지 않고 송대 圖書象數易學의 형성과 발전에 深遠한 영향을 미쳤다.[10] 즉 그의 학설은 種放, 穆修, 李之才 등을 거쳐 周敦頤, 邵雍의 역학으로 발전하였다.[11]

특히 邵雍(1011-1077)의 역학은 매우 중요한 의미를 지니고 있다. 소옹은 字가 曉夫이며 自號는 安樂先生이다. 先祖는 范陽人이다. 어려서부터 뛰어난 재능을 드러냈으며 읽지 않은 책이 없을 정도로 학문에 정진하였다. 여러 차례 조정의 부름을 받았으나 초야에 묻혀 살며 평생 관직에 나아가지 않았다. 元祐中에 康節이라는 諡號를 하사받았다. 특

---

10) 皮錫瑞는 이점에 대해 "송나라의 도사 진단은 太乙下行九宮之法을 근본으로 하여 先天, 後天圖를 만들어 伏羲, 文王之說에 기탁하여 공자 학설보다 위에 놓았다. 三傳하여 소옹에게 전해져 그 학설은 더욱 창성했다. 소옹은 수학에 정통하니 역시 『易』의 別傳으로 반드시 河圖·洛書에서 얻은 것은 아니다. 程子는 소옹의 數를 믿지 않으니 그 식견이 매우 탁월하다. 『易傳』이 말하는 『易』의 理는 왕필의 학설이 노장사상에 가까운 것과 비교하면 가장 순정한 것이다. 주자는 정자가 數를 말하지 않으므로 河圖·洛書를 취하여 자신의 저작 『周易本義』의 앞에 두었다(宋士陳搏, 乃本太乙下行九宮之法, 作先天後天之圖, 託伏羲, 文王之說以加之孔子之上. 三傳得邵子, 而其說益昌. 邵子精數學, 亦易之別傳, 非必得於河, 洛. 程子不信邵子之數, 其識甚卓. 『易傳』言理, 比王弼之近老氏者, 爲最純正. 朱子以程子不言數, 乃取河, 洛九圖冠於所作『本義』之首)."라고 지적하고 있다. 『經學歷史』, 247-248쪽. 『中國歷代經籍典』에서도 "송유가 하락도서를 논함에는 두 파가 있는데 하나는 십(十)을 하도로 구(九)를 낙서로 한다. 또 하나는 구(九)를 하도로 십(十)을 낙서라고 하는데 그 견해가 서로 확연히 다르지만 이 두 파는 모두 진단으로부터 전하여졌다. 진단이 지은 『易龍圖』를 상고하면 본래 도가 전하지 않지만 오십오수를 이야기하니 십을 하도로 하는 것이다. 지금 그 서언을 송유 제가의 처음에 기재한다. 이하의 두 파의 학설과 수록한 학자들은 널리 상고하고 참작, 정정하면 절충할 바를 자연히 알 수 있을 것이다(宋儒之論河洛圖書有兩家, 一以十爲河圖, 九爲洛書. 一以九爲河圖, 十爲洛書. 其說截然相反, 皆言傳於陳搏, 考搏所著『易龍圖』, 本不傳有圖. 但其言五十五數則固以十爲河圖矣. 今載其序言于宋諸家之首, 此下兩家之說並收學者博考參訂, 自可知所折衷云)."라고 진단 학술의 중요성을 지적하고 있다. 中華書局編輯部, 『中國歷代經籍典』(一), 臺北市, 臺灣中華書局, 1985, 「第五十一卷河圖洛書部」, 274면.

11) 『宋史·朱震傳』: 「陳搏以 『先天圖』傳種放, 放傳穆修, 修傳李之才, 之才傳邵雍.」

히 젊은 시절 北海의 李之才에게서 『河圖』, 『洛書』, 『伏羲八卦六十四卦圖像』 등을 전수받아 先天象數學을 발전시켰다. 저작으로는 『觀物外篇』, 『漁樵問答』, 『伊川擊壤集』, 『先天圖』, 『皇極經世』 등이 있다. 생평기록은 『宋史』卷四百二十七 「道學傳」에 보인다.

소옹의 역학은 남송에 이르기까지 영향이 가장 커서 북송 義理易學의 대가인 程頤와 張載 모두 소옹의 역학 관점을 받아들였고, 남송의 朱熹도 『周易本義』를 저술하면서 圖說을 첨부하였는데 이때 소옹의 상수역학에 관한 학설을 받아들였다. 예를 들면 주희는 『周易本義』의 권수에서 「先天四圖」의 원류에 대해 아래와 같이 언급하고 있다.

복희사도의 학설은 모두 소옹에서 나왔다. 소옹은 이지재에서 이지재는 목수에게서 목수는 화산의 진희이에게서 그 학설을 얻었다. 이것이 선천지학이다(伏羲四圖, 其說皆出邵氏, 蓋邵氏得之李之才挺之, 挺之得之穆修伯長, 伯長得之華山希夷先生陳摶圖南者, 所謂先天之學也).

주의할 점은 주희가 선천사도가 모두 소옹에게서 나왔다고 말하면서 그 근원을 진단에서 찾을 수 있다고 설명하고 있는 것이다. 비록 이런 견해에 대해 반대 의견을 개진하는 현대 학자도 있지만 송대에서 청말까지 적지 않은 학자들이 주희와 같은 견해를 제기하여 왔다.[12] 이외에도 송대 신유학의 창시자라고 일컬어지는 周敦頤(1017-1073)도 진단과 학문적인 관련이 있다고 볼 수 있다. 『元公周先生濂溪集』권6의 「題鄴都觀詩三首」의 두 번째 詩인 「讀英眞君丹訣」은 진단과 주돈이의 관

---

12)　예를 들어 청말의 皮錫瑞는 『經學歷史』에서 "朱熹『易本義』卷首所列九圖, 蓋卽本於陳說, 而可總分爲先天後天二類."라고 말하고 있다. 臺北, 藝文印書館, 1987, 251면의 註八 부분.

계를 확인시켜주는 자료의 하나이다.[13] 다만 주돈이의『太極圖』와 진단의 영향 관계는 좀 더 세밀한 고증이 필요한 문제이다. 즉 중국 역대로『太極圖』가 주돈이의 독창적인 저작인지 혹은 진단의『無極圖』를 세계의 본체와 그 형성과 발전을 논증하는 도식으로 변환시켰는지의 문제에 대해 여러 이견이 존재하고 있기 때문이다.[14]

2. 편찬 경위

『河洛理數』가 언제 누구의 손에 의해 成書되었는가의 문제는 상관자료의 부족으로 정확히 고구할 수가 없다. 다만 내용적으로 볼 때 진단에서부터 소옹에게 전해진 河圖 · 洛書의 학문을 후인이 수집하여 정리한 것으로 볼 수 있다. 현재 전해지는『河洛理數』를 살펴보면 대부분 명대인의 손에 의해 成書되어 간행된 것이 하나의 이유가 될 수 있을 것이다. 예를 들어 현재 비교적 널리 통용되고 있는 崇禎刊本『河洛理數』는 저자와 편찬자를 (宋)陳搏(著) · (宋)邵雍(述) · (明)史應選(重訂)이라고 기술하고 있으며, 장서각 소장본 積善堂刊本도 (宋)陳搏(著) · (宋)邵雍(述) · (明)黃一杰(補輯) · (明)陳孫安(繡梓)이라고 밝히고 있다. 또한 숭정간본 卷七에서는 卷七의 내용이 사람의 八字에 관한 요점을 미루어 계산하는 부분인데 비록 진단의 저술이 아님에도 命과 數를 합한 까닭으로 매우 중요하여 책의 끝에 두어 학자들에게 편의를 제공한다고 밝히고 있다.[15] 이런 사실을 통해서 현존하는『河洛理數』는 특정 시

---

13) 「題鄭都觀詩三首 · 讀英眞君丹訣」:「始觀丹訣信希夷, 蓋得陰陽造化機. 自子母生能致主, 精神合後更知微」,『元公周先生濂溪集』권6.

14) 張善文『象數與義理』, 232–234면.

15) "是卷所刻, 皆推算八字提綱. 雖非希夷著述, 然以命合數, 故於星學諸篇, 尤屬緊要. 玆特附爲末卷, 以備學者使用."『河洛理數』(中國故宮博物院 소장 明崇宗刻本),『故宮珍本叢刊』本, 長沙市, 海南出版社, 2000, 246면.

기에 특정인에 의해 만들어진 것이 아니고 장기간에 걸쳐 여러 학자들의 손을 거쳐 이루어진 것이라고 볼 수 있다.

다음으로 장서각 소장본의 편찬 경위를 살펴보자. 黃一杰은 萬曆乙未(1599) 겨울에 쓴 〈河洛理數序〉에서 『河洛理數』가 진단의 저작으로 四傳하여 소옹에 이르러 그 학설이 더욱 發揚되었다고 지적하고 있다. 동시에 당시 여러 문인학자들이 "서로 이 책의 내용을 밝히고자 하나, 그 정도가 광범위하지 못한(相與發明之, 然猶慮其不廣也)" 상황을 언급하면서 편찬 과정을 아래와 같이 설명하고 있다.

> 書林 靜宇씨는 옛 것을 좋아하는 군자로 집에 옛 판본이 소장되어 있었다. 다만 세월이 많이 흘러 책의 내용이 뒤섞여 순서가 없어 초학자들이 어렵게 여겼다. 내용을 삭제하고 고치고 頭註와 주석을 달아 뜻을 같이하는 이들에게 편의를 제공하고자 했다. 이 판각이 선생의 도에 있어 그 심오한 이치를 전부 펼쳤다고는 말할 수 없으나 이전 여러 판본이 번잡하고 어지럽고 내용이 탈락함이 있는 것에 비하면 횃불과 같은 빛이 없는 것이 아니다(書林靜宇氏嗜古君子也, 家藏舊本, 藏久錯雜 初學艱之. 拉與刪削補訂標評註釋, 以便同志. 玆刻也, 於先生之道, 固不敢謂盡攄底蘊. 然較諸前刻繁蕪闕漏, 則未必無爝火之光云).[16]

인용문에 등장하는 靜宇씨는 바로 潭陽「積善堂」의 陳孫安이다.「積善堂」은 明嘉靖年間에 존재했던 建州人 陳奇泉(字孫賢)과 陳昆泉의 書坊名으로 (宋)朱熹『新刊京本伊洛淵源錄』14卷, (宋)蔡沈『書集傳』6卷, (宋)賴文俊의『地理大成』15卷,『洪武正韻』16卷『玉鍵』1卷 등 적지

---

16) 『新刊補訂簡明河洛理數·序』, 藏書閣所藏萬曆丙申陳氏積善堂刊本.

않은 중요한 책들을 출판한 출판사이다. 주의할 점은 「積善堂」에 『河洛理數』의 옛 판본이 소장되어 왔으나 오랜 시간이 흐른 까닭으로 내용상에 여러 문제가 존재하여 陳孫安 때에 이르러 옛 판본에 주석을 가하고 내용을 보완했다는 점이다. 즉 적어도 명 嘉靖年間 이전에 『河洛理數』의 옛 판본이 존재하였다는 점이다.

또한 장서각 소장본 卷首 앞에 「積善堂」 陳奇泉이 쓴 刊記가 있는데, 陳奇泉은 刊記에서 당시에 사람의 운명을 논하는 사회 기풍이 성행하였으나, 진정으로 玉石을 변별하고 禍와 福을 판단함에 있어서는 대부분의 내용이 간략한 폐단을 지적하였다. 이에 비해 『河洛理數』는 아름다움과 추함을 변별할 수 있는 거울 같은 것으로 진실로 운명을 예측하는 命學의 指南이라고 지적하고 있다.[17] 이로 볼 때 명대 후기에 이르러 『河洛理數』와 같이 인생의 앞날을 예측하는 서적에 대한 수요가 증가했던 것으로 보인다. 이것이 바로 積善堂刊本 『新刊補訂簡明河洛理數』의 간행 배경이라고 할 수 있다. 陳奇泉은 또한 "고명한 사람을 청하여 내용을 보충하고 정정하여 잘못이 없도록 하였다(敦請高明, 補訂片言隻字, 參攷無訛)."라고 편찬 과정을 설명하고 있다.[18]

Ⅲ. 체례와 내용

장서각 소장본 『新刊補訂簡明河洛理數』의 체례와 내용을 살펴보기

---

17)　陳奇泉曰:"海內譚命者, 不啻千百數家, 至辯玉石斷禍福, 則大都鼓三語之. 故舌爲射利具耳, 求其有逼眞之見者, 誰歟? 玆刻起有例斷有訣, 指明簡易, 一展卷而人人可曉, 若鏡別妍媸, 瞭然在目, 誠命學之指南也."

18)　陳孫安과 陳奇泉의 관계는 좀 더 자세한 고증이 필요하다. 陳奇泉의 자가 孫賢인 것을 감안한다면 陳孫安과는 형제 혹은 인척일 가능성이 매우 높다. 그러나 양자의 관계를 정확히 밝히기 위해서는 더욱 구체적인 고증작업이 필요하다.

위해 각 권의 내용을 표로 설명하면 아래와 같다. 다만 장서각 소장본의 체례와 내용이 갖는 특징을 좀 더 구체적으로 표시하기 위해 장서각 소장본과 현재 중국 고궁박물관에 소장되어 있는 明 崇禎刊本『河洛理數』의 내용을 비교하여 표시하였다.

권수	新刊補訂簡明河洛理數(萬曆本)	권수	河洛理數(崇禎本)
	河洛理數序(黃一杰)		河洛理數序(陳仁錫)
	河洛理數目錄		河洛理數凡例
			河洛理數目錄
首卷	敍大易源流 周易卦爻象象辨 數學源流先正姓氏 河圖次序 說河圖篇 洛書次序 說洛書篇 八卦取象 八卦所屬 起月卦詩 六十四卦詩 八字天干配卦例 廣八卦象 同年同月同日同時辯 讀數凡例	卷一	序大易源流 周易卦爻象象辨 河圖 說河圖篇 洛書 說洛書篇 八卦取象 八卦所屬 六十四卦歌 廣八卦象 總取八卦象 八字天宇配卦例 天干定局 地支定局 八字干支數 八字內天數地數例 依洛書取卦例 八卦相盪成卦例 五數寄宮例 寄宮詩 詳三元甲子例 遇十不用例 詳元堂爻位式 起元堂訣 陰陽六爻元堂式 換後天卦例

권수	新刊補訂簡明河洛理數(萬曆本)	권수	河洛理數(崇禎本)
			三至尊換卦不同例
			論元氣(年上看)
			達元氣訣
			論元氣相反
			元氣反訣
			反中有救訣
			論化工(月上取)
			達化工訣
			化工反例
			化工反訣
			正對反對體
			演八字圖式
			小象陽爻運行例
			小象陰爻運行例
			起月卦訣
			起月卦定式
			起日卦定式
			定時刻法
			定節候卦說
			候卦定局
			卦氣歌
			論六爻
			貴命十吉
			賤命十不吉
			年月日時相同辨
			日居月諸坎離消長
			乾坤闔闢
			坎離相逮雷風相與
			論日月盈虧
			換卦詳說
			厲潛夫釋化工元氣
			重論先後天納音相生
			釋卦義
			論蹇解二卦
			論否泰二卦
			損益盈尾
			論卦名吉凶之變
			三才之道
			月令非時論
			釋卦合數合時當否例
			論所得卦吉凶
			大易數妙義
			論應其用合其時
			論天數二十五
			論地數三十

권수	新刊補訂簡明河洛理數(萬曆本)	권수	河洛理數(崇禎本)
			論天數至弱
			論地數至弱
			論天數不足
			論地數不足
			論陽數太過
			論陰數太過
			論得中數
			論三等數與時損益
			論不及太過得中
			論孤陽不偶數
			論孤陰皆陽數
			論孤陽自偶數
			論孤陰向陽數
			論陽偏數
			論陰偏數
			論以强伏弱
			論以弱敵强
			論安和自寧數
			論天地得俱贏數
			論五命得卦
			論互體四體入體
			論卦變爻變
			論貴顯變化順時格
			論時令定數
			假令例
			推賤命法
			先儒論數印證
			論陰陽消息例
			論內卦出外例
			六十四卦互體
			論出後天六合要旨
			詳說伏體要旨
一卷	天刊定局 地支定局 八字干支數 依洛書取卦詩 八卦相盪成卦例 五數寄宮例 寄宮詩 詳三元甲子例 遇十不用例 詳元堂爻位式		

권수	新刊補訂簡明河洛理數(萬曆本)	권수	河洛理數(崇禎本)
	起元堂詩		
	陰陽六爻元堂式		
	換後天卦例		
	三至尊例		
	論元氣		
	遇元氣詩		
	論元氣反		
	反元氣詩		
	論化工		
	遇化工詩		
	論化工反		
	反化工詩		
	演八字圖式		
	小象陽爻九年運行例		
	小象陰爻九年運行例		
	起月卦式		
	起日卦式		
	定時刻法		
	定節候卦說		
	候卦定局		
	卦氣歌		
	論六爻		
	貴命十吉体		
	賤命十不吉		
	日居月諸		
	乾坤闔闢		
	坎離相逮雷風相與		
	論日月盈虧		
	換卦詳說		
	厲潛夫先後天化工元氣之旨		
	重論先後天納音相生之氣		
	什卦義		
	論蹇解二卦		
	論否泰二卦		
	損頭益尾		
	論		
	卦名吉凶之變		
	三才之道		
	月令非時論		
	什卦合數合時爻位當否例		
	論所得卦吉凶		
	大易數妙義		
	論應用合時		

권수	新刊補訂簡明河洛理數(萬曆本)	권수	河洛理數(崇禎本)
	論天數二十五		
	論地數三十		
	論天數至弱		
	論地數至弱		
	論天數不足		
	論地數不足		
	論陽數太過		
	論陰數太過		
	論得中數		
	論三等數與時損益		
	論不及太過得中		
	論孤陽不偶		
	論孤陰皆陽		
	論孤陽自偶		
	論孤陰向陽		
	論陰偏數		
	論陽偏數		
	論以强伏弱以勢凌民		
	論以弱敵强以暴犯上		
	論安和自寧數		
	論天地俱贏數		
	論五命得卦		
	論互体四体入体		
	論卦變爻變		
	論貴顯變化順時格		
	論時令定數		
	假令例		
	推賤命法		
	先儒論數印證		
	論陰陽消息		
	論內卦出外		
	六十四卦互体		
	論出后天六合伏体要旨		
	詳說伏体要旨		
卷二	上經三十卦 下經三十四卦 附讀易字難一篇	卷二	上經三十卦 下經三十四卦
卷三	六十四卦詩訣	卷三	六十四卦訣
卷四	年卦	卷四	年卦
卷五	月卦	卷五	月卦

권수	新刊補訂簡明河洛理數(萬曆本)	권수	河洛理數(崇禎本)
卷六	首參詳秘訣辨 河洛參評例 起參評秘訣金鑽銀匙歌 起大運例 起流年例 論五行納音 論甲巳子午九 水火木金土五部全數	卷六	參詳秘訣辨 河洛參評例 金鑽銀匙歌 起大運例 起流年例 論五行納音 論甲巳子午九 水火木金土五部全數
卷七	起八字法 起大小運訣 定時刻訣 定小兒生時訣 知人形体論 詳論河洛合婚例 三刑六害例 三坵五墓例 女人地掃星 地干相合例 相衝例 會局例 流年便覽 新鍥司天曆正星平秘覽	卷七	起八字法 起大運訣 起小運訣 定時刻訣 定小兒生時訣 知人形體論 詳論河洛合婚例 三刑六害例 三坵五墓例 女人地掃星 地干相合例 相衝例 會局例 司天曆正星平秘覽
	河洛理數跋		

상술한 비교를 통하여 몇 가지 사실에 주목할 필요가 있다.

첫째, 서명으로만 본다면 『新刊補訂簡明河洛理數』는 기존의 『河洛理數』의 내용을 보완, 수정하고 간략화한 서적으로 이해할 수도 있다. 그러나 가장 먼저 눈에 띄는 점은 『新刊補訂簡明河洛理數』가 숭정간본 『河洛理數』와 비록 書名은 다르지만 내용적으로는 거의 일치한다는 것이다. 특히 이 점은 관련 연구자들에게 지금까지 발견되지 않았던 사실이다. 그런 까닭으로 1994년 중국에서 발간된 交點本 『河洛理數』는 명 숭정간본을 저본으로 하고 몇 종류의 淸刊本을 사용하여 교감본을 출판하였는데 이때 장서각 소장본 積善堂刊本을 이용하지는 못했다.

둘째, 비록 積善堂刊本과 숭정간본이 같은 내용의 서적이지만 체례 방면에서 약간의 차이가 발견된다. 먼저 두 판본의 가장 큰 차이점은 숭정간본의 卷一 부분이 積善堂刊本에서는 首卷과 卷一 부분으로 나뉘어져 있다는 것이다. 또한 숭정간본의 卷一과 積善堂刊本 首卷과 卷一을 비교해보면 체례상의 차이점을 어렵지 않게 발견할 수 있다. 예를 들면 積善堂刊本 권수의「起月卦詩」와「同年同月同日同時辯」두 부분의 숭정간본에서의 위치가 서로 다르다. 특히 積善堂刊本 首卷의「讀數凡例」는 숭정간본의「河洛理數凡例」부분에 해당된다.[19] 이외에도 小注의 체례도 두 판본 사이에 차이가 있다. 積善堂刊本이 주로 小注一行의 형태인데 비해 숭정간본은 小注雙行의 형태로 나타나는 점이 두 판본 간의 차이점이다.

셋째, 내용 면에서 볼 때 두 판본이 사이에는 더 큰 차이점이 존재한다. 지면 관계상 개별적인 글자 간의 차이점은 언급하지 않기로 하고 비교적 큰 차이점을 지적하면 다음과 같다. 먼저 積善堂刊本 首卷의「數學源流先正姓氏」부분은 숭정간본에는 보이지 않는다. 그리고 積善堂刊本 卷二의「附讀易字難」부분 역시 숭정간본에서는 발견되지 않는다. 또한 積善堂刊本과 숭정간본은 卷六 뒤에 모두「司天曆正星平秘覽」부분이 이어져 나오지만 積善堂刊本에는「司天曆正星平秘覽」앞에 숭정간본에는 보이지 않는 28쪽에 이르는「便覽」이 보인다. 또한 숭정간본은 卷一의 11-12쪽, 卷二下의 17-22쪽, 卷四의 5-6쪽이 탈락되어 있는 반면 積善堂刊本은 탈락된 내용이 없다. 물론 숭정간본의 내용 가운데 積善堂刊本에 보이지 않는 부분도 존재한다. 예를 들면 숭정간본 卷七「起八字法」의 앞부분에 보이는 "是卷所刻, 皆推算八字

---

19) 다만 숭정간본 범례가운데「一刻內或用空竪口或用方圈口皆醒發眼目之處學者自宜詳審」이라는 부분은 積善堂刊本에는 보이지 않는다.

提綱. 雖非希夷著述, 然以命合數, 故於星學諸篇, 尤屬緊要. 玆特附
爲末卷, 以備學者便用"라는 내용은 積善堂刊本에는 보이지 않는다.

결론적으로 積善堂刊本과 숭정간본은 내용면에서 상호 보완할 부분
이 공존한다고 할 수 있다. 그러나 상술한 바와 같이 전체적으로 볼 때
는 積善堂刊本이 숭정간본에 비해 내용적으로 좀 더 完整하다고 할 수
있다.

Ⅳ. 판본사항과 국내외 소장 현황

상술한 바와 같이 명대 후기에 이르러 당시 사회에서는『河洛理數』와
같이 인생의 앞날을 예측하는 서적에 대한 수요가 증가했던 것으로 보
인다. 이런 상황에 근거하여 볼 때『新刊補訂簡明河洛理數』혹은『河
洛理數』가 당시 비교적 널리 유통되었을 가능성은 충분하다.

그러나 중국 역대 藏書目錄을 조사해 본 결과 積善堂刊本『新刊補
訂簡明河洛理數』는 관련 목록에서 기재된 경우를 거의 찾아볼 수가 없
다. 예를 들면 宋代에서 淸代에 이르는 총 102종류의 역대 장서목록을
수록 범위로 하는『古籍版本題記索引』에서도『新刊補訂簡明河洛理
數』는 수록되어 있지 않다.[20] 또한 명대의 대표적인 목록서인 黃虞稷의
『千頃堂書目』에도『新刊補訂簡明河洛理數』는 수록되어 있지 않다. 다
만『河洛眞數』라는 진단의 저작이 明代 장서목록에서 발견되며[21] 또한
청대의『四庫全書總目』에는『河洛眞數』二卷과『案節坐功法』一卷 등

---

20) 羅偉國, 胡平 編『古籍版本題記索引』, 上海, 上海書店, 1991.
21) (明)徐『徐氏紅雨樓書目』:「陳搏『河洛數』二卷『易數』二卷」,『中國歷代書目題跋叢
     書』, 上海, 上海古籍出版社, 2005, 251면.

두 종의 진단 저작이 수록되어 있지만,[22] 『新刊補訂簡明河洛理數』는 역시 수록되어 있지 않다. 결론적으로 『新刊補訂簡明河洛理數』는 비록 명대 후기에 이르러 간행이 되었으나 청대 이후로 그다지 널리 통행되지는 않았던 것으로 보인다.

다음으로 『新刊補訂簡明河洛理數』의 현재 소장 현황을 살펴보도록 하겠다. 이전의 장서목록에 수록되어 있지 않다고 해서 한 고서의 간행과 유통이 활발하지 못했다고는 볼 수 없기 때문이다. 먼저 국내의 소장 현황을 살펴보면 「한국고전적종합목록시스템(www.nl.go.kr/korcis/)」과 『韓國所藏中國漢籍總目』 및 기타 고서목록을 종합적으로 조사한 결과 『新刊補訂簡明河洛理數』는 국내에는 장서각에만 한 부가 소장되어 있다. 국외의 소장 현황도 국내와 별반 다르지 않다. 먼저 현재 중국에 소장되어 있는 善本 古書를 가장 많이 수록하고 있는 『中國古籍善本書目』에도 『新刊補訂簡明河洛理數』는 수록되어 있지 않다. 다만 『中國古籍善本書目·子部·術數類·陰陽五行』에 宋陳搏, 邵雍撰이라고 題한 『河洛數』十卷(明萬曆二十年李學詩刻本, 天津圖書館 所藏)이 『中國古籍善本書目·子部·術數類·占卜』에 『河洛眞數三卷』과 『河洛眞數三卷易卦釋義五卷』이 수록되어 있다.[23] 서명과 권수로 볼 때 장서각 소장본과는 일정한 차이가 있는 것을 알 수 있다. 그러나 향후 자세한 비교와 분석을 통해 두 고서 사이의 관련성, 차이점과 공통점을 살펴볼 필요가 있다. 중국 지역이외의 臺灣과 日本 지역의 중국고서 소장 도서관에도

---

22) 『子部·術數類存目』에 수록되어 있는 『河洛眞數』二卷과 『子部·道家類存目』에 수록되어 있는 『案節坐功法』一卷이다.

23) 明抄本 『河洛眞數三卷』과 淸初留雅堂抄本 『河洛眞數三卷易卦釋義五卷』이 그 것이다. 이 두 고서는 모두 陳搏撰이라고 題하고 있으며 각각 중국 上海圖書館과 河南省圖書館에 所藏되어 있다.

積善堂刊本『新刊補訂簡明河洛理數』는 소장되어 있지 않다.[24) 또한 『美國哈佛大學哈佛燕京圖書館中文善本書志』,『普林斯頓大學葛思德 東方圖書館中文舊籍書目』등에서도『新刊補訂簡明河洛理數』는 수록 되어 있지 않다. 이를 통해 대만, 일본, 미국지역의 주요 도서관에서도 장서각 소장본 積善堂刊本은 소장되어 있지 않은 것으로 조사된다.

한 가지 설명이 필요한 것은 서명이『新刊補訂簡明河洛理數』가 아 니고『河洛理數』인 고서는 대만과 중국의 일부 도서관에 소장되어 있 다. 대만지역의『臺灣地區善本古籍聯合目錄』[25)에는「民國上海錦章 圖書局石印本」이 수록되어 있고 중국 국가도서관에는 12종의『河洛理 數』가 소장되어 있다. 다만 아쉬운 것은 판본학적으로 대부분의 소장고 서가 淸刊本 혹은 청대 이후의 판본이라는 것이다.

결론적으로 명대 후기에 간행된 積善堂刊本『新刊補訂簡明河洛理 數』는 청대를 거쳐 현재에 이르기까지 유통이 상당히 제한적이며, 이 에 따라 현재 국내외를 막론하고 주요 도서관에 거의 소장되어 있지 않 다. 이 점을 고려한다면 중국에서도 유통이 그다지 활발하지 않은 서적 이 조선으로 유입되어 현재까지 전해진다는 점은 매우 흥미로운 사실

---

24) 「臺灣國家圖書館全球資迅網(www.ncl.edu.tw)」, 嚴紹璗編著『日藏漢箸善本書錄』, 北京, 中華書局, 2007.

25) 「臺灣國家圖書館全球資迅網(www.ncl.edu.tw)」은 대만에 소장되어 있는 고서를 전 체적으로 검색할 수 있는 데이터베이스이다. 대만에서는『臺灣公藏善本(書名ㆍ人 名)書目』이란 목록서가 있지만 그 출판시기가 비교적 이른 관계로 현재 대만지역에 소장되어 있는 중국고적을 모두 수록하고 있지는 않다. 이에 비해 상술한『臺灣地區 善本古籍聯合目錄』은『臺灣公藏善本書目』의 기초 위에 상관자료를 증보한 까닭으 로『臺灣公藏善本書目』에 비해 수록하고 있는 선본 고서의 양이 많다. 뿐만 아니라 한 고서의 서명과 저자 소장지 등의 기본적인 사항이외에도 版式, 序跋文, 藏書印 등의 내용까지도 기술하고 있다. 또한 일부 자료에 대해서는 이미지뷰어를 통해 첫 페이지를 on-line 상에서 관람할 수 있도록 설계되어 있어 상관연구자들에게 많은 도움을 줄 수 있는 데이터베이스이다.

이 아닐 수 없다.

V. 문헌가치

장서각 소장본 積善堂刊本 『新刊補訂簡明河洛理數』의 문헌가치는
아래와 같은 세 가지 측면에서 살펴볼 수 있다.

첫째, 내용적 측면에서 고찰할 때 이 고서는 『易經』, 『河圖』, 『洛書』를
중심으로 사람의 생년월일과 태어난 시 그리고 팔자를 결합하여 인간
사의 길흉을 예측하는 책이다. 이 책의 서술 방법은 매우 복잡하여 먼
저 卦와 象이 이루어진 후에 반드시 『역경』의 삼백팔십 爻와 서로 결부
시켜야 인물이나 사건의 길흉을 판단할 수 있다. 아마도 이런 이유로
宋代 이후로 『新刊補訂簡明河洛理數』는 유통이 제한적이었으며 이용
자도 매우 적었던 것으로 판단된다. 그러나 이 고서는 『易』학 도서상수
파의 經典의 하나로 『易經』을 해석함에 있어 『河圖』, 『洛書』를 이용한
특이한 책이다. 또한 내용적으로 그 계산 방법이 현존하는 기타 관련
서적과 비교할 때 가장 상세하다고 할 수 있다. 바로 이런 점 때문에 이
서적은 특히 미래에 대한 불확실성에 고뇌하는 현대인들에게 더욱 많
은 관심을 받고 있는 것 같다.[26] 국내에서도 학술적 차원뿐만 아니라 민
간에서도 많은 관심과 연구가 진행되고 있는 것으로 보인다.[27]

---

26) 김병조는 『河洛理數』의 현대적 적용문제를 언급하면서 "하락이수의 전체 내용은 사
주명리의 풀이가 전적으로 개인 역술인의 능력에 의존하는 것과는 달리 수리적인 객
관성을 바탕으로 표준화 되어 있음을 알 수 있는 것이다. 이렇게 객관화, 표준화된
내용은 한국 역리학 발전에 초석이 되어줄 것이 분명하다."라고 말한다. 『河洛理數
數論에 관한 고찰』, 60쪽.

27) 현재 인터넷의 각종 사주, 관상 관련 사이트, 블로그와 역학교실 등에서 河洛理數의
관점에서 운세를 풀이하여 이용자들에게 제공하고 있다. 또한 신문매체에서도 『河洛
理數』에 대해 「현실 생활에 지치고 힘든 길잡이로 힘을 얻게 되는 지침서가 되었으면

둘째, 판본학적 관점에서 볼 때 장서각 소장본 積善堂刊本『新刊補訂簡明河洛理數』는 明代 後期에 간행된 版本인 까닭으로 善本으로 분류될 수 있는 가치 있는 고서이다. 게다가 상술한 바와 같이 장서각 소장본은 국내 기타 도서관은 물론이려니와 현재 중국, 대만, 일본, 미국 등의 주요 중국고서 소장 도서관에 소장되어 있지 않은 것으로 조사된다. 이런 관점에서 볼 때 장서각 소장본 積善堂刊本『新刊補訂簡明河洛理數』는 단순한 명간본 이상의 판본학적 가치가 있다고 할 수 있다.

또한『新刊補訂簡明河洛理數』는 서명은 틀리지만 현재 비교적 널리 통용되고 있는『河洛理數』와 내용적으로 동일한 서적이다. 그런 까닭으로 현존하는『河洛理數』의 판본과 비교를 할 필요가 있다. 현존하는『河洛理數』는 대부분 淸刊本이거나 청대 이후의 판본이고 현재 중국 고궁박물원에 소장되어 있는 崇禎刊本[28]이 현존하는 가장 이른 판본임을 감안 할 때 장서각 소장본 積善堂刊本의 문헌가치는 매우 높다고 할 수 있다. 즉 장서각 소장본의 간행시기가 가장 이르다는 점은 향후『河洛理數』연구에 새로운 텍스트를 제공할 수 있음을 뜻한다. 그리고 상술한 바와 같이 장서각 소장본 積善堂刊本은 현재 가장 널리 통

하는 바람이다.」라고 높게 평가하기도 한다(「인천일보」 2008년12월15일자).

28) 다만 소위 崇禎本에 대해서 일부 학자는 그 眞僞에 이견을 제시하기도 한다. 孫國中은『河洛理數·點校說明』에서『河洛理數』의 판본가운데 현재 볼 수 있는 가장 이른 판본은 명대 숭정본임을 지적하면서도 이 판본이 이미 原刻本이 아니며 청대에 숭정본을 底本으로 飜刻한 것으로 판단한다. 그가 이런 견해를 견지하는 이유는 청대의 몇 몇 번각본을 비교·검토한 결과 개별 문자가 서로 다르며 동시에 학계에서 숭정본이라고 여겨지는 판본도 여러 부분에서도 오류가 발견되기 때문이라고 주장한다. 결국 그의 결론은 원각본 명 숭정본이 존재하는지에 대해서는 "아직 알 수 없다(尙不得而知)"라고 결론짓고 있다. 자세한 내용은『河洛理數·點校說明』, 沈陽市, 沈陽出版社, 1994, 2-3쪽을 참고할 것.

행되고 있는 숭정간본과 비교할 때 내용적으로도 더욱 충실하다는 측면에서 향후『河洛理數』의 定本化 작업 시에 가장 믿을 만한 底本으로 사용될 수 있을 것이다. 또한 장서각 소장본이 숭정간본과 체례나 내용 면에서 차이를 보인다는 점은 관련 연구자들이『河洛理數』의 판본 변천 과정을 고찰하는 데 상당한 도움을 줄 수 있을 것이다.

셋째, 積善堂刊本『新刊補訂簡明河洛理數』에 조선 황실도서관의 장서인이 찍혀서 현재 장서각에 보관되고 있다는 것은 중국고서의 조선 유입을 설명하는 좋은 예가 된다. 물론 이 고서의 구체적인 조선 유입 과정은 관련 자료의 부족으로 확실한 고증을 해낼 수는 없다. 그러나 이 고서의 조선 유입은 당시 조선의 학술사상과 일정부분 관련이 있다고 생각된다. 이 문제는 두 가지 측면에서 살펴볼 수 있다. 하나는『新刊補訂簡明河洛理數』의 조선유입은 조선 학자들의 역학사상과 일정한 관련이 있다. 주지하다시피 조선 전기의 역학은 의리역학과 상수역학이 서로 영향을 주고받으며 전개되었다. 그리고 상수역학은 다시「하도낙서」를 중심으로 하는 圖數역학과 漢代 괘효상과 괘효사간의 정합적인 해석을 위한 방법론으로서의 象數역학으로 구별되어진다.[29] 이런 발전과정에서 조선 중기 이황이 주희의『易學啓蒙』에 대한 구체적이고 비판적인 해설서인『啓蒙傳疑』를 저술함으로써 당시 역학의 흐름을 주희의 견해에 입각하여 주로 수리 혹은 상수역학적으로 방향지우는 역학의 새로운 흐름을 주도하였다.[30] 더욱이 16세기 중반 이후부터 18세기 후반에 이르기까지『易學啓蒙』과 그 안에 수록되어 있는「河圖」,

---

29) 이 문제에 대해서는 엄연석「조선 전기 역철학의 두 경향에 관한 고찰 – 상수역학과 의리역학을 중심으로—」,『철학연구』제55집, 2001, 5–25면 을 참고할 것.

30) 엄연석「이황의『계몽전이』와 상수역학」,『韓國思想과 文化』第11輯, 2001, 195–224면.

「洛書」,「先天圖」,「後天圖」 등 圖象 대한 이해가 깊이 있게 진행되는 한편 새로운 차원의 비판적인 시각도 등장하게 된다.[31] 상술한 조선 역학사의 흐름 속에서 중국 송대 상수역학의 중요저작인『河洛理數』가 조선으로 유입된 것은 매우 자연스런 현상이라고 할 수 있다.

또한 조선시대에 도수역학이 중요시 되었던 것을 증명이라도 하듯 多數의 중국간본『河洛理數』가 국내에 소장되어 있다.[32] 게다가 더욱 흥미로운 것은 다수의『河洛理數』가 조선에 유입될 뿐만 아니라 중국간본『河洛理數』를 저본으로 하여 조선후기에는『河洛理數』의 조선본이 출현하게 된다는 점이다. 장서각에 소장되어 있는 高宗8年(1871)筆寫本(청구기호:K3-447)이 바로 그것이다. 이 필사본은 線裝10권9책으로 책의 일부분에 揷圖가 존재한다. 四周雙邊, 半郭18.3×13.2 cm, 烏絲欄, 半葉 10行20字, 註雙行, 上黑魚尾의 서지형태를 갖추고 있다. 「聖上八年辛未端陽月下澣檜山後學愼村黃泌秀題於好古書室」 및 숭정간본에 보이는 「皇明崇禎壬申季春朔日通家治生陳仁錫書於介石居」라고 題한 서문이 존재한다. 그 내용을 살펴보면 기본적으로 숭정간본『河洛理數』의 내용과 일치한다. 즉 앞에서 언급한 필사본은 숭정간본『河洛理數』의 조선 유입 후에 간행 필요성이 생겨남에 따라『河洛理數』에 대한 筆寫가 이루어졌다는 의미이다. 黃泌秀는 高宗8年(1871)刊本의 序文에서 먼저『河洛理數』가『周易』연구에 큰 도움이 됨을 지

---

31) 이에 관한 논의는 박권수 「조선후기 象數易學의 발전과 변동 -『易學啓蒙』에 대한 논의를 중심으로」(『韓國思想史學』第22輯, 2004년, 277-303쪽)와 유권종 「朝鮮時代 易學 圖象의 歷史에 관한 연구」(『동양철학연구』第52輯, 2007.11, 180-220면) 을 참고할 것.

32) 현재 국립중앙도서관, 고려대학교 도서관, 성균관대학교 존경각, 이화여자대학교, 경상대학교 도서관, 충남대학교 도서관 등 다수의 소장기구에 소장되어 있으며 판본 계통으로 볼 때 모두 숭정간본 계통의 판본이다.

적하고 있다. 그러나『河洛理數』舊本이 편폭이 많고 계통이 없어서 쉽게 연구하지 못하는 폐단이 있음을 지적하면서 '因革通變'하여 책을 간행한다고 설명하고 있다.[33] 마지막으로 "천지의 오묘함은 하락 밖에 있지 않고 하락의 이수는 이 책 밖에 있지 않으니 이 책은 천하에 바꿀 수 없는 것이다(天地之奧妙, 不外於河洛, 河洛之理數不外於是書, 是書其天地間不易之書乎)"라고『河洛理數』의 가치를 설명하고 있다. 이로 볼 때 조선 후기에 이르러서도『河洛理數』에 대한 조선학자들의 관심은 적지 않았던 것으로 보인다.

Ⅵ. 나오는 말

본 문은 이상의 논의를 통하여 아래와 같은 몇 가지 결론을 얻었다.

첫째, 장서각 소장본 積善堂刊本『新刊補訂簡明河洛理數』는 송대 상수역학의 시조라고 여겨지는 진단이 짓고 역시 송대 상수역학사에 있어 가장 주목할 만한 족적을 남긴 소옹이 전수받아 述한 것이 후인의 정리를 거쳐 成書된 것이다. 특히 송대 상수역학사에 있어서 진단과 소옹의 위치를 감안할 때 이 서적은 상당히 중요한 문헌이라고 할 수 있다.

둘째, 장서각 소장본 積善堂刊本『新刊補訂簡明河洛理數』는 명대 후기에 이르러『河洛理數』와 같이 인생의 앞날을 예측하는 서적에 대한

---

33) 黃泌秀云 : "前有是刻行之已久, 談命家引以附已. 吾儒之士無復講習聖賢傳心之妙, 不可復見可不惜哉! 予得是書以來, 況潛其義, 講求本旨, 日慎一日, 若親灸於三聖耳提面命之下, 斯豈非是書之有裨於大易, 而大易之有關於聖人之道者哉! 舊本編帙多無統緖, 未易推究, 詩訣與取象各自爲書, 有善天地之不交, 不可不因革通變. 今次如之, 以便攷訂. 且欲吾黨之士知不可爲談命家所攛採, 易傳以備全書."

수요가 증가했던 시대적 배경하에서 萬曆丙申(1596)에 당시 저명한 출판사인 積善堂에서 출판된 것이다.

셋째, 장서각 소장본 積善堂刊本『新刊補訂簡明河洛理數』의 체례와 내용은 기본적으로 현재 가장 많이 통용되고 있는『河洛理數』와 일치한다. 즉 서명은 서로 다르지만 내용은 동일한 서적이다. 그러나 장서각 소장본과 중국 고궁박물원에 소장되어 있는 숭정간본『河洛理數』를 서로 비교하여 보면 체례나 내용면에서 적지 않은 차이점이 발견된다.

넷째, 장서각 소장본 積善堂刊本『新刊補訂簡明河洛理數』는 간행된 이후로 그 유통이 상당히 제한적인 것으로 조사된다. 102개에 이르는 중국 역대 장서목록과『千頃堂書目』,『四庫全書總目』등에서도 수록되어 있지 않다. 또한 현재 국내외에서도 쉽게 찾아보기 어려운 판본이다. 국내에는 장서각에만 소장되어 있으며 국외에서도 이 고서를 소장하고 있는 소장기구를 거의 찾아볼 수 없다.

다섯째, 장서각 소장본 積善堂刊本의 문헌가치는 세 가지 측면에서 설명할 수 있다. 먼저 장서각 소장본은 易學 도서상수파의 경전의 하나로 내용적으로 현존하는 기타 관련서적과 비교할 때 가장 상세한 고서이다. 다음으로 판본학적 관점에서 볼 때 장서각 소장본 積善堂刊本은 현존하는『河洛理數』의 판본 가운데 간행 시기가 가장 이른 판본이다. 동시에 내용적으로도 숭정간본에 비해 더욱 완정한 까닭으로 향후『河洛理數』의 定本化 작업 시에 底本으로 이용되기에 충분하다. 특히 장서각 이외에 국내외의 기타도서관에 소장되어 있지 않은 것으로 조사되는 점은 매우 의미 있는 사실이다. 마지막으로 장서각에 積善堂刊本『新刊補訂簡明河洛理數』가 소장되어 있는 것은 중국고서의 조선 유입을 설명하는 하나의 좋은 예가 된다. 또한『新刊補訂簡明河洛理數』의 조선 유입은 당시 조선의 역학사상과 일정한 관련이 있다고 할 수 있다. 특히 조선 후기에 『河洛理數』의 필사본이 출현하는 출판문화현상은 주목할 만한 것이다.

한국학 중앙연구원 藏書閣 所藏本
『楚辭句解評林』解題

Ⅰ. 서지적 고찰

현재 장서각에는 『楚辭句解評林』[1]이라는 楚辭類 고서가 한 부 소장되어 있다. 이 고서는 (漢)劉向이 編하고 (漢)王逸이 章句를 짓고 후에 (明)馮紹祖가 校正을 보고 관련 평론을 輯錄한 明刊 木版本이다. 먼저 『藏書閣圖書中國版總目錄』과 장서각 홈페이지에 보이는 이 고서에 대한 서지사항을 살펴보면 아래와 같다.

서명/저자사항 楚辭句解評林/ 劉 向(漢) 編集; 王 逸(漢) 章句; 馮紹祖(明) 校正

발행사항 明: [ ], 萬曆15(1587) [後刷]

---

1) 文化財管理局 編輯, 『藏書閣圖書中國版總目錄』, 서울, 藏書閣, 1974, 「集部 · 楚辭類」, 137면.

형태사항 線裝 17卷4冊: 四周雙邊, 半郭 21.5×13.3 cm, 有界, 半葉 10行23字, 註雙行, 頭註雙行, 下向黑魚尾; 24.7×15.5 cm

개인저자 유 향 (한)

판사항 木版

일반주기 表題 : 楚辭章句評林

序 : 萬曆丁亥(1587)之歲秋且朔 紙質 : 竹紙

後序 : 萬曆丁亥(1587)月軌靑陸朔監官馮紹祖絶武父書於觀妙齋

내용주기 冊1. 卷首附錄屈原傳, 離騷經章句 .-- 冊2. 九歌傳, 天問傳, 九章傳, 遠遊傳, 卜居傳 .-- 冊3. 漁父傳, 九辯傳, 招魂傳, 大招傳, 惜隱士傳, 七諫傳 .-- 冊4. 哀時命傳, 九懷傳, 九歎傳, 九思傳

소장본주기 印 : 雲煙家藏書記, 李王家圖書之章 外1種

장서각 소장본을 직접 실사한 결과 상술한 서지사항은 전반적으로 문제가 없다. 다만 내용 주기에서 오기가 발견된다. 즉 자세히 살펴보면「惜隱士傳」은「招隱士傳」의 오기이며「招隱士傳」앞에 있는「惜誓傳」은 내용 주기에서 탈락되어 있다.

Ⅱ. 편찬경위

1. 편찬자

劉向(기원전79-기원전8)은, 본명은 更生, 字는 子政이며 沛(현재의 江蘇沛縣) 사람이다. 西漢의 경학자이자 목록학자이며 문학가이다. 漢宗室 楚元王의 四世孫으로 宣帝, 元帝, 成帝 등 세 왕을 섬기었다. 특히 성제 때에 명을 받아 經典, 諸子百家, 詩賦를 校定하는 일을 주관하여『別錄』을 지었다. 이 서적은 중국 최초의 목록학저작이다.『別錄』이

외의 저작으로 辭賦 33편이 있었다고 전해진다. 다만 현재는 「九嘆」 등
만이 전한다. 이외에 『新序』, 『說苑』, 『列女傳』 등의 저작이 후세에 전
해진다. 다만 그의 문집은 이미 망실되었고 명대에 이르러 후인이 『劉
中壘集』을 輯錄하였다. 유향에 관한 자세한 事蹟은 『漢書』권36 「楚元王
傳」에 보인다. 특히 『楚辭』와 관련하여 주목해야 할 사실은 유향이 최초
로 『楚辭』를 編輯했다는 것이다. 비록 『楚辭』가 오랜 시간을 거쳐 만들
어졌다는 것은 부인할 수 없지만 유향의 손에서 현존하는 『楚辭』의 형
태가 기본적으로 갖추어졌다고 할 수 있다. 왜냐하면 현존하는 『楚辭』
는 모두 16권인데 그 편집자를 「漢護左都水使者光祿大夫臣劉向輯」이
라고 유향이 편집한 것이라고 題하고 있기 때문이다.

王逸(생졸년미상)은 字가 叔師이며 南郡宜城(지금의 湖北宜城) 사람이
다. 漢安帝 元初(114-119)에 校書郎을 지냈고 順帝때에는 관직이 侍中
에 이르렀다. 왕일은 賦, 書, 論 및 雜文 21편과 『漢詩』 123편을 남겼
으나 그 原集은 亡逸되었고 현재에는 (明)張溥가 輯佚한 『王叔師集』만
이 전한다. 생평에 관한 기록은 『後漢書』卷一百十 「文苑傳」에 보인다.
특히 왕일의 『楚辭章句』는 현존하는 가장 오래된 『楚辭』 註釋本이다.
비록 왕일 이전에 『楚辭』에 註釋을 단 저작으로는 劉安의 『離騷傳』, 劉
向·揚雄의 『天問解』, 賈逵·班固의 『離騷章句』, 馬融의 『離騷註』 등
이 존재했었지만, 대부분이 單篇에 대한 주석이었으며 게다가 모두 망
실되었다. 왕일의 『楚辭章句』의 목록 앞에 「漢護左都水使者光祿大夫
臣劉向輯」이라는 기록이 있는 것으로 볼 때 왕일은 유향의 『楚辭』를 저
본으로 하여 註釋 작업을 한 것으로 생각된다. 다만 유향의 『楚辭』는
16권이지만 후세에 전해진 왕일의 『楚辭章句』는 모두 17권인데 왕일의
작품인 「九思」가 포함되어 있다. 그러나 「九思」가 『楚辭章句』에 포함된
것은 왕일 자신이 아닌 후인들의 편찬을 거친 것이라는 것이 일반적인

견해이다.

馮邵祖(생졸년미상)는 字가 繩武, 杭州人이며 觀妙齋는 그의 室名이다. 아쉽게도 그에 관한 생평 자료는 거의 찾아볼 수가 없다. 다만 「觀妙齋重校楚辭章句議例」의 「선왕부 소해공에게 수택본이 있어 이를 끼워 넣는다(先王父小海公間有手澤, 隨列之)」라는 말에서 풍소조의 조부가 소해공임을 알 수 있다. 『浙江通志 · 藝文』을 살펴보면 『小海存稿』8권이 수록되어 있고 그 밑의 註에 "『海寧縣志』: 馮覲著, 字晉叔"라는 기록이 보인다. 이로 볼 때 馮覲의 號가 小海이며 馮覲이 풍소조의 조부임을 알 수 있다.[2]

2. 편찬 동기

黃汝亨은 萬曆14년에 지은 서문에서 儒家에 속하는 저작가운데 文辭로 말하자면 『莊子』와 『楚辭』를 竝稱한다고 하면서, 『莊子』와 『楚辭』의 문학적인 가치를 높게 평가한다. 다만 『莊子』의 善本은 당시에 많이 전해지나 『楚辭』만이 유독 전해지지 않아 세속의 선비들이 보지 못함을 지적하고 있다. 黃汝亨은 "繩武(풍소조의 字)는 박학다식하여, 劉向과 王逸 때부터 근세까지 자료를 수집하여 깊이 생각하며 문장을 합하고 神情에 총괄하니 이것 역시 騷人의 뜻에 부합하여 풍아의 전당에 오르는 것이 아니겠는가!(繩武博物能裁, 搜自劉王迄於近代, 齮間合文, 要於神情, 斯不亦符節騷人, 而升之風雅之堂哉!)"라고 평가하고 있다. 즉 풍소조가 『楚辭』에 관한 많은 자료를 수집, 정리하여 『楚辭句解評林』을 편찬한 것을 높게 평가하고 있다.

---

2) 馮覲에 관한 고증은 「續修四庫全書總目提要」明代楚辭學著作提要補考」, 『書目季刊』第四十一卷第三期, 2007년12월, 45면 을 참고할 것.

그렇다면 풍소조 본인은 어떤 동기로『楚辭句解評林』을 편찬하여 간행하게 되었을까? 풍소조는 서문에서 "이 책은 내가『騷』를 이롭게 하려는 것이 아니고 다만 흠모하는 바를 다했을 뿐이니, 근심에 잠긴 것을 일으키고 우울함을 이끌어 낼 뿐이다. 만약 고달프게 한다거나 억누르는 것이라고 말한다면 내가 어찌 감히 굴원에게 죄를 짓고, 왕일을 책망할 것인가! 아! 揚雄은 「反騷」를 짓고『太玄』을 논함에 천년 이래로 양웅이 있게 되었다고 일컬어진다. 천년 이래로 양웅이 있게 되어『太玄』을 알았다면, 천년 이래로 굴원이 있어『騷』를 알게 되었다고 말할 수 없단 말인가!(是編也, 不佞非以益騷, 而聊以畢其所慕. 繁起窮愁而揄伊鬱也. 若曰或邛之而或抑之, 則不佞烏敢開罪靈均, 而爲叔師引咎哉! 嗟乎! 子雲反騷, 至其論玄也, 則謂千載之下有子雲. 謂千載之下有子雲者而知玄, 毋乃謂千載之下有屈子者而知騷乎哉!)"라고 자신의 심정을 토로하고 있다.

이상 두 편의 서문 내용으로 알 수 있는 것은 황여형이나 풍소조 모두『楚辭』에 지대한 관심을 갖고 있었으며 특히 문학적인 측면에서『楚辭』를 높게 평가하고 있다는 것이다. 풍소조의 이런 견해는 명대 후기 문인·학자들 사이에서 어렵지 않게 찾아볼 수 있는 것이다. 즉 명대 후기에『楚辭』에 관해 평하고 논변하는 문인·학자들이 많이 등장하게 되었고, 이에 따라 관련 저작 역시도 인쇄술의 발달을 계기로 다량으로 세상에 나타나게 되었다. 그리하여 漢魏에서 明代까지 흩어진 관련 기록들을 輯錄하여 출판하게 되었다. 張鳳翼의『楚辭合纂』, 陳深의『批點本楚辭集評』, 林兆珂의『楚辭述註』, 馮紹祖의『楚辭句解評林』, 焦竑의『二十九子品彙釋評』등이 대표적인 저작이다.

Ⅲ. 체례와 내용

『楚辭』의 成書는 西漢末年 劉向이 屈源, 宋玉과 漢人의 모방작을 輯錄하여 하나로 만들어『楚辭』라고 칭함으로 이루어졌다. 유향이 집록한『楚辭』는 모두 16편인데 굴원의『離騷』,『九歌』,『天文』,『九章』,『遠遊』,『卜居』,『漁父』,『招魂』과 宋玉의『九辨』, 景差의『大招』, 賈誼의『惜誓』, 淮南小山의『招隱士』, 東方朔의『七諫』, 嚴忌의『哀時命』, 王褒의『九懷』, 유향 자신이 지은『九嘆』을 포함한다. 후에 王逸은 유향이 집록한『楚辭』에 자신의 작품인『九思』와 班固의 敍 작품을 덧붙여 17권으로 만들고 각 권마다 註를 달아 모두 17권으로 편찬했다.[3]

장서각 소장본의 編次는 기본적으로 王逸의『楚辭章句』를 따라 총 17권으로 구성되어 있다. 그 편찬 체례와 내용을 살펴보면 책 머리에 黃汝亨의「楚辭序」가 있으며 뒤를 이어「楚辭章句目錄」,「觀妙齋重校楚辭章句議例·通計五則」,「史記·屈原列傳」,「各家楚辭書目」,「楚辭章句總評」이 차례로 위치한다. 그 뒤에『楚辭章句』의 본문이 이어지는데「離騷經章句」,「九歌傳」,「天問傳」,「九章傳」,「遠遊傳」,「卜居傳」,「漁父傳」,「九辯傳」,「招魂傳」,「大招傳」,「惜誓傳」,「招隱士傳」,「七諫傳」,「哀時命傳」,「九懷傳」,「九歎傳」,「九思傳」의 순서로 내용이 배열되어 있다. 책의 말미에는 풍소조가 쓴「後序」가 있다. 한 가지 설명이 필요한 것은「七諫傳」부터 풍소조의 註釋이 앞부분과 비교할 때 매우 적어진다는 사실이다.

---

3) 다만『楚辭』각 편의 저자에 관해서는 역대로 의견이 분분하다. 예를 들어 왕일의『九思』도 왕일의 작품이라는 설과 그의 아들인 延壽의 작품이라는 설이 병존한다. 다만 이 문제는 이미 많은 토론이 있어 왔던 까닭으로 본 문에서는 더 이상의 논의를 진행하지 않고자 한다.

특히 독자들은 「觀妙齋重校楚辭章句議例・通計五則」을 통해 장서각 소장본의 체례와 내용을 비교적 상세히 이해할 수 있다. 구체적인 내용을 살펴보면 아래와 같다.

첫째, 「印古」의 원칙이다. 풍소조는 먼저 『楚辭』의 텍스트로써 왕일의 『楚辭章句』가 현존하는 가장 오래된 것으로 내용이 부실하지 않고 탈락된 부분이 심하지 않으나 후인들이 각자의 뜻에 따라 멋대로 고친 현상을 지적한다. 그 예로 주희의 「九變」에 대한 해석을 든다. 결론적으로 왕일의 『楚辭章句』가 올바른 텍스트임을 설명하고 있다.

둘째, 「銓故」의 원칙이다. 풍소조는 역대로 『楚辭』에 註釋 작업을 한 저명한 학자들로 劉安, 王逸, 洪興祖, 朱熹 등이 있지만 왕일의 『楚辭章句』의 범주를 벗어나지 않는 것이 대부분임을 지적하고 있다. 동시에 자신이 『楚辭章句』를 편찬함에 있어 왕일의 『楚辭章句』를 主된 底本으로 하고, 홍흥조와 주희의 견해 가운데 유의미한 것을 書眉 부분에 기록하고, 이를 통해 독자가 관련 내용을 상세히 고증할 수 있도록 했다. 동시에 이를 통해 왕일『楚辭章句』의 원래 내용에 혼돈을 야기하지 않도록 한다고 설명한다.

셋째, 「選篇」의 원칙이다. 풍소조는 『楚辭』를 편찬함에 있어 유향은 16권, 왕일은 17권으로 편찬하였고, 唐宋 이후로도 編次가 서로 다르다고 설명하면서 주희의 『楚辭後語』를 예로 든다. 결론적으로 『楚辭句解評林』은 『楚辭章句』를 주로하고 『楚辭後語』는 검토 대상이 아니라고 설명한다.

넷째, 「覈評」의 원칙이다. 풍소조는 先人들이 『楚辭』에 대한 논평 자료를 책으로 만들었던 경우는 매우 드물었으며, 緖論만을 뽑는 것 역시 산만함을 면할 수 없음을 지적하고 있다. 그는 張之象의 『楚範』, 陳深의 『楚辭集評』, 洪邁의 『容齋隨筆』, 楊氏의 『丹鉛總錄』, 王世貞의 『藝

苑巵言』등을 수집하여, 관련 내용을 기재하고 할아버지인 馮覲의 手澤本의 내용도 책 속에 첨부하여『楚辭章句』와 홍흥조의『楚辭補註』그리고 주희의『楚辭集注』의 부족한 점을 보충한다고 설명한다.

다섯째,「譯響」의 원칙이다. 풍소조는『楚辭』에 사용된 옛날 음이 대부분 초음이고 韻語인 까닭으로 소리에 대한 詳考가 필요하지만,『楚辭章句』가 이 방면에 대한 고증이 상세치 않아 音에 통달하기가 어려움을 지적한다. 그런 까닭으로 그는 洪興祖와 朱熹의 견해를 취하여 밝혀 설명하고자 하였다.

Ⅳ. 문헌가치

주지하다시피『楚辭』는 중국 고대 남방 문학의 대표작으로 북방 문학을 대표하는『시경』과 더불어 후대의 문학에 지대한 영향을 끼쳤다. 이에 따라 후대의 많은 문인 · 학자들이『楚辭』에 注를 달거나 다양한 관점으로 해석을 하면서 하나의 독립적인 학문적인 체계를 이루었다. 그 가운데 후대에 가장 큰 영향을 미친 저작으로는 (漢)王逸의『楚辭章句』, (宋)洪興祖의『楚辭集注』, 朱熹의『楚辭集注』와 (淸)王夫之의『楚辭通釋』 등을 꼽을 수 있다. 그렇다면 전체 楚辭學史에 있어『楚辭句解評林』은 어떠한 학술 가치를 지니고 있을까?

명대에 이르러 초사에 대한 註釋 작업과 연구는 전 · 후기에 서로 다른 양상이 나타난다. 즉 학술사상과 사회 기풍의 변화와 더불어 명대에 이르러『楚辭』에 대해 전기와 후기에 서로 대비되는 관점이 출현한다는 의미이다.

명대 전기는 사상적으로 宋明理學 특히 朱子의 학설이 흥성하던 시기였고, 과거시험의 내용도 四書와 五經을 벗어나지 않았고 그 해석 또한 주희의 경전해석을 표준으로 하였다. 이런 까닭으로『楚辭』에 대한 관점도 자연히 주자의 견해를 중시하게 되어, 주자의『楚辭集註』를『楚辭』연구의 경전으로 생각하였다. 예를 들어 何喬新(1427-1502)은 주자의『楚辭集註』를 重刊하면서 그 서문에서 "아! 큰 학자의 저술의 뜻을 어찌 말학이 능히 엿보랴? 다만 일찍이 들으니 孔子의 刪詩와 朱子의 定騷는 그 뜻이 한가지였다(嗟乎, 大儒者著述之旨, 豈末學所能窺哉? 然嘗聞之, 孔子之刪詩, 朱子之定騷, 其意一也)."라고 말하고 있다. 이런 까닭으로 왕일의『楚辭章句』가 있다는 사실을 모르는 문인·학자들도 생겨났다. 바꾸어 말하면 명대 중기 이전의 초사 연구자들은 舊說에 집착한 까닭으로 영향력 있는 초사 주석서를 만들어 내지 못했다. 이에 반해 명대 중기 이후에는 王陽明 心學의 盛行으로 인해 학술사상에 큰 변화가 일어났고 이에 따라 주자 학설에서 벗어나려는 경향이 두드러진다.『楚辭』연구에 있어서도 명대 전기에 朱子의『楚辭集註』만을 존숭하는 단일한 경향성에서 벗어나 이를 회의하고 비평하는 기운이 싹텄다.[4] 예를 들어 後七子의 대표 인물인 王世貞은 何喬新과는 달리 굴원을 평가할 때 주자와 연관시키지 않고 屈原의 고상한 인격과『楚辭』의 예술성취에 초점을 맞추어서 상당히 높게 평가한다. 그는 심지어『楚辭章句』를 위해 쓴「序文」에서「공자가 굴원을 만나지 못해서 그렇지 굴원을 만났다면 반드시 초사 작품을 초풍에 넣었을 것이다(孔子而不遇屈氏則已, 孔子以遇屈氏, 則必採而列之楚風)[5]라고『楚辭』를 평가한다. 즉『楚辭』가『詩經』의 國風에 수록되어야 마땅한 것으로 평가한 것이다.

이런 상황에서 朱子의『楚辭集註』와 성격을 달리하는『楚辭』주석본

---

4) 明代 楚辭學에 대한 내용은 李中華, 朱炳祥,『楚辭學史』(武漢出版社, 1996년)와 孫正一,「초사학의 계승과 혁신」(『中國語文學論集』第11號, 35-59면)을 참고할 것.

5) 馮紹祖 校定,『楚辭章句』, 臺灣, 藝文印書館, 1967년, 559면.

이 적지 않게 출현하게 된다. 풍소조의『楚辭句解評林』역시 상술한 시대 배경에서 출현한『楚辭』주석서이다. 좀 더 구체적으로『楚辭句解評林』의 가치를 살펴보면 아래와 같다.

첫째,『楚辭句解評林』은 인용 자료가 대단히 풍부하다.「評林」이란 것은 揚雄, 魏文帝, 沈約, 庾信, 劉勰, 劉知幾, 皮日休, 蘇轍, 葛立方, 洪興祖, 朱熹, 祝堯, 高似孫, 汪彦章, 陳傅良, 李塗, 葉盛, 何孟春, 姜南, 張時徹, 唐樞, 茅坤, 王世貞, 劉鳳 등 24명의『楚辭』에 대한 평가를 기록한 것이다. 또한『楚辭句解評林』은 각 章의 말미에 章評을 두어 鍾嶸, 賈島, 宋祈, 蘇軾, 嚴羽, 王應麟, 姚寬, 張銳, 洪邁, 樓昉, 心括, 呂向, 劉次莊, 馮覲, 楊愼, 張鳳翼, 張之象, 呂延濟, 陳深 諸家의 평어를 기록하고 있다. 이런 까닭으로『楚辭句解評林』는『楚辭章句』의 내용을 이해하는데 적지 않은 도움을 준다.

둘째,『楚辭句解評林』은 일반적인『楚辭章句』와 다르게 卷首에「屈原傳」,『各家楚辭書目』과 二十四家『楚辭章句總評』등『楚辭』를 읽는데 도움이 되는 내용이 부가되어 있다. 연구자들은「屈原傳」을 통하여 굴원의 개략적인 생평을 이해할 수 있고,「各家楚辭書目」에 수록된『楚辭章句』十七卷,『楚辭釋文』一卷,『楚辭補註』十七卷,『考異』一卷,『重編楚辭』十六卷,『續楚辭』二十卷,『變離騷』二十卷,『龍岡楚辭說』五卷,『楚辭集說』,『楚辭集註』八卷 등에 대한 설명을 통해 역대 초사 관련 저서에 대한 이해를 도모할 수 있다. 마지막으로「楚辭章句總評」에 실린 揚雄 이외 24인의『楚辭章句』에 대한 評語를 통해『楚辭句解評林』이라는 책에 대한 전반적인 이해를 도모할 수 있다. 이런 관점에서 볼 때 장서각 소장본은 특히『楚辭』에 관심을 갖고 연구하려는 초보자들에게

적지 않은 도움을 줄 것으로 생각된다.[6]

　　결론적으로『楚辭句解評林』은 관련 자료를 인용한 것이 매우 풍부하여 考證의 자료로 삼기에 충분하다. 다만 인용 자료에 대한 출처를 밝히지 않은 것은 매우 아쉬운 일이다. 또한 기타『楚辭』주석서와 비교할 때 비록 전인들의 견해를 많이 수록하고 있지만 새롭고 독창적인 견해를 제기하지는 못하고 있다. 특히 본문에 쓰인 글자의 音에 대한 고증은 홍흥조와 주희의 견해만을 이용하여 설명한 까닭으로 적지 않은 문제가 존재한다. 그러나 전체적으로 볼 때『楚辭句解評林』은 왕일의『楚辭章句』를 연구하는 데 적지 않은 도움을 줄 수 있는 서적으로 볼 수 있다.

Ⅴ. 판본사항과 국내외 소장 현황

1. 판본사항

　　장서각 소장본 明刊本『楚辭句解評林』은 善本으로 분류될 수 있는 고서이다. 다만 판본의 源流를 고찰하는 관점에서 볼 때 장서각 소장본은 풍소조가 간행한 초간본은 아니다. 풍소조은 萬曆14년에 觀妙齋에서『楚辭章句』를 간행한다. 이 판본이「明萬曆十四年(丙戌)刊本」(이하에서 丙戌本으로 약칭한다)으로 현재 臺灣의 國家圖書館, 홍콩의 香港大學馮平山圖書館, 중국의 북경대학도서관, 天一閣文物保管所, 南京圖書

---

6)　崔富章 역시도 풍소조 교정본『楚辭章句』에 대해서 "『楚辭』매 편의 뒤에 많은 학자들의 評語를 附加하였을 뿐만 아니라 각 편 장구의 眉端 혹은 윗부분에 제가의 평점을 요약, 인용하여, 독서의 어려움을 완화시켜 독자와의 거리를 좁혀 雅俗이 함께 감상할 수 있도록 하였다."라고 지적하고 있다.『中央圖書館善本書目 · 楚辭類』補正』,『2007年 楚辭學 國際學術會議 － 韓國文學과 中國辭賦文學－ 논문집』, 12면.

館[7] 등에 소장되어 있다. 주의할 것은 萬曆 이후로 상술한 丙戌本을 저본으로 여러 다른 판본이 세상에 출현한다. 장서각 소장본인 明刊本 역시 그 중의 하나이다.

주의할 것은 상술한 두 판본이 비록 내용적으로 큰 차이는 없지만 서명, 판식과 편찬 체례에서 적지 않은 차이점이 존재한다. 이를 비교하여 보면 아래와 같다.

	丙戌本	明刊本(장서각 소장본)
書名	『楚辭章句』	《楚辭句解評林》
板式	9行18字	10行23字
편찬 체례	「史記・屈原列傳」, 「各家楚辭書目」, 「楚辭章句總評」이 卷17뒤에 위치	「史記・屈原列傳」, 「各家楚辭書目」, 「楚辭章句總評」이 卷1앞에 위치

편찬 체례의 차이점을 좀 더 자세히 설명하기 위해 明刊本과 丙戌本의 체례를 대조하여 보면 다음과 같다.

明刊本	明萬曆十四年(丙戌)刊本
「楚辭序」	「楚辭序」
「楚辭章句目錄」	「校楚辭章句後序」
「觀妙齋重校楚辭章句議例・通計五則」	「觀妙齋重校楚辭章句議例・通計五則」
「史記・屈原列傳」	「楚辭章句目錄」
「各家楚辭書目」	離騷經章句第一
「楚辭章句總評」	九歌章句第二
離騷經章句第一	天問章句第三
九歌章句第二	九章章句第四

---

7) 『中國古籍善本書目・集部』에 의하면 중국에는 상술한 3곳의 소장기구를 포함하여 총 32곳의 장서 기구에서 丙戌本을 소장하고 있다. 上海古籍出版社, 1996년, 2면.

明刊本	明萬曆十四年(丙戌)刊本
天問章句第三	遠遊章句第五
九章章句第四	卜居章句第六
遠遊章句第五	漁父章句第七
卜居章句第六	九辯章句第八
漁父章句第七	招魂章句第九
九辯章句第八	大招章句第十
招魂章句第九	惜誓章句第十一
大招章句第十	招隱士章句第十二
惜誓章句第十一	七諫章句第十三
招隱士章句第十二	哀時命章句第十四
七諫章句第十三	九懷章句第十五
哀時命章句第十四	九歎章句第十六
九懷章句第十五	九思章句第十七
九歎章句第十六	「史記 · 屈原列傳」
九思章句第十七	「各家楚辭書目」
「後序」	「楚辭章句總評」

　　체례에 있어 明刊本과 丙戌本의 가장 큰 차이점은 「史記 · 屈原列傳」, 「各家楚辭書目」과 「楚辭章句總評」의 위치와 「後序」의 존재 유무이다. 그 외에 두 판본의 가장 큰 차이점은 丙戌本이 행간이나 윗부분의 공백에 小字로 제가의 평점이나 문장의 맥락에 관계된 내용을 적어놓은 데 비해 明刊本은 한 페이지를 완전히 아래위 두 부분으로 나누어 윗부분에는 諸家 관점의 대체적 의미와 문장의 맥락에 관계된 내용을 적어놓고 아랫부분에는 『楚辭』17편의 본문을 기록하고 있다는 점이다. 또 한 가지 주의할 점은 丙戌本의 서명이 『楚辭句解評林』이 아닌 『楚辭章句』라는 점이다. 즉 단순한 서명의 비교만으로는 두 고서가 완전히 서로 다른 것이라는 오해를 일으킬 수도 있다는 점이다.

상술한 두 판본이 형태나 체례에서 차이가 나는 이유에 대해서는 王重民의 견해가 참고할 만하다. 王重民은『中國善本書提要』에서「明萬曆間刻本」『楚辭句解評林』을 수록하고 있는데 北京大學所藏本으로 장서각본과 동일 판본으로 추정된다. 王重民은 "이 고서는 坊間에서 觀妙齋본을 복각한 것이다. 觀妙齋 원본의 풍서의 끝에 萬曆丙戌라고 기록되어 있으나 이 책은 丁亥로 고쳐져 있으며, 위 書口에는「楚辭類纂評林」혹은「楚辭章句評林」이라고 題하고 있는데, 제목을 바꾼 것 역시 坊賈의 일관된 기량이다. 다만 이 판본은 잘못된 글자가 매우 많고, 번각 상태가 매우 엉성하다. 그 번각 연대를 살펴보니 원본보다 단지 일년 후인데 이것 역시 작은 書坊이 몰래 책을 찍어낼 때의 일반적인 일이다(此本爲坊間飜刻觀妙齋本. 觀妙齋原本馮序末署萬曆丙戌, 此本改爲丁亥, 上書口或題爲 "楚辭類纂評林", 或題爲 "楚辭章句評林", 變換名目, 亦坊賈慣技. 但此本錯字甚多, 飜刻殊爲草率, 觀其飜刻時代, 僅後於原本者一年, 亦小書坊偸刻之常事也)."[8] 라고 지적하고 있다.

2. 국내외 소장 현황

丙戌本『楚辭章句』는 출판된 후에 명말 항주 지역 출판업의 발달과 함께 상당한 활발히 간행되었던 것으로 보인다. 이런 까닭으로 상업적 이익을 위해 일반 출판업자들이 丙戌本을 저본으로 하여 계속해서 출판하였고 이런 현상은 淸代 中期까지 계속되었다.[9] 장서각 소장본『楚辭句解評林』은 상술한 과정에서 출판된 판본의 하나이다.『楚辭句解

---

8) 王重民,『中國善本書提要』:『楚辭句解評林』十七卷 漢王逸章句 明馮紹祖輯評 附錄一卷 明刊本」, 490면.

9) 崔富章,「『中央圖書館善本書目 · 楚辭類』補正」,『2007年 楚辭學 國際學術會議 − 韓國文學과 中國辭賦文學− 논문집』, 12면.

評林』은『四庫全書』와『四庫全書總目』에는 수록되어 있지 않다. 다만 『續修四庫全書總目提要(稿本)』에는 수록되어 있고[10], 현재『中國古籍善本書目』에 明刊本으로 수록되어 있다.[11]

현재 明刊本『楚辭句解評林』의 국내외 소장 현황을 살펴보면 다음과 같다.

장서각 소장본 明刊本『楚辭句解評林』은 현재 국내에서는 유일본으로 추정된다. 단국대학교 율곡기념도서관 고전자료실에 馮紹祖刊本 『楚辭』가 한 부(청구기호 : 고 871.2 굴253ㅊ) 소장되어 있다.[12] 그 서지사항을 살펴보면 線裝18卷3冊: 上下單邊 左右雙邊 半郭 21.7 x 14.4 cm, 有界, 9行18字 小註雙行으로 나타난다. 또한 책 머리에 萬曆柔兆閹 茂之歲(丙戌, 1586)夏旦朔에 쓴 黃汝亨의 序文이 있고, 뒤이어 萬曆丙 戌(1586)년에 馮紹祖가 쓴 後序가 있다. 상술한 바와 같이 丙戌本은 半 葉9行18字로 서명은『楚辭章句』, 明刊本은 10行23字로 서명은『楚辭 句解評林』인 점을 고려했을 때 단국대 소장본은 丙戌本 계통의 판본이다. 특히 丙戌本 계통의 판본은 馮紹祖 初刊本의 형태를 살펴볼 수 있다는 점에서 의미를 찾을 수 있다. 이외에 연세대학교 도서관에 馮紹祖 校正本『楚辭』가 소장되어 있다. 권10에서 16까지만 전하는 落帙本으로 上下單邊 左右雙邊 半郭 21.3 x 13.6 cm, 有界, 9行18字 小註雙 行의 판식 형태를 가지고 있다. 이를 통해 연세대 소장본 역시 丙戌本 계통의 판본임을 알 수 있다.

---

10)　中國科學院圖書館整理,『續修四庫全書總目提要(稿本)』冊19, 齊魯書社, 1996년, 481면.

11)　『中國古籍善本書目·集部』, 上海古籍出版社, 1996년, 4면.

12)　檀國大學校 栗谷紀念圖書館,『(檀國大學校 栗谷紀念圖書館 叢書 第1輯)漢籍目 錄』, 1994년, 181면.

국외에는 장서각 소장본과 동일한 판본이 중국에는 北京大學圖書館, 淸華大學圖書館, 北京師範大學圖書館, 中共中央黨校圖書館, 上海圖書館, 南京師範大學圖書館, 浙江圖書館, 四川省圖書館 등에 소장되어 있다.[13] 또한 日本의 內閣文庫, 東京大學東洋文化硏究所 등과 美國의 Havard University 燕京圖書館 등에도 장서각 소장본과 동일한 판본이 소장되어있다.[14]

끝으로 『楚辭』는 중국의 문인 · 학자들에게만 관심의 대상이 아니라 우리나라에서도 독서와 연구의 대상이었다. 특히 조선시대에는 성리학이 성행하여 주희의 저술이 상대적으로 중시되던 시기인 까닭으로 그의 저술인 『楚辭集註』가 여러 차례 간행되었다. 현재 규장각, 국립중앙도서관 등에 적지 않은 조선간본 『楚辭集註』가 소장되어 있다. 이에 비해 조선에서 王逸의 『楚辭章句』나 洪興祖의 『楚辭補註』가 간행되었다는 기록은 찾아보기 어렵다. 이런 관점에서 볼 때 (明)馮紹祖가 校正한 『楚辭章句』가 조선 왕실도서관인 장서각에 소장되어 이용되었다는 점은 일정한 학술적 의미가 있다고 하겠다.

---

13) 『中國古籍善本書目 · 集部』, 4면.

14) 沈津著, 『美國哈佛大學燕京圖書館中文善本書誌』, 上海辭書出版社, 1999년, 604면.

成均館大學校 尊經閣 所藏 中國古書의 文獻價值 研究

-集部 古書를 中心으로-

Ⅰ. 들어가는 말

成均館大學校 尊經閣은 한국의 대표적인 고서 소장기구의 하나로서 적지 않은 중국고서를 소장하고 있다. 동시에 소장하고 있는 중국고서 가운데 문헌가치가 높은 것들도 적지 않다. 연구자들은 성균관대학교에서 출판한 『古書目錄(第一輯~第三輯)』을 통해서 소장 중국고서의 수량, 내용 및 가치를 개략적으로 파악할 수 있다. 그러나 현재까지 존경각 소장 중국고서를 대상으로 한 본격적인 연구는 찾아보기 어렵다. 본 연구는 존경각 소장 중국고서에 관한 연구의 필요성과 현재까지의 연구현황을 고려하여 존경각 소장 중국고서의 문헌가치를 검토하고자 하는 시도이다. 다만 한 편의 논문에서 존경각 소장 중국고서 전체를 검토하는 것은 편폭의 제약이 따르므로 연구범위를 존경각 소장 중국고서가운데 集部 고서로 제한하고자 한다. 다만 성균관대학교에서 출판한 『古書目錄(第1輯~第3輯)』에는 존경각이 소장하고 있는 모든 장서가

운데 東裝本[1]만을 수록대상으로 하고 있는데 그 중 일부는 비록 東裝本이라 할지라도 古書라는 기준에 부합하지 않는 서적도 포함되어 있다. 즉 비록 동장본의 형태를 취하고 있지만 그 간행년도가 1950년 이후의 서적도 발견되어진다. 예를 들면『고서목록(第1輯)·集部·詞曲類』에 수록되어 있는『綠野翁琴趣』는 1958년에 간행된 新活字版 서적으로 고서라고 할 수 없는 서적이다. 이런 종류의 서적은 본 논문의 연구대상에서 제외한다. 상술한 상황을 고려하여 효과적인 결론의 도출을 위해 먼저 명확한 연구범위를 정해야 할 필요성을 느껴 아래와 같이 연구범위를 설정한다.

1. 본 연구에서 말하는 中國古書란 中國刊本이든 韓國刊本이든 혹은 日本刊本이든 저자가 중국인인 古書를 의미한다. 그러므로 한국이나 일본에서 간행된 중국고서 역시 연구대상에 포함시킨다.

2. 일반적으로 중국이나 대만에서 古書(혹은 古籍)라고 함은 주로 간행시기를 기준으로 하여 中華民國 성립이전(1911년)에 印出된 것을 가리킨다. 본 연구에서도 淸이 망하고 중화민국이 성립된 1912년 이후에 간행된 고서는 비록 그 著者가 古人이며 책의 형태가 東裝本이라 할지라도 고서로 분류하지 않는다. 그러므로 존경각 소장 중국고서 가운데 若干의 책들이 본 연구의 연구대상에서 제외된다. 이러한 결론에 도달한 이유는 1912년 이후에 간행된 책들은 비록 동장본의 형태를 취하고 있다 할지라도 일반적으로 상당히 보편적으로 유통되는 서적인 관계로 고서로서의 가치는 그다지 크지 않기 때문이다.

---

1) 東裝本이란 한국인, 중국인, 일본인이 撰述한 刊本과 寫本을 포함한다. 이 개념은 중국의 線裝本 개념으로 이해해도 무방할 것으로 보인다.

3. 존경각 소장 중국인 撰述 가운데 본래는 중국인의 저작이었으나 후에 조선인 혹은 일본인의 손에 의해 일정한 목적아래 편찬되어 원래의 내용이나 형식면에서 많은 변화가 있었던 고서는 본 논문의 논의 대상에서 제외한다. 예를 들면 正祖가 御定한『唐宋八子百選』과『雅誦』은 비록 唐宋八大家와 朱子의 시문을 뽑아 편찬한 것이지만, 정조의 편찬의도에 따라 원본의 형태를 잃어버린 관계로 중국고서라고 보기에는 무리가 따른다. 물론 이런 종류의 서적은 韓·中 文化의 融合이라는 특수한 문헌가치를 가지지만 본 연구에서는 연구 대상에서 제외한다. 그러나 원래의 내용에 注만을 달거나 校正을 한 고서는 본 논문의 논의 대상에 포함시킨다.

4. 『古書目錄(第一輯~第三輯)』에는 수록되어 있으나 현재는 분실된 중국고서는 논의 대상에서 제외한다. 예를 들면『고서목록(제1집)』에 수록되어 있는『宋詩正韻』(貴D02C-0073)은 中宗~宣祖에 간행된 初乙酉字體本活字本으로 원래는 귀중본으로 분류되어 있었으나 현재는 분실된 상태이다.

5. 『古書目錄(第一輯~第三輯)』에는 중국인 저술에 포함되어 있지만 그 編者가 조선인인 경우는 연구범위에서 제외시킨다. 예를 들어 李尙迪의『恩誦堂續集』, 宋時烈이 編한『朱子大全箚疑』, 金邁淳이 編한『朱子大全箚疑問目標補』등이 이 방면의 예이다.

다음으로 본 연구의 연구순서와 방법 및 내용에 대해 설명하고자 한다. 일반적으로 한국의 중국고서 소장기구들은 고서목록을 編纂할 때 대부분 간행시기에 따라 소장고서를 '貴重本' 혹은 '稀貴本'으로 구분하여 문헌가치가 높은 고서를 별도로 구분하고 있다. 간행 시기에 의한 고서의 문헌가치 판단은 가장 보편적인 것이며 또한 합리성과 타당성을 지니고 있다. 그러나 학술연구에 있어 한 고서의 문헌가치는 간행 시기의 빠름으로만 결정할 수는 없다. 더 중요한 것은 비록 간행 시기는 다소 늦더라도 다른 판본과의 비교를 통하여 내용상으로 더 완정하여 관련 연구자에게 가장 믿을 수 있는 原始資料를 제공할 수 있다면 그 고서는 간행 시기와 관계없이 높은 문헌가치를 가지게 되는 것이다. 이런 까닭으로 본 논문에서는 먼저 성대『古書目錄(第一輯~第三輯)에서 제시하는 기준에 관계없이 중국과 대만의 고서 판정 기준에 따라 존경각 소장 집부 중국고서 가운데 善本으로 분류될 수 있는 고서가 얼마나 되는지를 수량적으로 조사하고자 한다.

그리고 존경각 소장 집부 중국고서의 문헌가치를 효과적으로 도출하기 위해서, 상술한 선본 가운데 가치 있다고 판단되는 대표적인 고서 세 종류를 선택하여 해당 고서의 서지사항, 내용과 체례 및 국내외 소장 현황 등을 조사하고자 한다.[2] 이를 통해 연구 대상인 세 종류 고서의

---

2) 본문에서 특정 고서의 국내외 소장 현황을 조사하기 위해 이용한 주요 장서목록은 다음과 같다:

中國地域:『中國古籍善本書目(集部)』(中國古籍善本書目編纂委員會編,『中國古籍善本書目(集部)』, 上海, 上海古籍出版社, 1985; 中國古籍善本書目編纂委員會編,『中國古籍善本書目(叢部)』, 上海, 上海古籍出版社, 1990). 이 목록은 中國國家圖書館(舊北京圖書館), 上海圖書館, 北京大學圖書館 등을 비롯한 중국의 주요 도서관의 善本古籍을 수록하고 있다.

臺灣地域:『臺灣公藏善本書目書名索引』(國立中央圖書館編,『臺灣公藏善本書目書名索引』, 臺北, 國立中央圖書館, 1972). 이 목록은 臺灣國家圖書館, 中央研究院歷史語言研究所傅斯年圖書館, 臺灣大學圖書館 등 주요 도서관의 善本古籍을 수록하고 있다. 이외에『臺灣公藏普通線裝書書目』(國立中央圖書館編,『臺灣公藏普通本線裝書目書名索引』, 臺北, 國立中央圖書館, 1980)은 대만 주요 도서관의 普通本線裝古書를 수록하고 있다.

日本地域:『東京大學東洋文化研究所漢籍分類目錄』(東京大學東洋文化研究所著,『東京大學東洋文化研究所漢籍目錄』, 東京大學東洋文化研究所, 1973),『京都大學人文科學研究所漢籍目錄』(京都大學人文科學研究所編,『京都大學人文科學研究所漢籍目錄』, 京都, 人文科學研究所, 1979-1980),『靜嘉堂文庫漢籍分類目錄』(尊經

문헌가치를 상세히 설명하고자 한다. 마지막으로 존경각 소장 중국고
서를 한국서지학, 다른 판본과의 비교, 韓·中 書籍交流史 등의 관점
에서 그 문헌가치를 설명하고자 한다.

Ⅱ. 존경각 소장 집부 중국고서 整理 現況과 善本 古書

1. 존경각 장서 정리 현황과 집부 중국고서 소장 현황

현재 「尊經閣」은 7萬餘冊의 고서와 동아시아 관련 학술서적 그리고
一般資料 4萬餘冊을 소장하고 있다. 2005年 6月까지 존경각의 장서현
황을 살펴보면 아래와 같다.

東裝本	經部(A)	史部(B)	子部(C)	集部(D)	計
	6,462	17,310	19,098	26,352	69,222

洋裝本	000 (總類)	100 (哲學)	200 (宗敎)	300 (社會科學)	400 (純粹科學)	500 (自然科學)	600 (藝術)	700 (語言)	800 (文學)	900 (歷史)	計
	15,775	4,502	1,308	3,666	1,030	91	280	227	8,334	9,468	44,721

※상기 자료는 존경각 홈페이지의 존경각자료 현황 및 발전계획의 내용을 참조하여 작성한 것임

閣文庫編, 『靜嘉堂文庫漢籍分類目錄』, 臺北, 大立, 1980), 『尊經閣文庫漢籍分類目
錄』(前田家尊經閣編, 『尊經閣文庫漢籍分類目錄』, 東京, 石黑文吉, 1934), 『內閣文
庫漢籍分類目錄』(福井保主編, 『內閣文庫漢籍分類目錄』, 臺北, 進學書局, 1970),
『國立國會圖書館漢籍目錄索引』(國立國會圖書館, 『國立國會圖書館漢籍目錄索引』,
國立國會圖書館, 平成7년).
美國地域：『普林斯頓大學葛斯德東方圖書館中文善本書誌』(屈萬里著,『普林斯頓大
學葛斯德東方圖書館中文善本書誌』, 臺北, 藝文印書館, 1975), 『美國哈佛大學燕京
圖書館中文善本書誌』(沈津著, 『美國哈佛大學燕京圖書館中文善本書誌』, 上海, 上
海辭書出版社, 1999).

존경각 소장 고서에 관한 정리와 이용에 대해서는 두 가지 측면에서 접근이 가능하다. 하나는 고서목록이고 다른 하나는 고서검색시스템 및 원문 DB이다. 먼저 고서목록에 대해 알아보자. 성균관대학교는 소장 고서의 정리와 이용을 위하여 현재까지 총 3권의 고서목록을 출판하였다. 구체적인 내용을 살펴보면 아래와 같다.

(1) 『古書目錄(第一輯)』(成均館大學校中央圖書館編, 成均館大學校出版部出版, 1979年3月): 이 목록은 모두 4,622種 38,693冊의 고서를 수록하고 있다. 그 가운데 檀汕文庫(金鐘九 기증본) 장서를 포함하고 있다.

(2) 『古書目錄(第2輯)』(成均館大學校中央圖書館編, 成均館大學校出版部出版, 1981年12月): 이 목록은 『古書目錄(第1輯)』에 수록되지 않은 고서 1,519種 6,013冊과 1978년 이후에 새로 수집된 189種 408冊을 합쳐 모두 1,708種 6,421冊을 수록하고 있다. 그 가운데 梧齋文庫, 劍如文庫, 曹元錫文庫 등 세 개의 개인문고 장서를 포함하고 있다.

(3) 『古書目錄(第3輯)』(成均館大學校 東ASIA學術院 尊經閣編, 成均館大學校出版部出版, 2002年3月): 이 목록은 1982년에서 2000년 사이에 수집하여 정리된 4,436種 14,929冊을 수록하고 있다. 그 가운데 晩溪(白燦宗), 靑岡(李浩呈), 玄潭(柳正東), 友松(李奎鎬) 등의 개인문고 장서를 포함하고 있다.

상술한 고서목록의 수록 대상은 존경각 소장 고서 가운데 동장본과 拓本類, 書畫類 및 古文書類를 포함한다. 한 가지 설명이 필요한 것은 위에서 언급한 고서목록은 소장 고서 가운데 가치있는 고서들을 '貴重本' 혹은 '稀貴本'으로 표시하고 있다. '貴重本'은 稿本, 名家의 親筆寫本, 古文書 및 古地圖 등 내용상 가치를 가지고 있는 고서를 가리킨다.

간행년도로 볼 때는 '貴重本'은 "韓國典籍은 壬亂以前, 中國本은 隆慶末紀以前, 日本本은 慶長以前의 것을 각각 貴重本으로 處理한다."[3] 라고 규정하고 있다. '稀貴本'이란 자료의 가치 혹은 유통 방면에서 쉽게 찾아볼 수 없는 고서를 가리킨다.

이외에도 「존경각」은 동아시아학술자료센터의 기능을 담당하는 까닭으로 최근 몇 년간 인터넷상에서도 소장 자료의 일부를 원문으로 검색할 수 있도록 데이터베이스를 구축하고 있다. 현재 「존경각」 소장 고서를 이용하고자 하는 사용자들은 해당 홈페이지(http://east.skku.ac.kr)에서 1萬餘 條의 목록과 41萬餘 장의 일반고서 및 고문서의 원문 자료를 이용 검색할 수 있다. 그 내용은 아래와 같다.

書誌DB					原文DB			
經部	史部	子部	集部	計	種類	卷數	冊數	葉數
5,964	16,613	18,597	24,374	65,548	680	5,677	2,714	421,601

아쉬운 것은 상술한 고서목록의 출판과 관련 데이터베이스의 구축을 제외하고는 존경각 소장 고서에 대한 진일보된 정리와 연구 성과가 거의 보이지 않는다는 점이다. 중국고서에 대한 정리와 연구도 예외는 아니어서 소장 중국고서에 관한 해제 작업이나 개별 고서에 대한 심화 연구 등은 거의 전무한 실정이다.

아래의 표는 상술한 연구범위에 근거하여 본문의 연구대상이 되는 집부 중국고서를 조사한 통계 자료이다.

---

3) 成均館大學校中央圖書館編輯,「凡例」,『古書目錄(第1輯)』, 成均館大學校出版部, 1979년.

第1輯	總集類	科詩文	別集類	尺牘類	詩文評類	詞曲類	小說類
種別	192	2	225	23	34	6	168

第2輯	總集類	科詩文	別集類	尺牘類	詩文評類	詞曲類	小說類
種別	71	0	61	8	25	11	81

第3輯	總集類	科詩文	別集類	尺牘類	詩文評類	詞曲類	小說類
種別	46	0	31	7	3	1	11

	總集類	科詩文	別集類	尺牘類	詩文評類	詞曲類	小說類
計	309	2	317	38	62	18	260

※ 科詩文의 경우 대부분이 편자미상으로 기록되어 있어 필자도 「古書目錄」의 기재에 따라 확인되지 않은 경우 중국인의 저작으로 간주하지 않았음.

위의 통계자료에 따르면 존경각 소장 집부 중국고서 가운데 가장 많은 수를 차지하는 것은 「別集類」이고 그 다음이 「總集類」, 「小說類」의 순이다. 특히 「小說類」의 양이 「別集類」나 「總集類」에 비견될 만큼 많다는 것은 주목할 만한 현상이다. 다음으로 주목하여야 할 것은 성균관대학교에서 출판한 3권의 『古書目錄』 가운데 양적으로나 질적으로나 第1輯이 가장 중요한 목록임을 알 수 있다.

2. 존경각 소장 집부 선본 중국고서

사실상 존경각에 소장되어 있는 집부 중국고서는 양적으로도 적지 않으며 질적으로도 높은 가치를 지니고 있다. 본문에서는 지면의 제한으로 인해 존경각 소장 집부 중국고서 각각의 문헌가치에 대해서는 소략하고, 존경각 소장 집부 중국고서에 대한 분석 작업을 통하여 善本으로 분류할 수 있는 것을 중심으로 그 문헌가치를 설명하고자 한다. 먼저 설명이 필요한 부분은 선본에 대한 정의이다. 왜냐하면 중국이나 대만지역에서 선본에 대한 정의가 서로 다소 다르기 때문이다. 대만의 경우는 善本이란 일반적으로 明末 이전에 간행된 고서와 淸初의 일부 고서를 그 범위로 정하고 있다. 이에 비해 중국 도서관이 갖고 있는 선본 기준은 좀 더 넓어서 淸人의 著作들도 광범위하게 선본으로 취급하고 있다. 특히 중요한 것은 중국의 『中國古籍善本書目』에서는 중국 이외의 지역에서 간행된 고서는 수록대상에서 제외하고 있는데, 만약 이러한 기준을 따른다면 성균관대학 소장 중국고서 크게는 한국소장 중국고서 가운데 선본으로 분류할 수 있는 고서는 그다지 많지 않을 것으로 생각된다.

본문에서는 중국과 대만의 선본기준을 절충하여 원칙적으로는 중국의 고서 선본 기준을 따르고 여기에다 한국과 일본에서 출판된 중국고서도 간행년도에 따라 선본에 포함시키기로 한다. 아래에서는 상술한 기준에 따라 선본으로 분류될 수 있는 고서를 표로 표시하였다.

(1)『古書目錄(第一輯)』

書名	著者	冊數	版本項	分類記號	비고
顧高二先生遺書合編	(明)顧憲成, (明)高攀龍 共著	4卷4冊	朝鮮英祖37년(1761)後期 芸閣印書體混入補字版刊本	D2C-2	
古文觀止	(淸)吳興祚 鑑定	10卷5冊	淸康熙34년(1695)刻本	D2c-8	
古文淵鑒	(淸)徐乾學等 奉旨編注	64卷47冊	淸康熙24년(1685)刻本	D2C-15	
古詩歸	(明)鍾惺, (明)譚元春 編	15卷5冊	明萬曆45년(1617)刻本	D2C-19	
唐宋十大家全集錄	(淸)儲欣 點正	47卷32冊	淸康熙44년(1705)刻本	D2C-30	
唐詩品彙	(明)高棅	102卷24冊	明刊本	D2C-39a	
唐詩品彙	(明)高棅	102卷24冊	淸順治(1657)년刻本	D2C-39d	
文選	(梁)蕭統 撰, (唐)李善 等注	2卷1冊	朝鮮初鑄甲寅字覆刻本(壬辰倭亂以前)	貴D2C-50	

書名	著者	冊數	版本項	分類記號	비고
(五臣註)文選	(梁)蕭統撰, (唐)呂延濟 等注	18卷15冊	朝鮮初鑄甲寅字覆刻混入補版中宗4년(1509)刻壬辰倭亂以前補刻本	貴D2C-50a	
文選	(梁)蕭統撰, (唐)李善 等注	60卷12冊	明末汲古閣刻淸康熙25年錢士謐重修本	D2C-50b	
續文選	(明)湯紹祖 撰	32권8冊	明萬曆20年(1602)希貴堂刊本	D2C-53	
(六臣註)文選	(梁)蕭統撰, (唐)李善 等注	60卷36冊	元大德3年陳仁子古迂書院刻本	貴D2C-54	
(六臣註)文選	(梁)蕭統撰, (唐)李善 等注	30卷15冊 (卷31-60缺)	明萬曆2年崔孔昕刻六年徐成位重修本	D2C-54a	
詳說古文眞寶大全	(宋)黃堅	10卷5冊	朝鮮肅宗2년(1676)刻本	D2C-68b	
西山先生眞文忠公文章正宗	(宋)陳德秀	1卷1冊	朝鮮世宗11년(1429)庚子字版本	貴D2C-70	
西山先生眞文忠公文章正宗	(宋)陳德秀, (明)顧錫疇 重訂	42卷18冊	明刊本	D2C-70a	
雅音會編	(明)康麟	12卷12冊	明嘉靖24년(1545)刊本	貴D2C-84	
正續名世文章	(明)王世貞編選, (明)錢允治續編, (明)陳繼儒校註	16卷8冊	明萬曆45年刊本	D2C-102	
秦漢鴻文	(明)顧錫疇	25卷10冊	明崇禎6年(1663)刊本	D2C-109	
采菽堂古詩選	(淸)陳祚明 編	21卷10冊	淸康熙45년(1706)武林翁氏刻本	D2C-110	
佩文齋詠物詩選	(淸)聖祖 勅命編	64卷64冊	淸康熙46년(1707)刻本	D2C-120	
漢魏六朝百三名家	(明)張溥 編	34冊	明末刊本	D2C-124	
皇明十大家文選	(明)陸弘祚 編	22卷8冊	明末刊本	D2C-128	
皇明十六名家小品	(明)陸雲龍編	32卷16冊	明刊本	D2C-129	
皇朝經世文編	(淸)賀長齡編	122권80冊	淸道光7년(1827)刊本	D2C-130	

書名	著者	冊數	版本項	分類記號	비고
新刊類編歷舉三場文選古賦	(元)劉仁初 編	4卷1冊	朝鮮世宗2년(1420)-15년(1433)庚子字版刊本	貴D2F-5	
新刊類編歷舉三場文選古賦	(元)劉仁初 編	4卷1冊	朝鮮端宗2년(1545)密陽府庚子字覆刻本	貴D2F-5a	
空同子集	(明)李夢陽	65卷21冊	明萬曆30년(1602)刊本	D3C-12	
南軒先生文集	(宋)張栻	44卷14冊	朝鮮宣祖7년(1574)刊本	貴D2C-22	
南軒集	(宋)張栻	42卷13冊	清 康熙年間刊本	B3C-23	
帶經堂集	(清)王士禎	70卷24冊	清 乾隆12년(1747)年黃晟刊本	D3C-28	
東漢王叔師集	(漢)王逸著,(明)張	不分卷1冊	明刊本	D3C-42	
杜工部詩集	(唐)杜甫 著,(清)朱鶴齡 輯註, (清)錢謙益 鑑定	19卷15冊	明刊本	D3C-44	
集千家註分類杜工部詩集·文集	(唐)杜甫 著,(明)許自昌 校	22卷6冊	明刊本	D3C-45	
集千家註分類杜工部詩	(唐)杜甫 著,(宋)徐居人 編	6卷3冊	元刊本	貴D3C-46	
纂註分類杜詩	(唐)杜甫 著	20卷16冊	朝鮮光海君7년(1615)甲寅字體訓練都監字版	D3C-47	
杜工部草堂詩箋	(唐)杜甫 著,(宋)魯,(宋)蔡夢弼	5卷	朝鮮世宗年間(1419-1449)刊本	貴D3C-48	
黃氏集千家註杜工部詩史補遺	(唐)杜甫 著,(宋)黃希,(宋)黃鶴 同注	5卷1冊	朝鮮前期南宋覆刻本	貴D3C-49	
名公妙選陸放翁詩集	(宋)陸游 撰,(宋)羅椅選,(元)劉辰翁選	18卷1冊	朝鮮世祖(1465-1468)刊乙亥字小字版本	貴D3C-55	
名公妙選陸放翁詩集	(宋)陸游 撰,(宋)羅椅選,(元)劉辰翁選	18卷1冊	朝鮮前期刊本	貴D3C-55a	

書名	著者	冊數	版本項	分類記號	비고
茅鹿門先生文集	(明)茅坤著	36卷10冊	明刊本	D3C-56a	
茅鹿門抄評柳柳州文	(唐)柳宗元, (明)茅坤抄評	12卷4冊	朝鮮肅宗刊初鑄韓構字版本	D3C-57	
牧齋初學集	(淸)錢謙益	110卷32冊	明崇禎癸未年(1643)刊行本	D3C-59	
白氏長慶集	(唐)白居易	73卷12冊	明萬曆34年(1606)刊行本	D3C-63	
分類補註李太白詩	(唐)李白著, (宋)楊齊賢註,	3卷1冊	南宋本覆刻版	貴D3C-72b	
分類補註李太白詩	(唐)李白著, (宋)楊齊賢集註, (元)蕭士贇補註	29卷27冊	明刊本	貴D3C-72c	
史忠正公集	(明)史可法 著	本集4卷3冊, 附錄1卷1冊	淸刊本	D3C-74	
三魚堂文集	(淸)陸隴其 著	文集12卷, 外集6卷, 附錄2卷, 合10冊	淸康熙年間刊本	D3C-76	
西山先生眞文忠公文集	(宋)眞德秀 著	57卷24冊	明萬曆24年刊本	D3C-79	
西陂類稿	(淸)宋犖 著	46卷16冊	淸康熙年間刊本	D3C-80	
石田先生詩鈔	(明)沈周 著	10卷3冊	淸順治年間刊本	D3C-82	
邵子湘全集	(淸)邵長蘅 著	30卷8冊	淸康熙年間刊本	D3C-90	
邵子全書	(宋)邵雍 著, (明)徐必達 校正	23卷31冊	明刊本	D3C-91	
宋丞相文山先生全集	(宋)文天祥 著	20卷12冊	淸康熙12年刊本	D3C-95	
施愚山先生全集	(淸)施閏章	88卷19冊	淸刊本	D3C-101	
王陽明先生文鈔	(明)王守仁 著, (淸)張問達 編輯	20卷16冊	淸康熙47年(1708)刊本	D3C-113	
王陽明先生全集	(明)王守仁 著, (淸)俞嶙 重編	10卷10冊	淸康熙12年(1673)刊本	D3C-114	

書名	著者	册數	版本項	分類記號	비고
王荊公全集	(宋)王安石 著, (明)李光祚 校	103卷20册	明末刊本	D3C-116	
元氏長慶集	(唐)元稹 著	60卷4册	明萬曆年間本	D3C-119	
袁中郎全集	(明)袁宏道 著	40卷24册	明崇禎2年(1629)刊本	D3C-120	
柳文	(唐)柳宗元 著 (唐)劉禹錫 編	47卷10册	明末刊本	D3C-123	
陸放翁全集	(宋)陸游	84卷38册	明末刊本	D3C-126	
醫閭先生集	(明)賀欽	9卷3册	朝鮮明宗16년(1561)刊本	D3C-132	
李商隱詩集	(唐)李商隱	10卷2册	朝鮮明宗-宣祖年間刻本	D3C-135	
梨雲館類批袁中郎全集	(明)袁宏道	4卷4册	清初刊本	D3C-136	
伊川擊壤集	(宋)邵雍	16卷3册	朝鮮壬辰倭亂以前刊本	貴D3C-140	
張東海集	(明)張弼	不分卷1册	明末刊本	D3C-143	
箋釋梅亭先生四六標準	(宋)李劉 著, (明)孫雲翼 箋	40卷20册	明萬曆44年(1616)刻本	D3C-147	
宗子相集	(明)宗臣	8卷8册	明末清初刊本	D3C-154	
朱文公校昌黎先生集	(唐)韓愈 著, (唐)李漢 編	5卷1册(卷15-19)	朝鮮初鑄甲寅字覆刻版	貴D3C-155	
朱文公校昌黎先生集	(唐)韓愈 著, (唐)李漢 編	37卷12册	朝鮮光海君2년(1610)庚午字體訓練都監字版	D3C-155a	
朱文公校昌黎先生集	(唐)韓愈 著, (明)朱五弼 重編	40卷10册	明萬曆刊本	D3C-155c	
朱文公先生齋居感興詩諸家註解集覽	(宋)朱熹 撰, (明)劉剡 編	不分卷1册	後期芸閣印書體混入補字版	D3C-156	
朱子大全	(宋)朱熹著, (朝鮮)柳希春 校正	137卷70册	朝鮮英祖47년(1771)刻本	D3C-158 D3C-158a	
御纂朱子全書	(宋)朱熹, (清)李光地 校正	66卷24册	清康熙53年(1714)刊本	D3C-161	

書名	著者	冊數	版本項	分類記號	비고
中州集	(金)元好問	12卷17冊	淸前期刊本	D3C-164	
增刊校正王狀元集註分類東坡先生詩集	(宋)蘇軾 撰, (宋)王十朋 集註, (宋)劉辰翁 批點	11卷8冊 (1,2,6,7,12,13,16,17,18,20-23,25 缺)	朝鮮光海君間(1609-1622)倣甲寅字體訓練都監字版	D3C-165	
增廣註釋音辯唐柳先生集	(唐)柳宗元, (宋)童宗說 註釋	48卷9冊	明正統3年(1448)刻萬曆3년(1575)補刻本	D3C-166	
曾南豊先生文集	(宋)曾鞏	50卷10冊	淸康熙39年(1700)刊本	D3C-167	
震川先生全集	(明)歸有光	40卷12冊	淸康熙14年(1675)刊本	D3C-171	
昌黎先生集	(唐)韓愈 著, (唐)李漢 編	37卷13冊	明朝前期東雅堂刊本	貴D3C-172	
翠娛閣評定鍾伯敬先生合集	(明)鍾惺 著, (明)陸雲龍 評定, (명)陸敏樹 參閱	16卷12冊	明崇禎年間本	D3C-178	
太史升菴全集	(明)楊愼 著, (明)楊有仁 錄	81卷16冊	明末刊本	D3C-179	
坡仙集	(宋)蘇軾	16卷10冊	明萬曆47年(1619)刊本	D3C-180	
后山詩註	(宋)陳師道 著, (宋)任淵 註	12卷5冊	朝鮮(光海君-仁祖)年間訓練都監字版本	D3C-194	
訓蒙絶句	(宋)朱熹	不分卷1冊	朝鮮明宗年間刊本	貴D3C-195	
詩藪	(明)胡應麟	17卷4冊	明刊本	D5C-19	
新刊三方家兄弟註點校正昭曠諸文品粹魁華	(明)王士繁, (明)王士麒 共註釋, (明)錢養廉 等批點	19卷20冊	明萬曆年間刊本	D5C-22	
西涯擬古樂府	(明)李東陽 撰, (明)何孟春 音註	3卷3冊	初鑄甲寅字覆刻版	貴D6C-4	
唐段少卿酉陽雜俎	(唐)段成式	20卷3冊	朝鮮成宗年間刻本	D7C-16	

(2) 『古書目錄(第二輯)』

書名	著者	冊數	版本項	分類記號	비고
唐宋八家文約選	編者未詳	8冊	淸刊本	D2C-151	
唐宋八家文鈔	茅坤	4卷1冊	朝鮮正祖2년(1778)刊本	D2C-33d	
欽定全唐詩	淸聖祖勅命編	43冊	淸康熙46년(1707)刊本	D2C-134b	
帶經堂集	王士禎	12冊	淸乾隆12년(1747)刊本	D3C-28a	
須溪先生評點簡齋詩集	(宋)陳與義, (宋)劉辰翁評	1冊 (卷11-15)	朝鮮中宗39년(1544)初鑄甲寅字覆刻本	貴D3C-211	
六律分音	(宋)陸游著	1冊(卷7-9)	朝鮮正祖22년(1798)初鑄整理字刊本	D3C-222	
陸放翁全集	(宋)陸游著	10冊	汲古閣刊本	D3C-126a	
繡像第一才子書	(淸)金聖歎, 毛宗崗批點	31卷9冊	淸刊本	D7C-147	
新刻鍾伯敬先生批評封神演義	(明)鍾惺 批評	10冊(卷10-19)	淸刊本	D7C-115a	
新刻比方眞武玄天上帝出身志傳	(明)余象斗 編	4卷2冊	淸刊本	D7C-156	

(3) 『古書目錄(第三輯)』

書名	著者	冊數	版本項	分類記號	비고
楚辭集註	(宋)朱熹	5卷1冊	朝鮮明宗初鑄甲寅字混入補字版刊本	貴D1-2c	
唐詩品彙	(明)高棅	5卷1冊	明刊本	D2C-39e	
文翰類選大成	(明)李伯與編輯, (明)馮厚校定	3卷1冊	朝鮮世祖(11년(1465)-14년(1468))乙酉字版刊本	貴D2C-193	
北京八景詩集	(明)鄒緝等著	不分卷1冊	朝鮮世宗31년(1449)慶州府刊本	貴D2C-206	
樊川文集	(唐)杜牧著	5卷5冊	朝鮮刊本	D3C-66a	

書名	著者	冊數	版本項	分類記號	비고
山谷外集詩註	(宋)黃庭堅	2卷1冊	朝鮮明宗年間甲寅字體木活字版刊本	貴D3C-247	
朱子大全	(宋)朱熹 著, (朝鮮)柳希春 校正	43冊	朝鮮英祖47년(1771)刻本	D3C-158f	
朱子大全 (續集)	(宋)朱熹 著	不分卷1冊	朝鮮(中宗-明宗年間)乙亥字混入補字版	貴D3C-158h	
陳思王集	(魏)曹植 著	5卷1冊	朝鮮(中宗25년(1530)-明宗22년(1567))初鑄甲寅字版刊本	貴D3C-243	
晦庵文抄	(宋)朱熹 著, (明)吳訥	5卷3冊	朝鮮前期(壬辰倭亂以前)刊本	貴D3C-248	

※ 분류기호 표시가운데 「貴」는 성균관대학교 고서목록에서 貴重本으로 분류된 도서임을 표시한다.

※ 존경각 소장 집부 중국고서 가운데 상기 표에 수록되지 않았으나 적지 않은 고서들은 선본으로 간주될 수 도 있다. 다만 검증자료의 부족으로 인해 선본임을 입증할 수 없는 관계로 일단은 상기 목록에 포함시키지 않았다. 이 부분에 대한 고증작업은 차후의 연구에서 계속적으로 다루고자 한다.

이상의 내용에서 우리는 몇 가지 사항에 주목할 필요가 있다.

첫째, 존경각 소장 집부 중국고서 가운데 적지 않은 고서가 『고서목록』에서 '귀중본'이나 '희귀본'으로 분류되었는지의 여부를 떠나 중국이나 대만의 고서분류 기준으로 볼 때 善本으로 분류되어 질 수 있다. 특히 '귀중본'이나 '희귀본'으로 분류되지 않았던 고서가 선본으로 분류되는 경우도 적지 않은데 이 점은 고서를 평가하는 기준에 따라 결과가 달라지는 것으로 주목할 만한 점이다. 다시 말하면 존경각 소장 집부 중국고서는 단지 간행시기가 빠른 고서만이 가치가 있는 것은 아니고 다양한 각도로 문헌가치를 설명할 필요가 있다.

둘째, 상술한 내용을 통해 알 수 있는 것처럼 선본으로 분류될 수 있는 고서 가운데 상당부분이 朝鮮刊本이다. 즉 이런 조선간본 중국고서는 중국고서가 한국으로 전래되어 들어와서 각 시기마다 필요에 의해 다시 간행되어진 결과물이다. 특히 조선간본 중국고서 가운데 중국에서도 찾아보기 어려운 고서들이 존재한다는 점에서 큰 의미를 찾을 수 있다. 예를 들어『(五臣註)文選』,『北京八景詩集』,『夾註樊川文集』등이다. 비록 적은 수일지라도 이 같은 사실이 시사하는 바는 매우 크다. 이 점에 관해서는 아래에서 상세히 설명하기로 하고 여기서는 소략한다.

셋째, 존경각 소장 집부 중국고서 가운데 조선간본은 중국고서가 한국에 어떤 경로를 통하여 수입되어 어떠한 필요에 의해서 간행되었는가의 문제를 설명하는 가장 직접적인 증거물이다. 다시 말하면 이 고서들은 한·중 서적교류사 나아가서 문화교류사를 설명하는 데 매우 유용한 자료들이라고 할 수 있다. 예를 하나 들어보고자 한다. 존경각 소장 집부 중국고서를 살펴보면 朱熹와 관련된 조선간본 서적이 상당히 많다. 柳希春 校正本인『朱子大全』(D3C-158, D3C-158a),『朱子大全(續集)』(貴D3C-158h),『晦庵文抄』(貴D3C-248),『朱文公先生齋感興詩諸家註解集覽』(D2C-156),『訓蒙絶句』(貴D3C-195) 등의 朱熹 저작과 正祖가 편찬한『雅誦』(D2C-83~83f), 鄭經世가 選編한『朱文酌海』(D3C-157) 등 조선인의 정리를 거친 주희 저작 등이다. 주희 시문집 관련 서적의 출판은 당시 조선의 문학사조에 대한 주희의 영향력을 잘 설명하는 것이다. 즉, 조선에서 중국 서적의 간행은 단순한 서적의 출판을 의미하는 것이 아니다. 주희 관련 서적의 출판은 당시 조선 학계의 주류사상을 일정 부분 반영하는 것이다. 그러므로 혹자가 말하는 "한중 문화교류의 일부분을 뜻하는 중국 문학 관계 책들의 간행만도 조선시대 문학 또는 문학사의 발전에 크게 영향을 끼치고 있음을 뜻한다."[4]라는 견해

---

4) 김학주,「조선 간행 중국 문학 관계 문헌을 통해 본 문학사적 특징」,『조선시대 간행 중국문학 관계서 연구』, 서울, 서울대학교출판부, 2000, 43면.

는 상당한 설득력이 있다고 볼 수 있다.

넷째, 존경각 소장 집부 중국고서 가운데 상술한 善本 목록에는 속하지 않는 普通本 線裝書 가운데도 가치 있는 고서가 없는 것은 아니다. 아래의 예들은 이 방면의 좋은 예이다.

書名	著者	册數	版本項	分類記號	비고
南軒集	(宋)張栻	42卷13冊	淸康熙年間刊本	B3C-23	
陶詩彙注	(淸)吳瞻泰	5卷5冊	淸刊本	D3C-33	
宋丞相文山先生全集	(宋)文天祥	20卷12冊	淸康熙12年刊本	D3C-95	

마지막으로 필자는 성균관대학교 출판한 『고서목록』을 분석하는 가운데 적지 않은 내용에 오류가 있는 것을 발견하였다. 예를 들어 『고서목록(제일집) · 集部』에 수록되어 있는 「增廣註釋音辯唐柳先生集」은 저자와 판본에 대한 설명 뒤에 版式과 권수에 관한 내용이 기재되어 있지 않다.[5] 또한 『고서목록(제일집) · 집부』에서는 『恩誦堂續集』을 李尙迪(淸)의 著作이라고 기재하고 있는데, 이 고서는 비록 咸豊3년(1853) 가을 7월에 「海鄰書屋」에서 간행되었지만 이상적은 19세기 著名한 조선 譯官이다. 그러므로 이상적을 淸人으로 기록하는 것은 명백한 誤記이다. 이외에도 宋時烈이 編한 『朱子大全箚疑』과 金邁淳이 編한 『朱子大全箚疑問目標補』는 중국인의 저술이 아닌데도 불구하고 『고서목록(제일집)』의 중국인찬술 부분에 수록되어 있다. 이러한 점은 앞으로 성균관대학교 『고서목록』을 增補 혹은 修訂할 경우 반드시 주의가 필요한 부분

---

5) 성균관대학교, 『古書目錄(第1輯) · 集部 · 別集類』, 594면. 그러나 존경각 홈페이지의 고서서지시스템(http://oldbook.skku.edu/search_detail.jsp)에서는 이 고서의 판식과 권수 등에 관한 내용이 비교적 상세히 기록되어 있다.

이다.

Ⅲ. 존경각 소장 집부 중국고서의 문헌가치

1. 善本 古書의 예를 통해 본 문헌가치
　ー『五臣註文選』,『北京八景詩集』,『夾註樊川文集』를 중심으로ー

　상술한 표를 보면 적지 않은 존경각 소장 집부 중국고서가 善本으로 분류될 수 있다. 모든 집부 선본 중국고서에 대한 구체적이고 개별적인 설명이 이루어져야 하겠지만 지면의 제약을 고려하여 선본 가운데서 가장 가치 있다고 여겨지는 3종류의 고적을 선택하여 간략한 해제의 형식으로 선본의 작자, 내용, 국내외 소장 현황 및 기타 판본과의 비교를 통해 그 문헌가치를 설명하고자 한다.

(1)『五臣註文選』

　『고서목록(제일집)』에 수록된 『五臣註文選』(貴D2c-50a)은 (梁)蕭統撰, (唐)呂延濟 등이 注를 단 것으로, 朝鮮中宗4年(1509, 明正德4년)本이다. 현재 28卷15冊이 소장되어 있다. 이 고서는 四周單邊, 版匡23.5㎝, 寬16.5㎝. 半葉十行, 行十七字. 小註雙行, 行三十四字. 版心: 內向黑魚尾의 판식 형태를 갖고 있다. 존경각 소장본은 卷十一에서 十七과 卷二十五에서 二十七까지 부분이 누락된 낙질본이다. 卷首에는 呂延祚「進集注『文選』表」와 蕭統「文選序」가 있다. 李善注本 및 六臣注本과는 다르게 五臣注本은「進表」를 먼저 기록하고 후에 蕭統의「序」가 존재한다. 책 끝머리에 黃瑾이 正德 己巳年(1509) 12월에 쓴 跋文이 있다.

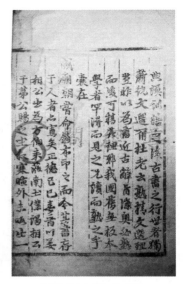

「五臣註文選」 권수

「五臣註文選」 黃瑋跋

황씨는 발문에서 조선에서의 『文選』의 수용과 판각에 대해서 아래와
같이 설명하고 있다.

　　우리나라에는 옛적에 판본이 없어 학자들이 『문선』을 얻어 보기가 쉽
지 않았으니 하물며 그것을 읽어 익숙히 될 수가 있었겠는가? 이전 成宗
廟(1470-1494)에서 일찍이 활자로 『문선』을 인출하도록 했으나 지금 역시
사람들에게 남아 있는 『문선』은 적다. 정덕 기사년(1509) 봄에 진주의 강
상공이 방백으로 출사하게 되었는데……『문선』의 선본을 얻어 여러 군에
분부하되 능력의 뛰어난 정도와 할 일의 경중을 헤아려 일을 나누어 맡기
니, 힘써 일하여 맡은 일을 끝내자 모든 일이 마무리되었다(我國舊無板本,
學者罕得而見之, 況讀而熟之乎？曩在成廟朝, 嘗命鑄本印之, 而今其書存于
人者亦寡矣。正德己巳春, 晉川姜相公出爲方伯……求得善本, 分付列郡, 視
力之大小輕重而程其功課, 力就畢而功告成矣).

위 인용문에서 언급하고 있는 朝鮮中宗4年에 인출된 판본은 文體 分類에 있어 「移」, 「難」 두 종류의 제목을 다 표시하고 있는데 모두 39종류로 李善注나 六臣注가 37종류인 것에 비해 차이가 있다. 이 같은 현상은 대만 국립도서관에 소장되어 있는 南宋紹興31년(1311) 陳八郎刊本『五臣註文選』과 일치한다. 이로 볼 때 존경각 소장본『文選』은 五臣註『文選』 계통임을 알 수 있다. 그러나 이 판본은 陳八郎本과 문체 분류가 동일한 것을 제외하고는 많은 차이점도 가지고 있다. 즉, 존경각 소장본『文選』(貴D2c-50a)은『五臣註文選』 계통이지만 판본의 原流로 볼 때는 서로 다른 계통의 판본임을 알 수 있다. 이 고서에 대해서 김학주는 「朝鮮時代所印文選本」[6]과 「朝鮮刊 中國文學關係書 研究, 其一 五臣註文選, 其二 古文眞寶, 其三 文章正宗」[7] 등의 글을 통해 그 문헌가치에 대해 언급하고 있지만 좀 더 깊이 있는 논의가 필요하다고 여겨진다. 이 점에 있어서는 중국학자 傅剛의 견해가 비교적 상세하여 참고할 만하다. 傅剛은 성균관대학교 존경각 소장『五臣註文選』의 문헌가치에 대해서 "몇몇 판본의 교감을 통해 우리가 발견한 것은 사실상 조선본과 杭州本은 완전히 같은 것으로, 이것은 조선본의 저본이 杭州本 혹은 항주본의 祖本 즉 平昌孟氏刻本임을 설명하는 것이다."라고 말한다. 또한 2권의 杭州本만이 남아 있는 현재 조선 중종 시기에 인출된『五臣註文選』은 완전히 송본으로 취급하여도 문제가 없으며, 현재 이 판본의 교점본 출판이 진행 중에 있는데 이는 중국내『文選』 연구에 큰 도움이 될 것이라고 지적하고 있다.[8] 상술한 내용과 같이 존경각 소장『五臣註文選』은 항

6) 『韓國學報』5期, 中華民國韓國研究學會, 1985년.

7) 『東亞文化』26期, 東亞文化研究所, 1988년, 1-36면.

8) 傅剛, 「關於現存幾種五臣注文選」, 『中國典籍與文化(第五輯)』, 北京, 中華書局, 2000, 89-90면.

주본 계통의 宋本이 2권만 남아 있는 현재 宋本으로 보아도 무방할 정도로 가치 있는 고서이다. 아쉬운 것은 이런 중요한 고서에 대해 국내에서는 아직까지도 집중적이고 체계적인 연구가 이루어지지 않았다는 점이다. 향후 관련 연구자의 관심과 연구가 기대된다.

(2) 『北京八景詩集』

朝鮮本『北京八景詩集』은 『고서목록(제삼집)』에 수록된 것으로 그 형태와 판식은 "不分卷1冊. 四周雙邊, 半葉匡郭18.7×13.8, 有界. 10行20字. 版心:大黑口, 上下黑魚尾"로 나타난다. 그 내용은 明나라 文人 鄒緝등이 北京 周邊의 名勝地 8곳(居庸疊翠, 玉泉垂虹, 瓊島春雲, 太液晴波, 西山霽雪, 薊門煙樹, 盧溝曉月, 金臺夕照)을 돌아보고 각 勝地를 圖로 그리고 13인의 詩를 각 圖의 뒤에 수록한 것이다. 이런 까닭으로 이 고서의 원래 서명은 『北京八景圖詩』였다. 다음으로 이 고서의 體例를 살펴보면 먼저 책머리에 胡廣이 쓴 「北京八景圖詩序」가 있고 目錄은 없이 바로 北京의 八景에 관한 詩가 이어지고 卷末에는 楊榮이 쓴 「題北京八景卷後」와 明宣德6년(1431)에 曾啓가 쓴 「書北京八景詩集後」라는 跋文이 있다. 마지막으로 世宗31年(명정통14년, 1449년) 丙科進士인 長興人 司諫監司 任從善이 쓴 跋文이 있다.

먼저 이 고서는 원래 明 宣德6년(1431) 7월에 張光啓에 의해 圖는 제외하고 詩만을 모아 『北京八景詩集』으로 편찬, 간행된다. 明刊本『北京八景詩集』이 언제 누구에 의해서 어떻게 조선에 전해졌는지는 관련 자료의 부족으로 확실한 내용을 밝힐 수 없다. 그러나 이 고서는 朝鮮 세종31년(明正統14년, 1449)에 慶州府에서 府尹 任從善에 의해 木版本으로 刊行된다. 이 사실로 미루어 볼 때 明刊本『北京八景詩集』의 조선 傳來 時期는 1449년 이전임이 확실하다. 그렇다면 1431년경에 張

光啓에 의해 편찬된 『北京八景詩集』이 십여 년 만에 조선에 전해져서 출판의 필요에 따라 重刊된 것이다. 版本의 관점에서 본다면 朝鮮本 『北京八景詩集』은 아래와 같은 문헌가치를 가지고 있다. 첫째 앞에서 언급한 바와 같이 朝鮮本 『北京八景詩集』은 世宗31년(1449)에 간행된 것으로 한국서지학의 관점에서 볼 때 그 간행 시기가 조선 전기의 것으로 중요한 가치가 있음에 틀림이 없다. 이 때문에 國立中央圖書館과 尊經閣에서 모두 이 古書를 貴重本으로 지정하여 관리하고 있다.[9] 다만 존경각 소장본의 책머리에 보이는 「靜觀書院」, 「新刊北京八景詩集」 등 중국에서의 간행에 관한 기록이 국립중앙도서관 소장본에는 보이지 않는다. 이 점에서 볼 때 존경각 소장본이 국립중앙도서관 소장본에 비해 보다 완정한 판본으로 판단된다.

『北京八景詩集』 간행 기록

『北京八景詩集』 권수 「居庸疊翠」

---

9) 國立中央圖書館 請求記號 「한貴古朝 45-나69」. 尊經閣 請求記號: 「貴D2C-206」 동아시아학술원존경각 ,『古書目錄(第三輯)·集部·總集類』, 서울, 成均館大學校出版部, 2002, 294면.

둘째, 朝鮮本『北京八景詩集』은 본래 중국 문인들의 著作으로 중국에서 간행되어진 것이 조선으로 전해진 것이므로 중국판본과의 비교가 필요하며, 이 비교를 통해서 상술한 문헌가치 외에 또 다른 가치를 발견할 수 있다.『北京八景圖詩』는 明代에 刊行된 이후에 그다지 광범위하게 유통되지는 않았다. 明代의 官府나 개인의 藏書目錄을 살펴보아도『北京八景圖詩』가 수록되어 있는 경우도 매우 드물다. 예를 들면 (明)焦竑『國史經籍志』, (淸)黃虞稷『千頃堂書目』,(淸)倪燦『明史藝文志』,(淸)傅維鱗『明書經籍志』等 대표적인 目錄에도 이 서적 관련 내용은 기록되어 있지 않다. 물론『北京八景圖詩』가 완전히 失傳된 것은 아니었다. 淸代에 들어와서『北京八景圖詩』는 若干의 目錄에 관련 記錄이 보인다. 예를 들면『四庫全書總目 · 集部 · 總集類存目一』에는『燕山八景圖詩』一卷이 수록되어 있다. 내용 가운데「明永樂十二年左春坊左中允吉水鄒緝等唱和之作也」[10]라는 저자 기록을 볼 때 비록 書名에는 다소의 차이가 있지만 수록된 것이 바로『北京八景圖詩』임을 알 수 있다.『欽定續文獻通考 · 經籍考』에도 "鄒緝等,『燕山八景圖詩』一卷"[11]이라는 기록이 보인다. 이상의 내용으로 볼 때『北京八景圖詩』는 청대에는 어느 정도 세상에 유통되었을 것으로 추정된다. 그러나 중국의 문헌학자 黃裳에 의하면 이『北京八景圖詩』는 일찍이 浙江省 寧波의 天一閣에 소장되어 있다가 戰亂 중에 소실되었다고 한다.[12] 지금에 이르러서도『北京八景圖詩』는 세계 각국의 주요 도서관에 소장되어 있

---

10) 『四庫全書總目 · 集部 · 總集類存目一』,卷191, 28b면.

11) (淸)乾隆間官修,『欽定續文獻通考 · 經籍考』, 楊家駱編『明史藝文志廣編』本, 臺北, 世界書局, 1963, 765면.

12) 黃裳,「天一閣被劫書目」,『文獻』(叢刊)1979年第二輯.

다는 기록을 찾을 수 없다. 이외에도 『中國叢書綜錄』[13]이나 『中國善本書提要』[14] 등의 目錄과 解題에서도 『北京八景圖詩』(혹은 『北京八景詩集』)를 찾아볼 수는 없다.[15]

이러한 사실은 明代부터 활발히 유통되지 않았던 『北京八景圖詩』(혹은 『北京八景詩集』)가 청대에 이르러 한때 四庫全書館과 天一閣 등에 소장되어 있다가 다시금 世人의 눈앞에서 사라져서 지금에 이르러서는 거의 失傳된 것으로 보인다. 물론 위에서 언급한 지역의 도서관을 제외하고 다른 지역에 『北京八景圖詩』(혹은 『北京八景詩集』)가 소장되어 있을 가능성이 전혀 없는 것은 아니다. 다만 세계 각국의 중국고서 소장 현황을 고려할 때 위에서 언급한 소장기구에 소장되어 있지 않다면 『北京八景圖詩』(혹은 『北京八景詩集』)가 기타 지역에 소장되어 있을 가능성은 매우 적다고 할 수 있다. 이러한 상황 속에서 존경각에 조선본 『北京八景詩集』이 소장되어 있다는 사실은 매우 주목해야 할 일이다. 특히 중국본 『北京八景圖詩』를 찾아볼 수 없는 상황에서 현존하는 조선본 『北京八景詩集』은 더 이상의 설명이 필요없을 만큼 큰 문헌가치를 갖고 있는 것이다.

(3) 『樊川文集夾註』

『樊川文集夾註』(D3C-66a)은 (唐)杜牧의 시집으로 조선 후기에 간행된 고서이다. 존경각에는 두 종류의 『樊川文集夾註』이 소장되어 있다.

---

13) 上海圖書館編, 『中國叢書綜錄』, 上海古籍出版社, 1982.

14) 王重民撰, 『中國善本書提要』, 上海古籍出版社,, 1983.

15) 한 가지 설명이 필요한 것은 『中國古籍善本書目』에 "北京八景詩一卷, 明朱謀輯, 明是實閣刻本"이라는 고서가 수록되어 있다. 이 고서는 현재 남경도서관에 소장되어 있는데 서명으로만 보면 존경각 소장본과 동일한 서적으로 보이지만 편자가 다른 관계로 동일한 서적인지에 대해서는 보다 세밀한 조사가 필요하다.

하나는 『고서목록(제일집)』에 수록되어 있는 『樊川文集夾註』(D3C-66)
이고 다른 하나는 『고서목록(제삼집)』에 수록되어 있는 『樊川文集夾註』
(D3C-66a)이다. 전자는 임진왜란 이전 각본으로 "3卷2冊, 四周雙邊,
半葉匡郭20.3㎝×13.7㎝, 有界. 8行17字, 註雙行, 版心: 大黑口, 內
向黑魚尾"의 판식 형태를 갖고 있는 낙질본이다. 후자는 조선 후기 간
본으로 "5卷5冊, 四周雙邊, 半葉匡郭20.7㎝×134㎝, 有界. 8行17字,
註雙行, 版心: 大黑口, 一二三內葉向混入花紋魚尾"의 판식 형태를
갖고 있다.

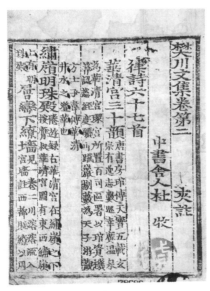

『樊川文集夾註』(D3C-66a)

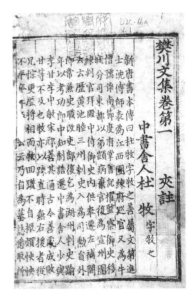

『樊川文集夾註』(D3C-66)

　　두 종류의 『樊川文集夾註』에 대해 성균관대학교에서 출판한 고서목
록은 귀중본으로 취급하지 않고 있다. 그러나 조선본 『樊川文集夾註』
은 사실상 현존하는 杜牧의 시집 중 그 刊行年度가 가장 이른 註本으
로 두목 시집의 校勘에 있어 특수한 가치를 가진다. 즉, 두목 시 연구

에 있어 대다수 연구자들에게 이용되어지는 (淸)馮集梧 註本과 비교하여 볼 때 여러 곳의 註釋의 내용이 馮集梧 註本보다 더욱 상세하고 타당한 면이 적지 않다. 특히 그 註 속에는 현재 중국에서도 이미 찾아 볼 수 없는 귀중한 고서의 내용이 인용되고 있다. 예를 들어서『十道志』, 『春秋後語』,『盾甲開山圖』,『五經通義』,『三輔決錄』,『魏略』,『晉陽秋』 등이 그 것이다. 이들 인용고서 가운데 일부는 비록 청대의 輯佚本이 존재 하지만 이미 原本의 내용과는 거리가 있다. 이 문집은 역대로 그 전래가 희귀하여서 淸人이 고서에 대한 輯佚 작업을 할 때에도 이용되지 않은 것으로 현재에도 관련 고서의 輯佚 작업에 있어 새로운 자료를 제공하고 있다. 또한 이 고서는 현재 대만의 여러 도서관에는 소장되어 있지 않으며 중국에서도 北京圖書館과 遼寧省圖書館에만 소장되어 있을 뿐이다. 이 고서에 관해서는 몇몇 선행연구가 이미 그 문헌가치를 지적하고 있지만 사실상 더욱 깊이 있고 체계적인 연구가 필요하다.[16]

그 중의 한 문제가 이 고서에 註를 단 사람이 누구인지에 대해 한국학자와 중국학자 간의 견해가 일치하지 않는다는 점이다. 역대로 중국학자들은 註를 단 사람이 남송 사람이라는 견해를 견지해오고 있다. 이

---

16)   중국에서는 韓錫鐸의「關於『樊川文集夾注』」(『遼寧大學學報』, 1984年 第4期, 77-80면), 楊焄의「論朝鮮刊本『樊川文集夾注』的文獻價值」(『復旦學報』(社會科學版), 2004年 第3期, 135-139면), 吳在慶의「朝鮮刊本『樊川文集夾注』的文獻價值 -從一條稀見的楊貴妃資料談起」(『中國典籍與文化』第36期, 2001年 第1期, 65-70면), 郝艶華의「『樊川文集夾注』版本述略」(『圖書館雜誌』2004年 第4期, 79-80, 62면) 등의 선행연구가 있다. 이에 비해 한국에서 조선간본『樊川文集夾注』에 관한 연구는 매우 제한적이다. 근대 역사학자 李仁榮(1911-?)이『淸芬室書目』(서울, 寶蓮閣, 1968,)권4에서 이 고서의 서지사항과 판본 등을 소개한 이후로(224-225면) 金學主가「杜牧의『樊川文集夾注』에 대하여」(이 논문은『書誌學報』第22號(1988.12), 35-43면과『조선시대 간행 중국문학 관계서 연구』, 서울, 서울대학교출판부, 2000, 211-222면에 수록되어 있음)에서 이 책이 두목시 연구에 중시되어야 할 자료임을 지적하고 있다. 다만 이외에는 더 이상의 후속연구가 보이지 않는 실정이다.

러한 견해의 주된 근거는 중국에서도 宋代 以後로 보기 힘든 희귀한 고서를 조선시대 사람이 어떻게 보고 인용할 수 있겠는가라는 것이다. 얼핏 보기에는 상당히 설득력이 있어 보이는 이유이다. 그러나 이러한 견해는 당연히 그럴 것이라는 개연성 외에는 믿을 만한 근거는 되지 못한다. 이에 반해 金學主는 이 고서에 주를 단 사람은 한국 사람일 수도 있다는 의견을 제기하고 있지만 설득력 있는 근거를 내놓지는 못한 상태이다. 필자는 이 문제 관하여 한 가지 흥미로운 사실을 발견하였다. 지금 奎章閣에 소장되어 있는 『夾註十抄詩』는 고려 말기에서 조선 초기 사이에 간행된 한국인의 저작이 확실한 고서이다. 특히 註안에 상당히 많은 귀중한 고서를 인용하고 있는데 주의할 것은 그 인용고서의 상당수가 『夾註本樊川文集』에서 인용하고 있는 서적과 중복된다는 사실이다. 이러한 사실은 고려 말기에서 조선 초기까지 송대 이후로 중국에서도 쉽게 보지 못했던 희귀한 고서들이 한국에 온전히 소장되어 있었다는 것을 증명하는 것이다. 만약 이러한 가설이 성립한다면 『樊川文集夾註』에 주를 단 사람은 한국인일 가능성은 매우 높아지게 된다. 더욱 흥미로운 것은 『樊川文集夾註』나 『夾註十抄詩』에서 인용하고 있는 희귀 고서들이 당시 고려나 조선에 소장되어 있었다는 가설이 성립한다면, 우리는 이러한 단서들을 통해 비록 지금은 실전되어 전하지 않지만 당시의 고려나 조선에는 중국에서도 희귀한 고서들이 소장되어 있었다는 점을 증명할 수 있다는 사실이다.

이상에서는 3종의 고서에 대해 간략하게 문헌가치를 살펴보았다. 다만 이 3종 이외에도 적지 않은 존경각 소장 집부고서에 대한 더욱 체계적이고 깊이 있는 연구가 필요하다. 예를 들면 『고서목록(제일집)』에 수록되어 있는 『六臣註文選』 역시 주목할 만한 고서이다. 이 고서는 元朝 大德3년에 古迂書院에서 간행된 宋本의 覆刻本이다. 60卷36冊이다.

형태와 판식을 살펴보면 四周單邊, 版匡20.7㎝×13.2㎝. 有界. 每半葉10行, 行21字, 小註雙行. 版心:黑魚尾로 나타난다. 책 가운데에 「茶陵東山陳氏古迂書院刊行」라는 刊記가 있다. 또한 「大德己亥(1299)冬茶陵古迂陳仁子書」라는 刊記 기록 역시 남아 있다. 또한 청대의 저명한 詩人인 王士禎의 藏書印이 찍혀져 있는데 이로 볼 때 이 책은 淸初에 王士禎이 소장하고 있다가 조선으로 건너온 것으로 보인다.

2. 존경각 소장 집부 중국고서의 삼중가치

상술한 고서들의 문헌가치는 각각 다르다. 다만 자세히 살펴보면 몇 가지 공통점이 있는데 이는 다음과 같은 세 가지 방면으로 개괄할 수 있다.

첫째, 상술한 고서들은 한국 서지학적 관점에서 볼 때 적지 않은 가치가 있다. 즉, 적지 않은 고서들의 간행 시기가 임진왜란 이전 시기에 속하는 까닭으로 현재에 이르러서는 매우 희귀한 판본으로 간주할 수 있다는 것이다. 이런 까닭으로 성균관대학교『고서목록』에서는 이 고서들을 귀중본 혹은 희귀본으로 분류하고 있다. 예를 들면『고서목록(제일집)』에 수록되어 있는 (宋)真德秀『西山先生真文忠公文章正宗』과『新刊類編歷擧三場文選古賦』는 조선 세종시기에 鑄造한「庚子字」활자본으로 찍어낸 서적이다. 조선은 建國 당시에 抑佛崇儒 정책을 國是로 한 만큼 적극적으로 右文政策을 실행하였다. 자연히 국시에 부합하는 서적의 印刷와 普及은 필수불가결한 국가사업이 되었다. 이 일을 위해 太宗三年(1403)에 조선은 高麗末期의「書籍院」制度를 계승하여「鑄字所」를 설치하고 활자를 주조하기 시작했다. 그 일은 李稷, 閔無疾, 朴錫命, 李膺 等이 감독하고, 金莊侃, 金爲民, 朴允英 등이 직접 주관하여, 1403년 2월 18일에 鑄字를 시작하여, 몇 개월이 지나지 않아 수십만 자를 주조하였다. 그 가운에는 大字, 小字와 特小字를 포함하고 있었다. 이 활자가 바로 「癸未字」이다. 그 후 조선 世宗2年(1420)에는 「癸未字」의 不足한 점을 개선하기 위해 銅으로 活字를 만들고 그해의 干支를 빌어 「庚子字」라고 명명하였다. 후에 이 활자를 이용해 간행한 서적을 「庚子字版」 혹은 「庚子字本」이라고 하였다. 「庚子字」의 활자 주조는 世宗의 명을 받아 李蕆, 南汲, 金益精, 鄭招 등이 감독하였다. 世宗2年(1420) 11월에 시작하여 전후로 7개월의 시간을 들여 완성하였다. 「庚子字」의 字體는 「癸未字」와 비교할 때 더욱 작고 부드럽고 또한 힘이 있다. 「庚子字」는 비록 대폭적으로 「癸未字」의 缺點을 보완하였지만, 世宗16年(1434)에 주조한 銅活字 「甲寅字」와 비교하면 주조 기술에서 많이 뒤떨어진다고 할 수 있다. 그런 까닭으로 「庚子字」로 서적을 인쇄할 경우 하루에 단지 20餘 장을 인출할 수 있었는데 이는 甲寅字의 절반 수준에 미칠 뿐이었다. 그러나 조선 전기에 인출한 서적이 매우 희귀한 상태에서 「庚子字本」의 가치는 더 이상 설명이 필요없을 듯하다. 현재 『新刊類編歷擧三場文選古賦』와 『西山先生真文忠公文章正宗』 이외에 (梁)昭明太子編, 五臣並李善注本『文選』 등의 「庚子字本」이 후세에 전해진다.

둘째, 상술한 중국고서는 중국이나 대만 등지에 현존하는 다른 판본들과 비교하여 볼 때도 상당히 높은 문헌가치를 지니고 있다. 특히 朝鮮刊本 중국고서들은 비록 간행 시기로 볼 때 중국판본에 비해 늦게 출현했지만, 종종 중국에서도 찾아보기 힘든 희귀한 판본들이 존재한다. 그런 까닭으로 이 방면에 대한 더욱 깊이 있고 체계적인 연구가 필요하다고 생각된다. 『고서목록(제1집)』에 수록되어 있는 『黃氏集千家註杜工部詩史補遺』는 하나의 좋은 예이다. 이 고서는 版本의 관점에서 볼 때 중국판본에 비해서 더욱 우월하여 중국의 『古逸叢書』에 수록되기도 하였다. 淸末의 黎庶昌은 光緖十年(1884)에『古逸叢書』를 간행하면서 중국에서 전해지지 않거나 혹은 유통이 희귀한 고서를 일본에서 구하여 수록하였다. 黎庶昌은『集註草堂杜工部詩外集』뒤의「記文」에서『古逸叢書』에 수록할 杜甫의『草堂詩箋』을 언급하면서 그 중『外集』十一卷은 高麗本이라고 설명하고 있는데[17] 이『外集』十一卷이 바로『黃氏集千家註杜工部詩史補遺』十卷과『集註草堂杜工部詩外集』一卷을 가리키는 것이다.

셋째, 존경각 소장 집부 중국고서는 한국과 중국 양국 간의 문화교류의 산물이며 동시에 우리 선조들이 중국고서를 어떤 관점에서 받아들이고 무슨 필요성에 의해 다시 간행했는지를 설명할 수 있는 문헌적 가치를 지니고 있다. 비록 각각의 고서가 언제, 어떤 경로를 통해 누구에 의해서 중국에서 한국으로 유입되었는지의 문제는 본문에서 상세히 설명하기는 어렵다. 그러나 이 고서들이 한국과 중국 간의 문화교류라는 커다란 틀 속에서 한국으로 유입된 것은 의심의 여지가 없다. 예를 들면 朝鮮本『北京八景詩集』은 중국에서 1431년경에 張光啓에 의해 편찬되어 간행되었는데 十餘 년이 흐른 후에 조선에서 다시 간행되었다. 특히 明, 淸 이후로 중국에서도 거의 失傳된 중국고서가 조선에 전해졌을 뿐만 아니라 그것을 底本으로 하여 다시 목판본을 간행했다는 사실은 당시 한, 중 양국의 서적 교류가 매우 빈번하였으며, 동시에 우리 선조들이 중국의 고서를 받아들여 필요에 따라 다시 우리의 인쇄 기술로 출판하였다는 것을 설명하는 하나의 좋은 예가 된다고 할 수 있다. 좀

---

17) 黎庶昌云:「予所收『草堂詩箋』, 有南宋, 高麗兩本. 宋本闕『補遺』,『外集』十一卷. 今據以覆木者, 前四十卷南宋本 ; 後十一卷高麗本. 兩本俱多模糊, 而高麗本刻尤粗率, 然頗有校正宋本處, 即如陳景雲所指「何假將年佩」,「佩」字宋本原作「蓋」, 是其一也, 今從高麗本正之.」『古逸叢書』,『百部叢書集成』本(臺北 : 藝文印書館, 1965年),「跋五」部分, 5上面.

더 구체적으로『北京八景詩集』의 조선에서의 간행 목적에 대해 살펴보
도록 하자. 慶州府 府尹 任從善은 跋文에서 먼저 "무릇 詩란 性情을
읊으며 당세의 治道를 꾸미는 것"이라고 주장한다. 동시에『北京八景
詩集』의 간행 동기를 아래와 같이 설명한다.

> 시에는 正格과 偏格이 있으며 시대에 따라 존숭함에 차이가 있어 대대
> 로 體가 존재하니 붓을 든 사람이 몰라서는 안 되는 바이다.……지금 책
> 을 찍어 간행하여 文士들이 一覽하게 제공한다.[18]

이를 통해서 알 수 있듯이 任從善이『北京八景詩集』을 간행한 것은
먼저 詩를 중시하는 조선 문인들의 文學 性向과 밀접한 관계가 있다.
게다가『北京八景詩集』에 시를 남긴 문인들은 영락제의 총애를 받던
侍從들로 조정에서 "文字翰墨으로 공적을 쌓았을 뿐만 아니라,"[19] 당
시 명나라의 대규모 편찬 사업에 직접 참여하여[20] 널리 文名을 떨친 사
람들이다. 周知하다시피 조선 전기부터 조선 조정은 중국 사신과의 唱
和를 매우 중시하여 글에 능한 문사 양성에 각별한 노력을 기울였다.
이러한 외교 환경 속에서『북경팔경시집』에 수록된 明 翰林의 유명 문

---

18) 任從善「跋文」:「夫詩者所以吟詠性情, 以賁飾當世之治道……又有正格偏格, 時之
所尙差殊, 而代各有體, 秉筆者之所不可不知也! ……今鋟旣行, 以資文士之一覽
云. 正統十四年已巳春三月日府尹嘉善大夫冠正任從善敬跋.」, 成均館大學校 尊經
閣 所藏 朝鮮世宗31年 刊行本『北京八景詩集』의 끝에 실려 있음.

19) 『明史·列傳·胡儼傳』云:「固非僅以文字翰墨爲勳績已也.」卷147, 臺北, 鼎文書
局, 1975, 4129면.

20) 예를 들면 胡儼은「館閣의 宿儒로 朝廷의 큰 저작들은 대부분 그의 손에서 나왔는데
『太祖實錄』, 『永樂大典』, 『天下圖誌』등을 重修하는데 總裁官의 임무를 맡았다(館
閣宿儒, 朝廷大著作多出其手, 重修『太祖實錄』, 『永樂大典』, 『天下圖誌』等皆充總
裁官).『明史·列傳』, 卷147, 4128면.

인들의 작품이 조선에 전해져 중시되고 다시 覆刊된 것은 明詩에 대한 이해의 측면이나 중국 사신들과의 唱和의 측면에서나 모두 매우 의미 있는 일이었다고 생각된다. 또한 中國文學史에 있어 金善, 楊榮 등은 明初에 형성된 臺閣體의 대표적인 시인이었는데, 특히 楊榮은 永樂 · 宣德 때에 解縉, 楊士奇, 楊溥와 더불어 一解三楊으로 불렸던 臺閣體의 대표적인 시인이었다. 조선 전기의 詩壇에서도 臺閣之體가 重視되어던 것을 고려한다면 『북경팔경시집』의 간행은 조선전기의 시풍과도 일정한 관련이 있다고 생각된다. 또한 『北京八景詩集』의 간행은 세종시기의 詩學 振興과도 밀접한 관계가 있다. 세종은 詞章之學을 진흥시키기 위해 중국 시문집이나 總集類 서적을 조정에서 활자나 목판본으로 인쇄하도록 하고 지방에서도 목판으로 복각하도록 하였다. 예를 들면 세종21년(1439)에 韓愈 · 柳宗元의 문집과 杜詩를 纂註하게 하였고, 세종17년(1435)에는 『分類補註李太白詩』, 22년(1440)에는 『唐柳先生集』을 甲寅字로 간행하였고, 『唐詩鼓吹』, 『續鼓吹』 등도 甲寅字로 간행하였으며 세종21년(1439)에는 『詩人玉屑』을 목판으로 간행하도록 하였다. 세종은 특히 詩學을 진흥시키려고, 1422년에 「庚子字」로 인쇄한 『選詩演義』를 문신들에게 나누어 주고, 1434년에는 다시 인쇄하여 반포하였다. 이런 맥락에서 본다면 慶州府尹 任從善이 『北京八景詩集』을 간행한 것은 당시 세종의 詞章之學에 대한 진흥책 특히 詩學에 대한 관심과 밀접한 관계가 있음을 알 수 있다.[21] 게다가 고려시대 이후로 王公이나 士大夫 화가들은 瀟湘八景과 같은 類의 이름난 中國의 山水에 대하여 앞다투어 詩를 짓고 그림으로 표현하려는 것이 큰 관심의 대

---

21) 세종조의 시학 진흥과 중국시선집의 편찬 관계는 이종목, 「시풍의 변화와 중국시선집의 편찬 양상-조선 전기와 조선 중기를 중심으로」(『한국 한시의 전통과 문예미』, 서울, 태학사, 2002, 498-502면)를 참조.

상이었다.[22] 이와 같은 문학적 전통을 고려한다면 世宗 시기에 中國本 『北京八景詩集』을 覆刊한 것은 매우 자연스러운 것으로 이해된다.[23]

『고서목록(제삼집)』에 수록된 初鑄甲寅字覆刻本『西涯擬古樂府』는 또 다른 하나의 예이다. 이 고서는 明代 前後七子 이전 복고 문학사조의 선도했던 茶陵派 문인 李東陽의 連作 詠物詩集이다. 17세기 중엽 이후로 조선에서는 스스로의 역사를 소재로 한 詠史樂府가 상당수 출현하여 「海東樂府體」라는 문학 양식이 형성된다. 이 과정에서 『西涯擬古樂府』는 「海東樂府體」의 형성과 발전에 일정한 영향을 끼쳤다.[24]

이러한 예들은 한·중 양국의 서적 교류와 고려·조선시대의 서적 문화를 설명하는데 매우 가치 있는 자료로 이용될 수 있을 것이다. 지금까지의 한·중 간의 서적교류사는 중국의 『二十五史』, 한국의 『高麗史』, 『朝鮮王朝實錄』, 『增補文獻備考·藝文考』등 史書의 내용을 중심으로 연구가 이루어졌던 것이 현실이다.[25] 正史의 기록을 통한 한·중 간의 서적교류 연구는 나름대로의 필요성과 의의를 가진다. 다만 그 가운데의 서적 교류에 관한 내용은 중국의 한국에 대한 서적의 하사와 한

---

22) 이에 관한 내용은 金基卓, 「益齋의 「瀟湘八景」과 그 影響」, 『中國語文學』第3輯 (1981.10), 353−357면; 呂基鉉, 「瀟湘八景의 受容과 樣相」, 『中國文學研究』第25 輯(2002.12), 305−326면; 衣若芬, 「高麗文人對中國八景詩之受容現象及其歷史意 義−−以李仁老, 陳澕爲例」, 『韓·中八景九曲與山水文化』학술 토론회, 천안, 陶南 學會, 文化景觀研究會, 祥明大學韓中文化情報研究所, 2002.11.30.

23) 사실상 중국의 八景 관련 문화는 정원과 삼림의 건축, 미술 회화 및 음식문화 방면 모두에 큰 영향을 미쳤다. 또한 八景 관련 문화는 문화 교류를 통하여 동아시아의 다른 나라로 전파되었는데, 明代에는 조선과 일본 및 동남아 각국으로 전파되어 각 지역에서 팔경 문화를 꽃피우는 데 큰 영향을 끼쳤다.

24) 심경호, 「한국한문학의 독자성과 중국고전문학의 접점에 관한 규견(窺見)」, 『中國文 學』제52집, 2007년 8월, 12면.

25) 예를 들면 黃建國, 「古代中韓典籍交流槪說」, 『中國所藏高麗古籍綜錄』(上海市, 漢 語大詞典出版社, 1998年), 218−238면; 朴文烈, 「高麗時代의 書籍輸入에 관한 研 究」, 『인문과학논집』, 청주대학교 인문과학연구소, 1992年, 145−163면

국의 중국에 대한 하사 요청 그리고 연행사신들에 의한 서적 구입에 관한 내용이 주를 이루는데 이것으로 한·중 서적교류에 관한 전반적인 내용을 파악하기에는 무리가 따른다. 왜냐하면 현재 한국에 소장된 중국고서와 고려, 조선시대에 간행된 중국고서는 상술한 정사의 기록에서는 상당 부분 찾아볼 수 없기 때문이다. 이런 관점에서 볼 때 존경각 소장 중국고서에 대한 연구는 한·중 서적교류사 연구의 토대작업의 일환이 될 것이다. 그러므로 존경각 소장 집부 중국고서의 문헌가치를 설명함에 있어 한·중 양국의 서적교류사의 관점에서 그 가치를 살펴보는 것도 적지 않은 의의가 있다고 생각한다.

마지막으로 상술한 고서들에 관한 연구는 고려시대 이후 우리나라에 얼마나 많은 중국고서가 소장되어 있었는가를 추측할 수 있는 하나의 객관적인 자료가 된다고 할 수 있다. 사실상 현재 한국소장 중국고서 중에서 宋本, 元本은 양적으로 아주 적다. 그러나 이것이 고려 혹은 조선시대에 소장되어 있던 송본, 원본의 수량이 적었음을 뜻하는 것은 아니다. 주지하다시피 한국 소장 중국고서는 여러 차례의 전란과 천재지변을 겪으면서 많은 부분이 소실되거나 혹은 약탈되었고, 그 결과 귀중한 중국고서가 우리나라에서 사라졌다. 한국 소장 중국고서를 연구함에 있어 특히 한국간본 중국고서가 무엇을 底本으로 하여 간행되었는지를 파악할 수 있다면 우리나라가 과거 어떠한 송본, 원본을 소장하고 있었는가의 문제에 대해 기본적이나마 복원이 가능하다고 생각된다. 이 방면의 좋은 예가 바로 앞서 설명한 『五臣注文選』이다. 조선 중종 연간에 간행된 이 고서는 현존하지 않는 송본 계통의 판본이다. 이러한 사실은 조선 중종 연간에 이 책을 간행하면서 底本으로 삼았던 『五臣注文選』이 매우 희귀한 송본 계통이었다는 점을 증명한다.

Ⅳ. 나오는 말

이상의 논의를 통하여 본 연구는 아래와 같은 몇 가지 결론을 얻었다.

첫째, 성균관대학교 동아시아학술원의 정보지원센터인 존경각은 한국의 대표적인 고서 소장 기구의 하나로 한국고서뿐만 아니라 상당량의 중국고서도 소장하고 있다. 동시에 성균관대학교는 현재까지 3권의 『고서목록』을 출판하였는데, 이를 통해 소장하고 있는 고서의 수량과 내용 등을 개략적으로 이해할 수 있다. 아쉽게도 3권의 『고서목록』은 한국고서와 중국고서를 함께 수록하고 있으며 내용면에서도 다소의 오류가 존재한다. 동시에 '隆慶末期' 이전에 간행된 중국고서를 귀중본으로 분류하는 것 이외에는 소장 중국고서의 문헌가치에 대한 구체적인 연구가 부족한 실정이다. 그러므로 3권의 『고서목록』으로 소장 중국고서의 수량, 내용 및 문헌가치를 파악하기에는 일정한 한계점이 있다. 특히 소장 중국고서에 대한 해제 작업도 이루어지지 않은 점을 고려할 때 존경각 소장 중국고서에 대한 정리와 연구는 더욱 많은 노력이 필요하다고 생각된다.

둘째, 존경각 소장 집부 중국고서를 예로 든다면 중국이나 대만의 고서분류 기준에 따라서 선본으로 분류될 수 있는 것이 적지 않다. 또한 비록 선본으로 분류될 수 없는 적지 않은 고서들도 상당한 문헌가치를 갖고 있다.

셋째, 존경각 소장 집부고서의 문헌가치를 좀 더 구체적으로 설명하기 위해 『五臣注文選』, 『北京八景詩集』, 『夾註樊川文集』 등의 문헌가치를 개별적으로 살펴보았다. 이 고서들은 중국에서도 찾아보기 어려운 것들로 존경각 소장 집부 중국고서의 문헌가치를 설명하는 데 아주 좋은 실례가 된다고 할 수 있다.

넷째, 존경각 소장 집부 중국고서의 문헌가치를 개별적인 문헌에 대해 설명하는 방식이 아닌 공통분모를 도출하는 방법으로 설명한다면 세 가지 측면에서 그 가치를 살펴볼 수 있다. 하나는 존경각 소장 집부 중국고서 가운데 적지 않은 고서는 그 간행 시기가 朝鮮 壬辰倭亂 이전에 간행된 것으로 한국서지학의 관점에서 볼 때 큰 가치를 지니고 있다. 다음으로 존경각 소장 집부 중국고서 가운데 일부는 현존하는 중국 판본과 비교하여 볼 때 오히려 판본학적으로 더욱 가치 있는 것들도 존재한다. 마지막으로 존경각 소장 집부 중국고서는 한·중 서적교류사 더 나아가서는 한·중 문화교류사의 산물이라는 점에서 상당한 문헌가치를 가지고 있다고 할 수 있다.

마지막으로 존경각 소장 집부 고서만을 대상으로 하여도 상당수의 중국고서가 선본으로 분류될 수 있다. 동시에 해당 고서들이 모두 높은 문헌가치를 갖고 있는 것을 고려할 때 經部, 史部, 子部 등에 속한 중국고서에 대한 지속적인 정리와 연구가 필요하다고 생각된다.

성균관대학교 존경각 소장
조선간본 중국고서 해제에 관한 試論
-3종 집부 귀중본을 대상으로-

Ⅰ. 들어가는 말

필자는 일찍이 선행 연구를 통해 한국에 소장되어 있는 중국고서를 연구하는 것의 학문적 가치를 역설하였다.[1] 또한 그 과정에서 한국소장 중국고서의 해제 작업이 보다 심화된 형태로 진행되어야 할 필요성이 있음도 언급하였다.[2] 본문은 한국소장 중국고서 해제 작업의 일환으로써 성균관대학교 존경각에 소장되어 있는 3종의 귀중본 조선간본 집부 중국고서에 대한 심화 해제 작업이다.[3] 본 심화 해제는 기본적으로 해

---

1) 「韓國 所藏 中國古書의 整理現況과 課題 —동아시아 文獻研究의 한 斷面—」, 『중어중문학』41집, 한국중어중문학회, 2007, 383~405면.

2) 「한국 소장 중국고서 정리와 연구에 관한 序說 — 고서 해제를 중심으로」, 『중국어문학논집』71호, 중국어문학연구회, 2011, 485~506면.

3) 본 연구는 2015년에 성균관대학교 대동문화연구원에서 진행한 「존경각 귀중본 집부 51종 해제 사업」에서 필자가 집필한 해제의 일부이다. 해당 사업의 결과물이 정식으로 출판되지 않은 까닭으로 3종의 해제에 대해 수정과 보완을 하고 이들 고서 해제의 학술적 지향점에 대한 필자의 논지를 첨부하여 논문으로 작성하였다. 본 연구의 연구 대상은 존경각에 소장되어 있는 3종의 조선간본 중국고서이지만 해제에서 국내 기타

당 고서의 판식, 저자, 체례, 내용, 판본 및 문헌가치에 대한 설명을 포함한다. 특히 문헌가치를 판본, 문학사, 혹은 한중 서적교류 등의 다양한 관점에서 설명하고자 시도하였다.

특히, 조선간본 중국고서는 중국고서가 조선에 유입된 이후에 특정한 출판 수요에 의해 간행된 것이다. 이런 까닭으로 서적의 저자와 내용은 중국인과 중국의 것이지만 그 출판에는 조선의 특수한 문화적 배경이 존재한다. 조선간본 중국고서에 대한 연구는 중국 혹은 한국이라는 단일 지역을 뛰어넘는 복합적 성격을 갖고 있다. 동시에 전근대시기 동아시아 지역의 지식 유통과 축적 과정을 되짚어 볼 수 있는 연구 시야를 제공한다고 할 수 있다.

문제는 조선간본 중국고서의 양이 적지 않고 출판과 관련된 학술적 배경에 대한 검토도 지난한 과제여서 한 두 편의 논문 혹은 저서를 통해 그 전모를 밝히는 것이 쉽지 않다는 것이다. 이 점에서 현재 국내에 소장되어 있는 적지 않은 양의 조선간본 중국고서에 대한 심화 해제 작업이 필요하다. 즉, 각각의 해제라는 점이 이어져서 지식의 유통과 축적 과정이라는 선과 면이 이루어지도록 해야 한다는 의미이다. 본 해제는 기존의 해제보다 내용을 보다 상세히 기술함으로써 향후 근대이전 중국서적의 조선 출판과 그 문화사적 의미를 파악하는 기초 자료를 확보하고자 하는 시론적 성격을 갖고 있다.

소장기구의 소장 현황을 설명하고 있다는 점을 고려하다면 존경각이라는 단독 소장기구가 아닌 한국소장 조선간본 집부 중국고서 해제라고 해도 큰 무리는 없으리라 생각한다.

Ⅱ. 『新刊類編歷擧三場文選古賦』(D02F-0005 檀汕文庫 貴重本)

1. 판식

新刊類編歷擧三場文選古賦 / 劉仁初(生卒年未詳)編

金屬活字本(庚子字版)

[刊寫地未詳] : [세종2(1420)~15(1433)]刊

4卷 1冊(卷5~8) : 四周雙邊 半郭 22.9×14.8cm, 有界, 11行 21字,
註雙行, 小黑口,

上下內向黑魚尾: 27.4×18.5cm

『新刊類編歷擧三場文選古賦』
卷五「江西鄕試 · 石渠閣賦」

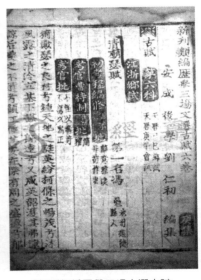

『新刊類編歷擧三場文選古賦』
六「江浙鄕試 · 淸廟瑟賦」

2. 저자, 내용 및 체례

『新刊類編歷擧三場文選』은 원대 과거에 급제한 士人들의 시험 답안
을 선택, 수록한 科文 총집이다. 延祐2년(1315)부터 至元1년(1335)까지

8차례 과거의 鄕試, 會試, 廷試의 시험 답안을 수록하고 있다. 편찬자 劉貞(생졸년미상)은 字가 仁初이고 江西 吉安人이다. 『신간유편역거삼장문선』은 모두 10집·72권으로 구성되어 있다. 구체적인 내용을 살펴보면 아래와 같다.

	内容	卷數
甲集	經疑	凡八科計八卷
乙集	易義	凡八科計八卷
丙集	書義	凡八科計八卷
丁集	詩義	凡八科計八卷
戊集	禮記義	凡八科計八卷
己集	春秋義	凡八科計八卷
庚集	古賦	凡八科計八卷
辛集	詔誥章表	凡三科計三卷
壬集	對策	凡八科計八卷
癸集	御試策	凡七科計五卷

원대는 중국 科擧史에 있어 가장 침체기였다고 할 수 있다. 원대의 정식적인 과거시험 정책은 여러 원인으로 인해 조정에서 오랫동안 논의되다가 仁宗 皇慶2년(1313)11월에 비로소 시행이 결정되었다. 그 후 과거 제도는 元統3년(1331)말에 다시 폐지되었다가 5년의 시간이 흐른 후 至元6년(1340) 말에 다시 회복되어 원대 말까지 지속되었다.

존경각에 소장되어 있는 『신간유편역거삼장문선고부』는 『신간유편역거삼장문선·庚集』에 해당하는 것으로 원래 延佑甲寅(1314)부터 元統乙亥(1335)까지의 향시, 회시의 고부 과문을 수록하고 있다. 다만 존경각 소장본은 전체 팔권에서 권1~권4 및 권5의 「江浙鄕試」 부분이 탈락된 낙질본이다. 각 권의 체례와 내용을 살펴보면 다음과 같다.

			卷五	卷六	卷七	卷八
題目			新刊類編歷舉三場文選古賦五卷	新刊類編歷舉三場文選古賦六卷	新刊類編歷舉三場文選古賦七卷	新刊類編歷舉三場文選古賦八卷
編者著名			安成後學劉仁初編集	安成後學劉仁初編集	安成後學劉仁初編集	安成後學劉仁初編集
科			古賦第五科	古賦第六科	古賦第七科	古賦第八科
試行年・科舉種類			泰定丙寅鄉試泰定丁卯會試	天曆己巳鄉試天曆庚午會試	至順壬申鄉試至順癸酉會試	元統乙亥鄉試
試驗場・科舉種類	江浙鄉試	試題	缺	清廟瑟賦	龍虎臺賦	龍馬圖賦
		合格等數・答案作成者名・出生地	缺	①第一名馮勉池州建德縣人	第五名江孚衢州常山縣人	①第一名鮑恂嘉興崇德州人
				②第六名應才杭州人		②第二名陳中福州閩縣人
				③第七名張師曾寧國路錄事司人		③第十一名魯貞衢州開化縣人
						④第三名趙倣紹興錄事司
						⑤第五名趙森福州閩縣人
						⑥第二十五名李翼太平人
		考官評價	缺	①初考程編修端學批/考官曹待制鑑批/考官批	初考陳縣尹潤祖批/覆考葉錄事峴批/考官劉提舉岳申批	①考官張縣尹純仁批/考官項顯尹仲升批/考官柳提舉貫批/考官于知州文傳批
				②初考於于縣尹文傳批/考官曹待制鑑批/考官批		②初考項顯尹仲升批/覆考吳知事巽批/考官柳提舉貫批

		卷五	卷六	卷七	卷八
			③初考兪縣丞希魯批/覆考程編修端學批/考官楊待制剛中批		③初考高縣尹若鳳批/同考吳知事巽批/考官柳提舉貫批
					④同考劉縣尹性批/考官于知州文傳批
					⑤初考項顯尹仲升批/同考兪錄事焯批
					⑥初考劉縣尉錫批/同考劉縣尹性批
江西鄉試	試題	石渠閣賦	玉燭賦	金馬門賦	王會圖賦
	合格等數·答案作成者名·出生地	①第二名劉性吉安人	①第二名羅朋撫州崇仁縣人	①第一名陳植吉安永豊縣人	①第一名李廉吉安福州人
		②第三名吳浩吉安人	②第三名曾煒吉安永豊縣人	②第七名鄒選吉安永豊縣人	②第六名羅慶源臨江新喩州人
		③第十名文桂發	③第七名張天與吉安永豊縣人	③第十一名馮獎翁吉安永新州人	③第九名龔瑁龍興寧州人
			④第十四名歐陽朝袁州萬載縣人	④第十八名劉夢龍吉安永豊縣人	
	考官評語	①考官批	①考官李編修存批	①初考方縣丞回孫批/覆考余縣丞貞批	①考官李承務棨批/考官李將仕懋批
		②考官批	②考官彭縣丞士奇批/考官曹都事愚批	②考官王縣尹相批/又批	②考官吳主簿存批/考官汪推官澤民批
		③考官批	③考官曹都事批	③考官方縣丞回孫批/考官王縣尹相批	③初考李縣丞懋批/同官李縣尹棨批/考官吳主簿存批/考官汪推官澤民批
			④無	④考官徐州判一清批/考官余縣丞貞批	

		卷五	卷六	卷七	卷八
湖廣鄉試	試題	大別山賦	靈臺賦	無	無
	合格等數·答案作成者名·出生地	①第二名周鏜瀏陽人	①第二名曹師孔茶陵人	無	無
		②第十三明矗炳武昌人	②第五名尹貫道茶陵人		
		③第十八名江存禮武昌人	③第八名劉畊孫茶陵人		
	考官評語	①考官揭應奉批	①考官劉提舉岳申批	無	無
		②考官揭應奉批/考官彭縣丞批	②考試官批云		
		③考官彭縣丞批/考官揭應奉批	③考官批云		
中書堂會試	試題	太常賦	繭館賦	浦輪車賦	無
	合格等數·答案作成者名·出生地	①第二名徐容江浙人	①第八名江浙李懋子才建康人	①第一名蕪南李哲保定人	無
		②廿六名何槐孫湖廣人	②第廿二名江西劉聞文廷吉安人	②第十三名燕南莊文昭彰德人	
		③第四十二名劉文德江西人	③第廿六名江西楊撝謙則吉安人	③第十七名河南羅謙叔亨南陽人	
			④第四十二名湖廣曾策以行茶陵人	④第三十二名湖廣鞠志元岳州人	
				⑤第三十八名江浙張本延平人	
	考官評語	無	無	無	無

		卷五	卷六	卷七	卷八
江西鄉試	試題	無	無	金馬門賦	無
	合格等數·答案作成者名·出生地	無	無	①第二名王充耘 吉水州人 ②第五名熊太古 龍興福州人 ③第九名艾雲中 龍興路人	無
	考官評語	無	無	①考官方縣丞回 孫批/同考王縣 尹相批 ②初考方縣丞回 孫批/同考王縣 尹相批 ③初考王縣尹相 批/同考程編修 端學批	無

*缺: 존경각 소장본에서 탈락된 부분 *無: 원래 존재하지 않는 부분

    이상의 내용을 통해『신간유편역거삼장문선고부』는 원대에 고부를 시험과목으로 하는 과거 시험의 시행 시기, 시험 종류, 시험 장소, 시제, 합격자 이름 및 등수 그리고 시험관의 평가 등의 내용을 기록하고 있음을 알 수 있다. 특히 수록된 합격자의 고부 작품을 통해 당시 고부에 대한 원대 문인들의 관점을 발견할 수 있다는 점에서 의미가 크다. 예를 들어「天曆己巳鄕試/天曆庚午會試·江浙鄕試」에 출제된「淸廟瑟賦」라는 시제에 1등으로 급제한 馮勉의 부 작품에 대해서 "문사의 뜻이 우아하고 담담하다(辭意雅淡)", "간결하고 우아하다(簡雅)" 등의 평어를 기록하고 있다. 또한 7등으로 합격한 張師曾의 부에 대해 "문사가

우아하고 담담하고 음절이 金玉의 소리가 나는 것 같아 다른 작품들과는 확연히 다르다(文辭雅淡, 音節鏗鏘, 迥異諸作)"라는 평가를 내리고 있다. 그리고 「元統3년·江浙鄕試」에 출제된 「龍馬圖賦」라는 시제에 25등으로 급제한 李翼의 답안에 대해서도 "이 시제는 용마를 상세히 설명하면 희도를 잘 설명하지 못하고 의리에 전념하면 음절은 소홀히 하게 되는데 유독 이 작품만이 의리(義理)와 음절(音節)을 모두 갖추어 서로 어긋나지 않았다(此題詳於龍馬則昧於義圖, 專於義理則失於音節. 獨此作二者兼該, 並行而不相悖)"라는 평가를 하고 있다. 이를 통해 원대 과거시험에서 고부를 평가하는 기준의 하나가 "文辭(義理)"와 "音節"임을 알 수 있다. 사실상 이 평가 기준이 바로 『신간유편역거삼장문선고부』에 수록된 고부 작품의 우열을 판단하는 가장 핵심적인 기준의 하나인 것이다.

3. 판본 및 문헌가치

『신간유편역거삼장문선』은 원 至正1년(1341) 유정의 서문이 있는 원판본이 우리나라에 전래되어 보급되었다. 그 후 元覆刻本, 태종초 癸未字小字本, 세종초 庚子字小字本, 단종2년(1554) 밀양에서 간행한 庚子字覆刻本 등이 차례로 판각되었다. 존경각 소장본 『신간유편역거삼장문선고부』(D02F-0005)는 경자자활자본으로 내용의 일부분에서 원각본의 특징이 발견된다. 예를 들어 文辭 편집에 있어 「聖元」, 「皇元」, 「方今聖皇」, 「聖代」, 「吾君」, 「當今」, 「聖皇」 등 元朝 및 원대 황제와 관련된 글자가 출현하는 곳에서 행을 바꾸고 있다. 또한 존경각 소장본의 목록과 본문의 배열방식이나 순서는 元刻本과 일치한다. 예를 들어 원각본 目錄 권5에는 楊維貞이 회시에 참가했을 당시의 작품명인 「太常賦」가 수록되어 있지만 본문의 태정정묘 중서당회시 부분에는 양유정의 작품이 수록되어 있지 않고 徐容의 「太常賦」가 수록되어 있다. 존경각 소장본「경자자판」도 이 부분을 수정하지 않고 원각본과 마찬가지로 양유정의「태상부」대신 서용의 작품이 수록되어 있다.

존경각 소장『신간유편역거삼장문선고부』는 판본의 관점에서 볼 때 조선 금속활자 가운데 매우 이른 시기인 세종년간에 제작된「庚子字」로 간행된 것으로 매우 가치 있는 서적이라고 할 수 있다. 또한 국내에는 경자자활자본『신간유편역거삼장문선고부』가 고려대학교 도서관에 零本 1冊(화산貴-329A)이, 그리고 성암고서박물관과 건국대학교 상허도서관에 각각 권1~4(성암4-254/고812.081-유69ㅅ)가 소장되어 있을 뿐이다. 존경각 소장본은 기타 도서관에 소장되어 있지 않은 권5~8이라는 점에서 더욱 의미가 있다고 할 수 있다. 다음으로 내용적으로 볼 때도『신간유편역거삼장문선고부』는 원대 과거제도와 고부의 발전 관계를 연구하는데 일차적인 원전자료를 제공한다는 점에서 높은 문헌가치를 지니고 있다. 당대와 송대 과거 시험에서 辭賦는 중요한 하나의 과목이었는데 律賦를 기준으로 하면서 엄격한 규칙을 요구했다. 그러나 원대 과거시험에서는 화려한 형식과 과도한 격식만을 추구해 온 율부 과목을 폐지하고 歌頌과 諷諭의 전통을 지향하는 선진양한의 사부, 즉 고부의 가치를 인정하면서 이를 필수과목으로 정하였다. 즉,『신간유편역거삼장문선고부』는 송대까지 과거시험에서 율부를 통해 인재를 선발하던 전통이 원대에 들어와 고부를 통해 인재를 선발하게 되는 전환 과정을 설명하는 문헌이다.

『신간유편역거삼장문선고부』가 우리나라에 전파되고 수용된 것은 고려 및 조선 초기의 과거제도와 밀접한 관련이 있다고 판단된다. 왜냐하면 고려 충목왕 즉위년(1344)에 과부의 형식에 큰 변화가 일어나 中場에서 고부를 시험 과목으로 채택하였는데, 이 전통은 조선에 들어와서도 계속 이어졌기 때문이다. 단종 즉위년(1452)에 중국 사신들이 명륜당에

나와 성균관 수재들과 경전에 대해 강론하는 과정에서 중국 사신인 陳
鈍(1387-1469)이 한 성균관 유생이 지은「觀漁臺賦」를 보고는 그 체제
가 원대의 士習이 있는 것 같다고 했을 때 兵曹參判 李邊이 조선의 유
생은 원의『삼창문선』의 문범을 보고 부를 짓는 까닭에 문장의 풍격이
원대의 작품과 비슷하다고 대답하였다는 기록이『조선왕조실록』에 보
인다.[4] 이로 볼 때『신간유편역거삼장문선고부』는 조선 초기 사대부의
부 작품 창작에 직접적인 영향을 미쳤음을 확인할 수 있다. 또한 진둔
이 조선에서는 과거에 급제한 선비들의 문장을 인쇄하여 배포하는지를
묻자 이변이 그렇지 않다고 답변하는 기록에서 조선 초기 과거 제도의
운용이 명대와는 다소의 차이가 있었음을 알 수 있다.[5] 결론적으로『신
간유편역거삼장문선고부』는 원대의 科賦가 조선에 수용된 상황을 살필
수 있는 핵심적인 자료라고 할 수 있다.

---

4) 『조선왕조실록 · 단종실록』:「陳鈍, 李寬詣成均館, 入文廟, 再拜於庭下, 入大成殿
內, 周覽還出, 入東廡序立行揖, 入西廡亦如之……鈍曰: "將此生日課文章來." 以
觀魚臺賦, 進三綱行實箋, 禮記義及策問各一道示之, 鈍見賦曰: "此體制, 似有元朝
士習." 邊曰: "我國儒生, 看元朝『三場文選』文範製述, 故相似也."」즉위년(1452, 景
泰) 8월23일(癸未),「중국 사신들이 명륜당에 나가 성균관 수재들과 경전에 대해 강론
하다」.

5) 『조선왕조실록 · 단종실록』:「(陳)鈍又問: "科擧文章印頒乎?" 答曰: "無." 鈍曰: "中朝
高第文章, 皆印頒." 遂還館作詩, 送于致峒等.」즉위년(1452, 景泰) 8월23일(癸未).
「중국 사신들이 명륜당에 나가 성균관 수재들과 경전에 대해 강론하다」. 이 단종실록
의 기록에 의하면 조선은 초기에 명과 달리 과거시험에 급제한 선비들의 문장을 인쇄
하여 배포하지 않았음을 알 수 있다. 이 같은 상황에서『三場文選』이 조선에서 간행되
어 배포되었다는 점은 조선 초기의 과거시험에 이 서적의 영향력이 적지 않았음을 설
명하는 것이다.

Ⅲ.『黃氏集千家註杜工部詩史補遺』(D02B-0022 檀汕文庫 貴重本)

1. 판식

黃氏集千家註杜工部詩史補遺 / 杜甫(712~770)撰, 黃鶴(生卒年未詳)
集註, 蔡夢弼(生卒年未詳) 校正

南宋覆刻版(木版本)

[刊寫地未詳] : [朝鮮前期]刊

5卷 1冊(卷1~5) : 左右雙邊 半郭 18.0×13.1cm, 有界, 12行 20字,
小註雙行. 小黑口, 上下黑魚尾; 25.2×16.6cm

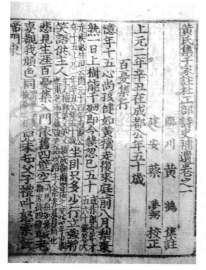
『黃氏集千家註杜工部詩史補遺』권수

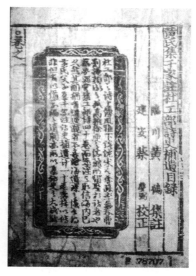
『黃氏集千家註杜工部詩史補遺』刊記

2. 저자, 내용 및 체례

『黃氏集千家註杜工部詩史補遺』는 (唐)杜甫의 시를 편년 형식으로
묶고 (宋)黃鶴이 주를 달고 (宋)蔡夢弼이 교정을 한 시집이다. 황학(생졸

년미상)은 자가 叔似이고 자호는 牧隱으로 黃希(생졸년미상)의 아들로 臨川 사람이다. 蔡夢弼(생졸년미상)은 자가 傳卿이고 南宋 建安 사람으로 『杜工部草堂詩箋』을 편찬하였다. 또한 평생 많은 책을 간행하였고 그 중 『史記』가 특히 유명하다. 일찍이 한유와 유종원의 글에 注를 하였다고 하나 지금은 전해지지 않는다.

황학의 父 황희는 두보 시의 舊註에 오류와 탈락이 많음을 알고 補輯 작업을 진행하였으나 완성을 하지 못하였다. 그 후 황학이 당시 민간에 통행되던 『千家註杜工部詩集』을 이용하여 황희가 남긴 遺作의 오류를 수정하고 동시에 관련 자료를 보충하여 嘉定丙子년(1216)에 『黃氏補千家集註杜工部詩史』36권을 완성하였다. 『황씨집천가주두공부시사보유』는 서명을 통해 알 수 있는 것과 마찬가지로 『황씨보천가집주두공부시사』의 내용을 보충하려는 의도에서 편찬된 것이다. 『황씨집천가집주두공부시사보유·目錄』의 牌記에서는 채몽필이 箋註 작업을 한 사십권본 『杜工部詩』가 학자들에게 신망을 얻은 지 오래되었지만, 그 가운데 부족한 부분이 있어 황씨 부자의 『集千家註詩史補遺』10卷을 얻어 간행하여 『황씨집천가주두공부시사』에서 빠지고 탈락된 내용을 보충하고자 한다고 간행 배경을 설명하고 있다.

『황씨집천가주두공부시사보유』는 원래 『補遺』10권과 『外集』1권으로 구성되어 있다. 다만 존경각 소장본은 권6~권10과 『외집』1권이 탈락된 落帙本이다. 존경각본의 체례를 살펴보면 먼저 권1 앞에 「황씨집천가주두공부시사보유목록」과 간행동기를 설명하는 「牌記」가 있고, 그 뒤에 목록이 이어지는데 권1~권10 및 외집에 수록되어 있는 시의 제목을 수록하고 있다. 먼저 주의가 필요한 점은 각 권의 卷首題와 卷末題 및 교주자명이 일치하지 않는다는 것이다. 그 내용을 살펴보면 다음과 같다.

	권수제(卷首題)	권말제(卷末題)	교주자명(校註者名)
卷一	黃氏集千家註杜工部詩史補遺目錄	黃氏集千家註杜工部詩史補遺目錄	臨川黃鶴集註/建安蔡夢弼校正
卷一	黃氏集千家註杜工部詩史補遺卷之一	杜工部草堂詩箋補遺卷之一	臨川黃鶴集註/建安蔡夢弼校正
卷二	杜工部草堂詩箋補遺卷之二	杜工部草堂詩箋卷之二	無
卷三	黃氏集千家註杜工部詩補遺卷之三	黃氏集千家註杜工部詩補遺卷之三	臨川黃鶴補註
卷四	黃氏集千家註杜工部詩補遺卷之四	黃氏集千家註杜工部詩補遺卷之四	臨川黃鶴補註
卷五	杜工部草堂詩箋卷之五	杜工部草堂詩箋卷之五	嘉興魯編次/建安蔡夢弼會箋

　　동시에 版心에 기록된 제명도「詩補」,「寺甫」등으로 일치하지 않는다.『황씨집천가주두공부시사보유』는 원래 두보가 上元2년(675) 成都에 있었던 때로부터 大曆4년(769) 潭州에 거했던 기간 동안 창작한 작품을 수록하고 있다.『황씨집천가주두공부시사보유』에 수록된 작품들은『杜工部草堂詩箋』에 수록되지 않은 작품들이다. 예를 들어『황씨집천가주두공부시사보유』권5는「廣德元年癸卯春在梓之綿之閬復歸梓所作」시 총39수를 수록하고 있고,『두공부초당시전』권20도「廣德元年自梓暫往閬」기간에 쓰여진 두보의 시 14수를 수록하고 있지만 서로 중복되지 않는다. 그리고『외집』1권은 두보시에 대한 李白, 岑參 등의 和詩가 수록되어 있다.『황씨집천가주두공부시사』는 본래 두보의 시를 저작시기에 따라 수록하는 編年 방식을 취하면서, 필요한 경우 詩題 아래에서 저작시기를 고증하였다.『황씨집천가주두공부시사보유』도 예외는 아니어서 필요한 경우 시의 제목 아래에 저작시기와 관련된 내용을 설명한다. 권2에 수록된 작품을 예로 든다면〈茅屋爲秋風所破歌〉,〈請邀高三十五使君同到〉,〈入秦行贈西山檢察使竇侍御〉등이 이 방면의 대

표적인 예이다.

존경각 소장본의 체례와 수록작품 수를 좀 더 구체적으로 살펴보면 아래와 같다.

	저작시기 표시	수록 작품 수
卷一	上元二年辛丑在成都所作	「百憂集行」등 36首
卷二	上元二年辛丑在成都所作	「枬樹爲風雨所拔歎」등 31首
卷三	寶應壬寅在成都所作	「廣州叚功曹到得楊五長史書」등 30首
卷四	自綿往梓歸成都迎家再往梓所作	「相從行贈嚴二別駕時方經崔旰之亂」등 6首
	歸成都迎家遂徑往梓	「秋盡」등 2首
	十一月往射洪縣通泉縣	「野望」등 27首
卷五	廣德元年癸卯春在梓之綿之閬復歸梓所作	「數陪李梓州泛江戲爲艶曲二首」등 29首
	自梓暫往閬所作	「九日」등 10首

다만 목록과 본문 내용을 비교하여 보면 다소 상이한 곳이 발견된다. 먼저 저작 시기 표기에 있어 卷一의 본문은 「上元二年辛丑在成都公年 五十歲」로 제(題)하고 있어 목록과는 상이하다. 다음으로 詩題가 목록 과 본문이 서로 다른 경우가 있다. 卷一의 제9수인 「早起」는 목록에는 「早成」으로 기록되어 있다. 마지막으로 목록에 수록된 시가 본문에는 없는 경우도 발견된다. 예를 들어 卷二의 목록에 수록된 「贈蜀僧閭丘 師兄」은 본문에는 수록되어 있지 않다.

3. 판본 및 문헌가치

존경각 소장본은 『보유』 권6~권10과 『외집』 1권이 탈락된 낙질본이 다. 이런 까닭으로 간행시기와 관련된 구체적인 내용을 찾아볼 수 없 다. 다행히도 현재 북경대학도서관에 존경각 소장본과 같은 판본의 완질본(善本室 청구번호8566)이 소장되어 있다. 동시에 黎庶昌이 편찬한 『古逸叢書』에 수록되어 있는 『황씨집천가주두공부시사보유』가 존경각 소장본과 같은 계통의 판본을 저본으로 하여 간행된 것이다. 북경대학교도서관 소장본과 『고일총서』본에는 刊記가 발견되는데 이를 통해 존경각 소장본은 조선 세종13년(1431)에 간행된 것으로 추정할 수 있다. 현재 북경대학도서관 소장본의 권말에는 飜刻人姓名이 기록되어 있다. 이곳에 실제 판각에 참여한 승려들의 이름과 함께 中軍道惣制府 總制 曹致, 司直 安質, 密陽儒學敎授官 趙襄, 成均館生員 金仁侃 등 관원들의 이름이 열거되어 있다. 조선왕조실록의 기록에 근거하면 열거된 관원들 가운데 조치, 안질 등은 1430년(세종12) 윤12월부터 1432년(세종14) 정월 사이에 각각 해당 관직에 있었다. 또한 李仁榮도 『靑芬室書目』에서 『國朝榜目』을 근거로 『고일총서』에 수록된 『황씨집천가주두공부시사보유』가 고려본이 아닌 조선 세종조의 간본임을 추정한 내용에서도 판각시기를 짐작할 수 있다.

존경각에 소장되어 있는 『황씨집천가주두공부시사보유』는 비록 낙질본이지만 조선 세종13년에 판각된 것이므로 간행시기로 볼 때 가치 있는 서적이라고 할 수 있다. 동시에 같은 서적이 국립중앙도서관, 규장각, 한국학 중앙연구원장서각 등 국내 주요 고서 소장 기구에는 소장되어 있지 않다는 점에서 그 가치는 더욱 크다고 하겠다. 다음으로 조선 간본 『황씨집천가주두공부시사보유』는 중국에서는 후대에 전해지지 않았던 까닭으로 여서창이 편찬한 『고일총서』에 『두공부초당시전(杜工部草堂詩箋)』의 부록으로 수록되어졌다. 존경각 소장본 『황씨집천가주두공부시사보유』는 『고일총서』에 수록된 판본과 동일한 계통의 것으로 추정지만, 존경각 소장본과 『고일총서』본을 비교해 보면 약간의 차이가 발견된다. 예를 들어 『고일총서』본 『황씨집천가주두공부시사보유』에는 조선간본에 나타나지 않은 避諱字(예:「현(玄)」자(字), 淸 康熙帝의 諱)가 나타나며, 내용상 일치하지 않는 부분(예: 권5에 수록된 첫 번째 시)도 발견된다. 이점에서 존경각 소장본은 조선 세종13년에 판각된『황씨집천가주두공부시사보유』의 진면목을 살펴볼 수 있다는 점에서 높은 문헌가치가 있다고 할 수 있다. 조선간본『황씨집천가주두공부시사보유』는『고일총서』에 수록됨으로써 학계의 주목을 받아왔고, 현재에도 그 문헌가치를 인정받아『續修四庫全書 · 集部』에도 수록되었다.[6]

Ⅳ.『西涯擬古樂府』(D06C-0004 貴重本)

1. 판식

西涯擬古樂府 / (明)李東陽(1447~1516)撰, (明)謝鐸 · (明)潘辰 評點, (明)何孟春 音註

金屬活字本(初鑄甲寅字飜刻)

[刊寫地未詳] : [壬亂以前]刊

3卷 3冊 : 四周單邊 半郭 24.0×17.0cm,

有界, 10行 17字, 註雙行,

上下內向花紋魚尾; 33.0×20.7cm

擬古樂府引: 弘治甲子(1504)正月三日西涯李東陽書

---

6) 續修四庫全書編纂委員會編,『續修四庫全書 · 集部』1307冊, 北京 :上海古積出版社, 2000.

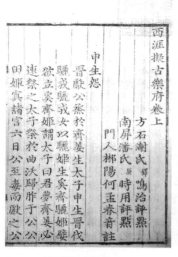

『西涯擬古樂府』권수   擬古樂府引

2. 저자, 내용 및 체례

『西涯擬古樂府』는 明 李東陽(1447-1516)이 중국 역대의 역사적 사실을 소재로 하여 지은 樂府詩集이다. 존경각 소장본은 明 謝鐸(생졸년미상)과 潘辰(생졸년미상)이 평점(評點)을 가하고 何孟春(1474-1536)이 音註한 것이다. 이동양은 字가 賓之, 號는 西涯이며 湖南省 茶陵 사람이다. 1464년에 진사에 급제한 뒤 40년 동안 吏部尙書, 華蓋殿大學士 등의 요직을 역임하였다. 명대 成化~正德년간 문단에서는 「臺閣體」가 유행하였다. 그러나 이동양은 조정의 고관 신분 겸 茶陵詩派의 영수로서 시에 있어 두보를 중심으로 한 성당시를 추종하면서 法度와 音調를 강조함으로써 前後七子의 복고운동에 적지 않은 영향을 미쳤다. 저작으로는 『懷德堂集』(100권)과 『懷麓堂詩話』(1권) 등이 있다. 謝鐸의 字는 鳴治, 호는 方石이며 太平顯 桃溪 사람이다. 天順8년(1464)에 진사에 급제하고 관직은 南國子祭酒, 禮部侍郞兼祭酒 등을 역임했다. 이동양과 같은 해에 급제하여 10여 년을 이동양과 교우관계를 맺으면서 줄곧 서로 시문으로 唱和하였다. 저술로는『桃溪集』,『伊洛淵源續錄』,『尊鄕錄』등이 있다. 何孟春(1474-1536)은 字가 子元이고 號는 燕泉이며 郴州 사람으로 弘治6년(1493)에 진사에 급제하여 吏部侍郎 등을 역임했다. 詩文에 능하였고 젊어서 이동양의 문하에서 학문을 배워 다릉시파의 중심인물이 된다. 저작으로는『燕泉集』,『餘冬書錄』,『餘冬詩話』,『何文簡疏議』및『孔子家语注』등이 있다.

『서애의고악부』의 편찬 동기는 서문의 성격을 갖고 있는「擬古樂府引」의 내용을 통해 알 수 있다. 이동양은 먼저 漢魏 악부시를 "질박하지만 저속하지 않으며, 넉넉하지만 화려하지 않아 고시의 言志依永의 남겨진 뜻이 있다(質而不俚, 腴而不艷, 有古詩言志依永之遺意)"는 측면에서 높게 평가한다. 반면에 한위 이후의 악부시는 "옛것을 그대로 답습(重襲故常)"하거나 "본의를 회복하지 못하는(無復本義)" 폐단이 있음을 지적한다. 예를 들어 이백의 악부시에 대해서는 "재주는 높으나 그 악부시의 제목과 의미가 대부분 옛것을 그대로 따르고 있다(才調雖高, 而題與義多仍其舊)"라고 부족한 점을 지적한다. 또한 이동양이 악부시에 있어 높게 평가했던 (元)楊維楨의 악부시도 비록 "진부하고 저속한 것을 힘써 제거하였지만(力去陳俗)",「음악(聲)」과「격률(調)」에 있어서는 "간혹 정제되지 못한 미진한 부분이 있음(或不暇呬)"을 지적한다. 이런 까닭으로 명대에 이르러 악부시 발전에 대해 이동양은 "지금에 이르러서 악부시가 제대로 창작되지 않은 것이 역시 오래되었다(迺至於今, 此學之廢, 蓋亦久矣)."라는 결론을 내린다. 즉, 이동양은 한위 이후로 악부시의 전통이 전해지지 않았다고 생각하면서 자신의 의고악부에서는 한위의 악부를 전범으로 하면서 음악적 요소와 격률을 중시했던 것이다. 그리고 내용적으로는 악부시의 소재를「역사서에 기록된 내용에서 취하고(間取史冊

所裁)」, 사람에 따라 제목을 짓거나(因人命題) 혹은 사건으로써 뜻을 세운다(緣事立義)라는 원칙에 따랐다고 설명하고 있다. 이런 까닭으로 혹자는 이동양의 악부시를 詩史라고 평가하기도 한다.

『서애의고악부』는 卷首 앞에 서문에 해당하는 「擬古樂府引」이 있고 卷上의 首行에 「西涯擬古樂府卷上」이라고 題하고 있으며 次行부터 四行에 각각 「方石謝氏鐸鳴治評點」, 「南屛潘氏辰時用評點」, 「門人郴陽何孟春音註」라고 평점자와 주석자를 표시하고 있다. 그리고 版心 윗부분에 서명(「樂府(上)」)을 題하고 있으며, 하단에는 쪽수를 기록하고 있다.

『서애의고악부』에 수록된 모든 의고악부시는 일정한 체례를 가지고 있다. 먼저 악부시의 제목 다음 行에 위로부터 세 칸을 띄우고 『左傳』, 『史記』, 『漢書』, 『後漢書』, 『三國志』, 『晉書』 등의 사서에서 제목의 배경이 되는 역사적 사실을 인용한다. 그 뒤에 칸을 띄우지 않고 이동양의 자작 악부시를 수록하고 필요할 경우 謝와 潘으로 표시된 사탁과 반진의 평점과 하맹춘의 음주가 부가되어 있다. 흥미로운 것은 사탁 혹은 반진의 평점 내용이 대부분 이동양 악부시의 장점을 부각시키고 있다는 점이다. 예를 들어 卷上에 수록된 『明妃怨』은 王昭君에 관한 작품인데 말구에 "고금을 통틀어 명비를 노래한 경우는 매우 많아 다시 손을 댈 만한 곳이 없다. 이 작품은 새로운 의미가 겹쳐 출현하니 앞 사람들이 보지 못함이 한스럽다(古今詠明妃甚多, 殆無復措手處. 此編新意疊出, 恨不使前人見之)"라는 반진의 평어가 있다. 이동양 악부시를 긍정적으로 평가하는 좋은 예라고 할 수 있다. 그리고 체례의 마지막에는 한 칸을 띄우고 보충 설명을 하는 附記가 수록되어 있다. 예를 들어 권상에 수록된 「淮陰歎」은 劉邦을 도와 漢을 건국한 후 죽임을 당한 韓信의 사건을 소재로 한다. 이동양은 먼저 『通鑑注』에서 관련 내용을 인용한 후에

악부시에서 『史記・越王勾踐世家』에 언급되고 있는 "새를 다 사냥하고 나면 좋은 활을 감춘다(鳥盡良弓藏)"라는 말, 즉 일이 성공한 후에 자신을 위해 노고를 아끼지 않은 사람을 버린다는 말로써 한신이라는 역사인물의 비극을 형상화하고 있다. 그리고 그 다음 악부시에서 언급한 내용을 좀 더 상세히 설명하는 자료가 부가되어 있다.

각 권의 내용을 살펴보면 卷上은 「申生怨」 등 38수, 卷中은 「南風歎」 등 31수, 卷下는 「司農笏」 등 32수 총101수가 수록되어 있다. 한 가지 흥미로운 점은 『서애의고악부』에 수록된 악부의 제목이 기본적으로 사람에 따라 제목을 짓거나(因人命題), 혹은 사건에 따라 뜻을 세운다(緣事立義)는 원칙에 따라 내용의 필요에 따라서 이동양 스스로 제목을 정했다는 점이다. 즉, 『서애의고악부』에 수록된 많은 작품의 제목이 이전의 악부시가에서 출현한 적이 없는 독창적인 것이라는 의미이다. 『서애의고악부』에 수록된 작품의 유형을 좀 더 구체적으로 살펴보면 「忠臣義士」, 「幽人貞婦」, 「奇踪異事」라는 세 가지 범주로 구분할 수 있다. 다만 「기종이사」에 관련된 작품은 소수이고 대부분 「충신의사」, 「유인정부」가 주요 소재이며 특히 「충신의사」에 관한 작품이 가장 많은 부분을 차지한다.

『서애의고악부』는 明隆慶年間魏椿刻本, 明萬曆28年陳以忠校梓本, 淸康熙38年嶺南刻本, 淸乾隆32年長沙刻本 등의 중국판본이 존재한다. 조선에서는 1549년(명종4년)에 甲寅字로 간행되었고 宣祖・仁祖년간에 목판본으로도 간행되었다.

3. 판본 및 문헌가치

존경각 소장본 『서애의고악부』는 初鑄甲寅字의 飜刻本으로 임진왜란 이전에 간행되었다는 점에서 높은 가치를 가진다. 특히 『서애의고악부』가 조선에 유입된 이후 조선 문인들의 擬作이 출현했다는 점에서 주목할 만하다. 예를 들어 광해군 때의 文臣 沈光世(1577-1624)는 1617년 固城에 유배되어 있던 시기에 『서애의고악부』의 표현 양식을 본떠 『海東樂府』 44편을 지었다. 『해동악부』는 모두 1책으로 구성되어 있는데, 신라·고려·조선 초기의 역사적 사실가운데 흥미로운 것 44편을 선별하고, 그 역사적 사실을 악부시의 형식으로 창작한 것이다. 『해동악부』의 自序에서 심광세는 "『서애악부』를 읽고, 그 말이 심금(心琴)을 울리고, 그 내용이 사람을 감발분기(感發奮起)하게 하니, 초학(初學)자를 돕는데 효용이 매우 큼을 사랑한다. 이에 우리나라의 역사(東史)를 읽고 그 중에서 찬영(贊詠)하고 감계(鑑戒)할 만한 것들을 골라 시가로 지었다."라고 하였다. 후에 李瀷(1681-1763) 등도 비슷한 유형의 『해동악부』를 저술하였다. 이로 볼 때 『서애의고악부』는 조선 악부시의 발전에 일정한 영향을 미쳤다고 볼 수 있다. 또한 조선 문인들의 문집에도 『서애악부』를 언급한 내용이 종종 발견된다. 예를 들어 李榘(1613-1654)의 『활재집(活齋集)』권1에 「書李西涯樂府後」, 洪汝河(1620-1674)의 『木齋集』권1에 「題西涯樂府後」라는 문장이 발견된다. 또한 魏伯珪(1727-1798)의 문집 『存齋集』권21에 「書西涯樂府後」가 수록되어 있고, 조선말기의 문인 曹兢燮(1873-1933)의 문집 『巖棲集』권2에도 「擬西涯樂府」라는 문장이 수록되어 있다. 이 점에서 『서애의고악부』는 조선 후기의 문인들에게도 독서의 대상이 되었음은 의심의 여지가 없다. 다만 흥미로운 것은 조선 문인들이 『서애의고악부』라는 문학 선집에 대해서는 높은 평가를 내리고 있지만 서애의 朝庭에서의 處世에 대해서는 대부분 부정적인 태도를 견지했다는 점이다. 예를 들어 조긍섭은 "내가 이서애(李西涯)의 『의고악부』를 읽었는데, 그 가운데 역사적 사실을 사용하고 문사를 지어나가는 것이 정밀하고 절실하며 변화가 뛰어났다. 대상 인물에 대한 칭찬과 폄하 그리고 긍정과 부정에 있어서 수천 년 동안의 인물이 터럭만큼도 숨겨진 실정이 없었으니, 악부가 있은 이래로 이 같은 경지에 다다른 것은 없었다(予讀李西涯『樂府』, 見其用事屬辭, 精切變化, 襃貶予奪, 數千載人物, 毫髮無隱情, 自有樂府以來, 未有臻是理也.),"[7]라고『서애의 고악부』의 문학적 가치를 높게 평가한다. 그러나 조선 문인들은 이동양이 正德년간에 전횡을 일삼던 환관 劉瑾(1451-1510)에 대한 탄핵에 있어 劉健(1433-1526)과 謝遷(1449-1531)처럼 적극적이지 않은 부분에 대해서는 상당히 부정적인 인식을 갖고 있었다. 예를 들어 洪汝河는 "정덕 원년(필자 案: 1506, 중종1)에 환관 유근(劉瑾) 등이 전횡을 일삼음에 육부(六部)·구경(九卿)·대원(臺院)의 여러 신하들이 모두 상소를 올려 유근 등의 죄를 청하였다. 내각에서도 뜻을 따라 매우 힘을 펼치니, 황제도 장차 억지로 허락하려 했다. 이것이 바로 여러 양(陽)이 음(陰)을 결단하는 때이다. 이때에 문정(案:이동양)만이 홀로 총애를 얻었던 사람이었는데 황제로 하여금 비름나물을 쾌하게 끊는 아름다움을 이루지 못하게 했다. 그리하여 여러 어진 재상들이 연이어 파직되어 조정을 떠났지만, 문정은 총애를 보전하고 자리를 지켜 다시는 관직에서 물러남에 뜻을 두지 않았다(正德元年, 內官劉瑾等用事, 六部九卿臺院諸公皆上章請罪瑾等. 內閣從中持甚力. 帝將儞勉許之, 此正衆陽決陰之時也. 當斯之時, 文正爲獨行遇雨之人. 而使帝不得成莧陸夬夬之美, 於是衆賢相繼罷去. 文正保寵固位, 無復去志矣),"[8]라고 이동양을 폄하한다.[9]

曹兢燮, 「擬『西涯樂府』」, 『巖棲集』, 『한국문집총간』350冊, 서울: 민족문화추진회, 2005, 권2, 23면.

8) 洪汝河, 「題西涯樂府後」, 『木齋集』, 『한국문집총간』124冊, 서울: 민족문화추진회, 1994, 권6, 443상~443하면.

9) 魏伯珪도「書西涯樂府後」에서「오호라! 선비가 자신이 한 말을 행동에 옮기는 것은 진실로 어렵구나. 서애 이동양이 조정에 있을 때에 유건(劉健)과 사천(謝遷) 등 여러

V. 나오는 말

본문은 현재 성균관대학교 존경각에 소장되어 있는 3종의 귀중본 집부 조선간본 중국고서에 대한 심화된 형태의 해제 작업 시도이다. 3종의 귀중본에 대해 저자, 판식, 체례, 내용 및 판본 그리고 문헌가치를 살펴보았다. 일차적인 연구의 목적은 당연히 개별 고서에 대한 심층적 이해를 도모한 것이다. 즉, 본 해제의 내용을 통해 연구자들은 『新刊類編歷舉三場文選古賦』, 『黃氏集千家註杜工部詩史補遺』, 『西涯擬古樂府』의 기본적인 체례와 내용 그리고 문헌가치를 이해할 수 있을 것이다.

그러나 더욱 중요한 것은 상술한 3종 해제의 내용이 공통적으로 후속 연구의 핵심 자료로 활용될 수 있다는 점이다. 즉, 각각의 해제 내용 자체가 보다 심화된 후속 연구주제들의 기초 자료이다. 예를 들어 『신간유편력거삼장문선고부』는 원대 과거제도와 賦라는 문체와의 관계를 설명하는 중요한 문헌이다. 그러므로 이 문헌에 대한 심화 해제는 단순히 하나의 문헌에 대한 평면적인 해설이 아니라 賦라는 문체가 원대에 어떻게 창작되고 발전되었는지를 엿볼 수 있는 시야를 확보할 수 있는 자

사람과 더불어 초야에서 발탁되어 조정에 명성을 떨쳤으니 명사(名士)가 되는 데 부끄러움이 없는 듯했다. 그러나 역사에 길이 남을 이 비평 글(『서애의고악부』)을 쓰면서 어떤 대목에서는 화를 내기도 하고 어떤 대목에서는 눈물을 흘리니, 마치 제 입에서 자연스럽게 내뱉는 말 같았다. 다만 나라 일을 처리함에 있어서는 전권을 환관인 유근(劉瑾)에게 넘겨주고 밥만 축내며 삶을 구걸하는 경우에 이르러서는 전혀 딴판의 사람이 되었다(嗚呼！士之能踐其言也，誠難矣哉. 方西涯在敬皇朝，與劉, 謝諸公, 拔茹而揚于庭也，似無愧於爲名士. 而斯篇之千古雌黃，一嚬一涕，宜乎自其口出. 及其以鼻索與劉瑾，而伴食偸活，則判然兩截人矣)(『存齋集』, 『한국문집총간』292冊, 서울: 민족문화추진회, 2002, 권21, 465상면)라고 이동양을 忠의 관점에서 비평하고 있다.

료가 되는 것이다. 중국학자 韓格平의 「『类编历举三场文选·庚集』科考古赋的考官批语」[10]는 『类编历举三场文选·庚集』이 元代 南人들이 鄕試와 會試의 第二場에서 古賦를 작성해야 하는 규정이 생김에 따라 편찬되어 배포된 기출문제집이라는 점에 착안한 것이다. 특히 이 선집에 수록되어 있는 시험관(考官)들의 評語를 검토함으로써 원대 중후기 부 작품의 창작 경향과 이론을 검토한 논문이다. 중요한 점은 해당 논문이 『류편력거삼장문선·경집』의 기본 내용에 대한 충실한 검토에서 출발하고 있고 이 점은 본 연구에서 강조하고 있는 심화 해제의 내용과 일맥상통하고 있다. 동시에 본 연구의 연구 대상인 3종 문헌들에 대한 심층 해제가 결국 새로운 연구주제의 창출과도 무관하지 않다. 예를 들어 몇 년 전부터 중국학계에서는 문학과 과거제도와의 관계를 깊이 있게 연구하여 왔다. 만일 국내 중문학계에서 보다 일찍이 『신간유편력거삼장문선고부』와 같은 문헌에 관심을 가졌다면 중국학계의 새로운 연구동향을 일찍이 파악할 수 있었을 것이다. 심지어는 중국보다 더 일찍이 문학과 과거제도의 관련성을 검토하는 연구를 진행할 수 있었을 지도 모른다. 『西涯擬古樂府』의 경우도 마찬가지이다. 이 서적은 명·청대 악부시의 발전 과정을 살피는 데 필수적인 문헌으로 현재까지 상당한 선행 연구가 진행되어 왔다.[11] 이 서적에 대한 심화 해제는 일차적으로는 조선에서의 간행 배경 및 수용 양상을 살펴보는 것이다. 동시에 중국 명청문학사의 중요한 주제인 명청 시기 악부시의 발전을 연구할

---

10) 韓格平, 「『类编历举三场文选·庚集』科考古赋的考官批语」, 『文獻』, 2012년1期, 175-184면.

11) CNKI(中國知網)에서 『擬古樂府』를 key word로 검색하면 총 48종의 선행 연구가 검색된다. http://global.cnki.net.proxyiub.uits.iu.edu/kns/brief/default_result.aspx. 2020.1.9. 오전 8시 36분 검색.

수 있는 기본 시야를 확보하는 것이다. 상술한 사실들이 바로 국내 중문학계가 조선간본 중국고서에 주목해야 할 이유라고 생각한다. 연구 범위의 확대 및 심화 연구의 출발점이 종종 새로운 자료에 대한 검토라는 부분임을 고려할 때 향후 조선간본 중국고서에 대한 심화 해제는 다양한 방면에서 학술적 가치를 담보하고 있다고 생각한다.

성균관대학교 존경각 소장
朝鮮明宗16年(1561)刊本『醫閭先生集』解題

Ⅰ. 서지적 고찰

請求記號：D03C-0132 檀汕文庫 貴重本

書名 醫閭先生集

著者 (明) 賀欽

版種 木版本

刊寫地 朝鮮 晉陽(州)

刊寫年 明宗16年(1561)刊 木版本

裝幀 線裝

卷冊數 9卷 3冊

匡郭 四周單邊

半郭 20.3cm(縱)×14.5cm(橫)

界線 有界

行字數 半葉 10行 20字

魚尾 內向二三葉花紋魚尾

크기 29.5cm(縱)×18.7cm(橫)

紙質 楮紙

所藏印 陽谷 光山後學 金氏富儀愼仲

「醫閭先生集序」: 嘉靖己丑八月賜同進士出身榮祿大夫太子太保兵部尚書前都察院左都御使侍經筵兼提督團營軍務嘉魚李承勛序

「醫閭先生墓誌銘」: 翰林潘辰撰

「書醫閭先生集後」: 嘉靖九年庚寅六月六日賜進士通議大夫都察院右副都御使奉勅巡撫遼兼贊理軍務山陰成文書

「跋」: 嘉靖辛酉季冬通政大夫守慶州府尹慶州鎭兵馬節制使龜巖後學李楨敬跋.

『醫閭先生集』권수

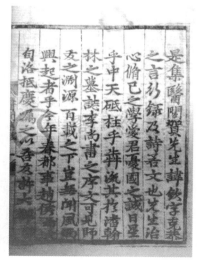

李楨「跋文」

존경각에 소장되어 있는 『醫閭先生集』은 (明)賀欽의 문집으로 여러 판본가운데 「明嘉靖九年(1530)成文刻本」이 조선으로 유입된 후 朝鮮

明宗16年(1561)에 이를 底本으로 간행된 朝鮮刊本이다. 특히 이 고서는 16세기 이래로 賀欽의 躬行의 학문 태도를 중시하는 적지 않은 조선 문인, 학자들의 독서 대상이 되었다는 점에서 중요한 문헌가치를 가진다. 明宗16년(1561)刊本 『醫閭先生集』을 통해 우리의 선조들이 어떤 필요성에 의해 전래된 중국고서를 다시 간행하였는지, 그 출판문화사적 의미는 무엇인지 등을 살펴볼 수 있다.

Ⅱ. 저자와 편찬경위

1. 저자

賀欽(1437-1510), 字는 克恭이며 號는 醫閭, 義州衛人이다. 어려서부터 穎敏하고 好學하여, 『近思錄』을 아침, 저녁으로 읽었다고 한다. 成化二年(1466, 丙戌)에 進士가 되어, 戶科給事中에 임명되었다. 당시 북경에서 하흠은 陳獻章의 講學을 듣고는 감복하여 제자의 예를 갖추고, 진헌장의 초상을 집에 걸어놓고 스승에 대한 존경을 표하였다. 弘治元年(1488)에 閣臣의 추천으로 陝西參議로 기용되었으나, 노모의 숙환을 이유로 사직하면서, 治國을 위한 네 가지 방법을 陳言하였다.[1]

하흠은 학문을 함에 博學에 힘쓰지 않고, 四書, 六經과 小學만을 전적으로 읽고 몸소 실천함을 목표로 하였다. 『四庫全書總目·醫閭集』에서는 "(하)흠의 학문은 陳獻章에게서 나왔다. 헌장의 학문은 靜悟를 주로 하지만 흠의 학문은 몸에 돌이켜 실천하는 데 있으니, 능히 그 스승의 偏僻됨을 보완할 수 있다. 일찍이 '학문함에 반드시 高心遠大한

---

1) 이 부분에 대해서는 (清) 張廷玉等撰, 『明史』卷二百八十三, 「列傳」卷一百七十一, 「儒林」二, 周駿富輯, 『明代傳記叢刊·綜錄類』10, 7265면을 참고할 것.

것만을 구하지 않고 靜을 主로 하면서 放心을 거두어 지킬 뿐이다.'라
고 말하였다. 그런 까닭으로 문집에 수록된 언행이 모두 겸손, 온화하
고 진솔하여, 性命을 장황하게 늘어놓는 자들과는 비교할 수 없다. 그
리고 여러 上奏文들도 治理에 통달하지 않음이 없고, 확실히 행해짐을
볼 수 있다. 강학을 한 여러 사람 가운데 홀로 독실하고 순정하다. 문장
은 대부분 붓 가는 대로 써서, 문장을 심히 다듬지는 않았으나, 仁義의
언사는 온화하게 볼 수 있으니, 진실로 능숙함과 서투름으로 논할 필요
가 없다(欽之學出於陳獻章. 然獻章之學主靜悟, 欽之學則期於反身實踐, 能補甘
其師之所偏. 嘗言『爲學不必求之高遠, 在主敬, 以收放心而已.』故集中所錄言行,
皆平易眞樸, 非高談性命者可比. 而所上諸奏疏, 亦無不通達治理, 確然可見諸施
行. 在講學諸人中, 獨爲篤實而純正. 文章雖多信筆揮灑, 不甚修詞, 而仁義之言,
藹然可見, 固不必以工拙論也).”[2]라고 평가하고 있는데 하흠의 학문과 문장
에 대한 객관적인 평가라고 생각된다. 이외에 하흠의 생평 자료는『明
史』卷二百八十三,『明儒學案』卷六,『續藏書』卷二十一,『西河文集 ·
傳』八 등에 보인다.

하흠의 子인 士詻는 鄕貢士로 박학하고 행동이 篤實하였다. 일찍이
열두 가지 일을 陳言하여 王政을 논하였으나, 上納되지 않았다. 그 후
평생 벼슬길에 나아가지 않았다.

2. 편찬 과정과 동기

「朝鮮明宗16年(1561)刊本」의 편찬 과정을 살펴보기 전에 먼저 중국
간본『醫閭先生集』의 편찬 과정과 동기를 살펴볼 필요가 있다. 明 嘉靖

---

2) (淸)紀昀等撰,『四庫全書總目 · 醫閭集』, 卷一百七十一, 集部二十四, 別集類
   二十四, 河北人民出版社, 2000년, 4446면.

8年(己丑, 1529)에 李承勛이 쓴 서문에 이르기를 賀欽의 문집은 그의 아들인 賀士諮에 의해 수집, 정리된다. 같은 해 여름에 賀士諮 등이 하흠의 언행을 기록한 詩, 文, 奏議 등을 李承勛에게 보여주고, 李承勛은 "재미있도다! 선생의 학문은 본래 언어 문자로 구할 수 있는 것이 아닌데, 지금 선생이 세상을 떠났으니 언어 문자를 버리면 어떻게 선생의 마음을 보겠는가(於戲! 先生之學, 本不可以言語文字求, 今先生往矣. 舍言語文字, 何以見先生之心?)"라고 문집 편찬의 필요성을 설명하면서『醫閭先生集』에 대한 序文을 撰한다. 그러나 당시 李承勛이 바로『醫閭先生集』을 간행한 것은 아니다. 즉, 嘉靖九年六月六日(庚寅, 1530)에 쓰여진 成文의「書醫閭先生集後」에서『醫閭先生集』의 간행은 成文이 주도한 것이라는 직접적인 기록을 찾을 수 있다.

成文은 자신이 遼 지방에 부임한 다음 해 즉 嘉靖庚寅(1530)년에 公務가 한가로운 때를 틈타 요 지방의 지리서를 보다가 義州지방의 先給事인 賀欽이라는 인물을 발견하고는, 하흠의 유적지를 찾아가서 어떠한 사람인가를 알아보고자 하였다. 때마침 大司馬인 李承勛이 하흠 문집의 원고를 보여주었는데, 李承勛이 쓴 서문이 문집의 처음에 있어 읽어보니 이 문집을 판각하여 후대에 전하려는 의도가 숨어 있었다. 成文 자신이 "그 문집을 읽어보니 立言과 制行에 있어 확실히 모두 爲己慕古의 학문이어서 족히 선인들의 업적을 계승하여 앞길을 개척할 수 있었다. 李公이 遼 지역을 다스린 때가 지금부터 이미 십 년이 지났는데도, 이런 거동이 있으니, 현인을 좋아하고 선함을 즐거워하며, 후학에게 은혜를 베풀려는 뜻이 실로 지극하니 그 뜻을 어길 수 있겠는가? 그리하여 장인에게 명하여 그 문집을 출판하게 하였다…… (閱其稿, 立言制行, 鑿鑿皆爲己慕古之學, 眞足以開來繼往. 李公巡撫斯地, 距今已十稔矣, 猶有此

擧, 其好賢樂善, 嘉惠後學之意良之請, 顧可違乎? 遂命工梓之, ……)."[3] 이런 과
정을 거쳐 세상에 나오게 된 판본이 바로 「嘉靖庚寅(1530)遼東巡撫成
文刊本」이다.

「嘉靖庚寅(1530)遼東巡撫成文刊本」은 14년 후에 齊宗道에 의해 다
시 교정 작업이 행해져서 1544년에 重刊을 하게 된다. 齊宗道는 嘉靖
23년(甲辰, 1544)에 李承勛이 서문을 쓰고 成文이 간행한 『醫閭先生集』
을 보고는 "遼 지역의 후학들이 이 문집을 읽고 비로소 선생을 알게 되
었구나(遼之後生小子讀是集, 始知有先生矣)!"라고 탄식을 한다. 그러나 齊
宗道는 成文이 간행한 『醫閭先生集이 틀린 부분이 많아 公務 중의 여
가 시간에 교정을 보고 판각하여 다시 간행한다.[4] 이 판본이 바로 「嘉
靖甲辰(1533)齊宗道刊本」이다.

마지막으로 「朝鮮明宗16年(1561)刊本」 『醫閭先生集』의 편찬 과정을
살펴보자. 卷末에 붙인 慶州府尹 李楨(1512-1571)의 跋文이 가장 직
접적인 자료이다. 嘉靖辛酉(明宗16년, 1561) 季冬에 쓴 跋文에서 李楨
(1512-1571)은 "선생의 治心修己의 학문과 愛君憂國의 진실은 하늘 가
운데의 해와 별이며 급류 가운데의 砥柱이다. 潘展의 墓誌銘과 李承
勛의 서문에서 師友의 연원을 볼 수 있으니 백세 후에도 어찌 그 이름
을 듣고 일어나지 않겠는가?(先生治心修己之學愛君憂國之誠, 日星乎中天,
砥柱乎奔流. 其於潘翰林之墓誌銘, 李尙書之序文, 可見師友之淵源. 百載之下, 豈
無聞風而興起者乎?)"라고 하흠을 높게 평가하면서 조선간본 『醫閭先生
集』의 편찬 과정을 다음과 같이 설명한다.

---

3) 成文, 「書醫閭先生集後」, 『醫閭先生集』.

4) 齊宗道「醫閭先生集後跋」云 : "予小子病其字之多訛, 督蒞淮海, 乘暇校正, 命梓翻
刻, 用以告吾鄉人, 裨知所感發興起, 以移易風俗, 以成先生之志, 敢云傳之廣遠云
乎哉?"

금년 봄에 都事 趙希文이 서울에서 경주로 와서 내 친구 許曄에게 위촉하여 말하기를 "이 『醫閭先生集』 약간 권을 판각하여 널리 보급하고자 하는데 판각 비용을 아끼지 말고 하기 바란다."고 말했다. 나는 그 말을 듣고 그 뜻에 감동하였다. 곧바로 이 문집과 『孔子通記』, 『二程粹言』, 『伊洛淵源』, 『大唐文鑑』, 『皇朝名臣言行錄』 등의 책을 당시의 方伯인 南宮忱에게 품고한 후 대관들에게 나누어 감독하게 하였다. 이 문집은 진양목사인 金泓이 그 일을 감독하여 수개월이 지나지 않아 일을 마쳤다(今年春, 都事趙侯希文, 自洛抵慶, 囑之以吾友許大曄之言曰, "醫閭先生文集, 凡若干卷, 惟楔梓廣布, 是望須毋惜鐫刻費", 楨聞其言而感其意, 即將是集及『孔子通記』, 『二程粹言』, 『伊洛淵源』, 『大唐文鑑』, 『皇朝名臣言行錄』等書, 稟告於今方伯南宮公忱, 分屬大官而監督之, 是集則晉陽牧伯金侯泓實董其役, 不數月功已告完).[5]

이 인용문의 내용을 통해 알 수 있듯이 「朝鮮明宗16年(1561)刊本」 『醫閭先生集』은 1561년 서울에서 경주로 온 趙希文(1527-1578)[6]의 청탁으로 당시 진양목사인 金泓(생졸년미상)의 감독하에 간행되었다. 그렇다면 조희문은 무슨 이유로 『醫閭先生集』을 간행하여 널리 보급하고자 했는가? 여러 원인이 있겠지만 가장 근본적인 원인은 중국간본 『醫閭先生集』이 조선에 전래된 후에 간행의 필요성이 생겼기 때문일 것이다.

---

5) (朝鮮)李楨, 「醫閭先生集跋」, 朝鮮明宗16(1561)刊本 『醫閭先生集』.

6) 本貫은 咸安, 字는 景范, 號는 月溪이다. 1553년(명종8)에 별시문과로 병과에 급제한 후에 사헌부장령, 사간원헌납, 홍문관수찬 등을 거쳤다. 장흥부사로 있을 때 명륜당에서 諸生들에게 『心經』, 『近思錄』, 『性理大全』 등을 강의하고 鄕飮酒禮를 시행하는 등 문교진흥에 힘썼다. 성리학뿐만 아니라 문장에도 조예가 깊었다. 奇大升, 鄭澈, 白光勳, 卞成溫 등 당시 저명한 문인, 학자들과 교유하였다. 저서로는 『月溪遺集』 5권이 전한다.

이른바 간행의 필요성이란 조희문을 포함하여 『醫閭先生集』에 대한 일정 수의 독자 군이 형성되었다는 의미로 해석할 수 있다. 예를 들면 이황은 하흠의 『醫閭先生集』을 새로이 얻어 보고는 일찍이 보고 싶었으니 요행이 얻어 볼 수 있음을 기뻐하면서 문인인 洪仁祐((1515-1554)[7]에게 이런 사실을 서신으로 전한다.[8] 洪仁祐는 이에 『醫閭先生集』을 본 적이 없으나 가까운 시일에 읽을 것이라고 답 글을 전한다.[9] 이외에 『醫閭先生集』이 『二程粹言』, 『伊洛淵源』 등 16세기 조선 학술계에서 중시되었던 성리학 저작들과 함께 간행되었다는 점 역시 『醫閭先生集』이 당시 학자들에게 중시를 받은 근거의 하나라고 할 수 있다.

3. 판본 사항과 국내외 소장 현황

존경각 소장본 『醫閭先生集』은 朝鮮明宗16年(1561)刊本이다. 이 판본은 『攷事撮要』에 木版本 晉州 부분에 그 간행기록이 보인다.[10]

국내에는 존경각 소장본과 同版本 9권3책이 연세대학교 도서관[11]과

---

7) 조선중기의 학자로 本貫은 南陽, 字는 應吉, 號는 恥齋이다. 1537년(중종32)에 사마시에 합격하였으며 학문에 있어서는 『心經』, 『近思錄』, 『中庸』, 『大學』 등에 전념하였다. 徐敬德과 李滉의 문인으로 당시 여러 학자들에게 존경을 받았고 사후에 영의정으로 추증되었고, 여주의 沂川書院에 配享되었다. 저서로는 『恥齋集』2권과 『關東日錄』 등이 있다.

8) 「與洪應吉」: "有醫閭先生集者, 僕新得見之, 其人師陳白沙, 而篤信此學, 似不全墮於白沙禪學, 殊可喜, 想曾已見之矣. 自幸得見, 故奉告之耳." 『退溪集』卷之十三, 민족문화추진회편, 『韓國文集叢刊』29, 1989, 350면.

9) 洪仁祐, 「答退溪書」: "『醫閭先生集』, 某未曾見之, 欲明間俟天暖, 進讀爲計." 『恥齋先生遺稿』卷之一, 20b면.

10) 張伯偉編, 『朝鮮時代書目叢刊』, 中華書局, 2004, 1467면.

11) 『延世大學校圖書館古書目錄』, 1977, 396면, 『醫閭先生集』9권3책, 晉州 明宗16(1561)刊. 『韓國所藏中國漢籍總目 · 集部』, 학고방, 2005, 530면.

고려대학교 도서관에 각각 한 질씩 소장되어 있다.[12] 국외에는 일본의
蓬左文庫에 존경각 소장본과 같은 판본 9권3책 한 질이 소장되어 있
다.[13] 특히 蓬左文庫 소장본은 "임진란 때 일본으로 약탈, 유출되어 江
戶城 富士見亭文庫에 소장되었다가 駿河文庫를 거쳐 御讓本으로 蓬
左文庫로 들어온 것이다."[14] 이외에 洞春寺에도 권1에서 권3이 탈락된
낙질본이 소장되어 있다.[15] 이로 볼 때 朝鮮明宗16年(1561)刊本『醫閭
先生集』은 상당히 희귀한 고서라고 할 수 있다.

다음으로 살펴봐야 할 것은 조선간본『醫閭先生集』과 중국간본과의
관계 문제이다. 즉 판본 원류의 관점에서 볼 때 조선간본이 과연 어떤
계통에 속하느냐의 문제이다. 이 문제를 설명하기 위해 먼저 중국간본
『醫閭先生集』에 대해 간단한 설명이 필요하다. 현존하는 중국간본『醫
閭先生集』은 두 가지 판본계통으로 나눌 수 있는데 그 내용은 아래와
같다.

---

12) 고려대학교중앙도서관 편, 『貴重圖書目錄』, 고려대학교중앙도서관, 1980, 95면. 다
만 고려대 소장본은 존경각 소장본과 同一한 版本으로 인출한 것이나 그 인출 시기
는 서로 다르다. 그 근거는 고려대 소장본에「萬曆己卯(1579)春晉州牧李夢應贍印」
라는 印記가 보이기 때문이다. 고려대 소장본은『韓國所藏中國漢籍總目 · 集部』에
도 수록되어 있다(530면). 한 가지 주의할 것은『韓國所藏中國漢籍總目 · 集部』는
두 질의 고려대 晩松文庫 소장본을 530면과 531면에 수록하고 있는데. 두 질에 대
한 내용기록이 완전히 일치하는 것으로 볼 때 중복해서 기록한 것으로 생각된다.

13) 『蓬左文庫漢籍分類目錄』, 集部, 別集類, 118면. 『醫閭先生集』9권3책, 嘉靖四十年
辛酉(1561) 朝鮮刊十行本.

14) 千惠鳳, 『日本蓬左文庫韓國典籍』, 지식산업사, 2003, 295-297면.

15) 일본 소장『醫閭先生集』에 대한 내용은 藤本幸夫, 『日本現存朝鮮本硏究 · 集部』,
京都大學學術出版會, 2006년2월, 170-171면 을 참조할 것.

302　한국 소장 중국고서의 기초 연구

	明嘉靖九年(1530)遼東巡撫成文刻本	明嘉靖二十三年(1544)齊宗道刻本
판식형태	十行二十字, 黑格, 四周雙邊	九行十八字, 白口, 左右雙邊
권수	九卷외에『附錄』一卷(潘展이 撰한「醫閭先生墓誌銘」을 수록하고 있음)	九卷외에『附錄』一卷(潘展이 撰한「醫閭先生墓誌銘」을 수록하고 있음)
重校者	卷1의 卷端에「後學兵部主事海鹽鄭曉參定 後學兵部主事常郡唐順之重校」라고 題함	卷1의 卷端에「賜同進士出身四川都監察御使奉勅督理兩淮鹽法兼管河道後學齊宗道重校刊」이라고 題함

존경각 소장본「朝鮮明宗16年(1561)刊本」은 판식 형태와 重校者 부분이 모두「明嘉靖九年(1530)成文刻本」과 일치한다. 이로 볼 때 조선간본은 明嘉靖庚寅(1530)에 간행된 중국간본이 조선에 전해진 후에 이를 底本으로 하여 重刊한 판본으로 판단된다. 참고로『醫閭先生集』의 중국간본은 국내외 주요 소장 기구에 약간의 판본이 소장되어 있다.[16]

---

16)   중국지역에는 총 4종의 善本『醫閭先生集』이 소장되어 있다.
1.『醫閭先生集』九卷 明嘉靖九年遼東巡撫成文刻本 十行二十字, 黑格, 四周雙邊, 北京大學圖書館所藏
2.『醫閭先生集』九卷『附錄』一卷 明嘉靖二十三年(1544)齊宗道刻本, 九行十八字, 白口, 左右雙邊, 中國科學院圖書館所藏, 遼寧省圖書館所藏
3.『醫閭先生集』九卷『附錄』一卷 明嘉靖二十三年(1544)齊宗道刻本, 九行十八字, 白口, 左右雙邊,『四庫全書』本『醫閭先生集』의 底本, 北京圖書館所藏
4.『醫閭先生集』九卷 明抄本, 十二行二十字, 紅格, 上海圖書館所藏
臺灣지역에도 아래와 같은 4종의 善本이 소장되어 있다.
1.『醫閭先生集』九卷 明嘉靖九年遼東巡撫成文刻本 十行二十字, 黑格, 四周雙邊, 國立故宮博物館圖書文獻館所藏
2.『醫閭先生集』九卷『附錄』一卷 明嘉靖二十三(1544)年齊宗道刻本, 國家圖書館所藏
3.『醫閭先生集』四卷『附錄』一卷 明嘉靖二十三(1544)年齊宗道刻本, 國家圖書館所藏
4.『醫閭先生集』九卷 舊抄本, 十行二十字, , 國家圖書館所藏

Ⅲ. 편찬 체례와 내용

존경각 소장본 『醫閭先生集』의 체례와 내용을 살펴보면 아래와 같
다.

권수	내용	비고
	「醫閭先生集序」	李承勛撰
	「醫閭先生集目錄」	
卷之一	「言行錄」	凡六十七條
卷之二	「言行錄」	凡八十二條
卷之三	「言行錄」	凡七十八條
卷之四	「存稿」	「遼右書院記」外 9篇
卷之五	「存稿」	「簡石齋陳先生」外 19篇
卷之六	「存稿」	「簡韓良弼公子」外 25篇
卷之七	「存稿」	「與陳聲之」外 5篇 「漫記」凡二十九條 「勸鄕人習射一」外 7篇
卷之八	「奏稿」	「應天以實疏」外 3篇
卷之九	「詩稿」	「自警」外 64首
附錄	「醫閭先生墓誌銘」	(明)潘展撰
	「書醫閭先生集後」	(明)成文撰
	「跋」	(朝鮮)李楨撰

卷1의 首行에 「醫閭先生集卷之一」이라고 題하고 있다. 둘째 줄과 셋
째 줄에 각각 「後學兵部主事海鹽鄭曉參定」, 「後學兵部主事常郡唐順
之重校」라고 題하고 있다. 특히 兵部主事 鄭曉가 參定하고, 兵部主事
唐順之가 重校하였다는 기록은 조선간본의 底本이 「明嘉靖九年(1530)
成文刻本」이란 사실을 파악하는 데 중요한 단서를 제공하고 있다.

卷四에서 卷九까지의 내용은 기타 문인의 문집처럼 다양한 내용이 기술되어 있다. 주의할 점은 卷一에서 卷三의「言行錄」부분과 卷七가운데의「漫記」凡二十九條 부분이다. 卷一에서 卷三의「言行錄」은 하흠 일생의 학문과 인품이 확연히 드러나는 기록들이다. 예를 들면 하흠은 문인이 대로에서 행동함에 예의를 갖추지 못함을 보고는 학문은 반드시 躬行함이 중요하며 躬行함에 있어서는 보이지 않는 사소한 것에도 조심해야 함을 역설한다. 만약 사소한 예의조차도 지키지 못한다면 躬行은 말할 필요도 없음을 강조한다.[17] 이런 까닭으로 黃宗羲는『明儒學案 · 白沙學案二』에서 하흠을 언급하면서 그의「言行錄」에서 상당 부분을 선택, 수록하여 하흠의 학문과 인격을 설명하는 데 사용하고 있다.[18] 그리고 卷七에 수록되어 있는「漫記」凡二十九條는 후에『醫閭漫記』라고 題名되어 단행본으로 간행되는데, 그 내용이 대부분 滿洲에 관한 내용이고 淸의 전신인 女眞을「虜賊」등으로 폄하하여 표현함으로써『醫閭先生集』까지도 청대에는 禁燬書로 취급되어진다.

Ⅳ. 문헌 가치

필자의 조사에 의하면 朝鮮明宗16年(1561)刊本『醫閭先生集』은 중국간본과 비교해 볼 때 내용적으로는 큰 차이점을 발견할 수는 없다. 그러나 이 고서의 출판은 당시 조선의 학술계와 밀접한 관련이 있다는 점에서 그 가치를 찾을 수 있다.

---

17) 「言行錄」:"文人於衢路失儀, 先生曰:『爲學須躬行, 躬行須謹隱微, 小小禮儀, 尙守不得, 更說甚躬行, 於顯處尙如此, 別隱微可知矣.』"黃宗羲,『明儒學案』, 臺北, 河洛圖書出版社, 1974,「白沙學案二」, 65-67면.

18) 「言行錄」, 黃宗羲,『明儒學案』,「白沙學案二」, 65-67면.

먼저, 관련 자료를 살펴보면 『醫閭先生集』이 출판된 후 당시 조선의 문인·학자들은 賀欽의 학문과 인격을 높이 평가한다. 이런 까닭으로 燕行使臣으로 중국에 갈 경우 종종 하흠이 살던 곳을 방문하면서, 연행록에서 하흠을 소개하거나, 그를 기념하여 시를 짓기도 하였다.

예를 들어 金誠一(1538-1593)은 萬曆 5년(1577, 선조 10) 1월에 사은 겸 개종계 주청사(謝恩兼改宗系奏請使)의 서장관(書狀官)이 되어 2월에 한양을 떠난다. 후에 여양(閭陽)에 이르러 의무려산(醫巫閭山)을 바라보면서 하흠을 흠모하는 시를 짓는다.

아득히 먼 변방에서 몸 떨치고 일어나 / 奮起寥寥絶域中
십 년 동안 글 읽으며 두문불출 연구했네 / 韋編十載坐硏窮
공명은 이미 헛된 것이라 생각하고 / 功名已付隍邊鹿
득실에는 마음 없는 변방의 한 노인 / 得失無心塞上翁
도학은 閩洛의 비결을 진정으로 전하였고 / 道學眞傳閩洛訣
현가는 孔孟의 가르침 크게 드러내었구나 / 絃歌大闡魯鄒風
조대는 적막하고 산은 주인 잃었는데 / 釣臺寂寞山無主
비 개인 뒤 밝은 달만 허공중에 떠있네 / 霽月空留印碧空
(『鶴峯續集』 제1권)

또한 조선 후기 문인인 金昌業(1658-1721)은 1712년 燕行正使인 형 金昌集을 따라 북경에 갔다. 그는 癸巳年(1713, 숙종 39) 3월 1일에 관음장(觀音莊)에 이르러 하흠의 옛집을 물어보면서 "이학(理學)에 깊이 몰입하여 맑게 수양하고 독실히 실천했다."[19]라고 하흠을 소개하고 있다. 이

---

19) 金昌業 『燕行日記』:"余問聖水盆, 柳花洞所在, 皆不知. 又問賀欽舊居, 亦不知.

외에도 朴思浩는『心田稿』에서 연행길에 醫閭지방의 桃花洞을 지나면서, 이곳이 明의 處士인 하흠이 살던 곳이며 그가 명대 저명한 이학가인 陳獻章에게 학문을 배운 사실을 언급하고 있다.[20]

더욱 흥미로운 것은 조선학자들의 하흠에 대한 평가가 상술한 범위에 그치지 않는다는 점이다. 즉 관련 자료 가운데 하흠이라는 명대의 저명학자에 대한 존승과 그의 학문에 대한 소개뿐만 아니라, 상당히 구체적으로 그의 학문을 평가하고 있다. 이 방면의 예로는 이황의 경우가 대표적이다.

이황(1501-1570)은『醫閭先生集』을 읽고 하흠이 "진백사(案:陳獻章)에게 師事하여 그 학문을 독실이 믿었으나 백사의 禪學에 완전히 빠지지 않았으니 기뻐할만 하다(其人師陳白沙, 而篤信此學, 似不全墮於白沙禪學, 殊可喜.)"[21]라고 하흠의 학문경향을 긍정적으로 평가하고 있다. 문제는 이황이 무슨 근거로 스승과 제자 관계인 진헌장과 하흠의 학문 경향을 다르게 평가했냐는 것이다.

陳獻章(1428-1500)[22]은 젊은 시절 주자학의 학문 방법에 따라 독서하고 理를 탐구하였지만 큰 깨달음을 얻지 못하고는 서적에 대한 탐구를

賀欽, 字堯恭, 遼東廣寧人. 成化丙戌, 進士. 聞陳白沙講論, 卽日抗疏解官, 執弟子禮. 貨白沙像, 懸于別墅, 日瞻企之. 正德初, 鄕寇暴發, 戒勿犯先生家, 鄕人謝之請往撫之, 賊遂退. 潛心理學, 淸修篤行, 鄕人化之, 稱曰醫閭先生云." 제9권, 癸巳年 3月 初一日. 戊寅.

20) 『心田稿』: "桃花洞, 醫巫閭餘麓也.……窟東有寺, 扁曰閭山勝境. 寺之南有六稜小亭, 名曰望仙. 亭之東長谷, 多種桃花, 洞以之得名也. 洞是皇明處士賀欽所居, 名曰潛谷. 欽聞陳白沙講論, 卽日抗疏解官, 執弟子禮. 貨白沙像, 懸之別墅, 日瞻企之, 淸修篤行, 鄕人號曰醫閭先生."「留館雜錄·船下桃花洞記」.

21) 「與洪應吉」,『退溪集』卷之十三, 350면.

22) 字가 公甫이고 號는 石齋이다. 廣東省 新會사람으로 白沙村에 살았기 때문에 그를 白沙선생이라고 불렀다.

그만두는 대신에 靜坐에 전념하게 된다. 그는 강습과 저술 활동을 일체 끊고 철저한 靜坐를 통해 "비로소 내 마음의 본체가 은근히 드러나는 것을 깨달았으며, 늘 어떤 사물이 있는 것 같았다…… '성인이 되는 공부가 여기에 있구나!'(然後見吾此心之體隱然呈露, 常若有物……『作聖之功, 其在玆乎!.」)라는 경지에 이르게 된다. 그리하여 진헌장은 후학 양성에 있어서도 "나에게 배우는 사람에게 정좌하도록 가르쳤다(有學於僕者, 輒教之靜坐)"[23]라고 말한다.

주지하다시피 송명이학의 발전에 있어 周敦頤는 「主靜」을 주장하고, 程朱학파는 「主敬」을 각각 주장하면서 「主靜」에 반대하였다. 특히 朱熹가 「敬」을 강조하면서 「主敬」으로 「主靜」을 대체하면서 후대의 학자들이 대부분 「主敬」을 근본적인 학문수양 방법으로 인식하고, 「主靜」은 불교禪宗의 수행 방법과 구별이 어렵다고 지적하였다. 문제는 진헌장이 「主靜」을 理學의 고유한 전통으로 생각하며, 평생 「主靜」을 통한 학문수양을 하면서 후진을 양성하였다는 점이다. 이런 까닭으로 비록 그의 학문적 본질은 禪家가 아닌 儒家이지만, 적지 않은 학자들로부터 그의 학문이 禪家에 빠졌다고 비난받게 된다.[24]

이황도 예외는 아니어서 그는 문집 속에서 진헌장과 王陽明의 학문이 모두 陸象山에게서 나와 "本心을 宗旨로 삼았으니 대개 모두가 禪學이다. 그러나 白沙는 오히려 순전히 禪이 아니고 우리 학문에 가까움이 있다……다만 그 깨달아 들어간 곳이 마침내 선가(禪家)의 기량(技倆)이므로, 비록 스스로 선(禪)이 아니라고 하나 그 말이 가끔 현저히 선의 말이다. 이것은 나정암(羅整庵)이 이미 말하였고, 그 고명한 제자인

---

23) 「腹趙提學僉憲一」, 『陳獻章集』권2, 中華書局, 1987, 145면.

24) 그 대표적인 예가 胡居仁의 陳獻章에 대한 비평이다. 이에 대해서는 呂妙芬, 『胡居仁與陳獻章』, 臺北, 文津出版社, 1996을 참고할 것.

하극공(賀克恭)도 또한 말하기를 '스승이 너무 높은 듯한 의미가 있으니, 후학이 그 좋은 점은 쫓고, 그 틀린 것은 고치는 것이 옳다.'(本心爲宗, 蓋皆禪學也. 然白沙猶未純爲禪而有近於吾學.……但其悟入處, 終是禪家伎倆, 故雖自謂非禪, 而其言往往顯是禪語. 羅整菴已言之. 而其高弟賀克恭, 亦謂其師有過高之意, 後學從其善而改其差, 可也.)"[25]라고 진헌장의 학문에 대해 구체적인 평가를 내리고 있다.

상술한 진헌장에 대한 하흠의 평가에서 보듯이 하흠은 진헌장의 학문에 대해 완전한 찬동을 하지는 않았다. 즉, 하흠은 비록 진헌장에게 배웠으나 그의 학문은 "靜坐에 구애받지 않고(不拘拘於靜坐)"[26], "반드시 高心遠大한 것만을 구하지 않고 敬을 主로 하면서 放心을 거두어 지키고, 잊지도 말고 조장하지도 말며 본연을 따를 뿐이다(不必求之高遠, 在主敬以收放心, 勿忘勿助, 循其所謂本然者而已)."[27]라고 평가된다. 특히 하흠은 학문에 있어서 실천을 매우 중요시 하여 학문을 함에 있어서 躬行(몸소 행함)을 중시하고, 행함이 없는 학문은 학문이 아니라고 강조한다.[28]

흥미로운 것은 敬을 바탕으로 실천을 중시하는 하흠의 학문 경향이 이황과 매우 흡사하다는 점이다. 주지하다시피 이황은 육상산과 왕양명의 학문을 이단시하고, 靜坐의 수양 방법을 비판한다. 이에 비해 「敬」은 이황 학문에 있어서의 수양의 요체이며, 이황은 이를 바탕으로 아는

---

25) 「雜著・白沙詩教傳習錄抄傳, 因書其後」, 민족문화추진회, 『국역퇴계집』, 민족문화문고간행회, 1982, 434면.

26) 張壽鏞, 「醫閭先生集序」, 『醫閭先生集』, 『叢書集成續編・集部』第112冊, 2a면.

27) 黃宗羲, 「諫議賀醫閭先生欽」, 『明儒學案』, 「白沙學案二」, 65면.

28) 賀欽, 「言行錄」, "教門生曰, 爲學須躬行, 故曰, 學者將以行之也, 不行, 豈謂之學?" 『醫閭先生集』, 『遼海叢書』本, 卷一, 45면.

것에만 그치는 것이 아닌 역행(力行)에 더욱 큰 관심과 비중을 두었다.[29] 이런 까닭으로 이황은 진헌장에 비해 하흠을 더 높게 평가한다. 아래의 인용문은 이런 사실을 좀 더 상세히 설명한다. 이황이 말하기를

> 황(滉)이 살피건대, 정좌(靜坐)의 학은 두 정(程)선생에게서 발단되었는데, 그 말이 선(禪)인가는 의심스러우나 이연평(李延平)과 주자(朱子)에 있어서는 심학(心學)의 본원이 되지만 선(禪)은 아니다. 백사(白沙)와 의려(醫閭) 같은 이는 사물을 싫어하고, 정(定)을 구하기 위해 선에 들어갔으나, 의려는 백사에 견주면 비교적 실(實)함에 가깝고 올바르다(滉按, 靜坐之學, 發於二程先生, 而其說疑於禪. 然在延平, 朱子, 則爲心學之本原而非禪也. 如白沙, 醫閭, 則爲厭事求定而入於禪. 然醫閭比之白沙, 又較近實而正).[30]

이상의 논의를 종합하면 적지 않은 조선의 문인과 학자들이 하흠과 그의 학문에 대해 관심을 갖고 있었던 것으로 보인다. 특히 16세기 중반과 후반을 거치면서 조선 사상계가 程朱의 성리학을 正統 또는 道統으로 인식하는 사상적 배경과 당시 조선학술계에 泰斗라고 할 수 있는 이황 역시도 하흠의 인품과 학문에 높은 평가를 하는 상황을 고려한다면 『醫閭先生集』의 조선 유입과 출판은 당시 조선 학술계의 사상 경향과 밀접한 관계를 갖고 있다고 볼 수 있다.

---

29) 이 문제에 대해서는 高橋 進(다까하시 스스무)著, 安炳周·李基東 譯, 『李退溪와 敬의 哲學』(新丘文化社, 1985, 241-254면)과 최중석 역주, 「퇴계철학(退溪哲學)의 본령(本領)으로서 위기지학(爲己之學)과 자성록(自省錄)」, 『이퇴계의 自省錄』(국학자료원, 2003, 11-34면)을 참고할 것.

30) 「雜著·抄醫閭先生集, 附白沙陽明抄後, 復書其末」, 민족문화추진회, 『국역퇴계집』, 민족문화문고간행회, 1982, 436면.

제3부

朝鮮刊本 『北京八景詩集』 研究

- 韓國本 中國古書의 文獻價値를 겸하여 논함

Ⅰ. 들어가는 말

현재 國立中央圖書館과 成均館大學校 東ASIA學術院 尊經閣에는 朝
鮮 世宗31年(1449) 刊行本인 木版本 『北京八景詩集』1冊이 소장 되어 있
다. 국립중앙도서관 소장본의 형태와 판식은 「不分卷1冊, 四周雙邊, 半
葉匡郭, 18.4×13.4, 10行20字, 版心大黑口, 上下黑魚尾」이며 존경각 소
장본의 형태와 판식은 「不分卷1冊, 四周雙邊, 半葉匡郭, 18.7×13.8, 有
界, 10行20字, 版心大黑口, 上下黑魚尾」로 나타나며 책의 體例나 내용
역시 동일하다. 두 판본의 권말에 朝鮮 세종31년(明正統14년, 1449)에 慶州
府尹 任從善이 쓴 跋文이 모두 수록되어 있다. 이로 볼 때 두 판본은 동일
본으로 여겨진다. 다만 존경각 소장본의 책머리에 있는 「靜觀書院」, 「新刊
北京八景詩集」 등의 刊行에 관한 기록이 국립중앙도서관 소장본에는 누
락되어 있다. 이는 후세로 전래되는 과정 속에서 脫落된 것으로 보인다.[1]

---

1) 이외에 奎章閣에는 刊行年代, 刊行地와 刊者가 未詳인 목판본 『北京八景圖詩』1권

책의 내용은 明나라 文人 鄒緝 등이 北京 周邊의 名勝地 8곳(居庸疊翠, 玉泉垂虹, 瓊島春雲, 太液晴波, 西山霽雪, 薊門煙樹, 盧溝曉月, 金臺夕照)을 돌아보고 각 名勝地를 읊은 13인의 詩를 수록한 것이다.

『北京八景詩集』 간행 기록

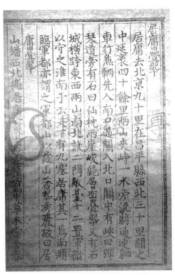

『北京八景詩集』 권수 「居庸疊翠」

이 소장되어 있다(청구기호 : 一蕢895.11 j225b). 비록 書名은 조선간본과 다르지만 모두 1冊41張으로 판식은 「四周雙邊. 半葉匡郭::18.9×13.9. 有界. 10行20字. 版心:大黑口, 上下黑魚尾」이며 체재나 내용상 조선간본과 거의 일치한다. 그러나 慶州府尹 任從善이 쓴 跋文이 수록되어 있지 않고 「靜觀書院」, 「新刊北京八景詩集」 등의 刊行에 관한 기록 역시 찾아 볼 수 없다. 그 밖에 이 책의 「題北京八景卷後」 앞에 후인이 필사한 것으로 보이는 翰林修撰 王叔英의 「絶命詩」와 御使 曾韶鳳의 「憤詞」 시 두 수가 있으며 책의 맨 앞과 맨 뒤의 공백에 후인이 이 책과 관련된 내용을 필사해 놓고 있다. 상술한 바와 같이 규장각본은 서명과 慶州府尹 任從善이 쓴 跋文 부분만을 제외하고 판식이나 체례, 내용면에서 국립중앙도서관과 존경각 소장본과 거의 일치한다. 『奎章閣圖書韓國本綜合目錄·集部·總集類』도 이 고서를 수록하고 있는 것으로 볼 때 한국본으로 보는 것이 타당할 듯하다. 그러나 이 점에 있어 보다 더 심도 있는 논의가 필요하다고 여겨져서 본고에서는 논의의 대상에서 제외시킨다.

앞에서 언급한 바와 같이 이 고서는 明의 文人 鄒緝등이 北京의 名勝地 8곳을 둘러보고 지은 시를 모아 編한 것이지만, 원래는 北京 8곳의 名勝地를 그린 圖와 詩가 결합된 형태의 서적이었다. 그런 까닭으로 北京의 名勝이나 文學 藝術史 研究에 있어서 매우 중요한 자료라고 할 수 있다. 그러나 아쉽게도 국내외를 막론하고 이에 관한 연구가 아직까지는 거의 전무한 실정이다. 1979년 黃裳은 일찍이「天一閣被劫書目」이란 글에서 이 고서가 戰亂중에 소실되었다고 말하였다.[2] 1995년 王燦熾도『燕都古籍考』에서『燕山八景圖唱和詩』란 題目으로『北京八景圖詩』를 소개하고 있지만 실제로 이 고서를 보지는 못하고 단지 若干의 관련 자료를 통해 간략한 설명을 하는 데 그치고 있다.[3] 이로 미루어 볼 때『北京八景圖詩』는 中國에서도 찾아보기가 쉽지 않은 稀貴本 고서임에 틀림없다. 이에 반해 국내에는 國立中央圖書館과 奎章閣 그리고 成均館大學校 東ASIA學術院 尊經閣의 고서목록에 수록되어 있으며『奎章閣韓國本圖書解題・續集・集部1』과『善本解題』에는 이 고서에 관한 짧은 내용의 해제도 있다. 다만 그 내용이 일반적인 범주를 벗어나지 못한다.[4] 국립중앙도서관과 존경각은 비록 이 고서를 貴重本으로 지정하여 그 가치를 설명하고 있으나 이것은 모두 韓國書誌學적 관점 즉 이 고서의 간행연도가 세종31년(1449)이라는 것 때문이다. 그러나 필자는 이 고서가 중국인의 저작인 만큼 세계에서 가장 많이 중국고서를 소장하고 있는 중국이나 대만 혹은 일본 등지에 이 고

---

2) 黃裳,「天一閣被劫書目」,『文獻』(叢刊)1979年 第二輯.

3) 王燦熾,『燕都古籍考』, 北京, 京華出版社, 1995, 89−92면.

4) 鄭玉子等編,『奎章閣韓國本圖書解題・續集−集部1』, 서울, 서울대학교奎章閣, 2002, 49−50면. 韓國圖書館學研究會,『善本解題』, 서울, 景仁文化社, 1975, 137−138면.

서가 소장되어 있는지를 먼저 알아보고 만약에 있다면 서로 다른 版本 간의 비교연구를 통해서 이 고서가 세종31년에 간행되었다는 가치 이 외에 또 다른 가치가 있음을 발견할 수 있다고 생각한다. 물론 이 고서 가 다른 지역에서 찾아보기 어렵다면 그 가치는 더욱 배가 될 것이다.

본문은 상술한 문제의식에서 출발하여 먼저 이 고서의 內容과 編纂 動機 및 刊行 過程 등을 알아보고자 한다. 다음으로 조선에서의 간행 과정 및 編纂目的 등에 대해 설명하고자 한다. 그리고 이 고서의 문헌 가치를 설명하기 위해서 먼저 明 이후 이 고서가 중국에서 通行된 상황 을 고찰하고자 한다. 그리고 현재 中國, 臺灣, 日本, 美國 등지의 중국 고서를 소장하고 있는 주요 도서관의 藏書目錄을 통해 이 고서가 소장 되어 있는지를 살펴보고 마지막으로 한국과 중국 兩國 간의 書籍交流 史의 관점에서 그 문헌가치를 설명하고자 한다. 이러한 본 논문의 연구 를 통하여 우리 선조들이 간행한 韓國本 중국고서가 갖는 문헌가치의 중요성을 설명하는 것 역시 본 논문이 志向하는 또 하나의 목적이다.

II. 『北京八景圖詩』의 刊行과 內容

1. 中國本의 成書, 刊行과 編纂動機

胡廣은 1412년 쓴 「北京八景圖詩序」에서 다음과 같이 말하고 있다.

지방지에 기록되기를 明昌遺事에 「燕京八景」을 언급하고 있는데 前代 의 士大夫가 이를 시로 읊은 것이 종종 簡冊에 보인다. 天子께서 이곳에 서 즉위하시고 북경을 건립하시니 만방이 회동하는 도읍이 되었고 천자께 서 타는 수레가 다시 순례 시찰함에 文學之臣이 많이 수행 행렬에 참여했 다. 翰林侍講兼左春坊左中允鄒緝仲熙가 홀로 말하기를 "예전의 팔경은 한 곳에 치우쳐 있었는데도 歌詠함이 보인다. 우리는 다행히도 태평의 시대에 태어나 천하가 통일되고 文明의 운세가 무르익는 가운데 천자의 시종을 드는 신하가 되어 그 일로 이곳에 유람 오게 되었다. 북경을 두루 둘러보니 鬱蔥하고 아름다우며, 산천초목이 하늘의 해, 달의 빛에 비추어지니 옛날과 지금을 어찌 같이 볼 수 있겠는가? 어찌 진실로 시로 읊어 歌誦하지 않을 수 있겠는가?" 衆人이 모두 말하기를: "그리하지요."라고 하였다. 마침내「北京八景」이라고 명명하고 중간에 제목을 한 둘 바꾸고 仲熙가 시를 지어 倡하였다. 이어서 시를 읊은 자는 國子祭酒兼翰林侍講胡儼若思, 右春坊右庶子兼翰林侍講楊榮勉仁, 右春坊右諭德兼翰林侍講金善幼孜, 翰林侍講曾啓子啓, 林環崇璧, 翰林脩撰兼右春坊右贊梁潛用之, 翰林脩撰王洪希範, 王英時彦, 王直行儉, 中書庶人王紱孟端, 許翰鳴鶴과 (胡)廣등의 열세명인데 詩 百十二首를 얻고…… 이에 八景圖를 그리고 여러 詩作을 각 圖의 뒤에 놓아 한 권으로 만들고 상자에 보관하였다.[5]

위의 인용문에서 세 가지의 중요한 사실을 확인할 수 있다. 먼저 북경의 팔경에 대해 읊은 시는 명대 이전에도 있었는데 胡廣이 언급한

---

5) 胡廣「北京八景圖詩序」云: "地志載明昌遺事有燕山八景, 前代士代夫間嘗賦詠, 往往見於簡冊. 聖天子龍飛于玆 建北京爲萬方會同之都, 車駕凡, 再巡狩, 文學之臣多列扈從, 翰林侍講兼左春坊左允鄒緝仲熙曰:『昔之八景偏居一隅, 猶且見於歌詠. 吾輩幸生太平之世, 當大一統文明之運, 爲聖天子侍從之臣, 以所業從遊于此. 綜觀神京鬱蔥佳麗, 山川草木衣被雲漢昭回之光. 昔之與今又豈可同觀哉? 烏可無賦詠以播於歌頌.』衆咸曰:『然.』遂命曰北京八景 間更其題數字 仲熙作詩爲昌. 於是繼賦者 國左祭酒兼翰林侍講胡儼若思, 右春坊右庶子兼翰林侍講楊榮勉仁, 右春坊右諭德兼翰林侍講金善幼孜, 翰林侍講曾啓子啓, 林環崇璧, 翰林脩撰兼右春坊右贊梁潛用之, 翰林脩撰王洪希範, 王英時彦, 王直行儉, 中書庶人王紱孟端, 許翰鳴鶴曁廣, 凡十有三人, 得詩百十二首……乃寫八景圖, 幷集詩作置各圖之後, 表爲一卷, 藏於篋筍."1a-4b면.

'明昌遺事'에서 明昌은 金나라 章宗의 年號로써 1190년부터 1195년까지의 시기이다. 그 후에 陳孚는 元至元29년(1292)에 『詠神京八景』이란 詩를 지었으며 馮子振은 元大德6년(1302)에 『詠神京八景』이라는 曲을 지었다. 여기에서 神京은 북경의 別稱이다. 또한 청대에 들어와서 乾隆황제는 두 차례에 걸쳐 燕山八景에 관해 『御制燕山八景詩』와 『御制燕山八景詩疊舊作韻』이라는 시를 지었으며 仁宗 역시 『燕山八景詩』라는 작품을 지었는데 여기서 燕山八景이란 북경팔경의 또 다른 명칭이다. 이러한 사실로 볼 때 북경의 명승고적이 8곳만이 있는 것은 아니지만 명대 이전부터 북경의 名勝古蹟 가운데 8곳만을 詩나 曲 등으로 읊는 문학 전통이 존재하고 있었다는 것을 알 수 있다. 鄒緝 등은 이러한 문학적인 전통아래에서 北京八景에 관한 시를 창작하였다고 할 수 있다. 그러나 더욱 직접적인 원인은 鄒緝[6]을 비롯한 13인은 永樂帝를 옆에서 侍從하는 文臣으로서 영락제가 明의 首都를 南京에서 北京으로 옮길 것을 歌頌하기 위하여 『북경팔경도시』를 창작하였음을 부인하기 어렵다. 이 문제를 설명하기 위해서는 먼저 당시의 사회, 정치 상황을 살펴봐야 한다. 1368년 朱元璋은 南京에 明나라를 건국하였는데 당시에 明軍은 大都省을 함락시키고 大都를 北平府로 바꾸었다. 후에 朱元璋은 洪武3년(1370)에 四子인 朱棣를 燕王으로 冊封하고 北平을 지키도록 하였다. 朱元璋 死後에 손자 建文帝가 卽位하였는데 朱棣은 靖難之役을 일으켜 황제 자리를 빼앗고 成祖가 되고 年號를 永樂이라

---

6) 鄒緝의 字는 仲熙로 江西吉水縣人이다. 洪武연간에 明經科에 급제하여 星子教諭라는 벼슬을 받았다. 建文年間에는 國子助教를 역임하고 成祖가 즉위하자 翰林侍講에 拔擢되어 左中允을 兼任하였다. 永樂19년(1421)에 右庶子兼侍講에 제수되었고 다음해 가을에 세상을 떠났다. 鄒緝는 「群書를 두루 涉獵하고 官職에 거함에 근면하고 신중하여 淸貧한 節操가 寒士와 같다.」고 일컬어진다. (淸)張廷玉等, 『明史·鄒緝傳』, 臺北, 鼎文書局, 1975, 卷164, 4438면.

고 하였다. 朱棣는 永樂元年(1403)에 北平府를 北京으로 승격시켰는데 北京이라는 名稱은 이때부터 시작된 것이다. 그러나 당시에 명의 首都 는 여전히 南京이었고 북경은 황제가 임시로 머물던 곳일 뿐이었다. 그러나 永樂19년(1421) 成祖는 정식으로 수도를 北京으로 옮긴다. 成祖는 황위를 簒奪한후 북쪽 변방 지역을 공고히 하려는 목적으로 친히 다섯 차례나 북쪽변방을 정벌하였는데, 鄒緝 등이 북경팔경을 倡和한 永樂 12년(1414) 2월에는 瓦剌를 정벌하고 六月에는 瓦剌를 평정하였음을 천 하에 알리었다.[7] 그리고 十一月에는 成祖를 따라 瓦剌 정벌에 올랐던 鄒緝, 胡廣, 楊榮 등이 『북경팔경도시』를 완성하였던 것이다. 당시에 성 조는 적극적으로 수도를 옮기는 작업을 준비하고 있었는데 이로 볼 때 성조를 옆에서 모시던 鄒緝, 胡廣, 楊榮 등이 『북경팔경도시』를 지은 것 은 성조가 수도를 북경으로 옮기는 것에 대한 歌頌의 의미가 가장 짙다 고 할 수 있다. 이러한 사실은 楊榮이 「題北京八景卷後」에서 "옛 사람 중에 『燕山八景』에 대한 작품이 있었는데 簡策에서는 보지 못하였는데 지금 천하가 통일되어 이곳에 도읍을 세우니 시를 읊어 천하에 알리지 않을 수 없다."[8] 한 데에서 그 編纂 意圖를 더욱 명확히 알 수 있다.

둘째, 『북경팔경도시』는 추집 등이 읊은 시 112首를 北京八景을 그 린 각 圖의 뒤에 위치시킨 圖와 詩가 결합된 형태의 서적이다. 그 중 圖 부분은 당시 唱和에 참가하였던 王紱이 그린 것이다. 王紱은 永樂 元年(1403)년에 書法에 능함으로 추천되어져서 文淵閣에서 일을 하였 고 『永樂大典』의 修撰에 참가하였으며 永樂10년에 50세의 나이로 中 書舍人에 제수되어 北京으로 파견되어 수도를 옮기는 준비 작업에 종

---

7) 『明史·本紀·成祖三』, 卷 7, 93-94면.

8) 「題北京八景卷後」云: "昔人有燕山八景之作, 而簡冊無聞. 今聖朝天下一統, 皇上建 都于玆, 誠非往昔之比, 不可無賦詠以播於無極." 2b-3a면.

사하였다. 후에 그는 영락11년과 12년 두 차례에 걸쳐 成祖를 따라 북쪽 지방을 순례하면서 영락12년에『북경팔경도』를 완성하였다.[9]

셋째, 『북경팔경도시』는 추집 등이 완성한 당시 즉각 간행된 것이 아니라 寫本의 형태로 보관되어 졌다. 그 후에 18년이 흐른 후에『북경팔경도시』는 간행된다. 曾棨은「書北京八景詩集後」에서 먼저 당시 建陽슈인 張光啓가 추집 등이 북경팔경에 관한 시를 쓴 것이 國都인 북경의 盛事로 여겨 간행하여 널리 전파하고자 하는 간행동기를 설명하면서 "당시의 작자는 열세 명이고 지금에 이르러 십팔 년밖에 흐르지 않았는데, 혹자는 升存하고 혹자는 沉沒하니 그 감회를 이길 수가 없구나. 나는 光啓의 뜻을 훌륭히 여겨 글을 써서 책 뒤에 둔다."[10]라고 말하였다. 이에서 알 수 있는 바와 같이 宣德6년(1431) 7월에 張光啓가『北京八景詩集』를 刊行해 낸다. 여기서 주목하여야 할 것은 張光啓가『북경팔경도시』를 간행할 때 圖는 제외하고 詩만을 모아 간행했다는 것이다. 이 같은 사실은 明 宣德6년(1431)에 張光啓가『북경팔경도시』를

---

9) 王紱의 字王는 孟端이며 號는 右石生이다. 元至正22년(1362)에 태어나서 無錫人이다. 어려서부터 총명하고 好學하여 10세 때 시를 지을 수 있었고 15세 때에는 邑庠의 제자가 되어 당시의 名詩人 錢仲益과 浦長源등과 唱和하였다. 洪武11년(1378)에 博士弟子에 제수되었고 또한 薦擧되어 수도 남경에 들어갔다. 그러나 王紱은 원래 高雅한 성격으로 名利를 탐하지 않아 얼마 지나지 않아 고향으로 돌아가 隱居하였다. 洪武13년(1380)에 朱元璋은 左相 胡惟庸를 誅殺하였는데 10년 후 胡惟庸의 逆黨이라는 죄명으로 인해 큰 禍가 일어나면서 王紱은 비록 정치의 일선에서 물러나 있었지만 이 일에 연루가 되어 山西 大同으로 유배되었다. 王紱은 유배지에서 10년을 보내다가 建文2년(1400)에 고향으로 돌아와 九龍山에 은거하여 시를 짓고 그림을 그리고 제자를 가르치며 여생을 보냈다. 王紱은 본래 산수화에 능하였고 특히 고목과 대나무 그리고 돌을 그리는데 정통하였는데 吳鎭, 王蒙등 元代의 畵家를 배웠다. 그의 산수화는 王蒙의 郁蒼한 풍격과 倪瓚의 曠遠한 意境을 兼하고 있어 吳門畵派의 산수화에 영향을 끼치고 있다. 生平資料로는『明史·列傳·文苑二』에 傳이 있다. 권174, 7337-7338면.

10) 「書北京八景詩集後」云: "當時作者十有三人, 及今纔十八年, 而升沉存沒, 蓋有不勝其可感矣. 故予嘉光啓之志, 爲書此予末簡, 且以識予之感焉."

간행할 때 曾啓가 「書北京八景詩集後」에서 『북경팔경도시』가 아닌 『북경팔경시집』이라는 제목을 쓴 것에서 설명된다.

2. 朝鮮本의 刊行과 編纂目的

明刊本 『북경팔경시집』이 언제 누구에 의해서 어떻게 조선에 전해졌는지는 관련 자료의 부족으로 확실한 내용을 밝힐 수 없다. 그러나 이 고서는 朝鮮 세종31년(明正統14년, 1449)에 慶州府에서 府尹 任從善에 의해 木版本으로 刊行된다. 이로 미루어볼 때 그 傳來 時期는 1449년 이전임이 확실하다. 그렇다면 1431년경에 張光啓에 의해 편찬되어진 『北京八景詩集』이 십여 년도 되지 않아 조선에 전해져서 필요에 의해 다시 간행된 것이다.

그렇다면 조선에서 『북경팔경시집』은 어떤 目的으로 간행되었을까? 慶州府 府尹 任從善은 跋文에서 "무릇 詩란 性情을 읊으며 당세의 治道를 꾸미는 것"이라고 전제하면서

> 시에는 正格과 偏格이 있으며 시대에 따라 존숭함에 차이가 있어 시대마다 각각 詩體가 존재하니 붓을 든 사람이 몰라서는 안 되는 바이다.……지금 책을 찍어 간행하여 文士들이 一覽하게 제공한다.[11]

라고 말하고 있다. 이를 통해서 알 수 있듯이 任從善이 『북경팔경시집』을 간행한 것은 먼저 詩를 중시하는 조선 문인들의 文學 性向과 매우

---

11) 任從善 「跋文」: "夫詩者所以吟詠性情, 以賁飾當世之治道……又有正格偏格, 時之所尙差殊, 而代各有體, 秉筆者之所不可不知也! ……今鋟旣行, 以資文士之一覽云. 正統十四年己巳春三月日府尹嘉善大夫冠正任從善敬跋." 成均館大學校 尊經閣 所藏 朝鮮世宗31年 刊行本 『北京八景詩集』의 권말에 실려 있음.

밀접한 관계가 있다.

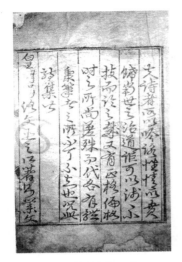

任從善「跋文」1면

任從善「跋文」2면

　　게다가 『북경팔경시집』에 시를 남긴 문인들은 영락제의 총애를 받던
侍從들로 조정에서 "文字, 翰墨으로 공적을 쌓았을 뿐만 아니라"[12], 당
시 대규모의 편찬 사업에 직접 참여하여[13] 널리 文名을 떨친 사람들이
다. 예를 들면 추집의 子인 循이 宣德년간에 翰林待詔로 있으면서 돌
아가신 부모에게 벼슬을 내려주기를 조정에 청했을 때 "황제가 예부
에 조서를 내려 말하기를 '예전에 皇祖가 변방을 정벌할 때 짐은 북경
을 지키고 있었는데 (鄒)緝은 짐의 곁에서 의견을 진언하였는데 모두 正

---

12) 　『明史 · 列傳 · 胡儼傳』云: "固非僅以文字翰墨爲勳績已也." 卷147, 4129면.

13) 　예를 들면 胡儼은 "館閣의 宿儒로 朝廷의 큰 저작들은 대부분 그의 손에서 나왔는
　　데 『太祖實錄』, 『永樂大典』, 『天下圖誌』 등을 重修하는데 總裁官의 임무를 맡았다
　　(館閣宿儒, 朝廷大著作多出其手, 重修『太祖實錄』, 『永樂大典』, 『天下圖誌』等皆充
　　總裁官)." 『明史 · 列傳』, 卷147, 4128면.

道였다. (추집은) 良臣이니 수여하라.'"[14]라고 말하였다. 『明史·金善傳』에서 "(永樂)칠년에 황제를 따라 북경에 갔고 그 이듬해 北征을 하였는데……황제는 幼孜의 文學을 중히 여겨 지나친 山川의 요충지를 명하여 기록하게 하였다."[15]라고 기록하고 있다. 또한 『明史·王英傳』에서 "(王)英은 행동이 단아하고 무게 있어 네 황제를 섬겼다. 翰林에 사십여 년 있는 동안 여러 차례 會試의 시험관이 되었고 조정의 시험문제가 대부분 그 손에서 나왔으며 사방에서 그의 墓誌銘과 碑記를 얻고자 하는 자들이 끊이지 않았다."[16]라고 기록하고 있다. 또 『明史·王直傳』은 王直에 대해 "永樂12년에 進士가 되어 庶吉士가 되었고 曾棨, 王榮등 28인과 함께 文淵閣에서 공부를 하였다. 황제가 그 문장을 좋다고 여겨 내각으로 불러들여 문서의 초안을 작성하게 하였다."[17]라고 기록하고 있다. 이상의 내용으로 볼 때 『북경팔경시집』에 시를 남긴 13인이 명의 황제들에게 얼마나 중시를 받았는지, 그리고 그들의 문학성취와 조정 및 문단에서의 영향력을 미루어 짐작할 수 있다. 周知하다시피 조선 전기부터 조선 조정은 중국 사신과의 唱和를 매우 중시하여 글에 능한 문사 양성에 각별한 노력을 기울였다. 이러한 환경 속에서 『북경팔경시집』 속의 明 翰林의 유명 문인들의 작품이 조선에 전해져 귀히 여김을 받아 다시 覆刊된 것은 明詩에 대한 이해의 측면이나 중국 사신들과의

---

14) 『明史·鄒緝傳』云: "帝諭吏部曰: '曩皇祖征沙漠, 朕守北京, 緝在左右, 陳說皆正道, 良臣也, 其予之.'" 卷164, 4438면.

15) 『明史·金幼孜傳』云: "(永樂)七年從幸北京. 明年北征, 幼孜與廣, 榮扈行, 駕駐淸水源, 有泉湧出. 幼孜獻銘, 榮獻詩, 皆勞以上尊. 帝重幼孜文學, 所過山川要害, 輒命記之". 卷147, 4126면.

16) 『明史·王英傳』云: "英端凝持重, 歷仕四朝. 在翰林四十餘年, 屢爲會試考官, 朝廷制作多出其手, 四方求銘志碑記者不絶." 卷152, 4196~4197면.

17) 『明史·王直傳』云: "直幼而端重, 家貧力學. 擧永樂二年進士, 改庶吉士, 與曾啓, 王英等二十八人同讀書文淵閣.. 帝善其文, 召入內閣, 俾屬草", 卷169, 4538면.

唱和의 측면에서나 모두 매우 의미 있는 일이었다고 여겨진다. 또한 中國文學史에 있어 金善, 楊榮 등은 明初에 형성된 臺閣體의 대표적인 시인이었는데, 특히 楊榮은 永樂·宣德때에 解縉, 楊士奇, 楊溥와 더불어 一解三楊으로 불렸던 臺閣體의 대표적인 시인이었다. 조선전기의 詩壇에서도 臺閣之體가 重視되어던 것을 고려한다면『북경팔경시집』의 간행은 조선전기의 시풍과도 일정한 관련이 있다고 생각된다.

다음으로『북경팔경시집』의 간행은 세종시기의 詩學의 振興과도 밀접한 관계가 있다. 세종은 詞章之學을 진흥하기 위해 중국 고전시문집이나 總集類를 중앙에서 활자나 목판본으로 인쇄하도록 하고 지방에서도 목판으로 복각하도록 하였다. 예를 들면 세종21년(1439)에 韓愈와 柳宗元의 문집을 纂註하게 하였고 杜詩를 찬주하게 하였으며, 17년(1435)에는『分類補註李太白詩』, 22년(1440)에는『唐柳先生集』을 甲寅字로 간행하였다.『唐詩鼓吹』,『續鼓吹』등도 甲寅字로 간행하였으며 21년(1439)에는『詩人玉屑』을 목판으로 간행하도록 하였다. 세종은 특히 詩學을 진흥시키려고, 1422년에 경자자로 인쇄한『選詩演義』를 문신들에게 나누어 주고, 1434년에는 다시 인쇄하여 반포하였다. 이런 맥락에서 본다면 경주부윤 임종선이『북경팔경시집』을 간행한 것은 당시 세종의 詞章之學에 대한 진흥책 특히 시학에 대한 관심과 밀접한 관계가 있음을 알 수 있다.[18] 게다가 고려시대 이후로 王公이나 士大夫 화가들은 瀟湘八景과 같은 이름난 中國의 山水에 대하여 다투어 詩를 짓

---

18) 세종조의 시학진흥과 중국시선집의 편찬관계는 이종목,「시풍의 변화와 중국시선집의 편찬 양상-조선 전기와 조선 중기를 중심으로」(『한국 한시의 전통과 문예미』, 서울, 태학사, 2002, 498-502면)를 참조.

고 그림으로 표현하려는 것이 큰 관심의 대상이 되어 왔다.[19] 이와 같은 문학적 전통을 고려한다면 世宗時期에 중국본『북경팔경시집』을 覆刊한 것은 매우 자연스러운 현상으로 이해된다.[20]

3. 朝鮮本의 體例와 內容

조선본『북경팔경시집』의 體例를 살펴보면 먼저 책머리에「靜觀書院」,「皇都景致河山壯」,「新刊北京八景詩集」,「聖代英賢錦繡新」등의 刊行에 관한 기록이 보인다. 그 다음으로 胡廣이 쓴「北京八景圖詩序」가 있고 目錄 없이 바로 北京八景에 관한 詩가 이어진다. 卷末에는 楊榮이 쓴「題北京八景卷後」와 明宣德6년(1431)에 曾啓가 쓴「書北京八景詩集後」라는 글과 世宗元年(1419년) 丙科進士인 長興人 司諫監司任從善이 세종31년(正統14년, 1449)쓴 跋文이 있다.

본문의 첫 行에 칸을 띄움없이「居庸疊翠」라고 제목을 쓰고 다음 行에 한 칸을 띄우고「居庸疊翠」이라는 勝景의 위치와 경관 및 그 이름의 지리적인 緣由 등에 대해서 설명하는 글이 있다. 그 뒤로 鄒緝, 胡儼, 楊榮, 金善, 曾啓, 林環, 梁潛, 王洪, 王英, 王直, 王紱, 許翰 등 12인의 시가 1首씩 나열되어 있다. 그 다음에 胡廣의「用鄒侍講韻」과「再用前韻」이라고 차운하는 2首의 시가 이어진다. 즉「居庸疊翠」이라는 하

19) 이에 관한 내용은 金基卓,「益齋의「瀟湘八景」과 그 影響」,『中國語文學』第3輯 (1981.10), 353~357면; 呂基鉉,「瀟湘八景의 受容과 樣相」,『中國文學研究』第25 輯(2002.12), 305~326면;衣若芬,「高麗文人對中國八景詩之受容現象及其歷史意 義--以李仁老, 陳澕爲例」,『韓·中八景九曲與山水文化』학술 토론회, 천안, 陶南 學會, 文化景觀研究會, 祥明大學韓中文化情報研究所, 2002.11.30.

20) 사실상 중국의 八景관련 문화는 정원과 삼림의 건축, 미술회화 및 음식문화 방면 모 두에 큰 영향을 미쳤다. 또한 각 시대마다 문화교류를 통하여 東ASIA의 다른 나라로 전파되어졌는데 明代에는 八景관련 문화가 조선과 일본 및 동남아 각국으로 전파되 어 각 지역에서 팔경문화를 꽃 피우는 데 큰 영향을 끼쳤다.

나의 題材아래에 13인의 시 14首가 수록되어 있는 것이다. 이외에 나머지 7景「玉泉垂虹」,「瓊島春雲」,「太液晴波」,「西山霽雪」,「薊門烟樹」,「盧溝曉月」,「金臺夕照」도「居庸疊翠」의 경우와 마찬가지로 각 勝景의 위치와 경관 및 그 이름의 지리적인 緣由 등에 대해서 설명하는 내용 뒤에 13인의 시 14수씩이 매 제목 뒤에 수록되어 있다. 그러므로『北京八景詩集』에 수록된 시는 모두 13인의 시 112수가 되는 것이다.

그러나 주의하여야 할 것은 朝鮮本『북경팔경시집』과 추집 등이 編한『북경팔경도시』의 원본 사이에는 약간의 차이점이 존재한다는 것이다. 첫째 상술한 바와 같이 조선 세종31년 刊本은 그 서명이『북경팔경시집』으로『북경팔경도시』와는 차이를 나타낸다. 서명의 차이는 곧 내용의 차이를 반영한다고 할 수 있다. 胡廣이「北京八景圖詩序」에서 시를 지은 13인을 소개 하면서 말하기를 "詩 百十二首를 얻어 圖를 그리고 여러 詩作을 각 圖의 후에 두고 한 권으로 만들어 상자에 보관하였다." 라고 했는데 이 序文의 內容대로라면 그리고 제목에서 보이는 것처럼『北京八景圖詩』는 원래 圖와 詩가 결합된 형태의 고서였다. 그러나 조선본『북경팔경시집』은 北京八景을 그린 圖는 없고 단지 詩만 수록하고 있을 뿐이다. 상술한 바와 같이 明 宣德6년(1431)에 張光啓가『북경팔경도시』를 간행할 때 圖는 없이 詩만을 모아『북경팔경시집』을 간행하였는데[21] 조선본『북경팔경시집』의 끝에 있는 任從善의 跋文에서도

---

21) 『四庫全書總目』도『燕山八景圖詩』에 대해서 "이 책은 시가 百二十首로 모두 (鄒)緝가 먼저 시로 읊고 翰林學士胡廣, 國子祭酒胡儼, 右庶子楊榮, 右諭德金幼孜, 侍講曾啓, 林環, 修撰梁潛, 王洪, 王英, 王直, 中書庶人王紱, 許翰等 十二人이 화답하고 (胡)廣이 홀로 다시 화답하였다. 책의 앞에 (胡)廣의 序가 있고 뒤에는 楊榮의 跋이 있는데 八景圖를 그리고 여러 詩作을 각 圖의 뒤에 놓아 한 권으로 만들고 상자에 보관하였다고 하였다. 그렇다면 이 책은 後人이 圖卷 중에서 기록하여 낸 것이다."(『四庫全書總目·集部·總集存目類一·燕山八景圖詩一卷』云: "此本凡詩百二十首, 皆緝首唱, 翰林學士胡廣, 國子祭酒胡儼, 右庶子楊榮, 右諭德金幼, 侍

이 고서를 가리키며 「圖詩」라는 말 대신에 「詩集」이라고 일컫고 있다. 또한 책머리의 「新刊北京八景詩集」이라는 서명으로 볼 때 조선에서는 중국본 『新刊北京八景詩集』을 底本으로 하여 다시 覆刊한 것으로 보는 것이 합리적인 추론일 것이다.

Ⅲ. 문헌가치

조선본 『북경팔경시집』의 문헌가치는 아래와 같은 3가지로 설명 할 수 있다.

1. 版本으로 본 문헌가치

版本의 관점에서 본다면 조선본 『북경팔경시집』은 아래와 같은 문헌가치를 가지고 있다. 첫째, 앞에서 언급한 바와 같이 조선본 『북경팔경시집』은 世宗31년(1449)에 간행된 것으로 韓國 書誌學의 관점에서 볼 때 그 刊行시기가 조선 전기의 것으로 중요한 가치가 있음에 틀림이 없다. 이 때문에 국립중앙도서관과 존경각에서 모두 이 고서를 貴重本으로 지정하여 관리하고 있는 것이다.[22]

둘째, 조선본 『北京八景詩集』은 본래 중국 문인들의 著作으로 중국

講曾啓, 林環, 修撰梁潛, 王洪, 王英, 王直, 中書庶人王紱, 許翰等十二人和之, 廣獨再和焉. 前有廣序. 後有楊榮跋, 稱寫八景圖, 並集諸作置各圖之後, 표爲一卷, 藏之篋笥. 則此集乃後人從圖卷中錄出者也."(臺北, 臺灣商務印書館, 1983), 28b-29a면.)라고 말하고 있다. 상술한 내용에서 알 수 있는 것은 적어도 『四庫全書』를 편찬 할 때 編修官들이 보았던 「北京八景圖詩」는 추집 등이 만들었던 原本에서 다시 傳寫해낸 版本이라는 것이다.

22) 國立中央圖書館 請求記號「한貴古朝 45-나69」, 尊經閣 請求記號:「貴D2C-206」東ASIA학술원존경각, 『古書目錄(第三輯)·集部·總集類』, 서울, 成均館大學校出版部, 2002, 294면.

에서 간행되어진 것이 조선으로 전해진 것이므로 중국 판본과의 비교가 필요하며 이 비교를 통해서 상술한 문헌가치 이외에 또 다른 가치를 발견할 수 있다. 『북경팔경도시』는 明代에 刊行된 이 후에 그다지 광범위하게 유통되지는 않은듯하다. 明代의 여러 藏書目錄을 살펴보아도 『북경팔경도시』가 수록되어 있는 경우도 매우 드물다. 예를 들면 (明)焦竑『國史經籍志』, (淸)黃虞稷『千頃堂書目』, (淸)倪燦『明史藝文志』, (淸)傅維鱗『明書經籍志』等 대표적인 目錄에 이 서적은 기록되어 있지 않다. 물론 『북경팔경도시』가 완전히 失傳된 것은 아니다. 청대에 들어와서 『북경팔경도시』는 약간의 목록에 관련 기록이 보인다. 예를 들면 『四庫全書總目·集部·總集類存目一』에는 『燕山八景圖詩』一卷이 수록되어 있는데 「明永樂十二年左春坊左中允吉水鄒緝等唱和之作也」[23]라는 저자에 관한 기록을 볼 때 비록 서명에는 다소의 차이가 있지만 수록된 것이 바로 『북경팔경도시』임을 알 수 있다. 그 후에 『欽定續文獻通考經籍考』에도 「鄒緝等, 『燕山八景圖詩』一卷」[24]이라고 기록되어져 있다. 이러한 기록으로 보건데 이 책이 청대에는 어느 정도 세상에 알려졌을 것이라 추측된다. 그러나 중국의 문헌학자 黃裳에 의하면 이 『북경팔경도시』는 일찍이 浙江省 寧波의 天一閣에 소장되어 있다가 戰亂중에 소실되었다고 한다.[25] 지금에 이르러서도 『북경팔경도시』는 세계 각국의 주요 도서관에 소장되어 있다는 기록을 찾을 수는 없다. 이 문제를 설명하기 위해서 필자는 중국지역, 대만지역, 일본지역 그리고 미국지역의 대표적인 도서관의 藏書目錄을 이용하여 『북경팔경도시』의 소장

---

23) 『四庫全書總目·集部·總集類存目一』, 卷191, 28b면.

24) (淸)乾隆間官修, 『欽定續文獻通考經籍考』, 楊家駱編『明史藝文志廣編』本, 臺北, 世界書局, 1963, 765면.

25) 黃裳, 「天一閣被劫書目」, 『文獻』(叢刊)1979年第二輯.

여부를 파악하고자 하였다.[26]

　흥미로운 것은 세계 주요 지역 도서관의 중국고서 소장목록에서『북경팔경도시』(혹은『북경팔경시집』)는 발견되지 않는다는 사실이다. 이외에도『中國叢書綜錄』[27]이나『中國善本書提要』[28] 등의 目錄과 解題에서

---

26)　본문에서 이용한 장서목록은 다음과 같다 :
　　中國地域 :『中國古籍善本書目(集部)』(中國古籍善本書目編纂委員會編,『中國古籍善本書目(集部)』, 上海, 上海古籍出版社, 1985;中國古籍善本書目編纂委員會編,『中國古籍善本書目(叢部)』, 上海, 上海古籍出版社, 1990). 이 목록은 中國國家圖書館(舊 北京圖書館), 上海圖書館, 北京大學圖書館 등을 비롯한 중국의 주요 도서관의 善本古籍을 수록하고 있다.
　　臺灣地域 :『臺灣公藏善本書目書名索引』(國立中央圖書館編,『臺灣公藏善本書目書名索引』, 臺北, 國立中央圖書館, 1972). 이 목록은 臺灣國家圖書館, 中央研究院歷史語言研究所傅斯年圖書館, 臺灣大學圖書館 등 주요 도서관의 善本古籍을 수록하고 있다. 이외에『臺灣公藏普通線裝書目』(國立中央圖書館編,『臺灣公藏普通本線裝書目書名索引』, 臺北, 國立中央圖書館, 1980)은 대만 주요 도서관의 普通本線裝古書를 수록하고 있다. 대만국가도서관 홈페이지(http://www2.ntl.edu.tw)에서도 대만의 각 도서관에 소장되어 있는 고서를 검색할 수 있다. 만들었는데 이용자는 대만 국가도서관 홈페이지를 클릭한 후 全國圖書書目資訊網을 선택한 후 다시「臺灣地區善本古籍聯合目錄」을 클릭하면 된다. 이 목록은『臺灣公藏善本書目書名索引』과『臺灣公藏普通本線裝書目書名索引』의 내용을 기초로 하여 계속하여 증보한 것으로 대만지역의 고서검색에 가장 중요한 것이다.
　　日本地域 :『東京大學東洋文化研究所漢籍分類目錄』(東京大學東洋文化研究所著,『東京大學東洋文化研究所漢籍目錄』, 東京大學東洋文化研究所, 1973),『京都大學人文科學研究所漢籍目錄』(京都大學人文科學研究所編,『京都大學人文科學研究所漢籍目錄』, 京都, 人文科學研究所, 1979-1980),『靜嘉堂文庫漢籍分類目錄』(尊經閣文庫編,『靜嘉堂文庫漢籍分類目錄』, 臺北, 大立, 1980),『尊經閣文庫漢籍分類目錄』(前田家尊經閣編,『尊經閣文庫漢籍分類目錄』, 東京, 石黑文吉, 1934),『內閣文庫漢籍分類目錄』(福井保主編,『內閣文庫漢籍分類目錄』, 臺北, 進學書局, 1970),『國立國會圖書館漢籍目錄索引』(國立國會圖書館,『國立國會圖書館漢籍目錄索引』, 國立國會圖書館, 平成7년).
　　美國地域 :『普林斯頓大學葛斯德東方圖書館中文善本書誌』(屈萬里著,『普林斯頓大學葛斯德東方圖書館中文善本書誌』, 臺北, 藝文印書館, 1975),『美國哈佛大學燕京圖書館中文善本書誌』(沈津著,『美國哈佛大學燕京圖書館中文善本書誌』, 上海, 上海辭書出版社, 1999).

27)　上海圖書館編,『中國叢書綜錄』, 上海古籍出版社, 1982.

28)　王重民撰,『中國善本書提要』, 上海古籍出版社, 1983.

도『북경팔경도시』(혹은『북경팔경시집』)를 찾아볼 수는 없다.

이러한 사실은 明代부터 그리 흔히 볼 수 없었던『북경팔경도시』(혹은 『북경팔경시집』)가 청대에 이르러 한때 四庫全書館과 天一閣 등에 소장 되어 있다가 다시금 세인의 눈앞에서 사라져서 지금에 이르러서도 거 의 失傳되어진 것으로 볼 수 있다. 물론 위에서 언급한 지역의 도서관 을 제외하고 다른 지역에『북경팔경도시』(혹은『북경팔경시집』)가 소장되 어 있을 가능성이 전혀 없는 것은 아니다. 다만 세계 각국의 중국고서 소장 현황을 고려할 때 위에서 언급한 소장기관에 소장되어 있지 않은 고서가 기타 지역에 소장되어 있을 가능성은 극히 적다고 할 수 있다. 이러한 상황 속에서 한국의 국립중앙도서관과 존경각등에 조선본『북 경팔경시집』이 소장되어 있다는 사실은 매우 주목해야 할 일이며 중국 본『북경팔경도시』를 찾아볼 수 없는 가운데 조선본『북경팔경시집』의 문헌가치는 더 이상 설명이 필요 없다고 해도 과언은 아닐 것이다.

2. 内容으로 본 文獻價値

상술한 판본가치를 제외하고도 조선본『북경팔경시집』은 그 내용 자 체도 적지 않은 가치를 지니고 있다. 첫째로 楊榮은『북경팔경도시』를 통해서 "천하 산천 형세의 중요함을 알 수 있을 뿐만 아니라 北京八景 의 소재지를 직접 눈으로 보는 것처럼 알 수 있다."[29]라고 했는데 楊榮 의 말처럼 이 고서의 내용을 통해 명대 永樂年間 北京八景의 소재지와 풍경 등을 알 수 있다. 자세히 살펴보면 팔경의 이름은 모두 4자로 이

---

29) 「題北京八景卷後」: "玆以北京八景圖并詩裝潢成卷, 因擧足跡所至書于卷末, 且以 誌景所以得名者, 疏于各題之後, 誠非欲誇燿于人人, 將以告未來者俾有所考, 則 不唯知天下山川形勝之重, 而又有以知八景所在如目親覩, 有若予輩之菲薄, 叨承 國家眷遇之厚, 樂其職于優游, 得以歌詠帝都之勝於無窮者, 皆上賜也." 4a~4b면.

루어져 있는데 앞의 두자는 지점을 뒤의 두 글자는 경관의 특징을 나타
내는데 단지 네 글자만으로 경치의 특징을 명확하게 표현해 내고 있다.
이러한 관점에서 보면 추집 등은 글로써 북경팔경의 각 명승지의 존재
이유와 풍경을 매우 직접적으로 묘사하였다고 볼 수 있다. 그 외에 序
文과 跋文에서 편찬의 배경과 동기를 사실대로 서술하였기 때문에 후
세의 사람들은 이러한 내용을 근거하여 일찍이 있었던 역사적 사건과
인물 그리고 북경의 명승지 8곳의 고적과 지리를 고구해 낼 수 있게 되
는 것이다. 특히 북경팔경에 대한 圖를 쉽게 찾아볼 수 없는 상황에서
『북경팔경시집』의 내용은 높은 문헌가치를 지니고 있다고 할 수 있다.

　예를 들면『북경팔경시집』중의「玉泉垂虹」의 경우「玉泉」은 북경의
서북에 위치하는데 산위에서 샘물의 흐름이 폭포와 같고 맛이 달고 옥
과 같이 맑아서「玉泉」이라 부른다. 이 샘은 동쪽으로는 昆明湖로 흘러
들어가고 동남으로 방향을 틀어 장강을 거쳐 북경으로 들어가는데 元
이 大都城을 세운 이래로 줄곧 북경의 중요한 물 공급원이었다. 그러나
1930년대에 들어와서 샘물의 근원이 막히기 시작해서 1970년대에는 지
하수의 水位가 낮아져 끝내는 그 물줄기가 끊어졌다. 그렇다면『북경팔
경시집』중의「玉泉垂虹」에 대한 지리적 설명과 여러 시인들의 시를 통
해 지금은 막혀버린「玉泉」에 대해 고구해 낼 수 있게 되는 것이다. 이
러한 상황은 다른 七景의 경우도 마찬가지이다. 지금에 이르러서도 북
경팔경은 존재하며 매우 중요한 문물적인 가치를 지니고 있지만 북경팔
경이란 명칭 혹은 지형은 시간이 지남에 따라 많은 변화가 나타났다. 예
를 들면 청대 乾隆황제도『燕山八景詩』를 지었지만 그 팔경의 제목은
「居庸疊翠」「玉泉趵突」,「瓊島春陰」,「太液秋風」,「西山晴雪」,「薊門烟
樹」,「盧溝曉月」,「金臺夕照」으로『북경팔경시집』의 제목과 비교하여 보
면 건륭황제는「玉泉垂虹」를「玉泉趵突」로「西山霽雪」를「西山晴雪」로

바꾸었고 지금에 이르러서는 더욱 더 많은 변화가 있다. 예를 들면「瓊島春雲」이 소재하는 北海와「盧溝曉月」이 소재하는 盧溝橋 등은「全國重點文物保護單位」로 지정되어 적절한 보호 관리를 받고 있다. 또한「金臺夕照」의「金臺」는 朝陽區의 양쪽 길을 일컫는 지명으로 사용되고 있으며「薊門烟樹」의「薊門」은 북경의 西北쪽 三環路上의 입체교차로의 이름에 사용되고 있다.[30] 이로 볼 때 북경팔경의 지형과 古蹟의 지리적 변천을 설명하는 데 있어『북경팔경시집』은 매우 중요한 자료임에 틀림이 없다.

　더욱 주의하여야 할 것은『북경팔경시집』안에 수록된 시들이 단순히 북경팔경의 자연환경을 보이는 데로 읊은 詠物詩가 아니고 그 속에는 작자 개인의 미학적인 관점이 충분히 포함되어 있다는 것이다. 예를 들어「玉泉垂虹」은 淸 乾隆帝가『燕山八景詩』를 지으면서「玉泉趵突」로 고쳐 불렀는데 그 이유는「垂虹」은 폭포에 비유 할 수 있지만「玉泉」은 돌 틈새에서 흘러나오는 것으로 폭포를 형성하지 않기 때문에 예전의 시인들이「玉泉」을 폭포에 비유하는 것은 정확하지 않다고 본 것이다.「玉泉」은 산 뿌리에서 뿜어져 나오는 것으로 눈이 흩뿌리고 물결이 험하게 일어나는 형상으로 濟南의 趵突泉과 비슷하다 하여「玉泉垂虹」을「玉泉趵突」로 바꾸어 命名한 것이다. 이런 사실은 비록 같은 자연환경일지라도 시인의 심미적 관점이 달라짐에 따라 달리 관찰되어지고 이에 따라 문학작품이 갖게 되는 美學적 의미도 당연히 서로 같지 않게 된다는 것이다. 그렇다면 북경팔경이라는 제재를 통해 형성된 각 개인 혹은 집단의 문학작품은 서로 다른 미적 관점을 견지하며, 또한 서로 다른 시대의 문인들의 북경팔경에 관한 문학작품역시 예외는 아닌

---

30)　이에 관한 논의는 李鴻斌「燕山八景新探」,「北京歷史文化科普講座」(中國 首都圖書館의 홈페이지(www.clcn.cn.net))를 참조.

것이다. 상술한 바와 같이 「북경팔경」은 원대 이후로 여러 詩, 詞, 曲의 제재가 되어왔다. 이러한 사실은 「북경팔경」이라는 문학제재가 시대를 뛰어넘어 많은 중국문인들의 문학창작에 모티브를 제공하였으며 이러한 과정을 통해 중국문학 중의 한 전통이 되었다는 것을 설명한다.

둘째로 역사상 某 지역의 八景類를 주제로 한 詩文은 (宋)蘇軾이나 (淸)乾隆帝 등 名人들의 瀟湘八景이나 避暑山莊二十四景 등을 제외하고는 후세에 널리 전해지지 않았다. 자연히 중국 문학사에서 거의 언급되어지지 않은 관계로 아주 우수한 작품들이 햇빛을 보지 못하거나 영원히 세상에서 자취를 감추게 되었다.[31] 이 점에서 볼 때 『북경팔경시집』속에 수록된 시들은 당시의 한림에 있던 문인들의 詩作으로 그 가치가 적지 않다. 더 나아가 북경팔경에 관한 중국 역대의 시, 사, 곡 등의 문학작품에 관한 자료를 수집, 정리 분석하는 것 역시 큰 의미가 있는 작업이라 여겨진다. 동시에 鄒緝, 胡儼, 楊榮, 金善, 曾啓, 林環, 梁潛, 王洪, 王英, 王直, 王紱, 許翰, 胡廣 등이 북경팔경을 읊은 詩 중에 鄒緝, 胡儼, 胡廣 등의 경우 그 文集 속에 그 작품이 전해지지만 기타 문인들의 문집은 실전되거나 쉽게 볼 수 없는 실정이므로 『북경팔경시집』은 실전되어진 문인 학자들의 시 작품을 보존하고 있다고 할 수 있으며, 후인들은 『북경팔경시집』을 통해 楊榮, 金善, 曾啓, 林環, 梁潛, 王洪, 王英, 王直, 王紱, 許翰 등 문인들의 작품 세계를 엿볼 수 있다.

3. 韓·中 書籍交流史로 본 文獻價値

조선본 『북경팔경시집』의 존재는 文化史적인 면에서도 의미가 있다.

---

31) 지금에 이르러 중국의 팔경에 관한 문학작품은 地方志속의 「形勝」, 「古迹」과 「藝文」 부분에 많이 수록되어 있다. 이에 관한 논의는 張廷銀, 「地方志中八景的文化意義及史料價値」(『文獻』2003年第4期(2003.10), 36–47면)를 참조.

상술한 바와 같이 『북경팔경시집』은 중국에서 1431년경에 장광계에 의해 편찬되어 간행되었다. 그리고 십여 년이 흐른 후에 『북경팔경시집』이 조선에서 다시 간행되었다는 사실로 볼 때 조선본 『북경팔경시집』은 고대 한·중 양국 간에 빈번한 서적교류가 있어 왔음을 증명하는 하나의 예라고 할 수 있다. 특히 明, 淸 이후로 중국에서도 거의 실전되어진 중국고서가 조선에 전해졌을 뿐만 아니라 그것을 底本으로 하여 다시 목판본을 간행했다는 사실은 당시 한·중 양국의 서적교류가 매우 빈번하였으며 동시에 우리 선조들이 중국의 고서를 받아들여 필요에 의해 다시 우리의 인쇄기술로 출판하였다는 것을 설명하는 하나의 좋은 예인 것이다. 이러한 예들을 많이 발견하면 할수록 한·중 양국의 서적교류와 조선시대의 서적문화를 설명하는 데 매우 가치 있는 자료로 이용될 수 있을 것이다. 지금까지의 한국과 중국 간의 서적교류는 중국의 『二十五史』, 한국의 『高麗史』나 『朝鮮王朝實錄』 등 正史의 사료를 중심으로 연구가 이루어졌던 것이 현실이다.[32] 물론 正史의 기록을 통한 한·중 간의 서적교류의 연구는 나름대로의 필요성과 의의를 가지고 있다. 그러나 그 가운데의 서적교류에 관한 내용은 중국의 한국에 대한 서적의 하사와 한국의 중국에 대한 하사 요청 그리고 연행사신들에 의한 서적 구입에 관한 내용이 주를 이루는데 이것으로 한·중 서적교류에 관한 전반적인 내용을 파악하기에는 무리가 따른다. 이러한 의미에서 한국에서 간행되어진 중국 서적은 한·중 서적교류사의 사료로서 큰 의미를 지니고 있다고 할 수 있다. 첨언할 것은 중국서적은 고대 동아시아 문화교류에서 핵심적인 역할을 차지한다는 것이다. 대만의 저

---

32) 예를 들면 黃建國, 「古代中韓典籍交流槪說」, 『中國所藏高麗古籍綜錄』(上海市 : 漢語大詞典出版社, 1998年, 218‐238면) ; 鄭亨愚, 『朝鮮朝 書籍文化 硏究』(서울, 九美貿易株式會社出版部, 1995, 116‐126면) 등이 그 예이다.

명한 문헌학자 吳哲夫는 다음과 같이 문헌과 동아시아 삼국의 문화교류의 관계를 설명하고 있다.

漢唐 이후로 일본과 한국은 문화발전의 필요에 의해 장기간 대량으로 중국의 문헌자원을 취하여 자국에서 인쇄 傳寫하고 심지어는 그것에 새로운 내용을 加하여 다시 출판하여 문헌의 영향을 확대시켰다. 이러한 가공을 거친 고문헌은 때때로 다시 중국으로 돌아와 螺旋循環 현상을 형성하고 또한 중국의 학술에 중대한 영향을 끼쳤다.[33]

『북경팔경시집』은 중국으로부터 조선에 전해져서 조선인의 손에 의해 간행되었다. 비록 중국으로 전해지지는 않았지만 중국에서 간행된 『북경팔경도시』를 찾아볼 수 없는 상황임을 고려할 때 이 고서는 한·중 문화교류사의 관점에서도 큰 의미가 있다고 할 수 있다. 또한 이러한 관점에서 한국본 중국고서[34]를 연구한다면 지금까지 근대이전 한국문화가 어떻게 중국문화에서 영향을 받았으며 심지어는 거꾸로 중국문화에 영향을 미쳤는지도 밝혀낼 수 있을 것이다. 즉, 중국고서가 한국으로 전해져 간행되어지고 다시 중국으로 전해서 중국의 학술에 중대한 영향을 끼친 예는 분명히 존재한다. 『新編算學啓蒙』이 그 좋은 예이다. 이 책은 (元)朱世傑이 지은 것으로 중국에서는 오백여 년 동안 실전되었던 것으로 청대 중기의 대학자 阮元도 "지금 『啓蒙』은 다시 볼 수

---

33) 吳哲夫「談東亞地區古文獻的螺旋循環現象」『章學誠研究論叢:第四會中國文獻學學術研討會論文集』, 臺北, 學生書局, 2005.

34) 본문에서 말하는 한국본 중국고서는 시대를 막론하고 한국에서 간행되어진 중국인의 저작을 뜻한다.

없다."[35]라고 언급하였다. 그 후에 道光年間에 羅士琳이 北京 琉璃廠에서 元大德己亥年刊本朝鮮重刊本을 얻어 道光19년에 그것을 底本으로 하여 다시 간행해낸다. 나사림도『산학계몽』이 중국에서는 다시 구할 수 없음을 지적하면서 이 책이 "조선에서 重刊되어 오백여 년이 흘러 다시 중국으로 돌아 왔다."[36]라고 말하고 있다. 지금에 이르러 중국 및 대만에서 가장 널리 통행되는『산학계몽』의 판본은 상술한 나사림이 간행한 道光十九年重刊朝鮮本이다. 예를 들면 대만지역에서는 국가도서관과 대만대학도서관에 각 한 부의『산학계몽』이 소장되어 있는데 모두「淸道光十九年重刊朝鮮本」이다. 이로 볼 때『산학계몽』의 중국에서의 유전에 있어 조선간본의 특수한 가치를 알 수 있다.[37]

Ⅳ. 나오는 말

본 논문은 조선본『북경팔경시집』에 대한 관련 문제를 기초적으로 살펴보았다. 특히『북경팔경시집』이 지니고 있는 문헌가치를 다각도로 조명하고자 했다. 기존에 출판된 成均館大學校『古書目錄(第三輯)』등에서는 한국서지학적 관점에서만 조선본『북경팔경시집』의 문헌가치를 설

---

35) 『揅經室集·外集』, 北京, 中華書局, 1993, 卷四, 1270면.

36) (淸)羅士琳, 「算學啟蒙後記」, 『算學啟蒙』, 『續修四庫全書·子部·天文算法類』 1043, 上海, 上海古籍出版社, 1995年, 3上면.

37) 『新編算學啟蒙』의 조선에서의 간행과 판본문제에 관해서는 南權熙, 「庚午字本『新編算學啟蒙』과 諸版本 硏究」(『書誌學硏究』第16集, 1988, 335−360면)를 참조할 것. 그리고『新編算學啟蒙』의 조선으로의 전파와 영향문제는 馮立昇, 「『算學啟蒙』在朝鮮的流傳與影向」(『文獻』2005年2期(2005.4), 57−64면)을 참조할 것. 아쉬운 것은 상술한 두 논문 모두 朝鮮重刊本『新編算學啟蒙』과 현존하는 여러 중국 판본과의 관계에 대해서는 거의 언급을 하지 않고 있다는 것이다. 그러나 이 문제에 대한 자세한 논의는 朝鮮重刊本『新編算學啟蒙』의 문헌가치를 밝혀내는 데 매우 중요한 부분이므로 깊이 있게 연구될 필요가 있다.

명하고 있다. 다만 이 고서의 중국에서의 유전 상황과 현재 세계 각 주요도서관의 소장 여부를 살펴봄으로써, 이 고서가 갖고 있는 또 다른 중요한 문헌가치를 살펴보았다. 중요한 것은 한국본 중국고서의 문헌가치는 한국서지학적 관점에서뿐만 아니라 중국본과의 비교를 통하여야 더욱 확실한 내용을 파악 할 수 있다는 것이다. 이러한 연구방법을 사용한다면, 지금까지 발견하지 못한 한국본 중국고서의 문헌가치를 새로이 조명할 수 있다고 생각한다. 성균관대학교 존경각에 소장되어 있는 한국본 중국고서를 예로 든다면『北京八景詩集』이외에도『五臣注文選』,[38]『樊川文集夾註』,[39]『纂圖互註周禮』[40] 등도 역시 높은 문헌가치를 가지고

---

38) 『五善註文選』(D2C=50a)은 朝鮮中宗(1509)刻本이로 문체 분류에 있어서「移」,「難」등 두 종류의 제목을 다 표시하고 있어서 문체 분류가 모두 39종류로 李善注나 六臣注가 37종류인 것에 비해 차이가 있으나 臺灣 國家圖書館에 所藏되어 있는 南宋紹興31년(1311) 陳八郎刊本『五臣註文選』과는 일치한다. 그러나 이 판본은 陳八郎刊本과는 문체 분류가 동일한 것을 제외하고는 서로 많은 차이점을 가지고 있어서 서로 다른 계통의 판본임을 알 수 있다. 傅剛은 성균관대학교 존경각 소장『五臣註文選』의 문헌가치에 대해서 "몇몇 판본의 교감을 통해 우리가 발견한 것은 사실상 朝鮮本과 杭州本은 완전히 같은 것으로 이것은 조선본의 저본이 杭州本 혹은 항주본의 祖本 즉 平昌孟氏刻本임을 설명하는 것이다."라고 말한다. 또한 2권의 杭州本만이 남아 있는 지금 朝鮮 中宗時期에 찍어낸 이『五臣註文選』은 완전히 송나라 판본으로 취급하여도 문제가 없으며 지금 이 판본의 교점본의 출판이 진행 중에 있는데 이는 중국『文選』연구에 큰 도움이 될 것이라고 지적하고 있다. 傅剛,「關於現存幾種五臣注文選」,『中國典籍與文化(第五輯)』,北京,中華書局,2000,89~90면.

39) 『樊川文集』(D3C=66a)에 대해 성균관대학교에서 출판한 고서목록에는 그 간행연도가 조선후기인 관계로 별다른 언급을 하지 않고 있으나 이 책은 사실상 현존하는 杜牧의 시집 중 刊行年度가 가장 이른 것으로 두목 시집의 校勘에 있어 특수한 가치를 가지고 있다. 또한 이 문집은 현존 두목 詩集 중 印出시기가 가장 빠른 注釋本으로 두목 시 연구에 있어 많은 연구자들에게 이용되어지는 淸代 馮集梧注釋本과 비교하여볼 때 여러 곳의 注釋의 내용이 馮集梧注本보다 타당하다. 특히 그 註 속에는 현재 중국에서도 이미 찾아볼 수 없는 귀중한 고서가 인용되어져 있는데 예를 들어서『十道志』,『春秋後語』,『盾甲開山圖』,『五經通義』,『三輔決錄』,『魏略』,『晉陽秋』등이다. 이들 인용 서적 중에서 일부는 비록 청대의 輯本이 존재하지만 이미 원본의 내용과는 거리가 있다. 이 문집은 역대로 그 전래가 희귀하여서 淸人이 고적에 대한 輯佚 작업을 할 때에도 이용되지 않은 것으로 고서의 輯佚에 있어 새로운 자료를 제

있다.[41] 이에 관한 개별적인 논의는 차후의 연구로 미룬다.

　마지막으로 강조하고 싶은 것은 이러한 한국본 중국고서에 대한 전체적인 정리와 분석 작업은 한국 한문학의 위상을 고찰하기 위해 기초적으로 요청되는 연구 분야이며,[42] 한·중 서적교류사의 실질적인 내용을 밝히는 데 있어 아주 핵심적인 내용이 된다는 사실이다. 즉, 한국본 중국고서에 대한 연구는 우리선조들이 중국에서 전래된 중국고서를 어

　　공하고 있다. 또한 이 책은 臺灣에는 소장되어 있지 않으며 中國에서도 北京圖書館과 遼寧省圖書館에만 한 질씩이 소장되어 있을 뿐이다. 이에 반해 국내에는 성균관대학교 존경각이외에 고려대학교도서관 등에도 소장되어 있다.

40) 『纂圖互註周禮』는 漢의 鄭玄이 주를 단 것으로 존경각 소장본은 朝鮮仁祖26년 (1648) 乙亥字體校書館 木活字版刻本 으로 12권7책인데 그 판식과 형식은 四周雙邊, 版匡高22, 寬14.7, 半葉9行, 行15字, 小註雙行로 나타나며 序跋 뒤에 周禮圖經圖38종과 傳授圖가 부가되어 있다. 『纂圖互註周禮』는 역대로 유통이 매우 적어서 현재 『中國古籍善本書目』에도 단지 한 종류의 宋刻本이 수록되어 있는데 『中國古籍善本書目·經部·禮類』에 수록된 「『纂圖互註周禮』十二卷, (漢)鄭玄注,(唐)陸德明釋文.『圖說』一卷. 宋刻本.」(168면)이 그 것이다. 이 송본은 現在 中國國家圖書館에 소장되어 있다. 台灣地區에서는 國家圖書館에 두 종류의 판본이 소장되어 있는데 모두 朝鮮刊本으로 하나는 淸順治五年(1648)朝鮮趙絅等刊本이고 다른 하나는 淸康熙四十五年(1706)朝鮮刊本이다. 두 판본의 卷末에 朝鮮金宗直, 趙絅, 金寅의 跋文이 있다. 중국의 저명한 문헌학자 傅增湘도 『雙鑑樓藏書續記』에서 조선간본 『纂圖互註周禮』가 송본을 覆刊한 것이라고 말하고 있다(傅增湘云:「『纂圖互註周禮』十二卷.高麗古刻本, 九行十五字……此高麗本, 亦為明時所刊, 以禮圖及重言重意證之, 亦出宋時坊刻也.『雙鑑樓藏書續記』.『書目三編』本, 卷上, 1上-1下면). 이로 볼 때 『纂圖互註周禮』의 역대 유통에 있어 조선간본의 특수한 가치를 알 수 있다.

41) 이에 관한 개괄적인 논의는 拙稿「韓國存藏中國古籍調查初稿·成均館大學校東亞細亞學術院尊經閣中國古籍存藏概況」(『東亞文獻硏究資源論集』, 臺北, 學生書局, 2007, 323-339면)을 참조 할 것.

42) 沈慶昊는 『조선시대 漢文學과 詩經學』에서 "조선시대 한문학의 위상을 고찰하기 위해 기초적으로 요청되는 공부는 문헌학적 연구방법이다. 각 저작물이 성립 유전된 내력을 살펴, 저작자의 의식과 시대 일반과의 연관, 후대의 평가와 수용의 모습을 논해야 할 것이다. 그리고 서적의 수입과 覆刊 혹은 新撰 사실을 실증함으로써, 중국의 문학적 성과를 수용하면서 독자적 체질을 형성해온 조선시대 한문학의 역사적 성격을 탐구해야 할 것이다." 보광문화사, 1999년, 「서언」, 13면.

떻게 수용하였으며 또한 그 중의 중국문화를 어떻게 흡수하고 발전시켜 중국문화에 영향을 끼쳤는지를 찾아내는 과정을 밝히는 한·중 문화교류사의 연구에서 가장 중요한 기틀을 마련하는 토대작업이 된다는 것이다. 근래 몇 년간 대만과 중국에서는 적지 않은 학자들이 중국이외의 지역에 소장되어 있는 중국고서의 정리와 연구에 관심을 같고 연구에 매진하여 왔다. 그 결과 일본에 소장되어 있는 중국고서에 관한 연구 성과는 많이 축적되어 있는 것이 사실이다. 예를 들면 陸堅, 王勇主編, 『中國典籍在日本的流傳與影響』(杭州, 杭州大學出版社, 1990年) 嚴紹璗著, 『漢籍在日本的流布研究』(江蘇, 江蘇古籍出版社, 1992年), 王勇主編『中日漢籍交流史論』(杭州, 杭州大學出版社, 1992年), 王勇, 大庭修主編, 『中日文化交流史大系·典籍卷』(杭州, 浙江人民出版社, 1996年) 등은 모두 이 방면의 연구 저작들이다. 이외에 관련 목록과 단편 논문들은 더욱 많다. 이와 비교하면 아시아 기타지역에 소장되어 있는 중국고서의 정리와 연구는 아직까지 중국학계의 중시를 받지 못하고 있는 것이 현실이다. 한국의 경우는 일본의 경우와는 비교할 수 없지만 관련 연구가 진행되어 왔다. 예를 들면 연세대학교의 全寅初를 중심으로 진행된 「韓國所藏中國古籍調査」는 한국의 각 중국고서 소장 기구의 장서목록을 하나로 모아 그 결과를 2005年 『韓國所藏中國漢籍總目』[43]을 간행하였는데 관련 연구자에게 큰 도움을 줄 것으로 생각된다. 이외에도 한국 전체 혹은 단일 장서기구에 소장되어 있는 중국고서에 대한 전반적인 연구로는 柳鐸一의 「韓國地區中國古籍存藏槪況」,[44] 李樹健의 「嶺

---

43) 全引初等編, 『延世國學叢書52·韓國所藏中國漢籍總目』, 學古房, 2005년.

44)   古籍鑑定與維護研習會編, 『古籍鑑定與維護研習會專集』, 臺北, 中國圖書館學會, 1985년. 16-24면.

南大 中央圖書館 소장 中國古書의 현황과 그 성격」,[45] 李廷燮의「國立
中央圖書館 所藏 中國古書의 整理現況」[46] 등의 선행 연구가 있다. 또
한 金鎬, 潘美月은「韓國存藏中國古籍調查初稿」에서 한국의 주요 소
장기관인 국립중앙도서관, 서울대학교규장각, 한국학 중앙연구원장서
각, 고려대학교중앙도서관, 연세대학교중앙도서관, 성균관대학교존경
각, 영남대학교중앙도서관 등 7개 소장기구를 주요 연구대상으로 하고
그 외 이화여자대학교중앙도서관, 동국대학교중앙도서관, 부산대학교
중앙도서관 등에 대해서도 중국고서의 소장 현황, 내용, 특색 및 고서
목록의 편찬 여부 등을 간략하게 설명하고 있다. 또한 김호는「韓國國
寶中的五種韓國刊本中國古籍 - 兼論韓國所藏中國古籍的特色與文
獻價値」에서『龍龕手鏡』(고려대학교중앙도서관소장),『十七史纂古今通要』
(권17은 國立中央圖書館소장:권16은 奎章閣소장),『東萊先生校正北史詳節』
(권4, 5는 SEOUL城北區澗松美術館所藏: 卷6은 SEOUL趙炳舜所藏),『宋朝表
牋總類』(奎章閣소장)『通鑑續編』(개인소유) 등 한국국보 가운데 5종 중국
고서의 문헌가치를 설명하면서 동시에 한국소장 중국고서의 정리현황
과 문헌가치 그리고 한국본 중국고서가 역으로 중국으로 유입되어『四
部叢刊』 등의 叢書 중에 수록되어 중국학술계에 영향을 끼쳤음을 설명
하고 있다.[47] 이외에도 적지 않은 선행연구가 있다. 그러나 한국에 소장
되어 있는 중국고서의 量과 質을 감안할 때 이에 관한 관련 연구는 국
내외를 막론하고 아직 부족한 단계에 머물러 있다고 할 수 있다. 그러
므로 한국소장 중국고서(한국본과 중국본을 포함한 중국인이 저자인 고서를 가
리킴)에 대한 연구는 지속적이고 깊이 있는 연구가 이루어져야 한다고

---

45)   嶺南大學校 民族文化研究所,『民族文化論叢』第16輯, 1996년, 189-221면.

46)   嶺南大學校 民族文化研究所,『民族文化論叢』第16輯, 1996년, 161-167면.

47)   『東亞文獻研究資源論集』, 399-428면.

생각한다. 특히 이 분야는 중국, 일본학자들과 직접적으로 경쟁을 하여야 하는 연구영역인 관계로 그 의의가 자못 크다고 할 수 있다.

끝으로 첨언할 것은 본 논문은 『북경팔경시집』의 중국과 한국에서의 간행과정과 편찬 동기 그리고 문헌가치의 조명에 역점을 둔 관계로 『북경팔경시집』에 수록되어 있는 13인 112수의 북경팔경에 관한 시 작품에 대해서는 구체적인 분석을 하지 못하였다. 또한 『북경팔경시집』이 조선 문인들에게 영향이 있었는지 만약에 있었다면 구체적인 내용은 어떠했는지 등의 문제도 검토하지 못하였다. 모두 향후의 연구 과제로 남겨둔다.

조선 후기 중국문집의 조선 유입과 수용 양상에 관한 일고

-葉向高의 『蒼霞草』를 중심으로-

Ⅰ. 들어가는 말

근대 이전 한국은 자국 문화 발전의 필요에 의해 장기간에 걸쳐 중국으로부터 서적을 대량으로 수입하고 이를 이용하여 다양한 지적 욕구를 만족시켜왔다. 이런 관점에서 볼 때 한국에 유입된 중국 서적에 대한 연구는 매우 중요한 연구의의를 갖는다. 이런 인식의 기초 위에서 본문은 (明)葉向高의 『蒼霞草』를 연구 대상으로 조선 후기 중국문집의 조선 유입과 수용 양상의 한 단면을 살펴보는 것을 목적으로 한다.

현재 한국 주요 중국고서 소장기구에는 葉向高의 문집인 『蒼霞草』의 여러 판본이 소장되어 있다. 한국학 중앙연구원 藏書閣과 고려대학교 도서관에는 明萬曆三十四年刊本 十二卷本이 각 한 帙씩 소장되어 있고[1], 서울대학교 중앙도서관과 규장각에는 明萬曆刻本 十五卷本과 明

---

1) 장서각 소장본은 12卷5冊, 四周雙邊, 半郭20.5×14cm, 有界. 10行20字, 上黑魚尾의 서지 형태를 지닌 線裝本으로 紙質은 竹紙이며 趙遠明(1675(숙종1)-1749(영조25))의 藏書印이 찍혀 있다. 이로 볼 때 장서각 소장본 『蒼霞草』는 조원명의 개인 소

萬曆刻增修本 二十卷本이 각각 한 질씩 소장되어 있다.[2] 국내외 현존하는『蒼霞草』의 판본이 앞서 언급한 세 계통에 불과하다는 점과 국내에 소장되어 있는 판본들의 간행 시기가 비교적 이르다는 사실을 고려하면 국내에 소장되어 있는『蒼霞草』의 문헌 가치는 별도의 설명이 필요 없을 것이다. 특히 섭향고가 明末의 저명한 정치가이며 그의 문집인『蒼霞草』가 明末의 정치, 사회에 걸친 풍부한 사료를 수록하고 있다는 점에서 중국학 연구에 있어서 주목할 만한 연구 자료라고 할 수 있다.

더욱 주목해야 할 것은 규장각과 장서각 등 조선 왕실도서관에『蒼霞草』가 소장되어 있었다는 점, 그리고 섭향고와『蒼霞草』에 관한 기록이 조선의 문인, 학자들의 저술에서 적지 않게 발견된다는 점에서 국내 도서관에『蒼霞草』가 소장되어 있는 것은 단순히 개별 중국고서가 소장되어 있는 것 이상의 학술 가치가 있다고 판단된다. 동시에 관련 기록으로 볼 때『蒼霞草』는 조선 중기 연행 사신을 통해 조선에 유입되어 당시의 문인·학자들에게 소개되어, 정치적 典範 혹은 政爭의 도구로 이용되기도 했다는 점에서 한국학의 관점에서도 충분한 검토의 가치가 있다고 생각된다.

장품이었다가 후에 장서각으로 유입되어 지금까지 보관되고 있는 것으로 보인다. 고려대학교 도서관 소장본은 11권9책으로 권10이 탈락된 落帙本이다.

2)　서울대학교 규장각 소장본은 二十卷本으로 半郭24×16㎝, 左右雙邊, 有界. 10行19字, 單黑魚尾의 서지 형태를 지닌 線裝本이다. 그리고 서울대학교 중앙도서관 고문서 자료실 소장본은 十五卷本으로 四周單邊, 半郭22.8×14.5㎝, 有界. 9行20字, 花口, 上下向黑魚尾의 판식 형태를 지니고 있다. 주의할 점은 卷五만 판식 형태가 10행20자로 나타나며,「林太」,「鄒」,「宮保」,「咸場」,「稽氏」,「羅伍」,「內江」,「郡大」,「南陵」,「考功」등 여러 刻工의 이름이 발견된다. 이외에「京城帝國大學圖書章」과「朝鮮總督府圖書之印」등의 장서인이 발견된다. 二十卷本『蒼霞草』는『四庫禁毁書叢刊·集部』123-125冊(북경출판사, 2000년)에 수록되어 있어 일반연구자들이 비교적 쉽게 이용할 수 있다.

그러나 상술한 문헌 가치에도 불구하고 현재까지 국내에서는 섭향고와『蒼霞草』에 대한 선행연구는 찾아볼 수가 없다. 본 문은 이러한 연구현황을 고려하여 섭향고와『蒼霞草』에 대한 기초 연구의 일환으로 섭향고의 생애와『蒼霞草』의 체례와 내용, 판본 문제 등을 살펴보고자 한다. 동시에 상술한 문제 못지않게 중요한 것은 한중 서적교류사의 측면에서 섭향고와『蒼霞草』가 조선 후기의 지식인들에게 어떻게 이해되었으며, 그러한 인식이 당시 조선의 정치, 사회적 맥락에서 가지는 의미가 무엇이냐의 문제일 것이다. 이런 까닭으로 본문은 마지막으로 섭향고와『蒼霞草』에 대한 조선 후기 지식인들의 인식과 평가를 통해 조선 사회에서의 수용 문제를 살펴보고자 한다. 즉 섭향고와『蒼霞草』를 통해 중국문집이 조선에 유입된 이후에 문인·학자들에게 문학적인 관점에서만 인식되는 것이 아니고 정치, 사회적 맥락에서도 수용된 일례를 제시하고자 한다.

Ⅱ.『蒼霞草』의 著者, 편찬 및 체례와 내용

1. 著者와 편찬과정

(1) 著者

葉向高(1559-1627)는 字가 進卿, 號는 臺山이고 晩年의 自號를 福盧山人이라 하였다. 福建 福州府 福淸縣人으로 萬曆11年(1583)에 進士가 되어 庶吉士에 선임되었고, 萬曆22年(1594)에 南京國子監司業에 제수되었고 후에 관직이 禮部右侍郎을 거쳐 吏部尙書 겸 東閣大學士에 이르렀다. 萬曆36年에 당시 首甫였던 朱賡(1535-1608)이 病死하자 首甫가 되었다. 萬曆42年(1621)에 섭향고는 神宗이 政事를 돌보지 않고 朋黨의 다툼이 끊이지 않음을 보고 벼슬을 사직하고 고향으로 낙

향한다. 光宗泰昌元年(1620)에 다시 首甫로 등용되었고 熹宗天啓元年 (1621)에 세 번째로 首甫가 되었다. 후에 魏忠賢(1568-1627)[3]의 전횡에 저항하다가 배척당하여 東林黨 首魁로 취급되어 天啓4年(1624)에 義憤 을 품고 벼슬을 버리고 고향으로 돌아가 天啓7年(1627)에 세상을 떠났 다. 享年 69세로 閩縣台嶺에 묻혔다. 후에 崇禎帝가 그를 太師로 追 贈하고 文忠이라는 諡號를 내렸다.

사상적인 면에서 섭향고는 기본적으로 道敎와 佛敎에 심취하였으나 당시 유럽에서 중국으로 건너온 예수회 선교사들과도 교유하면서 천주 교에 대한 이해도 도모하였다. 특히 섭향고는 天啓4年(1624) 이탈리아 국적의 예수회 선교사이며 후에 「西來孔子」라고 불렸던 알레니(Giulio Aleni, 艾儒略)와 만나게 되고 그 후로 그와 깊은 교류를 하게 된다. 『三 山論學記』는 알레니와 섭향고 간에 오고간 道에 관한 대화집인데 예를 들면 섭향고가 기독교와 불교 가운데 어느 쪽이 더욱 우월한가라는 질 문을 하고 알레니가 대답하는 형식으로 이루어져 있다.[4] 알레니 역시 섭향고와의 교유로 인해 적지 않은 명나라의 문인, 학자들과 교류를 하 게 되면서 천주교의 교리와 함께 당시 유럽의 과학기술을 명나라에 소 개하게 된다. 현재 『蒼霞餘草』卷五에 수록되어 있는 「職方外紀序」와 「西學十誡初解序」는 유럽의 선교사들과 西學에 대한 섭향고의 관심과

---

3) 明末의 宦官이다. 위충현은 본래 시정잡배였다가 환관이 되어 궁에 들어와서 熹宗 (1605-1627)이 卽位한 후 신임을 얻기 시작하여 후에 중국 역사상 가장 암울했던 환 관이 조정의 실권을 장악하는 시대를 열었다. 당시 그에 반대하는 수많은 忠義志士 들이 그의 손에 죽어갔으며 국정을 독단적으로 처리하여 마침내 "충현이 있는 것만을 알고, 황제가 있는 것은 모른다(只知有忠賢, 而不知有皇上)"라는 정치 현상이 출현 했다. 후에 崇禎帝(1611-1644)가 즉위한 후 위충현은 탄핵을 받아 목을 매어 자살한 다.

4) 『三山論學記』, 周駬方編校, 『明末淸初天主敎史文獻叢編』, 北京圖書館出版社, 2001, 68~94면.

중시를 설명하는 중요한 자료이다. 특히 그가 晚明 시기에 정치적으로 커다란 영향력을 갖고 있었다는 점을 고려하면 그의 천주교에 대한 중시는 천주교의 중국전파라는 관점에서 볼 때 적지 않은 의의가 있다고 생각된다.

섭향고는 비록 스스로는 문인으로 자임하지는 않았으나 그의 문장은 대부분 의론이 정밀하고 서술이 평이하여 문학적 관점에서 볼 때도 당시 문인들의 추앙을 받았다. 사실상 섭향고의 문장은 歐陽脩와 三蘇의 기풍이 있으면서도 의고에만 그치는 것이 아니라 자신만의 독자적인 문풍을 이루었다고 평가된다.[5] 동시에 섭향고에 이르러 명말 擬古의 기풍이 일신되었으며 문장을 통해 나라를 경영한다는 중국 전통 문인의 이상을 실현했다는 평가를 받기도 한다.[6] 또한 섭향고는 문장 이외에 書法에도 능하였는데 특히 草書에 뛰어났다.

특히 섭향고는 조선 후기의 대명 외교에서 매우 중요한 역할을 담당하였다는 점에서 조선의 연행 사신과 문인·학자들의 기록에 자주 등장한다. 이런 까닭으로 그의 생애에 대한 자세한 검증은 향후 朝·明 외교사에 있어 매우 중요한 의미를 갖는다고 할 수 있다.[7]

---

5)   董應擧云: "以予近所見吾鄕少宰先生之文, 寔能卓然自拔, 獨得古人之所謂神者, 而出入馳騁, 若舞若飛若江河之流轉, 回環往復, 錯綜要眇, 若抽雲煙, 若燭日月, 有蘇歐諸君子之風而不襲其跡, 時離合之, 以自爲家, 其爲文特譚笑杯酒枕席之暇, 操筆伸紙, 咄嗟而就, 大作小篇, 長言短牘, 隨物賦形, 無不斐然秩然, 可喜可愕, 浩乎渺乎!"

6)   陳邦瞻云: "今讀先生之文, 如未嘗有唐宋諸子也, 蓋近代模擬剿說之陋, 至先生始一洗, 而文章之變亦盡, 所謂於學無所遺, 於詞無所假, 經國之大業, 不朽之盛事, 其在斯乎! 其在斯乎!"

7)   다만 이 문제는 본문이 다루려는 주제와 직접적인 관계가 없어서 본문에서는 필요한 부분의 설명을 제외하고는 그의 생애를 통한 朝·明 외교사에 대한 조명은 차후의 연구로 미루고자 한다.

섭향고의 저작은 매우 풍부하여 『綸扉奏草』30卷,[8] 『續綸扉奏草』14卷, 『光宗實錄』8卷, 『蘧編』20卷, 『蒼霞草』20卷, 『蒼霞續草』22卷, 『蒼霞餘草』14卷, 『蒼霞詩草』14卷, 『說類』60卷, 『參補古今大方詩經大全』14卷, 『玉堂綱鑑』72卷,[9] 『福淸縣志』4권, 『宮詞』4권, 『福盧靈岩志』3권 등이 있다. 섭향고의 생애에 관한 기록은 『明史 · 神宗本紀』, 『明史 · 葉向高傳』, 『福建通志』 등에 보인다.

(2) 편찬과정

다음으로 『蒼霞草』의 편찬 과정과 내용에 대해 살펴보도록 하자. 먼저 『蒼霞草』의 편찬 과정에 대해서는 萬曆丙午年(1606)에 쓰여진 陳邦瞻과 섭향고의 序文에서 비교적 자세한 사실을 알 수 있다. 진방첨은 만력병오년 가을에 쓴 서문에서 이전에 郭正域(1554-1612)[10]이 序文을 쓴 『蒼霞集』이 간행되었던 사실을 언급하면서 만력병오년에 편찬, 간행된 『蒼霞集』은 섭향고가 이전의 판본에서 일부 내용을 삭제하고 근자의 작품 약간을 더하여 편찬한 것으로 예전의 문집과 비교할 때 또 한번의 변화가 있었음을 설명하고 있다.[11]

---

8) 현재 규장각에 간행년대 미상인 30권 21책 한 질(청구기호: 奎中4110)이 소장되어 있다.

9) 현재 규장각에 淸刊本으로 추정되는 72卷23冊 한 질(청구기호: 奎中3552)이 소장되어 있다. 이 고서에 대한 간략 서지는 규장각한국학연구원 홈페이지의 해제를 참고할 수 있다. 다만 규장각 소장본이 청간본인지의 문제는 진일보된 고증의 과정이 필요하다고 생각된다. 그 이유는 현재까지 여러 목록과 현존하는 섭향고의 저술을 살펴보면 청간본은 존재하지 않기 때문이다.

10) 字는 美命, 湖廣江夏人이다. 萬曆11(1583)년에 進士가 되어 庶吉士로 뽑혀 翰林院 編修에 임명되었다. 벼슬은 禮部侍郎에 이르렀고 諡號는 文毅이다.

11) 陳邦瞻云: "蒼霞集者, 少宰臺山先生所著. 而少宗伯郭公美命嘗序次而論之, 以行於世. 玆刻則請自先生之屬諸曹郞, 而先生稍稍刪定前帙, 益以近作若干首, 蓋先生之文至此逾妙而化, 視前者又一變矣."

섭향고 스스로도 자신의 문집 편찬 과정에 대해서『蒼霞草』의 서문에
서 비교적 상세히 설명하고 있다. 섭향고는 자신과 郭正域이 평생 서로
의 문장에 대해 質定을 해주는 사이였음을 밝히면서 郭正域의 문집이
간행되면서 더불어 자신의 문집이 간행되었음을 설명한다. 그 후 몇 년
이 지나 다시 백여 편의 작품이 완성되어 옛 판본에서 십 분의 삼에 해
당하는 작품을 없애고 근래에 지은 작품 가운데 십 분의 사에 해당하는
작품을 더하여 다시 판각해 내었다고 편찬 과정을 설명하고 있다.[12]

이상의 내용으로 볼 때 섭향고의 문집『蒼霞草』는 萬曆丙午 이전에
이미 판각되어 유통되다가 萬曆丙午年에 기존의 판본에서 일부를 삭
제하고 새로운 작품을 편입하여 편찬한 문집임을 알 수 있다. 그렇다
면 진방첨과 섭향고가 언급한 郭正域이 序文을 쓴『蒼霞集』은 과연 어
떤 형태의 문집일까? 진방첨과 섭향고 모두 이 판본에 대해서는 구체적
인 언급을 하지 않은 까닭으로 구체적인 사항을 밝혀낼 수는 없다. 다
만 현존하는 십오권본『蒼霞草』는 郭正域의 序文이 존재하고 수록 작
품 역시 萬曆丙午에 간행된 판본에 수록되지 않은 것이 다수 발견된다.
이로 볼 때 십오권본이 진방첨과 섭향고가 언급한 만력병오년 이전에
간행되어 유통된 판본일 가능성은 상당히 높다. 다만 이 문제를 정확히
설명하기 위해서는 보다 신중한 고증 작업이 필요하다.

2. 체례와 내용

『蒼霞草』의 체례와 내용을 판본별로 간략히 도표로 표시하면 아래와

---

12) 「葉向高自序」云: "各衷其生平所作相質定, 客有梓美命文者, 因及余, 余不欲出,
而美命固强之, 然中常不自得也. 又更數歲, 復成百餘篇, 考功橋李徐君, 北海董
君暨諸同曹請梓之署中, 余益遜謝, 然念業已布矣, 何此, 乃取舊刻, 汰其十之三,
益近作十之四, 合刻焉……."

같다.

	十二卷本	十五卷本	二十卷本
卷一	論, 頌, 賦 辭(王道蕩平正直論 等 25篇(論20, 頌2, 賦2 辭1))	論(王道蕩平正直論 等 15篇)	論(王道蕩平正直論 等 15篇)
卷二	序(壽許敬菴先生序 等 27篇)	檄, 表, 疏(論朶顏等衛屬夷檄 等 12篇(檄3, 表3, 疏6))	論(闢邪說以崇正學懲敝習以正士風議 等 5편)
卷三	序(邢司馬平倭凱旋序 等 25篇)	序(重刻唐文苑英華序 等 23篇)	頌, 賦 辭(擬聖母還御慈寧宮恭上聖孝寧親頌 等 5篇(頌2, 賦2 辭1))
卷四	序(右編序 等 23篇)	序(邢司馬平倭凱旋序 等 13篇)	序(壽許敬菴先生序 等 26篇)
卷五	序(孫封公壽言序 等 27篇)	序(壽許敬菴先生壽序 等 12篇)	序(邢司馬平倭凱旋序 等 25篇)
卷六	序(重刻通鑑綱目序 等 13篇)	序(少師申瑤泉先生六十序 等 14篇)	序(右編序 等 23篇)
卷七	記(忠烈祠碑記 等 31篇)	記(忠烈祠碑記 等 17篇)	序(孫封公壽言序 等 26篇)
卷八	疏, 檄, 策(進十三經註疏疏 等 10篇(疏5, 檄2, 策3))	頌, 賦, 辭, 贊, 箴, 策(擬聖母還御慈寧宮恭上聖孝寧親頌 등 10篇(頌2, 賦2, 辭1, 贊1, 箴1, 策3))	序(重刻通鑑綱目序 等 15篇)
卷九	行狀, 神道碑, 墓表, 傳(封翰林院修撰見溪翁公行狀 等 23篇(行狀5, 神道碑4, 墓表4, 傳10))	行狀, 神道碑(容所吳公行狀 등 7篇(行狀4, 神道碑3))	序(沈太史郊居遺稿序 等 13篇)
卷十	壙志, 墓誌銘, 贊, 祭文(先母林孺人壙志 等 29篇(壙志2, 墓誌銘24, 贊2, 祭文1))	墓表, 傳(廣西右參政南岐薛先生墓表 等 16篇(墓表4篇, 傳12篇))	記(忠烈祠碑記 等 20篇)
卷十一	朝鮮考, 日本考, 安南考, 女直考, 朶顏三衛考, 哈密考, 西番考, 土魯番考(8篇)	壙志, 墓誌銘(先母林孺人壙志 等 8篇(壙志1, 墓誌銘7))	記(遼總督題名記 等 15篇)
卷十二	北虜考, 鹽政考, 屯政考, 京營兵制考(4篇)	墓誌銘(鎮遠侯仰蔡顧公墓誌銘 等 14篇)	疏, 檄, 策(進十三經註疏疏 等 17篇(疏8, 檄2, 策7))

	十二卷本	十五卷本	二十卷本
卷十三		北虜考(1篇)	行狀, 神道碑, 墓表(兩浙都轉運鹽使司判官封文林郎翰林院修撰見溪翁先生行狀 等 14篇(行狀5, 神道碑5, 墓表4))
卷十四		朝鮮考, 日本考, 安南考, 女直傳, 朶顔三衛考(5篇)	傳(林母薛氏奇節傳 等 14篇)
卷十五		哈密考, 土魯番考, 西番考, 鹽政考, 屯政考, 京營兵制考, 書林布衣事(7篇)	家譜(家譜宗居圖引 等 7篇)
卷十六			壙志, 墓誌銘(先母林孺人壙志 等 14篇(壙志2, 墓誌銘12))
卷十七			墓誌銘(大理寺司務雲門陳公偕配林張二孺人墓誌銘 等 15篇)
卷十八			墓誌銘, 贊, 祭文(四川布政使瀛江魏公墓誌銘 等 20篇(墓誌銘16, 贊2, 祭文2))
卷十九			朝鮮考, 日本考, 安南考, 女直考, 朶顔三衛考, 哈密考, 西番考, 土魯番考(8篇)
卷二十			北虜考, 鹽政考, 屯政考, 京營兵制考(4篇)
작품편수	245	174	301

이상의 비교를 통해 아래와 같은 내용을 알 수 있다.

첫째, 체례에 있어서 각 판본의 권수가 상이한 관계로 판본 간에 일정한 차이가 존재한다. 동시에 작품수록의 순서 역시 피차 相異하다. 예를 들어 십오권본의 卷二에 수록된 檄, 表, 策은 십이권본에서는 卷八에 수록되어 있고, 이십권본에는 卷十二에 수록되어 있다. 또한 십오권본 卷八에 수록되어 있는 頌, 賦 등은 십이권본 卷一에 이십권본에는 卷三에 각각 수록되어 있다. 또한 십이권본 卷一에 수록되어 있는 27편의 작품은 이십권본에서는 卷一에서 卷三까지 나누어 수록되어 있다.

둘째, 수록 작품 수에 있어 十五卷本(174편), 十二卷本(245편), 二十卷本(301편)의 순서대로 수록하고 있는 작품 수가 많다. 언뜻 보기에는 수록 작품 수가 가장 많은 이십권본을 연구의 底本으로 하면 문제가 없을 것 같지만 자세히 살펴보면 그리 간단치 않다. 그 이유는 각 판본 간에 수록되어 있는 작품들이 서로 완전히 중복되지 않기 때문이다. 즉 각각의 판본에만 수록되어 있는 작품이 존재한다는 의미이다.

예를 들어 설명하면 다음과 같다. 먼저 二十卷本은 十二卷本에 수록된 작품들을 十九卷에 나누어 수록하고, 卷十五에 「家傳」을 더하여 二十卷으로 만든 것이다. 다만 十二卷本에 수록된 「譚太公李宜人雙壽序」(卷二), 「莫母林太孺人八十壽序」(卷五), 「贈文林郎旂峰羅公墓表」(卷九) 등의 작품은 이십권본에 수록되어 있지 않다. 이에 비해 이십권본에는 수록되어 있으나 십이권본에는 수록되어 있지 않은 작품은 더욱 많다. 먼저 이십권본 卷九에 수록되어 있는 13편의 序文은 십이권본에는 모두 수록되어 있지 않다. 이외에도 卷八의 「海獄山房存稿序」, 「穀城山館全集序」; 卷十一의 「薊遼總督題名記」, 「金陵各寺定租碑記」, 「操江重修公署幷修題名記」, 「遊九鯉湖記」; 卷十二의 「請擧大禮疏」, 「請擧大禮再疏」, 「賀皇孫誕生疏」, 「河南鄕試錄策一代」, 「宣大武錄策一代」, 「戊戌武擧錄策一代」, 「戊戌會試錄策一代」; 卷十三의 「贈福建布政司右布政使益庵徐公神道碑」, 「殷孺人墓表」; 卷十四의 「林母薛氏奇節傳」, 「大宗伯肖泉林先生傳」, 「雪林李公傳」, 「典客孫君傳」 등도 이십권본에는 수록되어 있으나 십이권본에는 수록되어 있지 않은 작품들이다.

십오권본은 십이권본이나 이십권본에 비해 수록 작품수가 현저히 적다. 다만 주의가 필요한 것은 십오권본에 실린 문장 가운데 적지 않은 작품, 예를 들어 「君之仁者善養士論」,「請修改曆法疏」,「請止鑛稅疏」 등은 십이권본 혹은 이십권본에 수록되어 있지 않다는 것이다. 특히 이 가운데 조선 관련 자료가 있다는 점은 더욱 주의를 끈다. 예를 들어 십오권본 卷二에 수록되어 있는 「擬朝鮮國謝勅昭雪宗系表」는 십이권본이나 이십권본에는 수록되어 있지 않은 작품이다.

내용면에서 『蒼霞草』에는 명말의 정치, 사회 제 방면에 걸친 풍부한 사료가 수록되어 있다. 『蒼霞草』는 朝廷에 대한 歌頌과 友人에 대한 應酬 문장을 제외하고는 대부분의 내용이 섭향고 자신의 주요 활동과 정치 사상 및 문학 창작을 반영하고 있다. 동시에 晩明시기 정치세력 간의 갈등, 당시 사회, 경제, 문화의 전반적인 상황과 당면문제 등을 비교적 상세히 언급하고 있다. 예를 들어 「邢司馬平倭凱旋序」는 명말에 이르러 이전에 비해 더욱 명과 조선 조정에 큰 문제를 야기했던 倭寇의 문제를 상세히 설명하고 있다.[13] 「署戶部請止欽取錢糧疏」에서는 수입에 비해 지출이 과도한 당시 호부의 재정 상태를 지적하면서, 호부가 조정의 다른 부서에서 錢糧을 빌리는 폐단까지도 생겼음을 설명한다. 특히 호부의 이런 행위는 사직을 위해서가 아니라 일부 소인배들의 농간이며 결국 이 과정에서 가장 큰 피해를 보는 것은 일반 백성임을 강조하면서 섭향고 자신의 우국충정을 잘 드러내고 있다.[14]

다음으로 『蒼霞草』에는 조선 관계 기록이 종종 발견된다. 먼저 「擬朝鮮國謝賜勅昭雪宗系表」는 李成桂(1392~1398)가 명나라의 『太祖實錄』,

---

13) 「邢司馬平倭凱旋序」, 『蒼霞草』, 『蒼霞草全集』本, 揚州, 江蘇廣陵古籍刻印社, 1994, 卷五, 367-372면.

14) 「署戶部請止欽取錢糧疏」, 『蒼霞草』, 卷十二, 1173-1179면.

『大明會典』등에 고려의 權臣 李仁任(?-1388)의 아들로 되어 있는 것을 바로 잡는 宗系辨誣의 내용이 담겨있다.[15] 「朝鮮考」는 주로 명의 입장에서 이성계가 명을 두려워하여 위화도 회군을 결정하였고, 공민왕과 우왕이 모두 왕위에 있을 수 없었던 것이 대의에 어긋나지 않음을 강조하면서 자연히 조선 건국에 정당성을 부여한다. 특히 이성계가 공민왕을 죽였다는 것은 억울한 일이며 그 이유의 하나로 이성계의 家世가 新羅 司空이라는 어진 사람에게 비롯되었다는 조선 측의 입장을 소개하고 있다.[16] 이런 까닭으로 후에 이 문장은 조선 영조시기 태조 이성계의 부친인 司空公의 묘를 세우고 追享하자는 의견이 상소로 올라왔을 때 그 이론적 근거로서 제시되기도 한다.[17]

　결론적으로 『蒼霞草』의 각 판본 간에는 수록 작품의 수부터 체례에 이르기까지 상당한 차이가 존재한다. 특히 이십권본에 수록되어 있지 않은 작품들이 적지 않게 십오권본과 십이권본에 수록되어 있다는 점에서 섭향고에 대한 전반적인 연구를 위해서는 상술한 세 가지 종류의 『蒼霞草』 판본에 대한 종합적인 고찰이 이루어져야 한다.

---

15) 「擬朝鮮國謝賜勅昭雪宗系表」, 『蒼霞草』, 서울대학교 중앙도서관 소장본 萬曆刻增修本, 卷二, 14a-15b면.

16) 「朝鮮考」, 『蒼霞草』, 『蒼霞草全集』本, 卷十九, 2027-2036면.

17) 『국역조선왕조실록』, 「영조 47년 신묘(1771, 건륭 36) 10월5일 (임신)」: "후방(侯邦)에서는 비록 감히 천자(天子)와 같이 할 수는 없었지만 대대로 모두 제사하여 시조를 제사지내는 예는 이로부터 제후(諸侯)·사서(士庶)의 예에 도달하였습니다. 더욱이 우리나라의 선계(璿系)는 사공공으로부터 비롯되어 『황명정사(皇明正史)』에 그 관함(官銜)을 기록하였고, 또 「명나라」 섭향고(葉向高)의 문집(文集)에 그 세덕(世德)을 상세히 기록하였습니다. 삼가 원하건대, 전하께서는 빨리 성전(盛典)을 거행하셔서 선열(先烈)을 빛내소서(侯邦雖不敢如天子, 世世皆祭, 而祭始祖之禮, 自是達乎諸侯士庶之禮也. 矧我國璿系肇自司空公, 皇明正史備著其官銜, 又於葉向高文集詳記其世德. 伏願殿下亟擧盛典, 以光先烈)."

3. 『蒼霞草』의 流傳 및 版本

(1) 流傳상황

먼저 『蒼霞草』가 편찬 간행된 후 중국에서의 유통 상황을 살펴보도록 하자. 상술한 바와 같이 섭향고는 명말의 저명한 정치가인 관계로 명말부터 청초에 이르기까지 그의 저술은 상당히 활발히 간행되었고 비교적 광범위하게 유통되었던 것으로 보인다. 예를 들어 명대의 저작을 가장 광범위하게 수록하고 있는 『千頃堂書目』에 섭향고의 저작은 수록되어 있다.[18]

그러나 乾隆年間에 『四庫全書』를 편찬하면서 四庫館臣들은 『蒼霞草』를 禁毁書로 분류하였고 이에 따라 『蒼霞草』 및 섭향고의 기타 저작은 간행과 유통에 있어 매우 제한적이 된다. 자연히 『四庫全書』에는 『蒼霞草』가 수록되어 있지 않으며 섭향고의 기타 저작도 『四庫全書』에 수록되지 않았다. 다만 『說類』만이 『四庫全書總目·存目』에 수록되어 있을 뿐이다.[19]

그렇다면 건륭년간에 『四庫全書』를 편찬할 당시 『蒼霞草』가 禁毁書로 취급되어진 이유를 살펴볼 필요가 있다. 乾隆37년(1772)에 四庫全書館은 『四庫全書』 편찬의 전 단계로써 중국 전역에서 서적을 징수하고 일정한 기준에 따라 수록 여부를 결정지었다. 특히 사고전서관은 "명말 청초의 서적은 전체 혹은 일부 및 온전치 못한 책이나 문장을 막론하고 모두 조정으로 올려 자세히 조사한 후 결정해야 한다(凡有明末國初之書,

---

18) (淸)黃虞稷, 『千頃堂書目』:「『蒼霞草』二十卷 又 『詩草』八卷 又 『續草』二十二卷 又 『餘草』十四卷 又 『小草篇』一卷 又 『賜歸編』一卷 又 『紀遊篇』一卷.」 上海古籍出版社, 2001년, 628면.

19) (淸)紀昀等 奉勅撰, 『四庫全書總目·子部·雜家類存目九』「是書摘唐宋說部之文, 分類編次. 每類之下各分子目, 每條下悉註原書. 然皆習見之典, 別無新異, 其上細書評語, 體例尤爲近俗.」卷一百三十二, 臺北, 藝文印書館, 1990, 2601면.

無論整冊零集及斷簡殘篇, 均應呈繳, 以憑査核)."[20]라는 기준을 세웠다. 이 과정에서 청 조정과 관련된 불손한 내용이 포함된 서적의 내용을 일부 혹은 완전히 삭제하는 기준을 마련한다. 그 중 하나의 기준이 바로 "만력이전부터 각 서적 내용이 遼東, 女直, 女眞, 諸衛 등에 관계되면 외성에서는 일체의 관련 내용을 없앤다(自萬曆以前, 各書內偶涉及遼東及女直, 女眞, 諸衛字樣, 外省一體送燬)."라는 기준이었다.[21] 섭향고는 명말 세 명의 황제를 섬기고 두 번이나 재상의 자리에 오른 당시의 저명한 정치가로 그의 『蒼霞草』에는 明과 後金 즉 淸의 역사에 관한 기록이 다수 존재한다. 즉 明, 淸 交替期에 만주와 관련된 기록이 문집에 다수 포함되어 있다. 예를 들면 『蒼霞草』에 수록되어 있는 「論朶顏等衛屬夷檄」, 「女直考」, 「朶顏三衛考」, 「西番考」, 「北虜考」 등은 모두 華夷 사상에 기초하여 중국변방의 여러 오랑캐를 기술한 것이다. 당연히 청의 전신이었던 女直에 대해서도 예외는 아니었고, 이런 기록은 당연히 청 조정의 입장에서는 달갑지 않은 내용이다. 이런 까닭으로 섭향고의 저작은 『四庫全書』편찬 당시 대부분 "망령되고 허황된 자구가 있다(有妄誕字句)",[22] "대부분이 요동 지역의 시사와 관련이 있어, 언사에 위배되고 꺼려짐이 있다(多涉遼東時事, 語有違礙)",[23] 「간혹 꺼려지는 자구가 있다(間有觸礙字句)"[24]라고 평가되었고, 자연스럽게 『四庫全書』편찬 당시 禁燬書目에 포함되었다. 『四庫全書』편찬 당시 『蒼霞草』를 비롯한 섭향고의

---

20) 中國第一歷史檔案館編, 『纂修四庫全書檔案』(上冊), 上海, 上海古籍出版社, 1997, 365면.

21) 이 문제에 대해서는 丁原基著, 『淸代康雍乾三朝禁書原因之硏究』, 臺北, 華正書局, 1983, 185-204면을 참조 할 것.

22) 翁連溪編, 『淸內府刻書檔案史料彙編』, 北京, 廣陵書社, 2007, 204면.

23) 翁連溪編, 『淸內府刻書檔案史料彙編』, 239면.

24) 翁連溪編, 『淸內府刻書檔案史料彙編』, 253면.

저작을 금훼서로 보고하고 있는 중국 각지에서 올라온 奏文과 그 내용을 주요 지역과 시기별로 살펴보면 아래와 같다.[25]

제목	내용
1 江蘇巡撫薩載奏再行查解違礙書籍板片摺(附清單一)乾隆四十年六月十一日	『蒼霞餘草』一部, 六本, 明福淸葉向高著. 『蒼霞草』三部, 一部十五本, 一部十四本, 一部八本.
2 署理山西巡撫覺羅巴延三奏查獲應銷西籍摺(附清單一)乾隆四十年十月二十六日	葉向高『四夷考』二冊, 刻本. 查此書與葉向高『蒼霞草』無異, 自應一併請銷. 葉向高『奏草』一部, 十六冊, 刻本. 葉向高『續奏草』一部, 六冊, 刻本. 葉向高『蒼霞草』一部, 十四冊, 刻本. 葉向高『蒼霞續草』一部, 十二冊, 刻本. 葉向高『蒼霞餘草』一部, 六冊, 刻本. 葉向高『蒼霞草詩』一部, 二冊, 刻本.
3 兩江總督高晉奏續解違礙書籍板片摺(附清單一)乾隆四十一年四月十六日	『蒼霞草』一部, 十三本.『葉向高綸扉』一部, 二本.『蒼霞詩草』一部, 二本.『蒼霞餘草』三部, 共十三本.『蒼霞續草』一部, 八本.『續綸扉』二部, 共十二本.
4 江蘇巡撫楊魁爲解送違礙書籍事致軍機處咨呈(附清單一)乾隆四十一年十月初四日	『蒼霞草』一部, 八本. 『四夷考』三部, 一部八本, 二部各二本.
5 軍機大臣奏擬寫劉宗周等文集只須刪改不必焚燬諭旨進呈片乾隆四十一年十一月十六日	臣等前蒙發下劉宗周, 黃道周, 熊廷弼, 王成允, 葉向高等文集會議, 命臣等閱看, 並擬寫只須刪改抵觸字句, 不必焚燬之諭旨. 臣等擬俟應燬諸書辨畢時, 擬寫進呈.
6 浙江巡撫三寶奏續應燬書籍摺(附清單)乾隆四十二年八月初四日	『綸扉奏草』五部, 刊本. 是書明葉向高著. 今續查出五部, 內四部全. 一部原缺卷四, 卷五, 卷八至卷十一, 卷二十六, 卷二十七. 『續綸扉奏草』三部, 刊本. 是書明葉向高著. 今續查出四部. 『後綸扉尺牘』三部, 刊本. 是書明葉向高著. 今續查出三部, 內二部全, 一部原缺卷八至卷十. 『蒼霞草』二十二部, 刊本. 是書明葉向高著. 今續查出二十二部, 內一十五部全, 一部原缺卷一, 卷二, 卷十二, 又一部八本, 又三部各二冊, 又二部各一冊, 俱不全.

25) 이 부분은 中國第一歷史檔案館編,『纂修四庫全書檔案』에서 섭향고와 관련된 내용을 뽑아 정리한 것임.

제목	내용
	『蒼霞續草』十一部, 刊本. 是書明葉向高著. 今續查出一十一部, 內七部全, 一部原缺卷七, 又三部三冊, 又一部二冊, 又一部一冊, 俱不全. 『蒼霞餘草』九部, 刊本. 是書明葉向高著. 今續查出九部, 內八部全, 一部原缺卷十四
7　閩浙總督鐘音奏查繳應銷各書解京摺(附清單一)乾隆四十三年三月二十六日	違礙全部書籍: 『蒼霞草』一部, 共二百三十七本. 『綸扉奏草』三部, 共六十三本. 『續奏草』九部, 共六十一本. 『蒼霞詩草』九部, 共五十八本. 『蒼霞續草』八部, 共八十八本. 『蒼霞餘草』六部, 共四十二本. 『奏草』六部, 共九十五本. 『綸扉尺牘』五部, 共二十二本. 違礙殘缺書籍名目: 『蒼霞餘草』四本. 『蒼霞續草』十本. 『蒼霞奏草』九本. 『蒼霞續奏草』十三本. 『蒼霞草』二十六本. 又『蒼霞草』『餘草』『詩草』共七十二本. 『綸扉奏草』十本. 『綸扉尺牘』一本.
8　山西巡撫巴延三奏查獲『六柳堂集』並彙繳違礙書籍摺(附清單一)乾隆四十三年閏六月十二日	葉向高『蒼霞草』一部, 計十四本. 葉向高『蒼霞續草』一部, 計八本.
9　湖廣總督三寶等奏六次查獲應燬各書摺(附清單一)乾隆四十三年十月初四日	『綸扉奏草』二部, 刊本. 是書葉向高著. 一部計十六本, 又一部計十四本. 疏內敍遼左邊事, 語多違礙. 『蒼霞草』五部, 刊本. 是書葉向高著. 前已繳過. 今續查獲一部計三十二本, 全. 又一部計十六本, 不全. 『蒼霞續草』, 刊本. 是書葉向高著. 前已繳過. 今續查獲一部計十本, 又一部計一本, 俱全. 又一部計七本, 止存一卷, 二卷, 三卷, 六卷, 七卷, 十四卷至二十二卷. 『續奏草』, 刊本. 是書葉向高著. 前已繳過. 今續查獲三部各六本, 又一部計五本, 又一部計四本, 俱全.
10　湖廣總督三寶等奏呈查繳應燬各書清單乾隆四十三年	『後綸扉簡牘』一部, 刊本. 是書葉向高著. 計四本, 全. 內論遼事, 語多違礙. 『續奏草』, 刊本. 是書葉向高著. 計三本, 止存一卷, 二卷, 三卷, 七卷, 八卷, 十一卷, 十二卷. 奏疏內語有干礙.
11　江蘇巡撫楊魁奏續繳應燬書籍並再實力妥辦摺(附清單)乾隆四十四年四月初日八	『四夷考』三十部; 『綸扉簡牘』一部; 『蒼霞餘草』六部; 『蒼霞續草』四部; 『後綸扉簡牘』七部
12　山東巡撫國泰奏彙解違礙書籍並分繕清單呈覽摺(附清單一)乾隆四十四年四月二十日	『蒼霞草』. 是書係福淸葉向高著. 今查出一部, 二十九本. 又二部, 不全, 十八本. 『續草』. 是書亦係葉向高著. 今查出三部, 三十一本. 又一部, 不全, 十本. 『餘草』. 是書亦係葉向高著. 今查出一部, 六本. 又一部, 不全, 四本. 『奏草』. 是書亦係葉向高著. 今查出二部, 不全, 二十九本. 『續草奏』. 是書亦係葉向高著. 今查出二部, 十二本. 又一部, 不全, 二本.

	제목	내용
13	兩江總督薩載奏繳解『九篇集』等違礙書籍板片摺(附淸單一)乾隆四十四年七月初九日	『蒼霞草』五部, 共三十五本. 內二部不全. 『蒼霞續草』三部, 共三十本. 內一部不全. 『綸扉奏草』一部, 六本.
14	閩浙總督三寶奏繳應燬各書情形摺(附淸單)乾隆四十五年九月初六日	『蒼霞草』一部. 刊本. 是書葉向高著. 今續查出一部. 只存卷十, 卷十一, 不全.
15	浙江巡撫李質穎奏查繳違礙書籍並繕淸單呈覽摺(附淸單一)乾隆四十五年九月初八日	『蒼霞草』一冊. 刊本. 是書葉向高撰. 不全.
16	山東巡撫國泰繳應燬違礙書籍板片摺 (附淸單二)乾隆四十六年二月三十日	『綸扉奏草』, 係葉向高著. 計一部, 十六本. 『蒼霞草』, 係葉向高著. 計一部, 八本.

　이외에도 섭향고의 저술을 금훼 서적으로 취급하여야 한다는 관련 奏文은 적지 않게 존재한다.

　상술한 표의 내용으로 볼 때 세 가지 면에서 주의를 기울일 필요가 있다. 첫째, 섭향고의 저술을 금훼 서적으로 지적하고 있는 奏文이 지역별로 볼 때 山東, 浙江, 江蘇, 湖廣, 山西 등 중국의 넓은 지역에 걸쳐 있다는 것이다. 이 사실은 『四庫全書』 편찬 당시 서적 징수가 전 중국에 걸쳐 행해졌다는 사실을 실증하고 있다. 동시에 섭향고의 저작이 건륭 시기 『四庫全書』 편찬 이전에 중국 전 지역에 걸쳐 광범위하게 유통되었다는 것을 반증한다. 이런 사실은 기존의 藏書目錄이나 史書를 통해 확인할 수 없는 것으로 매우 흥미로운 것이다. 둘째, 섭향고의 저술이 금훼 서적으로 분류되면서 기존에 통행되었던 서적에 대한 금훼 작업뿐만 아니라 서적을 인출하는 木板에 대한 금훼 작업까지도 진행되었다는 점이다. 셋째, 비록 섭향고의 저술이 금훼 서적으로 분류되었지만, 내용적으로 "다만 저촉되는 자구만을 삭제하고 고치면 될 뿐, 태워 없앨 필요는 없다(只須刪改抵觸字句, 不必焚燬)"(위 표 5번 奏文)라는 사고전서관 각신들의 평가는 섭향고 저술이 청대 이후에 유통되는 것에 약간의 숨통을 열어놓은 것이다.

결론적으로『四庫全書』편찬 당시 서적 징수 과정에서 섭향고는 여전히 東林黨의 영수로서 온 나라가 그의 충정에 감복했다는 평가를 받았으나,[26] 그의 저술이 금훼 서적으로 분류된 관계로 건륭 이후로『蒼霞草』를 비롯한 섭향고의 저작은 간행이나 유통에 있어 상당한 제약을 받고 있었다.『蒼霞草』를 예로 든다면 청대의 수많은 장서목록 가운데 십이권본『蒼霞草』만이 沈初의『浙江採集遺書總錄』, 王遠孫의『振綺堂書錄』[27] 등 소수의 목록에 수록되어 있다.

(2) 판본 문제

상술한 바와 같이『蒼霞草』의 판본은 모두 세 계통으로 나누어 고찰할 수 있는데, 각 版本간의 서지 형태를 비교하면 아래와 같다.

종류	十二卷本	十五卷本	二十卷本
書名	蒼霞草	蒼霞草	蒼霞草
版式	十行二十字, 白口, 四周雙邊, 單黑魚尾. 版心上邊에는「蒼霞草」, 魚尾아래쪽에는 卷次와 페이지가 각각 표시되어 있다.	九行二十字, 白口, 四周單邊, 單黑魚尾. 版心上邊에는「葉進卿蒼霞草」, 魚尾아랫쪽에는 卷次와 페이지가 각각 표시되어 있다.	十行十九字, 白口, 左右雙邊, 單黑魚尾, 版心上邊에는「蒼霞草」라고 書名이 쓰여 있다. 魚尾아랫쪽에는 卷次와 페이지가 각각 표시되어 있다.

---

26) 沈初,『浙江採集遺書總錄』:「蒼霞草十二卷刊本. 右明大學士福淸葉向高撰. 東林諸子奉之爲倫魁, 海內服其公忠云」,張昇編,『『四庫全書』提要稿輯存・浙江採集遺書總錄・癸集』, 北京圖書館出版社, 2006, 321면.

27) 羅偉國, 胡平編,『古籍版本題記索引』, 上海, 上海書店, 1991, 443면.

종류	十二卷本	十五卷本	二十卷本
序跋	卷端題:「福淸葉向高近卿甫著」 郭正域:「蒼霞草序」 顧起元:「蒼霞草序」(萬曆丙午) 董應擧:「蒼霞草序」(萬曆丙午) 陳邦瞻:「續俟蒼霞草序」(萬曆丙午. 이 序文뒤에 趙邦柱 등 校刻人의 題名이 있음) 陳邦瞻:「蒼霞草序」(萬曆丙午) 葉向高:「續俟蒼霞草自敍」	卷端題:「福淸葉向高進卿甫著」 郭正域:「蒼霞草序」	卷端題:「福淸葉向高進卿甫著」 郭正域:「蒼霞草序」 顧起元:「蒼霞草序」 董應擧:「蒼霞草序」 葉向高:「蒼霞草自敍」
刻工	卷一1쪽 版心아래에 「王道一」이라고 刻工 표시가 되어 있다(2, 3, 4쪽에 각각 王道二, 王道三, 王道四). 이외에 「濤許一」(卷二 1쪽), 「司馬邢一」(卷三1쪽), 「右一郁」(卷四, 1쪽)		「溧水武宜中書 新安黃一圭刻」(卷一, 五, 六) 「新安黃一圭刻」(卷二, 四, 七, 十, 二十) 이외에 「少」, 「工」, 「子」등의 명칭이 보이며 각 명칭의 우측에는 字數가 표시되어 있다. 예:「工 三百六十」(卷十二, 47쪽), 「子 三百六十」(卷十二, 54쪽)
판본	明萬曆丙午(三十四年)刊本	明萬曆刊本	明萬曆天啓間刊本[28]

상술한 바와 같이『蒼霞草』는 판본 계통에 따라 권수, 체례 그리고 수록 작품에서 적지 않은 차이가 있다. 동시에 위 표에서 보는 바와 같이 서지 형태, 각공 등의 방면에서도 차이점을 나타내고 있다. 가장 단적인 예가 행수와 자수가 판본에 따라 다르다는 점이다. 즉 十行二十字

---

28) 이 판본은『福唐葉文忠公全集』이라 부르는데 七種의 엽향고 저술을 포함하는데 모두 一百十八卷이다. 그 내용을 살펴보면『蒼霞草』二十卷(明萬曆刻增修本),『蒼霞草詩』八卷(明萬曆刻本),『蒼霞續草』二十三卷(明萬曆刻本),『蒼霞餘草』十四卷(明天啓刻本),『綸扉奏草』三十卷(明萬曆刻增修本),『續綸扉奏草』十四卷(明天啓刻本),『後綸扉尺牘』十卷(明末刻本)으로 구성되어 있다. 상관내용은 崔建英輯訂,『明別集版本志』, 中華書局, 2006, 553-554면을 참조할 것.

(十二卷本), 九行二十字(十五卷本), 十行十九字(二十卷本)로 구분된다는 것이다.

다음으로 국내에 소장되어 있는 『蒼霞草』는 판본학적 관점에서 볼 때 어떤 가치가 있는지 살펴보자. 먼저 藏書閣과 고려대학교 중앙도서관 소장본 十二卷本 『蒼霞草』는 국내외적으로 비교적 희귀한 판본이다. 국내에도 장서각과 고려대학교 중앙도서관 漢籍室에만 소장되어 있다.[29] 그리고 서울대학교 중앙도서관과 규장각에 소장되어 있는 十五卷本과 二十卷本 역시 선본으로 분류되는 가치 있는 고서이다.[30]

한 가지 주의할 필요한 점은 같은 십이권본이라도 판본에 따라 수록 작품에서 약간의 차이가 존재한다는 것이다. 王重民과 沈津은 모두 萬曆三十四年刻本의 增補本의 존재를 직접 확인하고 이 증보본이 萬曆三十四年刻本에 비해 卷一에서는 「醲漕論」上下篇, 「漢高祖論」, 「王祥論」, 「王仲淹」, 「張東之論」, 「李鄴侯論」, 「宋論」 등이 더 수록되어 있고,

---

29) 국외의 소장 현황을 살펴보면 먼저 臺灣 故宮博物院圖書文獻處에 明萬曆丙午(三十四年, 1606)高安陳邦瞻等刊本十二卷(청구기호:贈善022321-022344)이 소장되어 있다. 중국에는 萬曆三十四年刻本『蒼霞草』十二卷이 首都圖書館, 北京師範大學圖書館, 上海圖書館, 華東師範大學圖書館, 南開大學圖書館, 靑海省圖書館, 揚州市圖書館, 浙江圖書館, 湖南省圖書館, 廣東省圖書館 등에 소장되어 있다. 미국지역에서는 하바드대학 燕京圖書館에 두 질이 소장되어 있고(沈津著, 『美國哈佛大學哈佛燕京圖書館中文善本書志』, 上海辭書出版社, 1999, 750면), 일본지역에는 京都大學文學部東洋史研究室에 한 부가 소장되어 있다(嚴紹璗編著, 『日藏漢籍善本書目』, 「集部·別集類」, 北京, 中華書局, 2007, 1783면).

30) 십오권본은 중국에서는 首都圖書館, 故宮博物院圖書館, 旅大市圖書館 등에 소장되어 있다. 이십권본은 北京大學圖書館, 中央民族學院圖書館, 中國科學院圖書館, 中國社會科學院文學研究所, 上海圖書館, 天津圖書館, 吉林大學圖書館, 南京圖書館, 福建省圖書館, 福建師範大學圖書館, 湖北省圖書館, 中山大學圖書館 등에 소장되어 있으나, 北京大學圖書館, 中央民族學院圖書館, 中國社會科學院文學研究所, 天津圖書館, 福建師範大學圖書館 등 5곳에 소장되어 있는 것을 제외하면 모두 落帙本이다. 일본 지역에는 宮內廳書陵部, 國會圖書館, 蓬左文庫, 日光輪王寺天海藏 등에 소장되어 있다.

卷二에서는「譚太公李宜人雙壽序」한 편이 증편되었다고 주장한다. [31]

Ⅲ. 섭향고와『蒼霞草』에 대한 조선 朝廷과 學界의 인식

『蒼霞草』가 언제 누구에 의해 조선에 유입되었는지는 정확히 고구할 수 없다. 다만 조선의 연행 사신이 명에 갔을 때『蒼霞草』를 선물로 받았다는 기록은 확인된다. 金中淸(1567-1629) [32]은 1614년 聖節史의 書狀官으로 명나라에 다녀왔는데 이때『蒼霞草』二冊을 선물로 받는다. [33] 또한 정조 즉위 후에 편찬된『奎章總目』에도『蒼霞集』五十六本,『綸扉疏草』二十一本,『蒼霞草』十本 등 3종류의 섭향고 저작이 수록되어 있다. [34] 이로 볼 때 섭향고의『蒼霞草』가 조선 후기에 당시의 문인 · 학자들에게 알려져서 독서의 대상이 되었음을 짐작할 수 있다. 바꾸어 말하면 조선의 문인 · 학자들은 섭향고와 그의 문집을 읽고 그에 관한 기록을 자신들의 문집에 남기고 있다. 이 부분은 다시 아래와 같은 몇 가지 유형으로 분류하여 고찰할 수 있다.

첫째, 전체적으로 볼 때 섭향고에 대한 조선 문인 · 학자들의 태도는 섭향고를 忠臣 혹은 寵臣의 이미지로 기록하고 있다. 許筠(1569~1618)은 1614년 燕行 당시 黃州에 이르러 연회에 참석하여 萬曆年間 재상

---

31) 이 문제에 대해서는 王重民著,『中國善本書提要』(臺北, 明文書局, 1984), 652면과 沈津著,『美國哈佛大學哈佛燕京圖書館中文善本書志』, 750면을 참조할 것.

32) 조선 중기 문신으로 字는 而和 號는 晚退軒 또는 苟全이다. 1610년(광해군2년) 식년문과에 갑과로 급제하였다.

33) 「朝天錄」:「十日庚寅晴, 留玉河, 河三才, 方初陽來見. 河懋灼以『雙淸堂集』二冊, 『蒼霞草』二冊, 詩扇一把, 墨箱一坐, 草書二幅, 茶一器見贈. 余答謝. 雙淸卽顧汝學, 蒼霞葉向高. 草書亦閣老筆, 扇詩卽閣老子成學所書云.」『苟全集 · 別集』,『韓國文集叢刊』14冊, [甲寅八月], 263下면.

34) 『奎章總目』,『朝鮮時代書目叢刊』, 北京, 中華書局, 2004, 410-411면.

들의 위인 됨됨이를 물어보고는 섭향고가 「황제에게 은총을 받은(有寵於
上)」 신하라는 평을 듣고 이를 기록에 남기고 있다.[35] 李圭景(1788-1856)
은 明 神宗시기 王紹徽(생졸년미상)[36]가 魏忠賢의 의붓아들로 벼슬은 吏
部尚書에 이르렀는데 모든 일에 있어 魏忠賢에게 상의를 하여 당시 王
媳婦라고 불리웠다는 사실을 언급하면서 그가 『點將錄』을 撰하여 東林
黨의 여러 君子를 해치는데 일조를 하였는데 『點將錄』 안에 섭향고가
포함되어 있다는 사실을 언급하고 있다.[37] 黃景源(1709-1787) 역시 동

---

35) 許筠: "廿八日. 至黃州受宴. 徐田, 楊三公小酌于鄙寓. 談間余因問中朝宰相, 萬
曆中孰爲邪正. 楊曰: 張江陵雖喜權利, 其才甚鉅, 其當國也, 百官奉法兢兢, 四夷
帖服, 天下殷富. 其後張羅, 申時行, 雖曰有寵而握柄, 皆不逮焉. 馬自強剛正, 許
國淸愼, 王錫爵嚴毅, 其王家屛, 張位俱可. 而趙志皐有貪名, 沈一貫持祿媚上, 不
足取也. 近日朱賡亦正人, 而李廷機齷齪無大節, 葉向高有寵於上, 此外俱平平
焉." 『惺所覆瓿稿』, 『韓國文集叢刊』74冊, 卷之十九 文部十六, 紀行下, 己酉西行
紀, 297下-298上면.

36) 王紹徽은 王用賓의 從孫이다. 萬曆 二十六年(1598年)에 進士가 되어, 邹平知縣
에 제수되었고 户科給事中으로 발탁되었다. 후에 다시 太常少卿이 되었다. 天启四
年(1624年)十一月에 左光斗가 파면되자 魏忠贤은 王紹徽를 左佥都御史로 삼고 그
이듬 해 六月에 左副都御史로 삼았다. 十二月에는 다시 吏部尚书로 제수하였다.
王紹徽는 『水浒传』의 方式을 본떠 东林党 일백여덟 명을 대상으로 『东林点将录』을
撰하였고 이런 이유로 魏忠贤이 그를 더욱 좋아하게 되었다.

37) 「東林復社辨證說」: "按皇明萬曆戊戌科進士王紹徽, 陝西咸寧人, 爲魏忠賢乾兒,
官至吏部尚書. 進退一人, 必稟命於忠賢, 時稱王媳婦. 常造點將錄, 傾害東林諸
君子, 忠賢閱其書, 歎曰: 王尙書, 斌媚如閨人, 今筆挾風霜, 乃爾吾家之珍也, 愈
親愛之. 稱東林開山元帥, 托塔天王南戸部尙書李三才. 總兵都頭領, 天魁星呼保
義大學士葉向高. 天罡星王麒麟吏部尙書趙南星, 掌管機密軍師, 天機星智多星右
諭德繆昌期, 天間星入雲龍左都御史高攀龍, 協同參贊軍務頭領, 鬼魁星神機軍師
禮部員外顧大章, 掌管錢糧頭領, 天富星僕天鵬禮部主事賀烺, 地狗星金毛犬尙宝
司少卿黃正賓, 正先鋒, 天殺星黑旋風吏科都給事中魏大中, 左右先鋒, 地飛星八
臂哪吒吏部郎中鄒維璉, 地走星飛天大聖浙江道御史方中壯, 五虎將天勇大刀手左
副都御史楊璉, 天雄星豹子頭左僉都御史左光斗, 天猛星霹靂火大理寺少卿惠世
揚, 天威星雙鞭手浙江道御史袁化中, 天立星雙鎗將太僕寺少卿周朝瑞. 又有馬軍
人驪騎大將八員, 走探聲息走報機密頭領二員, 行文走檄調兵遣將頭領一員, 掌管
行刑劊子手頭領二員, 巡視城垣頭領一員, 定功賞罰軍政司頭領二員, 考算錢糧支
出納入頭領一員, 分守南京汛地水軍頭領八員, 守護中軍頭領十二員, 四方打聽邀

림당의 형성 배경과 대표 인물을 설명하면서 섭향고를 협기가 있는 인물로 당시 많은 문인·학자가 그의 문하에 있었음을 지적하고 있다.[38] 南公轍(1760-1840)도 섭향고를 張居正(1525-1582), 申時行(1535-1614)과 더불어 명나라 만력년간 국가의 기강이 해이해졌을 때의 賢輔라고 추앙하고 있다.[39]

이에 비해 섭향고를 부정적으로 평가하는 기록도 없지 않다. 대표적인 예가 星湖 李瀷(1681-1763)의 경우이다. 이익은 두 가지 측면에서 섭향고를 비난한다. 먼저 섭향고가 天啓4년(1624) 6월에 御使 楊漣이 상소를 올려 魏忠賢의 24개의 대죄를 탄핵했을 때 섭향고가 위충현을 감쌌다는 이유이다. 이익은 섭향고를 가리켜 그가 "충현(忠賢)은 나라 일에 부지런하고 몸가짐을 삼가했기 때문에 국가의 은총이 이미 더할 수 없이 훌륭하게 되었습니다. 그의 소원에 따라 그의 사제(私第)로 돌려보

接來賓頭領八員, 專守帥字旗頭領一員, 馬軍頭領二十員, 給軍頭領二十七員等名色. 所列如李應昇, 蔣允儀, 解學龍, 吳爾成, 孫愼行, 陳子廷, 錢謙益, 文震孟, 方震孺, 徐憲卿, 鄭三俊, 毛士龍, 夏嘉遇, 周順昌, 何士晉, 趙時用等人, 皆南直人也. 一時更有『東林朋黨錄』, 『東林同志錄』, 『東林籍貫』, 群小同拂擠正士, 不遺餘力." 『五洲衍文長箋散稿』卷三十三, 968-969면. 李瀷도 『星湖僿說·經史門·水滸傳』제18권에서 같은 내용을 언급하고 있다.

38) 「賜大學士方從哲論」: "東林, 宋楊時講道處也. 憲成唱修, 與學者講道其中, 詆王氏守仁之說爲異端. 學者稱涇陽先生, 士大夫慕其風者, 皆宗之, 與相應和, 諷議時政, 不少忌諱, 由是東林名大著, 而不悅者交攻之. 其後歙人汪文言, 內結王安, 外附楊漣, 左光斗, 與斷國論. 大學士葉向高, 擧爲中書舍人, 文言足知有俠氣, 賓客盈門. 給事中阮大鋮, 劾光斗等, 夤緣文言, 交通於安以求利. 東林之禍, 自此始已而. 梃擊紅丸, 移宮三案出, 國是紛然, 未嘗不觝排東林也." 『江漢集·跋尾·詔制考』, 『韓國文集叢刊』225冊, 卷之二十六, 22下면.

39) 「風俗記」云: "萬曆之間, 君道淵默, 紀綱頹弛. 而張居正, 申時行, 葉向高賢輔也, 戚繼光, 李成樑, 熊廷弼, 袁崇煥名將也, 彌綸經畫, 得以扶持國勢. 及舊臣皆凋亡, 將帥多死於讒賊, 則明室無復可振矣. 盖明之士氣, 一喪於靖難, 再挫於議禮, 三辱於閹黨, 而培養有素, 志節不衰, 於是有東林之言議." 『金陵集·潁翁再續藁』, 『韓國文集叢刊』272冊, 卷之二, 600上면

내서 그의 목숨을 잘 보호하도록 하는 것이 타당합니다." 함에 그쳤으니, 그의 말이 역시 너무나 헐후(歇後)하게 되었다(止曰:「忠賢勤勞謹愼, 朝廷寵眷已隆盛滿難, 居宜聽歸私第, 保全終始.」其言亦太煞歇後矣)."고 말하면서 위충현을 감싸준 행위는 "아주 옳다고 할 수는 없겠다(有所允當)."라고 그 부당함을 지적한다. 다음으로 이익은 섭향고가 자신의 문객이었던 王化貞(?-1632), 郭維華(생졸년미상), 孫杰(생졸년미상), 劉一燝(생졸년미상), 熊廷弼(?-1625), 王安(?-1621) 등 당시의 충신·열사 사이에서 갈등을 조정하는 역할을 담당하였으나 결국에는 피차간의 논쟁과 다툼을 멈추게 하지는 못했던 사실을 지적한다. 그리고 이익은 이런 까닭으로 劉一燝과 같은 충신이 결국 조정에 남아 있지 못하게 되었음을 비평하면서 섭향고의 "위공론(魏公論)이란 한 편의 글은 본래 마땅하다고 할 수 있지만, 그의 한결같다고 한 마음속도 역시 병이 들었던 것이다. 이러므로 나는 이 섭향고에게 그의 죄를 성토하지 않을 수 없다(魏公論一篇, 本自是當, 而一意橫肚, 亦便受病. 吾於葉不能無討焉)."[40]라고 말하고 있다. 흥미로운 것은 이익이 비평의 근거로 내세운 것이 바로 섭향고의 「魏公論」이라는 점이다. 이 말은 바꾸어 말하여 이익이 직접 섭향고의 「魏公論」을 읽고 섭향고라는 인물에 대한 품평의 근거로 삼았다는 것이다. 이익이 언급한 「魏公論」은 「韓魏國不分善惡黑白論」을 가리킨다. 이 문장에서 섭향고는 천하에 걱정거리는 단지 小人뿐만 아니라 君子도 포함된다는 사실을 지적한다. 그는 진정으로 나라를 위한다면 선한 무리를 양성하고 이름만 가지고 소인들을 멀리할 것이 아니라 그들을 일정한 범위 안에서 포용할 것을 주장한다. 즉 극단적인 소인에 대한

---

40) 이상의 섭향고에 대한 이익의 평가는 「섭향고(葉向高)」, 『성호사설』Ⅷ, 『고전국역총서』114, 제20권, 「경사문(經史門)」, 서울, 민족문화추진회, 1984, 100-103면을 참조할 것.

배척은 종종 더 큰 화를 불러옴을 지적하면서, 송대의 韓琦(1008-1075)가 선악과 흑백을 구분하는데 정도를 넘지 않은 까닭으로 그이 功이 社稷에 드리워지고 이름이 후대에까지 이르게 되었다는 것을 예로 든다.[41] 바로 이런 이유로 섭향고는 御使 楊漣이 상소를 올려 魏忠賢의 24개의 대죄를 탄핵했을 때 위충현을 일정 범위 내에서 감쌌던 것이다. 그러나 이 부분이 바로 당대와 후세에 섭향고에 대한 평가가 극명하게 나누어지는 결과를 낳았고 이익도 바로 이 점을 지적하면서 섭향고의 부당함을 비평하고 있는 것이다.

둘째, 적지 않은 조선의 문인들은 섭향고의 疏文을 중시한다. 그 이유는 크게 두 가지로 설명할 수 있다. 하나는 섭향고의 疏文 자체가 王錫爵(1534-1614)의 소문과 더불어 명대에 "가장 적절하고 충실한 것으로 일컬어졌다(最稱精篤)"라고 인정했기 때문이다. 즉 조선 문인들은 섭향고의 소문을 하나의 전범으로 여기면서 당시 조선의 소문을 쓰는 법도가 역시 옛날 뜻을 잃어버렸음을 지적한다. 즉 옛날에는 소문을 쓸 때 몇 줄로 써서 원본을 보지 않아도 어떤 일인지를 알았는데, 당시 조선에서는 대체로 지나치게 초솔(草率)하여 무슨 일로 소문을 썼는지 알지 못할 정도라는 의미이다.[42] 다음은, 당시 조선의 신하들은 섭향고의 疏文이 갖는 긍정적인 정치적인 함의에 주목한다. 즉 명말의 어지러운 정치 현실속에서 섭향고의 소문은 우국충정의 내용을 담고 있다는 면

---

41) 「韓魏國不分善惡黑白論」, 『蒼霞草』, 『蒼霞草全集』, 卷一, 91-95면.

42) 李裕元(1814-1888) 『嘉梧藁略·玉磬觚騰記』: "古者疏本, 只言其事, 因而成章矣. 皇明以來, 王錫爵, 葉向高諸人, 最稱精篤. 後風習漸變, 舉以蔓衍之詞, 專事飾讓, 其告君之辭, 不當如是也. 我東則疏檗之規, 亦失古意, 昔則數行爲之, 不見原本而知爲某事. 挽近大槩過爲草率, 未知以何事治其疏. 惟大臣箚檗, 自前簡要也." 『韓國文集叢刊』315冊, 冊十四, 549下-550上면. 이 기록은 李裕元의 『林下筆記』제29권에도 수록되어 있다.

을 강조하고 있다는 의미이다.[43] 이와 관련하여 섭향고의 견해는 조선 조정에서 종종 정치적인 원칙을 설명하는 데 援用된다. 예를 들면 영조 5년 기유 4월 25일에 호조 판서 權以鎭(1668-1734)[44]은 '이(利)를 추구하게 되면 일에 따라 폐단이 생겨나는 법이니 십분 비용을 절약하여야만 끝내 평온함을 누릴 수 있다.'는 섭향고의 말을 인용하여 국가의 수입과 지출 계획에 있어 십분절용(十分節用)의 원칙을 강조한다.[45]

---

43) 俞拓基「疏箚 · 十二疏」: "盖君臣父子恩與義, 固無輕重, 而父子主恩, 君臣主義. 苟或不當於義, 則在昔人臣寧死而不敢承者, 夫豈出於輕君慢上哉! 寔嘗旣失其咫尺之義, 則更無所藉以事其君耳. 晉司徒蔡謨固讓三年, 天子臨軒, 使者十反而終不起. 皇朝閣臣葉向高之六十二疏, 李廷機之五年杜門, 俱必得請而後已者."『知守齋集』, 『韓國文集叢刊』213冊, 卷之四, 294上면.

44) 조선 후기 문신으로 字는 子定, 號는 有懷堂 혹은 漫收堂이고 諡號는 恭敏이다. 공주출생으로 尹拯의 문인이다.

45) "거두어들인 돈과 포목의 수입 · 지출에 대해 호조 판서 권이진이 소를 올리다"에서 말하기를 "호조 판서 권이진이 소장을 올리기를, '정미년에 받아들인 돈이 11만 8천 3백 냥 영(零)이고 받아들인 포목(布木)이 2천 동(同)이었는데 용하(用下)한 것은 포목은 거두어들인 숫자와 같습니다만, 돈은 12만 7천 냥이나 되어 끝에 가서는 군문(軍門)에서 개대(丐貸)하였습니다. 무신년에는 받아들인 돈이 9만 2천 6백 냥이고 포목이 1천 1백여 동(同)이었는데, 용하한 것은 포목은 거두어들인 숫자와 같습니다만, 돈은 7만 냥 영입니다. 그러나 1년 동안에 누차 큰 비용의 지출을 겪어야 하니 비용을 아끼는 데서 오는 원망은 형편상 반드시 닥치게 되어 있습니다. 섭향고(葉向高)가 말하기를, 이(利)를 추구하게 되면 일에 따라 폐단이 생겨나는 법이니 십분 비용을 절약하여야만 끝내 평온함을 누릴 수 있다.'고 했는데, 십분절용(十分節用)은 재물을 쓰는 데 있어서의 사자부(四字符)인 것입니다. 이와 같은 수입을 가지고 이와 같이 지출함에 있어 이와 같이 하지 않으면 또한 세용을 지탱시켜 가면서 국가를 위하여 계획을 세울 수가 없습니다'(戶曹判書權以鎭上疏言, '丁未所捧錢, 爲十一萬八千三百兩零, 木爲二千同, 而用下則木如入數, 錢爲十二萬七千兩, 末有軍門之丐貸. 戊申, 所捧錢爲九萬二千六百兩, 木爲一千一百餘同, 而用下則木如入數, 錢爲七萬兩零. 而一年中屢經大費, 則嗇用致怨, 勢所必至. 葉向高之言曰, '求利則隨事生弊, 十分節用, 終歸穩着', 此四字爲用財之四字符. 以如是之入, 支如是之出, 不如是, 亦無以支歲用而爲國家計'.)『국역조선왕조실록』, 「영조 5년 기유(1729,옹정7) · 4월25일 (己亥)」. 이에 관한 기록은 이익의 「戶曹判書有懷堂權公墓誌銘幷序」, 『星湖先生全集』, 『韓國文集叢刊』200冊, 卷之六十四, 88上~91上면에도 기록되어 있다.

셋째, 조선의 벼슬아치들은 왕에게 致仕(나이가 많아 벼슬을 사양하고 물러남)를 청할 때 종종 섭향고를 典範으로 삼았다. 그 이유는 섭향고가 일신상의 이유가 아니라 社稷을 위해 여러 번 치사를 했다는 이미지가 조선 조정에 알려져 있었던 것으로 보인다. 예를 들어 高宗 때 영의정 趙斗淳(1796-1870)은 상소를 올려 구양수와 섭향고가 致仕한 예를 들어 자신의 사직을 청한다.[46] 판중추부사 姜㳣(1809-1887)도 섭향고가 열여덟 번 상소하여 치사의 뜻을 아뢰어 임금의 마음을 돌렸음을 언급하면서 자신의 치사를 간청한다.[47] 좌의정 金炳始(1832-1898)도 섭향

---

46) 『국역승정원일기』:"또 생각건대 앞으로 10여 일이 지나면 치사(致仕)의 나이가 됩니다. 대부가 70세에 치사하는 것은 주(周) 나라의 성대한 법이니, 나아가고 물러남을 예로써 하는 것은 신하와 임금 모두의 영광입니다. 송(宋) 나라 신하 구양수(歐陽修)가 말하기를 '벼슬에 나아가 한 차례의 임기(任期)를 마치면 잠시 쉰다.' 하였는데, 신은 외람되이 벼슬을 탐하여 몇 번의 임기가 찼는지도 알 수 없습니다. 재주가 있고 건장하더라도 오히려 쉬어야 하는 것인데, 하물며 여러 번 시험되고 여러 번 용서받은 뒤이겠습니까. 명(明) 나라 신하 섭향고(葉向高)는 각중(閣中)이 조금 한가로운 때이면 매양 옛사람들이 사직을 청하여 정사에서 떠난 고사(故事)들을 모아가지고 읽으면서 번번이 탄식하며 마음이 그 쪽으로 쏠렸습니다. 신이 구양수나 섭향고와 비교해서 덕업(德業)과 사공(事功)은 훨씬 미치지 못하지만, 사직을 청한 고사에만은 미칠 수 있기를 생각합니다. 이미 쇠한 기운을 다시 일으킬 수 없고 이미 달아난 정신을 수습하기 어려우니, 이른바 힘을 펴서 벼슬에 나아가 직임을 잘 처리할 능력이 없는 자라는 것입니다. 바라건대 대왕대비께 여쭈어 빨리 신의 영의정 직임을 해면(解免)하시고 봉조하(奉朝賀)에 제수하시어 신으로 하여금 잔명(殘命)을 조금이나마 연장할 수 있게 하소서." 고종1년 갑자(1864, 동치 3), 12월 20일(정해), 趙斗淳, 「辭領議政疏[三疏]」:"葉向高之引入也, 章凡百餘上, 拖序閱年, 以致機務積曠. 畢竟奚補於民國公私事計也, 惟聖慈惻然垂念, 渙發兪音. 軼隆乎弘治之盛, 而無使臣復循向高塗轍, 不亦幸甚至哉! 臣無任悶塞煎熬屛營祈懇之至." 『心庵遺稿』, 『韓國文集叢看』307冊, 卷之十四, 317下面.

47) 『국역승정원일기』: "판중추부사 강노(姜㳣)가 상소하기를, "삼가 아룁니다. 높다랗게 위에 있는 것은 하늘이고 어리석게 아래에 있는 것은 백성인데, 동일한 도리로써 서로 감통(感通)하는 것은 정성일 따름입니다. 임금은 신하에게 또한 하늘이니, 바라는 것이 있으면 반드시 들어 주어 각각 그 성명(性命)을 다하게 하나, 정성을 다하지 않으면 어찌 감동할 수 있겠습니까. 예전에 구양수(歐陽脩)가 여러 번 치사(致仕)를 빌고 섭향고(葉向高)가 열여덟 번 상소하되 다만 그 뜻을 아뢰어 임금의 마음을

고가 상소를 60번이나 황제에게 올려 자신의 뜻을 간청함을 예로 들면서 자신의 치사를 윤허해 주기를 간청한다.[48] 특히 議政府 議政 尹容善(1829-?)은 좀 더 구체적으로 섭향고의 치사가 賢路를 넓히기 위함임을 지적하면서 자신의 치사 역시 섭향고와 같은 이유임을 강조하고 있다.[49]

넷째, 조선 후기의 문인·학자들은 섭향고를 당시 朝·明 외교관계에 있어서 핵심적인 인물로 파악하고 양측의 중대 외교 사무에 있어서

돌렸는데, 이제 신은 만년을 당하고 고질이 있어서 이미 직무를 감당할 힘이 없고 명에 따라 봉사할 수 없으므로 드디어 어쩔 수 없이 진심을 들어내어 들어주시기를 바랐으나 정성이 모자라고 말이 서툴러서 사무치지 못하고 도리어 온화한 비답을 내려 오히려 윤허하지 않으시니, 매우 실망하여 억울하고 답답하여 몸 둘 바를 모르며 작은 정성이 성상을 감동할 만하지 못한 것을 스스로 한탄합니다." 고종 16년 기묘(1879, 광서 5), 11월 3일(임신).

48) 『국역승정원일기』: "신이 들건대 임금은 영(令)을 행하고 신하는 뜻을 행한다 하였습니다. 진(晉) 나라 사도(司徒) 채모(蔡謨)는 굳게 사양하기를 3년 동안 하였고 명(明) 나라 각신(閣臣) 섭향고(葉向高)는 상소를 60번이나 올렸으니, 옛 사람이 자기의 뜻을 행할 적에 이와 같은 점이 있었습니다. 이에 지금 신이 다짐하여 스스로 한계를 정하고서 번거롭게 반복하는 것을 번거롭게 여기지 않는 것이니, 밝으신 성상께서도 불쌍히 굽어살피시어 반드시 신에게 합당한 조처를 내리셔야 합니다." 고종 23년 병술(1886, 광서 12), 10월 10일(기사).

49) 『국역승정원일기』: "의정부 의정 윤용선(尹容善)이 상소하기를, "삼가 아룁니다. 옛날 명나라의 상신(相臣) 섭향고(葉向高)의 사직하는 상소에, '신이 한번 떠나가면 어진 자가 나올 수 있어 천하의 일이 오히려 할 만하게 될 것입니다. 이것이 신이 떠나감으로써 황상께 보답하는 것입니다.' 하였습니다. 지금 신이 전후로 물러날 것을 구하고자 지루하게 말한 것이 대략 또한 이러한 한 가지 이유에서였을 따름입니다. 신이 만약 떠나가지 않는다면 현로(賢路)에 큰 방해가 될 뿐만이 아닙니다. 또 천하의 일이 어떻게 되겠습니까. 신이 실정을 말하고 형세를 말하여 반드시 떠나고야 말려는 것은 진실로 폐하의 백성과 나라를 위해서이지 신의 몸과 집안을 위해서가 아닙니다. 신이 떠나가지 않아야 하는데 떠나간다면 이것도 나라를 저버리는 일이지만 떠나가야 하는데도 떠나가지 않는 것도 나라를 저버리는 일입니다. 신이 비록 보잘 것없으나 어찌 차마 이렇게 할 수 있겠습니까. 신이 단단한 마음으로 굳이 떠나고자 하는 뜻을 이미 드러내어 모두 말씀드렸으니 오직 밝으신 성상께서 반드시 굽어 살피신다면, 신이 '거(去)' 한 글자를 가지고 보답 아닌 보답을 삼는 것도 의당한 일이 될 것입니다." 고종 37년 경자(1900, 광무 4), 7월 30일(기사, 양력 8월 24일).

섭향고의 비중과 역할에 주목하고 있다. 예를 들어 李慶全(1567-1644)은 1623년 인조반정이 일어나자 奏請使로 명나라에 가서 인조의 책봉을 요청하게 된다. 당시는 天啓3년으로 섭향고가 명의 조정에서 閣臣으로 활동하던 시기였다. 당연히 이경전은 섭향고를 통하여야만 명의 熹宗에게 인조의 책봉을 요청할 수 있었다. 蔡濟恭(1720-1799)은 당시에 이경전이 명에 가서 섭향고와 만났을 때 섭향고가 이경전을 매우 기이하게 여겨 그가 주청하는 바를 허락하지 않음이 없었다고 설명하고 있다.[50] 書狀官으로 이경전과 명에 건너간 李民宬(1570-1629) 역시 인조의 책봉 과정을 지켜보고 그 상황을 조정에 보고하고 자신의 문집에도 그 내용을 남기고 있다. 그 가운데 조선의 사신들과 당시 명 조정 閣老의 일인이었던 섭향고와의 교섭 상황도 비교적 상세히 기록하면서 섭향고가 당시의 책봉에 있어서의 매우 중요한 역할을 하였음을 설명하고 있다.[51] 동시에 그가 책봉 문제에 있어 일정한 도움을 주었음도 지

---

50) 「崇祿大夫行議政府左參贊兼判義禁府事知經筵事弘文館提學韓平君李公神道碑銘」: "公至則見閣老葉向高, 葉老與公語, 大奇之. 所奏請無不言下肯諾, 仍令留玉河館, 待查官回自本國. 許國王封典, 賜以蟒龍衣一襲, 令使臣無敢圻視. 公以爲此天子所以寵國王, 其貴且重何如. 陪臣名以使, 不能審視而去, 義所不敢出, 固請之. 及圻, 乃七章衣也. 公據理爭辨, 遂以九章改封. 甲子, 始復命, 仁廟大嘉悅賞賜臧獲田賦. 公曰, 臣何功, 只出奴一口, 餘皆辭不受, 命加崇政大夫." 『樊巖先生集』, 『韓國文集叢刊』236冊, 卷之四十八, 389b면.

51) 李民宬, 「在玉河館祕密狀啓八月二十八日」: "……臣等跪前, 令譯官李膺等極陳我國之事, 則閣老答曰, '該國廢立, 事體關重, 當初事不明白, 不卽稟命朝廷. 焚燒宮室, 壞了舊君, 引用倭兵三千, 種種可疑. 又無文武百官具呈憑信, 決不可容易准封.' 臣等令譯官且陳 '廢君在位時, 雖極無道, 何得徑先赴愬於天朝. 雖王大妃方在幽閉中, 無路上告其事狀. 及其反正之日, 卽馳報于督府毛前, 以便轉奏. 而陪臣等齎奉奏申, 繼發前來, 事勢自至如此, 豈有不爲稟命. 宮女誤落燈燼, 暫爲延蒸, 旋卽撲滅, 別無焚燒之事. 廢君出置別處, 時方無恙, 萬無壞了之理. 引用倭兵之說, 大不近理, 倭奴之於我國, 百世之讎也, 引入國內, 自取危亡之禍, 豈有是理. 廢立之舉, 出於宗社大計, 明白順正, 毫無可疑. 王大妃奏本, 議政府申文, 此乃一國上下公共之言, 此外有何別爲憑信者乎. 惟願老爺, 速議封典, 早得歸報國

적하고 있다.[52]

이경전과 이민성이 인조 책봉을 둘러싸고 조선 사신들과 섭향고와의 교섭 상황에 주목했다면 李德馨(1561-1613)은 섭향고가 명 조정과 조선 간의 외교 사무를 처리하는 개인적인 모습에 주목한다. 이덕형은 1608년 6월에 陳奏使로 명나라에 가게 된다. 그는 먼저 명 조정이 "조선에서 일어난 사건에 대해 잘 알지 못하면서 언사가 과하게 폄하적이다(未悉本國事情, 措語亦過貶薄)."[53]라고 명 조정의 상황을 설명한다. 뒤이어 명과의 교섭에 있어 섭향고, 李廷機(1542-1616), 翁正春(1553-1626) 등의 역할이 중요함을 역설하면서 섭향고가 결코 "온화하고 자애롭고 관용과 용서를 베푸는 사람이 아닌 사람이며 자신에게도 매우 소홀이 대했다."고 말하면서 이 세 사람이 방해를 하면 평소 그들이 조선 사신을 멸시하는 태도를 고려할 때 사신을 아무리 많이 파견할지라도 얻고자 하는 결과를 얻을 수 없음을 역설한다.[54] 이로 볼 때 조선 조정의 신하

中云.』則閣老曰, 『已爲曉得』, 仍擧袖揖臣等起, 而入于闕中, 臣等退俟闕門外. 日已向晚, 六閣老一時出來, 臣等跪于路左, 令譯官李膺等更爲辨誣陳訴, 諸閣老環立傾聽. 葉閣老曰, 『你等前後所言, 已悉曉得, 然你國非他外國之比, 天朝視同內服, 今此擧措, 不可容易也, 須略査然後可議封典.』 『敬亭先生續集』, 『韓國文集叢刊』76冊, 卷之四, 508上-508下面.

52) 「冊封准完事先來狀啓甲子正月二十八日」: "今此封典之事, 以當初論議觀之, 極爲罔極. 葉閣老以首揆主張, 林尙書以該部擔當, 臣等所訴, 無言不採, 有告輒施. 幸得幹事而回, 無非我聖上之德有以格天."(『敬亭先生續集』, 『韓國文集叢刊』76冊, 卷之四, 519면)을 참조할 것.

53) 「請勿別遣陳奏使謝恩之行兼奏辨明箚」, 『漢陰先生文稿』, 『韓國文集叢刊』65冊, 卷之六, 359下면.

54) 同前註, "閣老李廷機雖被參在家, 見今閣老供職者, 只有葉向高一人. 故凡公事, 必往議於廷機, 廷機性狷狹, 昔年處東事也. 向本國人少款接之態, 向高亦非溫慈寬恕者, 待我頗簡忽. 曾見此人刊行其文集三十餘卷, 其論朝鮮一篇, 言中廟朝反正事, 極其悖謬, 至斥以簒奪. 臣赴京時, 竊欲呈文痛辨, 大事未完, 難於提起, 含惋而反. 今引中廟朝請冊封章敬事例而爲奏, 倘不幸而有意外之辱, 捫舌何及. 且聞六部署堂多闕, 禮部只有一侍郞翁正春, 而其人也亦執經性窄. 曩在翰院, 議及

들은 섭향고가 명 조정에서 차지하고 있는 정치적 비중과 당시 조·명 외교관계에 있어 섭향고의 영향력 등을 긍정적인 측면과 부정적인 측면으로 나누어 설명하고 있다.

다섯째, 섭향고와 그의 『蒼霞草』는 영조시기 탕평책을 둘러싸고 서로 다른 정치적 입장을 견지하는 인물들 간의 政爭의 도구로 이용되기도 한다. 元景夏(1698-1761)와 朴春普(1694-1748) 사이에 벌어진 논쟁이 그것이다.

元景夏는 영조시기 탕평책을 진언하면서 당시 당파의 종식을 위해 많은 노력을 하였다. 원경하는 여러 당파의 사람들을 고루 평등하게 대했다는 칭송을 받는 인물로서, 영조의 신임 역시 두터웠고 또한 그의 탕평책에 많은 귀를 기울였다. 흥미로운 것은 그의 탕평과 치국에 관한 진언 가운데 종종 섭향고를 언급하고 있다는 점이다. 먼저 영조17년(1741, 건륭 6년) 10월 1일(임진)에 당시 형조 참판 원경하는 黨을 만들었다는 儒臣들의 筵斥을 받게 된다. 이때 원경하는 자신이 평생 고독하게 살아왔으며 당파를 만든 적이 없음을 역설하면서 당파가 없으면서 임금을 섬겼으나 후에 당파를 만들었다는 비방을 받은 (宋)呂大防(1027-1097)과 (明)섭향고를 배우길 원한다고 자신의 입장을 밝힌다.[55] 그다음 해 영조18년 임술(1742, 건륭 7년) 9월 12일 (무진)에 원경하는 畫

<hr />

征倭, 全不右本國, 逮今茌本部, 又多簡蔑. 當此中朝浮言蓄疑之時, 頻繁遣使, 繼請盛典. 若被此三人相唱魔障, 以平日簡蔑之心, 肆爲拒斥, 則使臣雖欲周旋, 亦無路矣." 360上면.

55) "刑曹參判元景夏上疏略曰:『臣子然弱植, 孤立無朋. 今忽以別立一黨, 至有儒臣之筵斥. 且謂臣薦進吳光運. 夫薦進, 非承宣所敢爲, 前後筵席, 其姓名未嘗出臣口, 焉敢誣也. 宋之呂大防, 明之葉向高, 臣所願學者, 欲以無黨事君. 反以樹黨遘, 負此黨名, 無以自白. 且金漢喆, 臣平生故人, 豈害臣而然, 反躬自省, 不欲多辨也, 仍辭職.』批曰:『勿辭.』" 『朝鮮王朝實錄·英祖』卷五十四, 十七年辛酉十月朔壬辰.

講에서 朋黨의 폐해에 대해 논하여 말하기를

"섭향고는 동림당의 사람으로서 지론이 공평하였습니다. 명나라 말기에 당파가 나뉘어졌을 때 미륜·보합의 책임을 스스로 떠맡아 반드시 국가가 화평한 복을 누리게 하려 했으니, 매우 가상하게 여길 만합니다." 하고 이어서 그 소장 가운데 한두 구절을 외우니, 임금이 옥당에 명하여 그 소장을 베껴서 들이게 하였다("葉向高以東林之人, 持論公平. 當明末分黨之時, 自任以彌綸保合之責, 必欲使國家享和平之福, 甚可尙也." 仍誦奏其疏中一二句, 上命玉堂謄其疏以入).

원경하는 섭향고의 지론이 공평함을 강조하면서 섭향고의 예를 통해 오직 당파가 나누어지지 않아야 나라가 화평할 수 있음을 역설한다. 흥미로운 것은 원경하가 섭향고의 疏文을 주강하는 자리에서 외운 것이고 영조가 그 소문을 베껴서 직접 보았다는 점이다. 원경하의 영향을 받은 탓인지 영조도 섭향고의 존재를 깊이 인식하고 있었던 것 같다. 영조 31년 을해(1755, 건륭 20년) 7월 13일(을유)에 영조는 친국을 하면서 "사람들이 모두 당과 역을 둘로 나누지만 그 원류의 머리를 아는 자는 오직 원인손의 아비 한 사람뿐이고, 전후해서 매양 섭향고를 인용해서 말하고 있다(人皆以黨與逆, 分以二之. 而知其源頭者, 惟元仁孫父一人而已. 前後每引葉向高爲言矣). "(『朝鮮王朝實錄·英祖』卷八十五, 三十一年乙亥七月乙酉) 라고 원경하의 섭향고에 대한 존숭을 언급하고 있다. 원경하가 영조에게 섭향고를 언급한 것은 여기에서 끝나지 않는다. 영조35년 4월에 원경하는 영조가 『대학』을 강독하는 것을 언급하면서 섭향고가 명의 神宗에게 『대학(大學)』이라는 서적이 치국·평천하를 논한 것은 오직 용인(用人)과 이재(理財)의 두 단서뿐이니, 예로부터 지금에 이르기까지 사람을

잘못 쓰고 이재를 잘못하고서 천하 국가를 잘 다스린 자는 없었다는 점을 상기시킨다.[56]

그러나 일부 조선 사대부의 입장에서는 원경하의 섭향고에 대한 존숭이 재론의 여지가 없지 않았다. 즉 그들의 입장에서는 위충현에 대한 탄핵이 있었을 때 섭향고가 위충현을 두둔했다는 점은 받아들일 수 없는 것이었다. 상술한 이익이 그러했고 원경하와 함께 영조 시대에 출사했던 朴春普도 그러했다. 이런 까닭으로 영조19년 4월에서 5월 사이에 원경하와 박춘보 사이에 섭향고를 두고 논쟁이 벌어진다. 먼저 박춘보는 영조19년 4월 15일에 원경하가 섭향고의 奏疏를 영조에게 睿覽할 것을 청하여 영조가 홍문관으로 하여금 3권의 책을 베껴 올리게 한 사실을 언급하면서 왜 반드시 섭향고의 글이어야 하는지에 의문을 제기한다. 박춘보는 섭향고의 글을 가리켜 "그 문자에 드러난 입언과 지론은 세태를 따라 안배하고 구차하게 녹위를 보전하려는 계책에서 나오지 아니한 것이 없습니다. 백년이 지난 뒤 그의 글을 보는 사람이면 팔을 휘두르고 침을 뱉으며 욕하지 아니함이 없습니다. 이 글을 전하께 권한 사람은 그 학식에 취한 것이 있었던 것입니까? 그 기절에 취한 것이 있었던 것입니까? 아니면 세상에 드물게 서로 느낀 것이 따로 있었다는 것입니까?(立言持論之著於文字者, 莫非出於隨世安排, 苟全祿位之計也. 百載之下, 見其書者, 無不扼腕而唾罵, 以是書勸殿下者, 有取於其學識乎? 有取

---

56) 『국역조선왕조실록』: "황명(皇明)의 각신(閣臣) 섭향고(葉向高)가 신종(神宗)에게 고하기를, 『대학(大學)』의 한 책에 치국·평천하를 논한 것은 오직 용인(用人)과 이재(理財)의 두 단서뿐이니, 예로부터 지금에 이르기까지 사람을 잘못 쓰고 이재를 잘못하고서 천하 국가를 잘 다스린 자는 없었습니다.'라고 하였는데, 신은 지금 섭향고의 말로써 전하(殿下)를 위하여 외우는 것입니다(皇明閣臣葉向高, 告神宗曰: '大學一書, 其論治國平天下, 惟用人理財兩端, 自古及今, 未有不用人不理財可以爲天下國家者.' 臣今以向高之言, 爲殿下誦之)." 「영조 35년 기묘(1759, 건륭 24)四月二十三日」.

於其氣節乎? 抑別有相感於曠世者歟?『朝鮮王朝實錄 · 英祖』卷五十七, 十九年癸亥四月戊戌.)"라고 섭향고에 대한 비평을 빌려 원경하의 부당함을 지적한다. 이에 대해 원경하는 섭향고는 동림당 인물로 후에 위충현에게 미움을 사서 끝내 관직을 버렸다는 점을 강조하면서 "만약 '섭향고의 주소가 외잡하여 바르지 아니하다.'고 한다면, 천감록 · 점장록 등의 요서가 섭향고를 무함한 것이 극도에 달한 것입니다. 유신은 장차 그것을 높여 믿겠다는 것인지요?(若曰: '向高奏疏, 猥雜不正.' 天監, 點將等妖書, 其誣向高者, 極矣. 儒臣其將尊而信之乎?『朝鮮王朝實錄 · 英祖』卷五十七, 十九年癸亥四月戊戌..)?"라고 박춘보의 견해를 반박하고, 영조도 "내 뜻도 이와 같다. 장차 하교하려 했던 것은 대개 이것이다(批曰: 予意若此, 將下敎者蓋此也)."라고 원경하의 입장을 두둔한다. 영조는 4월 20일에 박춘보의 상소에 대해 좌의정 宋寅明(1689-1746)과 우의정 趙顯命(1690-1752)에게 각각 의견을 물었다. 이때 송인명은 "박춘보가 이처럼 상소하여 배척한 것은 대개 '탕평(蕩平)'이란 두 글자를 미워하기 때문입니다(春普之如是疏斥, 蓋惡蕩平乎二字也)."라고 하였고, 조현명도 "수백 년 전의 섭향고도 오히려 조제론을 주장했다는 이유로 지금 물어뜯는 판인데, 하물며 살아 있는 원경하야 말해 무엇하겠습니까(數百載前, 葉向高猶以主調劑之論, 至今齮齕, 況生存之元景夏乎)?"라고 대답하였다. 그 후 5월 26일에 박춘보는 상소를 올려 사직을 고하면서 군자와 소인이 한 조정에서 함께 협동하고 조제하여 그 나라를 보존할 수 없다는 관점에서 섭향고의 부당함을 역설한다. 동시에 원경하가 섭향고의 문집을 영조의 어좌(御座) 앞에 올리는 것은 진실로 임금을 존경하는 뜻이 아니며, 원경하의 "언론과 추향이 또한 세도와 관련되었는데, 평생 깊이 사모한 바가 섭향고의 조정하는 데에 지나지 않을 뿐이라면, 신은 그 전해지는 폐단이 없을 수 없음이 두렵습니다(其言論趨向, 亦關於世道, 而平生之所深慕, 不過向高之調

劑而已. 則臣恐其流之不能無弊也)."라고 자신의 뜻을 피력한다. 이에 대해 원경하도 "섭향고의 군자가 되고 소인이 됨은 스스로 백세의 공안이 있습니다(向高之爲君子爲小人, 自有百世公案)."라는 말로 섭향고에 대한 자신의 견해와 존숭의 뜻을 굽히지 않는다.

명말의 혼탁한 정국에서 섭향고가 취했던 태도, 즉 정국 조정자로서의 역할은 명조에서뿐만 아니라 조선에서도 서로 상반되는 평가가 출현하게 된다. 특히 영조 시대에 그의 정국 조정자로서의 역할이 당시의 탕평책의 시행과 더불어 그 정당성을 판단하는 하나의 이론적 근거로서 사용되었다는 점은 매우 흥미로운 현상이라고 할 수 있다. 또한 섭향고와 그의 저술들이 조선 후기에 정치적인 맥락에서 주로 이해되고 수용되었다는 점 역시 주목할 만한 현상이다. 향후 이 방면의 관련 자료가 더욱 많이 발굴된다면 중국 서적의 조선 유입이 당시 조선의 정치 환경이라는 맥락에서 어떠한 의미를 가지는지를 좀 더 깊이 있게 연구할 수 있을 것이다.

Ⅳ. 나오는 말

본문은 晚明 시기의 재상인 섭향고의 문집인 『蒼霞草』가 서울대학교 중앙도서관, 규장각, 한국학 중앙연구원 장서각, 고려대학교 중앙도서관 등에 소장되어 있는 현상에 주목하여 『蒼霞草』의 조선 유입과 그 수용 양상을 중심으로 논의를 전개하였다. 이상의 논의를 거쳐 본문은 다음과 같은 몇 가지 결론을 얻었다.

첫째, 현재 국내에 소장되어 있는 『蒼霞草』는 십이권본, 십오권본, 이십권본이 소장되어 있으며, 이 세 판본은 현재 전해지는 『蒼霞草』의 판본 계통을 모두 포함한다. 또한 국내 소장 『蒼霞草』는 간행 시기가 명말의 만력년간 각본으로 판본 가치 역시 적지 않다.

둘째, 『蒼霞草』는 판본 계통에 따라 卷數, 체례 그리고 수록 작품에서 적지 않은 차이를 보이고 있다. 동시에 서지 형태와 각공 등의 방면에서도 일정한 차이점을 나타내고 있어 판본의 감별에 적지 않은 도움을 준다. 가장 주의가 필요한 점은 각 판본 간에 수록 작품이 완전히 일치하지 않으므로 향후 섭향고와 『蒼霞草』 연구에 있어서는 십이권본, 십오권본, 이십권본을 종합적으로 고찰하는 것이 필요하다.

셋째, 현재 국내에 섭향고의 『蒼霞草』가 소장되어 있는 것은 단순히 중국고서가 국내 도서관에 소장되어 있다는 의미를 넘어선다. 즉 『蒼霞草』라는 하나의 중국고서가 한국에 유입되어 당시 문인·학자들의 독서 대상이 되었고, 일정한 범위 안에서 당시의 정치, 사회에 영향을 미친 실례라고 할 수 있다. 섭향고의 『蒼霞草』의 조선 유입과 그 수용 양상은 구체적으로 다섯 가지 측면에서 살펴볼 수 있다.

(1) 전체적으로 볼 때 섭향고에 대한 조선 문인·학자들의 태도는 섭향고를 忠臣 혹은 寵臣의 이미지로 기록하고 있다. 다만 섭향고가 위충현이라는 奸臣을 감싼 적이 있었다는 관점에서 그를 부정적으로 바라보는 시선도 존재한다.

(2) 적지 않은 조선의 문신들은 섭향고의 疏文을 중시한다. 그 이유는 섭향고의 소문 자체가 갖는 문장적 우수성 이외에, 명말에 섭향고 소문이 갖는 정치적인 함의에 주목하고 있기 때문이다.

(3) 조선의 벼슬아치들은 왕에게 致仕를 청할 때 종종 섭향고를 典範으로 삼았다. 그 이유는 섭향고의 치사가 결코 개인의 영리를 위한 것이 아니라 종묘사직을 위한 것으로 인식되었기 때문이다.

(4) 조선 후기의 문인·학자들은 섭향고를 당시 朝·明 외교관계에 있어서 핵심적인 인물로 파악하고 양측의 중대 외교 사무에 있어서 섭

향고의 비중과 역할에 주목하고 있다.

(5) 섭향고와 그의 『蒼霞草』는 영조 시기 탕평책의 시행을 둘러싸고 서로 다른 정치적 입장을 견지하는 인물들 간의 政爭의 도구로 이용되기도 한다.

결론적으로 섭향고의 『蒼霞草』가 조선 후기에 유입된 후로 조선의 문인 · 학자들은 주로 정치적인 맥락에서 이해하고 수용하였다고 할 수 있다.

朝鮮刊本『樊川文集夾註』의 夾註者 國籍에 관한 一考
-고려시대 중국서적 장서 환경의 관점에서-

Ⅰ. 들어가는 말

　　朝鮮刊本『樊川文集夾註』(이하에서는 『夾註』라고 略稱한다)는 현존하는 註가 존재하는 두목의 시집 가운데 간행 시기가 가장 이른 것으로 문헌학적 관점에서 국내외 연구자들의 관심을 받고 있다. 이런 까닭으로 적지 않은 관련 연구가 진행되었다. 관련 연구자들은 선행 연구를 통해 『夾註』의 체재와 내용 그리고 문헌 가치 등에 대해서 상당한 이해를 도모할 수 있게 되었다.[1] 그러나 여전히 몇 가지 중요한 문제에 있어서 더욱 깊이 있고 체계적인 연구가 필요하다. 그 가운데 중요한 문제의 하나가 바로 협주자의 국적 문제이다. 왜냐하면 이 문제는 오랫동안 학계의 관심을 끌어왔지만 국내외 학자들의 의견이 일치하지 않고 근거 역시 다양하게 제시되고 있어서 통일된 견해를 얻을 수가 없었기 때문이

---

[1]　朝鮮刊本『樊川文集夾註』과 관련된 선행 연구에 대해서는 韓, 中, 日 학자의 諸學說을 검토하면서 각 연구가 갖고 있는 득실에 대해서 함께 설명하기로 한다.

다. 동시에 만일 협주자의 국적이 중국이 아닌 한국임을 증명할 수 있다면 이는『夾註』편찬 당시 한국의 중국 서적 소장환경과 학술 수준을 다시 조명해야 한다는 점에서 학술사적 의의가 자못 크다고 할 수 있다.

아쉽게도 국내에서는『夾註』자체에 대한 연구가 거의 진행되지 않았다. 동시에 협주자의 문제에 대해서도 (朝鮮)李仁榮과 金學主가 간단한 언급을 하고 있을 뿐이다. 즉 李仁榮은『淸芬室書目』에서 (淸)羅振玉의 말을 인용하면서 "『成簣堂善本書目』에서 말하기를 羅振玉은 이 책에 대해서 말하기를 注가운데 佚書가 많은데 元, 明 시기 조선인이 지은 것이다("成簣堂善本書目』稱羅振玉識此書云："注中多佚書, 蓋元明之際, 朝鮮人撰之")."[2]라고 협주자가 조선인일 수도 있다는 가능성을 시사했다. 후에 金學主는 "중국에는 이 협주본이 전혀 알려지지도 않은 위에 책의 제명은『樊川文集』이라 했지만 실제로는『시집』이며, 또 시집인데도 앞머리에 "부삼수(賦三首)"를 그대로 붙여놓았고, 주를 다는 체례(體例)도 일정치 못한 것을 보면 이「협주」는 우리나라 학자들의 손에 의하여 이루어진 것일 가능성이 많다."[3]고 주장한다. 비록 이인영과 김학주의 주장은 매우 신선하며 대담하지만 구체적인 증거는 제시하지 못하고 있다고 판단된다.

본문은『夾註』의 협주자가 어느 나라 사람인지의 문제에 대한 해결을 모색하기 위해서 먼저 중, 일 양국 학자들의 학설들을 검토하고 그들이 제시하고 있는 근거의 타당성을 살펴보고자 한다. 동시에『夾註』가 편찬될 당시에『夾註』에 인용된 다양한 중국고서가 高麗에 소장되어 있었

---

2) 李仁榮,『淸芬室書目』, 서울, 寶蓮閣, 1968, 225면.

3) 金學主, 〈杜牧의『樊川文集夾註本』에 대하여〉,《書誌學報》第22號, 1988.12, 35-43면;『조선시대 간행 중국문학 관계서 연구』, 서울대학교출판부, 2000, 222-221면.

다는 각도에서 『夾註』의 협주자가 南宋人이 아닌 高麗人임을 증명하고
자 한다. 본문은 이 문제를 해결하기 위한 하나의 방법으로서 『夾註』에
인용된 서적이 고려시대 사람이 편찬하고 註를 단것이 확실한 『夾註名
賢十抄詩』의 인용 서적과 상당 부분 중복된다는 점에 주목한다. 즉 『夾
註』와 『夾註名賢十抄詩』에 동시에 인용된 중국고서를 비교 분석함으로
써 『夾註』에 인용된 서적이 당시 고려에 소장되어 있었다는 사실을 밝
히고, 이를 근거로 『夾註』의 협주자가 高麗人임을 증명하고자 한다.

Ⅱ. 중국 학자들의 諸學說 검토

『夾註』의 협주자에 대한 기존의 견해를 살펴보면 크게 두 가지 서로
상반된 주장이 제기되고 있으며 그 근거도 다양하다. 본문에서는 먼저
『夾註』의 협주자가 어느 나라 사람인지에 대한 중국과 일본 학계의 견
해를 객관적인 기준에 근거하여 검토하고자 한다. 이를 통해 『夾註』의
협주자 국적을 밝혀내기 위한 객관적이고 합리적인 근거를 도출하고자
한다.

1. 협주자가 중국인이라는 견해

먼저 중국 학자들이 제시하고 있는 협주자의 중국인 설의 내용과 근
거를 살펴보자. 『夾註』의 협주자에 대해 역대로 절대다수의 중국 학자
들은 南宋人이라는 주장을 견지해오고 있다. 가장 먼저 이러한 주장을
제시한 학자는 (淸)楊守敬(1839~1915)이다. 양수경은 『日本訪書誌』에서
협주를 가리켜 "주는 매우 상세하고도 풍부하며, 권말에는 添註가 붙어
있다. 註 속에는 북송 사람들의 詩話와 說部가 인용되고 있고 또한 『唐
十道志』, 『春秋後語』, 『廣志』 등의 책 인용이 매우 많으며, 거기에서 볼

수 있었던 원서들은 장사꾼에게서 나온 것이 아니니, 의당 남송인이 지은 것으로 여겨진다. 원래부터 관련 기록에 이에 관한 것을 언급하지 않았으니 어찌 조선인이 지었다고 하겠는가! 애석히도 남아 있는 것이 두 권뿐이어서 상세히 증명할 수 없다(註頗詳贍. 卷末又附添註. 註中引北宋人詩話說部, 又引『唐十道志』, 『春秋後語』, 『廣志』等書甚多, 知其得見原書, 非從販鬻而出, 當爲南宋人也. 自來著錄無道及者, 豈卽朝鮮人所撰歟! 惜所存僅二卷, 不得詳證之耳). "[4]라고 주장한다. 그 후에 (淸)董康(1867~1947) 역시 협주자 문제에 있어서 "송나라 사람의 손에서 이루어졌다(蓋出宋人手)"[5]라고 주장한다.

아쉽게도 楊守敬과 董康 이후로 중국에서는 직접 조선간본『夾註』를 본 사람이 드문 까닭으로 협주자 문제는 한동안 연구자들의 관심을 끌지 못했다. 그러다 1990년대 후반부터 중국 遼寧圖書館에 소장되어 있던「明正統五年朝鮮全羅道錦山刊本」『夾註』가 출판되고[6] 그 후에 상해고적출판사에서 출판된『續修四庫全書』에도 같은 판본이 수록되었다.[7] 이 과정에서 많은 연구자들이 직접 눈으로『夾註』를 접하게 되면서 몇몇 선행 연구가 진행되었다. 그러나 중국에서 발표된 관련 연구에서는 협주자 문제에 있어서 기본적으로 楊守敬과 董康의 견해와 같은 주장이 되풀이되고 있다. 먼저 韓錫鐸은「關於『樊川文集夾註』」에서

---

4) (淸)楊守敬, 『日本訪書誌』, 卷十四, 『宋元明淸書目題跋叢間』本, 13冊, 北京, 中華書局, 2006, 238면.

5) (淸)董康, 『書舶庸譚』, 卷六, 臺北, 世界書局, 1971년, 494면.

6) 『中國公共圖書館古籍文獻珍本彙刊 · 朝鮮刻本樊川文集夾注』, 北京, 中華全國圖書館文獻縮微複製中心, 1997년.

7) 續修四庫全書編纂委員會編, 『續修四庫全書 · 集部 · 別集類』第1312冊, 上海, 上海古籍出版社, 2002년.

……注文에 인용된 서적을 자세히 살펴보면 양수경이 열거한 것보다 (시기적으로)더 늦은 것도 있는데 예를 들어 葉夢得의『石林詩話』, 阮閱의 『詩話總龜』, 胡仔의『苕溪漁隱叢話』등이다. 이런 까닭으로 주를 단 사람 은 당연히 비교적 늦은 남송 시기 혹은 원대인일 것이다. 注者가 누구인 지 책에는 서명이 없고 서문에서도 언급이 없으며 조선인 鄭坤의 발문에 서도 조금도 언급이 없다. 내 생각으로는 중국인의 손에서 (注가) 만들어 졌을 가능성이 더욱 큰 것 같다(細査注文中引用之書, 還有晚於楊守敬所列 擧者, 如葉夢得的『石林詩話』, 阮閱的『詩話總龜』, 胡仔的『소溪漁隱叢話』等. 故作注者當爲南宋較晩時人或元代人. 其注者爲誰, 書上沒有署名, 亦無序文 道及, 朝鮮人鄭坤的跋, 也絲毫沒有提及. 竊以爲出自中國人之手似乎可能性 更大些).[8]

라고 주장한다. 그 후 楊君은「論朝鮮刻本『樊川文集夾註』的文獻價値」 에서 韓錫鐸의 주장을 인용하면서 그 주장을 근거로 협주자의 중국인 설을 제기한다.[9] 吳在慶도「朝鮮刻本『樊川文集夾註』的文獻價値-從 一條稀見的楊貴妃資料談起-」[10]에서 "杨守敬은『夾注』를 남송인의 저 작으로 보았는데 이것은 대체로 믿을 만하다(杨守敬认为『夾注』是南宋人所 作, 这大致可信)."라고 양수경의 의견을 검토의 과정 없이 그대로 수용 하고 있다. 郝艶華 역시도「朝鮮刻本『樊川文集夾注』中所輯『十道志』 佚文」에서 위에서 언급한 양수경의『日本訪書志』卷十四의 내용을 근거

---

8) 「關於『樊川文集夾註』」, 『遼寧大學學報』(哲學社會科學版), 1984年4期總六期..

9) 「論朝鮮刻本『樊川文集夾註』的文獻價値」, 『復旦學報(社會科學版)』2004年第3期, 135–139면.

10) 「朝鮮刻本『樊川文集夾註』的文獻價値 -從一條稀見的楊貴妃資料談起-」, 『中國典 籍與文化』2001年第1期(36期), 65–70면.

로 협주자는 중국인이라고 결론내리고 있다.[11]

결론적으로 『夾註』의 협주자 국적 문제에 있어서 韓錫鐸, 楊君, 吳在慶, 郝艷華 등의 중국학자들은 양수경과 동강이 주장한대로 중국인 특히 남송인일 것이라는 가설을 객관적인 검토를 거치지 않고 무비판적으로 수용하고 있다.

사실상 양수경을 비롯한 중국학자들의 주장은 『夾註』에 인용된 고서들 가운데 상당수가 중국에서도 대부분 실전된 것으로, 宋代 이후로 보기 힘든 희귀한 고서들을 한국인이 어떻게 보고 인용할 수 있었겠는가? 라는 의심에서 출발한다. 그리고 이런 의심은 연구자에 따라서는 중국이외의 한국이나 일본의 학술적 수준을 폄하하는 지경에까지 이른다. 예를 들어 郝艷華는 『夾註』의 협주자가 중국인이라고 주장하면서 그이유를 아래와 같이 설명한다.

> 왜냐하면 중국인만이 중국의 문헌 전적에 대해 그렇게 잘 알 수 있으며일본인과 조선인은 이런 정도까지 상세히 알 수는 없기 때문이다(因爲只有中國人才能對中國的文獻典籍那樣熟悉, 日本人和朝鮮人熟悉不到這種程度).[12]

이러한 견해는 『夾註』에 인용된 송대 이후로 실전된 여러 중국고서가 중국 이외의 지역에 소장되어 있을 수 없을 것이라는 개연성 이외에는 믿을 만한 근거를 제시하지 못한다. 중국 학자들의 견해가 성립하기 위해서는 『夾註』가 편찬될 당시 중국 이외 지역 예를 들어 고려에 중국에

---

11) 「朝鮮刻本 『樊川文集夾注』中所輯 『十道志』佚文」, 『文獻』, 2004年1月第1期, 108–117면.

12) 「朝鮮刻本 『樊川文集夾注』中所輯 『十道志』佚文」, 111면.

서도 실전된 희귀한 고서가 소장되어 있지 않았다는 사실을 객관적으로 증명해야만 한다. 하지만 이 과정에 대해서 중국학자들은 전혀 언급을 하지 않고 있다.

그러나 사실상 중국에서도 실전된 희귀한 고서가 고려에 소장되어 있었다는 기록이 중국인의 저서에서도 발견되곤 한다. 예를 들면 宋代 張端義(1179-?)는 宣和시기(1118-1125)에 고려에 異書가 많아 중국의 황실이라도 그렇게 많은 중국 서적을 소장하고 있을 수는 없다고 기록하고 있다.[13] 또한 宋代 王應麟도 『玉海』에서 元祐七年(1092)五月十九日 秘書省의 말을 인용하면서 고려에서 많은 異本을 헌납하여 황실에 없는 것을 副本으로 만들어 太淸樓天章閣에 소장하였다고 기록하고 있다.[14]

심지어 일부 중국인의 기록에는 한국에서 간행된 서적이 중국으로 유입되어 중국 황실에 소장되었던 사실도 기록되어 있다. 예를 들어 王應麟은 元祐八年(1093)에 고려에서 『京氏周易傳』十卷을 進獻했다고 기록하고 있는데, 이 책은 『隋書·經籍志』에 수록되어 있는 『周易占』12권으로 의심된다고 말하고 있다.[15] 『隋書·經籍志』에 수록되어진 서적이 송대까지 전해진 것이 많지 않다는 사실을 고려할 때 고려에서 헌납한 서적 가운데 『隋書·經籍志』에 수록되었던 서적이 있었다는 것은 매우 놀라운 사실이다. 그리고 이런 사실을 통해서 우리는 당시 고려에

---

13) 『貴耳集』: "宣和間, 有奉使高麗者, 其國異書甚富, 自先秦以後晉唐隋梁之書皆有之, 不知幾千家幾千集, 蓋不經兵火. 今中秘所藏, 未必如此旁搜而博蓄也." 臺北, 木鐸出版社, 1982년, 8면.

14) 『玉海』: "元祐七年五月十九日秘書省言: 高麗獻書多異本, 館內所無, 詔校正二本, 副寫藏太淸樓天章閣", 卷五十二, 「景德太淸樓四部書目·嘉祐補寫樓書」, 上海, 上海古籍出版社, 1990년, 권52, 35上면.

15) 『玉海』, 卷五, 「漢京房易傳」, 27下면.

소장되어 있던 중국 서적의 양과 질을 대략적으로 짐작할 수 있다. 이 외에도 고려시대의 간행물이 거꾸로 중국으로 유입되어 중국 유명 장서가의 장서 목록에 기재되기도 했다는[16] 점을 고려할 때 고려의 중국 고서 소장 환경은 『樊川文集』에 夾註 작업을 하는 것에 충분한 조건을 제공했을 것으로 생각된다.

결론적으로 상술한 내용을 고려할 때 『夾註』의 협주자가 중국인(남송인)이라는 대다수 중국학자의 견해는 객관적인 근거를 담보하지 못하고 있음을 알 수 있다.

2. 협주자가 한국인이라는 견해

절대다수의 중국 학자들이 협주자가 남송인일 것이라고 주장하는 것과 달리 일부 중국학자들은 협주자가 조선인이라고 주장한다. 朴鋒奎는 석사학위논문 『朝鮮刻本『樊川文集夾注本』考』의 「朝鮮刻本『樊川文集夾注本』注考者」 부분에서 협주자가 조선인이라고 주장하면서 네 가지의 근거를 제시한다.[17]

첫째, 박봉규는 『夾註』에 상당히 많은 典故가 매우 교묘하게 사용되고 있음을 지적한다. 동시에 한국 문인들과 시단에서 典故의 사용을 매우 중시했던 현상과 연결시키면서 『夾註』의 註者가 한국인일 가능성이 상당히 크다고 주장한다. 그러나 단지 전고 사용에 대한 중시를 통해 협주자가 한국인일 가능성을 제기하는 것은 무리가 따른다고 생각한

---

16) 이 문제에 대해서는 김호, 「韓國「國寶」中的五種韓國刻本中國古籍: 兼論韓國所藏中國古籍的特色與文獻價值」, 潘美月・鄭吉雄編, 『東亞文獻資源論集』, 臺北, 學生書局, 2007년 12월, 422-424면 을 참조할 것.

17) 朴鋒奎, 『朝鮮刻本『樊川文集夾注本』考』, 延邊大學碩士學位論文, 2004. 6, 24-28면. 여기에서 말하는 조선인이란 한국인의 通稱으로 쓰인 단어임을 밝혀둔다.

한국 소장 중국고서의 기초 연구

다. 그 이유는 시집에 주를 달면서 전고를 중시한 것은 비단 한국 문인 혹은 시단뿐만 아니라 중국 역시 그러하였기 때문이다.

둘째, 박봉규는 『夾註』에 등장하는 添註와 夾註가 후대에 이루어진 것이라고 보는 것이 합리적이라고 본다. 또한 김학주의 의견 즉 책의 제명은 『樊川文集』이라 했지만 실제로는 『시집』이며, 또 시집인데도 앞머리에 "부삼수(賦三首)"를 그대로 붙여 놓았고, 주를 다는 체례(體例)도 일정치 못하다는 관점을 받아들이고 있다. 그리고 이 두 개의 이유를 근거로 하여 협주자가 한국인이라는 견해는 '진실로 믿을 만하다(誠然可信)'라고 주장한다.

먼저 『夾註』에 등장하는 添註와 夾註가 두목 시문집이 간행된 이후에 이루어진 것이라는 의견은 충분한 타당성이 있다. 그 이유는 添註와 夾註에서 기존 두목의 시문집을 직접적으로 인용하고 있기 때문이다. 예를 들어 卷三 「新轉南曹未敍朝散初秋暑退出守吳興書此篇以自見志」一首의 제목 아래에는 "『本集』「自撰墓誌」, 轉吏部員外郎, 以弟病乞守吳興"[18]라는 주석이 있다. 「自撰墓誌」는 (宋)裴延翰이 編한 『樊川文集』卷十에 수록되어 있는 「自撰墓銘」을 가리키는 것이다. 또한 『樊川文集夾注 · 外集』에 수록된 「送牛相出鎭襄州」一首의 제목 아래에서 협주자는 "『本集』「牛公墓銘」:「檢校司空, 平章事, 襄州節度使, 出都門, 賜黃麾鎭, 龍杓. 詔曰 '精金古器, 用以比況君子, 非無意也.'"[19] 라고 주를 달고 있다. 여기서 「牛公墓銘」은 (宋)裴延翰이 編한 『樊川文集』에 수록되어 있는 「唐故太子少師奇章郡開國公贈太尉牛公墓誌銘」으로 『樊川文集夾注 · 外集』에 인용되고 있는 내용은 『樊川文集』의 내

---

18) 『樊川文集夾注』, 『續修四庫全書 · 集部 · 別集類』第1312冊, 74면.

19) 「唐故太子少師奇章군開國公贈太尉牛公墓誌銘」, 『樊川文集夾注 · 外集』, 112上면.

용과 일치한다.[20] 그러므로 이른바『本集』은『夾註』의 註가 편찬, 간행되기 이전에 세상에 통용됐던 (宋)裴延翰이 편집한『樊川文集』을 가리킴을 알 수 있다.

또 한 가지 중요한 근거는 주에 종종 등장하는「一作」의 쓰임이다. 이른바「一作」은『夾註』에 수록된 작품의 字句를 다른 판본에 근거하여 교감한 결과이다. 예를 들어『夾註』卷二「昔事文皇帝三十二韻」一首의「車馬定西奔」句 아래의 협주에서 협주자는 '一作盡雲奔'[21]이라고 주석을 달고 있다. 이 주석의 의미는「定西奔」이 두목 시문집의 다른 판본에서는「盡雲奔」으로 기록되어 있다는 의미이다. 이로 볼 때 협주자가 협주본을 편찬하면서 두목 시문집의 다른 판본을 이용하여 교감작업을 진행했음은 의심의 여지가 없다. 더욱 중요한 것은「一作」의 근거가 되는 것이 하나의 판본에만 국한되지 않는다는 점이다. 예를 들어 위에서 언급한「盡雲奔」은 (宋)裴延翰이 編한『樊川文集』의 내용과 일치한다. 그러나『夾註·外集』「遣懷」제3句「十年一作三年一覺揚州夢一作贏」[22]에서「一作」의 내용은 (宋)裴延翰 編한『樊川文集』에서는「十年一覺揚州夢」[23]으로 일치하지 않는다. 오히려『夾註』와 (宋)裴延翰이 편찬한『樊川文集』이 내용적으로 일치한다. 이를 통해『夾註』의 校勘 작업시 對校 자료로 이용한 두목의 시문집이 한 종류가 아님을 알 수 있다. 위의 내용을 통해『夾註』의 添註와 夾註가 기존의 두목 시문집을 근거로 작성되었다는 것은 의심의 여지가 없다. 그러나 아쉽게도 이 점은『樊川文集』과 添註, 夾註의 성립 시기 선후관계에 대한 증명일 뿐 협주

---

20) 『樊川文集』,『四部叢刊』本, 上海, 上海書店, 1989.3, 卷七, 8上-8下면.

21) 『續修四庫全書·集部·別集類』第1312冊, 60면.

22) 『續修四庫全書·集部·別集類』第1312冊, 117면.

23) 『樊川文集·外集』, 卷七, 11下-12上면.

자가 한국인임을 설명할 수는 없다.

다음으로『夾註』의 명칭은 文集이지만 실제 수록하고 있는 작품은 시이며 체례 역시 일정치 못함은 분명하다. 그러나 이를 근거로 협주자가 한국인이라고 주장하는 것은 별반 의미가 없다. 왜냐하면 시문집의 명칭은 문집이지만 수록하고 있는 작품이 詩인 경우는『樊川文集』이외에도 존재하기 때문이다. 이 방면의 예로는 宋蜀刻本 (唐)姚合『姚少監文集』을 들 수 있다.[24]『姚少監文集』은 서명은 문집이지만 수록하고 있는 작품은 모두 시로 사실상은 詩集이다. 이를 통해 시문집의 명칭과 수록 작품이 일치하지 않는 경우는 중국에서도 발견됨을 알 수 있다. 또한『夾註』의 앞머리에 "부삼수(賦三首)"를 그대로 붙여 놓은 것은 기타 두목 시문집에서도 보이는 체례이다. 예를 들어 (宋)裴延翰이 편찬한『樊川文集』二十卷本 역시 賦三首가 卷一의 처음에 위치한다. 이런 까닭으로 이를 근거로 협주자가 한국인임을 주장할 수는 없다고 생각한다.

셋째, 박봉규는 조선간본『夾註』(公山版本과 錦山版本을 포함)가 宋熙寧刊本을 底本으로 하여 간행된 것이 아님을 주장한다. 그 이유는『夾註』本이 내용적으로 明飜宋熙寧刊本과 景蘇園影宋本 및 馮注本 등의 판본과 다른 곳이 존재하기 때문이다. 그리고 이를 근거로『夾註』本이 편찬, 간행될 시기에 통용됐던 두목 시문집의 판본이 宋熙寧刊本『樊川文集』과는 다른 판본이었다는 견해를 제시한다. 특히 (高麗)李奎報(1168-1241)의 시문집에『樊川文集』卷二,『樊川別集』그리고『樊川外集』의 작품이 출현하는 것을 근거로『樊川別集』과『樊川外集』이 적어도

---

24) 宋蜀刻本 (唐)姚合『姚少監文集』에 대해서는 김호,「宋蜀刻本《姚少監文集》版本考」,『中國語文論譯叢刊』16, 2005.8, 205-231면 을 참조할 것.

1168년 이전에 고려에 통용되었다는 사실을 증명하고 있다. 그의 결론은 "고려 문인들이 본 것이 宋熙寧刊本이 아니고『夾註』가 주를 달고 있는『樊川文集』역시 宋熙寧刊本, 景蘇園影宋本 및 馮注本과 모두 일치하지 않으며 중국 역사서의 기록에도 존재하지 않는다면『夾註』의 註者가 한국인일 가능성은 더욱 커진다(高麗文人看的旣然不是宋熙寧刊本,『夾註』所注的『樊川文集』又與明翻宋熙寧刊本, 景蘇園影宋本及馮注本都不一樣, 且不在中國史書的記載之中,『夾註』的注者爲韓國人的可能性就更大了)."이다.

『夾註』가 주를 달고 있는『樊川文集』이 현재 중국에 전해지고 있는 기타 판본과 내용적으로 차이가 있다는 견해는 실제적인 비교 작업을 통해 사실임을 알 수 있다. 이를 통해 『夾註』의 註者가 한국인일 가능성은 더욱 커진다.」라는 박봉규의 견해는 일정한 타당성을 담보하고 있다. 그러나 이 주장을 객관적으로 증명하기 위해서는 더욱 진일보된 증명 과정이 필요하다고 생각된다. 바꾸어 말하면『夾註』가 주를 달고 있는『樊川文集』이 과연 어떤 판본이었는지 그리고 그 판본에 고려인이 협주를 달았다는 확실한 증거가 제시되어야 한다. 반대로 박봉규의 주장을 반박할 수 있는 근거들이 발견된다. 먼저『夾註』가 중국의 사료에 기록되어 있지 않다는 의견은 타당하다. 그러나 중국 目錄이나 역사서에『夾註』가 수록되어 있지 않다는 하나의 증거로『夾註』가 중국에서 간행된 적이 없다는 假說이 완전히 성립한다고는 말할 수 없다. 그 이유는 중국 역사서 특히 중국목록이 가지고 있는 선천적인 한계가 있기 때문이다. 즉 중국 역대에 출판된 목록이 각 시대에 출판, 간행된 서적을 모두 수록할 수는 없다는 의미이다.[25] 더욱이 「朝鮮太宗十六年忠清公

---

25) 근대 이전 중국에서의 목록 편찬은 기본적으로 관부 혹은 개인이 소장하고 있던 서

州刊本」에 보이는 永樂十四年丙申二月에 通訓大夫知寧山君事兼勸
農兵馬團練使杞溪兪顯이 쓴 跋文의 내용은 『夾註』本의 底本이 중국
으로부터 전해졌다는 사실을 설명하고 있다.

시를 논함에 시경에서 당대에 이르기까지 두보를 걸출한 시인이라 하
고 두목은 그 다음 자리를 차지해 당시 사람들이 少杜라고 일컬었다. 그
의 시집은 다섯 권인데 우리나라에 전해져 널리 성행하였으나 근래에 板
이 퇴락하고 글자가 보이지 않게 되어 사람들이 얻어 볼 수 없었다. 감사
인 이지강은 둔촌의 후손으로 시에 능통한 자로 두목의 시문집이 인멸될
까 하여 후세에 전하려고 하였다. 윤처성과 더불어 공주목사 이정간과 판
관 류지례에게 필요한 자재를 부탁하였다. 이정간과 류지례가 이공의 뜻
을 알아 산의 승려인 혜온에게 명하여 시집을 필사하게 하고 공인과 자재
를 모았다. 감사 우희열과 신개가 뒤이어 비용을 도와서 을미년 봄에 시
작하여, 한 달 만에 일을 끝냈다. 내가 공산을 지날 때 교수 한격이 나에
게 일의 시말을 자세히 말해주어 이에 글로 쓴다(詩自三百篇而降至唐, 子
美爲桀出, 而牧之次之, 時人謂之少杜. 其集五卷, 流東方而盛行. 近年板頹
字沒, 人所罕得. 監司李公之剛遁村之嗣, 深於詩者也, 閔其湮沒, 欲壽其傳,
與經歷尹君處誠囑於公州牧使李侯貞幹, 判官柳君之禮, 兼以資財. 二君體李
公之志, 命山之僧惠溫繕寫其本, 募工鳩材, 監司禹公希烈, 申公槩相繼而至
以助其費, 始於乙未春, 暮月而必. …… 顯通過公山, 教授韓格爲我詳言其始
末, 故於是乎書).

적을 대상으로 한 것이지 결코 중국 전역에 소장되어 있는 모든 서적을 대상으로 한
것은 아니다. 이 점에서 중국 목록은 선천적인 한계를 가지고 있다고 볼 수 있다. 좀
더 상세한 관점은 周彦文著, 《中國目錄學理論》, 臺北, 學生書局, 1995, 143-158
면 을 참조할 것.

발문의 내용에서 주목할 내용은 朝鮮太宗十六年에 忠淸道 公州에서『夾註』를 간행할 때 底本으로 삼았던 판본은 5권본으로 중국으로부터 우리나라로 전해져 성행되었던 판본이라는 점이다. 흥미로운 것은 5권이라는 권수는『夾註』의 권수와 일치한다. 그렇다면 5권본의『樊川文集』이 적어도 朝鮮太宗十六年(1416)이전에 중국으로부터 한국에 전해져서 성행했다는 것에 대해서는 이견이 없다고 생각된다. 그러므로『夾註』가 주를 달고 있는『樊川文集』은 중국으로부터 전해진 것이 분명하다. 다만 아쉽게도 발문의 내용을 통해서는 우리나라에 전해진 것이 夾註本인지 白文本인지는 판단할 수 없다. 이로 볼 때『夾註』가 주를 달고 있는『樊川文集』의 내용이 중국에서 간행된 宋熙寧刊本, 景蘇園影宋本 및 馮注本과 모두 일치하지 않으며 중국 역사서의 기록에도 존재하지 않는 까닭으로『夾註』의 註者가 한국인일 가능성은 더욱 커진다는 박봉규의 주장은 설득력이 다소 부족하다고 생각된다.

그럼에도 불구하고 박봉규가 이규보의 시문집에서『樊川文集』卷二,『樊川別集』그리고『樊川外集』에 수록된 작품이 출현하는 것을 발견하고 이를 근거로『樊川別集』과『樊川外集』이 적어도 1168년 이전에 고려에 통용되었다는 사실을 증명한 것은, 이전의 선행 연구들이 밝혀내지 못했던 것으로 의미 있는 견해라고 생각된다. 사실상 박봉규의 세 번째 견해는 의도했던 의도하지 않았던 간에『夾註』의 협주자 문제가 당시 고려의 중국 서적 장서 환경과 일정한 관계가 있음을 암시하고 있다. 이 점은 박봉규의 네 번째 주장에서 더욱 구체화된다.

넷째, 주지하다시피『夾註』에는 현재 중국에서도 실전된 여러 서적의 내용이 수록되어 있다. 그 가운데 연구자들이 가장 관심을 갖는 자료의 하나가 바로 卷二「華淸宮三十韻」一首의「喧呼馬嵬血, 零落羽林槍」句 하단의 주에서 인용하고 있는『翰府名談』가운데『玄宗遺錄』의 내용이다. 이 기록은 一千餘字에 이르는 분량으로 安史의 亂 당시 현종이 도망할 때 馬嵬 지방에서 兵變이 발생하여 양귀비가 목매 죽는 장면을 서술하고 있다. 주의할 것은 이 내용이 다른 서적에서는 발견되지 않는다는 것이다. 이런 까닭으로 韓錫鐸은 『夾註』에 인용된 『玄宗遺錄』의 문헌 가치를 매우 높게 인정한다. 다만 『玄宗遺錄』이 중국의 目錄 및 기타 기록에 발견되지 않는 까닭으로 (唐)陸贄(754-805)의 저술인 『玄宗編遺錄』일 가능성이 있다고 주장한다. 그러나 『玄宗編遺錄』이 『宋史藝文志』의 傳記類에 수록되어 있으나 현재는 이미 전해지지 않는다는 점도 지적한다. 이에 비해 박봉규는 韓錫鐸의 견해에 오류가 있다고 주장한다. 그 이유로 박봉규는 이규보의 『開元天寶詠史詩』四十三首 가운데 「夢遊太眞院」의 序에 『玄宗遺錄』의 기록이 인용되고 있음을 제시한다. 박봉규는 뒤이어 "그 내용을 보건대 「華淸宮三十韻」 가운데 인용된 『玄宗遺錄』과 일맥상통하는데 다만 「華淸宮三十韻」에 단 주의 내용이 양귀비를 사사하는 내용이라면 「夢遊太眞院」序는 양귀비가 죽은 후에 현종의 꿈을 그 내용으로 한다. 이규보가 『開元天寶詠史詩』四十三首를 창작한 시기는 1194년인데 『夾註』의 성서 기기가 1194년 이후라는 점을 고려할 때 『夾註』가 인용하고 있는 『玄宗遺錄』과 이규보가 인용한 『玄宗遺錄』은 같은 책임을 알 수 있다.……『玄宗遺錄』은 『玄宗編遺錄』이 아니며 게다가 중국 사서의 기록에도 나타나지 않으므로 마땅히 한국 문인이 저술한 것이다. 이것은 『夾註』의 협주자가 한국인이라는 또 하나의 확실한 증거이다(觀其內容, 與「華淸宮三十韻」中引用的『玄宗遺錄』似乎一脈相承, 只不過「華淸宮三十韻」所注內容爲賜死楊貴妃的科程, 而「夢遊太眞院」序是以楊貴妃死後玄宗的夢境爲內容. 李奎報創作『開元天寶詠史詩四十三首』是在1194年, 觀『夾註』成書時間爲1194年之後, 顯然『夾註』所引『玄宗遺錄』和李奎報引用的『玄宗遺錄』爲同一本書.……『玄宗遺錄』旣不是『玄宗編遺錄』, 且不在中國史書

的記載之中, 當爲韓國文人所著. 這無疑是『夾註』注者爲韓國人的又一鐵證)."[26]라
고 주장한다.

먼저 박봉규가 이규보의『開元天寶詠史詩』四十三首 가운데『玄宗遺
錄』의 기록이 인용되었음을 근거로 韓錫鐸의 주장에 반대한 것은 충분
한 설득력이 있다고 생각된다. 즉『開元天寶詠史詩』에 인용된『玄宗遺
錄』의 기록을 통해서 중국기록에서도 찾아볼 수 없는『玄宗遺錄』이라
는 서적이 실제로 고려에 존재했으며 고려 문인인 이규보가 그것을 자
신의 저술에 인용했다는 사실을 밝혀낸 점은 중요한 발견이라고 할 수
있다. 다만『玄宗遺錄』이 중국 사서의 기록에도 발견되지 않으므로 한
국 문인이 저술한 것이라는 주장은 설득력이 다소 부족하다. 박봉규 스
스로도 이런 문제점을 인식하고 있었던 까닭으로 注에서 "『玄宗遺錄』
이 한국인의 저술이 아닐 가능성도 있다. 그러나 이규보가 시문에서 인
용하고 있는『玄宗遺錄』은 그 서적이 한국에 확실하게 존재하고 있었다
는 것을 증명한다(也有可能『玄宗遺錄』不是韓國人著, 但是李奎報詩文中引用的
『玄宗遺錄』證明其書在韓國確實是存在的)."[27]라고 한발 물러선 의견을 제시
하고 있다.

그렇다면『玄宗遺錄』은 정말 이규보가『開元天寶詠史詩』를 창작할
당시 고려에 존재했을까? 嚴杰은 이규보의『開元天寶詠史詩』가 모두
三則의『玄宗遺錄』의 내용을 수록하고 있고 그 가운데 두 개의 기록 즉
『紅汗』과『送妃子』의 내용은『夾註』의 인용 부분과 같지만 부분적인 삭
제가 있음을 밝혀내었다. 동시에『類說』卷五十二의『翰府名談』이 수록
하고 있는『明皇』의 내용과 이규보가「夢遊太眞院」에서 인용하고 있는

---

26) 朴鋒奎,『朝鮮刻本『樊川文集夾注本』考』, 28면.

27) 朴鋒奎,『朝鮮刻本『樊川文集夾注本』考』, 28면.

『玄宗遺錄』의 내용을 비교한 결과 같은 사건을 서술하고 있음을 밝혀내고 "『類說』이 인용하고 있는『翰府名談』가운데『明皇』이 바로『玄宗遺錄』의 佚文"[28]이라는 결론을 도출했다.

　이상의 논의를 통해 우리는『夾註』에서 인용하고 있는『翰府名談』가운데『明皇』이 바로『玄宗遺錄』이고,『玄宗遺錄』이 이규보의『開元天寶詠史詩』에도 인용되고 있음을 통해 적어도『玄宗遺錄』이라는 중국 사서에도 기록이 되어 있지 않은 서적이 당시 고려에 유통되고 있었다는 사실을 확인할 수 있다. 이 점에서 볼 때 당시 고려에 소장되어 있던 중국 서적의 양은 현재 중국학계가 상상하는 것 이상이라는 점을 어렵지 않게 짐작할 수 있다.

Ⅲ. 일본 학자들의 諸學說 검토

　중국 학자들에 비해『夾註』의 협주자가 어느 나라 사람인지에 대한 일본 학자들의 주장은 상당히 구체적이면서 새로운 근거들을 제시하고 있다. 아래에서는 협주자가 중국인이라는 許山秀樹의 주장과 협주자가 한국인이라는 芳村弘道의 주장을 구체적으로 검토하고자 한다.

1. 협주자가 중국인이라는 견해

　許山秀樹는「宋版に由來する二種の杜牧の版本にづいて」[29]와『『樊川文集夾注』の成立と版本」[30]에서『夾註』와 四部叢刊本의 차이점을 설

---

28)　嚴杰,「李奎報『開元天寶詠史詩』的小說文獻意義」,『文獻(季刊)』2013年1月第1期, 110-113면.

29)　『中國文學研究』第二十九期, 日本, 早稻田大學中國文學會, 2003. 12, 158-169면.

30)　『中國文學研究』第二十期, 日本, 早稻田大學中國文學會, 1994. 12, 31-46면.

명하고 동시에『夾註』의 성립 시기와 판본 등에 대해 깊이 있는 논지를 전개하고 있다. 특히 許山秀樹는「『樊川文集夾註』の成立と版本」의「『夾註』の注者」부분에서『夾註』의 注에 존재하는 反切音注 표기법에 주목하고 있다. 그는『夾註』권1의「阿房宮賦」,「感懷詩」,「杜秋郎詩」등에 나타나는 音注 표기방법이『集韻』과『廣韻』과는 표기 방법이 다른 反切音注의 형태라는 주장을 하며「성조까지 포함하는 音注를 독자적인 표기로 한다는 것은 외국인에서는 대단히 곤란한 일이다.『夾註』의 注者는 音注를 작성할 때 韻書에 전적으로 의지하지 않고 스스로 半切의 조합을 고안하였다고 추측할 수 있으므로,『夾註』의 注者는 徐居正도 아니고 조선 반도의 기타 인물도 아니고 중국인이라고 생각하는 것이 아마도 개연성이 높다.」[31]라고 협주자의 중국인 설에 무게를 두고 있다.

許山秀樹의 견해와 방법론은 선행 연구에서는 제기되지 않은 것으로『夾註』의 협주자를 밝히는 데 또 다른 시야를 제공한다는 점에서 의미가 없지는 않다. 그러나 그의 견해는 사실에 근거하지 못하다는 점에서 재론의 여지가 있다. 芳村弘道는 許山秀樹의 견해에 동의하지 않으면서 그 근거를 아래와 같이 설명한다.

『集韻』과『廣韻』과는 상이한 反切音注로서 許山 씨가 論文 本文에 든 例는, 두 책에서 重出시킨 音注의 한쪽에 보인다든가, 혹은 다른 字書에서 제시하는 反切과 合致한다든가 한다. 이를테면「阿房宮賦」의 '矗'은 夾註에 '初六切'이라고 注하였다. 이것을 許山 씨는 "『集韻』『廣韻』모두 '勑六切'로 하였다."라고 지적하였다. 하지만『廣韻』入聲‧一屋은 '矗'을

---

31) 『中國文學研究』第二十期, 日本, 早稻田大學中國文學會, 1994.12, 35면.

‘珿’(初六切)과 同音에 속하는 글자 속에 열거하고 ‘又勑六切’이라는 別音을 표시하였다. 許山 씨는 『廣韻』의 체례를 오해한 듯하다. 『集韻』入聲 · 一屋은 ‘珿’(初六切)과 ‘蓄’(勑六切)의 同音字로 重出시켰다. 이것은 許山 씨가 검색을 잘못한 것이리라. 또 『感懷詩』의 ‘縉’, 夾注 反切 ‘呼南切’은 『廣韻』『集韻』에는 없지만, 『大廣益會玉篇』권9에 別體字 ‘綮’의 反切에 ‘呼南切’이라고 있다. ‘屖’字의 예는 夾注에 ‘土山切’ ‘又士連切’이라고 있는데, 『廣韻』上平聲 · 二十八山에 ‘㦒’(土山切)의 同音系列字로 들고서 ‘又士連切’이라는 別音을 표시하였다. ‘惴’, 夾注 ‘之睡切’은 『廣韻』去聲 · 五寘에 같은 反切로 표시하였다. ‘襁’, 夾注 ‘居兩切’은 『廣韻』上聲 · 三十六養 ‘繦’(居兩切)의 同音系列字로서 들었다. 「杜秋娘詩」의 ‘盼眄’의 예는 夾注에 ‘上疋辨切……下莫見切’이라 하였다. 『廣韻』『集韻』은 이 反切을 실어두지 않았으나, 高麗版도 존재하는 『龍龕手鏡』卷四 · 目部에 ‘盼’은 ‘疋辨切’, ‘眄’은 ‘莫見切’이라고 注하였다. 許山 씨의 추론은 근거가 위태하여 수긍하기 어렵다.[32]

芳村弘道의 논조는 비록 우회적이지만 『集韻』과 『廣韻』의 실제적인 기록에 근거하여 許山秀樹의 주장을 하나하나 반박하고 있다. 許山秀樹와 芳村弘道의 주장 가운데 어느 쪽이 사실에 부합하는지를 밝히기 위해 아래에서는 두 가지의 예를 들어보고자 한다.

---

32) 芳村弘道, 「朝鮮本『夾注名賢十抄詩』の基礎的考察」, 190면 ; 沈慶昊 譯 「朝鮮本『夾注名賢十抄詩』의 基礎的考察」『漢字漢文研究』창간호, 265−266면.

夾注 内容	근거 자료
矗, 初六切, 直皃(「阿房宮賦」)	『廣韻』:「珿. 齊也, 初六切六. 矗, 直皃, 又勑六切」(入聲·一屋)[33];『集韻』:「珿. 初六切, 等齊也……矗, 草目盛也, 一曰直皃,」(入聲·一屋)[34]
跂, 去智切, 垂足也. 又擧一足也.(「晚晴賦」)	『廣韻』:「跂, 行皃, 又音企」(上平·五支);「跂, ……又去智巨支二切」(上聲, 五旨);「跂, 垂足坐, 又擧足望也」(上聲, 六至)[35]

표의 내용을 통해 『夾註』의 註에 존재하는 反切音注의 표기법이 『集韻』과 『廣韻』에 근거하고 있음을 알 수 있다. 그러므로 許山秀樹가 『夾註』의 注者가 音注를 작성할 때에 韻書에 전적으로 의지하지 않고 스스로 半切의 조합을 고안하였다고 하는 주장은 설득력이 부족하다고 할 수 있다.

2. 협주자가 한국인이라는 견해

芳村弘道는 「朝鮮本『夾注名賢十抄詩』の基礎的考察」에서 『夾註』의 협주자 문제에 있어 기존의 연구자들이 발견하지 못한 근거를 바탕으로 창의적인 견해를 제시하고 있다. 芳村弘道는 협주자가 한국인임을 다음과 같은 두 가지 이유로 설명한다.[36]

---

33) 余迺永校注, 『新校互註宋本廣韻』, 上海, 上海辭書出版社, 2000.7, 457면.

34) (宋)丁度等奉勅撰, 『集韻』, 臺北, 新興書局, 1959.10, 554면.

35) 余迺永校注, 『新校互註宋本廣韻』, 44면, 247면, 348면

36) 『漢字漢文研究』 창간호(2005), 175-248면. 본문에서는 芳村弘道 「朝鮮本『夾注名賢十抄詩』の基礎的考察」과 한국어 번역본인 沈慶昊의 「朝鮮本『夾注名賢十抄詩』の基礎的 考察」(『漢字漢文研究』 창간호(2005), 249-287면)의 내용을 참고하여 논지를 전개하고자 한다. 芳村弘道의 「朝鮮本『夾注名賢十抄詩』の基礎的考察」는 원래 『學林』 2004.第39號, 44-99면에 발표되었다. 후에 『漢字漢文研究』 창간호(2005) 175-248면에 轉載되었고 같은 호에 沈慶昊가 번역한 「朝鮮本『夾注名賢十抄詩』の基礎的 考察」이 249-287면에 걸쳐 게재되어 있다.

첫째, 『夾註』와 『十抄詩』는 모두 두목의 시를 수록하고 있지만 『十抄詩』에 수록되어 있는 「郡樓晚眺感事懷古」가 『夾註』에는 수록되어 있지 않다. 이를 통해 『夾註』와 『十抄詩』가 근거한 두목시집의 底本이 서로 다름을 알 수 있다. 그러나 『夾註』를 자세히 살펴보면 『十抄詩』에만 수록되어 있는 佚詩(雍陶의 「以馬鞭贈送鄞州裴巡官」(『夾註』卷一 「洛中送冀處士東遊詩」에서 인용)와 李雄의 「鼎國詩」(『夾註』卷三 「潤州二首」에서 인용)[37])를 수록하고 있다. 이를 바탕으로 芳村弘道는 『夾註』의 협주자는 『十抄詩』를 이용하였음에 틀림없다고 주장한다.

문제는 『夾註』에 수록된 두목의 시에 註를 달면서 『十抄詩』에만 수록되어 있는 기타 唐代 詩人의 佚詩(예를 들어 「以馬鞭贈送鄞州裴巡官」과 「鼎國詩」)를 이용했다고 해서 『夾註』가 반드시 『十抄詩』만을 이용했다고 단정지을 수는 없다고 생각된다. 그 이유는 아래와 같다. 앞에서도 지적했듯이 현재 우리가 보고 있는 『夾註』의 底本은 모두 5권으로 중국으로부터 전해졌다. 그리고 현존하는 『夾註』의 내용으로 볼 때 이 5권본의 두목시집에는 『樊川文集』과 『樊川外集』의 시만 수록되어 있고, 『樊川別集』의 시는 수록되어 있지 않다. 당연히 「郡樓晚眺感事懷古」와 같은 佚詩는 수록되어 있지 않다. 바꾸어 말하면 『十抄詩』를 편찬할 당시 참고했던 杜牧의 시문집은 기존에 알려진 『樊川文集』, 『樊川外集』과 『樊川別集』이 아닌 다른 계통의 것이라는 의미이다. 그리고 만약 협주자가 협주 작업을 하는 과정에서 『十抄詩』가 아니라 『十抄詩』를 편찬할 때 사용했던 당대 시인들의 시문집을 참고했다면 『夾註』가 『十抄詩』에만 수록되어 있는 佚詩를 언급한 상황은 매우 자연스러운 것이다. 이런 가

---

37) 이 문제에 대해서는 金程宇, 「『十抄詩』叢箚」, 張伯偉編, 『域外漢籍研究集刊』, 北京, 中華書局, 2005년, 95면을 참조할 것.

설은 月岩山人 子山이 쓴 『夾注名賢十抄詩』의 序文에서 증거를 찾을
수 있다.

> 본조의 선배 거유가 당나라 여러 명현들의 전집에서 각각 10수씩 모두
> 삼백 편을 뽑아 『十抄詩』라 제목을 붙인 것을 보았는데, 해동에 전해진 것
> 이 오래 되었다(偶見本朝前輩鉅儒據唐室群賢全集, 各選名詩十首, 凡三百
> 篇, 命題爲『十抄詩』, 傳於海東, 其來尙矣).[38]

여기서 주목할 것은 『十抄詩』를 편찬하면서 底本으로 삼은 것이 당
대 문인들의 『全集』이라는 점이다. 즉 각 문인들의 『全集』에서 10수씩
을 뽑아 수록했다는 의미이다. 두목의 시를 예로 들자면 『十抄詩』 편찬
당시에 이용했던 두목 전집에는 現存하는 『樊川別集』에도 수록되어 있
지 않은 「郡樓晚眺感事懷古」 같은 佚詩가 수록되어 있었다는 것이다.
이 점은 매우 중요하다. 왜냐하면 『十抄詩』를 편찬할 당시 저본으로 삼
았던 중국 작가들의 전집이 당시 고려에 확실히 존재하고 있었으나 중
국에서는 오히려 失傳되었다는 것이다. 이것은 당시 고려의 중국 서적
장서 환경이 매우 풍부하였음을 설명하는 것이다. 이 관점에서 볼 때
『夾註』에 대한 협주 작업을 하는 과정에서 『十抄詩』 편찬 당시 참고했
던 기타 晚唐 詩人의 시문집을 참고하여 협주 작업을 했을 가능성은 매
우 크다. 이런 까닭으로 『夾註』의 협주자가 『十抄詩』를 이용했을 가능
성은 있지만 그것이 유일한 가능성은 아닌 것이다.

둘째, 『樊川文集夾註·樊川外集』에 수록되어 있는 「宿長慶寺」一首
는 『十抄詩』에도 수록되어 있다. 『夾註』 「宿長慶寺」의 第五句 「紅渠影

---

38) 『夾註名賢十抄詩』, 『韓國學資料叢書』39, 성남, 한국학 중앙연구원, 2009, 35면.

落前池淨」의「淨」에는「一作晚」이라고 注가 달려 있고 또 末句「不妨
長醉是遊人」에는「一作不妨長是靜遊人」이라는 주가 존재하는데, 芳
村弘道는『十抄詩』의 본문이 이 교어의「一作」과 합치하므로『夾註』는
『十抄詩』와 對校되었을 가능성이 높다고 주장한다. 동시에 상술한 내
용을 근거로 芳村弘道는 "이 점에서부터『樊川文集夾註』가 朝鮮撰述
書임이 판명되고 中國人撰述說이 부정되어, 조선인이 찬술했는지 중
국인이 찬술했는지 견해가 분분했던『樊川文集夾註』의 撰者 문제가
해결되었다."[39]라고 단언하고 있다. 芳村弘道의 두번째 견해는『夾註』
의 校勘 성과인「一作」과 관련된다. 그러나 芳村弘道의 주장과 상반되
는 예도 발견된다.「登池州九峰樓寄張祜」一首는『十抄詩』卷上(제목
은「九峰樓寄張祜」이다)과『夾註』卷三에 동시에 수록되어 있다. 흥미로운
것은『十抄詩』의 第八句는「千首詩欺萬戶侯」이고,『夾註』의 第八句는
「千首詩輕萬戶侯」이다. 만약 芳村弘道의 주장대로라면『夾註』의 第八
句「千首詩輕萬戶侯」의「輕」에「一作欺」라고 注해야 논리적 모순이 없
게 된다. 그러나 사실상『夾註名賢十抄詩』第八句「千首詩欺萬戶侯」
의「欺」에는「一作輕」이라고 注하고 있는데 이것은 오히려『夾註』의 본
문 내용과 일치한다. 그러므로『夾註』가『十抄詩』의 내용을 유일한 對
校 자료로 사용했을 가능성에 대해 의문이 들지 않을 수 없다. 그러므
로 가장 합리적인 추론은『夾註』의 협주자가 협주 작업을 진행할 당시
이용한 두목 작품에 관한 교감자료는 당시 고려에 소장되어 있던 기타
판본의 두목 시문집이라는 것이다.

결론적으로 필자의 생각으로는 협주자의 국적문제에 있어 芳村弘道
의 견해는 재론의 여지가 없지 않지만, 현재까지 제시된 여러 견해 가

---

39) 沈慶昊,「朝鮮 本『夾注名賢十抄詩』의 基礎的 考察」, 265면.

운데 가장 합리적이라고 생각한다. 그는 대다수 중국학자들이 생각지도 못한 『夾註』와 『十抄詩』 및 『夾注名賢十抄詩』에 두목의 시들이 공통으로 수록되어 있는 현상에 주목하고, 수록된 시들의 상관관계를 살펴봄으로써 상당히 설득력있는 주장을 제시하고 있다.

Ⅳ. 『樊川文集夾註』의 인용 서적으로 본 협주자의 국적 문제

본문은 이상의 논의를 통해 『夾註』의 협주자 국적을 밝혀내기 위해 먼저 중, 일 양국 학자들의 선행 연구를 검토하여 보았다. 이런 과정을 통해 필자는 먼저 중국학자들이 주장하는 협주자의 중국인 설은 객관적인 근거가 부족한 견해임을 확인할 수 있었다. 이에 비해 일본과 중국의 일부 학자들의 주장에서는 협주자의 국적 문제를 해결할 수 있는 발전적인 문제의식과 방법론 그리고 한계점을 동시에 발견할 수 있었다. 이 점을 요약하면 아래와 같다.

먼저 연구자들은 『夾註』 협주자의 국적을 밝혀내기 위해서 『夾註』이외의 자료들에 주목하기 시작했다. 예를 들어 박봉규는 고려문인 이규보의 저작 『開元天寶詠史詩』에 『夾註』에서 인용되고 있는 『玄宗遺錄』의 내용이 수록되어 있음을 발견하고 이를 근거로 『夾註』의 협주자가 고려인임을 주장하였다. 芳村弘道도 『夾注』의 협주자가 『十抄詩』를 이용하여 협주 작업을 하였을 것이라는 관점에서 협주자가 중국인이 아닌 한국인임을 주장한다.

박봉규와 芳村弘道의 견해는 상당한 설득력을 갖고 있는데 사실상 의도하지는 않았지만 공통적으로 한 가지 사실에 주목하고 있다. 그것은 바로 『夾註』가 편찬될 당시 고려의 중국 서적 소장 환경이다. 즉 『夾註』가 편찬, 간행될 당시 협주에 인용되는 여러 중국 서적들이 당시의 고려에 소장되어 있었다는 점을 은연중에 설명하고 있다는 의미이다. 『玄宗遺錄』이 이규보의 『開元天寶詠史詩』에 인용되고 있다는 점이나, 『夾註』가 현존하는 두목의 시문집에는 수록되어 있지 않으나 고려에서 편찬된 『十抄詩』에만 수록되어 있는 「以馬鞭贈送郫州裴巡官」과 「鼎國詩」 등의 佚詩를 인용하고 있다는 점이 이 같은 상황을 설명한다. 그러나 아쉽게도 박봉규와 芳村弘道 모두 『夾註』 편찬 당시, 고려에 『夾註』에 인용된 중국 서적들이 소장되어 있었다는 관점에서 『夾註』의 협주자 문제를 검토하지 않은 것은 아쉬운 점이다.

본장에서는 『夾註』에 인용된 중국고서가 『夾註』 편찬 당시 고려에 소장되어 있었다는 관점에서 협주자의 국적 문제에 대한 논의를 전개해보고자 한다. 필자는 이 문제를 설명하기 위해 『夾註名賢十抄詩』에 인용되고 있는 중국 서적에 주목한다. 특히 『夾註名賢十抄詩』에 인용되고 있는 적지 않은 중국 서적이 『夾註』에도 중복되어 출현한다는 점에 주목하고자 한다.

『十抄詩』는 고려 초기에 고려인에 의해 편찬된 시선집이다. 위에서 언급했듯이 『十抄詩』에는 현존하는 기타 두목 시문집에 수록되어 있지 않은 佚詩(예를 들어 杜牧의 「郡樓晚眺感事懷古」)가 수록되어 있다.[40] 이 말은 『十抄詩』를 편찬할 당시 고려인이 참고한 두목시집은 후에 중국에서 전해진 두목 시문집과는 다른 계통의 판본이라는 점을 설명한다. 과연 그럴 가능성은 있을까? 宋熙寧六年(1073)에 쓴 「樊川別集序」에서 田槪는 裴延翰이 編次한 『樊川集』二十卷에 수록되어 있지 않고 흩어진 두목의 시문이 많다고 지적하면서, 자신이 五十九首를 輯佚하였는데 모

---

40) 『十抄詩』에 수록된 佚詩 문제에 대해서는 [高麗]釋子山 夾注, 査屛球 整理, 『夾注 名賢十抄詩』, 上海古籍出版社, 2005년 8월, 267-285면.

두 『樊川集』과 『樊川外集』에 수록되지 않은 작품임을 설명한다.[41] 이 같은 현상은 『樊川集』과 『樊川外集』 등의 두목 시문집에 수록되지 않은 두목의 작품이 상당히 많았으며, 동시에 이런 까닭으로 각각의 판본에 수록된 두목의 작품이 서로 상당히 다를 수 있음을 설명하는 것이다. 이 점에서 볼 때 고려에서 『十抄詩』를 편찬할 때 저본으로 삼은 두목 시문집이 중국에서 일반적으로 유통되었던 두목 시문집과 수록 작품에서 차이가 있을 수 있는 것은 매우 자연스러운 현상이라고 할 수 있다.

다음으로 『夾註名賢十抄詩』에 주의를 기울일 필요가 있다. 이 서적은 고려 초기에 간행되어진 『十抄詩』에 협주를 단 것으로 13세기 후반에서 14세기 전반 정도에 편찬된 것으로 보여진다.[42] 흥미로운 것은 『夾註名賢十抄詩』와 『夾註』가 적지 않은 관련성을 갖고 있다는 점이다.

먼저 두 서적은 편찬 시기와 체재에 있어 적지 않은 관련성이 있다. 편찬 시기로 볼 때 『夾註名賢十抄詩』는 13세기 후반에서 14세기 전반 고려 승려인 月岩山人神印宗老僧子山에 의해 편찬되었고, 『夾註』도 대략 13세기에는 편찬이 되었을 것으로 보인다.[43] 이로 볼 때 두 책의 편찬 시기가 매우 근접함을 알 수 있다. 또한 두 책 모두 시에 협주의

---

41) 「樊川別集序」: "集賢校理裴延翰編次牧之文, 號『樊川集』者二十卷, 中有古律詩二百四十九首. 且言牧始少得恙, 盡搜文章, 閱千百紙, 擲焚之, 纔屬留者十二三. 疑其散落于世者多矣. 舊傳『集外』詩者又九十五首, 家家有之. 予往年於棠郊魏處士野家得牧詩九首, 近汶上盧訥處又得五十篇, 皆二集所逸者. 其「後池泛舟宴送王十秀才」詩, 乃知外集所亡, 取別句以補題. 今編次作一卷, 俟有所得, 更益之." 『樊川文集・別集』, 『四部叢刊初編』本, 1上-1下면.

42) 『夾註名賢十抄詩』의 성립시기에 대해서는 金程宇, 『『十抄詩』叢箚』, 95-96면; [高麗]釋子山 夾注, 査屛球 整理, 『夾注名賢十抄詩』, 2-5면 등을 참조할 것.

43) 『樊川文集夾註』의 成書 時期에 대해서는 芳村弘道, 「朝鮮本『夾注名賢十抄詩』の基礎的考察」, 189-195면의 내용을 참조할 것.

방식으로 주를 달고 있다. 동시에 『夾註』와 『夾註名賢十抄詩』는 협주의
體例도 거의 동일하다. 주요 체례를 비교해보면 아래와 같다.

	體例	『樊川文集夾註』	『夾註名賢十抄詩』	설명
1	引用某古書	『史記・始皇本紀』:「始皇以爲咸陽人多……」(「阿房宮賦」, 卷一)	『智度論』:「涅槃有三門, 一空門, 二相文, 三無作門……」(「春日書懷寄東洛白二十二楊八二庶子」, 卷上)	특정 고서의 내용을 인용하는 경우
2	本集(案本集)	本集「上劉司徒書」(「感懷詩」, 卷一)	本集「錢塘湖春行」詩:「最愛湖東行不足, 緣楊陰裏白沙堤」(「錢塘春日卽事」, 卷上)	『樊川文集』, 『樊川外集』, 『樊川別集』 등 기존의 두목 시문집의 내용을 인용하는 경우
3	本注	本註:「時滄州用兵」(「感懷詩」, 卷一)	本註:「自戶部尚書拜」(「送令狐相公赴東都留守」, 卷上)	『樊川文集』, 『樊川外集』, 『樊川別集』에 존재했던 注의 내용을 인용하는 경우
4	見上(下)某資料	見上薊門註(「感懷詩」, 卷一) 見下賈生註(「感懷詩」, 卷一)	「鳳池」見上注「手鏡」, (「休澣日西掖謁所知」, 卷上)	夾註에서 앞뒤에 출현한 내용을 인용하는 경우
5	反切	矗, 初六切, 直皃 (「阿房宮賦」, 卷一)	『集韻』:「初革切, 村柵也, 豎木編以爲之」(賈島「送崔秀才歸觀」, 卷下)	특정 글자의 音韻을 반절로 표기하는 경우

위 표의 내용을 통해 『夾註』와 『夾註名賢十抄詩』 두 서적의 협주의
주요한 체례 형식이 동일함을 알 수 있다. 이외에도 『夾註』와 『夾註名
賢十抄詩』는 某 서적의 자료를 인용하면서 正文과 注文은 구별하고
있는데 注文은 반드시 「注」의 형식으로 표시하여 原書의 모습을 보존
하고자 했다. 예를 들어 『夾註』에서 『十道志』를 인용하면서 正文을 인
용할 경우에는 "『十道志』……"로, 注文을 인용할 경우에는 "『十道志』
注……".라고 표기한다. 이상의 내용을 통해서 『夾註』와 『夾註名賢十
抄詩』는 편찬 시기나 체례에서 매우 밀접한 관련성이 있음을 알 수 있
다. 바꾸어 말하면 두 서적의 협주의 형성에는 外延的으로 상당한 관련

성이 있음을 알 수 있다.

다음으로 필자는 『夾註』 협주자의 국적 문제를 좀 더 객관적으로 검증하기 위해서 『夾註』와 『夾註名賢十抄詩』의 협주에 적지 않은 희귀한 중국 서적이 공통적으로 인용되고 있다는 점에 주의를 하였다. 주지하다시피 『夾註名賢十抄詩』의 협주는 高麗에서 고려의 승려에 의해 이루어진 것이다. 이 같은 사실은 『夾註名賢十抄詩』의 卷末에 수록되어 있는 權㬥이 쓴 跋文의 내용

> 이 시들은 베껴 쓴 사람은 우리나라의 현인이고, 주를 단 사람 역시 우리나라의 승려이다(是詩抄者也, 東賢也. 注者亦東僧也).[44]

에서 증명된다. 이런 까닭으로 『夾註名賢十抄詩』의 협주자가 고려인이라는 점에 대해서는 異見이 없다. 『夾註名賢十抄詩』의 협주가 고려에서 고려인의 의해 작성되었음을 고려할 때 『夾註名賢十抄詩』에 인용되고 있는 중국 서적들이 당시 고려에 소장되어 있었던 것은 의심의 여지가 없다.

그렇다면 고려인의 손에 이루어진 『夾註名賢十抄詩』의 협주에 인용된 희귀한 중국 서적이 다수 『夾註』에서 인용되고 있다는 사실은 무엇을 의미하는 것일까? 그것은 『夾註』의 협주자가 주를 다는 과정에서 『夾註名賢十抄詩』가 협주를 다는 과정에서 이용했던 희귀한 중국 서적을 이용했을 가능성이 매우 높음을 의미한다.

이 문제를 좀 더 상세히 설명하기 위해서 아래에서는 『夾註』와 『夾註

---

44) [高麗]釋子山 夾注, 査屏球 整理, 『夾注名賢十抄詩』, 上海古籍出版社, 2005.8, 210면.

名賢十抄詩』의 협주에서 인용되고 있는 중국 서적에 대한 기초적인 비교 작업을 진행하고자 한다.

가장 주의가 필요한 것은 『夾註』와 『夾註名賢十抄詩』에는 일반적인 經書인 『論語』, 『左傳』, 『孝經』, 『爾雅』와 『莊子』 등의 諸子百家書, 그리고 『史記』, 『漢書』, 『隋書』, 『晉書』, 『舊唐書』, 『新唐書』 등의 역사서는 물론이려니와 『晉陽秋』, 『五經通義』, 『十道志』, 『建康實錄』, 『吳越春秋』, 『東觀漢記』, 『唐宋詩話』, 『靑箱雜記』, 『荊楚歲時記』, 『樂府雜錄』, 『茶譜』, 『漢晉春秋』 등 후대의 중국에서도 原書가 전해지지 않는 희귀한 서적이 공통적으로 인용된다는 점이다. 『論語』, 『左傳』, 『孝經』, 『爾雅』 등 일반적인 중국고서가 『夾註』와 『夾註名賢十抄詩』에 공통으로 인용되고 있는 것은 매우 일반적인 현상이고 이를 통해 『夾註』의 협주자 국적 문제를 설명할 수는 없다.

그러나 南宋 이후에 原書가 전해지지 않는 서적들이 『夾註』와 『夾註名賢十抄詩』에 공통으로 인용된다는 것은 흥미로운 현상이다. 즉, 앞에서 언급한 바와 같이 『夾註名賢十抄詩』의 협주 과정에서 이용했던 그리고 후세 중국에 전해지지 않았던 서적들이 동시에 『夾註』에 인용되었다면 『夾註』가 고려인의 손에서 이루어졌을 가능성은 매우 높아지게 된다. 바꾸어 말하면 두 서적에 협주를 다는 과정에서 인용된 서적들이 당시 고려에 소장되어 있었다는 의미가 될 수 있다. 이 점은 앞에서 언급한 대다수 중국 학자들이 협주자의 남송인 설을 주장하는 근거를 근본적으로 부정하는 것이다.

좀 더 구체적으로 『夾註』와 『夾註名賢十抄詩』에서 공통으로 인용된 고서의 내용을 살펴보자. 먼저 『夾註』와 『夾註名賢十抄詩』에서 공통으로 인용된 고서 가운데 그 내용이 거의 일치하는 예가 발견된다. 가장 대표적인 예는 『夾註名賢十抄詩』에 실린 10首의 두목 시와 『夾註』의 협주 내용이 거의 대부분 일치한다는 것이다.[45] 두목 시 이외에 두 서적의 협주에 인용된 서적의 내용이 완전히 같은 구체적인 예를 몇 개 살펴보면 아래와 같다.

인용 내용 종류	『夾註』	『夾注名賢十抄詩』
『建康實錄』:「吳晉宋齊梁陳並都金陵, 是爲六朝」	卷二「許七侍御弃官東歸蕭灑江南頗聞自適高秋企望題詩寄贈十韻」의 第8句「風月六朝餘」밑의 협주 내용, 39면.	卷上「題宛陵水閣」의 第1句「六朝文物草聯空」 아래의 협주 내용, 85면; 卷中「登潤州慈和上房」의 제2구「吟想興亡恨益新」 아래의 협주 내용, 19a면.
『樂府雜錄』:「笛, 羌樂」	「寄澧州張舍人笛」의 第4句「落梅飄處響天雲」밑의 협주 내용, 92면.	卷下「梅花」의 第6句「聲入羌吹恨更長」밑의 협주 내용, 4a면.
『荊楚歲時記』:「去冬節一百五日卽有疾風甚雨, 謂之寒食」	「江上偶見絶句」의 第1句「楚鄕寒食橘花時」밑의 협주 내용, 100면.	卷上「寒食內宴詩二首」제목 밑의 협주 내용. 16b면.

이외에도 『夾注名賢十抄詩』와 『夾註』가 같은 항목에 협주를 달면서 그 내용이 거의 비슷한 경우도 발견된다. 예를 들면 아래와 같다.

	『夾註』	『夾注名賢十抄詩』
출처	「題吳興消暑樓十二韻」의 第8句「譙連蟾蜍來有鑑」밑의 夾注, 107면.	卷下 李君玉의「月」第1句「狡兎頑蟾沒又生」의 夾注. 35a면.
내용	『五經通義』:「月中有兎與蟾蜍.」『春秋演孔圖』:「蟾蜍, 月精也.」	『五經通義』:「月中有兎與蟾. 何月陰也, 蟾蜍陽也, 而與兎並明, 陰系於陽也,」『春秋演孔圖』:「蟾蜍, 精也.」

---

45) 이 문제에 대해서는 芳村弘道,「朝鮮本『夾注名賢十抄詩』의 基礎的考察」,『漢字漢文研究』창간호, 191–193면; 沈慶昊 譯,「朝鮮本『夾注名賢十抄詩』의 基礎的 考察」(『漢字漢文研究』창간호, 267–269면 을 참고할 것.

	『夾註』	『夾注名賢十抄詩』
출처	「送人」의 第3句「明鑑半邊釵一股」의 夾注, 114면.	「鄭下和李錫秀才與鏡」의 第8句「暗教金鏡問亡陳」의 夾注.
내용	『本事詩』:「孟棨『本事詩·情感篇』:陳太子舍人徐德言之妻, 後主叔寶之妹, 封樂昌公主, 才色冠絕……竟以終老.」	『本事詩』:「徐德言, 陳太子舍人. 德言之妻, 後主叔寶之妹, 封樂昌公主, 才色冠絶……竟終老.」

이 경우는 비록 인용한 내용이 완전히 일치하지는 않지만 대체적으로 같은 경우이다. 게다가 李君玉의「月」제1구 "狡兔頑蟾沒又生" 夾註의 내용은 『夾註』卷一의「張好好詩」에서「蟾」에 대해 『五經通義』: "月中有兔與蟾. 何月陰也, 蟾蜍陽也, 而與兔並明, 陰系於陽也"[46]라고 협주한 것과 내용적으로 완전히 일치한다.

앞에서 지적한 바와 같이 두 서적은 편찬 시기가 비슷하고 체례 역시 같으므로 『夾註』와 『夾註名賢十抄詩』가 협주 과정에서 한쪽이 다른 한쪽의 내용을 이용했을 가능성은 존재한다. 그러나 『夾註名賢十抄詩』와 『夾註』에서 인용하고 있는 서적의 종류를 비교해 볼 때 두 서적에서 인용되고 있는 중국고서가 완전히 일치하지 않고 또한 같은 서적을 동시에 인용하고 있을지라도 그 인용하는 내용이 종종 서로 다른 까닭으로 인용 자료의 출처가 『夾註名賢十抄詩』 혹은 『夾註』에만 국한될 수는 없다. 그러므로 위에서 언급했던 것처럼 『夾註名賢十抄詩』와 『夾註』가 협주를 다는 과정에서 이용한 중국 서적들이 당시 고려에 소장되어 있었다고 생각하는 것이 가장 합리적인 추론이 될 것이다.

이 점은 『夾註』와 『夾註名賢十抄詩』의 註 안에 송대 이후 중국에서도 실전된 적지 않은 서적들이 동시에 인용되고 있다는 점에서 더욱 구

---

46) 『樊川文集夾註』, 卷一, 17下면.

체적으로 설명된다. 특히 적지 않은 서적이 類書에서 인용된 것이 아닌 해당 서적 자체에서 인용된 것으로 판단된다. 예를 들어 (唐)梁載言이 撰한『十道志』는『新唐書』,『崇文總目』,『郡齋讀書志』등의 목록에 기록이 남아 있으나 일찍이 실전되어 현재는 輯佚本만이 존재한다. 흥미로운 것은『夾註』에 인용되고 있는『十道志』佚文을『太平御覽』,『太平寰宇記』등의 類書에 수록되어 있는『十道志』의 내용과 비교하여 볼 때 그 내용이 중복되지 않는다는 점이다.[47] 이를 통해『夾註』의 협주자가 『十道志』를 인용할 때 類書에 수록된 내용이 아닌『十道志』자체를 이용했다는 사실이 성립된다고 할 수 있다. 또 하나의 예로는 (唐)孟棨의 『本事詩』를 들 수 있다.「送人」의 第3句 "明鑑半邊釵一股"의 夾註에서 인용하고 있는『本事詩』의 내용은 단행본의 내용과는 일치하지만『類說』과 같은 유서에 수록되어 있는 내용과는 차이가 있다.[48]

　이 같은 사실은『夾註』에 인용된 다른 서적에서도 발견된다. 예를 들어『唐宋詩話』는『唐宋名賢詩話』혹은『名賢詩話』라고도 불리는데 原書는 일찍이 失傳되었다.『宋史 · 藝文志 · 文史類』에『唐宋名賢詩話』二十卷이라고 수록되어 있으나 작자에 대해서는 언급을 하지 않고 있다. 郭紹虞는『宋詩話考』에서 이 詩話에 대해 "가장 이르게 송대 시화를 휘집한 서적이다(當爲宋大彙輯詩話之最早者)"[49]라고 평가하고 있다. 흥

---

47) 이 점에 대해서 "朝鮮刻本『樊川文集夾注』中所輯『十道志』佚文"은「예를 들어 唐代 梁載言이 지은 唐代地理總志인『十道志』는『夾注』에서 58條 정도가 인용되고 있는데, 이 58條는 현재 王謨의『汉唐地理书钞 · 十道志』및 王仁俊의『经籍佚文 · 十道志佚文』에도 보이지 않고 또한 기타 類書에 수록되어 있는『十道志』에도 보이지 않는다(如唐代梁载言所撰唐代地理总志『十道志』, 在『夹注』中的引用就有58 条之多, 且这58 条均不见于今存王谟『汉唐地理书钞 · 十道志』并王仁俊『经籍佚文 · 十道志佚文』, 亦不见于其他类书所载『十道志』)"라고 설명하고 있다. 111~112면.

48) 『樊川文集夾註 · 外集』,「送人」, 114면.

49) 郭紹虞,『宋詩話考』, 臺北縣, 漢京文化事業有限公司, 1983, 195면.

미로운 것은 현재 『唐宋詩話』는 모두 5條, 「一. 阮昌齡」, 「二. 劉遁」, 「三. 僧無夢」, 「四. 石曼卿」, 「五. 詩讖」만이 현존하는데[50] 『夾註』에 인용된 『唐宋詩話』의 내용은 이것들과 중복되지 않는다. 그렇다면 현재 5則의 자료만이 전해지는 서적이 고려시대에 『夾註』의 협주자에 의해 인용되었다는 것은 매우 의미 있는 일이다. 즉 『夾註』의 협주자가 인용한 『唐宋詩話』는 散失되기 이전의 단행본일 가능성이 매우 높아지게 되는 것이다. 한 가지 덧붙여 설명할 것은 『夾註名賢十抄詩』도 협주에서 『唐宋詩話』를 인용하고 있는데 이것과 『夾註』에서 인용되고 있는 『唐宋詩話』의 내용을 비교할 필요가 있다. 그 이유는 어떤 한쪽이 다른 쪽의 내용을 가져다 그대로 인용했을 수도 있기 때문이다. 비교의 결과 『夾註』와 『夾註名賢十抄詩』에 인용된 『唐宋詩話』의 내용은 서로 중복되지 않는다.[51]

또 다른 하나의 예를 들어보자. (唐)毛文錫의 『茶譜』는 "차에 관한 고사를 기록하고 그 뒤에 당인의 시문을 부가한다(記茶故事, 其後附以唐人詩文)"[52]라는 체례를 갖고 있는 서적이다. 原書는 이미 失傳되었고 근자에 陳祖槼, 朱自振의 『中國茶葉歷史資料選集』과 陳尙君의 『毛文錫『茶譜』輯考』가 관련 자료에서 각각 34則과 41則을 輯佚해 내었다. 『夾註』에서 인용하고 있는 『茶譜』자료는 모두 3則인데 그 가운데 1則의 자

---

50) 현존하는 『唐宋詩話』5則은 吳文治主編의 『宋詩話全編』(南京, 江蘇古籍出版社, 1998.12, 10750-10752면)에 수록되어 있다.

51) 『夾註名賢十抄詩』에 인용된 『唐宋詩話』는 卷上 杜牧의 「送圍棋王逢」; 張處士詩 아래의 협주 등에 보이고, 『夾註』에서는 卷二「雪晴訪趙嘏街西所居三韻」, 卷三「題揚州禪智寺」, 卷四「寄趙甘露寺北軒」, 外集「及第後寄長安故人」등의 협주에 인용되고 있다.

52) 晁公武, 『郡齋讀書錄』, 卷十二, (日本)京都市, 中文出版社, 1985.5, 195면.

료, 즉 "茶譜:『湖州有顧渚山出紫笋』"[53]은 위에서 언급한 輯佚本에서 찾아볼 수 없는 내용이다. 그렇다면『夾註』의 협주자가 본『茶譜』자료는 단행본일 가능성이 크다고 할 수 있다.

그리고『夾註』에 인용되고 있는 晚唐 詩人의 佚詩를 보아도 그러하다. 위에서 언급했듯이『夾註』는『十抄詩』에는 수록되어 있지만 현존하는 기타 만당 시인의 시문집에 수록되어 있지 않은 雍陶의「以馬鞭贈送郢州裴巡官」과 李雄의「鼎國詩」를 註에서 인용하고 있다. 芳村弘道의 견해를 검토하면서 이미 언급하였듯이 이런 현상이 일어날 가능성은 크게 두 가지이다. 첫째는『夾註』가 협주의 과정에서『十抄詩』를 참고했을 경우이고, 둘째는『夾註』가 협주의 과정에서『十抄詩』를 편찬할 때 저본으로 삼은 당시 고려에 소장되어 있던 만당 시인의 시문집을 이용한 경우이다. 어느 쪽의 경우이든『夾註』의 협주자가 고려인이라는 사실을 부정하기는 어렵다. 이로 볼 때『夾註』에서 인용된 자료는 해당 서적의 단행본내지 관련 서적에서 왔을 것으로 생각된다. 이를 통해『十道志』,『唐宋詩話』,『茶譜』, 晚唐 시인들의 시문집 등의 서적이 당시 고려에 소장되어 있었다고 보는 것이 합리적인 추론이 될 것이다.

결론적으로 중국에서도 일찍이 실전되어 전하지 않고 후대의 輯佚本에서도 발견되지 않은 서적의 내용이『夾註』의 협주 부분에 인용되고 있다는 점, 그리고 이런 서적들이 고려인의 손에서 만들어진 것이 확실한『夾註名賢十抄詩』에도 인용되고 있다는 점은 협주의 과정에서 협주자가 직접 해당 서적을 보고 이용했다는 것을 의미한다. 즉『夾註』의 협주자 국적 문제에 대해서 과거 여러 가지 근거가 제기되었으나 중국에서 남송 이후로 실전된 여러 중국 서적이『夾註』에서 인용되고 이 서적

---

53) 『樊川文集夾註』, 卷三,「題茶山」, 75上면.

들이 또한 고려에서 고려인의 손에서 이루어진『夾註名賢十抄詩』에도 인용되고 있다는 점에서『夾註』의 협주자는 고려인임에 틀림없다고 생각된다.

V. 나오는 말

이상의 논의를 통해 본문은 아래와 같은 몇 가지 결론을 얻었다.

첫째,『夾註』협주자의 국적 문제와 관련하여 대다수 중국학자들이 주장하는 남송인 설은 근거가 부족한 주장이다.

둘째, 일본과 중국의 일부 학자들의 주장에서는 협주자의 국적 문제를 해결할 수 있는 발전적인 문제의식과 방법론 그리고 한계점을 동시에 발견할 수 있었다. 먼저 연구자들은『夾註』협주자의 국적을 밝혀내기 위해서『夾註』이외의 자료들에 주목하기 시작했다. 예를 들어 박봉규는 고려문인 이규보의 저작『開元天寶詠史詩』에『夾註』에서 인용하고 있는『玄宗遺錄』의 기록이 인용되고 있음을 발견하고 이를 근거로『夾註』의 협주자가 고려인임을 주장하였다. 芳村弘道도『夾註』의 협주자가『十抄詩』를 이용하여 협주 작업을 하고 있다는 점을 들어 협주자가 중국인이 아닌 한국인임을 주장한다.

셋째, 고려인의 손에 이루어진『夾註名賢十抄詩』의 협주에 인용된 희귀한 중국 서적이『夾註』에도 인용되고 있다. 동시에『玄宗遺錄』,『十道志』,『唐宋詩話』,『茶譜』등 후대 중국의 輯佚本에서도 발견되지 않은 서적의 내용이『夾註』의 협주에 인용되고 있다. 이를 통해『夾註』의 협주 과정에서 협주자가 직접 해당 서적을 보고 관련 내용을 인용했다는 것을 알 수 있다. 바꾸어 말하면『夾註名賢十抄詩』나『夾註』에 인용되고 있는 희귀한 중국고서가 실제로 당시 고려에 소장되어 있었다는 의미이다. 이를 통해 『夾註』는 고려에서 고려인이 당시 고려에 소장되어 있던 중국고서를 이용하여 협주 작업을 한 결과물임을 알 수 있다.

韓·中 書籍交流史 序說

1. 개념 및 정의

근대이전 동아시아 지식유통에 있어 가장 중요한 역할을 담당한 매개물은 사람과 書籍이었다. 이 가운데 사람이 능동적인 역할을 담당하였다면 서적은 피동적인 역할을 담당하였다고 볼 수 있다. 그러나 영향의 범위와 깊이를 생각한다면 서적의 역할이 사람을 훨씬 능가한다. 가장 간단한 예를 들면『論語』를 들 수 있다. 만일『論語』가 중국으로부터 유입되지 않았다면 우리 선조들의『論語』관련 저술들은 출현할 수가 없었을 것이다.[1] 바꾸어 말하면 동아시아 각국은 활발한 서적교류를 통해 끊임없는 문화교류를 지속하면서 동아시아의 사유와 가치관을 공유하는 한편 자국의 독특한 문화풍토 위에서 독자적인 학문세계를 구축하여 왔다. 한중 서적교류사는 바로 한국과 중국 간의 서적의 상호 유

---

[1] 송정숙의 「한국에서의 「논어」의 수용과 전개」(『書誌學硏究』第20輯 2000년, 359-387면), 문정두의 「논어역서(論語譯書)의 서지적 연구」(『書誌學硏究』第17輯, 1999년, 263-290면) 등은『論語』의 한국 수용의 史的 흐름을 다룬 논문들이다.

입과 그 영향문제를 중심으로 양국 간의 문화의 특성과 차별성을 고찰하는 연구 분야이다.

한중 서적교류사의 연구는 크게 두 가지 영역으로 나누어 설명할 수 있다.

• 첫째는 중국에서 한국으로의 서적유입과 그 영향문제이다. 주지하다시피 한국과 일본은 고대로부터 자국 문화발전의 필요에 의해 장기간에 걸쳐 대량으로 중국의 서적을 수입하여 자국의 지적욕구를 만족시켰으며 동시에 필요에 따라 자국에서 인쇄, 출판하여왔다. 심지어는 원래의 내용에 새로운 내용을 덧붙이고 다시 출판하여 해당 서적의 성격을 자국의 풍토에 맞게 변화시키기도 했다. 이 관점에서 볼 때 근대이전 한국과 중국과의 서적교류를 통해 한국에 유입된 중국서적은 한국학의 형성과 발전에 지대한 영향을 미친 외래문화의 집합체라고 할 수 있다. 바꾸어 말하면 근대이전 한국에 유입된 중국서적에 대한 연구는 우리 민족이 어떻게 중국서적을 수용하고 이해하였는지를 연구하는 의미 있는 작업이다. 더 중요한 것은 이러한 연구가 단순한 중국문화의 전래와 수용이라는 차원을 넘어서, 우리 선조들이 서적으로 대표되는 중국문화를 한국의 학문적 토양위에서 독자적으로 발전시키고 동시에 중국문화에 어떤 영향을 끼쳤는지를 설명할 수 있는 중요한 연구시야를 제공해 준다는 점이다.

한국과 중국 간의 서적교류를 통해 한국에 유입된 중국서적은 대체로 아래와 같은 두 가지 역할을 담당한다. 먼저 한국 지식인들의 독서 대상이 되어 그들의 학문에 자양분을 제공하는 역할이다. 이 경우에 적지 않은 학자들이 중국서적의 내용을 자신들의 학문성향에 맞추어 재해석하여 자신들만의 독자적인 학문세계를 이루는 데 이용하기도 한다.

다음으로 중국 서적에 대한 독서인구의 증가로 인해 해당 중국고서를 다시 간행하는 것이다. 이 서적들이 바로 이른바 한국본 중국고서이다. 흥미로운 것은 한국본 중국고서는 출판 당시 원본과 같은 형태로 출판되기도 하지만 종종 당시 지식인들의 비판적인 수용과 개조를 거쳐 원래의 내용과는 일정한 차이가 있는 형태로 출판되기도 한다. 경우는 달라도 한국본 중국고서들은 서적으로 대표되는 중국문화를 받아들이는 한국의 지식인들이 중국서적을 어떻게 구입했으며 어떻게 읽었으며 읽은 후에는 어떻게 이해했는지의 문제를 설명할 수 있는 매우 귀중한 자료들이다.

• 두 번째는 한국에서 중국으로의 서적 유입과 그 영향문제이다. 중국에서 한국으로 유입된 서적의 양에 비해 한국에서 중국으로 유입된 서적은 비교적 적다고 할 수 있다. 그러나 중국으로 유입된 한국서적 역시 중국학자들의 독서대상이 되고 독서의 필요성에 의해 다시 간행, 출판되면서 중국의 학술계에 일정한 영향을 미친 것은 의심의 여지가 없다. 예를 들어 (淸)乾隆年間에 청 조정은 『四庫全書』를 편찬하면서 『朝鮮史略』, 『朝鮮志』, 『欽定武英殿聚珍板程式』(이상 3종은 『四庫全書』에 수록), 『高麗史』, 『朝鮮國志』, 『徐花潭集』(이상 3종은 『存目』에 수록) 등 총 6종의 조선인 저작을 『四庫全書總目』에 수록하고 있다. 그 이유는 이들 서적들이 중국인의 조선 이해에 도움을 주기 때문이었다. 『四庫全書總目·朝鮮史略』에서 『朝鮮史略』을 가리켜 "明代 조선인이 그 나라의 治亂興廢의 일을 기록한 것으로 檀君에서 시작하여 고려 恭讓王에서 끝나는데……그 사건을 기술함의 상세하고 소략함이 비록 완전히 (역사서의)체제에 부합하지는 않지만 옛 기록을 모아 편집한 것이 갖추어져 있어 列傳의 外國傳을 읽는데 참고로 쓰일 수 있다(明時朝鮮人所紀, 其國治

亂興廢之事, 始於檀君, 終於高麗恭讓王……其序事詳略, 雖不能盡合體要, 而袤輯遺聞, 頗爲眩具, 讀列傳外國傳者, 亦可以資參考焉)."[2]라고 말하고 있다. 또한『四庫全書總目』은『朝鮮志』의 내용이 "古迹을 말함에 괴이함이 많이 섞여 있어 소설과 흡사하니, 체례에 있어 모두 적합하지 않다. 그러나 누락된 풍문과 사소한 일의 내용이 중국의 역사서에는 상세하지 않은 것이 자주 있어 족히 고증함에 쓰인다(古迹多雜以神怪, 頗同小說, 於體例皆爲未協. 然遺聞事爲中國史書所未詳者, 往往而在, 頗足以資考證)."[3]라는 평가를 내리고 있다. 이로 볼 때『四庫全書』가『朝鮮史略』과『朝鮮志』를 수록하고 있는 이유는 이 서적들이 조선의 역사와 지리를 이해하는 데 도움이 된다는 점에 있었음을 알 수 있다.

상술한 경우는 중국의 叢書에 한국인의 저작이 수록된 경우이고 이외에 중국에 유입된 한국서적의 수도 적지 않다. 예를 들면 (宋)尤茅의『遂初堂書目』에는 高麗本『尙書』가 수록되어 있으며, (淸)潘祖蔭 (1830-1890)[4]의『滂喜齋藏書記』에는「朝鮮刻海東記. 朝鮮禮曹判書申叔舟撰」,「高麗刻濟衆新編八卷. 高麗內閣刻本. 題內局首醫康命吉奉教撰」,「高麗活字本桂苑筆耕三十卷. 崔致遠撰」,「高麗活字本蘭溪遺稿一卷. 高麗朴堧撰」,「石洲集殘本六卷. 高麗卷韠撰」,「高麗刻海居齋集三卷」,「高麗刻豊山世稿六卷」등 7편의 조선인 저서가 기록되어 있다. 이 방면의 기록들은 모두 중국에 유입된 한국서적이 중국 지식인의 독서대상이 되었으며 그들의 학문세계에 일정한 영향을 미쳤음을

2) (淸)紀昀 總纂,『四庫全書總目・朝鮮史略』, 卷六十六, 史部二十二, 載記類, 河北人民出版社, 2003.3, 1797면.

3) 『四庫全書總目・朝鮮志』, 卷七十一, 史部二十七, 地理類四, 1919면.

4) 조선 근대 개화파의 시조로 불리는 譯官 오경석(吳慶錫, 1831~1879)과 교유했던 청말의 문인이며 정치가였다.

설명하는 것이다.

결론적으로 한중 서적교류는 한국학의 형성과 발전에 지대한 영향을 끼쳤을 뿐만 아니라 중국학의 발전에도 일정한 영향을 끼쳤다고 할 수 있다. 이런 까닭으로 한·중 서적교류사의 구체적인 내용을 통해 우리는 근대이전 한·중 간의 지식 전파와 유통의 지형도를 밝혀낼 수 있다.

2. 연구 동향 및 연구 쟁점

최근 몇 년간 중국, 대만, 일본 등지에서 적지 않은 연구자들이 근대이전 동아시아 지역의 서적교류라는 문제를 연구하여 왔다. 그 가운데 가장 집중적으로 연구되어온 분야는 중국서적의 기타 지역으로의 전파 문제, 즉 중국이외의 지역에서 간행되거나 소장되어 있는 중국서적의 정리와 연구에 관한 것이었다. 그 결과 일본에 소장되어 있는 중국서적에 관한 연구 성과는 상당히 축적되어 있는 것이 사실이다.[5] 이와 비교하면 동아시아 기타지역에 소장되어 있는 중국서적 혹은 해당 지역에서 간행된 중국서적에 대한 정리와 연구는 아직까지 충분하지 못한 실정이며 한국의 경우도 예외는 아니다.

현재까지 한·중 서적교류사 연구에서 대부분의 연구는 중국서적의 한국으로의 유입과 영향 방면에 집중되어 있고 한국서적의 중국으로의 유입과 영향문제에 대한 연구는 매우 미미한 실정이다.

---

5) 예를 들면 陸堅, 王勇主編, 『中國典籍在日本的流傳與影響』(杭州, 杭州大學出版社, 1990), 嚴紹璗著, 『漢籍在日本的流布研究』(江蘇, 江蘇古籍出版社, 1992), 王勇主編 『中日漢籍交流史論』(杭州, 杭州大學出版社, 1992年), 王勇, 大庭修主編, 『中日文化交流史大系·典籍卷』(杭州, 浙江人民出版社, 1996年) 등은 모두 이 방면의 연구 서적들이다. 이외에도 관련 목록과 단편 논문들은 더욱 많다.

• 먼저 중국서적의 한국 유입과 영향문제에 대한 연구 동향 및 쟁점 사안을 간단히 살펴보자. 국내외에서 근대이전 한국에 유입된 중국 서적에 대한 연구는 주로 중국의 『二十五史』, 한국의 『高麗史』나 『朝鮮王朝實錄』 등 正史의 史料를 중심으로 이루어져왔다.[6] 그러나 正史의 기록을 통한 중국서적의 한국유입 연구가 비록 나름대로의 필요성과 의의를 가지고 있지만 그 주된 내용은 중국의 한국에 대한 서적의 하사와 한국의 중국에 대한 하사 요청 그리고 연행사신들에 의한 서적 구입에 관한 것이다. 그러므로 이 내용만으로 한국에 유입된 중국 서적에 대한 연구를 진행하기에는 부족하다. 이런 까닭으로 향후에는 가장 먼저 연구 범위와 자료의 확대가 가장 절실히 요구된다.

먼저 사료의 기록과 함께 실제 국내외에 소장되어 있는 한국본 중국 서적과 현재 한국에 소장되어 있는 중국본 중국서적을 연구대상에 편입시킴으로서 연구 자료의 범위를 확장시킬 필요가 있다. 이를 통해 더욱 깊이 있고 체계적인 연구가 진행될 수 있을 것이다. 이 방면의 대표적인 예가 바로 한국에 전래된 중국소설에 대한 연구 성과이다.[7] 이외

---

6) 예를 들면 黃建國, 「古代中韓典籍交流槪說」, 『中國所藏高麗古籍綜錄』(上海市, 漢語大詞典出版社, 1998), 218-238면; 박문열, 『高麗時代의 書籍輸入에 관한 硏究』, 『인문과학논집』11집, 1992, 145-163면 등이 이 방면의 I 대표적인 예이다.

7) 중국소설 분야는 사료의 기록과 실물자료의 결합이라는 연구방법을 통해 지금까지 한국 소장 중국본 소설에 대한 정리와 연구에 있어 상당한 성과를 이루었다. 中國學界에서도 이미 이 분야의 성과에 注意를 기울이고 있다. 예를 들어 王汝梅, 朴在淵主編, 『韓國藏中國稀見珍本小說』(北京, 中國大百科全書出版社, 1997)에는 『唉薦』, 『英雄淚』, 『剪燈新話句解』, 『刪補文苑楂橘』, 『燕山外史』, 『新增才子九云記』, 『紅風傳』, 『包閭羅演義』, 『包公演義』, 『型世言』 등이 수록되어 있다. 이외에 崔容澈과 朴在淵이 合編한 「韓國所見中國通俗小說書目」(『中國小說繪模本』(春川, 江原大學校出版部, 1993)), 朴在淵이 編한 「韓國所見中國彈詞鼓詞書目」(『中國小說繪模本』(春川, 江原大學校出版部, 1993)), 金泰範이 編한 「韓國各圖書館所藏 『中國古典小說』古本書目」(『書目季刊』第二十三卷第二期, 1989.9, 54-79면), 閔寬東의 『中國古典小說在韓國之流傳』(上海, 學林出版社, 1998)), 閔寬東의 「中國古典小說의 國內 流

에도 적지 않은 예가 존재하는데 현재 서울대학교 규장각에 소장되어 있는 ㈜陸人龍의 『崢霄館評定通俗演義型世言』은 하나의 좋은 예가 된다. 주지하다시피 『崢霄館評定通俗演義型世言』은 明末 文言小說로서 서울대학교 奎章閣에 줄곧 소장되어 오다 발견되어 학계에 알려진 것이다. 현재 세계에서 하나 밖에 없는 유일본으로 明代 通俗小說 연구에 중요한 자료로써 많은 학자들에 의해 이용되고 있다. 또 다른 예를 들어보자. 현재 한국학 중앙연구원 장서각에는 「萬曆丙申(1596)陳氏積善堂」刊本 『新刊補訂簡明河洛理數』 한 부가 소장되어 있다. 이 고서는 明刊本인 까닭으로 善本으로 분류될 수 있는 가치 있는 고서이다. 게다가 장서각 소장본은 국내 기타 도서관은 물론이려니와 현재 중국, 대만, 일본, 미국 등의 주요 중국고서 소장 도서관에 소장되어 있지 않은 것으로 조사된다. 또한 현존하는 『河洛理數』의 판본이 대부분 淸刊本이거나 청대 이후의 판본이고 현재 중국 고궁박물관에 소장되어 있는 崇禎刊本[8]이 현존하는 가장 이른 판본임을 주장하는 견해가 있음을 고려 할 때 장서각 소장본의 문헌가치는 매우 높다고 할 수 있다. 그

入 時期와 過程 및 版本에 대한 考察」(『中國小說論叢』제3집, 1994.10), 王國良의 「韓國流傳保存中國古典小說之現況 – 以江原大學版『中國小說繪模本』爲主的考察」(『文獻學研究的回顧與展望 – 第二屆中國文獻學學術研討會論文集』, 臺北, 學生書局, 2002, 頁27 – 44) 등은 모두 韓國에 소장되어 있는 中國古典小說의 現況과 價値를 설명하고 있다.

8) 다만 소위 崇禎本에 대해서 일부 학자는 그 眞僞에 이견을 제시하기도 한다. 孫國中은 《河洛理數·點校說明》에서 《河洛理數》의 판본 가운데 현재 볼 수 있는 간행 시기가 가장 이른 판본은 명대 숭정본임을 지적하면서도 이 판본이 이미 原刻本이 아니며 청대에 숭정본을 底本으로 飜刻한 것으로 판단한다. 그가 이런 견해를 견지하는 이유는 청대의 몇몇 번각본을 비교·검토한 결과 개별문자가 서로 다르며 동시에 학계에서 숭정본이라고 여겨지는 판본도 여러 부분에서도 오류가 발견되기 때문이라고 주장한다. 결국 그의 결론은 원각본 명 숭정본이 존재하는지에 대해서는 "아직 알 수 없다(尙不得而知)"이다. 자세한 내용은 『河洛理數·點校說明』, 沈陽市, 沈陽出版社, 1994, 2–3면을 참고할 것.

리고 상술한 바와 같이 장서각 소장본『新刊補訂簡明河洛理數』는 현재 가장 널리 통행되고 있는 숭정간본과 비교할 때 내용적으로도 더욱 충실하다는 측면에서 향후『河洛理數』의 定本 작업시에 가장 믿을 만한 底本으로 사용될 수 있을 것이다.

상술한 관점에서 볼 때 한국에만 존재하거나 혹은 중국이나 대만 등에도 존재하지만 한국에 소장되어 있는 중국고서의 판본이 더욱 큰 문헌가치를 가지고 있는 경우를 발견하는 일은 중국 내 문헌에 대한 정리와 연구라는 부분에 있어서도 매우 가치 있고 의미 있는 연구임을 알 수 있다.

• 다음으로 중국서적의 한국유입을 설명할 수 있는 한국 역대 장서목록 및 관련 자료에 대한 정리와 분석 작업이 진행되고 있다. 예를 들면 정조 즉위 초에 이루어진 중국 서적 구입의 결과는『奎章總目』을 통해서 그 대략을 파악할 수 있다. 그러나 아쉽게도『奎章總目』에 수록된 중국 서적들이 갖는 학술경향과 그것이 당시 조선사회에 미친 영향 등의 문제는 아직도 깊이 있게 다루어지지 않고 있다.

• 또 한 가지 주의할 점은 기존의 연구는 우리나라에 유입되거나 간행된 중국고서에 대한 소개 및 수용양상에 대한 검토가 주를 이루었다. 반면 우리나라 학자들의 저술이나 우리나라에서 간행된 중국 서적이 중국에 어떻게 전파되고, 그 문화사적 의미는 무엇인지에 대한 고찰은 부족한 실정이다.[9] 바꾸어 말하면 기존의 한중 서적교류사 연구는 중국

---

9) 김영진은「조선후기 중국 사행과 서책 문화」(한양대학교 한국학연구소편,『19세기 조선 지식인의 문화지형도』,한양대학교 출판부, 2006, 591-648면)에서 조선후기 중국에서 간행된 조선 학자들의 저작을 소개하고 있다. 김호도「韓國國寶中的五種韓國

서적의 유입과 수용양상에 초점이 맞추어져 있었다는 의미이다. 그러므로 향후에는 한국인의 저작과 한국에서 간행된 중국 서적이 중국으로 유입되는 현상에 대한 연구가 활발히 진행되어야 할 것이다.

결론적으로 한국에서 간행되었거나, 현재 소장되어 있는 중국고서의 量과 質을 감안할 때 이에 관한 관련 연구는 국내외를 막론하고 아직도 매우 부족한 단계에 머물러 있다고 할 수 있다. 특히 한국본 중국고서와 현재 한국에 소장되어 있는 중국본 중국고서에 대해 한국과 중국 간의 수평적 문화교류라는 관점에서 연구가 진행되는 것이 바람직하다고 생각된다. 이를 위해 한국 서적의 중국 유입에 관한 연구가 더욱 적극적으로 진행되어야 할 것이다.

3. 주요 자료 및 논저 리뷰, 대표적인 연구기관(연구자)

근대이전 한국에 유입된 중국고서와 중국에 전파된 한국 서적에 대한 연구를 진행하기 위해서는 史書, 文集, 書誌學 관련 자료에 대한 연구가 필수적이다.

• 『高麗史』, 『朝鮮王朝實錄』, 『增補文獻備考』, 『承政院日記』 등 중국서적의 한국유입 기록을 살펴볼 수 있는 한국문헌에 대한 고찰이 우

刊本中國古籍 - 兼論韓國所藏中國古籍的特色與文獻價值」에서 『龍龕手鏡』(고려대학교중앙도서관소장), 『十七史纂古今通要』(권17은 國立中央圖書館소장:권16은 奎章閣소장), 『東萊先生校正北史詳節』(권4,5는 SEOUL城北區澗松美術館所藏: 卷6은 SEOUL趙炳舜所藏), 『宋朝表牋總類』(奎章閣소장)『通鑑續編』(개인소유)등 국보중의 5종 중국고서의 문헌가치를 설명하면서 동시에 한국본 중국고서가 중국으로 유입되어 『四部叢刊』 등의 叢書중에 수록되어 중국학술계에 영향을 끼쳤음을 설명하고 있다. 『東亞文獻資源論集』, 臺北, 學生書局, 2007.12, 399-428면.

선시된다. 다음으로『二十五史』,『續資治通鑑長編』등과 같은 중국 측 문헌 역시 중국서적의 한국 유입에 적지 않은 관련 자료를 제공해 줄 것이다.

• 『內閣訪書錄』,『奎章總目』,『海東繹史 · 藝文志』,『增補文獻備 考 · 藝文志』등은 중국서적의 조선유입을 확실하게 설명해주는 자료들 이다. 중국 측의 자료로는 喬衍琯輯,『書目叢編』(臺北, 廣文書局, 1967); 喬衍琯輯,『書目續編』(臺北, 廣文書局, 1968); 喬衍琯輯,『書目三編』(臺 北, 廣文書局, 1969); 喬衍琯輯,『書目四編』(臺北, 廣文書局, 1970); 嚴靈峯 編輯,『書目類編』(臺北, 成文出版社, 1978) 등을 대표적인 것으로 들 수 있다. 이 다섯 종류의 叢書에는 수백 종에 이르는 중국 역대 장서목록 이 수록되어 있는데 이 장서목록에는 적지 않은 한국인 저작과 한국본 중국고서가 수록되어 있다.

• 『韓國文集叢刊』에 수록된 고려에서 조선에 이르는 저명문인들의 시문집은 중국서적의 한국유입과 당시 지식인들의 중국서적에 대한 수 용과 이해를 광범위하게 설명하고 있다. 그 대표적인 예로는 (朝鮮)李德 懋의『靑莊館全書』, (朝鮮)許筠의『惺所覆瓿稿』, (朝鮮)李宜顯의『陶谷 集』등을 들 수 있는데, 특히『惺所覆瓿稿』와『陶谷集』은 작자가 직접 보고 작성한 중국 서적에 대한 도서목록이 수록되어 있다는 점에서 매 우 의미 있는 자료라고 할 수 있다. 이런 까닭으로 이 방면의 자료에 대 한 세밀한 수집과 분석을 통해 여러 중국서적이 당시에 왜 한국 지식인 들의 독서 대상이 되었으며 어떤 방식으로 읽혀졌는지를 파악할 수 있 을 것이다. 같은 관점에서 중국인의 저술에 수록되어 있는 한국 서적과 한국본 중국고서의 기록을 계속적으로 수집, 정리할 필요가 있다. 이

방면의 예를 들면 (宋)張端義『貴耳集』, (宋)王應麟, 『玉海』, (淸)朱彝尊『曝書亭集』등이 있다.

• 국내외 주요 도서관의 소장목록.

먼저 현재 국내 도서관에 소장되어 있는 중국고서의 현황을 기본적으로 제공하는 주요 기초자료로는 서울대학교 도서관編, 『奎章閣圖書中國本綜合目錄』; 藏書閣編, 『藏書閣圖書中國版總目錄』; 성균관대학교 중앙도서관編, 『古書目錄(第一輯-第三輯)』; 고려대학교 도서관編, 『中國圖書目錄』과『漢籍目錄』; 국립중앙도서관編, 『古書目錄』; 국사편찬위원회編, 『古書目錄』; 국학자료보존회編, 『誠庵文庫典籍目錄』; 국회도서관編, 『古書目錄』; 단국대학교 율곡기념도서관編, 『漢籍目錄』; 안동대학교 도서관編, 『(안동대학교 도서관 소장)古書目錄』; 연세대학교 중앙도서관編, 『古書目錄』; 영남대학교 도서관編, 『(영남대학교도서관소장)古書·古文書目錄』등을 들 수 있다. 중국의 경우에는『北京圖書館古籍善本書目』, 『北京大學圖書館館藏古籍善本書目』, 『上海圖書館善本書目』, 『山東省古籍善本聯合目錄(甲編)』, 『浙江省立圖書館善本書目甲編』, 『四川省高敎圖書館古籍善本聯合目錄』등의 목록을 이용하여 소장 고서를 확인할 수 있다. 특히 潘美月과 沈津이 編著한『中國大陸古籍存藏槪況』은 100여 개에 달하는 중국 주요 도서관에 소장되어 있는 중국고서의 현황을 비교적 상세히 설명하고 있어서 많은 참고가 된다. 특히 그 가운데 근대이전에 출판된 한국인의 저서와 한국본 중국고서의 소장 현황과 특징도 간략히 설명하고 있다. 대만의 경우에는 대만國立中央圖書館에서 펴낸『臺灣公藏善本書目書名索引』, 『臺灣公藏善本書目人名索引』, 『臺灣公藏普通本線裝書目人名索引』, 『臺灣公藏普通本線裝書目書名索引』등을 이용하면 소장 중국고서 및 한국고서

에 대한 기본적인 상황을 파악할 수 있다. 특히 박현규가 편찬한『臺灣
公藏韓國古書聯合目錄』을 이용하면 대만에 소장되어 있는 한국고서의
상황을 비교적 자세히 파악할 수 있다.

• 홍선표외, 『17 · 18세기 조선의 외국서적 수용과 독서실태』, 혜
안, 2006; 홍선표외, 『17 · 18세기 조선의 독서문화와 문화변동』, 혜안,
2007; 홍선표외, 『17 · 18세기 조선의 외국서적 수용과 독서실태 – 목
록과 해제–』, 혜안, 2006. 상술한 두 권의 연구서와 한권의 목록과 해
제집은 17세기에서 18세기에 걸쳐 문학과 철학, 역사, 정치사상 및 미
술과 관련된 외국서적의 수용 실태와 독서 내용을 조사하고 그 영향의
양상과 함께 주체적 수용과 창조적 변용으로 내면화하여 가는 과정을
밝히고 있다. 특히 목록에 실린 자료들은 17세기–18세기에 걸쳐 조선
의 지식인들이 읽은 중국서적을 목록화한 것으로 당시 어떤 중국서적
이 독서의 대상이 되었는지에 대한 기초적인 자료를 제공하고 있다.

• 全寅初 等 編, 『韓國所藏中國漢籍總目』;[10] 柳鐸一, 「韓國地區中
國古籍存藏槪況」[11]; 李樹健, 「嶺南大 中央圖書館 소장 中國古書의
현황과 그 성격」[12]; 李廷燮, 「國立中央圖書館 所藏 中國古書의 整理
現況」[13]; 박철상, 「계명대학교 동산도서관 소장 中國本 古書의 가치」[14];
김호, 「韓國所藏 中國古書의 整理現況과 課題 –동아시아 文獻硏究의

---

10) 全引初等編, 『延世國學叢書52 · 韓國所藏中國漢籍總目』, 學古房, 20005.

11) 嶺南大學校 民族文化硏究所, 『民族文化論叢』第16輯, 1996, 161–167면.

12) 『한국학논집』37집, 2008, 221–234면.

13) 『중어중문학』41집, 2007, 383~405면.

14) 『東亞文獻硏究資源論集』, 2007, 275~398면.

한 斷面-」;[15] 김호, 반미월, 「韓國存藏中國古籍調査初稿」[16]; 김호, 「成均館大學校 尊經閣 所藏 中國古籍의 文獻價値 硏究 -集部古籍을 中心으로-」[17] 등은 현재 한국에 소장되어 있는 중국고서의 현황과 가치를 파악하는 데 기초적인 연구 자료와 시야를 제공하고 있다.

• 신양선, 『조선후기 서지사 연구』, 혜안, 1997; 김영진, 「조선후기 중국 사행과 서책 문화」;[18] 김영진, 「조선후기 서적출판과 유통에 관한 일고찰」[19] 등은 중국고서의 조선에서의 출판과 유통에 관한 사실을 조명하고 있다.

• 중국 소재 한국 고문헌의 수집 상황.

국립중앙도서관편, 『국외소재 한국 고문헌 수집 성과와 과제』;[20] 박현규, 「중국국가도서관 선본특장실 소장 한국학 고서적의 현황과 분석」;[21] 박현규, 「중화민국 국립고궁박물관에 소장된 한국 고서적에 대한 분석」[22] 등은 한국서적의 중국 유통과 간행에 관한 기초자료를 제공하고

15) 『중국학보』56집, 2007, 39-69면.
16) 한양대학교 한국학연구소편, 『19세기 조선 지식인의 문화지형도』, 한양대학교 출판부, 2006, 591-648면.
17) 『동양한문학연구』30, 2010, 5-28면.
18) 국립중앙도서관편, 『국외소재 한국 고문헌 수집 성과와 과제』, 서울 : 국립중앙도서관, 2009.
19) 古籍鑑定與維護硏習會編, 『古籍鑑定與維護硏習會專集』, 臺北, 中國圖書館學會, 1985, 16-24면
20) 嶺南大學校 民族文化硏究所, 『民族文化論叢』第16輯, 1996, 189-221면.
21) 『국학연구』2집, 2003, 253-284면.
22) 『중국어문학』18집권1, 1990, 215-241면.

있다. 박현규, 「淸朝初年中國人編纂的朝鮮詩選集」;[23] 박현규, 「청말 王錫祺《小方壺齋與地叢초》중 韓國 地域學 文獻」[24] 등은 중국에서 편찬된 조선인 저작에 관한 기초 연구들이다.

• 국내외 관련 연구는 중국, 대만, 일본지역에서 비교적 활발한 연구가 시도되고 있다. 다만 연구의 중점이 한국학에 있는 것이 아니라 중국 서적의 기타지역으로의 문화전파라는 관점에서 주로 연구가 진행되고 있다. 비교적 주목할 만한 연구기관으로는 대만 臺北大學 古典文獻學研究所와 중국 北京大學의 中國古文獻研究中心, 南京大學의 域外漢籍研究所를 들 수 있다. 이외에 중국과 일본의 몇 몇 연구기관에서 관련 연구가 진행되고 있다.

4. 연구 전망

향후 한 · 중 서적교류사와 관련되어 연구되어야 할 과제는 아래와 같은 몇 가지 측면으로 나누어 살펴볼 수 있다.

•『高麗史』,『朝鮮王朝實錄』,『承政院日記』등 중국서적의 한국유입 기록을 살펴볼 수 있는 한국문헌과『二十五史』등 중국 측의 자료에 대한 좀 더 세밀한 분석과 정리 작업이 필요하다. 그 이유는 비록 한 · 중 서적교류사의 연구가 지금까지 이 부분에 집중되어 왔지만 여전히 자료의 방대함에 비해 발굴한 자료는 제한적이기 때문이다.

---

23) 『한중인문과학연구』2집, 1997, 81−100면.
24) 『한중인문과학연구』3집, 1998, 337−340면.

•『內閣訪書錄』,『奎章總目』,『海東繹史 · 藝文志』,『增補文獻備考 · 藝文志』등 중국 서적의 한국 유입을 실증적으로 증명할 수 있는 목록들에 대한 연구가 본격화 되어야 한다. 현재까지 비록 이 부분에 대한 약간의 기초적인 연구가 진행되었으나, 이들 목록에 수록되어 있는 중국 서적이 당시 한국의 정치, 사회, 사상, 문학 등의 맥락에서 어떤 문화적 함의를 갖는지에 관한 연구는 거의 이루어지지 않은 것이 현실이다. 예를 들어『增補文獻備考 · 藝文考』에는 고려 선종(宣宗)8년 (1091)에 宋의 황제가 고려 사신에게 중국에 없는 서적이 고려에 있다고 하면서 128종의 서적을 요구한 일이 기록되어 있다. 그 내용은 아래와 같다.

선종(宣宗)8년(1091)에 호부 상서(戶部尙書) 이 자의(李資義) · 예부시랑 (禮部侍郞) 위 계정(魏繼廷) 등이 송(宋)나라로부터 돌아와 아뢰기를, "송 제(宋帝)가 우리나라 서적(書籍)에 좋은 것이 많다 함을 듣고, 관반(館伴) 에게 명하여 구하는 책 목록을 적어 주며 말하기를, '비록 권질(卷帙)이 부 족한 것이 있더라도 또한 모름지기 전사(傳寫)하여 부쳐 보내라.' 하였는 데, 모두 1백 28종입니다." 하였다.……신이 삼가 살펴보건대, 이제 송제 (宋帝)가 요구하는 1백 28종의 서목(書目)은 본국(本國)에 있는 몇몇 종과 맞추어 보면 사기(史記)에는 명문(明文)이 없으니, 반드시 멀리서 전문(傳 聞)하였거나 억측에 불과한 것으로, 아마 우리나라에 있는 것은 아니고 중국(中國)의 일서(逸書)로 생각된다. 이제 편목(編目)을 열기하여 후의 참 고에 이바지하고자 한다.[25)]

---

25) 『국역증보문헌비고(增補文獻備考)』, 卷二百四十二, 藝文考一, 역대서적, 서울, 세 종대왕기념사업회, 1980, 20-23면.

여기서 주목해야 할 것은 송나라 황제가 고려에 중국에도 없는 좋은 서적이 있음을 듣고 고려 사신에게 구하는 책 목록을 주어 송나라로 보내기를 명하였다는 점이다. 비록 고려측은 128종의 서적이 실린 목록과 당시의 史書를 비교하면서 고려에 없는 서적이라고 말하고 있지만 이를 근거로 당시 고려에 송나라가 원하는 서적이 없었다고는 말할 수 없다. 왜냐하면 위 글에서 말하는 역사기록은 당연히 국가의 기록이므로 일반 민간의 장서에 관한 기록까지 포함할 수는 없기 때문이다. 이 기록에 대해 중국과 한국 학자의 견해는 일치하지 않는다. 중국학자들은 이 기록이 근거가 없을 가능성이 높다는 입장을 견지하고, 한국학자는 이 기록을 사실로 인정하는 입장이다. 전통시기 중국에는 없는 서적들이 우리나라에 존재했었다는 사실이 중국인의 기록에 매우 분명히 기록되어 있는 점을 고려할 때,[26] 『增補文獻備考 · 藝文考』에 기록된 고려 선종(宣宗)8년의 기록은 사실일 가능성이 높다. 다만 아쉽게도 이 문제에 대한 정밀한 고증작업이 지금까지는 진행되고 있지 않다. 이런 까닭으로 앞으로는 이러한 목록의 기록에 대한 실증적인 고증작업이 지속되고, 이를 통해 한 · 중 서적교류사의 중요한 사실들이 객관적으로 드러나도록 해야 할 것이다.

• 현재 한국에 소장되어 있는 중국고서에 대한 종합적이고 체계적인

---

26) 예를 들면 宋代의 張端義(1179 - ?)는 일찍이 "宣和間, 有奉使高麗者, 其國異書甚富, 自先秦以後晉, 唐, 隋, 梁之書皆有之, 不知幾千家幾千集, 蓋不經兵火. 今中祕所藏, 未必如此旁搜而博蓄也."((宋)張端義, 『貴耳集』(臺北, 木鐸出版社, 1982), 8면)라고 말하고 있고 송대의 王應麟역시 『玉海』卷第五十二「藝文 · 書目條」에서 말하기를 : "元祐七年五月十九日秘書省言 : 高麗獻書多異本, 館內所無, 詔校正二本, 副寫藏太淸樓天章閣."((宋)王應麟, 『玉海』(上海, 江蘇古籍出版社, 上海書店, 1990), 卷五十二, 「景德太淸樓四部書目 · 嘉祐補寫樓書」條, 35上면)라고 말하고 있다.

연구와 정리가 필요하다. 즉 國立中央圖書館, 서울대학교 奎章閣, 한국학 중앙연구원 藏書閣, 연세대학교 중앙도서관, 고려대학교 중앙도서관 한적실, 성균관대학교 존경각, 영남대학교 중앙도서관, 계명대학교 동산도서관 등에 소장되어 있는 중국고서에 대한 실사를 통해 소장 중국고서의 유입과정과 당시 우리 학계의 평가와 수용 양상을 연구해야 할 것이다. 물론 이 부분에 대한 연구는 상당히 축적되어 있으나, 역대로 한국에 유입된 중국고서의 양을 고려할 때 아직도 미개척으로 남아 있는 중국고서들이 산재해 있는 것이 현실이다. 예를 들어 한국학 중앙연구원 장서각, 고려대학교 중앙도서관, 서울대학교 규장각 등에 明末의 저명한 宰相 葉向高의 저작인 『綸扉疏草』, 『蒼霞草』 등이 소장되어 있다. 흥미로운 것은 섭향고의 저작들이 조선 후기에 당시의 문인, 학인들에게 비교적 널리 수용되어져서 독서의 대상이 되었다는 점이다. 특히 英祖시대에는 당시 탕평책의 시행과 더불어 그 정당성을 판단하는 하나의 이론적 근거로서 섭향고와 그의 저술이 이용되었다. 즉 섭향고와 그의 저술들이 조선후기에는 정치적인 맥락에서 주로 이해되고 수용되었다는 것이다.[27] 향후에는 고려나 조선시대의 정치, 사회 등 다양한 측면에서 한국에 소장되어 있는 중국고서에 대한 접근이 필요하다. 한 가지 중요한 문제는 현재 상술한 중국고서 소장기구에서 편찬한 고서목록 가운데 중국고서와 관련된 내용에 적지 않은 오류가 발견된다는 점이다. 이런 까닭으로 향후 이 부분에 대한 정리와 연구는 목록의 오류를 바로 잡아 이용자에게 정확한 자료를 제공하는 것이 가장 우선적으로 해결해야 할 과제이다.

---

27) 김호, 「조선후기 중국문집의 조선유입과 수용에 관한 일고 － 葉向高의 『蒼霞草』를 중심으로－」, 『중국어문학지』 34집, 2010.12, 153-188면.

• 한국에서 간행된 중국고서에 대한 실증적인 조사를 통해 우리 선조들이 중국에서 수입된 서적의 성과를 수용하면서 스스로의 학문적 토양에 근거하여 독자적인 학문세계를 만드는 역사적 과정과 성격을 탐구해야 할 것이다. 동시에 이를 통해 당시 중국서적이 우리나라에서 간행되는 출판문화사적 의의를 찾아야 할 것이다. 예를 들면 현재 성균관대학교 존경각, 고려대학교 중앙도서관, 연세대학교 중앙도서관에는 朝鮮明宗16年(1561)刻本인 賀欽의 《醫閭先生集》이 한 부씩 소장되어 있다. 이 고서는 중국본과 비교해 볼 때 내용적으로는 큰 차이점을 발견할 수는 없다. 그러나 이 고서는 16세기 중반과 후반을 거치면서 조선 사상계가 程朱의 성리학을 正統 또는 道統으로 인식하는 역사적 배경과 당시 조선 학술계의 泰斗라고 할 수 있는 이황이 하흠의 인품과 학문을 높게 평가하는 과정에서 출판된 것으로 당시 조선 학술계의 사상경향과 밀접한 관계를 갖고 있다고 볼 수 있다.

• 우리 선조들의 저작과 한국에서 간행된 중국고서가 중국으로 유입되는 예를 추적하고 그 전파 과정과 영향 문제를 심도 있게 설명해야 한다. 이 부분에 관한 연구는 크게 현재 중국이나 대만에 소장되어 있는 한국인의 저서(한국본 중국고서 포함)와 개별 서적이 갖는 영향과 문화적 의의를 살피는 영역으로 구분할 수 있다. 예를 들어 위에서 언급한 『書目叢編』, 『書目續編』, 『書目三編』, 『書目四編』, 『書目類編』 등의 叢書에 수록된 수백 종의 장서목록을 이용하면 중국에 유입된 한국인의 저서와 한국본 중국고서를 기초적으로 조사할 수 있을 것이다. 동시에 대만과 중국 주요도서관에서 출판한 장서목록을 조사하면 현재 중국과 대만에 소장되어 있는 자료들을 수집할 수 있을 것이다. 그리고 최종적으로는 이들 자료를 통해 한국학이 중국학에 구체적으로 어떤 영향을

미쳤는지를 설명해야 할 것이다.

5. 참고 문헌

■ 기본문헌

鄭麟趾등편, 『高麗史』, 서울, 연세대학교 출판부, 1972

국사편찬위원회편, 『朝鮮王朝實錄』, 서울, 국사편찬위원회, 1979

세종대왕기념사업회, 『(국역)增補文獻備考』, 서울, 세종대왕기념사업회, 1995

承政院, 『承政院日記』, 서울, 국사편찬위원회, 1961

韓致奫, 『海東繹史』, 서울, 경인문화사, 1974

민족문화추진회, 『韓國文集叢刊』, 서울, 민족문화추진회, 2000

俞晩柱, 『欽英』, 서울, 서울대학교 규장각, 1997

奎章閣編, 『內閣訪書錄』, 『朝鮮時代書目叢刊』本, 北京, 中華書局, 2004

奎章閣編, 『奎章總目』, 『朝鮮時代書目叢刊』本, 北京, 中華書局, 2004

金烋, 『海東文獻總錄』, 『朝鮮時代書目叢刊』本, 北京, 中華書局, 2004

正祖, 『群書標記』, 『朝鮮時代書目叢刊』本, 北京, 中華書局, 2004

洪奭周, 李尙鏞譯註, 『譯註洪氏讀書錄』, 아세아문화사, 2006

司馬遷등, 『二十五史』, 경인문화사, 1977

喬衍琯輯, 『書目叢編』, 臺北, 廣文書局, 1967

喬衍琯輯, 『書目續編』, 臺北, 廣文書局, 1968

喬衍琯輯, 『書目三編』, 臺北, 廣文書局, 1969

喬衍琯輯,『書目四編』, 臺北, 廣文書局, 1970

嚴靈峯編輯,『書目類編』, 臺北, 成文出版社, 1978

■ 目錄

고려대학교 도서관,『中國圖書目錄』, 서울, 고려대학교 중앙도서관, 1987

고려대학교 도서관,『漢籍目錄』, 서울, 고려대학교 중앙도서관, 1984

국립중앙도서관,『古書目錄』, 서울, 국립중앙도서관, 1973

국사편찬위원회,『古書目錄』, 서울, 국사편찬위원회, 1983

국학자료보존회,『誠庵文庫典籍目錄』, 서울, 국학자료보존회, 1975

국회도서관,『古書目錄』, 서울, 국회도서관, 1995

단국대학교율곡기념도서관,『漢籍目錄』, 서울, 단국대학교 율곡기념도서관, 1994

서울대학교 奎章閣,『奎章閣圖書韓國本綜合目錄』, 서울, 保景文化社, 1994

서울대학교 도서관,『奎章閣圖書中國本綜合目錄』, 서울, 서울대학교 도서관, 1982

서울대학교 도서관,『奎章閣圖書韓國本綜合目錄(修正版)』, 서울, 서울대학교 도서관, 1994

文化財管理局藏書閣編纂,『藏書閣圖書韓國版總目錄』, 서울, 文化財管理局藏書閣, 1972

文化財管理局藏書閣編纂,『藏書閣圖書韓國版總目錄 · 補遺篇』, 서울, 文化財管理局藏書閣, 1975

藏書閣編,『藏書閣圖書中國版總目錄』, 서울, 장서각, 1974

성균관대학교중앙도서관,『古書目錄(第一輯)』, 서울, 성균관대학교 출

판부, 1979

성균관대학교 중앙도서관,『古書目錄(第二輯)』, 서울, 성균관대학교 출판부, 1981

성균관대학교 東亞細亞學術院 尊經閣,『古書目錄(第三輯)』, 서울, 성균관대학교 출판부, 2002

안동대학교 도서관,『(안동대학교 도서관 소장)古書目錄』, 안동, 안동대학교 도서관, 1994

연세대학교 중앙도서관,『古書目錄』, 서울, 연세대학교 중앙도서관, 1977

영남대학교 도서관,『(영남대학교도서관소장)古書·古文書目錄』, 경산, 영남대학교 도서관, 2000

李相殷,『古書目錄』, 서울, 保景文化社, 1987

張伯偉,『朝鮮時代書目叢刊』, 北京, 中華書局, 2004

前間恭作,『古鮮冊譜』, 부산, 민족문화, 1986

全寅初,『(韓國所藏)中國漢籍總目』, 서울, 學古房, 2005

鄭亨遇·尹炳泰,『韓國冊板目錄總覽』, 성남, 한국정신문화연구원, 1979

千惠鳳,『古書目錄集成』, 서울, 동국대학교 도서관, 1962

충남대학교 도서관,『古書目錄』, 대전, 충남대학교 도서관, 1993

서울대학교 奎章閣,『奎章閣圖書韓國本圖書解題』, 서울, 서울대학교도서관, 2004

연세대학교 국학연구원,『古書解題1-6』, 서울, 평민사, 2004-2006

韓國學中央研究院 藏書閣研究室,『藏書閣圖書韓國本解題』, 성남, 韓國學中央研究院, 2007

高麗大學校民族文化研究所,『韓國圖書解題』, 서울, 高大民族文化

研究所, 1971

北京圖書館編,『北京圖書館古籍善本書目』, 北京, 書目文獻出版社, 1987

北京大學圖書館編,『北京大學圖書館館藏古籍善本書目』, 北京, 北京大學出版社, 1999

上海圖書館編,『上海圖書館善本書目』, 上海, 上海圖書館, 1957

『山東省古籍善本聯合目錄(甲編)』, 稿本, 1979

浙江圖書館編,『浙江省立圖書館善本書目甲編』, 北京, 北京圖書館出版社, 2008

四川省高等學校圖書情報工作委員會編,『四川省高敎圖書館古籍善本聯合目錄』, 四川大學出版社, 1994

國立中央圖書館編,『臺灣公藏善本書目書名索引』, 臺北, 國立中央圖書館, 1971

國立中央圖書館編,『臺灣公藏善本書目人名索引』, 臺北, 國立中央圖書館, 1972

國立中央圖書館編,『臺灣公藏普通本線裝書目人名索引』, 臺北, 國立中央圖書館, 1980

國立中央圖書館編,『臺灣公藏普通本線裝書目書名索引』, 臺北, 國立中央圖書館, 1982

潘美月・沈津編著,『中國大陸古籍存藏槪況』, 臺北, 國立編譯館, 2002

박현규,『臺灣公藏韓國古書聯合目錄』, 臺北, 文史哲出版社, 1991

■ 저서

鄭亨愚,『朝鮮時代 書誌史硏究』, 서울, 한국연구원, 1983

리철화, 『조선출판문화사(고대-중세)』, 서울, 한국문화사, 1996

신양선, 『조선후기 서지사 연구』, 서울, 혜안, 1997

홍선표외, 『17·18세기 조선의 외국서적 수용과 독서실태』, 서울, 혜안, 2006

홍선표외, 『17·18세기 조선의 독서문화와 문화변동』, 서울, 혜안, 2007

이재정, 『조선출판주식회사』, 파주, 안티쿠스, 2008

옥영정외, 『조선의 백과지식-『대동운부군옥』으로 보는 조선시대 책의 문화사』, 성남, 한국학 중앙연구원, 2009

부길만, 황지영, 『동아시아 출판문화사 연구 I』, 서울, 오름, 2009

김풍기, 『조선 지식인의 서가를 탐하다』, 서울, 푸르메, 2009

藤本幸夫, 《日本現存朝鮮本硏究·集部》, 京都, 京都大學學術出版會, 2006

■ 논문

조계영, 「조선후기 중국서책의 수입과 장황의 변화」, 『한국문화』48, 21~43면

김문식, 「조선시대 중국 서적의 수입과 간행 -사서오경대전을 중심으로」, 『규장각』29, 121~140면

김호, 「韓國所藏 中國古書의 整理現況과 課題 -동아시아 文獻硏究의 한 斷面-」, 『중어중문학』41, 2007, 383~405면

김호, 반미월, 「韓國存藏中國古籍調査初稿」, 『東亞文獻硏究資源論集』, 臺北, 學生書局, 2007, 275~398면

김호, 「成均館大學校 尊經閣 所藏 中國古籍의 文獻價値 硏究 -集部古籍을 中心으로-」, 『중국학보』56, 2007.12, 39~69면

김호, 「『古今圖書集成』在朝鮮的傳播與影響」, 『東華漢學』11, 2010.06, 241~272면

김호, 「『四庫全書』와 『存目』에 수록된 한국인 저작과 그 문화의의」, 『중국문학연구』40, 2010.06, 201~223면

김호, 「조선후기 중국문집의 조선유입과 수용양상에 관한 일고 -葉向高의 『蒼霞草』를 중심으로-」, 『중국어문학지』34, 2010.12

김영진, 「조선후기 중국 사행과 서책 문화」, 한양대학교 한국학연구소 편, 『19세기 조선 지식인의 문화지형도』, 한양대학교 출판부, 2006, 591~648면

김영진, 「조선후기 서적출판과 유통에 관한 일고찰」, 『동양한문학연구』30, 2010, 5~28면

박철상, 「계명대학교 동산도서관 소장 中國本 古書의 가치」, 『한국학논집』37, 2008, 221~234면

박문열, 「高麗時代의 書籍輸入에 관한 硏究」, 『인문과학논집』11, 1992, 145~163면

박문열, 「高麗時代 對外國 書籍交流交涉相에 관한 硏究」, 『국제문화연구』12, 1995, 119~137면

■ 관련 사이트

• 한국고전적종합목록시스템: http://www.nl.go.kr/korcis/

• 서울대학교 규장각 한국학연구원: http:/e-kyujanggak.snu.ac.kr

• 한국학 중앙연구원 장서각: http://lib.aks.ac.kr

• 臺灣國家圖書館全球資迅網: http://www.ncl.edu.tw

  1.古籍文獻・中文古籍書目資料庫: http://rarebook.ncl.edu.tw/rbook.cgi/frameset4.htm

2.古籍文獻‧古籍影像檢索系統‧善本資料查詢:
  http://rarebook.ncl.edu.tw/rbook/hypage.cgi?HYPAGE=search
  /search.hpg&flag=d

• 中國國家圖書館‧中國國家數字圖書館: http://www.ncl.gov.cn

1.聯機公共目錄查詢系統‧中文及特藏數據: 普通古籍(含新線
  裝),善本古籍文獻http://opac.nlc.gov.cn/F/6SMNFCLD
  USBHYHLRFIRAPJVDGJ14T8R9HNHC79IU18P7BGFG
  KL−03747?func=file&file_name=find−b&local_base=NLC01

2. 中國古籍善本書目聯合導航系統: http://202.96.31.45/
  shanBenDir.do?method=goToIndex

한국 소장 중국고서의 기초 연구

초판 인쇄 2025년 2월 21일
초판 발행 2025년 2월 28일

지은이 김호
펴낸이 유지범
펴낸곳 성균관대학교 출판부
등록 1975년 5월 21일 제1975-9호
주소 03063 서울특별시 종로구 성균관로 25-2
대표전화 02)760-1253~4
팩스밀리 02)762-7452
홈페이지 press.skku.edu

© 2025, 대동문화연구원

ISBN 979-11-5550-660-8 94820
      978-89-7986-275-1 (세트)

* 잘못된 책은 구입한 곳에서 교환해 드립니다.